dtv

Natürlich war ihm klar, dass ihm die augenblickliche Wetterlage sozusagen in die Hände spielte. Die Häuser schienen nachts buchstäblich aus allen Poren die Glut der vergangenen Wochen zu atmen. Und die Leute ließen ihre Fenster offen, oft sogar die Terrassentür. Trotz der Schlagzeilen. Trotz der Angst, die die Medien schürten.

Wiesbaden stöhnt unter einer Hitzewelle, und ein raffinierter Vergewaltiger versetzt die Stadt in Angst und Schrecken. Die Presse nennt ihn den »Artisten«, denn seine Fähigkeiten, Frauen auszuspionieren und unbemerkt in Wohnungen einzudringen, sind virtuos. Vier Frauen sind ihm bereits zum Opfer gefallen. Jetzt bekommen es Kommissar Hendrik Verhoeven und seine Kollegin Winnie Heller mit dem fünften Opfer zu tun. Und dieses Mal ist alles anders, denn es gibt einen Toten ...

»Hitzig geht es in der Tat zu in diesem Buch, das nahtlos an die gelungenen Vorläuferromane der Thriller-Reihe anknüpft. Roth gelingt es durch unterkühlte Erzählweise trotz Hitzewelle den Leser frösteln zu machen. Ein packender Fall mit überraschender Lösung.« (Weser-Kurier)

Silvia Roth studierte Literaturwissenschaft, Anglistik und Philosophie und arbeitete einige Jahre in unterschiedlichen Berufen, bevor sie mit dem Schreiben begann. Bei dtv erschienen bislang drei Romane mit den Serienhelden Kommissar Hendrik Verhoeven und dessen Kollegin Winnie Heller sowie der Thriller ›Blut von deinem Blute‹. Die Fälle von Heller und Verhoeven werden derzeit fürs Fernsehen verfilmt. Silvia Roth lebt mit ihrer Familie in Deutschland und Italien.

Silvia Roth

Hitzschlag

Kriminalroman

Deutscher Taschenbuch Verlag

Von Silvia Roth
sind im Deutschen Taschenbuch Verlag erschienen:
Der Beutegänger (21138)
Querschläger (21225)
Schattenriss (21324)
Blut von deinem Blute (21385)

Ausführliche Informationen über
unsere Autoren und Bücher
finden Sie auf unserer Website
www.dtv.de

Ungekürzte Ausgabe 2013
Deutscher Taschenbuch Verlag GmbH & Co. KG,
München
© 2012 Hoffmann und Campe Verlag, Hamburg
Umschlagkonzept: Balk & Brumshagen
Umschlaggestaltung: Ruth Botzenhardt
unter Verwendung eines Fotos von
plainpicture/Lohfink
Gesamtherstellung: Druckerei C. H. Beck, Nördlingen
Gedruckt auf säurefreiem, chlorfrei gebleichtem Papier
Printed in Germany · ISBN 978-3-423-21470-4

Erfolgreiche Verlegerin begeht Selbstmord

Wiesbaden. *Karolin Reding, Gründerin des renommierten Chamäleon-Verlags, ist tot. Ein Sprecher des Westhessischen Polizeipräsidiums bestätigte am frühen Abend Pressemeldungen, denen zufolge es sich bei der weiblichen Person, die in der Nacht zum vergangenen Montag nahe Eltville (Rhein) von einem Güterzug überfahren wurde, um die erfolgreiche Unternehmerin handele. Die Bahnstrecke entlang der rechten Rheinseite war infolge des Geschehens für mehrere Stunden vollständig gesperrt, noch am nächsten Morgen kam es – insbesondere im Regionalverkehr – zu erheblichen Verspätungen. Freunde und Kollegen Karolin Redings reagierten mit Bestürzung auf die Nachricht vom Tod der charismatischen Verlegerin, die über viele Jahre hinweg auch zentrale Positionen innerhalb des Börsenvereins des Deutschen Buchhandels (BV) bekleidet hatte. Die Verstorbene hatte den von ihr gegründeten Erfolgsverlag erst in der vergangenen Woche an eine große deutsche Verlagsgruppe verkauft und ihren Rückzug ins Privatleben angekündigt. Sie hinterlässt eine erwachsene Tochter.*

PROLOG

Juni

Sein Körper fällt schwer in den kochend heißen Sand, der ihn freundlich aufnimmt wie einen lange vermissten Freund. Er streckt die Beine von sich und blinzelt in die gleißende Sonne hoch über sich. Dass er es überhaupt aushalten kann, hier im mittäglichen Wüstensand zu sitzen, verdankt er spezieller Kleidung. Um diese Kleidung herstellen zu können, hat er nähen gelernt. Das Prinzip orientiert sich an der Epidermis von Schuppenkriechtieren. Genial einfach. Und absolut effektiv.

Wüsten faszinieren ihn, seit er ein kleiner Junge ist. Sie wirken tot, und dennoch blüht im Verborgenen mannigfaches Leben. Genau wie bei ihm selbst. Seine Oberfläche ist glatt wie der Sand der Dünen und dabei genauso veränderlich. Aber das, was darunter liegt, hat es in sich.

Seit zehn Jahren kommt er jeden Sommer wieder her, um ein paar Tage lang einzutauchen in die Wunderwelt der nördlichen Sahara. Ganz egal, wie knapp es finanziell aussieht, diese beiden Wochen leistet er sich. Die vierzehn Tage Wüste sind seine ganz persönliche Pilgerfahrt. Er lässt den Kopf zwischen die Knie sinken und lauscht seinem Atem, der noch immer viel zu schnell geht.

Jedes Jahr Sahara.

Und immer im Sommer.

»Das ist eigentlich gar keine Reisezeit für Nordafrika«, erklärt man ihm im Reisebüro jedes Jahr aufs Neue und immer mit leicht entsetztem Unterton. »Sind Sie sicher, dass Sie nicht lieber im November …?«

Oh ja, da ist er sicher …

Er will das Pochen der Hitze unter seinen Sohlen spüren. Den heißen, reinen Atem der Wüste, der ihm ins Gesicht schlägt, wenn er den Jeep, den er am Flughafen gemietet hat, hinter sich zurücklässt und einfach losgeht. Einfach geradeaus in die glühende Weite.

Es ist ein Kräftemessen, ganz klar. Mit ungewissem Ausgang.

Aber genau das ist es ja, was ihn so anmacht. Die Unwägbarkeit. Die Möglichkeit des Scheiterns. Und das elementare Triumphgefühl, wenn er es wieder einmal geschafft hat.

Er geht und geht, bis sein Herz so sehr schlägt, dass er weiß, es ist höchste Zeit für eine Pause. Und doch muss er sich jedes Mal mit aller Gewalt dazu zwingen, diese Pause zu machen.

Eines Tages, denkt er, gehe ich einfach weiter.

Einfach geradeaus, bis es vorbei ist.

Aber nicht heute. Nicht dieses Mal.

Die Glut rings um ihn wogt, die Stille vertieft sich, und er weiß, er kann es riskieren, eine kleine Auszeit zu nehmen. Er schließt die Augen und liegt unvermittelt wieder am erhitzten Kiesstrand seiner Kindheit. Der modrige Sommerduft des Rheins weht zu ihm herüber, Algen, Benzin und toter Fisch. Von weitem dringen Stimmen an sein Ohr. Seine sogenannten Freunde. Der Begriff »Gleichaltrige« trifft es eher, auch wenn er der Meinung ist, dass das nominelle Alter eines Menschen nur eine sehr untergeordnete Rolle spielt.

»So geh doch ein bisschen an den Fluss mit deinen Freunden«, bittet ihn seine Mutter in ihrer Schwäche, die der einzige Grund dafür ist, dass er ihr den Wunsch nicht abschlägt. Sie will, dass er glücklich ist. Wenigstens ab und zu für ein paar Stunden. Also liegt er hier am Rhein und blickt an seinem nackten Körper hinunter.

Er ist braun geworden in diesem Sommer, eine gleichmäßige, attraktive Farbe, der die feinen blonden Härchen an seinen Unterarmen einen goldenen Schimmer verleihen. Als er ein paar Mädchenstimmen kichern hört, richten sich die Härchen auf.

Wahrscheinlich wieder diese Nervensägen, Jenny und Flo. Sie reden ununterbrochen über ihn. Fangen an zu flüstern, sobald er auftaucht. Kichern. Und gestern haben sie ihn sogar eingeladen. Zu einer Party. Allein das Wort ekelt ihn.

»Am Freitag«, haben sie gesagt.

Also noch diese Woche …

Nicht dass er da hingehen will. Aber sie haben es sehr schlau angestellt. Verdammt schlau. Das Pochen in seinem Körper verstärkt sich. Sie haben seine Mutter angerufen und gefragt, ob er zu ihrer Feier kommen dürfe. Und seine Mutter in ihrem schlechten Gewissen hat zugesagt. Ohne ihn auch nur zu fragen. Ihre stumpfen braunen Augen haben geflackert vor Glück. Eine Einladung. Etwas Normales für den Jungen, der so viel Zeit im Dunkeln verbringt, weil ihr inzwischen sogar das Licht wehtut. Etwas, das ihr einen Teil ihrer Schuld nimmt. Oder zumindest einen Teil dessen, was sie als Schuld empfindet.

Geh ruhig hin, Schatz. Hab ein bisschen Spaß, ja?

Zwecklos, ihr zu sagen, dass er nicht gehen will. Er ist jung, er ist gesund, er hat zu einer Party zu wollen, wenn er eingeladen wird. Fertig.

Seine Augen wandern nach rechts, wo Flo und Jenny ihre aufgerüschten Köpfe über irgendeine hirnlose Mädchenzeitschrift beugen. Lehre Nummer eins, die er aus dieser Geschichte zu ziehen hat: Sie sind schlauer, als man denkt. Selbst die, die auf den ersten Blick eher dumm wirken.

Weit draußen auf dem Fluss tuckert ein Ausflugsdampfer vorbei. Er sieht Touristenflecken an Deck, bunt, laut und angetrunken. Einige winken vollkommen blödsinnig zu ihm herüber, fast so, als ob sie ihn kennen würden. Gleich darauf schlagen die ersten Wellen an den Strand. Er hört, wie sie an den flachen Kieseln lecken, und findet, dass es beinahe gierig klingt. Dann reduziert sich die Geräuschkulisse wieder auf den Verkehrslärm der B 42 in seinem Rücken und auf das Surren des Sommerhimmels.

»Komm doch rein«, rufen die anderen und meinen das Wasser. Diese stumpfe, stinkende Brühe. Genauso unappetitlich wie ihre bleichen Körper.

Er schüttelt den Kopf, und als das nicht hilft, ruft er: »Lasst mich in Ruhe!«

Er hört sie murren, aber sie fügen sich. Sie sind belastbar, jung und selbstbewusst. Und sie wissen, dass er es nicht leicht hat, zu Hause. Zumindest denken sie das. Warum sie überhaupt das Bedürfnis haben, ihn an irgendwas teilhaben zu lassen, ist ihm vollkommen schleierhaft. Wenn sie auch nur einen Funken Instinkt hätten, denkt er, würden sie mir so schnell und so weit aus dem Weg gehen wie nur irgend möglich.

Er dreht sich auf den Bauch. Neue heiße Kiesel bohren sich in seine Haut und hinterlassen dort ein Muster, das man selbst dann noch sehen wird, wenn er schon lange aufgestanden ist.

»Hey«, ruft Flo, und beunruhigt stellt er fest, dass sie selbst diese winzig kleine Bewegung schon wieder registriert hat, »warum legst du dir denn kein Handtuch unter?«

Er lächelt in sich hinein und denkt, dass sie das unter Garantie nicht wissen möchte. Ganz bestimmt nicht!

Als er die Augen wieder aufmacht, ist es Nacht in der Wüste.

Über ihm funkelt das Milliardenheer der Milchstraße mit dem Kreuz des Südens. Dazu fühlt er Eiseskälte, die sich langsam, aber sicher an ihn herantastet, an sein wiedererwachendes Bewusstsein. Unter dem Hut spannt die Haut seiner Stirn wie zu eng, trotz des Sunblockers, den er aufgetragen hat, bevor er losgegangen ist, und er denkt an die Kollegen, die ihm in ein paar Tagen sagen werden, wie schön braun er wieder geworden ist. Und dass ihm die Farbe stehe.

»Wie sind denn die Frauen dort unten?«, werden sie ihn fragen. Lachend. Und ahnungslos wie immer. »Hast du eine hübsche Beduinin aufgerissen?«

Und er wird mit ihnen lachen und kryptisch »Vielleicht« sagen. Auch wenn ihm ihre plumpe Dummheit die Zornesröte ins Gesicht treibt.

Alles hat seine Zeit. Die Wüste und das Sterben.

Und auch die Frauen.

Die Frauen haben ihre Zeit und ihren Ort, aber dieser Ort ist nicht hier, mitten in diesem vor Leben pochenden Nichts. Der Ort für die Frauen ist dort, wohin er in wenigen Stunden zurückkehren wird, erwärmt und gestärkt. Und bereit für das, was da kommen wird.

Ein letzter Blick hinauf zu den Sternen, dann stemmt er sich hoch.

Es ist an der Zeit, denkt er. Zeit zurückzukehren.

Heute früh hat er übers Internet die deutschen Nachrichten gesehen. Man sagt, es stehe eine Hitzewelle bevor …

＃ EINS

August

1 Damian Kender betrachtete das Haus durch das Seitenfenster eines dunkelblauen Mercedes SLK. Der junge Mann, dem der Wagen gehörte, befand sich seit vergangenem Donnerstag auf einer Geschäftsreise in den USA und würde erst übermorgen nach Hause zurückkehren. Wenn Damian Glück hatte, würde er nicht einmal merken, dass sich jemand in der Zwischenzeit sein Auto ausgeliehen hatte. Und falls doch, machte das auch nichts. Es gab keinerlei nachvollziehbare Verbindung zwischen ihnen. Im Gegenteil: Der junge Mann, Tom, wusste nicht einmal, dass Damian überhaupt existierte. Das Einzige, was sie gemeinsam hatten, war eine Bekannte, die in Tom verliebt war und zu viel redete …

Das gemütliche Einfamilienhaus, das Damian im Visier hatte, lag ein wenig zurückgesetzt hinter einem akkurat zurechtgestutzten Vorgarten. Alles wirkte dunkel und verlassen, aber er wusste, dass die Frau, die dort lebte, zu Hause war. Sie war nur einfach keine, die viel Licht machte. Ein paar Teelichte auf dem Couchtisch. Dazu das Flimmern des Fernsehers. Das reichte ihr. Ihm gefiel diese Form von Reduktion. Er stellte sich ihr Gesicht vor, eigenwillig und schön, mit einer klitzekleinen Narbe schräg über ihrer rechten Braue. Wenn er die Augen schloss, sah er sie eine Straße überqueren. An ihrer Hand das kleine Mädchen, das ihr ganzes Glück war, auch wenn sie es zu ihrem größten Bedauern jedes zweite Wochenende mit ihrem Ex, einem Börsenmakler, teilen musste.

Damian nickte und machte die Augen wieder auf. Die Luft, die durch das geöffnete Seitenfenster ins Innere des Wagens schwappte, war schwer und zähflüssig wie Suppe. Aber das gefiel ihm. Überhaupt hatte er eigentlich nur im Sommer das

Gefühl zu leben. Und natürlich war ihm auch klar, dass ihm die augenblickliche Wetterlage sozusagen in die Hände spielte. Die Häuser schienen nachts buchstäblich aus allen Poren die Glut der vergangenen Wochen zu atmen. Und die Leute ließen ihre Fenster offen, oft sogar die Terrassentür. Trotz der Schlagzeilen. Trotz der Angst, die die Medien schürten.

Seine Finger spielten mit dem Stück Papier auf seinem Schoß, der Adresse. Ein sperriger, seelenloser Kasten auf einem Monster von Grundstück, nicht weit von hier. Lediglich ein paar Minuten den Berg runter.

Er sah auf die Uhr.

Die Zeit, die ist ein sonderbar Ding ...

Vor ihm lag die Anliegerstraße ruhig und still. In einiger Entfernung war ein schwarzer VW Tuareg abgestellt. Die Einfahrt dahinter war leer. Damian überlegte, ob das ein Indiz dafür war, dass der Besitzer noch einmal fortfahren würde. Oder ob der Wagen nur zufällig dort stand, wo er stand. Ärgerlich wischte er eine verirrte Mücke weg. Warum blieben die Leute nicht einfach da, wo sie hingehörten? Vier Nächte hatte er jetzt schon in dieser Straße verbracht, und immer hatte der Tuareg in der Einfahrt gestanden.

Nur heute nicht.

Etwas, das ihm nicht gefiel.

Aber er hatte auch keine Zeit, weiter darüber nachzudenken.

Seine Augen wanderten zurück zum Nachbargrundstück jener Frau, die er im Visier hatte. Dort stand der Audi des Hausherrn, das neueste Modell, brav auf seinem Platz vor der Garage. In der Küche, die genau wie die Küche seiner Zielperson nach vorn raus ging, brannte Licht hinter herabgelassenen Rollläden. Und hier und da glaubte Damian gar, einen Schatten zu erkennen, der geschäftig auf und ab ging. Die Frau, Anna, war eine kompakte Blondine, äußerlich absolut reizlos, aber weder dumm noch unerfahren. Damian vermutete, dass sie es war, die das Geld mit in die Ehe gebracht hatte. Der Mann hingegen war eine klassische Mogelpackung, jemand, der selbst wenig auf die Reihe brachte, aber daran gewöhnt war, bei anderen gut anzukommen. Frauen fanden ihn vermutlich durch die Bank attraktiv, seinen Geschlechtsgenossen suggerierte er völlig zu Unrecht Erfolg und Draufgängertum. Damian war sicher, dass er bei der geringsten Krise zusammenbrechen würde. Vor *ihr* dagegen musste man unbedingt auf der Hut sein. Sie gehörte zu der Sorte Frauen, die man im Alltag kaum wahrnahm, die jedoch ohne Zögern zum Küchenmesser griffen, wenn es hart auf hart kam.

Er schenkte dem Licht hinter den Rollläden ein anerkennendes Lächeln.

Potenziale richtig einzuschätzen war eine Fähigkeit, die für das, was er tat, unabdingbar war. Es erleichterte vieles, wenn man im Vorfeld wusste, von wo einem Gefahr drohte, wer sich wehren würde und wer vor lauter Angst nicht einmal mehr wusste, wie man ein Handy bediente.

Er sah wieder auf den Zettel in seiner Hand hinunter und fragte sich, warum er trotz allem ein gutes Gefühl hatte. Das Wort »Bauchgefühl« war ihm zutiefst suspekt, auch wenn er zugeben musste, dass er noch nie wirklich darüber nachgedacht hatte. Nicht vor dem gestrigen Tag. Dafür dachte er seither an nichts anderes mehr. Nur daran, ob er sich selbst trauen konnte. Oder eben nicht. Und wieder der Gedanke: Ich habe ein gutes Gefühl. Aber genau das war es, was ihn so irritierte. Irgendwie war Skepsis etwas, das ihm näherlag. Wenn er ein schlechtes Gefühl bei einer Sache hatte, wäre er nie auf die Idee gekommen, seine Wahrnehmung in Frage zu stellen. Die Erfahrung hatte ihn gelehrt, dass er sich auch in diesen Dingen durchaus auf sein Gespür verlassen konnte. Wenn etwas faul roch, dann war es auch faul. Punkt. Dieses Gespür, sein Instinkt, die warnende Stimme hinter seiner Stirn, die ihm sagte, lass die Finger davon, hatte ihm schon so manches Mal die Haut gerettet.

Aber dieses Mal hatte er ein gutes Gefühl.

Ich glaube nicht, dass ich im Begriff bin, in eine Falle zu gehen, dachte er, während sein Verstand weiter nach dem Haken suchte, den die Sache hatte. Er war da, dieser Haken, er musste da sein. Selbst wenn er ihn im Augenblick nicht sehen konnte, weil er noch immer viel zu wenig wusste über das, was seit gestern mit ihm geschehen war ... Nein! Halt! Stopp!

Nicht erst seit gestern ...

Schon davor!

Wie lange davor, konnte er nicht sagen. Nur, dass es länger her sein musste. Mindestens eine Woche. Oder doch nicht? Er runzelte die Stirn. Es gab natürlich auch die Möglichkeit, dass der andere sich das alles irgendwie anders zusammengereimt hatte. Aber das war eigentlich eher unwahrscheinlich.

Eigentlich ...

Damian fluchte leise vor sich hin. Noch so ein Wort, mit dem er rein gar nichts anfangen konnte. Und über das er noch nie wirklich nachgedacht hatte, auch wenn er das Gefühl nicht loswurde, dass er das Wort »eigentlich« noch nie hatte leiden können.

Eigentlich möchte ich sehr gern kommen ...

Er ließ sich den Satz durch den Kopf gehen und dachte, dass »eigentlich« ein Wort mit einem eingebauten »Aber« war.

Mein Bauchgefühl bei dieser Sache ist gut, aber ...

ABER!

Seine Pupillen weiteten sich, als das Licht in Annas Küche erlosch und eine Energiesparbirne die benachbarte Diele unvermittelt in grelles, unpersönliches Licht tauchte. Für den Bruchteil eines Augenblicks sah er ihre Silhouette im hellen Viereck des Fensters. Dann ging das Licht wieder aus, und ein schwacher Widerschein verriet, dass sich die lebenstüchtige Anna zu ihrem Mann in das rückwärtige Wohnzimmer gesellt hatte, wo sich die beiden, in diesem Punkt war er absolut sicher, unter dem Deckmantel oberflächlicher Freundlichkeit das Leben zur Hölle machen würden. So wie jeden Abend ...

Er sah wieder auf die Uhr und wollte eben losfahren, als ihm ein Auto auffiel, das sich von hinten näherte. Ein Golf, dunkelgrün oder petrolfarben. Der Wagen fuhr ziemlich langsam, allerdings nicht so, als ob der Fahrer etwas suchte. Eher übertrieben vorsichtig. Vielleicht ein Betrunkener, der nicht auffallen wollte. Trotzdem glitt Damian augenblicklich ein Stück tiefer in den Fahrersitz von Toms Mercedes und zog sich die dunkle Baseballkappe in die Stirn. Man konnte nicht vorsichtig genug sein.

Ein Lichtreflex aus dem Seitenspiegel traf sein Gesicht wie ein Blitz.

Nur Sekunden später war es wieder dunkel.

Hau ab, du Idiot! Mach, dass du weiterkommst, verstanden?

Der Zettel in Damians Hand knisterte, als er den Kopf reckte und einen vorsichtigen Blick riskierte. Der Golf war noch immer hinter ihm, zwanzig oder fünfundzwanzig Meter vielleicht. Aber er schien jetzt ein wenig schneller zu fahren. In diese Straße gehörte er nicht, das hier war definitiv keine VW-Golf-Gegend. Die Fassaden der umliegenden Häuser verrieten je nach Geschmack und persönlicher Einstellung der Besitzer mehr oder weniger deutlich, dass hier Geld zu Hause war. Und zwar nicht wenig. Wer in diesem Teil der Stadt nicht mindestens einen Audi fuhr, verriet, dass er woanders wohnte und in der Gegend lediglich einen Besuch machte, etwas auslieferte, sich verfahren hatte oder was auch immer.

Damian kaute auf seiner Unterlippe, die vollkommen trocken war, und dachte an den Kerl, der ihm den Zettel zugespielt hatte. Wie gut war der informiert? Konnte er wissen, dass er hier war?

Wohl kaum ...

Wenn er überhaupt auf ihn lauerte (und warum sollte er

das?), würde er bei dieser anderen Adresse warten. Jener Adresse, zu der Damian aufbrechen würde, wenn dieser Idiot von einem Golf-Fahrer endlich an ihm vorbei war! Er stieß ein unwilliges Zischen aus und rutschte noch ein Stück tiefer in den Sitz. Das Motorengeräusch war einen kurzen Augenblick lang genau auf seiner Höhe, dann nahm seine Lautstärke langsam ab. Damian starrte an die Decke von Toms Mercedes, wo ihm ein roter Widerschein von Rücklichtern verriet, dass sich der Golf endlich wieder von ihm entfernte. Damians Augen wanderten über die Dichtung der Tür zur Windschutzscheibe, und er dachte an die Chamäleons, die ebenfalls in seinen Zuständigkeitsbereich fielen. Und daran, dass er in Vorträgen vor Schulklassen gern erwähnte, dass das Gesichtsfeld dieser Tiere unbegreifliche dreihundertzweiundvierzig Grad betrug. Dreihundertzweiundvierzig Grad! Das bedeutete einen toten Winkel von gerade mal achtzehn Grad – lediglich ein schmaler Streifen am Rücken. Und dazu Scharfsehen auf einen Kilometer Distanz.

Wie überlegen uns die Natur doch ist, dachte er, während er langsam bis zehn zählte. Bei elf hob er den Kopf und entdeckte die Rücklichter des Golfs etwa auf Höhe des Tuareg. Er war nicht direkt beunruhigt, was diesen Wagen anging. Das wäre zu viel gesagt. Aber er verstand durchaus, dass er die Verunsicherung, die sein Auftauchen mit sich gebracht hatte, als Stichwort aufzufassen hatte. Als imaginären Startschuss, der ihn darauf hinwies, dass es jetzt losging. Dass er nicht länger fackeln durfte. Dass es an der Zeit war.

Er schenkte dem Haus auf der gegenüberliegenden Straßenseite einen letzten, flüchtigen Blick. Dann ließ er den Wagen an und machte sich auf den Weg zu der Adresse auf seinem Zettel.

2 Irina Portner trat auf die Terrasse ihrer Villa in der Danziger Straße und blickte in den parkartig angelegten Garten hinunter. Seit Stunden wartete sie nun schon darauf, dass es endlich kühler wurde, doch die Hitze gab keinen Millimeter nach. Die bleierne Luft war erfüllt von Geräuschen, dem Zirpen von Grillen, Autolärm und dem Knistern trockener Blätter, die sich – ausgedörrt von der Sonne – viel zu früh von den Zweigen gelöst hatten. Ein Anklang von Herbst, mitten im heißesten Sommer seit Jahrzehnten.

Irgendwie gespenstisch, dachte Irina und sah hinauf in den bleichen Abendhimmel über der Stadt. Ein mattes Anthrazit, das nach Endzeit aussah und in dem nur hier und da eine trübe Ahnung von Stern dämmerte.

Die sogenannte kalte Jahreszeit war ihr von jeher lieber, vor allem die klirrend klaren Winter ihrer Heimat, die selbst noch den hartnäckigsten Moskowiter Smog in die Knie zwangen und den Blick freigaben auf das kristallene Firmament hoch über der russischen Hauptstadt. Fast so, als reibe man eine beschlagene Scheibe wieder blank. Irina schlang sich schützend die Arme um den Körper und dachte an die Nächte, in denen sie in ihrem abgetragenen Daunenmantel am weit geöffneten Küchenfenster gestanden und ihrem Atem nachgeblickt hatte, während ihre Mutter im Nebenraum mit irgendeinem Freier zugange gewesen war. Wie alt mochte sie da gewesen sein? Acht vielleicht? Oder doch schon älter? Sie überlegte eine Weile, kam jedoch zu keinem Ergebnis. In ihrer Erinnerung war ihre Kindheit eine Ansammlung von Bildern ohne jede Struktur. Zumindest was die zeitlichen Abläufe betraf. Aber das mochte auch daran liegen, dass ihre Tage im Wesentlichen alle gleich verlaufen waren. Ein nie enden wollender Kampf ums Überleben inmitten der lebensfeindlichen Betonwelt einer Trabantenstadt im Norden Moskaus.

Aber so eintönig ihr Kinderleben auch verlaufen war, an den Winter und seinen tröstlich-reinen Geruch erinnerte sie sich genau. An den Geruch und an ihre rotgefrorenen Wangen. Sie hatte ihrem Atem nachgesehen, wie er aufgestiegen war, weiß und frei, und sie hatte sich nichts sehnlicher gewünscht, als ihm zu folgen. Einfach in die Nacht davonzufliegen. Irgendwohin, wo es menschenleer und still war.

Und dann war ihre Mutter gekommen und hatte sie verprügelt. *Sag mal, bist du eigentlich noch ganz bei Trost?! Da sind ja schon Eiszapfen in der Gardine. Hast du auch nur die leiseste Ahnung, was die Energie kostet, die nötig ist, um es hier warm zu haben? Und was ich dafür tun muss, das Geld dafür aufzubringen?*

Irinas Augen krallten sich in den fahlen Rasen unterhalb der Terrasse, der täglich gesprengt wurde und trotzdem irgendwie krank aussah. Die Büsche ringsum waren frisch beschnitten und schienen zu hecheln, während die alte Hitze, die sich über Tag angestaut hatte, sie aufs Neue attackierte. Selbst Hitze, dachte Irina, fühlt sich hier im Rheingau grundlegend anders an als zu Hause in Moskau. Dabei sprachen die Meteorologen ausdrücklich von einem »Russen-Hoch«. Sie schüttelte ungläubig den Kopf und betrachtete einen sorgfältig gestutzten Rosenbusch, der nicht eine einzige Blüte trug. Rechts dahinter führte ein mit sündhaft teuren Solarlampen beleuchteter Pfad in kühnen Schwüngen auf jenes Gebäude zu, das ihr Mann je nach Laune als »Pavillon« oder »Laube« bezeichnete und das in Wirklichkeit ein hochmodern ausgestattetes Gästehaus war.

Ein Gästehaus für Gäste, die nie kamen …

Es bestand aus zwei versetzten Quadern – genau wie das Wohnhaus, das Jan mit der für ihn typischen Mischung aus Selbstbewusstsein und Größenwahn mitten zwischen die altehrwürdigen Villen ringsum hatte setzen lassen – und verfügte über eine eigene, rund vierzig Quadratmeter große Terrasse, die geradewegs in den japanisch anmutenden Pool überging.

Irina stutzte, als sie in einem der bodentiefen Fenster an der Vorderseite des Gebäudes eine Bewegung wahrnahm. Eine Reflexion vielleicht. Sie kniff die Augen zusammen, konnte jedoch nicht viel mehr erkennen als ein paar gezackte Baumschatten und den entfernten Widerschein des türkisblauen Poolwassers. Trotzdem fühlte sie sich irgendwie alarmiert. Sie dachte an den mysteriösen Serienvergewaltiger, dessen Taten seit Wochen die lokalen Medien beherrschten. Der »Artist«, wie die Reporter den unbekannten Täter seiner Geschicklichkeit beim Erklettern von Fassaden wegen nannten, hatte seit Mitte Juli fünf Frauen überfallen, und sein letztes Opfer, eine dreiundvierzigjährige Polin, lag angeblich noch immer im Koma. Irina machte unwillkürlich einen Schritt rückwärts. Sie fürchtete sich selten, doch jetzt hatte sie mit einem Mal das Gefühl, dass es nicht besonders klug war, noch länger allein hier auf der Terrasse herumzustehen. Ihr Blick suchte das Nachbarhaus, das sich – halb verdeckt von einer riesigen alten Weide – jenseits einer begrünten Mauer erhob. Sie konnte kein Licht entdecken, was nicht wirklich etwas bedeuten mochte, denn auf dieser Seite des Gebäudes befanden sich nur das Treppenhaus und die Fenster zweier Gästetoiletten. Trotzdem war der Anblick der düsteren Fassade alles andere als beruhigend.

Sie wandte sich mit einem Ruck ab und kehrte ins Haus zurück. Nachdem sie die Terrassentür hinter sich zugezogen hatte, schaltete sie die Alarmanlage wieder ein, die sie ein paar Stunden zuvor deaktiviert hatte. Der Code war vierstellig: 3561, Tag, Monat und Geburtsjahr ihres Mannes. Die Anlage sicherte den Keller sowie die gesamte untere Etage. Sie war direkt mit dem Büro eines örtlichen Sicherheitsdienstes verbunden, das rund um die Uhr besetzt war, und schaltete sich automatisch aus, wenn der passende Schlüssel ins Hauptschloss gesteckt wurde. So konnte Jan problemlos herein, wenn er in ein paar Stunden nach Hause kam.

Irinas Augen lösten sich von dem grün leuchtenden Display. Einmal hatte sie den Alarm aus Versehen ausgelöst. Ganz zu Anfang war das gewesen, als ihr die Umstellung von den schäbigen Zweiraum-Apartments, in denen sie ihr bisheriges Leben verbracht hatte, auf die Dimensionen einer Dreizehn-Zimmer-Designer-Villa noch schwergefallen war. Es hatte exakt viereinhalb Minuten gedauert, bis zwei bis an die Zähne bewaffnete Wachleute und eine Polizeistreife vor der Tür gestanden hatten, und Irina hatte fest damit gerechnet, dass ihr Mann über ihr Missgeschick zutiefst erbost sein und ihr eine Riesenszene machen würde. Doch Jan hatte nur gelacht und gesagt, er sei froh, auf diese Weise zu erfahren, dass der beauftragte Sicherheitsdienst tatsächlich so gewissenhaft arbeite, wie er behaupte.

Irina nahm sich ein Glas Wasser aus der Karaffe auf dem Buffet und dachte, dass er es immer wieder schaffte, sie genau dann positiv zu überraschen, wenn sie am wenigsten damit rechnete. Aber das war – wie sie aus leidvoller Erfahrung wusste – viel eher ein Ausdruck von Jans Unberechenbarkeit als echte Freundlichkeit. Und oft genug äußerte sich sein sprunghaftes Wesen in umgekehrter Weise. Dann geriet er über irgendeine Kleinigkeit derart in Wut, dass man es wirklich mit der Angst bekommen konnte. Zwar wurde Jan nur selten gewalttätig, aber das brauchte er eigentlich auch gar nicht. Selbst im Job wurde er so gut wie nie laut. Stattdessen hatte er diese ganz spezielle Art, einen anzusehen, die einem augenblicklich das Gefühl gab, ein absolutes Nichts zu sein. Irina nickte leise vor sich hin. Bei Jan genügte tatsächlich ein einziger Blick, und die Leute spurten.

Dabei hatte er eigentlich sehr schöne Augen ...

Sie zog die Schultern hoch, und erst mit ein paar Sekunden Verzögerung wurde ihr klar, dass sie wirklich und wahrhaftig fröstelte.

In einer drückend schwülen Nacht wie dieser ...

3 Ihre Umgebung verschwamm zu einem indifferenten Mischmasch aus Stimmen und Farben, aus dem hin und wieder einzelne Worte an ihr Ohr drangen. Worte, die sie zwar irgendwie in sich aufnahm, die jedoch zum Großteil nicht bis in ihr Bewusstsein vordrangen. Im Fernsehen lief irgendeine Talkshow. Eine Jungschauspielerin, die zu viel lachte, und ein Politiker mit pointierter Ironie. Eigentlich die perfekte Kulisse für einen erholsamen Schlaf. Doch irgendetwas stimmte nicht!

Ricarda Benson richtete sich auf und rieb sich die Augen. Die letzten Tage waren irgendwie seltsam gewesen, geprägt von einer inneren Unruhe, die sie sich einfach nicht erklären konnte. Gut, diese Hitze brachte allmählich auch die hartgesottensten Sommer-Fans um den Verstand, aber das allein schien ihr als Erklärung nicht genug. Instinktiv und gleichfalls ohne rechtes Bewusstsein hatte sie alle Ecken, aus denen üblicherweise Ungemach drohen konnte, abgecheckt. Ihr Exmann war im Urlaub auf den Seychellen, ihr Vater, mit dem sie nicht mehr sprach, schien genug mit sich selbst zu tun zu haben, als dass er noch Spielraum gehabt hätte, ihr Ärger zu machen, im Job lief ebenfalls alles normal – und trotzdem wurde sie diese unterschwellige Furcht, dieses Gefühl von Bedrohung einfach nicht mehr los. Und selbst jetzt, erschöpft nach einem langen Arbeitstag, vor dem Fernseher im Wohnzimmer ihres Hauses, fühlte sie sich irgendwie verunsichert.

Sie strich sich die Haare zurück und griff nach der 1,5-Liter-Colaflasche auf dem Couchtisch, die bereits zu zwei Drittel leer war, ohne dass Ricarda sich auch nur im Mindesten erfrischt gefühlt hätte. Als sie ein Geräusch in ihrem Rücken hörte, fuhr sie erschrocken zusammen.

»Mama«, sagte Leah, ihre sechsjährige Tochter, in der Tür.

»Was ist denn, mein Schatz?«, fragte Ricarda, während sie versuchte, ihre wild flatternden Nerven wieder unter Kontrolle zu bringen. »Hast du schlecht geträumt?«

Ihre Tochter schüttelte den Kopf.

»Sondern?«

»Ich kann nicht schlafen.«

Damit wären wir dann schon zwei, dachte Ricarda, während ihr Blick unwillkürlich die Uhr neben dem Fernseher suchte. Kurz vor elf erst. Nicht unbedingt die Zeit, zu der sie üblicherweise ins Bett ging. Doch die Unruhe der vergangenen Tage hatte sie mürbe gemacht. Und kurz vor elf fühlte sich an diesem Abend definitiv so an wie halb vier in der Frühe …

»Es ist so heiß«, maulte Leah, indem sie zum Sofa kam und sich sanft an ihre Mutter schmiegte.

»Ich weiß. Aber das ist leider nicht zu ändern.«

Nicken. »Liest du mir was vor?«

»Du musst schlafen.«

»Bitte, Mama. Nur eine Geschichte.«

»Also gut. Aber nur, weil es so heiß ist.« Ricarda stemmte sich vom Sofa hoch und folgte ihrer Tochter in den ersten Stock, wo die Hitze bleiern unter den Dachschrägen klebte.

»Liest du mir die von dem Elefanten vor, der zum Zirkus will?«, fragte Leah hoffnungsvoll.

Ricarda schüttelte den Kopf. »Die ist viel zu lang, und du müsstest längst schlafen.«

»Aber ich bin gar nicht müde«, erklärte ihre Tochter, obwohl ihre glutroten Wangen eindeutig eine andere Sprache sprachen.

»Eine kurze Geschichte oder gar keine«, entgegnete Ricarda. »Du hast die Wahl.«

Anstelle einer Antwort sprang Leah ins Bett und rutschte so weit auf die Seite, dass ihre Mutter sich bequem neben sie setzen konnte.

Ricarda zog ein Buch aus dem Regal und schaltete die Nachttischlampe an, einen rotnasigen Clown.

Dann begann sie zu lesen.

Leahs kleiner Körper neben ihr wurde allmählich schwerer, doch als es irgendwo im Haus plötzlich knackte, war sie augenblicklich wieder wach. »Mama?«

»Ja?«

»Was war das?«

»Keine Ahnung. Nichts Schlimmes«, fügte Ricarda eilig hinzu, ohne sicher zu sein.

Sie hörte den Atem ihres Kindes, der deutlich rascher ging als sonst. »Ist das ein Tier, Mama?«

»Ein Tier?« Sie ließ das Buch sinken. »Was sollte es für ein Tier sein?«

Sie besaßen keine Tiere. Nicht einmal einen Kanarienvogel. Sie hatte auch so schon genug damit zu tun, Alltag und Beruf unter einen Hut zu kriegen.

»Ich weiß nicht«, flüsterte Leah, als habe sie Angst, dass jemand sie belauschte. »Ein Löwe vielleicht, der durchs Haus schleicht und Futter sucht.«

»Du magst Löwen nicht besonders, oder?«

Ihre Tochter schüttelte den Kopf.

»Warum nicht?«

Leah antwortete nicht. Aber sie kroch ängstlich noch ein Stück näher an ihre Mutter heran.

Sie waren erst vor kurzem wieder einmal im Zoo gewesen, ein Ausflug, der Leah viel Spaß gemacht hatte. Doch er hatte auch einige Überraschungen gebracht. Ricarda hatte insgeheim damit gerechnet, dass sich ihre Tochter vor allem für die Tiere begeistern würde, von denen die Geschichten handelten, die sie so gern hörte. Elefanten. Affen. Und auch Löwen ... Doch da hatte sie sich gründlich getäuscht. Vielleicht lag es an den Möglichkeiten, die diese neuen Gehege boten. Bodentiefe Glaseinsätze anstelle von Gitterstäben – das bewirkte eine viel größere Unmittelbarkeit von Eindrücken, als sie zum Beispiel in Ricardas eigener Kindheit möglich gewesen waren. Ja, dachte sie, selbst manchem Erwachsenen, mich eingeschlossen, bereitet das Gefühl, einem ausgewachsenen Löwen oder Tiger sozusagen Auge in Auge gegenüberzustehen, zumindest eine Gänsehaut – Panzerglas hin oder her.

»Mama?«

»Schon gut, Liebling«, sagte sie, indem sie ihrer Tochter sanft über die Haare strich. »Hier drin ist kein Löwe.«

»Bestimmt nicht?«

»Nein, bestimmt nicht.« Sie hielt inne, als ihr Blick das Fenster streifte, wo die Jalousie nicht heruntergelassen war. »Leah?«

»Ja?«

»Warum ist der Rollladen oben? Ich hatte ihn doch heruntergelassen, vorhin.«

Ihre Tochter senkte schuldbewusst den Blick. Sie wusste ganz genau, dass ihre Mutter viel Wert darauf legte, dass alle Rollläden geschlossen waren, sobald es dunkel wurde. Es hatte nicht einmal etwas mit der aktuellen Vergewaltigungsserie zu tun. Ricarda hasste einfach das Gefühl, dass irgendjemand zu ihnen hineinsah und vielleicht einen Blick erhaschte auf ihr Kind im Unterhemd. Auf die Bilder, die an den Wänden ihres Hauses hingen. Auf Privates, etwas, das ihr ganz allein gehörte.

»Hast du ihn wieder hochgezogen?«

Nicken. Noch schuldbewusster als zuvor.

»Warum?«, fragte Ricarda.

»Weil ich sonst die Sterne nicht sehen kann.«

Ricarda konnte nicht umhin, zu lächeln. Das war doch mal ein vernünftiges Argument! »Na schön«, sagte sie. »Aber was, wenn du dann morgen ganz früh wach wirst?«

»Werde ich nicht.«

»Woher willst du das wissen?«

»Weil ich es schon die ganze Zeit so mache.«

»Wirklich?« Ricarda blickte sich irritiert um. Das war ihr tatsächlich entgangen. Und obwohl es eigentlich nur eine

Bagatelle war, verstärkte es ihre Unruhe. Sie fühlte sich wie ein Hirte, der vergessen hatte, ein Gatter hinter sich zu schließen ...

»Liest du jetzt weiter?«

»Gleich.« Mit dem aufgeschlagenen Buch in der Hand stand Ricarda auf und trat ans Fenster. Nach dem Sternen-Argument wollte sie ihrer Tochter den freien Blick in den Himmel nicht wieder rauben. Aber sie musste sich wenigstens davon überzeugen, dass noch alle Schafe im Pferch waren. Dass es keine Gefahr gab.

Ein Löwe, der durchs Haus schleicht ...

Sie warf einen Blick auf das Thermometer am Fensterrahmen, dessen Außenfühler noch immer achtundzwanzig Grad maß. Dann schob sie die Bistrogardine mit den bunten Libellen beiseite und sah zum Nachbarhaus hinüber. Das kompakte Dunkel hinter den Rollladenritzen verriet, dass sich Anna und Jörn aller Wahrscheinlichkeit nach gemeinsam im Wohnzimmer aufhielten. Wahrscheinlich stand die Terrassentür sperrangelweit offen und ...

»Mama!«

»Ja, mein Liebling?«

»Was machst du?«

»Nichts.« Ricarda ließ die Gardine los und wollte sich gerade abwenden, als etwas, das sich vorn an der Straße abspielte, ihre Aufmerksamkeit erregte. Leahs Fenster lag an der Schmalseite des Hauses, sodass man von dort neben dem Haus der Nachbarn auch ein Stück von der Straße sehen konnte. Zwar war die Beleuchtung an dieser Stelle nicht besonders günstig, doch Ricarda sah deutlich den Schatten eines Autos. Dunkel und ziemlich groß. Allerdings war es weniger das Fahrzeug selbst, das ihr auffiel. Es war die Tatsache, dass es ohne Licht fuhr. Die Limousine glitt durch den Ausschnitt, den sie sehen konnte, wie ein Raubfisch – lautlos, ein stromlinienförmiger Schatten.

»Was ist denn, Mama?«

Ricarda hielt sich ganz still. Normalerweise hätte sie jetzt mit »Nichts, alles in Ordnung« geantwortet, doch die Worte wollten einfach nicht über ihre Lippen kommen.

»Hast du ihn gesehen?«, fragte Leah hinter ihr mit Angst in der Stimme.

»Wen?«

Noch leiser, verschwörerisch fast: »Den Löwen.«

Ricarda antwortete nicht. Das, was ihr auf der Zunge lag, konnte sie unmöglich sagen. Nicht einem sechsjährigen Kind.

Ich bin mir nicht sicher ...

4

Sie wird Ihnen gefallen ...

Damian fühlte, wie die alte Wut ihn wieder ankroch. Dass irgendjemand sich anmaßte zu beurteilen, was ihm gefiel, trieb ihn buchstäblich zur Weißglut. Und dieser Kerl tat genau das. Ebenso wie die Presse. Dabei troff die Ratlosigkeit der Reporter aus jeder Zeile, die sie über ihn schrieben. Er verfolgte die Berichterstattung über seine Taten aufmerksam. Sie hatten nicht die leiseste Ahnung, in welche Schublade sie ihn stecken sollten. Seine Opfer waren unterschiedlich groß, hatten unterschiedliche Gewohnheiten und führten vollkommen unterschiedliche Leben. Sarah Endecke war Single, Tatiana Schwarz Witwe. Iris Vermeulen hatte zwei erwachsene Söhne und eine halbwüchsige Tochter, die noch zu Hause wohnte. Merle Olsen lebte mit einer Frau zusammen. Es gab keinerlei Gemeinsamkeiten zwischen ihnen, keinen roten Faden. Zumindest keinen, auf den diese Pappnasen von Journalisten hätten kommen können. Und wenn ihn irgendwann mal jemand fragen sollte, was all diese Frauen gemeinsam hatten, würde er schlicht antworten: Sie waren *da*.

Möglicherweise auf eine ganz besondere Art da, präsent, anwesend. Er dachte nach. Ja, das vielleicht. Die Präsenz der betreffenden Frau war ihm in allen fünf Fällen auf eine ganz spezifische Weise aufgefallen. Durch eine bestimmte Art zu gucken, durch eine Ausstrahlung, durch einen Blick, der Willensstärke und Unbeugsamkeit verriet.

Aber solche Dinge nahmen nur wenige Menschen wahr.

Es gehe ihm darum, die Frauen zu erniedrigen, schrieben die Zeitungen. Täter wie er wollten sich überlegen fühlen, sich selbst und anderen ihre Macht beweisen. Alles Quatsch, dachte er. Er wollte keine schwachen Frauen. Bei schwachen Frauen kam ihm das Kotzen. Dennoch maßten sich die Pappnasen immer wieder an, an ihm und seinen Motiven herumzudeuten. Sie zitierten Psychoanalytiker und Kriminologen und wussten doch nichts über ihn. Nicht das Geringste!

Bis auf diesen einen ...

Der allerdings schien mehr zu wissen, als er sich je hatte träumen lassen. Und das war vielleicht das, was ihm an der ganzen Sache am meisten aufstieß. Dass er seine Gegner unterschätzt hatte. Dass er sich seiner selbst zu sicher gewesen war.

Er schluckte.

In der Natur hatte jede Spezies ihren spezifischen Fressfeind. Egal, wie gut getarnt, wie gut bewaffnet oder wie giftig – immer gab es einen, der noch stärker war. Noch besser ausgestattet. Immun gegen das Gift oder die Stacheln. Einen, bei dem alle Gegenwehr nichts auszurichten vermochte und der einen einfach vom Fleck weg verschlang, wenn man nicht aufpasste. Seine Finger spielten am Zündschlüssel des Mercedes, den er stecken lassen würde, ganz wie immer, und er dachte an den Anruf, den er erhalten hatte. Gestern früh, als er sich gerade auf den Weg zur Arbeit machen wollte.

Eigentlich war er schon halb aus der Tür gewesen.

Eigentlich ...

Aber es kam so selten vor, dass sein Telefon läutete.

Also hatte er das Gespräch angenommen. Schon aus reiner Neugier.

Die Rufnummer war natürlich unterdrückt gewesen, das Display des drahtlosen Telefons bis auf die Information »UNBEKANNT« leer geblieben. Dann eine Stimme wie eine Bandansage. Verzerrt von irgendeinem dieser Geräte, die alles unkenntlich machten. *Ich weiß, was Sie getan haben.* Seltsamerweise hatte Damian sofort verstanden, dass es sich bei dem, was er da hörte, nicht um einen Scherz handelte. Und selbst jetzt fühlte er noch seinen Herzschlag, der in diesem Moment ein anderes Gewicht bekommen hatte. Schwerer. *Gehen Sie ins Nachttierhaus. Die Uhr, gegenüber den Greifstachlern.* Spätestens da war Damian auch klar gewesen, dass dieser Kerl sich auskannte in seinem Leben. Und dass er dort gewesen war, auf seinem Terrain, in seinem Revier. Noch so etwas, das ihn rasend machte. *Hinter der oberen Verkleidung finden Sie einen Zettel mit einem Namen und einer Adresse. Stichtag ist morgen Abend, Punkt 23 Uhr. Wenn Sie sich verspäten, lasse ich Sie ins Messer laufen. Die Frau wird zu diesem Zeitpunkt allein sein. Sie wird Ihnen gefallen. Und sie verdient, was sie bekommt. Achten Sie darauf, dass Sie alles so machen, wie Sie es immer tun. Und dann verschwinden Sie.*

Damian stieg aus und blickte zu der hypermodernen Fassade des Hauses hinüber.

Das ist der Deal. Ihre Freiheit gegen diesen einen Abend.

Dieser eine Abend ...

Damian sog den Geruch des überhitzten Asphalts in sich auf und überlegte, ob er sterben würde. Er hatte sich nie zuvor Gedanken über seinen Tod gemacht, weder über den Ort noch über den Zeitpunkt. Aber heute war ihm, als ob das, was noch vor ihm lag, einen engen zeitlichen Rahmen hatte.

Die Zeit, die ist ein sonderbar' Ding. Wenn man so hinlebt, ist sie rein gar nichts. Aber dann, auf einmal, spürt man nichts als sie ...

Vielleicht war die Frau auf seinem Zettel gar nicht zu Hause. Dass es sie tatsächlich gab, hatte er abgecheckt. Aber vielleicht hatte irgendjemand sie benutzt, einzig und allein zu dem Zweck, ihn in eine Falle zu locken. Vielleicht saß irgendwer dort oben, in der Dunkelheit ihres Schlafzimmers, und wartete nur darauf, dass er auftauchte. Jemand, der ein Held sein wollte. Oder der einen Grund hatte, ihn zu hassen.

Aber wer sollte das sein?

Der Asphalt vor ihm verwandelte sich unter seinem Blick und wurde für den Bruchteil einer Sekunde zu Wasser. Der Rhein. Kiesstrand. Und wieder Hitze. Immer wieder. Er glaubte, entfernte Stimmen zu hören. Und das Tuckern eines Ausflugsdampfers.

Und du bist Damian? Was für ein außergewöhnlicher Name! Griechisch, nicht wahr? Wenn ich nicht irre, bedeutet er so viel wie »der Mächtige« ...

Damian blieb stehen und sah sich um. Näherten sich dort nicht Scheinwerfer? Da hinten? Hinter der Kurve?

Nein, Fehlalarm. Alles in Ordnung. Alles ruhig.

Die Fasern seiner Muskeln entspannten sich, und sein Herzschlag wurde von einer Sekunde zur anderen wieder ruhig und gleichmäßig. Nicht dass er Angst gehabt hätte. Er nahm seine Tasche aus dem Kofferraum, verzichtete jedoch darauf, noch einmal ihren Inhalt zu kontrollieren. Er schwitzte nicht. Er wollte es einfach nur hinter sich bringen.

Wie schön, dass du kommen konntest, Damian! Das wird Florentine freuen. Sie ist hinten im Garten ...

Er hielt zitternd inne, als eine Welle von Erregung ihm für ein paar flüchtige Augenblicke den Atem nahm.

Schnell blinzelte er die Bilder fort, straffte die Schultern und ging mit beherzten Schritten auf das Grundstück zu, ohne auch nur die geringste Ahnung zu haben, was ihn dort erwarten würde.

5 Irina Portner erwachte mit rasenden Kopfschmerzen, und das Erste, was sie dachte, war, dass sie geträumt haben musste. Doch dann nahm sie den Schmerz wahr und wusste, es war real. Ihr Körper war eine einzige pochende Wunde.

Sie lauschte in sich hinein und versuchte, dem Pochen einen Ort zuzuordnen. Eine Stelle, irgendetwas, das sich fassen ließ. Doch das Einzige, was sie wahrnahm, waren ihre kalten Füße.

Wo war die Schwüle der Nacht?

Wie viel Zeit war vergangen, seit …

Ja … Seit was?

Obwohl die Angst sie mit Eispranken umklammert hielt, zwang sie sich dazu, die Augen zu öffnen, und sah die hohe Zimmerdecke, die ein Muster hatte. Blätter oder Ranken, die leise hin und her schwangen. Die Vorhänge, dachte sie, erleichtert, etwas wiederzuerkennen. Das Mondlicht, das durch die Gardinen fiel, zauberte ein Schattenmuster auf den reinweißen Putz. Zugleich kehrten nun auch die Bilder zurück. Das Mosaik aus Glaskacheln neben dem Badezimmerspiegel, die Ankleide, der Schatten, der neben ihr auf den Marmorboden fällt. Und das Leder. Handschuhe trotz der Hitze. Ein dumpfer Druck. Dann Dunkel.

Irina hielt den Atem an und lauschte auf Geräusche, die auf die Anwesenheit einer zweiten Person hindeuteten. Etwas, das ihr verriet, ob er noch da war. Ein leises Schlucken vielleicht. Oder das Rascheln von Kleidung. Aber alles, was sie hörte, war das entfernte Surren eines startenden Autos und das Ticken der Uhr, die an der Wand neben der Tür hing.

Irina mochte eigentlich keine Uhren, erst recht keine, die laut und vernehmlich vor sich hin tickten. Das Geräusch ablaufender Zeit in ihrer Nähe hatte sie schon immer nervös gemacht. Aber diese Uhr dort neben der Tür hatte sich in den acht Jahren ihrer Ehe zu einer Art Rettungsanker entwickelt, an dem sie sich festklammern konnte, wenn Jan wieder einmal seine sogenannten ehelichen Rechte einforderte. Unzählige Nächte hatte sie hier im Bett gelegen und die Uhr angestarrt, während sie das Gewicht seines schweißnassen Körpers auf sich gefühlt hatte und den Schmerz, wenn er in sie eindrang. Die Uhr hatte sie daran erinnert, dass alles irgendwann vorbeiging, selbst der Schmerz, und ihre Augen waren dem Sekundenzeiger gefolgt und hatten in der Gleichförmigkeit seines Auf- und Abstiegs einen Hauch von Trost gefunden.

Und auch jetzt war die Uhr das Erste, was sie anzusehen wagte.

Das Zifferblatt war grau und rund, mit römischen Zahlen darauf und einem mechanischen Uhrwerk. Seltsamerweise vergaß Jan niemals, die Uhr aufzuziehen, auch wenn er sich sonst um fast nichts kümmerte, was mit dem Haushalt zu tun hatte. *Delegieren*, sagte er immer, *im sinnvollen Delegieren liegt das ganze Geheimnis. Es rechnet sich nicht, selbst einen Hammer in die Hand zu nehmen und dein Klo zu reparieren, wenn du in der Zeit, die du dafür brauchst, das Doppelte von dem verdienen kannst, was der Handwerker kostet ...*

Aber die Uhr zog er eigenhändig auf. Alle zwei Tage ...

Irina starrte den Sekundenzeiger an. Er war gerade auf dem Aufstieg zur Zwölf, und ihr Verstand klammerte sich an diese banale Information wie ein Ertrinkender an einen Strohhalm. Zugleich erinnerte sie sich an etwas, das ihre Großmutter ihr einmal erzählt hatte, als sie noch ein Kind gewesen war: Ihr Großvater war irgendwo westlich von Moskau von einer deutschen Mörsergranate zerfetzt worden, und Oksana Bajuk hatte steif und fest behauptet, in derselben Sekunde, in der ihr Oleg getötet wurde, habe zu Hause im Wohnzimmer die Kaminuhr aufgehört zu schlagen. Sie selbst sei gerade beim Bügeln gewesen und habe sofort gewusst, was Sache war. *Oleg ist gefallen*, habe sie unter Tränen ihrer

Schwester erzählt, die sie schlechterdings für verrückt erklärt habe. Doch ein paar Monate nach Kriegsende sei ein Kamerad ihres Mannes aufgetaucht, um der Familie einen goldenen Anhänger zu überreichen, der sich in Olegs Besitz befunden hatte. Darüber hinaus habe er Oksana Bajuk auch über die genauen Todesumstände ihres Mannes berichtet, und die Schilderungen des Kameraden hätten ihre Vermutung bestätigt.

Irina blinzelte, während der Sekundenzeiger eben ein weiteres Mal die römische Drei passierte. Seltsam, dass ihr diese Sache ausgerechnet jetzt wieder einfiel ...

Du musst aufstehen!, mahnte eine Stimme in ihrem Kopf. *Die Polizei rufen! Jemanden, der dir hilft ...*

Sie schob sich vorsichtig höher, verwundert, dass es ihr tatsächlich gelang, sich aufzusetzen. Allerdings war ihr Gesichtsfeld stark eingeschränkt, fast so, als blicke sie durch eine enge Röhre, an deren Ende die Uhr unerbittlich vor sich hin tickte. Das Zimmer um sie herum schien dunkel und still, doch in ihrem Kopf lief alles durcheinander. Türkisblaues Poolwasser wogte hinter ihrer Stirn, zog sich wieder zurück und gab den Blick frei auf den kranken Rasen und das grell leuchtende Display der Alarmanlage. Doch die Zahlen zerliefen, fast so, als entstammten sie einem Gemälde von Dalí.

Irina stöhnte leise auf, als ihre linke Ferse auf dem Boden neben dem Bett aufschlug. Ein dumpfer, hohler Ton. Es wollte ihr noch immer nicht gelingen, ihren Körper unter Kontrolle zu bringen, doch sie wusste, dass sie wegmusste. Raus aus dem Bett, raus aus dem Haus, irgendwohin, wo sie nicht allein war.

Ihre zitternde Hand tastete nach dem Handy auf dem Nachtschrank. Und tatsächlich ... Es war da!

Irina stemmte sich hoch und tippte die 110, während ihre Puddingbeine sie langsam und widerwillig Richtung Tür trugen.

»Notrufzentrale der Polizei«, meldete sich eine angenehme Stimme, der Irina zunächst nicht einmal ein Geschlecht zuordnen konnte.

»Bitte«, schrie sie mit einer Mischung aus Erleichterung und nackter Angst, »helfen Sie mir! Man hat ... Jemand hat mich überfallen!«

»Beruhigen Sie sich.«

Irina schluckte.

»Sind Sie verletzt?«

»Ja ... Das heißt, ich weiß nicht genau.«

»Gut. Kein Problem. Wo genau sind Sie?«, wollte die Stimme wissen.

Und Irina antwortete mechanisch: »Im Schlafzimmer«, bevor ihr klar wurde, wie nutzlos diese Information für einen Außenstehenden war.

»Beruhigen Sie sich«, widerholte die Stimme am anderen Ende der Leitung. »Wie ist die genaue Adresse?«

»Danziger Straße«, keuchte Irina, als ihr Fuß unvermittelt auf einen Widerstand traf. Etwas, das nass war, wie sie voller Schrecken feststellte. Weich und nass ...

»Und die Nummer?«, schepperte es aus dem Hörer.

Doch Irina antwortete nicht.

»Hallo?«

Ihre Finger ertasteten Stoff.

»Sind Sie noch dran?«

Irina runzelte die Stirn. Was war das? Warum gelang es ihr nicht endlich, zu verstehen, was hier vorging?

»Hallo? Können Sie mich hören?«

»Ja ...«

»Hören Sie, ich habe Ihre Nummer auf dem Display«, erklärte ihr die Beamtin am Telefon. »Machen Sie sich keine Sorgen. In wenigen Minuten ist jemand bei Ihnen.«

Irina kämpfte einen elementaren Brechreiz nieder und betrachtete das Blut, das ihren nackten Arm hinabrann und von dem sie nicht viel mehr sagen konnte, als dass es nicht ihr eigenes war.

»Kommen Sie schnell«, war alles, was sie noch hervorbrachte.

Dann warf sie das Telefon von sich wie eine giftige Spinne, kauerte sich neben ihre Bettseite auf den Boden und schlang schützend die Arme um ihre blutüberströmten Beine.

6

Er hatte den Mercedes zurückgebracht. Der Wagen stand wieder genau dort, wo der schöne Tom ihn zurückgelassen hatte. Jetzt saß er in der S-Bahn und ertappte sich zum wiederholten Mal beim Warten. Darauf, dass etwas passierte. Dass neben ihm jemand aufstand, eine Waffe zog und sagte: »Damian Kender, Sie sind vorläufig festgenommen. Nehmen Sie die Hände über den Kopf und machen Sie keinen Ärger ...«

Aber es geschah nichts.

Die beiden Männer, die in seiner Nähe gesessen hatten, waren an der letzten Station ausgestiegen. Jetzt hatte er den Wagen fast für sich allein. Ein älterer Mann, dem äußeren Anschein nach arabischer Herkunft, blätterte schräg gegenüber im Prospekt eines Möbelhauses. Ein paar Plätze weiter starrte ein junges Mädchen in schwarzen Klamotten, das wie ein Junkie aussah, mit trüben Augen aus dem Fenster. Dahinter ein deutlich übergewichtiges Ehepaar – *er* seit der Ausfahrt aus dem Wiesbadener Hauptbahnhof geräuschvoll schlafend, *sie* genau wie das Junkie-Mädchen starr in die stickige Nacht blickend. Das war alles.

Sonst nichts, außer dem Rattern des Zuges.

Damian sah auf die Uhr. Er konnte beim besten Willen nicht deuten, was hier gerade mit ihm geschah. Wozu man ihn ge- oder vielmehr: *miss*braucht hatte. Und diese Unwissenheit war vielleicht das Schlimmste an der ganzen Sache.

Er blickte sich um. Nur noch eine Station bis zu seiner Haltestelle ...

Und noch immer kein Zeichen von Gefahr.

Bedeutete das, dass es vorbei war? Erledigt, abgehandelt, überstanden? Oder warteten sie am Ende nur auf eine bessere Gelegenheit? Rechneten sie mit Widerstand, damit, dass er ausrasten oder Geiseln nehmen würde, wenn sie ihn hier in der Bahn verhafteten? Und was war mit diesem elenden Dreckskerl, dem er den ganzen Mist zu verdanken hatte? Würde der sich nicht vielleicht doch schon morgen mit einem neuen Auftrag an ihn wenden? Mit einer neuen Forderung?

Stichtag ist morgen Abend, Punkt 23 Uhr. Sie benutzen das Fenster an der Schmalseite, erster Stock. Es ist ungesichert und von der Straße aus nicht einzusehen. Die Frau wird zu diesem Zeitpunkt allein sein ...

Tja, zumindest was das betraf, hatte er Wort gehalten. Damian nickte. Nicht dass er eine Wahl gehabt hätte. Die mageren dreißig Stunden, die dieser Kerl ihm zugebilligt hatte, hatten definitiv nicht ausgereicht, um selbst Erkundigungen über Irina Portner einzuziehen ... Zweifellos ein Teil seines Plans!

Sie wird Ihnen gefallen ...

Hatte sie das?

Damian runzelte die Stirn und rief sich den Geruch der Frau ins Gedächtnis, während die Bandstimme seine Haltestelle ansagte. Nein, dachte er, sie hat mir nicht gefallen. Sie ist viel zu unauffällig. Zu blass. Zu wenig da. Jetzt, nachdem er sie mit eigenen Augen gesehen, ihr wehrloses Fleisch unter sich gespürt hatte, konnte er sich noch weniger erklären, was es mit ihr auf sich haben mochte. Wie und womit ausgerechnet diese unspektakuläre Frau jemanden dazu gebracht haben sollte, einen derart großen Aufwand zu betreiben. Einzig und allein zu dem Zweck, ihr wehzutun.

Und darum war es doch gegangen, oder nicht?

Darum musste es gegangen sein!

Achten Sie darauf, dass Sie alles so machen, wie Sie es immer tun. Und dann verschwinden Sie. Das ist der Deal. Ihre Freiheit gegen diesen einen Abend.

Irina Portner musste irgendetwas getan haben, was es in den Augen des Kerls rechtfertigte, sie auf diese perfide Art und Weise bestrafen zu lassen. Damian dachte an seine Jugend und an eine Fernsehshow, bei der es eine Figur gegeben hatte, die man den Vollstrecker genannt hatte. Irgendein auf hässlich geschminkter hagerer Mann, der die unterlegenen Kandidaten in einen Bottich voller Schleim geworfen oder sonst wie bestraft hatte. Und genau so fühlte er sich im Augenblick. Wie das Werkzeug eines Kerls, der durch ihn irgendein perverses Urteil vollstrecken ließ.

Dieser eine Abend ...

Er griff nach der Umhängetasche, die er neben sich auf dem dreckigen Polster abgestellt hatte. Seine Armbanduhr zeigte fünf Minuten vor Mitternacht. Das bedeutete, dass dieser Abend, dieser höchst besondere, in wenigen Minuten vorbei war. Und aus irgendeinem unerfindlichen Grund hatte Damian tatsächlich das Gefühl, dass es damit getan sein würde. Dass er nie wieder von diesem Kerl, der ihn erpresst hatte, hören würde. Falls es diesen Kerl überhaupt gab. Falls das Ganze nicht doch eine Falle war. Irgendeine höchst perfide Falle, gestellt von den Männern, die ihn jagten.

Vor dem Fenster blitzten ihm die Lichter der ersten Straßenlaternen entgegen.

Als der Zug langsamer wurde, stand er auf.

Damian Kender, Sie sind vorläufig festgenommen. Sollten Sie sich keinen Anwalt leisten können ...

Er stellte sich ganz dicht an die Tür und betrachtete sein

Gesicht, das die vibrierende Scheibe zu einer hellbeigen Fratze verzerrte. Phasen totaler Unkenntlichkeit wechselten mit Augenblicken gestochener Schärfe. Und wieder musste er an sein Maskottchen denken. An das wundervolle Grellgrün des Chamäleons, das innerhalb von Sekundenbruchteilen in ein mattes, verwaschenes Beigebraun übergehen konnte, um gleich danach umso prächtiger aufzuleuchten.

So war das nun mal. Alles hatte seine Zeit. Die Wüste wie die Frauen, das Grellgrün wie das Schlammbeige ... Er stutzte, als sich ein neuer Gedanke hinter seiner Stirn manifestierte. Vielleicht war Irina Portners Schlammbeige einer Tarnphase zuzuschreiben. Vielleicht gehörte auch sie zu den Menschen, die ihr Charisma an- und ausknipsen konnten wie eine Lampe.

Wenn ich mehr Zeit gehabt hätte, sie zu betrachten, dachte er, doch er kam nicht dazu, den Gedanken zu Ende zu führen, weil sein Zug in diesem Augenblick zum Stehen kam. Rechts neben ihm leuchtete das Knöpfchen auf, mit dem man die Tür öffnen konnte.

Sie werden mich aufhalten, hämmerte es hinter seiner Stirn. *Irgendjemand wird mich daran hindern, diesen Zug zu verlassen.*

Er schielte nach links, zu dem lesenden Araber. Das Junkie-Mädchen hatte die Augen geschlossen und wiegte sich leise hin und her. Ihr Gesicht war grau, und sie sah aus, als würde sie jeden Augenblick kotzen. Das fette Ehepaar schlief jetzt einträchtig nebeneinander. *Sein* Mund stand noch immer offen. Dafür würde *sie* eine Druckstelle haben, wenn sie aufwachte. Dort, wo ihr schwerer Schädel Halt suchend an der schmutzigen Scheibe klebte.

Ein unangenehmes Piepsen über seinem Kopf gemahnte Damian daran, dass der Zug seine Fahrt in wenigen Sekunden fortsetzen würde. Eilig drückte er auf den Knopf neben sich. Die zweigeteilte Tür glitt auseinander. Er machte einen

Schritt vorwärts und fühlte den Asphalt des Bahnsteigs unter seinen Füßen.

Das Piepsen verstummte, die Türen schlugen knallend zu und der Zug in seinem Rücken setzte sich wieder in Bewegung.

Damian blieb stehen und blickte den Bahnsteig hinunter. Außer ihm waren nur zwei weitere Personen ausgestiegen. Ein Teenager mit kahl rasiertem Kopf und blond gefärbtem Ziegenbärtchen, der schnurstracks auf die einzige Treppe zusteuerte. Und eine Frau mittleren Alters, die dem Jungen folgte. Sie hatte das halblange Blondhaar zu einem schlichten Zopf zusammengenommen und schwankte. Ob sie betrunken oder einfach nur müde war, konnte er nicht erkennen. Seine Augen folgten ihr, bis ihr Kopf im Loch hinter den Stufen verschwunden war. Dann ging er los.

Seine Sinne waren hellwach. Wenn sie da wären, hätte er sie bemerkt. Da war er ganz sicher.

Der Bahnsteig unter ihm atmete noch die Gerüche des zurückliegenden Tages. Schweiß, Teer, Sonne. Wie eine von diesen exotischen Pflanzen, die sich nachts öffneten, um ihren warmen Aasgeruch zu verströmen.

In Gegenrichtung ratterte eine S-Bahn vorbei. Der heiße Fahrtwind erfasste Damian wie die unerwünschte Berührung eines Fremden, und automatisch drehte er sich weg. Er sah den Widerschein der erleuchteten Waggons in einem von diesen staubigen Glaskästen, in denen die Fahrpläne hingen, die niemand einhielt. In das verlöschende Fauchen des Zuges mischte sich das gutturale Werben eines Taubers. Selbst mitten in der Nacht denken diese Viecher an nichts anderes als ans Vögeln, dachte er angewidert, während er die Stufen hinabstieg, über die einige Sekunden zuvor die fremde Frau getorkelt war. Doch er konnte sie nirgends mehr sehen.

Die Unterführung starrte vor Dreck und stank nach Pisse.

Von rechts eine weitere Treppe, die zu Gleis 1 hinaufführte. Dann der Ausgang. Schäbig wie der Rest der Station.

Als Damian die Straße sehen konnte, hielt er unwillkürlich den Atem an.

Blick nach links. Blick nach rechts.

Kein Mensch. Ein paar Fahrzeuge, entfernt und dunkel. Sonst nichts. Alles vollkommen unauffällig.

Wo waren sie? Was hatten sie vor?

Er fühlte den Gurt seiner Tasche, der ihm in die Schulter schnitt, und stellte ärgerlich fest, dass er tatsächlich langsamer wurde. Als ob er ihnen ganz explizit die Gelegenheit geben wollte, aus ihrem Versteck zu kommen.

Doch es kam niemand.

Damian beschleunigte seine Schritte und brachte die wenigen zweihundertfünfzig Meter bis zu der Stelle hinter sich, an der er sein eigenes Auto abgestellt hatte. Einen Nissan, silbergrau, alt, unauffällig. Er drehte sich nicht noch einmal um, auch wenn ihn das erhebliche Überwindung kostete. Es machte ihn wahnsinnig, wenn er nicht wusste, was in seinem Rücken los war.

Ein gedämpftes Klack. Die Zentralverriegelung deaktiviert. Die Tasche mit seinen Sachen in den Kofferraum gestellt.

Aber was war mit der Straße?

Was war los, hinter ihm? In seinem Rücken?

Als er es nicht mehr aushielt, holte er tief Luft und drehte sich um.

Nein, nichts. Noch immer nicht.

Also einsteigen. Den Schlüssel ins Zündschloss. Den Gurt angelegt, damit ihm niemand krummkommen konnte. Irgendeine Streife, die von nichts wusste. Müde Polizisten, die aus purer Langeweile ein x-beliebiges Fahrzeug stoppten. Ein nicht angelegter Gurt. Ein nicht funktionierendes Rücklicht ... Wie oft war eine solche Banalität schon der Anfang vom Ende gewesen!

Damian tastete blind nach dem Gurt und hörte, wie der Verschluss einrastete. Ein letzter Blick in den Rückspiegel, dann ließ er den Wagen an und verschwand unbehelligt in der Dunkelheit.

ZWEI

1 Als Winnie Heller vor dem Anwesen der Portners hielt, war sie nass geschwitzt. Sie hatte ihren Polo in einem Februar und obendrein in einem Zustand akuter Geldknappheit gekauft, ein Umstand, der sie zu dem folgenschweren Trugschluss veranlasst hatte, dass Klimaanlagen in die Kategorie *Luxus, auf den man getrost verzichten kann* gehörten.

»Und wenn es mir tatsächlich mal zu warm werden sollte«, hatte sie geantwortet, als der Verkäufer ihr dieses megaumfangreiche Super-Sonder-Klimapaket schmackhaft machen wollte, »dann kurble ich einfach die Scheibe runter. Das ist sowieso viel gesünder als dieser aufgequirlte Mist, den diese Klimaanlagen ausspucken.«

Doch bereits im folgenden Sommer hatte sie leidvoll festgestellt, dass ihre Argumentation massiv zu hinken begann, wenn sich ein kräftiges Hoch über Russland festsetzte und die gesamte frische Luft aus dem Rheinland sog, um sie irgendwo an der Nordseeküste wieder abzuladen. Und die Hitze in diesem Jahr brach wirklich alle Rekorde. Winnie Heller seufzte und nahm den marineblauen Leinenblazer vom Beifahrersitz, den sie sich vor ein paar Tagen geleistet hatte. Eigentlich sah das Teil trotz seines – zumindest für ihre Verhältnisse – stolzen Preises aus, als habe irgendwer seit Wochen darin geschlafen, aber Grunge war ja angeblich wieder modern, und die Schweißflecken auf ihrem T-Shirt schrien definitiv nach Bedeckung. Ihre Augen blieben an der Uhr neben dem Tacho hängen. Fünf Minuten nach halb drei, mitten in der Nacht.

Sie stieg aus und sah sich um.

Mehrere Streifenwagen sicherten das Gelände zur Straße hin. Die Haustür hingegen stand sperrangelweit offen. An der Auffahrt zur Garage und neben dem Eingang waren uniformierte Beamte postiert. Winnie Heller blickte sich nach den Häusern auf der anderen Straßenseite um. Hinter einem der dunklen Fenster bewegte sich etwas. Klar, ein solches

Aufgebot erregte Aufmerksamkeit, selbst zu dieser späten Stunde. Ohnehin konnten viele Leute wegen der andauernden Hitze nicht schlafen. Sie tappten ziellos in ihren Häusern herum, saßen die halbe Nacht in ihren Gärten oder auf ihren Balkonen und hofften auf ein wenig Abkühlung. Von den Schlagzeilen, die seit Wochen die örtliche Presse beherrschten, gar nicht zu reden. Als Winnie Heller auf das hell erleuchtete Gebäude zuging, fragte sie sich, wie viele Augen ihr folgten.

Der junge Polizist an der Haustür, der das blonde Haar militärisch kurz geschnitten trug, quittierte ihren Dienstausweis mit einem müden Nicken.

»Wo ist das Opfer?«

»Sie haben sie ins Krankenhaus gebracht. Vor ungefähr einer Dreiviertelstunde.«

Winnie Heller runzelte die Stirn. »Was soll das heißen?«, fragte sie irritiert. »Wieso ins Krankenhaus?«

Die Rückfrage schien den jungen Kollegen zu verunsichern. »Na ja, der Notarzt hat gesagt, dass sie …«

»Notarzt?«, fiel sie ihm gleich wieder ins Wort. »Ich denke, die Frau ist tot.«

»Ach so … Nein, nein«, rief der Mann, sichtlich erleichtert, der Ursache ihrer Verständigungsschwierigkeiten auf die Spur gekommen zu sein. »Sie ist nicht tot. Nur verletzt. Bei der Leiche handelt es sich um den Ehemann.«

Bei der Leiche …

»Aha«, entgegnete Winnie Heller knapp. »Sind meine Kollegen schon …?« Sie unterbrach sich und blickte über die Schulter des Beamten die Straße hinunter, wo Verhoevens Volvo eben hinter einem der Streifenwagen parkte. »Hat sich erledigt«, verkündete sie. Dann ließ sie den jungen Mann stehen und ging ihrem Vorgesetzten entgegen.

Verhoeven sah müde aus, was an der späten Stunde liegen mochte. Oder auch daran, dass er zu wenig schlief in der letzten Zeit. Seine Frau stand kurz vor der Entbindung ihres zweiten Kindes, und dem Vernehmen nach war Verhoeven so aufgeregt, wie man als werdender Vater nur sein konnte.

»Und?«, begrüßte sie ihn. »Alles klar zu Hause?«

»Was meine Frau betrifft, schon«, antwortete er mit leiser Selbstironie. »Sie hat sich auf die Seite gerollt und einfach weitergeschlafen, nachdem mein Piepser losgegangen war, während ich mir ausgemalt habe, was passieren könnte, wenn ausgerechnet heute Nacht die Wehen einsetzen und das Handy nicht funktioniert und Nina die Rufe meiner Frau nicht hört oder hinfällt und ohnmächtig wird bei dem Versuch, ihrer Mutter ein anderes Telefon zu bringen, und ...«

»Wieso?«, unterbrach Winnie Heller ihren Vorgesetzten mit einem breiten Grinsen. »Ich denke, Sie haben mit ihr geübt, wie man den Notarzt verständigt.«

»Sicher doch.« Verhoeven schlug die Autotür zu. »Und in Anbetracht der Tatsache, dass sich unsere Tochter mittlerweile eigenständig Telefonnummern von Hochschulinstituten aus dem Internet heraussucht, um den Sekretärinnen dort eine Menge kluger Fragen zu stellen, wenn sie mit ihrem Experimentierkasten nicht weiterkommt, sollte man wohl davon ausgehen, dass sie in der Lage ist, im Fall der Fälle die 110 zu wählen.«

Winnie Heller lachte. »Tja, ich schätze, das sollte man wohl.«

»*Ich* bin das Problem«, erklärte Verhoeven in einem Anflug von Vertraulichkeit, und wie immer, wenn er ein wenig privater wurde, als es nötig gewesen wäre, beschlich Winnie Heller augenblicklich ein diffuses Unbehagen. »Meine Frau nimmt die Sache mit Coolness. Meine Tochter freut sich auf die neue Erfahrung. Meine Schwiegereltern haben bereits ein Konto eröffnet, damit das Baby auch ja Zahnmedizin studieren kann. Nur ich bin einfach nicht in der Lage, die Dinge auf mich zukommen zu lassen.«

Klar, dachte Winnie Heller, weil du ein Kontrollfreak bist. Laut sagte sie: »Es wird schon alles gut gehen.«

Er nickte. »Bestimmt.«

Doch irgendwie klang es nicht besonders überzeugt.

»Wie viel haben Ihnen die Kollegen von der Zentrale verraten?«, beeilte sich Winnie Heller, das Gespräch auf den Fall zu lenken, der sie zu dieser ungewöhnlichen Stunde zusammenführte.

»Dass der Artist wieder zugeschlagen hat«, antwortete Verhoeven. »Und dass es dieses Mal einen Toten gegeben hat.«

»*Einen* Toten?«, hakte Winnie nach und unterdrückte eine leise Verärgerung. Darüber, dass ihr Vorgesetzter ganz offenbar besser informiert worden war als sie selbst.

»Ja, den Ehemann der Opfers. Der Artist muss irgendwann gegen elf über ein Fenster im ersten Stock eingedrungen sein. Er überfällt die Frau, die zu diesem Zeitpunkt allein im Haus ist, betäubt sie und vergewaltigt sie anschließend. Irgendwann während der Tat erscheint der Ehemann überraschend auf der Bildfläche, der Artist zückt eine Waffe, tötet den Mann und verschwindet.« Er zupfte an seinem Hemdkragen. »Da die Frau zu diesem Zeitpunkt noch immer bewusstlos war, hat sie die Leiche ihres Mannes erst gefunden, als sie wieder wach wurde.«

Winnie Heller blickte an der Fassade des Hauses hinauf, in dem sich die Tragödie zugetragen hatte. Ein hypermoderner Kasten mit ausladenden Fensterfronten – alles rechteckig und so steril, dass einem selbst in dieser heißen Sommernacht das Frösteln kommen konnte.

»Sollen wir hineingehen?«, fragte Verhoeven, und es war eher eine Aufforderung als eine Frage.

Sie nickte dennoch. »Die Frau ist vor einer Dreiviertelstunde in die Klinik gebracht worden.«

»Ist sie schwer verletzt?«

Winnie Heller zuckte die Achseln, und ihr Boss wandte

sich mit seiner Frage an einen der beiden Streifenbeamten, die als Erste vor Ort gewesen waren.

Dieser überlegte kurz. »Nicht allzu schwer, würde ich sagen. Das heißt, was man so sehen konnte.«

Verhoeven nickte. »Dann sehen wir uns jetzt den Tatort an.«

»Hier entlang.« Der uniformierte Beamte ging voraus. »Das Haus ist an und für sich ganz gut gesichert«, erklärte er, indem er die beiden Kommissare durch eine riesige, mit Granitplatten ausgelegte Eingangshalle und anschließend eine freischwingende Treppe aus Stahl oder Chrom hinaufführte. »Die Alarmanlage ist gerade mal zwei Jahre alt und deckt den Keller, das komplette Erdgeschoss sowie den ersten Stock mit Ausnahme eines kleinen Fensters an der Schmalseite ab.«

»War sie eingeschaltet?«

»Ja.«

»Und der Täter ist über das Fenster eingestiegen, das Sie erwähnt haben?«

Der Beamte bejahte.

Verhoeven tauschte einen Blick mit seiner Partnerin. »Tja, das bedeutet wohl, dass er sich auskannte.«

»Davon muss man ausgehen«, entgegnete der Polizist.

»Der Artist ist immer außergewöhnlich gut über das persönliche Umfeld seiner Opfer informiert«, bemerkte eine sonore Männerstimme über ihnen. »Er weiß, wie er reinkommt, was ihn dort erwartet, und auch, wie er anschließend wieder verschwinden kann, ohne dass irgendwer was mitbekommt.«

Winnie Heller blickte an ihrem Boss vorbei und entdeckte einen kleinen, kahlköpfigen Mann in einem dunklen Poloshirt am oberen Ende der Treppe.

»Jürgen Wieczorek«, stellte er sich vor. »Von der Abteilung für Sexualdelikte. Und Sie sind Verhoeven, nicht wahr?«

Verhoeven nickte und stellte seine Kollegin vor.

»Heller? ... Heller?«, murmelte Wieczorek, indem er Verhoevens Partnerin mit einem prüfenden Blick bedachte. »Aber klar doch, ich erinnere mich an Sie.«

»Wirklich?«, sagte Winnie Heller ohne jede Begeisterung, während sie zugleich versuchte, das Gesicht einzuordnen.

»Sicher«, nickte derweil Wieczorek. »Sie waren eines von Paul Cartiers Mädchen, drüben im K 34, stimmt's?«

»Stimmt, ich war eine Zeit lang bei der Drogenfahndung«, räumte Winnie Heller beinahe widerwillig ein. Paul Cartier war definitiv kein Vorgesetzter, an den sie gern erinnert werden wollte, auch wenn er ihr bei ihrem Wechsel zur Mordkommission eine überraschend gute Beurteilung geschrieben hatte.

»Und?«, fragte Wieczorek. »Wie geht's dem guten alten Paul noch so?«

Winnie Heller hob die Schultern. »Keine Ahnung.«

»Keinen Kontakt mehr, hm?«

»Viel zu tun.«

Wieczoreks Grinsen verriet, dass er sie ganz genau verstand. Paul Cartier hatte den zweifelhaften Ruf, jedem Rock nachzustellen, was vor allem die jungen Polizistinnen zu spüren bekamen, die ihm während oder nach der Ausbildung zugeteilt wurden. »Na ja, zumindest das mit der vielen Arbeit wird wohl auch erst mal so bleiben, wie's aussieht«, sagte er und führte die beiden Kollegen in einen großen, kühl ausgeleuchteten Raum zur Rechten, der sich als Schlafzimmer des Ehepaares entpuppte.

Direkt gegenüber der Tür stand ein groß dimensioniertes Doppelbett, an der Wand dahinter hing ein fast ebenso breiter Spiegel in einem barock anmutenden Goldrahmen. Er wirkte wie ein halbherziges Zugeständnis an die Dame des Hauses, die sich über die klinische Nüchternheit der Einrichtung beschwert hatte, denn außer dem Bett, zwei futuristischen Nachtschränken und einer riesigen abstrakten Skulptur in der Ecke gab es in diesem Raum keine Möbel. Rechter

Hand führte ein Durchgang zunächst in ein Ankleidezimmer und von dort aus weiter zum Bad, wo Irina Portner sich gerade abgeschminkt hatte, als der Vergewaltiger über sie hergefallen war.

Die Leiche ihres Mannes lag auf dem Rücken, ziemlich genau in der Mitte zwischen Tür und Bett, und im ersten Augenblick fragte sich Winnie Heller, ob sie wohl eine Art Arrangement vor sich hatten. Der nackte Steinboden ringsum war mit blutigen Schlieren überzogen, und sie erkannte mehrere Schusswunden im Oberkörper des Toten. Dennoch wirkte er auf eine beinahe trotzige Weise lebendig, ein attraktiver, durchtrainierter Mann, dessen lässige Businesshose einen ausgezeichneten Schneider verriet.

»Jan Portner, siebenundvierzig Jahre alt und von Beruf Gastronom«, erklärte Wieczorek. »Er stammt aus gutem Hause und hat sein Jurastudium kurz vor dem Examen hingeschmissen, um in Straßburg eine Ausbildung zum Koch zu machen. Was auf den ersten Blick nach einer Eselei aussieht, hat sich im Nachhinein als überaus kluge – und vor allem lukrative – Entscheidung erwiesen.« Er nickte anerkennend. »Portner hatte seit dem Abschluss seiner Ausbildung einen hochbezahlten Job nach dem anderen und ist darüber hinaus schon seit Jahren im Besitz eines Michelin-Sterns.«

Winnie Heller zog überrascht die Augenbrauen hoch. Irgendwie sah der Tote nicht aus, wie sie sich einen gelernten Koch vorstellte. Die lässige Eleganz, die er ausstrahlte, hätte eher zu einem Unternehmensberater oder Börsenanalysten gepasst. Ihr Blick streifte wieder seine Hose, und sie dachte an die diversen Kochshows, in die sie manchmal durch Zufall beim Zappen geriet und die sie nicht mochte, vermutlich, weil sie selbst eine lausige Köchin war und der Ästhetik des kultivierten Essen-Zubereitens schon aus diesem Grund nur wenig abgewinnen konnte. Aber wenn sie die Fragmente dieser Shows Revue passieren ließ, kam sie durchaus zu dem

Schluss, dass die wenigsten Köche heutzutage noch wie Köche aussahen.

»Vor einiger Zeit hat Portner sich mit einem eigenen Restaurant selbstständig gemacht«, fuhr Wieczorek neben ihr mit seinem Bericht über die Karriere ihres Mordopfers fort. »Und auch dabei hatte er wieder das Glück auf seiner Seite. Oder sein Können, wie immer Sie das deuten wollen. Jedenfalls läuft sein Laden ausgezeichnet, und die Leute kommen in Scharen, um bei ihm zu essen. Das Canard, falls Ihnen das was sagt.«

»Meine Schwiegereltern gehen ab und zu dorthin«, nickte Verhoeven, und Winnie Heller registrierte den Vorbehalt in seiner Stimme, auch wenn ihr Vorgesetzter sich alle Mühe gab, neutral zu klingen.

»Ich persönlich bevorzuge Burger und Fritten«, entgegnete Wieczorek. »Aber das ist letztlich eine Frage des persönlichen Geschmacks. Und wie Sie sehen, konnte Portner von diesem Mango-an-Krabbenschaum-Getue mehr als gut leben.«

Winnie Hellers Augen wanderten vom Gesicht des toten Erfolgsgastronomen, das einen erstaunlich unversehrten Ausdruck hatte, zurück zu dem Spiegel über dem Bett.

Der Kollege von der Abteilung für Sexualdelikte bemerkte es und lachte. »Tolles Teil, was?«, rief er. »Aber es kommt noch besser. Passen Sie mal auf.« Er betätigte einen von mehreren Schaltern neben dem Kopfende, woraufhin sich der Spiegel bis auf einen Winkel von etwa 90 Grad über das Bett hinuntersenkte. »Ziemlich abgefahren, oder?«

»Allerdings.« Winnie Heller sah zur Decke, wo eine Reihe von eingelassenen Spots den Raum in ein bläuliches Eislicht tauchte. Aus irgendeinem unerfindlichen Grund hatte sie das Gefühl, dass der Spiegel trotz seiner barocken Üppigkeit Portners Idee gewesen war, nicht die seiner Partnerin. Vielleicht, weil sie sich einfach nicht vorstellen konnte, dass irgendeine Frau – wie schön sie auch sein mochte – es fertigbrachte, entspannt im Bett zu liegen, während sämtliche Dellen und sonstigen körperlichen Unzulänglichkeiten wie ein Damoklesschwert über ihrem Kopf schwebten.

»Waren ein äußerst attraktives Paar, die Portners«, bemerkte Wieczorek, der ihre Gedanken erraten hatte. »Das muss man neidlos zugestehen.«

Er nahm eine gerahmte Fotografie von einem der beiden Nachtschränke und hielt sie den Kollegen vom KK 11 hin.

Die Aufnahme zeigte einen strahlenden Jan Portner, der eine wunderschöne dunkelhaarige Frau im Arm hielt. Doch während er unbefangen in die Kamera lächelte, war ihr Blick schräg nach unten gerichtet. Unter den weißen Spaghettiträgern ihres Kleides zeichnete sich ein perfekt modelliertes Dekolleté ab, dem eine zarte Bräune zusätzliche Attraktivität verlieh. Dennoch wirkte Irina Portner unglücklich. Und auch irgendwie entrückt. Fast so, als sei ihr schon dieser harmlose Urlaubsschnappschuss irgendwie unangenehm gewesen.

Der Umgebung nach war das Foto an einem tropischen Strand aufgenommen. In der Karibik vielleicht. Oder auf den Malediven.

»Seine Frau ist quasi über ihn gestolpert, als sie wach wurde«, setzte Wieczorek, der bereits wieder bei der Leiche stand, sein Resümee der Geschehnisse fort.

»Hat sie kein Licht gemacht?«, fragte Verhoeven.

Der Kollege vom K 12 verneinte. »Sie sagt, sie hatte furchtbare Angst, dass der Kerl, der sie überfallen hat, noch in der Nähe sein könnte. Da hat sie ihn nicht auch noch extra auf sich aufmerksam machen wollen.«

Verhoevens Blick wanderte zum Fenster, wo hinter duftigen Vorhängen die Schwärze der Sommernacht klebte. »Klingt einleuchtend.«

»Sie hatte das Telefon neben sich auf dem Nachtschrank liegen und wählte den Notruf, während sie auf die Tür zustolperte.« Wieczorek zog ein Taschentuch aus dem Hosenbund und wischte sich flüchtig einen feinen Schweißfilm von der Stirn. »Ich habe mir die Aufzeichnung des Gesprächs angehört, und auf mich macht die Sache einen absolut authentischen Eindruck. Als die Kollegen von der Streife eintrafen, saß sie zitternd und mit angezogenen Beinen auf der Couch im Wohnzimmer. Das ist unten.«

»Sie hat ihnen nicht selbst die Tür geöffnet?«, fragte Verhoeven.

»Nein, nach meinen Informationen stand die Haustür offen, als die Kollegen ankamen.«

Verhoeven runzelte die Stirn. »Weil Irina Portner sie zu einem früheren Zeitpunkt geöffnet hatte?«, insistierte er.

»Sie sagt nein.«

»Dann hat der Artist die Tür aufgelassen, als er ging?«

»Das ist anzunehmen. Er lässt immer hinter sich auf, ganz egal, auf welche Weise er den Tatort verlässt.«

Verhoeven nickte gedankenverloren. »Neigt unser Mann gemeinhin dazu, sich die Dinge leicht zu machen?«

»Er neigt dazu, auf Nummer sicher zu gehen.« Wieczorek verstaute das Taschentuch wieder im Bund seiner Hose und stemmte die Fäuste in die Hüften. »Er verlässt die Wohnungen seiner Opfer längst nicht immer auf demselben Weg, auf dem er reinkommt. Und manchmal spaziert er tatsächlich einfach zur Vordertür raus. Allerdings nur dann, wenn das Risiko für ihn kalkulierbar ist. Oder anders ausgedrückt: Wenn dieses Haus an einer Straße liegen würde, in der auch um diese Uhrzeit noch Betrieb herrscht, hätte er nicht das geringste Problem damit gehabt, auch auf dem Rückweg wieder aus dem Fenster zu kraxeln.«

Das sagt uns im Grunde weniger als nichts, dachte Winnie Heller.

»Vielleicht hat ja einer von den Nachbarn irgendwas gesehen«, schlug Verhoeven vor. »Bei diesen Temperaturen schlafen die meisten Leute ziemlich schlecht. Und wenn einer von denen zufällig zum richtigen Zeitpunkt aus dem Fenster gesehen hätte ...«

Er ließ den Satz offen und sah Wieczorek an.

»Meine Leute hören sich gerade um«, erwiderte dieser. »Aber machen Sie sich lieber keine allzu zu großen Hoffnungen. Ich würde mal vermuten, dass diese Sache hier genauso unbemerkt vonstattengegangen ist wie immer.«

Wie immer ...

Die makabre Routine, die in diesem Satz steckte, jagte Winnie Heller einen Schauder über den Rücken. Ihr Blick suchte Verhoeven, und sie konnte sehen, dass es ihm ähnlich ging.

»Das hier ist bereits seine fünfte Vergewaltigung, oder?«, wandte sie sich wieder an Wieczorek.

»Leider Gottes schon die sechste.« Der Kollege vom K 12 seufzte. »Das erste Opfer war eine alleinstehende Geschäftsfrau. Ende Juni ist das gewesen. Seither hat unser Mann praktisch jede Woche eine Frau vergewaltigt. Die letzte vor fünf Tagen.«

»Ist das die, die noch immer im Koma liegt?«

Der Kollege von der Abteilung für Sexualdelikte bejahte. »Er hat sie halb tot geschlagen. Und zwar nachdem er sie betäubt hatte.«

»Also schlägt er sie nicht, weil sie sich wehren«, schloss Verhoeven, »sondern es geht ihm um die Gewalt als solche.«

»Oh ja«, nickte Wieczorek. »Dieser Kerl lässt ordentlich Dampf ab. Und er wird mit jeder Tat brutaler.«

»Aber wenn er so gut informiert ist, wie Sie sagen ...« Winnie Heller biss sich auf die Unterlippe. »Warum wusste er dann nicht, dass Portner heute Abend früher nach Hause kommt?«

»Das ist eine verdammt gute Frage«, stöhnte Wieczorek. »Nach unseren Informationen kam Portner sonst nie vor eins, halb zwei in der Nacht nach Hause.«

»Und wer sagt, dass das heute anders war?«, fragte Verhoeven.

»Der Notarzt. Er hat Portners Leiche zwar nicht genau untersucht, weil ziemlich offensichtlich war, dass ihm nicht mehr zu helfen ist und er der Gerichtsmedizin nicht vorgreifen wollte. Aber er geht davon aus, dass der Mann schon eine Weile tot war, als er eintraf.«

»Was heißt eine Weile?«

»Zwei, zweieinhalb Stunden vielleicht.«

»Und wann ist der Notarzt hier eingetroffen?«

»Gegen zwei.«

Verhoeven sah auf die Uhr. »Also vor etwa einer Stunde.«

Wieczorek nickte. »Der Notruf ging um exakt vier Minuten vor halb zwei ein. Fünf Minuten brauchte die Streife, die sofort einen Krankenwagen alarmierte. Aber natürlich kümmerten sich die Sanitäter erst mal um die Frau.«

Winnie Hellers Augen blieben an der Skulptur hängen, die in der Ecke neben dem Bett stand. Eine Art stilisierter Akt, zumindest deuteten die wüst ineinander verschlungenen Rundungen in diese Richtung.

Wieczorek warf einen kurzen Blick auf das Display seines Pagers, der sich zwischenzeitlich gemeldet hatte. Aber die Sache schien nicht weiter wichtig zu sein. »Wenn Sie wollen, zeige ich Ihnen jetzt das geknackte Fenster«, bot er an, indem er das Gerät wieder am Gürtel seiner Hose befestigte.

Verhoeven und seine Kollegin folgten dem Kollegen vom K 12 einen langen Flur entlang zu einer Tür auf der linken Seite.

»Es handelt sich, wie schon erwähnt, um das einzige Fenster, das auf dieser Etage *nicht* durch die Alarmanlage gesichert war«, erklärte Wieczorek im Gehen. »Die einzige Lücke im Sicherheitssystem dieses Hauses, das, wie Sie bereits gehört haben, mehr oder weniger den neuesten Standards entspricht. Woher unser Mann von dieser Achillesferse wusste, kann ich

Ihnen nicht sagen«, kam er einer Frage von Winnie Heller zuvor. »Wir fragen uns selbst immer wieder, wie er es anstellt, so gut informiert zu sein.«

Das Fenster, von dem er gesprochen hatte, gehörte zum Vorraum einer großzügig ausgestatteten Gästetoilette und war nur rund sechzig Zentimeter breit.

»Wenn nicht gerade ein Fenster oder sogar die Terrassentür offen steht, benutzt unser Mann üblicherweise einen Glasschneider. So wie in diesem Fall.« Wieczorek zeigte auf die Scheibe, die ein Loch von der Größe einer Untertasse aufwies.

Auch in diesem Teil des Hauses waren Spurentechniker am Werk.

»Hi«, sagte Winnie Heller, als sie Matthias Juhl entdeckte, Lübkes Stellvertreter.

»Hey, Winnie, wie geht's Ihnen?«, grüßte dieser zurück, indem er sich mit einem behandschuhten Handrücken über die schweißnasse Stirn wischte.

»Gut, danke. Und selbst?«

»Ich kann nicht klagen«, entgegnete Juhl fröhlich. »Aber mal ehrlich: Hätte dieser verdammte Kerl nicht noch 'n paar Tage warten können, bevor er jemanden kaltmacht? Dann wäre das hier«, er machte eine weitschweifige Geste, »Lübkes Job ...«

»Hm«, machte Winnie Heller, heilfroh, dass es nicht Lübkes Job war.

Der Leiter der Spurensicherung war nach seinem schweren Herzinfarkt im vergangenen Frühjahr zunächst mehr oder weniger nahtlos wieder ins Tagesgeschäft zurückgekehrt. Doch sein Arzt hatte Rabatz gemacht und Lübke einen längeren Kuraufenthalt an der See verordnet, den dieser schließlich zähneknirschend und erst nach massivem Druck seitens seiner Vorgesetzten und Freunde vor rund sechs Wochen angetreten hatte. Seither hatten Lübke und sie alle paar Tage telefoniert, und Winnie Heller hatte trotz der massiven Beschwerden über die angeblich unzureichende – da nahezu fettfreie – Verpflegung und die »absolut unnützen« Anwendungen, mit denen der oberste Spurensicherer sie bei diesen Gelegenheiten überschüttete, den Eindruck, dass Lübke sich erholte. Und dass er allmählich ruhiger wurde.

Ruhiger und kräftiger.

»Wann kommt Lübke denn eigentlich genau zurück?«, fragte Verhoeven seine Partnerin in diesem Augenblick folgerichtig. »Ich habe da verschiedene Versionen gehört …«

»Übermorgen«, antwortete Winnie mit sorgsam gedämpfter Stimme. »Offiziell ist er allerdings erst ab nächster Woche wieder da.« Sie sah sich seufzend um. »Wenn das angesichts der Sachlage überhaupt so durchzuziehen ist.«

Ihr Vorgesetzter nickte nur.

Wenn es um deine Frau ginge, würdest du im Dreieck springen bei der Aussicht, dass sie in dieser Gluthitze irgendwas anderes tut, als bequem zu Hause im Liegestuhl zu sitzen, dachte Winnie Heller wütend. Aber Lübke kann sich ruhig verausgaben!

Verhoeven war derweil an das geknackte Fenster getreten und starrte mit zusammengekniffenen Augen in die Dunkelheit hinaus. »Was ist mit dem Garten?«, wandte er sich wieder an Juhl.

»Das Haus besteht, grob ausgedrückt, aus zwei gegeneinander versetzten Quadern«, erläuterte dieser, »und das hier ist gewissermaßen die Schmalseite des Quaders, der die Rückfront des Gebäudes bildet. Allerdings wird diese Seite zur Straße hin durch den zweiten Quader verdeckt, sodass das Risiko beim Einsteigen vergleichsweise gering war.« Er trat zu Verhoeven ans Fenster. »Der Rasen dort unter uns wird zwar regelmäßig gemäht, aber im Gegensatz zu den Grasflächen, die unmittelbar hinter dem Haus liegen, nicht gesprengt. Und leider hat es jetzt schon seit Wochen nicht geregnet.«

»Das bedeutet, dass unsere Chancen auf Fußabdrücke oder

sonstige Spuren ziemlich schlecht stehen«, murmelte Verhoeven, während er sich weit aus dem Fenster beugte, wobei er penibel darauf achtete, nichts zu berühren.

»Ich fürchte, ja«, sagte Juhl. »Aber wir werden uns jeden Busch ganz genau ansehen. Verlassen Sie sich drauf.«

Verhoeven nickte ihm zu und wandte sich dann wieder an Wieczorek. »Wie ist unser Mann eigentlich aufs Grundstück gekommen?«

»Wir vermuten, dass er von der Straße die Einfahrt hoch und von da aus hinter der Garage lang ist«, antwortete der Ermittler vom K 12. »Der Zaun zum Nachbargrundstück beginnt erst ein paar Meter weiter rechts. Das Haus links von uns hat zwar eine Mauer als Einfriedung, aber zur Straße hin liegt die Portner-Villa bis auf die Bambushecken vollkommen frei.« Er schürzte die Lippen. »Übrigens hübsch gemacht. Und leicht zu pflegen.«

Winnie Heller lächelte. Bei »leicht zu pflegen« musste sie unwillkürlich an Lübkes Laube denken, ein buckliges kleines Haus mit einem hoch eingefriedeten, verwunschenen Garten, um den sie sich seit ein paar Wochen mit stetig wachsender Inbrunst kümmerte und in dem alles Mögliche blühte und wuchs.

»Mir persönlich wäre das hier alles viel zu sehr auf dem Präsentierteller«, bemerkte in diesem Augenblick Verhoeven, und Winnie dachte, dass diese Bemerkung wieder einmal typisch für ihn war. Es gab Menschen, die Sinn für Privatsphäre hatten. Und Menschen, die eine gewisse Verschlossenheit aufwiesen. Die erst warm werden mussten, bevor sie jemanden näher an sich heranließen. Tja, und dann gab es Menschen, die eine hermetisch abgedichtete Mauer um sich und ihre Familien zogen. Eine Mauer, an der sie täglich Streife liefen, um auch ja jeden potenziellen Eindringling bereits im Anflug zu verscheuchen …

»Das Haus wirkt nur von der Straße aus so offen«, widersprach unterdessen Wieczorek. »Der eigentliche Garten ist praktisch uneinsehbar.«

»Hat der Artist eigentlich jemals zuvor eine Schusswaffe benutzt?«, fragte Verhoeven, als sie zum Schlafzimmer der Portners zurückkehrten.

»Nein.«

»Damit gedroht?«

»Auch nicht.« Wieczorek zuckte die Achseln. »Keins seiner Opfer hat je was anderes zu sehen bekommen als einen maskierten Mann mit einem Messer.«

Verhoeven spähte an ihm vorbei. Zur Treppe, wo in diesem Augenblick Dr. Gutzkows markante Silhouette erschien. Die Gerichtsmedizinerin trug eine helle Leinenhose und ein schwarzes T-Shirt mit dreiviertellangen Armen.

»Schneller ging's nicht«, schnaufte sie, indem sie sich mit erstaunlicher Behändigkeit ein paar Überschuhe aus Papier überstreifte und dabei Verhoeven und seiner Partnerin grüßend zuzwinkerte. »Is aber ooch 'ne verdammt unchristliche Zeit, nebenbei bemerkt.«

Wieczorek grinste und wies mit dem Kinn auf die Schlafzimmertür. »Er gehört Ihnen, Madame.«

»Na, tausend Dank auch«, versetzte Dr. Gutzkow, der ein paar Spaßvögel des Präsidiums den zweifelhaften Beinamen »Potemkin« verpasst hatten, wobei die Betreffenden immer wieder gern betonten, dass dieser sich auf den Panzerkreuzer beziehe und nicht etwa auf den durchaus nicht unattraktiven Geliebten Katharinas der Großen.

Verhoeven drehte sich zu Winnie um. »Auch wenn wir nicht wissen, wie schwer Frau Portner tatsächlich verletzt wurde, sollte einer von uns so schnell wie möglich in die Klinik fahren und sehen, ob sie ansprechbar ist.« Er zögerte und sah sie an.

Einer von uns ...

»Würden Sie das bitte übernehmen?«

»Ich?« Winnie merkte, wie sie rot anlief. Einerseits war es natürlich durchaus eine verantwortungsvolle Aufgabe, mit der ihr Boss sie da gerade betraute. Andererseits hegte sie den dringenden Verdacht, dass er ihr die Sache einzig und allein deshalb übertrug, weil sie eine Frau war. Ein Umstand, aus dem sie selbst nicht unbedingt eine besondere Kompetenz für diese Art von Gesprächen abgeleitet hätte. Mehr noch: Im Grunde war sie der festen Überzeugung, dass ihr Vorgesetzter in solchen Dingen das größere Einfühlungsvermögen besaß.

»Je schneller wir mehr wissen, desto besser«, sagte Verhoeven, der ihr Zögern offenbar als Aufforderung begriff.

»Und Sie sind sicher, dass Sie nicht lieber selbst ...«

»Ja«, unterbrach er sie mit einem Lächeln. »Sie machen das schon.«

Gott, wie herablassend das wieder klang! *Sie machen das schon ...*

»Na schön«, entgegnete sie. »Ganz wie Sie meinen.«

»Gut.« Er nickte ihr zu. »Dann bis später.«

»Ja«, sagte sie. »Bis dann.«

2 Irina Portner hatte bereits vor einigen Jahren beide Eltern verloren. Ihre Mutter, eine ungelernte Verkäuferin und Gelegenheitsprostituierte, war an einem zu spät diagnostizierten Darmkrebs gestorben, der Vater bereits ein paar Jahre zuvor in Russland unter nicht genau geklärten Umständen zu Tode gekommen. Manche behaupteten, er habe über das Wodkatrinken schlicht und einfach das Essen vergessen und sei verhungert. Andere Stimmen sprachen von einem nächtlichen Sturz, einem tragischen Unglücksfall, infolgedessen Igor Kashurin nur zweihundert Meter von seinem Haus entfernt am Straßenrand erfroren sei. Vor diesem Hintergrund könnte man eigentlich denken, dass Irina Portner mit ihrer Heirat das große Los gezogen hat, dachte Winnie Heller, als sie wenig später das St. Josephs-Hospital betrat. Anstatt in einer lauten Zweizimmerwohnung im rauen Moskauer Norden abwechselnd ihrem Ehemann, ihren fünf Kindern und diversen Freiern zu Diensten zu sein, sitzt sie in einer dreihundertsechzig Quadratmeter großen Villa und hat die Wahl, ob sie sich die Zeit zwischen Friseur und Oper lieber mit Golf oder Tennis vertreiben will.

So zumindest sah es auf den ersten Blick aus.

Doch Winnie Heller misstraute ersten Blicken.

Sie fuhr mit dem Aufzug in die sechste Etage und informierte die Stationsleitung und die beiden Uniformierten, die auf dem Gang vor Irina Portners Zimmer Wache hielten, über ihre Absichten. Von der behandelnden Ärztin erfuhr sie, dass genetisches Material des Angreifers sichergestellt worden war. Die betreffenden Proben seien bereits auf dem Weg ins Labor.

Winnie Heller fragte die Medizinerin auch nach der Schwere der Verletzungen, die Jan Portners Witwe davongetragen hatte, und erhielt eine etwas eigenartige Antwort:

»Nun ja, das ist so ein Punkt, wissen Sie«, sagte die Ärztin nach langem Zögern. »Frau Portner ist zweifelsohne vergewaltigt worden, und – um das ganz klar zu sagen – wir sprechen hier sowohl von vaginaler als auch von analer Penetration inklusive der entsprechenden einschlägigen Befunde. Dennoch scheint mir die Schwere der Verletzungen nicht so gravierend zu sein, wie man es eigentlich erwarten müsste, wenn man die Zusammenhänge kennt.«

Winnie Heller sah sie an. »Mit Zusammenhängen meinen Sie die Tatsache, dass sein letztes Opfer nach wie vor im Koma liegt?«

»Nicht nur das«, antwortete die Ärztin. »Ich habe auch zwei der anderen Opfer untersucht. Und in beiden Fällen waren die – wenn Sie mir den Ausdruck verzeihen – Kollateralschäden weitaus größer.«

»Das heißt im Klartext?«

Auf dem Gesicht der Ärztin erschien ein Ausdruck von Ekel. »Dieser Typ ist so ziemlich das Perverseste, was mir in meiner bisherigen Laufbahn untergekommen ist. Und nach allem, was ich über die Sache weiß, wird es von Mal zu Mal schlimmer.«

Genau dasselbe hat Wieczorek auch gemeint, dachte Winnie Heller.

»Kurz gesagt: Er scheint großen Spaß daran zu haben, seinen bewusstlosen Opfern die Rippen zu brechen oder ihnen die Gesichter zu Brei zu schlagen.«

»Aber in Irina Portners Fall hat er das nicht getan?«

»Oh, er hat sie natürlich verprügelt«, widersprach die Ärztin. »Und er war auch nicht gerade zimperlich mit ihr. Das bestimmt nicht. Aber ...«

»Ja?«

»Nun ja, vielleicht ist er in diesem Fall einfach nicht so weit gekommen wie sonst.« In der warmen Stimme schwang ein Hauch von Zweifel. »Vielleicht hat sie einfach Glück gehabt, dass ihr Mann zum richtigen Zeitpunkt nach Hause kam.«

Das mit dem richtigen Zeitpunkt würde Jan Portner vermutlich ein wenig anders sehen, dachte Winnie Heller.

Sie dankte der Ärztin und ging den Gang hinunter, zu dem Zimmer mit der Nummer 607.

Auf ihr Klopfen antwortete ein leises »Ja?«, kaum zu hören.

Sie machen das schon ...

Winnie Heller drückte auf die Klinke. Der dahinterliegende Raum war vollkommen quadratisch und roch genau wie alle anderen Krankenzimmer, in denen sie in ihrem Leben gewesen war: eine befremdliche Mischung aus Desinfektionsmitteln, verwelkten Blumen und Angst.

Die junge Russin hockte mit angezogenen Beinen auf dem

Bett, und trotz des unvorteilhaften Neonlichts sah man auch jetzt, dass sie schön war. Sogar noch schöner als auf der Fotografie in ihrem Schlafzimmer. Bis auf eine böse Platzwunde unterhalb des rechten Auges, die geklammert worden war, wirkte sie unverletzt. Unter dem hellblauen Krankenhauskittel schimmerte ihre glatte weiße Haut wie Elfenbein.

Winnie Heller ärgerte sich, dass sie nicht gefragt hatte, wie alt sie war. »Es tut mir furchtbar leid, dass ich Sie so kurz nach einem solchen Erlebnis schon mit Fragen behelligen muss«, begann sie ein wenig sperrig. »Aber wir dürfen keine Zeit verlieren, wenn wir den Kerl, der Ihnen das angetan hat, kriegen wollen.«

Irina Portner sah sie an. Sie hatte sehr außergewöhnliche Augen. Groß und von einem tiefen, kühlen Dunkelgrün. »Fragen Sie nur«, flüsterte sie, als habe sie Angst, jemand außer der Polizistin könne sie hören. »Ich fürchte nur, ich weiß gar nichts.«

Das glaube ich kaum, dachte Winnie Heller. Vielleicht weißt du nicht, *dass* du etwas weißt. Aber du weißt etwas. Irgendetwas weiß man immer. Laut sagte sie: »Wo genau befanden Sie sich, als der Artist über Sie herfiel?«

»Im Bad.« Ihr Deutsch war ausgezeichnet. Der Akzent bestand lediglich aus einer spezifischen Färbung der Vokale, die überdies einen Hauch zu lang gerieten. »Ich hatte mich abgeschminkt und wollte gerade zu Bett gehen. Ich hatte vor, noch ein wenig fernzusehen.«

»Sie haben ihn nicht kommen hören?«

»Nein.« Irina Portner schüttelte den Kopf. »Als ich aus der Tür trat, sah ich einen Schatten. Irgendwo ... Ja, rechts von mir. Und dann wurde es auch schon dunkel.«

»Das heißt, Sie haben weder sein Gesicht noch seine Statur gesehen?«

Wieder Kopfschütteln. »Leider ...«

»Macht nichts«, versicherte Winnie Heller eilig. Sie selbst

war vor knapp einem Jahr Opfer eines Überfalls geworden. Aber im Gegensatz zu der jungen Russin war sie nicht vergewaltigt worden. Sie hatte nur ein paar Prellungen und Schürfwunden davongetragen, alles in allem nichts Dramatisches. Trotzdem hatte das Erlebnis sie tief geprägt. Das Gefühl elementarer Hilflosigkeit, das sie empfunden hatte, verfolgte sie bis heute. Ebenso wie das Loch in ihrer Erinnerung, das die entscheidenden Minuten des Geschehens verschlungen hatte. Genau wie das Gesicht ihres Angreifers.

»Alles, woran ich mich erinnere, ist, dass er mir eine Hand vor den Mund gehalten hat«, sagte die junge Russin in die Stille, die sich zwischen ihnen breitgemacht hatte. »Er trug einen Handschuh. Leder, glaube ich.«

Winnie Heller nickte. »Er betäubt seine Opfer.«

Irina Portner schenkte ihr ein gezwungenes Lächeln. »Ich weiß.«

»Entschuldigen Sie.« Winnie musterte die zierlichen Handgelenke der Russin und die schmalen Schultern, die sich unter dem Krankenhauskittel abzeichneten. Von einer Frau wie Irina Portner würde man – zumindest auf den ersten Eindruck hin – keine große Gegenwehr erwarten, dachte sie. Aber mit solchen Einschätzungen konnte man auch weit danebenliegen. Oft waren es gerade die zartesten Geschöpfe, die die größte Entschlossenheit an den Tag legten. Und Entschlossenheit war in manchen Lebenslagen weit mehr wert als körperliche Fitness und ein paar gut ausgebildete Muskeln. Irina Portner allerdings hatte erst gar keine Gelegenheit gehabt, Entschlossenheit zu zeigen. Der Artist hatte ihr von vornherein jedwede Möglichkeit zur Gegenwehr genommen. Winnie riss den Blick von ihren Schultern los und zerrte einen abgegriffenen Notizblock aus ihrer Handtasche. »Ist Ihnen bekannt, wie der Mann ins Haus gekommen ist?«

Die junge Russin schüttelte den Kopf, und Winnie Heller berichtete von dem geknackten Fenster vor der Gästetoilette.

»Wer könnte gewusst haben, dass dieses Fenster eine Lücke im Sicherheitssystem Ihres Hauses darstellt?«, fragte sie, als sie geendet hatte.

Ihre Zeugin blickte zu Boden, ganz ähnlich wie auf dem Foto, das Wieczorek ihnen gezeigt hatte. Und unwillkürlich musste Winnie Heller wieder an den Spiegel über dem Bett denken.

»Hat ihr Mann vielleicht hin und wieder über solche Dinge gesprochen?«

»Was für Dinge?«, fragte Irina Portner.

»Über Dinge wie die Alarmanlage«, antwortete Winnie, unsicher, ob ihre Gesprächspartnerin tatsächlich nicht verstanden hatte oder nur Zeit gewinnen wollte. »Mit Freunden zum Beispiel?«

»O nein. Jan ist ... war sehr eigen mit allem, was seine persönliche Sicherheit betraf.« Über ihr Gesicht huschte ein Lächeln, das Winnie Heller nicht deuten konnte. »Sein Haus sollte sein wie eine Festung.«

»Fühlte er sich denn konkret bedroht?«

»Nicht dass ich wüsste.«

Winnie sah zum Fenster. Die Vorhänge waren zugezogen, aber in der Mitte war ein schmaler Streifen Himmel zu sehen. »Hat Ihr Mann vielleicht irgendwann mal jemanden erwähnt, mit dem er Ärger hatte? Beruflich oder privat?«

»Nein.« Sie klang sehr sicher. »Und ich ... Ich denke eigentlich auch nicht, dass er Angst gehabt hat. Es ...« Wieder ein längeres Überlegen. »Es ging ihm mehr um das Gefühl, dass niemand unbemerkt sein Revier betreten kann, verstehen Sie? Jan war so.«

»Wie?«

»Er achtete auf das, was seins war.« Irina Portner schluckte. »Darauf, dass kein anderer einfach hereinspaziert und an seine Sachen geht.«

Aber genau das hat jemand getan, dachte Winnie Heller. Irgendwer ist heute Nacht in Jan Portners Revier eingedrungen und hat seine Frau vergewaltigt. Und dann hat dieser Jemand Jan Portner erschossen. Sie stutzte, als ihr ein Satz aus einem alten Märchen in den Sinn kam: *Wer hat in meinem Bettchen geschlafen? Wer hat von meinem Tellerchen gegessen?*

»Außerdem besitzt Jan auch einige sehr wertvolle Gemälde«, riss Irina Portners Stimme sie aus ihren Gedanken. »Ein paar davon bewahrt er im Safe auf. Die anderen hängen im Wohnzimmer.«

Jan besitzt, resümierte Winnie Heller im Stillen. Nicht: *Wir besitzen* …

»Und Sie?«

Die junge Witwe hob verwirrt den Kopf: »Was meinen Sie?«

»Haben Sie irgendwem erzählt, wie die Alarmanlage Ihres Hauses funktioniert?«

Ein flüchtiger Schatten huschte über das Gesicht der jungen Russin. »Natürlich nicht.«

Winnie Heller nickte. Zu schnell. Zu hektisch. Und angesichts der Umstände viel zu entschieden!

Als Irina Portner weitersprach, klang sie beinahe empört. »Warum sollte ich über so was sprechen?«

Das ist eine verdammt gute Frage, dachte Winnie Heller. Doch sie beschloss, darauf nicht einzugehen. Nicht in dieser Situation. Und nicht zu diesem frühen Zeitpunkt. Im Grunde hatte sie schon Glück, dass sich Irina Portner so kurz nach einer solchen Tat als ansprechbar erwies. »Wir haben Grund zu der Annahme, dass der Artist seine Opfer vor den Taten ausspioniert, um sich ein Bild über die Lebensumstände der Frauen zu machen«, erklärte sie. »Hatten Sie in der letzten Zeit mal das Gefühl, beobachtet zu werden?«

Wie schon bei vorangegangenen Fragen dachte Irina Portner zunächst eine ganze Weile nach. Dann schüttelte sie den Kopf. »Nein, mir ist nichts aufgefallen.«

»Sind Sie sicher?«

Sie blickte auf ihre Fingernägel hinunter. »Ja.«

Für Letzteres hätte Winnie Heller keine Hand ins Feuer gelegt. Aber sie sah davon ab, ihre Zeugin unter Druck zu setzen. Zumindest im Augenblick. »Hat Ihr Mann Sie gut behandelt?«, fragte sie stattdessen, weil ihr die Frage angesichts Irina Portners Formulierungen irgendwie wichtig schien.

»Jan?« Die junge Russin sah hoch. Es klang, als spräche sie über einen Fremden. Doch dann begann sie zu Winnies Überraschung auf einmal zu zittern. Leise nur, aber doch deutlich sichtbar. »Jan ist tot.«

Das ist keine Antwort auf meine Frage, dachte Winnie. »Sie waren bereits seine zweite Ehefrau, nicht wahr?«, versuchte sie es anders.

Kopfschütteln. »Die dritte.«

»Wissen Sie etwas über Ihre …« Winnie zögerte. Das Wort, das ihr auf der Zunge lag, kam ihr irgendwie unverschämt vor, aber ihr fiel auch kein besseres ein. Also sagte sie schließlich doch: »… über Ihre Vorgängerinnen?«

»Ich glaube, die erste ist gar nicht mehr am Leben«, entgegnete Irina Portner zögerlich. »Und die andere wohnt in Hamburg oder so. Aber ich bin nicht sicher.«

»Folglich hat Ihr Mann nicht viel über seine Vergangenheit gesprochen?«

»Kaum.«

»Okay.« Winnie Heller holte tief Luft. »Was ist mit dem Restaurant?«

Die junge Witwe sah überrascht aus. »Was soll damit sein?«

»Wissen Sie, ob es da in der letzten Zeit mal Schwierigkeiten gegeben hat?«

Irina Portner zuckte entschuldigend die Achseln. »Jan hat mir nur wenig über seine Arbeit erzählt.«

Vielleicht, weil er dich nicht ganz für voll genommen hat, spekulierte Winnie Heller garstig. Laut sagte sie: »Wer könnte mehr darüber wissen?«

»Wirklich, ich habe keine Ahnung.« Irina Portner wirkte immer verstörter. Aber das war angesichts der vergangenen Stunden wohl kein Wunder. »Sein Küchenchef vielleicht. Pierre Duquesne. Aber ...« Ihre Pupillen weiteten sich, als sie wieder hochsah. Ins Licht. »Warum fragen Sie mich das alles? Ist das ... Ich meine, hat das denn irgendwas mit dem zu tun, was mir ... Was ich ...« Sie presste sich eine Hand vor den Mund, und Winnie Heller hatte den Eindruck, dass sie weinte, auch wenn die großen Augen vollkommen trocken blieben.

»Wir müssen uns ein Bild machen«, sagte sie sanft.

Die junge Russin nickte ohne Überzeugung.

»Wann kam Ihr Mann eigentlich üblicherweise nach Hause?«, beeilte Winnie sich, die nächste Frage zu stellen, bevor ihre Zeugin allzu sehr ins Nachdenken geriet.

»Spät.«

»Was heißt das?«

»Gegen eins, halb zwei.«

»Und warum kam er heute Abend früher?«, wiederholte sie die Frage, die sie sich bereits zuvor gestellt hatten.

Man konnte zusehen, wie die junge Witwe allmählich begriff. »Ich weiß es nicht«, sagte sie nach einer Weile, und es klang durchaus glaubhaft.

Trotzdem hakte Winnie Heller noch einmal nach: »Sie haben also auch heute nicht vor ein Uhr mit ihm gerechnet?«

»Nein.«

»Wann haben Sie zuletzt auf die Uhr gesehen?«

»So um Viertel nach zehn, glaube ich.« Irina Portner zog die Stirn in Falten. Seltsamerweise wirkte sie dadurch noch jünger. »Wie schon gesagt, ich bin auf der Terrasse gewesen. Als ich wieder reinkam, schaltete ich die Alarmanlage ein, und ich weiß noch, dass ich dachte, wenn ich mich ranhalte, kriege ich noch ein bisschen was von CSI mit.« Sie zuckte entschuldigend mit den Achseln. »Die alten Folgen mit Gil

Grissom und seinem Team, wissen Sie? Die sehe ich eigentlich ganz gern. Ab und zu.«

»Ich auch«, gab Winnie Heller mit einem verschmitzten Augenzwinkern zu. Tatsächlich sah sie die Serie in allen Variationen, wenn sie nach einem langen Tag endlich Feierabend hatte, wobei sie sich erfolgreich einredete, dass es sich dabei um eine Art Weiterbildungsmaßnahme handelte. »Diese Serien beginnen immer um Viertel nach, oder?«, fragte sie. »Also um Viertel nach zehn in Ihrem Fall?«

Irina Portner bejahte. »Mir war klar, dass ich den Anfang verpasst hatte, aber ich wollte mich noch schnell abschminken. Und als ich aus dem Bad kam ...« Sie hielt inne und schluckte krampfhaft.

»Ich verstehe.« Winnie Heller versuchte, ihren Blick festzuhalten. Doch die junge Witwe wich ihr aus. »Aber Ihr Mann hatte nicht vor, an diesem Abend früher als gewöhnlich nach Hause zu kommen?«, insistierte sie.

»Nicht dass ich wüsste.«

»Er hat nichts in dieser Richtung gesagt?«

»Nein.«

»Hat er früher an diesem Tag über irgendwelche Beschwerden geklagt? Kopfschmerzen vielleicht? Oder irgendwas anderes, das erklären würde, warum er mehr als zwei Stunden vor seiner üblichen Zeit nach Hause kam?«

Kopfschütteln.

»Und Sie können sich auch keinen anderen Grund vorstellen?«

»Ich dachte ...« Irina Portner brach ab und blickte auf ihre Hände hinunter, die genauso schön waren wie der Rest von ihr.

»Ja?«

»Vielleicht war er ja gar nicht früher dran. Vielleicht ...« Und auf einmal suchten die großen Augen nun doch Winnie Hellers Gesicht. »Ich meine, ich weiß ja nicht, wie lange mich dieser Kerl ... Wie lange das alles gedauert hat ...« Sie hob eine Hand an den Mund, und für einen flüchtigen Moment dachte Winnie Heller, dass sie sich übergeben würde.

Doch Irina Portner fing sich wieder.

»Über den genauen Todeszeitpunkt Ihres Mannes wird uns vermutlich erst die Obduktion endgültigen Aufschluss geben«, erklärte Winnie, und die junge Russin nickte stumpf vor sich hin. Es war offensichtlich, dass die Situation sie komplett überforderte. »Wann haben Sie Ihren Mann eigentlich zuletzt gesprochen?«, fragte Winnie, um ihr wieder ein wenig Halt zu geben. Eine Frage, mit der sie fertigwerden konnte.

Irina Portner überlegte. »Gegen Mittag«, sagte sie dann. »Er rief mich kurz an, bevor er in den Club fuhr.«

»In den Club?«

»Tennis. Jan hat ziemlich gut gespielt.«

»Und danach war er nicht mehr zu Hause?«

»Das macht er oft so.« Sie schien das Gefühl zu haben, sich rechtfertigen zu müssen, auch wenn Winnie Heller keine Ahnung hatte, warum. »Er duscht im Club, isst irgendwo auf dem Weg und bleibt dann den Nachmittag über im Restaurant. Es sei denn, er hat irgendwelche auswärtigen Termine.«

Was im Klartext heißt, dass er dich verdammt viel allein gelassen hat, resümierte Winnie Heller im Stillen. »Spielen Sie auch Tennis?«

»Ich?« Jetzt lachte sie beinahe. »Nein.«

»Sonst ein Hobby?«

Die junge Russin blickte sich um, als sei die Antwort auf diese Frage irgendwo in diesem Krankenzimmer verborgen.

»Frau Portner?«

Sie fuhr zusammen. »Ja?«

»Was machen Sie den ganzen Tag?« Erst als die Frage schon heraus war, wurde Winnie Heller bewusst, wie beleidigend sie klang. Doch die junge Russin war zu stumpf, um sich angegriffen zu fühlen.

»Ich lerne Italienisch«, antwortete sie, folgsam wie ein Kind. »Ein Intensivkurs an der Volkshochschule. Und zweimal die Woche gehe ich schwimmen.«

»Wir brauchen eine Liste Ihrer Aktivitäten«, sagte Winnie Heller. »Alles, was Sie regelmäßig tun. Wer an diesem Kurs teilnimmt, von dem Sie gesprochen haben. Wen Sie treffen, Freunde, Bekannte und so weiter.«

Irina Portner bedachte sie mit einem eigentümlichen Blick. »Ich habe keine Freunde.«

»Wenn Sie schwimmen gehen, gehen Sie allein?«

»Ja.«

Aus irgendeinem Grund glaubte Winnie Heller ihr das aufs Wort. Sie dachte wieder an die Villa des Ehepaars. An die luxuriöse Kälte, die das Gebäude ausstrahlte. An die Skulptur im Schlafzimmer. Und an den monströsen Spiegel über dem Bett.

Außerdem besitzt Jan ein paar sehr wertvolle Gemälde ...

In ihrem Rücken ging eine Tür auf. Sie drehte sich um und sah eine Krankenschwester mit einem Medikamentenbrett in der Hand.

»Tut mir leid«, sagte die Frau, augenscheinlich überrascht über Winnies Anwesenheit. »Ich dachte, Sie wären ...«

»Kein Problem«, entgegnete sie. »Ich wollte sowieso gerade gehen.« Sie griff nach ihrer Handtasche, zog eine ihrer Visitenkarten heraus und schrieb zusätzlich ihre private Handynummer auf die Rückseite. »Versuchen Sie, sich ein wenig auszuruhen, okay?«, sagte sie, indem sie die Karte kommentarlos neben Irina Portner auf den Nachttisch legte.

Die junge Russin nickte stumpf.

»Ich komme ein andermal wieder.«

Winnie Heller schenkte der Krankenschwester ein kurzes, professionelles Nicken.

Dann zog sie eilig die Tür hinter sich zu.

3 »Sechs Opfer bislang«, resümierte Jürgen Wieczorek am frühen Vormittag in einem kargen Besprechungsraum des Präsidiums. »Noch dazu sechs Frauen, wie sie unterschiedlicher nicht sein könnten.«

Winnie Heller griff nach einem der Bilder, die vor ihr auf dem ausladenden Konferenztisch lagen. Es zeigte eine schwarzhaarige Frau um die fünfzig mit sorgfältig geschminktem Gesicht. Sie sah aus wie eine dunkelhaarige Vanessa Redgrave.

»Das ist Sarah Endecke«, erklärte Wieczorek, der zufällig zu ihr herübersah. »Sie ist fünfzig, Single und besitzt eine Boutique für exklusive Damenmode in der Innenstadt. Ihre Maisonettewohnung liegt in einer ruhigen Seitenstraße zur Adolfsallee. Erste und zweite Etage mit Blick in einen hübsch begrünten Innenhof. Wegen der Hitze hatte sie die Balkontür offen gelassen, sodass unser Mann leichtes Spiel hatte.« Er nahm ein anderes Foto zur Hand, ohne es wirklich anzusehen. Wahrscheinlich kannte er die Gesichter der Opfer inzwischen besser als die seiner Familie. »Das zweite Opfer war Tatiana Schwarz, auf den Tag genau eine Woche später. Vollkommen anderer familiärer Hintergrund, vollkommen andere Gegend, vollkommen anderer Typ. Frau Schwarz bewohnt ein Reihenhaus in Dotzheim, solide, aber unspektakulär.« Er hielt inne und wühlte in seinen Notizen. »Sie ist siebenundvierzig Jahre alt und bereits Witwe. Ihr Mann hatte massive Alkoholprobleme, führte aber bis zu seinem Tod vor vier Jahren dennoch ein vergleichsweise geregeltes und sozial integriertes Leben, was er in erster Linie seiner Frau zu verdanken hatte, die für zwei schuftete und ihm beruflich wie privat immer wieder Rückendeckung gab. Er starb an einem zu spät erkannten Magendurchbruch, eine Folge des jahrelangen Alkoholmissbrauchs. Bis zu seinem Tod betrieben die Eheleute ein gut gehendes Restaurant in der Nähe des Hauptbahnhofs.«

Verhoeven hob interessiert den Blick. »Also waren die Schwarzens auch Gastronomen?«

»Ich weiß, was Sie denken«, lächelte Wieczorek. »Aber zum einen hat Tatiana Schwarz den Betrieb unmittelbar nach dem Tod ihres Mannes verkauft. Und dann war das ein gänzlich anderes Kaliber als der Nobelschuppen, mit dem Jan Portner sein Vermögen verdient hat. Eher Spießbraten und Jägerschnitzel, wenn Sie verstehen, was ich meine.«

»Trotzdem ist es eine mögliche Parallele«, beharrte Verhoeven.

»Sicher.« Der Beamte des K 12 nickte zwar, doch er sah nicht überzeugt aus. »Sie werden ja ohnehin selbst mit Frau Schwarz sprechen. Dann können Sie sie danach fragen.«

Verhoeven streckte die Beine unter den Tisch. Auf dem Tisch vor ihm lag sein Handy, und anders als bei früheren Besprechungen dieser Art war es nicht ausgeschaltet. Aus dem abgedunkelten Display stach weiß die Digitalanzeige der Uhrzeit heraus.

»Kurz nach dem Verkauf des Restaurants erkrankte Frau Schwarz an Brustkrebs«, fuhr Wieczorek an der Stirnseite des Tisches fort, und Winnie Heller dachte einmal mehr über die Frage nach, warum manchen Menschen das Pech an den Hacken klebte, während andere sich allenfalls mit Bagatellen herumschlagen mussten. »Das war …« Wieczorek sah nach. »Vor knapp drei Jahren. Nach erfolgreichem Abschluss ihrer Chemotherapie nahm sie eine Halbtagsstelle in Frankfurt an. Als Verkäuferin in einem Bioladen. Was sie dort verdient, reicht zusammen mit der Witwenrente, um einigermaßen über die Runden zu kommen. Zumal Frau Schwarz das Haus bereits mit dem Erlös aus dem Verkauf ihres Restaurants abbezahlt hatte. Sie kann keine großen Sprünge machen, aber sie kommt klar.«

Winnie Heller betrachtete die Porträtaufnahme der Frau, die für sie bislang nicht viel mehr als ein Name war. Ihre Züge strahlten Stärke aus, auch wenn die Schmerzen und Sorgen der Vergangenheit deutliche Spuren hinterlassen hatten.

Winnie dachte an Irina Portner und an den Eindruck, den die junge Russin auf sie gemacht hatte – unsicher, verschüchtert. Auf jeden Fall nicht stark. Oder doch? Sie legte das Foto beiseite und nippte an ihrem Kaffee. War die Momentaufnahme einer kurzen Begegnung, noch dazu unmittelbar nach einer solchen Tat, überhaupt dazu angetan, um sich ein Bild von einer Persönlichkeit zu machen? Oder gab es nach einem traumatischen Erlebnis wie diesem zu viel, das einem die Sicht verstellte?

»Opfer Nummer drei ist Gymnasiallehrerin«, erklärte Wieczorek, der bereits ein neues Foto in der Hand hielt. »Iris Vermeulen, zweiundfünfzig Jahre alt und verheiratet mit einem holländischen Ingenieur. Das Paar hat drei Kinder. Die jüngste Tochter ist fünfzehn und wohnt noch zu Hause.« Er sah aus dem Fenster, wo die Sonne trotz der frühen Stunde bereits wieder von einem wolkenlosen Himmel brannte. Jemand war zur Bäckerei gefahren und hatte Brötchen besorgt. Dazu gab es Kaffee in rauen Mengen. Trotz der Hitze. »Zum Zeitpunkt der Tat war Gus Vermeulen gerade wieder mal für ein paar Wochen im Ausland, was keine Seltenheit ist in seinem Job. Die Tochter war in ihrem Zimmer, eine Etage höher, und hat geschlafen, als ihre Mutter überfallen wurde. Sie hat von dem Ganzen nicht das Geringste mitbekommen.«

Winnie Heller registrierte, wie die Augenbrauen ihres Vorgesetzten in die Höhe schnellten. Wahrscheinlich überlegte er gerade, was passieren würde, wenn seine eigene Tochter die Hilferufe ihrer hochschwangeren Mutter überhörte. Tja, mein Lieber, dachte sie, indem sie ihn mit einem wenig mitleidsvollen Blick bedachte, du wolltest doch so unbedingt noch Zuwachs für deine heilige Bilderbuchfamilie. Dann sieh auch zu, wie du deine Nerven in den Griff bekommst!

»Was das Anschleichen betrifft, ist unser Mann im Übrigen

mehr als geschickt.« Wieczoreks Finger spielten mit der Kappe seines Kugelschreibers. »Keine der Frauen hat irgendwas gehört oder gesehen, bevor sie dem Kerl sozusagen gegenüberstand.«

»Haben wir trotzdem so was wie eine Beschreibung?«, erkundigte sich Verhoeven.

Wieczorek seufzte. »Etwa eins achtzig, schlank, dunkel gekleidet.«

»Das ist alles?«

»Das ist alles.«

»Na toll«, rief Oskar Bredeney, der Veteran des KK 11 und ein langjähriger Weggefährte von Verhoevens verstorbenem Mentor Karl Grovius. »Dann weiß ich, glaub ich, wer das ist!«

»Ah ja?«, scherzte Stefan Werneuchen, sein Partner.

»Klar, der Kerl lebt in der Wohnung unter mir. Aber wirklich was sehen oder hören tust du von dem nicht. Er lebt eher ... Na ja, zurückgezogen.«

»Wahrscheinlich versucht er einfach nur, deinen blöden Witzen zu entkommen«, stichelte Werneuchen.

»Privat bin ich todernst«, gab Bredeney zurück.

Seine Kollegen lachten.

»Der Artist hinterlässt grundsätzlich keine Fingerabdrücke«, fuhr Wieczorek fort, nachdem die Heiterkeit wieder abgeflaut war. »Weder dort, wo er einsteigt, noch an den eigentlichen Tatorten.«

»Dafür hinterlässt er sein Sperma«, versetzte Bredeney trocken.

Der Beamte vom K 12 nickte. »So ist es.«

»Ich nehme an, der DNA-Abgleich hat keine Ergebnisse gebracht?«, fragte Verhoeven.

Wieczorek schüttelte grimmig den Kopf. »Wir haben ihn durch sämtliche verfügbaren Datenbanken gejagt, einschließlich ViCLAS. Aber er ist nirgendwo registriert.«

»Was nicht zwingend bedeuten muss, dass er nie zuvor als

Vergewaltiger in Erscheinung getreten ist«, bemerkte Verhoeven, mehr zu sich selbst als an seine Kollegen gewandt. »Vielleicht hat er sich ganz einfach nicht erwischen lassen.«

»So ähnlich argumentieren unsere Psychologen auch«, erklärte Wieczorek. »Zumindest spricht das Ausmaß seiner Brutalität ihrer Meinung nach dafür, dass er dergleichen nicht zum ersten Mal macht.«

»Haben Sie denn Fälle gefunden, die ein ähnliches Tatschema aufweisen wie das der aktuellen Serie?«, fragte Winnie Heller.

Der Kollege vom K 12 verneinte. »Aber auch das muss nichts besagen. Vielleicht haben die betreffenden Frauen die Tat nicht angezeigt.« Er zuckte die Achseln. »Sie alle wissen, wie hoch die Dunkelziffern in diesem Bereich sind. Und wenn ein etwaiges früheres Opfer unseres Mannes körperlich nicht so schwer verletzt war, dass es zwingend ärztliche Hilfe benötigte, wäre es durchaus denkbar, dass die betreffende Frau das Geschehen aus Scham oder Angst verdrängt hat.«

Vor Winnie Hellers Augen blitzte für ein paar Sekundenbruchteile ein Bild auf. Ein dunkler Parkplatz und Blätter im Wind, hoch über ihrem Kopf. Dazu eine Hand, die sich auf ihren Mund presst. Hart. Rau. Sie schluckte und versuchte, die Erinnerung abzuschütteln. Aber es wollte ihr nicht gelingen. Der Vorfall, von dem sie außer Lübke niemandem erzählt hatte, lag jetzt fast ein Jahr zurück. Und der Mann, der ohne jede Vorwarnung über sie hergefallen war, war nicht viel mehr als ein dunkler Fleck in ihrer Erinnerung. Trotzdem ließ er sich einfach nicht verdrängen.

»Die Tatsache, dass unser Mann grundsätzlich kein Kondom benutzt, zeugt von einem enormen Selbstbewusstsein«, setzte Wieczorek unterdessen seine Erläuterungen fort. »Oder anders gesagt, er fühlt sich offenbar sicher genug, um seine genetische Visitenkarte zu hinterlassen, wenn Sie so wollen.«

»Er weiß, dass wir damit wenig anfangen können«, murrte Bredeney.

»Das kommt ganz auf den Blickwinkel an.« Wieczorek lehnte sich zurück. »Einerseits ist ihm klar, dass wir ihn in keiner unserer Datenbanken finden können. Andererseits eröffnet er uns mit dem Hinterlassen seiner DNA explizit die Möglichkeit, ihm jedes einzelne Opfer zweifelsfrei zuzuordnen.«

»Vielleicht ist er stolz auf seine Taten«, sagte Winnie Heller.

»Möglich.«

»Und wie lange hält er sich üblicherweise in den Häusern seiner Opfer auf?«, wollte Verhoeven wissen.

»Schwer zu sagen«, antwortete Wieczorek. »Da die Frauen durch die Betäubung eine ganze Weile außer Gefecht gesetzt sind, konnten wir hierzu bislang nur Vermutungen anstellen.«

»Die da wären?«

»Wir schätzen, dass er etwa eine Viertel- bis halbe Stunde an den Tatorten zubringt. Vielleicht auch länger.«

»Aber es gibt keine Hinweise darauf, dass er außer der Tat selbst noch irgendetwas anderes in den Wohnungen anstellt?«

»Nein.«

»Und er lässt auch nichts mitgehen?«

Wieder schüttelte Wieczorek nur den Kopf. »Die Frauen sagen, es fehle nichts. Und er lässt auch nichts zurück.«

Oh doch, dachte Winnie Heller, er lässt etwas zurück. Verletzte Seelen. Und Angst. Namenlose, unvorstellbare Angst ...

Wieczorek griff nach der Akte, die vor ihm auf dem Konferenztisch lag. »Das vierte Opfer ist von Beruf Tierärztin, Merle Olsen. Die Mutter stammt aus Schweden«, ergänzte er, als er sah, dass Verhoeven über den Namen stolperte. »Frau Olsen ist zweiundvierzig und lebt in einer lesbischen Partnerschaft mit einer Humanmedizinerin. Unser Mann hat ihr das Jochbein zertrümmert und darüber hinaus drei Rippen gebrochen. Trotzdem wurde sie vergleichsweise schnell wieder wach und konnte aus eigener Kraft die Polizei verständigen. Etwas, das auf Opfer Nummer fünf leider nicht zutrifft.« Er hielt ein Foto in die Höhe. Es zeigte ein hübsches, von blondem Haar umrahmtes Frauengesicht mit auffallend hellblauen Augen. »Edyta Bary, dreiundvierzig Jahre alt, gebürtige Polin, geschieden von einem Deutschen und seit fünfzehn Jahren im Besitz eines deutschen Passes. Sie hat als Altenpflegerin in einem Seniorenheim in Biebrich gearbeitet und ist Mutter eines erwachsenen Sohnes.«

Hat gearbeitet, hallte seine Stimme hinter Winnie Hellers Stirn wider. Als ob sie schon tot wäre ...

Wieczorek schien gleichfalls bewusst zu werden, wie unglücklich seine Formulierung gewählt war, denn er unterbrach sich und hustete trocken. »Unser Mann hat so oft und so heftig auf ihren Kopf eingeschlagen, dass Frau Bary schwerste Hirnverletzungen davontrug. Sie wurde erst zwölf Stunden nach der Tat von einer Freundin gefunden, was ihre Chancen, irgendwann wieder einmal ein normales Leben zu führen, nicht gerade verbessert hat.«

Verhoevens Finger spielten mit dem Henkel seiner Kaffeetasse. »Wird sie wieder aufwachen?«

»Sie wissen doch, wie diese Ärzte sind«, stöhnte Wieczorek anstelle einer Antwort. »Wenn Sie da eine Prognose verlangen ...« Er brach ab und fügte nach kurzem Überlegen hinzu: »So gesehen kann Irina Portner von Glück reden, dass ihr Mann dem Artisten in die Quere gekommen ist. Auch wenn er das mit seinem Leben bezahlt hat.«

»Was hat die Befragung der Nachbarn ergeben?«, fragte Verhoeven.

»Bislang nicht viel. Aber erfahrungsgemäß dauert es eine Weile, bis die Leute aus der Deckung kommen.« Wieczorek kippte seinen Kaffee hinunter, als wenn es Wasser wäre. »In dieser Gegend scheinen sich die Leute allerdings hauptsächlich mit sich selbst zu beschäftigen. Man kennt einander vom

Sehen, sagt sich Guten Tag und Auf Wiedersehen, wenn sich's partout nicht vermeiden lässt, und geht ansonsten am liebsten seiner eigenen Wege.«

»Also kein Gerede über Eheschwierigkeiten oder dergleichen?«

»Na ja ...« Er stellte seine Tasse ab.

»Nämlich?«

»Mit *ihr* scheinen die meisten gar nichts anfangen zu können. Sie verbringe viel Zeit allein und gehe eher selten aus dem Haus. *Er* hingegen wird – je nachdem, wen Sie fragen – als anmaßendes Arschloch oder als smarter Lebemann dargestellt. Auch wenn ich nicht den Eindruck habe, dass irgendjemand wirklich etwas über ihn weiß. Wenn Sie ...« Er unterbrach sich, als Verhoevens Handy zu klingeln begann.

Winnie Heller registrierte, wie ihr Vorgesetzter eine Nuance blasser wurde, auch wenn er sich alle Mühe gab, sich nichts anmerken zu lassen.

»Das Baby?«, fragte Bredeney.

Verhoeven warf einen kurzen Blick auf das Display und schüttelte dann mit einer Mischung aus Erleichterung und Enttäuschung den Kopf. »Nein, die Gerichtsmedizin.«

»Okay«, kam Dr. Gutzkow mit der ihr eigenen preußischen Direktheit zur Sache, kaum dass Verhoeven auf die Taste mit dem grünen Hörer gedrückt hatte. »Ich habe gerade die Laborergebnisse von Frau Portners Abstrichen auf den Schreibtisch bekommen.«

»Und?«

»Es ist zweifelsfrei derselbe Kerl.«

»Der Artist?«

»Genau.«

Verhoeven stutzte. »Aber?«

Er hörte Dr. Gutzkows Lachen. »Wie kommen Sie darauf, dass da ein Aber dabei ist?«

»Das höre ich.«

»Ick wusste jar nich, det ick so berechenbar bin«, scherzte sie, doch dann wurde sie schlagartig wieder ernst. »Aber Sie haben recht. Es gibt tatsächlich eine Einschränkung. Allerdings betrifft sie nicht Irina Portner beziehungsweise die Vergewaltigung als solche, sondern den Ehemann.«

»Wie das?«

»Okay, der Reihe nach.« Verhoeven hörte das Rascheln von Papier. »Das endgültige Ergebnis des toxikologischen Gutachtens steht zwar noch aus, aber ich kann Ihnen bereits jetzt verraten, dass Jan Portner zum Zeitpunkt seines Todes weder unter Drogen- noch unter Alkoholeinfluss gestanden hat.«

Wie nicht anders zu erwarten war, dachte Verhoeven.

»Darüber hinaus war er kerngesund und für einen Mann seines Alters überdurchschnittlich fit. Als ich ihn erstmals begutachtet habe, war er rund drei Stunden tot, was bedeutet, dass der Todeszeitpunkt irgendwo zwischen elf Uhr und Mitternacht liegt.«

»Das passt«, nickte Verhoeven.

»Allerdings haben mir die Schusskanäle gehörig zu denken gegeben. Und zwar gleich von Anfang an.«

»Wieso?« Verhoeven registrierte, wie seine Kollegen am Tisch allmählich unruhiger wurden. »Was ist denn damit?«

»Ich habe mir die Aufnahmen von diesem Schlafzimmer ganz genau angesehen«, erklärte Dr. Gutzkow, ohne auch nur mit einer Silbe auf seine Frage einzugehen. »Und mich daraufhin auch noch einmal mit der Ballistik kurzgeschlossen.« Sie seufzte. »Wir werden das alles selbstverständlich noch vor Ort nachstellen, aber eins können wir bereits jetzt mit ziemlicher Sicherheit sagen.«

»Nämlich?«

»Dass der Schütze mit dem Gesicht zur Tür auf dem Bett gesessen hat, als Portner hereinkam.«

Verhoeven riss die Augen auf. »Wie bitte?«

Die Gesichter seiner Kollegen fuhren schlagartig herum.

Verhoeven sah Interesse. Neugier. Aber auch Verständnislosigkeit.

»Na ja ...«, knurrte Dr. Gutzkow am anderen Ende der Leitung. »Ich an Ihrer Stelle würde nicht länger von Notwehr ausgehen.«

4 Damian Kender betrat das Sombrero, wo bereits einige seiner Kollegen an einem großen Tisch gegenüber der Theke saßen und Pause machten. Er wollte sich nur einen Kaffee holen und dann gleich wieder verschwinden. Seine Tasse hielt er bereits in der Hand. Dieselbe Tasse, die ihm die Kollegen im letzten Jahr zum Geburtstag geschenkt hatten. Damian brachte sie fast immer mit, wenn er auf einen schnellen Kaffee herüberkam, und seltsamerweise gab es niemanden, der sich darüber wunderte. Die Tasse war sehr außergewöhnlich, grasgrün mit einem oszillierenden Echsenmuster auf der Seite, das je nach Lichteinfall die Farbe wechselte wie ein Chamäleon – zweifellos ein Beweis dafür, dass auch die sogenannten blinden Hühner hin und wieder mal ein Körnchen Wahrheit fanden, ganz gleich, wie wahllos sie auch durch die Gegend pickten.

Damians Augen streiften nacheinander die Tafel mit den Tagesangeboten, die leere Theke und die Gesichter der anderen Tierpfleger, wobei sein Blick unvermittelt an einer fettschwarzen Schlagzeile hängenblieb.

Erster Todesfall in mysteriöser Vergewaltigungsserie ...

Fred, einer von den Affenpflegern, hielt die Zeitung so, dass jeder, der zur Tür hereinkam, die Überschrift lesen konnte, nein: lesen *musste*.

Damian blieb abrupt stehen, und die plötzliche Bewegung ließ seine Kollegen aufblicken. Er konnte zusehen, wie Freds braune Augen seine unerwartete Reaktion analysierten, seinen Gesichtsausdruck, sein Erstaunen. Dann brummte der Kollege: »Tja, was soll man dazu sagen, was?«

»Das ist doch ganz einfach«, erklärte Micha Gottschalk, ein forscher Azubi, der derzeit bei den Tigern Dienst tat. »Schere her, und ab das Ding.«

»Tja, dazu müsstest du ihn leider erst mal haben«, wandte Anita Meyer in ihrem üblichen Ich-bin-heut-wieder-schlecht-gelaunt-Ton ein.

»Stimmt«, pflichtete Fred ihr bei und hielt Damian die Zeitung hin.

Damian nahm sie und überflog stumm den Bericht. Desinteresse würden ihm die anderen jetzt ohnehin nicht mehr abgenommen haben. Außerdem musste er unbedingt wissen, was da schiefgelaufen war.

»Furchtbar«, murmelte er, obwohl er mit jedem Wort, das er las, mehr Mühe hatte, ruhig zu bleiben.

Wiesbaden. *Die 32-jährige Deutschrussin Irina P. wurde gestern Nacht das fünfte Opfer eines brutalen Serienvergewaltigers, der in den vergangenen Wochen immer wieder Frauen aus dem Großraum Wiesbaden überfallen, sexuell missbraucht und dabei zum Teil erheblich verletzt hat. Der Unbekannte, der immer am späten Abend zuschlägt, überwältigt seine Opfer stets in deren Privatwohnungen, wo er die Frauen zunächst betäubt und anschließend vergewaltigt. Ersten Berichten zufolge hat der Ehemann des jüngsten Opfers, der bekannte Gastronom Jan P., den Täter gestern Abend auf frischer Tat ertappt, woraufhin dieser den Unternehmer mit zwei gezielten Schüssen in Kopf und Oberkörper tötete und anschließend flüchtete. Die Polizei bittet alle Personen, die in der vergangenen Nacht Zeuge von Vorkommnissen waren,* *die mit dem genannten Fall in Verbindung stehen könnten, sich in einer der zahlreichen Dienststellen oder online unter nachstehender Adresse zu melden.*

Damian wischte sich flüchtig über Stirn und Nacken. Darum war es also gegangen! Sein Gefühl, missbraucht zu werden, hatte ihn nicht getrogen.

Dieser gottverdammte, elende Wichser! Seine Haut fühlte sich von jetzt auf gleich glühend heiß an. *Wie kann er es wagen, mich als Sündenbock für einen Mord zu missbrauchen? Wer glaubt dieser Scheißkerl eigentlich, dass er ist?!*

»Krass, oder?«, fragte Anita Meyer, die seine Irritation bemerkte, jedoch den Grund dafür missdeutete.

Er nickte eilig.

»Vor allem frage ich mich, wohin das alles noch führen soll«, echauffierte sich Fred. »Wenn der Kerl jetzt auch noch um sich schießt …«

»Oh, keine Sorge, dich sucht er bestimmt nicht heim«, bemerkte der unbedachte Micha mit einem schelmischen Augenzwinkern. »Du selbst bist nicht sein Typ. Und deine Frau müsstest du erst mal finden, um dich bei dem Versuch, sie zu beschützen, erschießen lassen zu können.«

Fred holte aus und verpasste dem jungen Kollegen eine angedeutete Ohrfeige. »Pass auf, was du sagst«, scherzte er, »sonst schrubbst du Gehege, bis dir die Scheiße aus den Ohren kommt, glaub's mir, mein Junge.« Er griff wieder nach seiner Zeitung und sah Damian an. »Hey, alles klar mit dir?«

Damian fuhr zusammen. »Sicher.«

»Du siehst irgendwie krank aus, heut früh.«

»Ach was, ich habe nur Kopfschmerzen.«

Fred verzog das Gesicht. »Kopfschmerzen?«

»Migräne.«

»Und ich dachte, so was kriegen nur Frauen.« Er lachte. Unter seinem durchgeschwitzten T-Shirt spannte das Fett.

»Das ist das Wetter«, konstatierte Anita Meyer mit einem teilnahmsvollen Blick in Damians Richtung. »Ich hab auch schon seit Tagen nicht richtig geschlafen.«

»Außer bei der Arbeit«, frotzelte Fred, der die junge Kollegin einfach nur toll fand.

»Setz dich zu uns und trink einen Kaffee«, wandte sich Anita wieder an Damian, ohne auf Fred einzugehen. »Das hilft.«

Damian nickte. »Ja«, sagte er. »Genau das hatte ich vor.«

5

»Soll das etwa heißen, dass der Artist Jan Portner ganz gezielt erschossen hat?«, fragte Winnie Heller ungläubig, nachdem ihr Boss Bericht erstattet hatte.

Verhoeven zuckte die Achseln. »Sie müssen die Sache erst noch mal vor Ort checken, um sicher zu sein. Aber es sieht ganz danach aus.«

»Dass er nach der Tat im Haus bleibt und auf den Partner des Opfers wartet, wäre eine völlig neue Dimension«, sagte Wieczorek.

»Vorsicht«, mahnte Verhoeven. »Noch wissen wir gar nichts. Vielleicht ist der Artist ja doch einfach nur von Portners Rückkehr überrascht worden. Vielleicht hat er Portners Auto gehört, von der Frau abgelassen und gewartet, was passiert.«

»Wäre er dann nicht eher getürmt?«, wandte Winnie Heller ein.

Verhoeven schüttelte den Kopf. »Nicht unbedingt. Vielleicht hatte er keine Gelegenheit mehr, unbemerkt aus dem Haus zu kommen. Oder aber unser Mann war so wütend über die unerwartete Einmischung, dass er Portner begegnen *wollte*. Vergessen Sie nicht, dass unser Opfer normalerweise viel später nach Hause kam. Vielleicht kann ein Mann wie der

Artist es nicht ertragen, wenn eine Sache nicht so läuft, wie er es geplant hat.«

»Und was schlägst du jetzt vor?«, fragte Bredeney.

»Wir müssen uns ein Bild machen.« Verhoeven raffte seine Kopien zusammen. »Von Portner, von seiner Frau, seiner Ehe, seinem Geschäft. Und natürlich müssen wir mit den bisherigen Opfern sprechen.« Er sah seine Partnerin an. »Da wir keine Zeit zu verlieren haben, schlage ich vor, dass wir uns aufteilen. Einverstanden?«

Winnie Heller nickte. »Sicher.«

»Gut, dann fange ich vorn an und übernehme Sarah Endecke.«

Winnie suchte in ihren Akten nach der Liste mit den Adressen der bisherigen Opfer. »Und ich?«

»Da Sie bereits mit Irina Portner gesprochen haben, fangen Sie vielleicht am besten am hinteren Ende an.«

»Das hieße dann ... Merle Olsen?«, hakte Winnie Heller nach. Immerhin lag Edyta Bary im Koma.

Verhoeven überlegte kurz. Dann nickte er. »Wir sollten allerdings trotz allem auch versuchen, mehr über Edyta Bary herauszufinden.« Sein Blick suchte Wieczorek. »Können Sie uns da irgendwie weiterhelfen?«

»Wir haben mit ihrem Sohn gesprochen«, antwortete der Kollege vom K 12. »Und natürlich auch mit der Freundin, die sie in ihrer Wohnung gefunden hat. Beide konnten uns leider nicht weiterhelfen.«

»Also gut«, sagte Verhoeven, indem er sich wieder an seine Kollegin wandte. »Dann nehmen Sie sich bitte als Erstes Merle Olsen vor. Und wir treffen uns später im Canard, einverstanden?«

»Alles klar.« Winnie Heller stand auf. Wenn sie ehrlich war, musste sie zugeben, dass die Entscheidung ihres Vorgesetzten ganz in ihrem Sinn war. Obwohl sie nun schon fast zwei Jahre im KK 11 Dienst tat und sich über Verhoeven diesbezüglich wirklich nicht beschweren konnte, machte sie das Gefühl, dass ihr jemand – noch dazu ein Vorgesetzter – bei der Arbeit gewissermaßen über die Schulter sah, immer noch nervös. Umso glücklicher war sie über die unerwartete Bewegungsfreiheit. »Dann bis später«, rief sie fröhlich.

Verhoeven lächelte ihr zu, und sie hatte den vagen Verdacht, dass er sie durchschaut hatte.

Schnell zog sie die Tür hinter sich zu und stopfte die Fotos, Berichte und Befragungsprotokolle, die Wieczoreks Leute ihnen zur Verfügung gestellt hatten, in ihre Handtasche. Es gefiel ihr ganz und gar nicht, dass sie keine Zeit hatte, sich ausführlich damit zu beschäftigen, bevor sie mit den Opfern sprach. Andererseits war es vielleicht auch nicht das Verkehrteste, wenn sie mehr oder weniger unvoreingenommen in die Gespräche ging, die sie zu führen hatte.

Als sie gerade in den Aufzug treten wollte, kam ihr Burkhard Hinnrichs entgegen. Der smarte Enddreißiger leitete das Kriminalkommissariat 11 nun seit knapp fünfeinhalb Jahren und hatte die Aufklärungsquote bei Kapitaldelikten in dieser Zeit um sieben Prozent steigern können – ein Erfolg, der ihm bereits das eine oder andere verlockende Angebot eingetragen hatte. Doch bislang hielt Hinnrichs an seiner Abteilung fest. Warum, konnte sich niemand so recht erklären, zumal Hinnrichs unverhohlen ehrgeizig war und grundsätzlich auch aus seinen politischen Ambitionen keinen Hehl machte.

»Und?«, fragte er, nachdem er Winnie Heller wie üblich mit einem routinierten Nicken begrüßt hatte. »Alles klar?«

»Sicher«, entgegnete sie, möglicherweise einen Hauch zu fröhlich, während vor ihren Augen die Türen des Aufzugs wieder zusammenschnurrten. »Viel Arbeit natürlich, aber wir kämpfen uns durch. Ich bin gerade auf dem Weg zu einem der früheren Opfer.«

Das sollte ihm ja wohl klarmachen, dass er besser daran tat, sie nicht länger aufzuhalten ...

Hinnrichs nickte. »Wo ist Verhoeven?«

»Wenn Sie Glück haben, erwischen Sie ihn noch in 034«, antwortete Winnie, heilfroh, dass es nicht länger um sie ging. »Allerdings wollte er dann auch los.« Sie lächelte und wartete darauf, dass Hinnrichs weiterging. Doch zu ihrem größten Bedauern dachte der Leiter des KK 11 überhaupt nicht daran.

»Und sonst?«, fragte er in jovialem Ton. »Wie läuft's mit Ihren Sitzungen?«

»Phantastisch.«

»Ach, wirklich?«

»Doch, ja, alles bestens.«

Ihre Mutter hatte früher immer behauptet, dass ihre Nase rot werde, wenn sie log. Aber daran glaubte Winnie Heller nicht.

»Haben Sie denn das Gefühl, dass Ihnen das Ganze etwas bringt?«, fragte unterdessen ihr Boss mit diesem Gesichtsausdruck, der bei ihm brandgefährlich war.

Winnie überlegte einen Augenblick und entschied sich dann für die Wahrheit. »Nein«, sagte sie geradeheraus. »Ich meine, es gibt bestimmt Fälle, in denen solche Gespräche hilfreich sind. Aber ich habe Ihnen von Anfang an gesagt, dass ich eine solche Maßnahme in meinem speziellen Fall für absolut überflüssig halte.«

Hinnrichs sah sie an. Ruhig. Souverän. Ganz wie immer. »Sie haben einen Menschen erschossen.«

»Ich habe einen Mord verhindert«, versetzte Winnie. Viel zu scharf natürlich, immerhin war klar, dass er es ganz gezielt darauf anlegte, sie zu provozieren. Aber sie konnte es nun mal auf den Tod nicht ausstehen, wenn irgendwelche übereifrigen Vorgesetzten meinten, sich in ihre Privatangelegenheiten einmischen zu müssen. Der Job war der Job, okay. Doch die Frage, wie sie damit fertigwurde, dass sie in Ausübung ihres Dienstes gezwungen gewesen war, einen Menschen zu erschießen, gehörte ihrer Ansicht nach sehr wohl in den Bereich der Privatangelegenheiten. Sie war im Zuge einer Geiselnahme in die Hand von brutalen Entführern geraten. Zwei Tage hatte sie gemeinsam mit anderen in einer stillgelegten Fabrik gesessen und um ihr Leben gefürchtet. Achtundvierzig Stunden, was ihr rückblickend nicht besonders lang vorkam, auch wenn es immer hieß, dass nicht die Dauer, sondern die Intensität einer Erfahrung das Entscheidende war. Aber wie auch immer: Sie hatte abgewartet, sich um ihre Mitgefangenen gekümmert, und als die Sache schließlich eskaliert war, hatte sie einen der Geiselnehmer erschossen, nachdem sie ihn wiederholt dazu aufgefordert hatte, seine Waffe fallen zu lassen. Es hatte eine Untersuchung gegeben, wie immer in solchen Fällen, und das Ergebnis dieser Untersuchung war gewesen, dass sie keine Wahl gehabt hatte. Wo also, bitte schön, lag das Problem?

»Sie haben völlig recht.« Der Leiter des KK 11 schenkte ihr ein hintergründiges Lächeln, das ihr augenblicklich das Gefühl gab, dass ein Pferdefuß folgen würde. »Sie haben einen Mord verhindert.«

»Genau.«

»Den Mord an einem absolut skrupellosen Verbrecher obendrein.«

Winnie Heller hielt seinem Blick stand, auch wenn ihr das unter den gegebenen Umständen alles andere als leichtfiel. »Ich habe es damals gesagt, und ich kann's auch gern noch mal wiederholen«, stöhnte sie, und ihre Worte klangen, als habe sie sie vor langer Zeit auswendig gelernt. »Es ist mein Job, das Leben zu verteidigen. Nicht zu beurteilen, was dieses Leben im Einzelfall wert ist.«

Hinnrichs schien vor ihren Augen ein paar Zentimeter größer zu werden. »Es geht hier nicht um die Frage nach Angemessenheit oder Nichtangemessenheit«, sagte er.

»Sondern?« Das, was da gerade zwischen ihnen ablief, war ein Kräftemessen, ganz klar. Und Winnie Heller hätte sich eher die Hände abgehackt, als dass sie auch nur einen Millimeter zurückgewichen wäre.

»Dr. Kerr hat mich vor ein paar Wochen angerufen.«

Gottverdammter Mist!

»So?«

»Ja.«

»Und?«

»Sie sagt, dass Sie noch gar nicht bei ihr gewesen sind.«

Winnie Heller straffte die Schultern und ging ohne Zögern zum Angriff über. »Hab ich irgendwas anderes behauptet?«

»Das war nicht der Sinn der Sache«, entgegnete Hinnrichs ruhig.

»Wieso?«, schnappte sie zurück. »Sie haben gesagt, dass ich hingehen und mit ihr reden soll, sobald ich Zeit habe. Bislang hatte ich noch keine Zeit. Wo ist das Problem?«

Er schüttelte den Kopf. »So einfach ist das nicht.«

»Richtig«, fuhr Winnie Heller auf. »So einfach ist das nicht. Aber glauben Sie im Ernst, es ginge mir besser, wenn ich brav meine zehn oder fünfzehn Sitzungen absolviere, damit Sie die Sache als angemessen aufgearbeitet ad acta legen können? Glauben Sie wirklich, dass es mir irgendwie hilft, wenn ich Woche für Woche in diese Praxis renne, um dort mit einer fremden Frau fünfundvierzig Minuten lang über Gefühle zu reden, die ich haben sollte oder nicht haben sollte, und anschließend wieder ins Büro komme und einfach weiterarbeite? Glauben Sie das im Ernst?«

»Nein.« In seinem Blick lag etwas, das sie nicht deuten konnte. Etwas, das sie nur noch nervöser machte. »Das glaube ich nicht, aber ...«

»Was erwarten Sie dann von mir?«, fiel sie ihm ins Wort.

Doch der Leiter des KK 11 ließ sich nicht aus dem Konzept bringen. »Aber es wäre ein Anfang«, setzte er seine Rede ungerührt fort.

»Ein Anfang von was?«

»Von Verarbeitung.«

»Ich komme schon klar.«

»Das sehe ich anders.«

So, das reichte jetzt! »Okay«, fuhr sie ihn an. »Dann nennen Sie mir eine Situation, in der ich nicht funktioniere.«

Hinnrichs hob beschwichtigend die Hände. »Es geht hier nicht ums Funktionieren.«

»Worum denn sonst? Sie wollen mir doch wohl nicht erzählen, dass Ihnen mein Seelenfrieden schlaflose Nächte bereitet, oder?«

Er sah sie einfach nur an. Stumm. Und ohne dass sie hätte sagen können, was er fühlte. Oder dachte.

»Ich mache das auf meine Weise«, erklärte sie eine Spur versöhnlicher.

»Nein, das werden Sie nicht.« Und von einer Sekunde zur anderen war er wieder scharf. Kategorisch. Ganz so, wie sie ihn kannte. »Nicht dieses Mal.«

Scheiße! Winnie Heller spürte, wie sich ihr Magen zusammenzog. Was, zum Teufel, meinte der Kerl mit *dieses Mal*? Sie blinzelte. Aber Hinnrichs konnte unmöglich von dem Überfall wissen, dem sie zum Opfer gefallen war, letzten Herbst. Und er wusste auch nichts von ihrer Vergangenheit. Oder? Sie warf ihm einen raschen Seitenblick zu. Sie traute ihm nicht. Hatte ihm nie getraut.

Hinnrichs hielt ihren Blick fest. »Sie nehmen die Hilfe in Anspruch, die diese Abteilung Ihnen bieten kann«, sagte er, und sein Ton duldete keinerlei Widerspruch.

»Und wenn nicht?« Winnie Heller funkelte ihn an. Er sollte ruhig sehen, dass er sie nicht so leicht beeindrucken konnte. Dass sie keine Angst hatte. Nicht vor ihm.

»Wenn nicht, schieben Sie ab sofort Innendienst«, antwortete er. Dann drehte er sich auf dem Absatz um und ging davon.

»Dieses Haus ist vollklimatisiert«, rief sie ihm nach. »Glauben Sie wirklich, dass es eine Strafe wäre, bei dieser gottverdammten Hitze in einem angenehm temperierten Büro sitzen zu dürfen?« Sie konnte ihn nur von hinten sehen, aber sie hatte den Eindruck, dass er lachte. »Und außerdem habe ich einen neuen ergonomischen Schreibtischstuhl bekommen, wie Sie wissen.«

Jetzt drehte er sich doch noch einmal um. Auf seinem Asketengesicht lag Amüsement. »Ich habe Ihnen einen Termin gemacht.«

Was für eine himmelschreiende Unverschämtheit!

»Ich habe keine Zeit für solchen Blödsinn«, protestierte sie. »Nicht, solange wir diesen Fall am Hals haben und ...«

»Was Blödsinn ist und was nicht, entscheide ich.«

»Aber ...«

Hinnrichs' Lächeln vertiefte sich. »Morgen Mittag um dreizehn Uhr, Heller«, sagte er. »Und lassen Sie sich bloß nicht einfallen, irgendwas anderes vorzuhaben!«

6 Am anderen Ende der Stadt saß Merle Olsen auf dem Balkon ihrer Viereinhalb-Zimmer-Altbauwohnung und blickte in den hitzemüden Garten. Sie hatte die halbe Nacht wachgelegen und war schließlich aufgestanden, um die Küche zu putzen. Kühlschrank, Arbeitsplatten, Gewürzregal, das ganze Programm. Irgendwann gegen Morgen hatte sie sich wieder hingelegt und war zu ihrer eigenen Überraschung auch tatsächlich eingeschlafen. Doch der Schlaf hatte ihr keine Erholung gebracht. Im Gegenteil: Sie fühlte sich matt und zerschlagen und war froh über den neuen Tag und die Aufgaben, die er mit sich bringen würde.

Als sie eine Bewegung in ihrem Rücken wahrnahm, zuckte sie unwillkürlich zusammen.

»Habe ich dich erschreckt?« Kira Schönenberg, ihre Lebensgefährtin seit nunmehr sechseinhalb Jahren, machte ein betroffenes Gesicht. »Tut mir leid.«

»Kein Problem«, beeilte sich Merle, sie zu beruhigen. »Ich habe dich bloß nicht kommen hören.«

»Warum bist du nicht drin?«

»Es ist helllichter Tag. Außerdem gefällt es mir hier draußen.«

Kira glaubte ihr nicht, aber sie ließ es bei dieser Antwort bewenden und nahm sich stattdessen ein Brötchen aus dem Korb auf dem Tisch.

»Und wie war's bei dir?«

»Ach, eigentlich ganz ruhig«, antwortete Kira, die als Internistin in der Paulinenklinik arbeitete und gerade erst aus dem Nachtdienst kam. »Aber wie immer war die Übergabe die reinste Katastrophe.«

»Schäfer wieder?«, lächelte Merle und meinte einen Kollegen ihrer Partnerin, mit dem es ständig Reibereien gab.

»Frag nicht!« Kira lachte auch. »Manchmal habe ich wirklich das Gefühl, dass er die Dinge absichtlich so in die Länge zieht, um nicht nach Hause zu müssen. Aber wehe, wenn er ausnahmsweise mal selbst was vorhat.« Sie schüttelte unwillig den Kopf. »In einem Punkt allerdings hat er recht: Bei den älteren Patienten macht sich die Hitze jetzt doch zunehmend bemerkbar.«

Merle Olsen schenkte sich eine zweite Tasse Kaffee ein. »Kein Wunder«, stöhnte sie mit einem kurzen, fast ärgerlichen Blick in den wolkenlosen Himmel. »Wenn das so weitergeht, verdorren uns auch noch die letzten Rosen.«

Kira nickte, während ihr Blick auf den Ordner fiel, der auf dem hübschen, schwarz lackierten Jugendstiltisch lag und in dem ihre Lebensgefährtin alles sammelte, was in der Presse und im Internet über den Artisten geschrieben wurde, nüchtern und mit beinahe unheimlicher Akribie. Fast wie ein Historiker, der sich einen Überblick über das vorhandene Quellenmaterial verschaffte. Kira biss sich auf die Lippen. Dabei hatte ihre Lebensgefährtin unmittelbar nach der Tat zunächst mit Bestürzung auf die Berichterstattung über ihren Fall reagiert.

»Wen, um Gottes willen, geht das was an?«, hatte sie mit tränenerstickter Stimme geflüstert, als sie bei einem gemeinsamen Frühstück wie diesem auf den ersten Artikel gestoßen war, der ihre Vergewaltigung thematisiert hatte.

Und Kira hatte ihre Freundin in die Arme genommen, wütend und fassungslos, dass der Mensch, den sie liebte, von einem fremden Reporter mit ein paar Federstrichen zu einer »Merle O.« degradiert worden war. Oder – noch schlimmer – schlicht zum »dritten Opfer des Artisten«.

Sie hatte die Zeitung in den Müll geworfen und den Beutel anschließend sofort zur Tonne an der Straße getragen, voller Verständnis dafür, dass ihre Freundin sich nackt und bloßgestellt fühlte. Verraten von einem Reporter, der ihr niemals persönlich begegnet war und der trotzdem zu wissen glaubte, wie sie sich fühlte. Kurz danach war Merles Stimmung allerdings umgeschlagen. Von einer Sekunde auf die andere und ohne äußeren Anlass. Zumindest hatte Kira beim besten Willen keinen Anlass entdecken können.

Dennoch hatte das Ziel, den Hintergründen der schlimmsten Erfahrung ihres bisherigen Lebens auf die Spur zu kommen, schnell einen immer größeren Raum in Merles Denken eingenommen und sich innerhalb weniger Tage zu einer regelrechten Besessenheit ausgewachsen. Eine Entwicklung, die Kira mit stetig wachsender Sorge beobachtete. Doch sie hatte auch keine Idee, wie sie ihre Freundin stoppen konnte. Merle hatte Archive durchforstet und sämtliche Berichte gelesen, die über die Taten des Artisten erschienen waren. Sie hatte die vollständigen Namen und Adressen sämtlicher anderen Opfer herausgefunden und Kontakt zu den betreffenden

Frauen aufgenommen. Sie hatte sich schmerzliche Abfuhren eingehandelt und lange, ebenso schmerzliche Gespräche geführt. Und die Ergebnisse ihrer Recherchen steckten in diesem Ordner dort auf dem Jugendstiltisch, der eines der ersten Möbelstücke war, die sie zusammen gekauft hatten.

Unwillkürlich musste Kira an den Nachmittag denken, an dem sie den Tisch entdeckt hatten – in einem schmuddeligen kleinen Altwarenladen war das gewesen, irgendwo in einer Seitengasse zur Taunusstraße –, und mit einem Mal fühlte sie eine elementare Wut in sich aufsteigen. »Warum kannst du nicht endlich damit aufhören?«, platzte es aus ihr heraus, bevor sie etwas dagegen unternehmen konnte.

Ihre Freundin blickte irritiert auf. »Womit?«

»Dich zu quälen.«

Merle sah den Ordner an. Verständnislos zunächst. Doch dann wich das Unverständnis einem Ausdruck von Trotz. »Was erwartest du?«, fuhr sie auf. »Ich kann das, was geschehen ist, nicht einfach verdrängen.«

»Natürlich nicht«, entgegnete Kira hastig. »Aber sich immer und immer wieder damit zu beschäftigen kann doch auch nicht gut sein.«

»Gut für wen?«

Kira stutzte. War das eine leise Aggression in ihrer Stimme? »Für dich«, antwortete sie betont ruhig.

Merle schien zu überlegen. Dann wurden ihre Züge plötzlich wieder weich. »Mach dir keine Sorgen«, sagte sie, indem sie nach dem Ordner griff und ihn auf einen Stuhl in ihrem Rücken legte. Dorthin, wo ihre Freundin ihn nicht sehen konnte. »Ich schätze, das hier ist ganz einfach meine Art, mit der Sache fertigzuwerden.«

»Mir wäre es lieber, wenn du dir endlich professionelle Hilfe suchst.«

»Herrgott noch mal, Kira, das haben wir doch alles schon tausendmal durchgekaut. Und du weißt so gut wie ich, wie schwer es ist, auf diesem Gebiet jemanden zu finden, der seinen Job versteht.«

»Ja, ich weiß. Aber ich habe gestern Nachmittag mit Gert gesprochen«, nutzte Kira die Gelegenheit, ihrer Freundin von einem Telefonat zu berichten, das sie am Tag zuvor mit einem ehemaligen Kommilitonen geführt hatte. »Er kennt da einen wirklich erstklassigen Spezialisten für solche Fälle und ...«

»Solche Fälle?« Merle lachte höhnisch auf. »Was für ein Fall bin ich denn?«

»Du bist ein Opfer.«

»Ach, wirklich?«

Die beißende Ironie in ihrer Stimme jagte Kira einen Schauer über den Rücken. Aber sie versuchte, sich nichts anmerken zu lassen. »Jedenfalls ist dieser Kollege eine absolute Koryphäe bei posttraumatischen Belastungsreaktionen ...«

»Vergiss es«, unterbrach Merle sie barsch. »Was ich brauche, ist kein Seelenklempner, sondern Antworten.«

»Diese Antworten zu finden ist Sache der Polizei«, versetzte Kira.

Ihre Freundin wandte den Blick ab. »Nicht unbedingt.«

»Was du da machst, ist gefährlich«, stellte Kira wütend fest. »Gefährlich und unverantwortlich obendrein.«

Doch Merle ging mit keiner Silbe auf den Vorwurf ein. »Weißt du, ich kann einfach nicht aufhören, mich zu fragen, womit ich seine Aufmerksamkeit erregt habe«, murmelte sie stattdessen vor sich hin.

Kira reagierte nicht, sondern begann mit energischen, fast wütenden Bewegungen, ihr Brötchen zu schmieren.

»Irgendwo muss ich ihm doch aufgefallen sein, genau wie die anderen auch, und etwas an mir muss ...«

Das Läuten der Türglocke unterbrach ihren trotzigen Monolog, und sie zog fragend die Augenbrauen hoch. »Erwartest du jemanden?«

Kira verneinte. »Möchtest du, dass ich gehe?«

»Lass nur«, versetzte Merle knapp. »Bloß, weil dieser Arsch mir das angetan hat, kann ich mich nicht für den Rest meines Lebens in irgendeinem Mauseloch verkriechen. Das wäre denn doch ein zu großer Sieg für ihn.«

Sie warf ihrer Partnerin einen letzten, undefinierbaren Blick zu. Dann stand sie auf und verschwand durch die Balkontür ins Innere der Wohnung.

7

Merle Olsen und ihre Lebensgefährtin wohnten im Hochparterre eines alten Patrizierhauses. Über viel hellen Putz und Backstein breitete sich ein verschachteltes Walmdach. Der Garten war gepflegt und überschattet von alten Bäumen. Winnie Heller hörte Vogelgezwitscher, während sie darauf wartete, dass die Haustür geöffnet wurde.

Nach einer Weile knackte die altertümlich anmutende Gegensprechanlage, und eine angenehme Frauenstimme sagte: »Ja, bitte?«

»Kriminalpolizei«, antwortete Winnie, die ihren Dienstausweis bereits in der Hand hielt. »Ich möchte zu Merle Olsen.«

Anstelle einer Entgegnung summte der Türöffner.

Winnie Heller durchquerte ein großzügiges Entree, dessen Boden aufwendige Mosaike zierten, und stieg fünf Stufen zu einer weißlackierten Kassettentür hinauf.

»Verzeihen Sie, dass Sie warten mussten«, begrüßte Merle Olsen sie mit einem Lächeln, das alles andere als entschuldigend wirkte. »Ich musste mir erst mal was Vernünftiges anziehen.«

»Kein Problem.« Winnie Heller musterte sie interessiert. Die Tierärztin gehörte zweifellos zu den Frauen, die man nicht so schnell wieder vergaß, wenn man sie einmal gesehen hatte. Groß und alles in allem recht schlank, trug Merle Olsen ihre dunklen Haare zu einer schlichten Banane aufgesteckt, was ihre ausdrucksvollen Züge betonte. In ihrem Blick erkannte Winnie Heller Spuren zurückliegender Qualen, aber auch eine höchst bemerkenswerte Entschlossenheit.

»Ich weiß nicht, ob Sie schon gehört haben, was geschehen ist …?«

Die Tierärztin stutzte kurz. Dann sagte sie: »Er hat wieder zugeschlagen, nicht wahr?«

Die Art und Weise, wie sie das Wort *er* betonte, ließ Winnie Heller augenblicklich aufhorchen. Hass, unverkennbar. Aber auch noch etwas anderes, das Winnie nicht einordnen konnte. »Ja, leider«, entgegnete sie knapp. »Darf ich mich kurz mit Ihnen unterhalten?«

Merle Olsen trat sofort einen Schritt zur Seite, und Winnie hatte eigentlich nicht den Eindruck, dass sie sich belästigt fühlte. Im Gegenteil. Sie wirkte, als sei in ihr eine besondere Form des Interesses erwacht. »Selbstverständlich. Kommen Sie rein.«

Sie gingen durch einen hohen Flur, dann in ein traumschönes Wohnzimmer mit Kamin und viel altem Stuck. An der Rückwand führte eine zweiflüglige Glastür auf den Balkon hinaus. Eine blonde Frau stand dort mit dem Rücken zu ihnen und blickte über das hübsch verzierte Geländer hinweg in den Garten. Erst als sie schon fast unter der Tür waren, drehte sie sich um.

»Meine Lebensgefährtin, Kira Schönenberg«, stellte Merle Olsen vor. »Frau Heller von der Kripo.«

Kira Schönenberg verzichtete darauf, Winnie Heller die Hand zu geben. In ihren graugrünen Augen lag ein Hauch von Argwohn. »Was ist passiert?«, fragte sie scharf.

»Der Artist hat wieder zugeschlagen«, erklärte ihre Freundin.

»So.« Und noch immer dieses leise Misstrauen. »Wann?«

Merle Olsen warf ihrer Besucherin einen kurzen, fragenden Blick zu, und Winnie Heller antwortete: »Heute Nacht.«

Dann berichtete sie in knappen Worten, was ohnehin nicht mehr lange geheim zu halten sein würde.

»Habe ich dir nicht gesagt, dass dieser Scheißkerl niemals aufhören wird?«, wandte sich die Tierärztin an ihre Freundin, kaum dass Winnie Heller geendet hatte, und Winnie hatte das Gefühl, Zaungast einer höchst eigenartigen Auseinandersetzung zu sein. Da war eine Spannung zwischen den beiden Frauen, die sich beinahe mit Händen greifen ließ und die ihr dennoch angesichts der Situation vollkommen fehl am Platze zu sein schien. »Habe ich das nicht von Anfang an gesagt? Und auch, dass es nur eine Frage der Zeit ist, bis er jemanden umbringt?«

»Ja«, entgegnete Kira Schönenberg mit bitterem Unterton. »Das hast du gesagt.«

Winnie Heller nutzte den Moment der Ablenkung, um sich Merle Olsens Partnerin ein wenig genauer anzusehen, und sie kam zu dem Schluss, dass sie eine überaus eigenwillige und wahrscheinlich auch sehr erfolgreiche Frau vor sich hatte. Um Kira Schönenbergs Lippen lag ein Zug, der Stärke und Tatkraft verriet. Aber auch eine elementare Sorge. Eigentlich sieht sie fast mitgenommener aus als ihre Partnerin, stellte Winnie erstaunt fest. Oder war das am Ende gar nicht so verwunderlich? Sie dachte an ihre Schwester und daran, dass einer von Ellis Ärzten einmal zu ihr gesagt hatte, das Zuschauen sei ebenso schwer wie das Kranksein selbst. Mindestens …

»Kann ich Ihnen irgendetwas anbieten?«, erkundigte sich in diesem Moment Merle Olsen, und ihr Ton war beflissen, fast übereifrig.

Winnie lehnte dankend ab und nahm in einem gemütlichen Korbstuhl Platz.

Doch so leicht ließ sich die Tierärztin nicht abspeisen. »Eine Tasse Kaffee vielleicht?«, fragte sie. »Oder vielleicht lieber ein Glas Wasser bei dieser Hitze?«

»Ich möchte Sie wirklich nicht lange belästigen«, entgegnete Winnie mit einem entschiedenen Kopfschütteln. »Und wahrscheinlich sind Ihnen alle Fragen, die ich Ihnen stelle, auch bereits mehrfach von meinen Kollegen gestellt worden, aber ...«

»Das macht nichts«, fiel Merle Olsen ihr ins Wort, indem sie sich auf einen Stuhl gegenüber setzte. »Fragen Sie ruhig. Das ... Es ist okay.«

Winnie Heller nickte. »Gut. Dann würde ich Sie gern als Erstes fragen, ob Ihnen in der Zeit vor der Tat irgendetwas Besonderes aufgefallen ist. Im täglichen Leben, meine ich. Etwas, das anders war als sonst.«

»Wissen Sie, darüber habe ich seither eigentlich fast ununterbrochen nachgedacht«, erklärte Merle Olsen, und an Kira Schönenbergs Reaktion konnte Winnie Heller ablesen, dass diese Behauptung in keiner Weise übertrieben war. »Aber ich bin leider zu keinem brauchbaren Ergebnis gekommen. Zumindest ist da nichts, das mir besonders im Gedächtnis geblieben wäre«, schränkte sie ein.

»Sie sind Tierärztin, nicht wahr?«

Merle Olsen nickte. »Ja.«

»In einer Tierklinik, oder ...«

»Ich habe eine eigene Praxis in der Rheinstraße.«

»Und betreuen Sie dort viele Patienten?«

»Ziemlich viele.«

»Auch jetzt, in der Ferienzeit?«

»Sicher. Sogar fast mehr als sonst. Diese Affenhitze macht auch vor Tieren nicht halt.« Sie tauschte einen Blick mit ihrer Freundin, und wieder hatte Winnie Heller den Eindruck, dass die beiden vor ihren Augen einen ganz persönlichen Kampf ausfochten.

»Erinnern Sie sich an irgendjemanden, der in der Zeit vor der Tat neu zu Ihnen kam?«, fragte sie.

Merle Olsen hob gleichgültig die Achseln. »Ich habe eigentlich dauernd neue Patienten.«

»Merle ist Reptilienspezialistin«, ergänzte Kira Schönenberg, während sie sich mit dem Rücken gegen das Balkongeländer lehnte. »Alles, womit normale Tierarztpraxen überfordert sind, wird zu ihr geschickt. Zum Teil von weit her. Sie glauben gar nicht, was die Leute alles auf sich nehmen, wenn es um das Wohl ihrer Tiere geht.« Ihre Miene spiegelte unübersehbar Unverständnis. »Oft mehr, als sie für ihre Kinder tun würden.«

»Das heißt, Sie haben mit ständig wechselnder Kundschaft zu tun?«, resümierte Winnie, an Merle gewandt.

»Sowohl als auch«, antwortete die Tierärztin. »Der normale Betrieb – also Hunde, Katzen und Kleintiere, die kastriert oder durchgecheckt oder sonst was werden sollen – nimmt etwa fünfzig Prozent meiner Arbeit ein. Die übrige Zeit beschäftige ich mich mit Wechselwarmen. Außerdem habe ich einen kleinen Lehrauftrag an der Mainzer Uni.«

Winnie Heller seufzte. »Sie haben es demnach nicht nur mit Tieren und deren Herrchen oder Frauchen, sondern auch mit Studenten zu tun?«

»Genau.«

»Halten Sie nur Seminare oder auch Vorlesungen?«

»Ausschließlich Seminare«, entgegnete Merle Olsen. »Zwei, um genau zu sein.«

»Mit einer begrenzten Anzahl an Studenten?«

»Ja.« Sie dachte nach. »Zweiundsechzig oder dreiundsechzig zuletzt, glaube ich. Aber im Augenblick sind ja ohnehin Semesterferien.«

»Trotzdem brauchen wir eine Liste sämtlicher Studenten, die im vergangenen Semester eines Ihrer Seminare belegt hatten«, sagte Winnie Heller. »Und darüber hinaus auch eine von allen Patienten, die Sie in den Wochen vor der Tat behandelt haben.« Sie zögerte, bevor sie hinzufügte: »Insbesondere solche, die neu zu Ihnen kamen oder geschickt wurden.«

Merle Olsens Blick suchte Kira Schönenberg, die nach wie

vor am Geländer lehnte. »Ich werde natürlich mein Bestes tun«, entgegnete sie zögerlich. »Aber ich ... Na ja, also, ich kann nicht für Vollständigkeit garantieren.«

Was im Klartext heißt, dass sie bei sich in der Praxis nicht alles über die Bücher laufen lässt, resümierte Winnie Heller. Und bestimmt sind es vor allem die Nicht-Stammpatienten, die unter den Tisch fallen ...

»Was ist mit dem Zoo?«, mischte sich Kira Schönenberg ein.

Ihre Lebensgefährtin zog die Stirn in Falten. »Stimmt«, stöhnte sie dann. »Das war ja auch noch.«

Winnie Heller blickte zwischen den beiden Frauen hin und her. »Klären Sie mich auf?«

»Oh ja, natürlich, entschuldigen Sie.« Merle Olsen lächelte. »Ich habe kurz vor der Tat auch noch einen Kollegen vertreten, der krankheitsbedingt ein paar Tage ausfiel. Er betreut die Großtiere und Exoten im Frankfurter Zoo.«

»Und Sie sind für ihn eingesprungen?«

»Ja.«

»Neben dem normalen Praxisbetrieb?«

»Ja.«

»Wann genau war das?«

Sie überlegte lange. »Vielleicht zwei oder drei Wochen vor der Tat.«

»Eher zwei«, bemerkte Kira Schönenberg in neutralem Ton.

Winnie Heller blickte sich zu ihr um. »Haben Sie auch mit Tieren zu tun?«

»Nein«, antwortete Merle Olsen für ihre Partnerin. »Kira ist Humanmedizinerin.«

Erstaunlicherweise schien es Kira Schönenberg in keiner Weise zu befremden, dass ihre Freundin so einfach das Ruder an sich riss. Und das, obwohl die Spannung zwischen den beiden Frauen noch immer mit Händen zu greifen war. »Stimmt«, sagte sie nur. »Ich arbeite als Internistin in der Paulinenklinik.«

»Und wo waren Sie in der Nacht, als Ihre Freundin überfallen wurde?«

»Im Krankenhaus. Ich hatte Nachtdienst.« In den beiden schlichten Sätzen schwang eine Welt von schlechtem Gewissen.

Winnie Hellers Augen wanderten zu Merle Olsen zurück, und sie überlegte, ob die Tierärztin das Schuldbewusstsein in den Augen ihrer Freundin überhaupt registrierte. »Und im Zuge dieser Vertretung, von der Sie sprachen«, kam sie wieder auf ihre vorausgegangene Frage zurück: »Wie oft waren Sie bei dieser Gelegenheit im Frankfurter Zoo?«

»Dreimal«, antwortete die Tierärztin, ohne lange nachdenken zu müssen. »Da ich, wie gesagt, eigentlich gar nicht zuständig war, habe ich mich dort auf das Nötigste beschränkt. Ich habe die grundlegende medizinische Versorgung sichergestellt und darüber hinaus ein paar Impfungen vorgenommen. Außerdem gab es einen Notfall mit einem Nashornleguan, der sich verletzt hatte.« Sie sah ihre Besucherin aus großen dunklen Augen an. »Diese Tiere sind leider sehr selten geworden, aber in Frankfurt gelingt ihnen bereits seit über zwanzig Jahren die Nachzucht. Ich habe die Wunde des Tieres versorgt und zwei Tage später noch mal kurz nach dem Rechten gesehen.«

Winnie Heller nickte. Der Radius, den wir abzuklopfen haben, wird immer größer, dachte sie unbehaglich. Und so, wie die Schilderungen der Tierärztin klangen, konnte sie sich eigentlich nicht vorstellen, dass es zwischen ihr und den anderen Opfern nennenswerte Schnittmengen gab. Genau wie Wieczorek gesagt hatte ...

»Haben Sie Hobbys?«, fragte sie mit einem Gefühl von Resignation.

Merle Olsen lächelte. »Ich nehme an, Sie meinen solche, bei denen ich das Haus verlasse?«

Winnie Heller erwiderte ihr Lächeln. »Ich meine solche,

bei denen Sie mit anderen Leuten in Kontakt kommen.« *Und die die Liste, die wir abzuarbeiten haben, noch verlängern*, fügte sie in Gedanken hinzu.

Doch zu ihrer Erleichterung schüttelte Merle Olsen lächelnd den Kopf. »Mein Beruf ist mein Hobby«, erklärte sie, und Winnie Heller glaubte ihr aufs Wort. »Ich liebe die Arbeit in der Praxis. Weit mehr, als ich das Unterrichten liebe.« Sie hob beinahe entschuldigend die Achseln. »Das mit der Uni mache ich eigentlich nur, weil ich es für wichtig halte, die eigene Begeisterung für eine Sache irgendwie weiterzugeben. Aber so ein Lehrauftrag impliziert natürlich auch, dass man sich immer auf dem aktuellsten Stand halten muss. Und das wiederum heißt, dass ich neben der Praxis viel lesen muss. Fachliteratur, Studien, Forschungsberichte von Kollegen. Bei all dem bleibt dann zwar nicht allzu viel Zeit und Energie für andere Dinge, aber das ist schon okay so.« Sie griff gedankenverloren nach ihrer Kaffeetasse. »Zum Ausgleich gehen wir hin und wieder mal in die Oper. Oder in ein schönes Konzert.«

»Mit *wir* meinen Sie sich und Ihre Freundin?«

Sie nickte, augenscheinlich überrascht, dass das überhaupt eine Frage war. »Ja.«

»Gehen Sie auch mal allein?«

Merle Olsen lachte. »Ich fürchte, ich bin von Natur aus kein besonders geselliger Typ. Und wenn mich nicht irgendwer mitschleift, bleibe ich eigentlich am liebsten zu Hause und koche. Oder hänge einfach träge auf dem Sofa rum und sehe mir irgendeinen stumpfsinnigen Fernsehfilm an.«

Sympathisch, dachte Winnie Heller, die ihre rare Freizeit mit Ausnahme ihrer kollegialen Pokerrunden auch am liebsten in ihrem dreiunddreißig Quadratmeter kleinen Apartment verbrachte, ohne das Gefühl zu haben, irgendetwas zu verpassen. »Das bedeutet also, dass jemand, der Sie trifft, Ihnen entweder beruflich oder in Begleitung begegnet?«, fasste sie noch einmal zusammen, was sie bislang erfahren hatte.

»Na ja ...« Jetzt schien Merle Olsen doch ein wenig unsicher zu werden. »Im Großen und Ganzen schon. Aber natürlich gehe ich auch hin und wieder mal in die Stadt, shoppen oder so ...«

Und dieses »oder so« ist ein Teil unseres Problems, dachte Winnie Heller grimmig. Denn genau genommen könnte der Artist ihr überall begegnet sein. In ihrer Praxis. Im Zoo. An der Uni. An der Kasse im Supermarkt. Oder er war ganz einfach der Kerl, der an der roten Ampel neben ihr stand. Vielleicht ist sie ihm aufgefallen, und er ist einfach hinter ihr hergefahren. Vielleicht war es so simpel ...

So banal ...

»Ich schreibe Ihnen auf, was ich weiß«, sagte Merle Olsen in diesem Augenblick, als ahne sie, mit welch düsteren Gedanken sich ihre Gesprächspartnerin gerade herumschlug.

»Das wäre sehr hilfreich.« Winnie Heller blickte wieder zu Kira Schönenberg hinüber, die trotz der stetig zunehmenden Hitze aussah, als würde sie frieren. »Wie lange sind Sie beide eigentlich schon ...« Sie brach ab und merkte, wie sie rot wurde. »Ich meine ...«

Merle Olsen schenkte ihr ein nachsichtiges Lächeln. »Über sechs Jahre.«

»Verzeihen Sie, dass ich Sie das fragen muss«, sagte Winnie, ohne sicher zu sein, bei welcher der beiden Frauen sie sich gerade entschuldigte. »Aber waren Sie vorher auch mal mit Männern ... also ... mit einem Mann zusammen?«

Die Tierärztin schien noch immer belustigt. Aber vielleicht hatte sie auch einfach nur gelernt, ihre Emotionen im Zaum zu halten. »Ja«, antwortete sie schlicht und ohne sich zu ihrer Partnerin umzusehen. »War ich. Ist das wichtig?«

»Ich weiß es nicht«, sagte Winnie Heller im Brustton der Überzeugung, bevor sie sich zu ihrer eigenen Überraschung sagen hörte: »Tut mir leid.«

Merle Olsen hob die Hände. »Sie tun nur Ihren Job.«

Kira Schönenberg stieß sich mit einem Ruck von der Brüstung ab. Anders als ihre Partnerin wirkte sie verärgert. »Werden Sie ihn erwischen?«, fragte sie in beinahe herausforderndem Ton.

Winnie Heller drehte den Kopf. »Ja«, antwortete sie. »Ich denke schon.«

Die Internistin nickte. »Und wann wird das sein?«

»Ich hoffe bald.«

»Hoffentlich«, sagte sie, und in dem einen Wort lag eine Welt an Emotionen. »Wenn Sie mich jetzt entschuldigen wollen, ich bin gerade erst aus dem Nachtdienst gekommen.«

Sie wartete nicht auf eine Reaktion ihrer Besucherin, sondern drehte sich einfach auf dem Absatz um und verschwand im Wohnzimmer.

»Warum macht dieser Scheißkerl nicht endlich einen Fehler?«, stöhnte Merle Olsen, ohne auf den Abgang ihrer Freundin einzugehen.

»Vielleicht hat er das schon«, entgegnete Winnie.

»Sie meinen, weil er jetzt jemanden erschossen hat?«

»Vielleicht.«

Merle Olsen kaute konzentriert auf ihrer Unterlippe, während sie nachdachte. »Warum, denken Sie, hat er sich inzwischen bewaffnet?«

Gute Frage, dachte Winnie Heller.

»Als er mich ...« Sie stockte. Aber nur kurz. »Ich meine, ich hatte nicht das Gefühl, dass er eine Waffe dabeihatte, verstehen Sie?«

Winnie Heller antwortete mit einer Gegenfrage: »Sie haben ihn aber nur sehr kurz gesehen, oder?«

Die Tierärztin nickte wieder ihr heftiges Nicken. »Ich verstehe, dass Sie sich nicht einfach so auf einen Eindruck verlassen können«, sagte sie. »Es ist auch nur ... Nur ein Gefühl, wissen Sie? Trotzdem bin ich bin felsenfest davon überzeugt, dass er keine andere Waffe dabeihatte. Außer dem Messer, meine ich, mit dem er seine Opfer verletzt.« Ihre Lippen verzogen sich in einem Anflug von Ekel, aber auch dieses Mal fing sie sich schnell. »Na ja, vielleicht irre ich mich auch.«

»Sie haben den Kollegen damals eine Beschreibung des Täters gegeben ...« Winnie Heller kramte in ihren Unterlagen. »Etwa eins achtzig groß. Schlank. Dunkel gekleidet.«

Merle Olsen lachte bitter. »Das ist weniger als nichts, nicht wahr?«

»So würde ich das nicht sagen«, antwortete Winnie ausweichend.

»Aber mit mehr kann ich leider nicht dienen. Ich habe mir das Hirn zermartert, aber es ist alles so rasend schnell gegangen, verstehen Sie? Ich ...« Ihr Blick schweifte ab. »Ich habe ferngesehen. Keine Ahnung, was.«

Winnie Heller dachte an Irina Portner und musste unwillkürlich lächeln. *CSI, die alten Folgen mit Grissom. Die sehe ich eigentlich ganz gern.* Zwei Frauen, wie sie unterschiedlicher nicht sein könnten, dachte sie. Die eine gefangen in einem riesigen Haus, mit viel zu viel Tagesfreizeit und entschieden zu vielen Gelegenheiten zum Nachdenken. Die andere rundum ausgelastet, begeistert von ihrem Job und mit so vielen Pflichten bestückt, dass sie abends nicht einmal mehr registrierte, womit das Fernsehen sie berieselte ...

»Irgendwann habe ich auf einmal etwas gehört«, fuhr Merle Olsen fort. Es kam aus dem Nebenraum.« Sie starrte unscharf auf den Tisch vor sich. »Ich habe irgendwas Idiotisches gedacht. Dass sich vielleicht ein Vogel ins Zimmer verirrt hat oder so. Das kommt hier ab und zu vor, wenn die Fenster aufstehen. Aber es war kein Vogel.«

»Haben Sie ihn als reale Person wahrgenommen oder nur als Schatten?«

»Schon als Person.« Ihre Augen kehrten zu Winnie Heller zurück. »Für ein paar Sekundenbruchteile standen wir einander direkt gegenüber.«

»Konnten Sie seine Augen sehen?«

Sie schüttelte den Kopf. »Ich muss sie eigentlich gesehen haben. Aber ich kann mich beim besten Willen nicht erinnern. Was glauben Sie, wie oft ich mich schon selbst verflucht habe, dass ich nicht besser hingeschaut habe, aber ich war ... Ich war so entsetzlich überrascht, wissen Sie?«

Oh ja, das verstehe ich besser, als du denkst, dachte Winnie.

»Hat er eigentlich irgendwas zu Ihnen gesagt?«

Merle Olsen lachte höhnisch auf. »Er nicht. Aber ich blöde Kuh sehe einen fremden Mann in meiner Wohnung stehen und frage ihn als Erstes, was er will. Können Sie sich so was vorstellen?«

»Er hat nicht geantwortet, nehme ich an?«

»Nein, er hat keinen Ton gesagt. Er ist sofort auf mich los.«

»Wie würden Sie seine Körperkraft beurteilen?«

Wieder dieses verächtliche Zucken um ihren Mund. »Er ist sehr stark.« Sie schluckte. »Und durchtrainiert, würde ich sagen.«

Winnie Heller machte sich eine Notiz. Nicht dass die Tierärztin ihr irgendetwas Neues verraten hätte, aber sie wollte Merle Olsen auch nicht spüren lassen, wie nutzlos ihre Ausführungen waren.

»Ach ja, seine Schuhe ...«

Winnie sah hoch. »Was war damit?«

»Sie waren komisch.«

»Was meinen Sie mit komisch?«

»Sie sahen aus wie diese Spezialschuhe, die sie zum Klettern benutzen. Sie wissen schon, Free Climbing und so. Und seine Kleidung saß sehr eng am Körper.«

»Wie ein Trikot?«

»Ja, so ähnlich.«

»Was ist mit Gerüchen?«, fragte Winnie. »Schweiß vielleicht? Oder irgendein Eau de Toilette, das uns etwas über ihn verraten könnte?«

»Tut mir leid«, entgegnete Merle Olsen mit einem angewiderten Kopfschütteln. »Aber dieser Scheißkerl hat nach gar nichts gerochen.«

8 Kinder ...
Immer wieder Kinder ...

Damian Kender stellte die Schale mit Mehlwürmern zur Seite und blickte durch den Glaseinsatz der Tür. Er mochte Kinder nicht besonders, jedenfalls die meisten von ihnen. Sie waren laut und absolut respektlos. Und Letzteres wurde von Jahr zu Jahr schlimmer. Andererseits stellten sie in ihrer unverfälschten Art ausgezeichnete Studienobjekte dar. Aber wenn er einen Dreijährigen sah, der mit voller Wucht immer wieder gegen das Glas eines Terrariums schlug, um die Aufmerksamkeit irgendeines Tieres zu erregen, musste er sich furchtbar zusammenreißen, um nicht dazwischenzugehen. Allerdings wusste er aus Erfahrung, dass dergleichen weniger als nichts brachte. Diese Eltern heutzutage waren ein echtes Phänomen. Sie sahen ungerührt zu, wie ihre Sprösslinge anmaßend waren, Dinge zerstörten oder auf Schwächeren herumhackten. Vielen waren ihre Kinder so egal wie alles andere in ihrem Leben. Manche hatten auch einfach Angst davor, ihren Kindern Vorschriften zu machen, weil sie fürchteten, auf diese Weise deren Zuneigung zu verlieren. Das Ergebnis war, dass die lieben Kleinen machten, was sie wollten. Kleine Tyrannen ohne einen Funken Respekt.

Er warf einen Blick auf seine Armbanduhr und trat aus der Tür mit der Aufschrift: »Eingewöhnungsstation, Zutritt verboten«.

Im Untergeschoss herrschte dem Geräuschpegel nach ziemlicher Betrieb. Das da hinten sollte wohl eine Schulklasse sein. Ein Haufen sommerbunter Kinder, noch recht klein, vielleicht zweite oder dritte Klasse. Damians Augen suchten die Lehrerin, eine fade Person mit kurzen blonden Haaren und hektischen Flecken im Gesicht. Zu jung und zu unerfahren, um dieser Rasselbande gewachsen zu sein. Aber sie gab sich Mühe. Immerhin. Das war mehr, als die meisten heute für sich verbuchen konnten.

Er ging die Stufen hinunter ins Dunkel des Untergeschosses.

Zwei Mädchen mit Hello-Kitty-Taschen standen am Geländer vor der Zisterne und blickten durch die dicke Glasscheibe in die schillernde Tiefe unter ihren Füßen hinab. Die Zooleitung hatte entschieden, dass man den Besuchern auch einen Blick auf den 1,2-Millionen-Liter-Wasservorrat dort unten nicht vorenthalten dürfe, und so starrten die beiden Freundinnen mit einer Mischung aus Schaudern und Faszination auf die zitternde Wasseroberfläche hinab. Offenbar war das, was sie dort sahen, für sie interessanter als die bunten Aquarien ringsum.

»Hast du schon mal so eine große Muschel gesehen?«, hörte er die eine flüstern.

Die andere schüttelte den Kopf, ein zartes Kind mit babyweichem Blondhaar, das sich im Nacken leicht kräuselte und unter Garantie nach Vanille roch.

Damian verzog geringschätzig die Lippen, als eine Gruppe von Jungs lärmend und kreischend heranstürmte. Einer von ihnen packte die Blondine um die Taille und rief: »Ich werf dich da runter, und dann stirbst du!«

Das Mädchen quiekte.

Ihre Freundin war hingegen weit weniger leicht zu beeindrucken. Ganz so, wie Damian erwartet hatte. »Da ist Glas davor, du Idiot«, sagte sie mit einem ziemlich souveränen Blick über die Gläser ihrer Brille hinweg.

»Na und?«, hielt ihr der kleine Angreifer entgegen. »Das geht kaputt, wenn ihr da durchfliegt.«

»Tut es nicht«, widersprach die Mutige. »Das ist Spezialglas. Das Glas vor den Fischen geht ja auch nicht einfach kaputt.«

»Wetten doch?«, rief der Angreifer in seinem Übermut und schickte sich an, mit der geballten Faust auf eines der Becken einzuschlagen.

»Hey!«, rief Damian und strich, als der Junge herübersah, flüchtig, wie nebenbei über das Namensschild an seinem Hemd.

Der Aggressor stutzte und wog dann in aller Eile ab, was unangenehmer war: Ärger mit einem Zooangestellten zu bekommen oder sich vor seinen Freunden zu blamieren.

Als Damian bemerkte, dass der Junge sich für den Ärger entscheiden würde, bedachte er ihn mit einem jener Blicke, von denen er wusste, dass eine ganz bestimmte Sorte Mensch – egal welchen Alters oder Geschlechts – ihre Bedeutung sofort verstand, während alle anderen nicht einmal im Ansatz mitbekamen, dass sich direkt vor ihren Augen eine Machtprobe der besonderen Art abspielte.

Und seine Rechnung ging auf: Die Pupillen des Jungen, der bereits den Mund geöffnet hatte, um ihm irgendeine Frechheit entgegenzuschleudern, erstarrten unter seinem Blick zu Eis. Ein instinktives Zusammenkneifen der Lider. Dann ein kurzes Fixieren des Gegenübers. Eine rasche Analyse. Und die Entscheidung, dass es besser war, den Angriff abzublasen.

Studienobjekte …

»Haben Sie auch Vogelspinnen?«, versuchte der Junge, der alles andere als dumm war, seine Niederlage durch vordergründiges Interesse zu kaschieren.

Damian zeigte auf die Treppe hinter sich. »Insekten sind oben.«

»Danke.«

Rotzlöffel!

Aber er konnte gar nicht schnell genug das Feld räumen. Er packte seinen engsten Vertrauten unter den anderen Jungs beim Arm und rannte los. Und wenn er nicht nur aus heißer Luft bestand, sondern ein bisschen Potenzial hatte, würde er sich nach ein paar Stufen noch einmal zu ihm umdrehen ... Na?! ... Tut er's?

Komm schon, mein aggressiver kleiner Freund, sei kein solches Weichei!

Trau dich, du Großkotz!

Drei grün leuchtende Stufen ...

Na, komm!

Vier ...

Fünf ...

Aber jetzt! Und er ist verdammt raffiniert, das muss man ihm lassen! Tut doch tatsächlich so, als ob er die Mädchen meint, die noch immer bei der Zisterne stehen. Nur ganz beiläufig streift sein Blick auch Damian, Bruchteile von Millisekunden.

O nein, mein großkotziger junger Freund, du hast dich nicht getäuscht! Ich bin einer, vor dem man sich in Acht nehmen muss!

Der Junge stutzte.

Dann wandte er den Kopf und rannte weiter.

Damian blickte der Gruppe nach, bis sie in der Hitze des Obergeschosses verschwunden war. Als er sich umdrehte, fiel ihm ein anderer Junge auf, der vermutlich ebenfalls zu der Klasse gehörte, jedoch ein ganzes Stück abseits stand. Er war klein und unscheinbar, zumindest auf den ersten Blick. Aber wenn man genauer hinsah, konnte man nicht umhin, die konzentrierte Ernsthaftigkeit zu bemerken, die er ausstrahlte. Er stand vor einem der großen Aquarien an der Längsseite.

Damian rückte die Schnalle seines Gürtels zurecht und trat neben ihn.

Studienobjekte ...

Der Junge tat so, als bemerke er nichts, aber Damian konnte sehen, wie er nachdachte, was er davon zu halten hatte. Er war bereits erfahren genug, um zu wissen, dass fremde Erwachsene einem Kind nicht ohne Hintergedanken derart nahe kamen.

»Siehst du den Blauen da hinten?«

Nicken. Und noch immer kein einziger Blick.

Kluges Kerlchen!

»Und? Gefällt er dir?«

»Ja.« Pflichtschuldig höflich, aber gelangweilt. Der Blaue interessierte ihn nicht die Bohne ...

Damians Blick folgte den Augen des Jungen. Und tatsächlich! Er hatte sich nicht getäuscht!

»Das ist ein Steinfisch«, erklärte er.

Ein paar flüchtige Sekunden lang glaubte der Junge, dass er noch immer über den Blauen sprach. Aber wenigstens sah er jetzt kurz herüber. Und er begriff sofort.

»Meinen Sie den dort?« Er benutzte nicht mal den Finger zum Zeigen. Sie waren sich einig, kein Zweifel.

»Ja, genau.«

»Der ist cool.«

»Wieso?«

Schweigen. Nicht länger vorsichtig, sondern verlegen. Vielleicht war seine Frage ein bisschen zu missverständlich gewesen.

»Ich meine, was gefällt dir an ihm?«

»Ich habe ihn zuerst gar nicht gesehen«, sagte der Junge anstelle einer Antwort. Das heißt, genau genommen war das sehr wohl eine Antwort.

»Er ist ziemlich gut getarnt, was?«

Nicken.

»Das muss er sein. Schließlich ist er ein Lauerjäger.«

Ein was???

Aber das Wort gefällt ihm, kein Zweifel.

Lauerjäger ...

»Er tut so, als ob er gar nicht da ist. Im Grunde wird er

praktisch unsichtbar. Und wenn man nicht damit rechnet, schnappt er zu.«

»Cool.«

»Ja, nicht wahr? Und schau mal da ... Siehst du den da drüben?«

»Welchen?«

»Da ist noch einer.«

»Sie meinen, noch so ein Steinfisch?«

»Ja, sieh genau hin! Vor der gesprenkelten Pflanze da hinten. Der ist sogar mit Algenbüschen bewachsen, damit man ihn für einen Stein hält, siehst du?«

»Wow.«

»Seine Rückenflossenstacheln enthalten ein hochmolekulares Proteingift, das auch Menschen töten kann. Es gehört zu den gefährlichsten tierischen Giften überhaupt.«

Letzteres glaubte der Kleine ihm noch nicht restlos. Er war ein Kind, das längst durchschaut hatte, wie oft und wie selbstverständlich die Erwachsenen logen.

Damian beugte sich noch ein bisschen tiefer zu dem Jungen hinunter, bis ihrer beider Gesichter ihm für einen kurzen, magischen Moment auf gleicher Höhe aus dem Glas entgegenblickten.

»Auch wenn man dir später unter Garantie was anderes erzählt«, flüsterte er dicht am Ohr des Kindes, »denk immer daran: In der Natur sind die Unauffälligsten die besonders Gefährlichen.«

Obwohl der Junge ihm gebannt zuhörte, entging Damian nicht, dass die Augen des Kindes kurz abschweiften, hinüber zu ein paar anderen Jungs. Drei, um genau zu sein. Zwei von ihnen dunkel, einer blond. Damian taxierte die Gruppe und kam zu dem Schluss, dass der Blonde seinen kleinen Gesprächspartner mit schöner Regelmäßigkeit drangsalierte. Und im Gegensatz zu dem plumpen Großkotz von eben war er geschickt genug, andere die Drecksarbeit für ihn machen zu lassen. Er selbst beschränkte sich darauf, die Strippen zu ziehen und Befehle zu geben. Ein Manipulator.

Als dem Kleinen an Damians Seite bewusst wurde, dass er sich verraten hatte, füllten sich seine zarten Wangen mit Blut. »Und vom Gift dieser Steinfische kann man wirklich sterben?«, fragte er, um von sich und seiner Verlegenheit abzulenken. Aber auch, weil ihn das Thema wirklich interessierte.

»Oh ja«, versicherte Damian und schenkte dem Jungen sein seltenes Lächeln. »Glaub mir. Wenn du etwas davon abbekommst und du wirst nicht sofort behandelt, bist du innerhalb von acht Stunden tot.«

Er nickte dem Kleinen zu und kehrte zu seinen Mehlwürmern zurück.

Durch den Glaseinsatz der Tür sah er, wie die Kinder die Treppe hinaufgingen. Er griff sich ein Medikamententablett und folgte ihnen. Durch die Oberlichter knallte die Mittagssonne auf den bunten Steinboden. Das sumpfige Moderwasser der Schildkröten und Alligatoren kochte fast. Die wenigen Tiere, die sich im Wasser aufhielten, schwammen träge, wie tot. In der hitzepochenden Luft hing der zähe Geruch von verwesenden Pflanzen.

Damians Blick suchte die Schulklasse, die sich mehr und mehr zerstreute. Die junge Lehrerin war inzwischen sichtlich gestresst. Sie hatte noch einen Kollegen dabei, den Damian bislang nicht bemerkt hatte, ein müder Mittfünfziger, mit einem Bein bereits im Ruhestand, mit dem anderen in der Klapse. Er gierte nach einer Zigarette, aber ihm war auch klar, dass er keine Möglichkeit hatte, sich unbemerkt irgendwohin zu verziehen, wo er rauchen konnte. Entsprechend gut war seine Laune. Wenn er sich unbeobachtet glaubte, kam es vor, dass die Maske müder Gleichgültigkeit für einen kurzen Augenblick verrutschte. Dann zeigten seine Züge, was er wirklich fühlte. Wenn er mehr Temperament hätte oder mehr Phantasie, würde er eines Tages hingehen und ein Kind totschlagen. So beschränkte er sich darauf, sich jeden Sonntagvormittag quer über die Hundeplätze der Umgebung zu brüllen und auf seinen Hund einzudreschen. Einen Mallinoisrüde vermutlich, sehr hoch im Trieb stehend, Verlängerung der eigenen Männlichkeit. Oder ein Dobermann.

Damian schenkte dem Mann einen verächtlichen Blick und wandte sich ab, um die Medikamente zu verteilen. Als er wieder auf der Treppe war, stand eine Frau vor Nummer vier. Er sah sie nur von hinten, aber er erkannte sofort, dass sie Charisma hatte. Gerade beugte sie sich zu dem Jungen hinunter, der neben ihr herumhampelte, als müsse er furchtbar dringend aufs Klo, und erklärte ihm irgendetwas, das er nicht verstehen konnte. Der Junge nickte, während Damian mitten auf der Treppe verharrte.

Das muss er.

Schließlich ist er ein Lauerjäger ...

Noch immer konnte er nichts von ihrem Gesicht sehen, nur ein Stück vom Hals. Und als ob sie seinen Blick spüre, fasste die Frau sich in diesem Moment in den Nacken.

Donnerwetter! Gute Instinkte!

Eilig trat er einen Schritt zur Seite. Gleich würde sie sich zu ihm umdrehen, kein Zweifel. Doch irgendetwas lenkte sie ab.

Sie drehte den Kopf nach rechts, Richtung Zisterne. Ihr Profil war ebenmäßig, ohne auch nur die Spur langweilig zu sein.

»Was ist denn da?«, rief sie. »Warum kommst du nicht weiter?«

Die Antwort (augenscheinlich bekam sie eine, denn sie nickte) ging unter im Lärmen der Schulklasse, die in diesem Augenblick aus dem Obergeschoss zurückkehrte. Damian fühlte einen Anflug von Ärger in sich aufsteigen.

Plötzlich eine zaghafte Stimme von hinten. »'tschuldigung.«

Kristin Dobler, Praktikantin. Immer freundlich, immer bemüht, dabei aber leider dumm wie Brot. Sie hielt einen Eimer mit toten Ratten in der Hand.

»Wo sollen die hin?«

»Nachttierhaus«, entgegnete Damian, ein bisschen zu schroff vielleicht. »Und deck was drüber, okay?«

Bodentiefe Verständnislosigkeit.

Er zeigte auf die Kinder, die in Scharen an ihnen vorbeidrängten. »Ist nicht gerade repräsentativ, so 'n Eimer voller Leichen.«

»Ach so, na klar.« Kristin kicherte verlegen. Von allein wäre diese blöde Kuh niemals auf eine solche Idee gekommen. Aber jetzt, da sie einmal mit der Nase daraufgestoßen worden war, brachte die Sache sie in ernste Bedrängnis. Natürlich hatte sie nichts zum Abdecken dabei. Und alles, was ihr einfiel, war, unschlüssig stehen zu bleiben. Kaninchen sieht Kobra im Blick.

»Da drin ist ein Lappen«, kam Damian ihr zu Hilfe, nicht, weil er ihr tatsächlich helfen wollte, sondern um sie endlich loszuwerden.

Sie lächelte ihm dankbar zu und trug die toten Ratten auf Brusthöhe vor sich her, als sie weiterging.

Hinter ihr kam die Frau, die zuvor bei Nummer vier gestanden hatte, die Treppe hinauf, und irgendetwas an ihren Bewegungen kam ihm unrund vor. Erst auf den zweiten Blick registrierte er die Wölbung unter ihrem T-Shirt.

Schwanger, sieh an!

Der Junge ging einen Schritt hinter ihr und war mit einer Tüte Gummibärchen zugange. So eine Miniaturausgabe des Originals, wie man sie beim Kinderarzt bekam. Als Trost für den Pikser bei der Blutabnahme. Neben ihm ging ein Mädchen, eine dunklere Ausgabe der Frau mit wachen Augen und einem Kopf voller unbändiger Locken.

Der Blick ihrer Mutter streifte Damians Gesicht, dann sein Hemd. Den Namen, der an der linken Brusttasche eingestickt war. Dann lächelte sie ihm zu, nicht, weil er ihr sympathisch war, sondern weil sie ihn abhaken konnte. Sie gehörte zu der Sorte, die beständig mit ihrem Intellekt und ihrer Sensibilität zu kämpfen hat. Ein hochemotionales Seelenleben und dazu ein kühler, analytischer Verstand – eine gefährliche und überaus anstrengende Kombination! Für sie war die Welt ein Übermaß an Eindrücken, und deshalb neigte sie dazu, schnelle Einordnungen vorzunehmen. Menschen wie sie machten eine Beobachtung und entschieden dann innerhalb von Sekundenbruchteilen über deren Stellenwert. Wichtig – unwichtig, gefährlich – harmlos, interessant – langweilig. Das mussten sie, um klarzukommen, und erstaunlicherweise lagen sie dabei oft gar nicht so schlecht mit ihren Einschätzungen. Trotzdem bezwang man diesen Typ Frau am ehesten dadurch, dass man sich als so leicht einzuordnen erwies, wie sie es sich wünschte.

Sie erwartet einen Klempner?

Okay, dann zieh dir einen Overall mit einem Firmenlogo an und sorg dafür, dass du etwas in der Hand hast, das wie ein Werkzeug aussieht!

Die Frau hatte unterdessen den Kopf gedreht, um nach ihren Kindern zu sehen. Sein Gesicht lag bei ihr ab sofort nicht mehr in der Schublade mit der Aufschrift »MANN«, sondern im Kästchen für »TIERPFLEGER – Querstrich – ZOOANGESTELLTER«.

Gut so!

Gefährlich wurden Menschen wie sie immer dann, wenn sie keine Schublade fanden, in die sie einen stecken konnten. Denn dann fingen sie an, über einen nachzudenken. Und das war bei einem solchen Maß an Intellekt nicht ungefährlich. Frauen wie die dort waren meistens ausgezeichnete Beobachter, allerdings nutzten sie ihre Fähigkeiten auf diesem Gebiet nur selten. Wahrscheinlich war sie jemand, der im täglichen Leben eine Menge Verantwortung trug. Nach alleinerziehend sah sie definitiv nicht aus, also war ihr Mann entweder einer, der sich mit Entscheidungen schwertat, oder einer, der beruflich sehr angespannt war. So sehr, dass er alles Häusliche liebend gern ihr überließ.

Ja, dachte er, das würde passen.

Ein kurzes Stutzen weiter links riss seine Augen von dem schwangeren Bauch der Fremden los.

Das Mädchen.

Ihre Tochter ...

Sie hielt seinem Blick lange stand, bemerkenswert lange für ein Kind ihres Alters. Damian sah die Skepsis in ihren Augen und lächelte ihr zu. Doch sie lächelte nicht zurück, sondern schaute nach einer weiteren erstaunlich langen Bedenkzeit einfach nur weg.

»Kommst du?«, fragte die Frau ein paar Stufen über ihr.

Die Kleine nickte und rannte hinter dem Jungen mit den Gummibärchen her, freilich ohne ihn noch eines Blickes zu würdigen.

Damian blieb stehen, wo er gerade stand, und sah den dreien nach, bis sie um die Ecke verschwunden waren.

9

Edyta Barys Sohn arbeitete als Polier bei einer Baufirma in Bremerhaven. Nach dem Überfall auf seine Mutter hatte er sich ein paar Tage freigenommen. Jetzt allerdings könne er nicht länger bleiben, erklärte er Winnie Heller bei einem kurzen Gespräch auf dem Gang vor dem Krankenzimmer. Auf dem Bau sei nun mal Hochsaison und sein Chef mache einfach nicht länger mit.

Er hatte Tränen in den Augen, als sie ging.

Von unterwegs aus rief Winnie Heller Mariska Lehnsdorf, die Freundin der Schwerverletzten, an, erreichte jedoch nur ein Band. Winnie hinterließ ihre Nummer und fuhr ins Canard. Das Nobelrestaurant, mit dem sich Jan Portner vor fast elf Jahren selbstständig gemacht hatte, wirkte auf den ersten Blick wie ein Museum für moderne Kunst. An den hohen, unverputzten Betonwänden hingen abstrakte Ölbilder, das Speisen- und Getränkeangebot war von Hand auf kleine Schiefertafeln notiert, die in kühn geschwungenen Halterungen auf nackten Granittischplatten steckten.

Verhoeven hatte in der Zwischenzeit erfahren, dass das Canard Portner keineswegs allein gehört hatte, sondern dass es einen Teilhaber gab: Richard Havel, ein selbstständiger Unternehmensberater und Freund Portners aus dessen Angestelltenzeiten, hatte bei der Eröffnung des Restaurants als Bürge fungiert und im Gegenzug dafür fünfundvierzig Prozent der Geschäftsanteile erhalten. Nachdem der Erfolg nicht lange auf sich hatte warten lassen, war Havel von Portner nach und nach ausbezahlt worden, sodass sich sein Anteil am Canard inzwischen nur noch auf fünfzehn Prozent belief. Trotzdem war er nach wie vor stellvertretender Geschäftsführer und als solcher – zumindest bei einem Ausfall Jan Portners – auch entscheidungsbefugt. Und Havel hatte entschieden, dass der Restaurantbetrieb trotz des tragischen Todes seines Kompagnons bereits am Abend fortgesetzt wurde.

In den Gesichtern der Angestellten las Winnie Heller Unglauben, Entsetzen, aber auch Verachtung über die offensichtliche Pietätlosigkeit des zweiten Geschäftsführers. Während ihr Vorgesetzter sich mit dem Küchenchef, Pierre Duquesne, unterhielt, sprach sie im Gastraum mit Cindy Felke, einer jungen Barangestellten, die hinter dem Tresen Dienst getan hatte, als ihr Chef ermordet worden war. Sie trug trotz der drückenden Hitze einen blauen Baumwollschal um den Hals und wirkte vollkommen übernächtigt.

»Wie war Herr Portner gestern Abend?«, fragte Winnie, nachdem sie ein paar belanglose Höflichkeiten ausgetauscht hatten. »Ist Ihnen irgendetwas Besonderes an ihm aufgefallen?«

»Eigentlich nicht«, antwortete die junge Barfrau nach kurzem Überlegen. »Allerdings habe ich ihn nur kurz gesehen.«

»Haben Sie mit ihm gesprochen?«

»*Guten Abend* und *Wie geht's*, glaube ich.«

Winnie Heller nickte. »Ihr Chef blieb abends üblicherweise länger als elf, halb zwölf, nicht wahr?«

Cindy Felke bejahte. »Die Bar schließt um zwei, freitags und samstags um drei. Und Herr Portner blieb meistens bis kurz vor Toresschluss.«

»Gestern nicht ...«

»Stimmt ...« Sie hob die Hand und rieb sich die Augenwinkel, in denen sich Reste von Lidschatten gesammelt hatten. »Gestern nicht.«

»Können Sie sich einen Grund dafür vorstellen?«

»Na ja ... Ich dachte eigentlich, dass es mit diesem Anruf zusammenhing.«

Winnie Heller horchte auf. »Mit welchem Anruf?«

»Seine Frau.« Die junge Barfrau trug die schwarz gefärbten Haare zu einem asymmetrischen Bob geschnitten, aus dem einige dunkellila gefärbte Strähnen hervorstachen. »Sie hat hier angerufen und wollte ihren Mann sprechen.«

Winnie Heller starrte sie an. »Woher wissen Sie das?«

Lächeln. »Weil ich am Apparat war.« Sie drehte sich um und zeigte auf eine Tür hinter der Theke. »Da ist ein kleines Zimmer hinter der Bar, sehen Sie? Dort kommen alle Gespräche an, wenn im Büro niemand drangeht.«

»Und wann genau war das?«

Cindy Felke stieß einen Schwall Luft durch die Zähne. »So gegen elf, Viertel nach elf, würde ich sagen. Jedenfalls nicht viel später.«

»Okay«, versuchte Winnie Heller, Ordnung in ihre wild durcheinanderpurzelnden Gedanken zu bringen. »Sie nahmen das Gespräch also an, und Frau Portner sagte, dass sie ihren Mann sprechen wolle?«

»Genau.«

»Hat sie zufällig gesagt, weswegen?«

Die junge Barangestellte verneinte. »Aber gleich nachdem sie telefoniert hatten, kam Herr Portner zu mir und sagte, er müsse los.«

»*Los* oder *nach Hause?*«, hakte Winnie nach.

Cindy Felke überlegte eine Weile. »Los, glaube ich«, antwortete sie schließlich. »Aber ich bin nicht sicher.«

Winnie nickte. Die meisten Menschen prägten sich eher den Inhalt einer Bemerkung ein als ihren genauen Wortlaut. Etwas, das ihnen die Arbeit nicht gerade erleichterte ...

»Wenn er was von *nach Hause* gesagt hätte, wäre mir das bestimmt im Gedächtnis geblieben«, sagte Cindy Felke in diesem Augenblick mitten in die Stille, die sich zwischen ihnen breitgemacht hatte.

»Warum?«, wagte Winnie einen Schuss ins Blaue. »Weil eine solche Formulierung eher untypisch für ihn gewesen wäre?«

Suggestive Beeinflussung von Zeugen, knurrte Jakob Fox, einer ihrer Ausbilder, hinter ihrer Stirn. *Denken Sie an meine Worte, Heller, Ihr loses Mundwerk bringt Sie noch mal um Kopf und Kragen!*

Cindy Felke indessen nickte. »Ja«, sagte sie. »Das wäre es allerdings.«

»Weil Herr Portner grundsätzlich nur selten über Privates sprach?«

Immer besser, Heller! Warum entwerfen Sie nicht einfach schon mal die komplette Aussage und lassen Ihre Zeugin nur noch unterschreiben? Würde Ihnen beiden doch 'ne Menge Zeit sparen, oder?

»Er war, was das betrifft, eher ...« Cindy Felke suchte lange nach einem Wort, das ihr angemessen schien. »... unberechenbar«, sagte sie schließlich, und Winnie Heller war heilfroh, dass sie darauf verzichtet hatte, das »zugeknöpft«, das ihr auf der Zunge gelegen hatte, laut auszusprechen.

»Unberechenbar?« Sie fixierte die Augen ihres Gegenübers. »Was genau meinen Sie mit unberechenbar?«

»Ach, wissen Sie ...« Drucksen. »Hin und wieder erzählte Herr Portner von sich aus alles Mögliche, zum Beispiel, dass sie Gäste gehabt oder eine Party für seine Tennisfreunde ausgerichtet hätten. Oder dass sie drei Wochen auf den Malediven waren. Aber das war alles eher allgemein, verstehen Sie?«

»Und wenn er über seine Frau sprach?«, fing Winnie Heller den Ball, den die junge Barfrau ihr zugespielt hatte, bereitwillig auf. »Sprach er überhaupt über sie?«

»Gelegentlich. Und wenn ...«

»Ja?«

»Ich weiß nicht ...« Cindy Felke verschränkte die Arme vor der Brust. »Es ist ja nur so ein Eindruck von mir gewesen.«

»Sicher. Kein Problem.«

Die junge Barangestellte öffnete zwar die Lippen, sagte jedoch nichts. Offenbar war sie noch nicht überzeugt.

Winnie Heller lächelte ihr zu. »Glauben Sie mir, wir wissen solche Dinge schon richtig einzuordnen.«

Cindy Felke holte tief Luft. »Für mich klang es immer ein bisschen streng, wenn er über sie sprach.«

»Streng?«

Sie strich sich ein paar schwarz-lila Ponyfransen aus der Stirn. »So als ob sie ihm irgendwie peinlich wäre, wissen Sie.«

Peinlich ist gut, dachte Winnie Heller, indem sie sich das nahezu perfekt ausmodellierte Gesicht der jungen Russin ins Gedächtnis rief. »Kommen wir noch mal auf diesen Anruf zurück«, entschied sie sich dennoch, diesen Punkt zunächst nicht weiterzuverfolgen. »Was hat die Anruferin genau gesagt?«

»Woher soll ich das wissen?«, stöhnte Cindy Felke. »Um diese Uhrzeit ist hier in der Bar wirklich die Hölle los. Und an diesem ganzen Gespräch war absolut nichts Spektakuläres oder so, verstehen Sie?«

Na schön, war ein Versuch …

»Wie gut kennen Sie Irina Portner?«

»Eigentlich gar nicht. Ich arbeite jetzt seit anderthalb Jahren hier und habe sie in dieser ganzen Zeit vielleicht drei oder vier Mal gesehen.« Sie zupfte gedankenverloren an einem eingerissenen Fingernagel, und Winnie überlegte, ob sie wieder ins Bett gehen würde, wenn sie hier fertig waren.

»Haben Sie sich bei diesen Gelegenheiten mal mit ihr unterhalten?«

»Unterhalten?« Sie lachte, als ob ihre Gesprächspartnerin einen Witz gemacht hätte. »Nein.«

»Aber Sie haben Frau Portner sprechen gehört?«

Cindy Felke überlegte wieder. »*Hallo, Ja* und *Nein* vielleicht. Mehr sicher nicht.«

»Ist Ihnen bekannt, dass Frau Portner ursprünglich aus Russland stammt?«

Sie nickte. »Ja. Irgendjemand hat das mal erwähnt. Und … Sie sieht auch danach aus, finde ich.«

»Russisch?«

»Na ja, diese hohen Wangenknochen. Und die Augen.« Sie lächelte. »Ich weiß noch, dass ich dachte, was für eine hübsche Frau.«

Das ist sie allerdings, dachte Winnie Heller. Und umso seltsamer schien ihr, was die junge Barangestellte zuvor gesagt hatte: *Für mich klang es immer ein bisschen streng, wenn er über sie sprach. So, als ob sie ihm irgendwie peinlich wäre …*

»Ihnen ist bei Frau Portner aber kein entsprechender Akzent aufgefallen?«

Cindy Felke schüttelte den Kopf. »Allerdings muss das nicht viel heißen. Wie gesagt hatte ich ja nie wirklich mit ihr zu tun.«

Winnie Hellers Augen streiften die Flaschen, die hinter ihnen auf grellblau beleuchteten Borden standen. »Kommen eingehende Anrufe eigentlich immer in dem Raum hinter der Bar an?«, fragte sie.

»Nach achtzehn Uhr ja. Zumindest wenn Herr Portner nicht da ist.«

»Und sonst?«

»Das kam darauf an, ob er ungestört arbeiten wollte oder nicht.«

»Ich fürchte, das müssen Sie mir genauer erklären«, stöhnte Winnie Heller.

»Na ja, grundsätzlich kommen Anrufe über Tag im Büro an.«

»Das ist oben, oder?«, unterbrach Winnie Heller, indem sie mit dem Kinn zur Galerie wies.

Cindy Felke bejahte. »Es gibt eine Sekretärin, die die Buchhaltung und die Organisation für das Catering und solche Dinge macht. Sie kommt vier Nachmittage die Woche, glaube ich. Aber nageln Sie mich nicht darauf fest.« Sie hob entschuldigend die Hände. »Ab achtzehn Uhr stellt sich die Anlage dann automatisch auf die Bar um. Wenn allerdings Herr Portner im Haus war, hat er meistens dafür gesorgt, dass die Gespräche auch weiterhin bei ihm oben eingingen.«

Er achtete auf das, was seins war ...

»Es sei denn«, Cindy Felke rieb sich wieder die Augen, »er wollte gerade nicht gestört werden.«

»Kam das oft vor?«

»Dass er nicht gestört werden wollte, meinen Sie?« Die Barfrau dachte nach. »Nein, eigentlich nicht«, sagte sie dann. »Er hatte gern alles unter Kontrolle.«

Dieser letzte Satz ließ Winnie Heller aufhorchen. Sie suchte im Gesicht der jungen Barfrau nach einem Hinweis darauf, dass mehr hinter der Bemerkung steckte, als auf den ersten Blick zu erkennen war. Doch sie wurde nicht fündig. Dennoch gab ihr die Formulierung zu denken.

Sie wandte sich wieder an ihre Zeugin. »Aber gestern Abend klingelte das Telefon hier an der Bar, obwohl Herr Portner im Haus war, nicht wahr?«

»Ich weiß nicht, ob der Anruf von vornherein hier ankam oder nur deshalb hier landete, weil im Büro niemand abgenommen hat«, widersprach Cindy Felke. »Die Anlage ist so eingestellt, dass sie Gespräche nach einer gewissen Zeit automatisch umleitet, wenn oben niemand an den Apparat geht.«

Winnie Heller machte sich eine entsprechende Notiz. »Wie auch immer, Sie nahmen das Gespräch also entgegen ...«

»Ja.«

»Und die Anruferin nannte ausdrücklich ihren Namen?«

Ein Schatten glitt über das Gesicht der jungen Barangestellten. »Ja, schon«, antwortete sie gedehnt und weit weniger überzeugend als zuvor.

»Aber?«

»Jetzt, wo Sie mich so danach fragen ...«

Halten Sie bloß die Klappe, Heller! Auch wenn die Versuchung, ihr etwas in den Mund zu legen, noch so groß ist ...

»Also ...«

Winnie Heller biss sich auf die Lippen.

»Ich weiß nicht genau«, sagte Cindy Felke nach einer Weile, »aber wenn ich mir die Sache überlege, hatte ich irgendwie den Eindruck, dass sie überrascht war.«

»Überrascht?«

»Sie hat einen Moment gezögert, wissen Sie? So als ob sie mit jemand anderem gerechnet hätte und daraufhin erst überlegen müsse, was sie sagen soll.«

»Wenn sie die Gepflogenheiten hier kannte und wusste, dass Portner gestern Abend hier war, wird sie wahrscheinlich damit gerechnet haben, dass *er* abnimmt, oder?«

»Ja, vermutlich.« Die junge Barangestellte ließ ihre übermüdeten Augen ziellos durch den leeren Gastraum schweifen. »Ich meldete mich jedenfalls wie immer mit: Canard, Felke.

Und sie zögerte kurz und sagte dann: Portner, guten Abend. Ich hätte gern meinen Mann gesprochen.« Ihr Blick kehrte zu Winnie Heller zurück und schien mit einem Mal ganz klar. »Ja«, nickte sie, wie um sich selbst Mut zu machen, »ich bin ziemlich sicher, dass das die genauen Worte waren.«

»Und wie haben Sie reagiert?«

»Ich habe gesagt, sie soll dranbleiben, ich seh mal, ob ich ihn finde.«

»Und dann?«

»Dann hab ich bei Sebastien in der Küche nachgefragt, ob Herr Portner dort ist.«

»War er dort?«

»Ja, ich gab ihm das Mobilteil des Telefons, und er ging damit nach oben. Ein paar Minuten danach kam er und gab es mir zurück.«

»Und dabei sagte er, dass er jetzt los müsse?«

Sie strich sich durch die Haare. »Ja, so was in der Richtung.«

»Hatten Sie den Eindruck, dass er vorhatte, noch einmal wiederzukommen?«

»Nein.«

»Warum nicht?«

»Weil er mir eine gute Nacht wünschte.«

»Und dann ging er?«

»Ja«, sie seufzte. »Dann ging er.«

»Mochten Sie ihn?«, fragte Winnie Heller geradeheraus, auch wenn ihr vollkommen klar war, dass die Frage unprofessionell war. Aber es interessierte sie brennend.

»Ja, er war nett.«

Eine glatte Lüge, das war offensichtlich. Aber auch eine erklärliche. Schließlich war Cindy Felkes Arbeitgeber gerade eines gewaltsamen Todes gestorben. Winnie Heller taxierte die Körperhaltung ihrer Zeugin. Trotz ihres flippigen Erscheinungsbildes, das bis zu einem gewissen Grad auch zu ihrem

Job gehörte, war Cindy Felke eine wohlerzogene junge Frau, die innerhalb von festen gesellschaftlichen Regeln aufgewachsen war und die nach wie vor nach diesen Regeln lebte. Aus diesem Grund tat sie sich – genau wie die meisten Leute – überaus schwer damit, einem Toten, noch dazu einem, der Opfer einer Gewalttat geworden war, etwas Schlechtes nachzusagen. Zumindest, wenn man sie direkt danach fragte.

Er hatte gern alles unter Kontrolle ...

»Haben Sie mal irgendeine Unstimmigkeit mitbekommen?«, erkundigte sich Winnie Heller betont beiläufig. »Ärger, den Ihr Chef mit jemandem hatte, oder dergleichen?«

Zögern.

Also lautet die Antwort: Ja ...

»Eigentlich nicht.«

Winnie Heller rückte ein Stück näher an die junge Barangestellte heran. Die Verringerung der Individualdistanz erhöhte den Druck. »Es gab nie Streit?«

»Na ja ...«

»Ja?«

Cindy Felke verschränkte wieder die Arme vor der Brust. Ein klares Indiz dafür, dass sie nach wie vor mauerte. »Ich verstehe wirklich nicht, warum so was wichtig sein soll«, sagte sie mit einem Anflug von Trotz. »Ich meine, Herr Portner ist doch gewissermaßen aus Versehen erschossen worden, oder nicht?«

»Davon gehen wir aus«, lenkte Winnie Heller ein, um ihrer Zeugin Gelegenheit zum Durchatmen zu geben.

Und tatsächlich: Cindy Felke entspannte sich sichtlich.

»Es ist nur so, dass wir gründlich sein müssen, verstehen Sie? Wir dürfen nichts außer Acht lassen.«

Die junge Barangestellte nickte. »Jetzt, wo Sie fragen ... Ich meine, es hat bestimmt nichts zu bedeuten, aber vor kurzem habe ich zufällig mitbekommen, wie Herr Havel und Herr Portner sich in den Haaren hatten.«

»Weswegen?«

Sofort kehrte die Abwehr in ihren Blick zurück. »Tut mir leid, aber das kann ich Ihnen beim besten Willen nicht sagen. Ich weiß nur, dass Herr Havel ziemlich wütend war.«

»Das heißt, die Auseinandersetzung verlief lautstark?«

Cindy Felke nickte wieder. »Das kann man so sagen. Herr Havel schrie den Chef an und warf ihm vor, dass er ihn ruinieren wolle.«

»Ruinieren?«

»Ja, und dass er ihm jetzt wohl nicht mehr gut genug sei oder so ähnlich.«

Winnie Heller zog die Stirn in Falten. »Was, glauben Sie, könnte er mit *jetzt nicht mehr* gemeint haben?«

»Wirklich, ich habe keine Ahnung, worum's dabei ging«, versicherte die junge Barangestellte kategorisch. Sie war nicht länger müde, sondern hellwach, und auf ihrem Teint lag ein Hauch von Röte. »Und mehr als dieses wenige habe ich auch definitiv nicht mitbekommen.«

Trotzdem interessant, dachte Winnie Heller. Laut sagte sie: »Dann danke ich Ihnen, dass Sie sich schon so früh herbemüht haben.«

»Ja, kein Problem«, lächelte Cindy Felke, heilfroh, dass die Kommissarin sie endlich aus der Sache herausließ. »Tut mir echt leid, dass ich Ihnen nicht helfen konnte.«

Oh, dachte Winnie Heller, das wird sich erst noch zeigen …

10 Damian Kender saß in einem Restaurant in der Frankfurter Innenstadt. Es war jetzt kurz nach halb drei und nicht mehr ganz so voll wie zu den einschlägigen Stoßzeiten. Trotzdem war das Lokal noch immer recht gut besucht.

Damian beglich die Rechnung für seinen Griechischen Bauernsalat und einen großen Milchkaffee und lehnte sich zurück. Er hatte sich zwei Stunden freigenommen, um in Ruhe nachdenken zu können. Den Kollegen hatte er gesagt, dass er zum Zahnarzt müsse. Keiner von ihnen hatte sich darüber gewundert.

Er schlürfte den Rest Milchkaffee aus seiner Tasse und lehnte sich zurück. Sein größtes Problem war, dass er noch immer nicht sagen konnte, worum es eigentlich gegangen war gestern Abend. Tatsächlich um Jan Portner? Um seine Ermordung? Seinen Tod? Oder doch auch um die Frau? Damian schob die Tasse von sich. Wie skrupellos musste jemand sein, der ohne mit der Wimper zu zucken in Kauf nahm, dass eine Frau vergewaltigt und dabei vielleicht schwer verletzt oder sogar getötet wurde, nur um deren Ehemann töten zu können? Und wie, verdammt noch mal, war dieser Kerl überhaupt an seine Informationen gekommen? Es musste jemand sein, der Zugang zu den entsprechenden Quellen hatte, so viel stand fest. Zwar schrieb die Presse sich die Finger wund über den Artisten und seine Taten, aber was die reinen Sachinformationen betraf, gaben sie sich bemerkenswert zurückhaltend. Wahrscheinlich bekamen sie massiv Druck von oben. Doch das konnte ihm in diesem Zusammenhang eigentlich nur recht sein, denn es beschränkte den Kreis der in Frage kommenden Personen auf diejenigen, die unmittelbar oder indirekt mit dem Fall zu tun hatten. Damians Augen blieben an der Tischplatte haften. Rein theoretisch könnte es der Beamte sein, der als Erster am Tatort war, dachte er. Oder der Kerl, der die Spuren sichert. Einer von den Ärzten, ein Angehöriger, Ehemann oder Freund …

Aber … Halt, nein, das war nicht logisch!

Immerhin musste er einen Bezug haben, oder nicht? Sowohl zu den Portners als auch zu einem der früheren Fälle. Zu mindestens einem …

Damian schloss für ein paar Sekunden die Augen und ließ den Gedanken auf sich wirken, während vor dem rötlich schimmernden Vorhang seiner Lider wieder der Film von gestern Abend ablief. Diese seltsame Mischung aus Desinteresse und Erregung, während er sich der bewusstlosen Irina Portner gewidmet hatte, und ...

Er stutzte.

Aber natürlich! Das war es! Auch wenn es vielleicht nicht in erster Linie um sie gegangen sein mochte: Irina Portner war der Schlüssel. Oder zumindest einer der Schlüssel. Etwas von dem, was da gestern mit ihm geschehen war, hatte definitiv mit ihr zu tun. Und deshalb war es unabdingbar, sich noch einmal näher mit ihr zu befassen!

Zufrieden machte er die Augen wieder auf. Er war keiner, der die Auseinandersetzung scheute. Im Gegenteil. Wenn er ein Kreuzworträtsel machte, machte er nicht einfach ein Kreuzworträtsel, sondern er machte ein Kreuzworträtsel gegen die Uhr. Und er ging auch nicht einfach Brötchen kaufen. Oh nein, er setzte sich eine Frist (natürlich äußerst knapp bemessen!), innerhalb derer er wieder in seiner Wohnung sein musste. Das war seine Form von Fitnesstraining. Die konsequente, stetige Auseinandersetzung mit sich selbst.

Jetzt allerdings hatte er es mit einem realen Gegner zu tun. Und Irina Portner verkörperte seine Chance, diesem Gegner auf die Spur zu kommen. Natürlich war ihm klar, dass es riskant war, mehr über sie in Erfahrung zu bringen oder sie gar zu beobachten. Vielleicht rechnete die Polizei damit, dass der Täter an den Tatort zurückkehrte. Vielleicht hatten sie entsprechende Maßnahmen ergriffen. Vielleicht saßen sie irgendwo in der Portner'schen Villa in einem alten, unauffälligen Wagen und zeichneten alles auf, was in diesem Abschnitt der Danziger Straße vor sich ging. Außerdem würde die junge Russin durch das, was sie mit ihm und durch ihn erlebt hatte, natürlich aufs Äußerste alarmiert sein. Aber darauf konnte er keine Rücksicht nehmen. Irina Portner verkörperte seine Chance aufs Überleben. Seine Waffe gegen den Feind, der ihn und sein Revier bedrohte. Und aus diesem Grund würde er sich noch einmal ausführlich mit ihr beschäftigen!

Er nickte stumm und lehnte sich zurück, um sich wieder seinem Lieblingshobby zu widmen: der Beobachtung und Analyse menschlichen Verhaltens. Denn nur wer in der Lage war, sein Gegenüber richtig einzuschätzen, konnte Gefahren im Vorfeld erkennen und sein Verhalten rechtzeitig anpassen. Seine Augen blieben an einer Frau hängen, die vor ein paar Minuten hereingekommen war. Allein und mit eher unsicheren Schritten. Fast so, als ob sie glaubte, sich für irgendetwas entschuldigen zu müssen. Obwohl sie ein Buch las, das sie offensichtlich interessierte (ein kulinarischer Reiseführer über Andalusien), blickte sie in regelmäßigen Abständen kurz auf, um die Lage um sich herum zu sondieren. Sie gehörte zu der Sorte, die leicht in sich versank, selbst wenn sie sich in der sogenannten Öffentlichkeit bewegte. In diesen Phasen fiel es ihr außerordentlich schwer, überhaupt noch etwas wahrzunehmen, ganz egal, wie dicht es sich auch in ihrer Nähe abspielte. Allerdings wusste sie um diese Schwäche und baute vor, indem sie sich regelmäßig umsah. Da ihre Instinkte ihr nichts über den richtigen Zeitpunkt verrieten, hatte sie sich einen bestimmten Rhythmus angewöhnt, in dem sie ihre Augen auf Patrouille schickte. Wie zwei von diesen Überwachungskameras, die dreißig Sekunden nach links liefen, um dann umzuschwenken und weitere dreißig Sekunden in die entgegengesetzte Richtung zu filmen. Leicht auszutricksen, wenn man die Intervalle kannte, aber im normalen Leben durchaus ausreichend.

Andere Menschen hingegen waren nahezu ununterbrochen auf der Hut. Manchmal sogar, ohne sich dessen bewusst zu sein. Dennoch sahen sie sich sorgfältig um, wenn sie einen Zug bestiegen oder ein Geschäft betraten, und ob die entsprechende Information nun bis in ihr Bewusstsein drang oder nicht, sie wussten immer, wo sich der nächste Ausgang oder der Nothammer zum Einschlagen der Scheibe befand. Im Restaurant wählten sie nach Möglichkeit einen Platz mit Überblick und Rückendeckung, bevorzugt in einer Ecke mit Wänden von zwei Seiten, die sie schützten.

Der Mann dort drüben, zum Beispiel, dessen Begleiterin in einem fort auf ihn einredet, der nutzt die Gelegenheit, sich umzuschauen. Obwohl er heute zum ersten Mal hier ist, weiß er bereits ganz genau, wo sich die Herrentoilette befindet und dass die rotblonde Kellnerin mit der linken Hand schreibt. Wenn jetzt ein Feuer ausbrechen würde oder eine Bombe explodierte, würde er sich daran erinnern, dass sich hinter dem Zigarettenautomaten noch ein zweiter Ausgang befindet, eine unscheinbare, nachlässig schwarz gestrichene Tür, die niemandem auffällt. Er hat die Überwachungskamera gesehen, die auf den Kassenbereich gerichtet ist, und er weiß auch, wohin er sich stellen muss, um nicht von ihr erfasst zu werden. Er weiß sogar, dass er beobachtet wird, jetzt, in diesem Augenblick. Sein Instinkt verrät ihm, dass von irgendwo her Aufmerksamkeit auf ihn gerichtet ist. Da ist jemand in diesem Raum, der über ihn nachdenkt, der ihn analysiert, seine Schwachstellen abscannt, und er hat nicht die geringste Ahnung, wer das sein könnte. Das macht ihn schier wahnsinnig, aber er verrät sich – wenn überhaupt – nur durch kleine Gesten, die er nicht mit seinem Willen steuern kann. In einem Moment wie jetzt etwa, wenn seine Finger vollkommen sinnlos und viel zu hektisch über seine Armbanduhr streichen ...

Tja, mein Freund, du bist gut, keine Frage. Aber meine Tarnung ist besser.

Wenn ich es nicht will, merkst du nicht mal, dass ich da bin.

Als habe er Damians Gedanken gelesen, blickte der Mann

in diesem Moment herüber. Ganz kurz nur. Und dann auch ganz schnell wieder weg. Sein Urteil über Damian hatte er – fast genauso schnell wie die Frau im Zoo, nur aus anderen Gründen – bereits vor einer Viertelstunde gefällt, und sollte ihn je einer fragen, was er an dem kleinen Ecktisch schräg gegenüber gesehen hat, würde er antworten: einen Kerl im blauen T-Shirt, dunkelblondes Haar, nicht zu kurz, nicht zu lang, um die dreißig, schlank, sportlich, gesund. Durchschnittstyp, nichts Besonderes.

Eine gute, wenngleich wenig hilfreiche Analyse der Gegebenheiten ...

Wenn du erreichen willst, dass man dich nicht wahrnimmt, versuch auf keinen Fall, nicht da zu sein.

Auf übergroße Unauffälligkeit reagieren die meisten Menschen nämlich genauso, wie sie auf besondere Auffälligkeit reagieren: Sie sehen genauer hin. Etwas, das du dir nicht leisten kannst.

Gib lieber vor, etwas zu sein, was du nicht bist.

Die Menschen lieben es, ihre Eindrücke in hübsche kleine Schubladen einzusortieren. Das beruhigt sie, weil es ihnen die Welt, dieses unermessliche, unbeherrschbare Chaos, ein wenig überschaubarer macht.

Wenn du erreichen willst, dass man dich nicht wahrnimmt, mach es wie die Wandelnde Geige.

Diese überaus geschickte und dabei absolut unerbittliche Jägerin unter den Gottesanbeterinnen hing die meiste Zeit des Tages von irgendeinem Zweig herab und sah dabei wie ein dürres, zerfressenes Blatt aus. Aber wenn ein Beutetier so dumm war, ihr zu nahe zu kommen, packte sie zu. Unerbittlich und mit tödlicher Präzision.

Wenn du nicht willst, dass man dich sieht, gib einfach vor, etwas zu sein, was du nicht bist.

Der Kerl schräg gegenüber hat sich unterdessen ein wenig beruhigt. Das liegt hauptsächlich daran, dass er sein Essen bekommen hat, irgendwas Überbackenes mit Pommes frites und Salat. Er ist ein Genussesser und dabei körperlich faul bis zum Anschlag, aber er bringt es fertig, seiner Umgebung zu suggerieren, dass sein Übergewicht lediglich auf genetischem Pech beruhe. Würde man dagegen ein Foto seiner Herzkranzgefäße betrachten, käme man wahrscheinlich zu dem Schluss, dass seine Prasserei nicht mehr lange ungestraft bleiben wird. Damian warf einen kurzen Blick auf den Teller des Mannes und überlegte, wie lange der Typ wohl schon derart vorsichtig war. Und warum. Instinkte waren etwas, über das man von Natur aus verfügte – der eine mehr, der andere weniger. Aber die Vorsicht dieses Kerls fiel deutlich aus dem Rahmen.

Vielleicht hatte er schlechte Erfahrungen gemacht.

Oder Dreck am Stecken.

Oder beides.

Damian nickte und wandte seine Aufmerksamkeit einer sportlichen Blondine zu, die ein Stück weiter links saß. Sie war etwa Mitte dreißig und das glatte Gegenteil von dem vorsichtigen Fettsack: furchtlos und so unbekümmert, dass es schon wehtat. Sie saß allein an einem Tisch mitten im Raum, und wahrscheinlich würde sie es nicht mal bemerken, wenn ihr jemand auf dem Weg zum Klo von hinten zwischen die Beine griffe. Sie lebte nach dem Motto: Hoppla, Welt, hier komme ich. Und vermutlich hielt sie sich selbst für intelligent und stark, wenn nicht gar unbesiegbar. In ihrem Profil, das selbstredend bei einer ganzen Reihe von Internet-Partnerbörsen gepostet ist, beschreibt sie sich als »lebenslustige Blondine«, die »gern Party macht und ihren Spaß hat«. Dazu gibt es drei Fotos, ein leidlich gelungenes Porträt und zwei Schnappschüsse, einer davon im Bikini. *Hey, schöner Unbekannter, wenn du keine Angst vor dominanten Frauen hast, dann schreib mir doch einfach mit aussagekräftigem Foto ...*

Damian verzog abschätzig den Mund. Das war noch so etwas, was er von den Tieren gelernt hatte: was wahre Dominanz bedeutet. Und wie oft die Menschen danebenlagen, wenn sie zu deuten versuchten, was sich direkt vor ihren Augen abspielte. Hunde zum Beispiel wurden so gnadenlos verkannt, dass er oft nur mit dem Kopf schütteln konnte, wenn er sie mit ihren Besitzern im Park beobachtete. Der Rüde, der bei jeder Gelegenheit auf andere Hunde losging, der alles und jeden ankläffte und auch schon mal wild um sich schnappte, war der Unsicherste von allen, auch wenn sein Herrchen fast platzte vor Stolz darüber, dass sich sein »Jack« oder »Bandit« oder »Zorro« derart durchsetzungsfreudig und kompromisslos zeigte. Dabei hatte es ein wahrhaft dominanter Rüde überhaupt nicht nötig, irgendetwas auf derart brachiale Weise klarzustellen. Im Gegenteil: Während Herrchen oder Frauchen noch gerührt von »extrem langmütig« oder einem »herzensguten Kerl« sprachen, hatte der Betreffende längst mit einem einzigen Blick klargestellt, dass man ihm besser nicht dumm kam. Und falls es doch mal einer versuchte (was extrem unwahrscheinlich war, schließlich verfügten die Tiere im Gegensatz zu ihren Besitzern meist über recht gut funktionierende Instinkte), konnte es passieren, das sich der betreffende Rüde vor seinem Rivalen auf den Rücken legte und diesem kackfrech seine ungeschützte Kehle präsentierte.

Ach, schau doch nur, wie bereitwillig er sich unterordnet, hieß es dann – je nach Einstellung des Besitzers verzückt oder enttäuscht.

Dabei wartete der vermeintlich Unterlegene nur darauf, dass sein Widersacher sich täuschen ließ. Und dann packte er zu. Blitzschnell. Absolut zielgenau. Und ohne einen Funken Gnade mit seinem Opfer.

Im Grund dasselbe Prinzip wie bei der Wandelnden Geige.

Und genauso effektiv.

Ja, dachte Damian, das sind dann jene Fälle, in denen sich die Besitzer des Angreifers die Fahrt zum Tierarzt sparen können.

Auch Unterwerfung ist eine Form von Dominanz. Dominanz durch die Hintertür, gewissermaßen.

Er nahm die Rechnung, die die Kellnerin neben seinen abgegessenen Teller gelegt hatte, an sich und verließ das Lokal.

11

»Aber Irina Portner behauptet doch, dass sie keine Ahnung hat, warum ihr Mann gestern so früh zu Hause war«, resümierte Verhoeven, als sie wenig später Seite an Seite das Canard verließen. »Oder?«

»Doch, doch«, nickte Winnie Heller. »Und ich muss sagen, sie war ziemlich überzeugend, was das betrifft.«

»Okay.« Verhoeven fingerte seinen Autoschlüssel aus der Tasche seiner Jeans. »Falls sie also die Wahrheit sagt, würde das bedeuten, dass irgendjemand anders gestern Abend im Canard angerufen und Portner verlangt hat.«

»Cindy Felke behauptet steif und fest, dass die Anruferin eine Frau war und dass sie sich mit Portner gemeldet habe.«

»Vielleicht eine Geliebte?«

»Möglich.« Winnie Heller leckte sich über die Lippen. Sie hatte mit einem Mal brennenden Durst. »Oder Irina Portner lügt.«

»Wäre es denn klug, in diesem Punkt zu lügen?«, wandte Verhoeven ein. »Wenn tatsächlich sie es war, die angerufen hat, wüsste sie doch, dass eine der Angestellten etwas von diesem Anruf mitbekommen hat.«

»Außerdem meint Frau Felke, ein kurzes Zögern bei der Anruferin bemerkt zu haben«, gab Winnie Heller ihm recht. »Sie hat dieses Zögern dahingehend gedeutet, dass die Frau überrascht war, nicht gleich Portner selbst am Apparat zu haben. Aber vielleicht musste die Anruferin tatsächlich erst mal überlegen, was sie jetzt sagt, beziehungsweise, für wen sie sich ausgeben soll.«

»Seltsam ist das Ganze auf jeden Fall.« Verhoeven blieb neben dem Wagen stehen und sah auf die Uhr. »Tja, sieht so aus, als wenn wir Iris Vermeulen und Sarah Endecke nicht mehr schaffen.«

Winnie Heller blickte ihn fragend an.

»Ach so ...« Er lachte ein wenig verlegen. »Tut mir leid, aber ich dachte, Bredeney hätte Ihnen Bescheid gegeben.«

»Bescheid? Worüber?«

»Dass wir um siebzehn Uhr einen Termin mit dem Mann von der OFA haben.«

»Dem Profiler?«

Er nickte.

»Nein«, entgegnete Winnie heller spitz. »Davon höre ich zum ersten Mal.«

»Das tut mir leid«, wiederholte Verhoeven, der spürbar ins Schlingern geriet. »Sie waren schon weg, als der Anruf kam, aber wenn ich gewusst hätte, dass Oskar Sie auch vergisst, hätte ich Ihnen natürlich eine SMS geschickt.«

Dass Oskar Sie auch *vergisst ...*

Na toll, dachte Winnie, vielen Dank auch! Aber das war ja mal wieder typisch für diese alten Krusten: Die Kerle machten den Kuchen unter sich aus, und wenn man nicht aufpasste, hatten sie einen schneller ausgebremst, als man gucken konnte! Laut sagte sie: »Macht doch nichts. Ich meine, ich weiß es ja jetzt, nicht wahr? Und, hey, Sie haben Glück: Ich hab grad nichts Besseres vor ...«

Ihr Vorgesetzter blickte sie irritiert an. Natürlich hatte er die Ironie in ihren Worten registriert. Aber er schien auch nicht zu wissen, wie er darauf reagieren sollte.

Sie betrachtete sein hellblaues Kurzarmhemd und dachte, dass er irgendwie erschöpft aussah in den letzten Tagen. Müde.

Aber das lag wahrscheinlich am Baby ...

Im selben Moment meldete sich ihr Handy.

Angesichts der Nummer, die das Display anzeigte, hob sie überrascht die Augenbrauen. »Ja?«, fragte sie, nachdem sie auf die Taste mit dem grünen Hörer gedrückt hatte. »Was gibt's?«

»Ich stehe hier gerade im Garten der Portners«, verkündete Matthias Juhl am anderen Ende der Leitung. »Und ob Sie's glauben oder nicht, wir sind tatsächlich fündig geworden.«

»Unter dem bewussten Fenster?«, fragte Winnie, während sie über die Frage nachdachte, warum Juhl sie angerufen hatte und nicht ihren Vorgesetzten. Selbst Lübke überging Verhoeven in solchen Dingen eigentlich nie, obwohl er unbestritten viel lieber mit ihr telefonierte. Sie schielte zu ihrem Vorgesetzten hinüber, der in die entgegengesetzte Richtung schaute, und ertappte sich bei dem Gedanken, dass sie es nur recht und billig fand, dass ausgerechnet in diesem Moment sie mal diejenige war, die die Nase vorn hatte.

»Nein«, beantwortete Juhl unterdessen ihre Frage nach dem geknackten Fenster. »In diesem Bereich war erwartungsgemäß nichts zu holen. Dafür aber am anderen Ende, bei diesem Gästehaus ... Ich weiß nicht, ob Ihnen das aufgefallen ist.«

»Kann einem so ein Kabachel entgehen?«, scherzte Winnie.

Juhl lachte. »Okay, also dort haben wir den Teilabdruck eines Schuhs entdeckt. Und wir konnten ihm trotz seiner Unvollständigkeit sogar ein Modell zuordnen.« Er klang stolz. »Es handelt sich um einen Sportschuh Marke Nike, genauer gesagt um einen Laufschuh Modell Lunarglide. Vermutlich Größe sieben.«

»Das entspricht etwa der deutschen Größe vierzig, oder?«

»Richtig«, bestätigte Juhl.

»Ist das nicht eher klein für einen Mann von eins achtzig?«

»Nehmen Sie die Größe bitte nur als Richtwert«, bat Juhl.

»Bei einem Teilabdruck sind solche Dinge unmöglich genau zu bestimmen.«

»Sicher.« Winnie Heller sah zu Verhoeven hinüber, der sich taktvoll abgewandt hatte.

»Das genannte Modell gibt es übrigens für Damen *und* Herren«, sagte Juhl.

»Aber es war ein regelrechter Laufschuh?«, hakte Winnie noch einmal nach, während sie sich Merle Olsens Bemerkungen über das Outfit des Artisten ins Gedächtnis rief. »Also nichts Spezielles, ein Kletterschuh zum Beispiel?«

»Nein«, antwortete Juhl. »Das Modell ist zum Joggen und absolut gängig.« Er machte eine kurze Pause, bevor er hinzusetzte: »Besonders interessant ist in diesem Zusammenhang übrigens die Tatsache, dass am Tag des Überfalls ein paar Leute von der Gärtnerei da gewesen sind.«

Winnie Heller schüttelte verwirrt den Kopf. »Was für eine Gärtnerei?«

»Die, die das Portner'sche Anwesen in Ordnung hält. Nach Angaben des Chefs waren sie mit drei Leuten vor Ort, und zwar nachmittags zwischen dreizehn und siebzehn Uhr. Sie haben die Büsche und Rabatten rund um das Gästehaus in Ordnung gebracht und vorn beim Haupthaus ein paar eingegangene Ziergräser ausgetauscht.«

»Und hat einer von denen Sportschuhe dieses Typs getragen?«, fragte Winnie Heller, die inzwischen mitgekriegt hatte, worauf Lübkes Stellvertreter hinauswollte.

»Nein«, entgegnete dieser. »Definitiv nicht. Wir haben das bereits recherchiert. Angesichts der Hitze trugen zwei der Männer offene Slipper, Sie wissen schon, solche Outdoor-Teile, die man problemlos in die Waschmaschine stecken kann, wenn sie dreckig sind. Und der dritte trägt immer und überall Arbeitsstiefel in Größe fünfundvierzig.«

»Das bedeutet also, dass jemand anders zwischen siebzehn Uhr und dem Tatzeitpunkt dort gewesen ist?«

»Ganz genau.«

»Angesichts der Zeit kann es nicht Portner gewesen sein«, folgerte Winnie, aber das schien Juhl bereits zu wissen. Er war von Haus aus gründlich und hatte von Lübke gelernt, immer und überall seine Hausaufgaben zu machen. »Er ist seit dem späten Vormittag unterwegs gewesen.«

»Einmal das. Und außerdem sind seine Füße größer.« Irgendwo im Hintergrund wurden Stimmen laut, während Juhl irgendwo die genaue Größe nachsah. Winnie Heller hörte ein ärgerliches »Ach, leck mich doch«, dann herrschte wieder Ruhe. »Portner war einen Meter neunundachtzig groß und hatte Schuhgröße vierundvierzig«, meldete sich Lübkes Stellvertreter gleich darauf zurück.

»Vielleicht stammt der Abdruck von der Hausherrin«, schlug Winnie vor, während sie überlegte, ob sie Irina Portner Schuhgröße vierzig oder einundvierzig zutraute. Sie selbst trug Größe siebenunddreißig, doch die junge Russin war immerhin ein ganzes Stück größer als sie. »Sie ist vielleicht irgendwann an diesem Abend hinausgegangen, um die Arbeit der Gärtner zu begutachten. Oder sie ist eine Runde geschwommen. Immerhin ist dort beim Gästehaus auch der Pool und ...«

»Das glaube ich nicht«, unterbrach sie Juhl.

»Wieso nicht?«

»Weil der Abdruck, den wir gefunden haben, von einer Ferse stammt.«

Winnie stöhnte. »Muss ich das jetzt verstehen?«

»Es sieht ganz danach aus, als sei dort jemand rückwärts gegangen und dabei versehentlich in diese Rabatte getreten«, ließ Juhl sich herab zu erklären. »Es ist ein sehr trendiger Garten, passend zum Haus, und die bewusste Rabatte hat keine Kante, sondern ist – im Gegenteil – direkt in den Boden eingelassen. Davor führt ein mit Granitplatten ausgelegter Weg über die Terrasse zum Eingang des Gästehauses. Ist verdammt gut gemacht, das Ganze. Im japanischen Stil, alles auf einer Ebene.«

»Moment«, rief Winnie, die nach wie vor Mühe hatte, ihm zu folgen. »Wollen Sie damit sagen, dass sich jemand rückwärts auf das Gästehaus zubewegt hat?«

»Genau.«

Sie sah, wie Verhoeven aufhorchte. »Und wieso?«

Juhls Stimme verriet ein Lächeln. »Die Stelle bietet einen guten und zugleich geschützten Blick auf das Wohnhaus.«

»Sie meinen, der Artist könnte dort gestanden und zum Haus der Portners hinübergeschaut haben?«

»Das wäre eine Möglichkeit.«

»Aber unser Mann sammelt seine Informationen doch viel früher«, widersprach Winnie, indem sie Verhoeven mit der freien Hand zu verstehen gab, dass sie interessante neue Informationen hatte. »Er ist grundsätzlich akribisch über die Lebensumstände seiner Opfer informiert, und das wiederum impliziert eine gründliche Vorbereitung.« Sie wischte sich eine verirrte Haarsträhne aus der Stirn. »Ich kann mir nicht vorstellen, dass er so kurz vor der Tat noch irgendetwas beobachtet. *Den* Job hat er zu diesem Zeitpunkt längst erledigt.«

»Vielleicht hat er sie gar nicht beobachtet, sondern dort gewartet«, schlug Juhl vor.

»Auf was?«

»Laut Vernehmungsprotokoll war die Ehefrau doch kurz vor dem Überfall noch auf der Terrasse.«

»Stimmt.«

»Vielleicht hat er darauf gewartet, dass sie wieder reingeht.«

»Tja, vielleicht«, entgegnete Winnie ohne Überzeugung.

»In diesem Fall müsste man sich aber eigentlich eher die Frage stellen, warum er die Frau nicht gleich da draußen überfallen hat«, riss Juhl sie aus ihren Gedanken, und Winnie brauchte einen Moment, um ihm folgen zu können. »Die Terrasse ist von den Nachbargrundstücken aus nicht einsehbar, und wenn es ihm gelungen wäre, sie dort in seine Gewalt zu bringen, hätte er sich die Umstände mit dem Fenster sparen können.«

»Vielleicht klettert er gern.«

Lübkes Stellvertreter lachte. »Aber mal ernsthaft«, sagte er dann. »Warum ist er nicht da draußen über sie hergefallen?«

»Keine Ahnung.«

»Nach meinen Informationen wartet er doch auch sonst nicht unbedingt, bis die Frauen schlafen, oder?«

»Das ist korrekt«, gab sie zu. »Die Kollegen vom K 12 deuten das sogar als Teil des Spiels, das er spielt. Der Gedanke, dass die Frauen noch wach und damit sozusagen wehrfähig sind, gibt ihm den besonderen Kick.«

»Wie auch immer«, entgegnete Juhl. »Ich wollte euch das mit dem Abdruck jedenfalls gleich durchgeben.«

»Vielen Dank«, sagte Winnie und beendete das Gespräch.

Dann gab sie die Informationen, die sie soeben erhalten hatte, an ihren Vorgesetzten weiter.

»Das wird ja immer besser«, stöhnte Verhoeven, als sie geendet hatte.

»Tja«, versetzte sie, indem sie ihre eigenen Autoschlüssel aus der Tasche zerrte. »Dann also in einer halben Stunde im Präsidium, ja?«

Für ein paar Augenblicke sah Verhoeven erschrocken aus, ohne dass sie hätte sagen können, warum. Vielleicht tat es ihm nun doch leid, dass er sie nicht selbst informiert hatte. »Ja«, sagte er dann. »Bis gleich.«

12 »Der Mann, den Sie suchen, ist wütend.«
Marc Kolmar war smart und dunkelhaarig. Er mochte Mitte, Ende dreißig sein, doch die markanten Züge unter

seinem militärisch akkuraten Kurzhaarschnitt verliehen ihm eine Aura unbemühter Autorität. Er hatte allen Anwesenden die Hand gereicht, bevor er am Kopfende des Konferenztisches Platz genommen hatte, und hin und wieder bedachte er Einzelne von ihnen mit einem kurzen, taxierenden Blick. Am längsten verweilten seine Augen auf Verhoeven, und Winnie Heller ertappte sich bei der Frage, ob das ein positives oder negatives Zeichen war.

»Wütend?«, fragte Hinnrichs, der es sich nicht hatte nehmen lassen, bei dieser Besprechung zugegen zu sein. »Worauf?«

»Keine Ahnung.«

»Na toll, das hilft uns ganz sicher weiter.« Der Leiter des KK 11 lehnte sich zurück und verschränkte demonstrativ die Arme vor der Brust. Er war grundsätzlich kein Freund externer Berater, schon gar nicht, wenn sie vom BKA kamen, und der Umstand, dass Kolmar als Mitglied der Abteilung für Operative Fallanalyse (OFA) ausgerechnet einer Abteilung angehörte, die ein alter Studienkollege und erklärter Lieblingsfeind von Hinnrichs leitete, machte die Sache nicht gerade besser.

»Angesichts des Alters seiner Opfer käme wohl am ehesten die Mutter in Betracht«, sagte Bredeney, der die angespannte Stimmung spürte.

»Ist es nicht immer die Mutter?«, scherzte ein Beamter aus Wieczoreks Abteilung, doch niemand lachte.

»Wir alle empfinden von Zeit zu Zeit Ärger, Wut, vielleicht sogar Hass«, fuhr Kolmar unbeeindruckt fort, »aber wir haben Mechanismen, die es uns erlauben, diese Gefühle im Zaum zu halten. Sie können es Moral nennen oder es schlicht unserer sozialen Prägung zuschreiben. Aber wie auch immer Sie es deuten, es ist eine innere Grenze, die unsere Aggressionen kanalisiert.«

Mein Gott, erzählen Sie uns doch mal was Neues!, forderte Hinnrichs' Miene.

»Bei dem Mann, den Sie suchen, ist diese Grenze bereits seit geraumer Zeit überschritten. Er hat in den Vergewaltigungen ein Ventil gefunden. Aber dieses Ventil nutzt sich ab. Und zwar schnell.«

Winnie Heller überlegte, ob sie den Profiler nach Irina Portner fragen sollte, doch sie wagte es nicht, seine Ausführungen einfach zu unterbrechen.

»Die Kollegen vom K 12 haben uns bereits vor geraumer Zeit das gesamte Material zur Auswertung zur Verfügung gestellt.« Er nickte Wieczorek zu. »Krankenhausberichte, Spurenauswertung, Zeugenaussagen.«

»Und am Ende reißt sich das BKA die Lorbeeren unter den Nagel«, raunzte Hinnrichs, der auf seinem Stuhl lümmelte wie ein Pennäler. »Ganz wie immer.«

»Ich hoffe doch sehr, dass wir alle an einem Strang ziehen«, konterte Kolmar mit einem souveränen Lächeln.

Verkaufen Sie mich nicht für dumm, Freundchen, spotteten Hinnrichs' Augen, doch er riss sich zusammen und wandte den Blick ab.

Bredeney, dem Machtrangeleien jeder Art von Haus aus zuwider waren, schüttelte missbilligend den Kopf.

»Er sucht sich starke Frauen aus«, erklärte Kolmar. Unter seinem schwarzen T-Shirt zeichneten sich gut austrainierte Muskeln ab. »Frauen, die ausstrahlen, dass sie nicht leicht zu knacken sind. Wahrscheinlich reizt es ihn, gerade solchen Frauen das Rückgrat zu brechen. Er will sich messen. Und vermutlich macht ihn auch das Risiko an, das er eingeht, wenn er sich einen starken Gegner aussucht.«

Winnie Heller sah von ihren Notizen hoch. »Wenn er einen starken Gegner sucht«, wandte sie ein, »warum betäubt er die Frauen dann?«

Hinnrichs bedachte sie mit einem beifälligen Nicken. Offenbar hatte er sich dieselbe Frage gestellt.

»Das ist nur auf den ersten Blick ein Widerspruch«, erwiderte Kolmar. »Im Moment des Überfalls setzt Ihr Mann sich sehr wohl körperlich und mental mit diesen Frauen auseinander. Und nach seiner Sicht der Dinge haben sie auch eine reelle Chance, das Spiel zu gewinnen.«

»Ach ja?«, entgegnete Winnie spöttisch. Allmählich ging es ihr gehörig auf die Nerven, dass der Profiler immer »Ihr Mann« oder »Ihr Täter« sagte. Fast so, als ob die ganze Sache ihn selbst nicht das Geringste anginge.

Kolmar schien die unausgesprochene Kritik zu spüren und lächelte ihr zu. »Natürlich haben die Frauen ihre Chance«, wiederholte er mit Nachdruck. »Sie könnten ihn zum Beispiel kommen hören. Wenn sie über gute Instinkte verfügten, wären sie durchaus in der Lage, etwas wahrzunehmen, das sie vor ihm warnt. Und selbst wenn er ihnen sozusagen schon Auge in Auge gegenübersteht, haben sie rein theoretisch noch die Möglichkeit, sich erfolgreich gegen ihn zur Wehr zu setzen.«

»Das ist jetzt nicht Ihr Ernst«, echauffierte sich Hinnrichs, und in seinem Blick lag echte Empörung.

»Ich versuche nur darzustellen, wie er denkt«, hielt der Profiler ihm entgegen. »Jedenfalls ist die Auseinandersetzung für Ihren Mann in dem Moment vorbei, in dem es ihm gelingt, die betreffende Frau zu überwältigen. Die Betäubung ist für ihn somit nicht Mittel zum Sieg, sondern erleichtert ihm nur, was dann folgt.« Er sah sich in den Gesichtern der Anwesenden um, als sei er nicht sicher, ob sie noch länger zuzuhören bereit waren. »Hauptsächlich aufgrund der eben genannten Faktoren sind wir zu der Überzeugung gelangt, dass sich der Mann, den die Presse den Artisten nennt, durch ein bemerkenswert großes Selbstbewusstsein auszeichnet«, fuhr er schließlich fort. »Gerade bei Vergewaltigern kann man den Grad ihrer Selbstsicherheit recht gut an der Wahl ihrer Opfer festmachen. Oder anders ausgedrückt: Je geringer das Selbstbewusstsein eines solchen Täters ist, desto hilfloser werden die Opfer sein, die er sich aussucht. Kinder, Behinderte, Drogensüchtige, Prostituierte, kurzum alles, was leicht zu kriegen und von dem keine allzu große Gegenwehr zu erwarten ist. Wobei man dazusagen muss, dass Prostituierte einen ganz besonderen Opfertypus verkörpern, weil sie erfahrener sind und sich in Gefahrensituationen meist anders verhalten als Frauen, die nicht so viel durch haben.«

Winnie Heller betrachtete die Hände des Profilers, die entspannt auf den Lehnen seines Stuhls lagen. Sie waren leicht gebräunt und wirkten feingliedrig und sensibel. An Kolmars linkem Ringfinger saß ein schlichter goldener Ehering.

»Prostituierte sind an perverse Phantasien gewöhnt«, spann er den begonnenen Gedanken weiter. »Und auch daran, Dinge zu tun, die sie eigentlich gar nicht tun wollen. Folglich wird eine Prostituierte immer erst mal versuchen, einen solchen Kerl zu beruhigen, indem sie – zumindest zum Schein – auf seine Wünsche eingeht. Etwas, das Ihr Täter auf gar keinen Fall möchte.«

»Was können Sie uns hinsichtlich seiner Vorgeschichte verraten?«, fragte Verhoeven, der genau wie Hinnrichs noch immer skeptisch aussah.

Winnie Heller rechnete fest mit irgendeinem unverfänglichen Allgemeinplatz, doch sie lag daneben.

»Ich tippe darauf, dass Ihr Mann vor Sarah Endecke bereits mindestens ein Mal als Vergewaltiger in Erscheinung getreten und damit durchgekommen ist«, antwortete Kolmar ohne Zögern. »Dass der Datenabgleich keine Ergebnisse gebracht hat, spricht dafür, dass das damalige Opfer entweder keine Anzeige erstattet hat oder tot ist.«

Genauso hat Wieczorek auch argumentiert, dachte Winnie Heller. »Und was glauben *Sie*?«, fragte sie frech heraus.

Hinnrichs' Brauen schnellten in die Höhe, und er sah Kolmar an. Wie er reagierte. Ob er reagieren würde.

Der Profiler legte den Kopf schief und überlegte einen Moment. Natürlich musste er über seine Antwort nicht nachdenken. Aber er wollte offenbar auch nichts überstürzen. »Es ist anzunehmen, dass damals weniger Gewalt im Spiel gewesen ist als bei den aktuellen Fällen«, antwortete er schließlich.

»Und das heißt im Klartext?«

Kolmars Augen zwinkerten amüsiert. »Das heißt im Klartext, dass ich davon ausgehe, dass das damalige Opfer den Übergriff überlebt und sich bewusst dafür entschieden hat, seinen Vergewaltiger nicht anzuzeigen.«

»Um sich die Tortur eines Prozesses zu ersparen?«

»Zum Beispiel.«

»Oder?«

»Was meinen Sie?«

»Was sonst?« Winnie Heller richtete sich in ihrem Stuhl auf. »Sie halten doch auch noch eine andere Erklärung für denkbar, oder?«

»Es gibt tausend denkbare Erklärungen«, entgegnete Kolmar, nun doch sichtlich ums Ausweichen bemüht.

»Vielleicht hat die Frau damals gar nicht gewusst, wer sie vergewaltigt hat«, schlug Bredeney an seiner Stelle vor. »Vielleicht hat er es immer schon verstanden, seine Opfer nichts von seinem Gesicht sehen zu lassen.«

Ja, dachte Winnie Heller, das wäre die eine Möglichkeit ...

»Und was ist, wenn unser Mann damals noch gar nicht vorsichtig war?«, fragte sie, indem sie Marc Kolmars Reaktion auf diese Frage genau beobachtete. »Wäre es nicht genauso denkbar, dass die betreffende Frau ihn sehr wohl kannte und ihn vielleicht sogar gerade aus diesem Grund nicht angezeigt hat? Aus Einschüchterung oder weil sie befürchtete, dass man die Tat von vornherein nicht allzu ernst nimmt, wenn herauskommt, dass sie mit dem Täter ... zum Beispiel befreundet war?«

Kolmar schob ein paar Fotos herum. »Zum Beispiel.«

»Wie wahrscheinlich ist es denn, dass sich die erste Tat einer solchen Serie im näheren persönlichen Umfeld des Vergewaltigers abspielt?«, fragte Verhoeven.

»Unserer Erfahrung nach werden die Kreise solcher Täter mit der Zeit immer größer«, antwortete der Profiler. »Es ist, wie bereits erwähnt, auch für den Vergewaltiger eine Form von Lernprozess. Eine Entwicklung. Und genau wie der Wolfswelpe, der jagen lernt, zunächst die engere Umgebung rund um den Bau erkundet, bevor er sich weiter hinaus wagt, begehen solche Täter ihre ersten Delikte nicht selten in ihrem engeren persönlichen Umfeld, um den Radius dann langsam, aber sicher auszuweiten.«

»Wenn eine mögliche erste Tat nicht zur Anzeige gebracht wurde, bringt uns diese Information weniger als nichts«, befand Hinnrichs trocken.

»Stimmt«, entgegnete Kolmar nicht minder prosaisch.

Winnie Heller musterte den OFA-Mann eindringlich. Sie fand es schwer zu beurteilen, was er dachte, auch wenn einige seiner Ausführungen auf den ersten Blick durchaus wie persönliche Stellungnahmen klangen.

»Wie lange könnte eine solche erste Tat her sein?«, fragte sie, weil die Antwort auf diese Frage sie brennend interessierte.

»Schwer zu sagen«, brummte Kolmar.

»Ein Jahr, zehn Jahre?« Hinnrichs trommelte entnervt auf seinen Unterlagen herum. »Sagen Sie uns was.«

Der Profiler schüttelte den Kopf. »Es wäre absolut unseriös, hierzu eine Prognose abzugeben.«

»Ha!«, machte Hinnrichs. »Wenn mich nicht alles täuscht, ist genau das Ihr Job!«

»Unser Job ist die Auswertung des Datenmaterials.« Kolmar blickte geradewegs durch ihn hindurch. »Nicht mehr und nicht weniger.«

»Können Sie uns dann wenigstens sagen, ob ein mögliches erstes Opfer des Artisten vom Typus her den Frauen der aktuellen Serie entspräche?«, schaltete sich Winnie Heller wieder in die Diskussion ein, auch um dem verbalen Schlagabtausch zwischen ihren Kollegen ein wenig die Schärfe zu nehmen.

»Nicht unbedingt.«

»Er hat also nicht zwingend mit charismatischen Mittvierzigerinnen begonnen?«, stichelte Winnie.

»Starke Frauen entsprechen unbezweifelbar seinem Idealbild«, erklärte Kolmar. »Aber es ist auch durchaus möglich, dass er sich nicht gleich an derart reife Persönlichkeiten herangetraut hat. Vielleicht hat die Tochter oder eine andere Verwandte einer solchen Frau als Ersatzobjekt herhalten müssen.«

Gegenüber von Winnie Heller sog Bredeney geräuschvoll die Luft ein. »So 'ne Scheiße«, zischte er leise, wobei nicht ganz ersichtlich war, ob er das Verhalten des Vergewaltigers oder die Ausführungen des Profilers meinte.

»Wenn es sich tatsächlich um eine jüngere Frau oder ein Mädchen gehandelt hätte, käme unsere Theorie von eben wieder zum Tragen«, murmelte Verhoeven neben ihm.

»Welche Theorie?«, schnappte Hinnrichs.

»Dass ein mögliches damaliges Opfer die Tat nicht zur Anzeige gebracht hat, um sich die Tortur eines Prozesses zu ersparen.«

»Viele junge Frauen und Mädchen haben Angst vor einer gerichtlichen und damit mehr oder weniger öffentlichen Auseinandersetzung mit ihrem Peiniger«, pflichtete Wieczorek ihm bei. »Wir müssen oft eine Menge Überzeugungsarbeit leisten, um sicherzustellen, dass sie überhaupt vor Gericht erscheinen und aussagen.«

»Spekulationen«, fauchte Hinnrichs. »Nichts als wilde, blödsinnige Spekulationen.«

»Was die Klassifizierung angeht, stellt Ihr Mann das Musterbeispiel dessen dar, was wir unter einem organisierten Täter verstehen«, fuhr Kolmar mit seinen Erläuterungen fort, als er merkte, dass sie drauf und dran waren, sich in die Haare zu geraten. »Er beobachtet seine Opfer vor der Tat. Er kennt ihre Lebensumstände. Er weiß, wann sie zu Bett gehen. Mit wem sie sich treffen. Wo sie einkaufen. Mit wem sie verkehren und so weiter und so fort. Und dabei geht er natürlich das Risiko ein, jemandem aufzufallen.«

»Das ist er aber nicht«, bemerkte Verhoeven.

Der Profiler nickte. »Das ist einer der Punkte, die diesen Fall so bemerkenswert machen. Wenn wir den Verlauf der Serie betrachten, wird deutlich, dass der Artist seine Vorgehensweise immer weiter perfektioniert.« Er sah zu den Fotos hinüber, die er mit Heftzwecken an die Wand gepinnt hatte. Sie zeigten die verschiedenen Tatorte, so wie die Spurensicherung sie vorgefunden hatte. »Die Erfahrung macht ihn raffinierter. Wenn wir Glück haben, auch überheblicher und damit unvorsichtig.«

»Und wenn wir Pech haben?«, fragte Bredeney.

Der OFA-Mann antwortete nicht. Stattdessen sagte er: »Was wir nach Auswertung der Fakten leider ebenfalls konstatieren müssen, ist – wie schon erwähnt – die rasante Zunahme seiner Gewaltbereitschaft. Wie gesagt haben wir den Eindruck gewonnen, dass sich das Ventil, das er in den Taten gefunden hat, relativ schnell abnutzt. Es gibt vergleichbare Serien, wo es Jahre dauert, bis der Täter auf dem Stand ist, den Ihr Mann bereits nach wenigen Wochen erreicht hat. Wenn überhaupt ...«

»Und warum hat er Irina Portner dann so vergleichsweise wenig angetan?«, fragte Hinnrichs, ohne den Blick von dem Obduktionsbericht zu nehmen, den er in der Zwischenzeit zur Hand genommen hatte.

Kolmar lächelte. »Sie haben recht«, sagte er. »Auch das ist bemerkenswert. Denn erfahrungsgemäß ist eine Eskalation, wie wir sie bei Edyta Bary oder auch schon bei Merle Olsen beobachtet haben, irreversibel. Es ist wie ein Sog, in den so ein Täter gerät. Und es muss gravierende Gründe geben, warum die Spirale bei dieser jüngsten Tat durchbrochen wurde.«

»Bisher sind wir davon ausgegangen, dass er nicht dazu gekommen ist, sich länger mit Irina Portner zu beschäftigen«, bemerkte Wieczorek, indem er zu Verhoeven hinübersah. »Aber das hat sich ja jetzt wohl erübrigt.«

»Nicht so schnell«, widersprach der Profiler. »Solange Sie die Herkunft und Bedeutung dieses mysteriösen Anrufs nicht geklärt haben, müssen wir diese Möglichkeit durchaus als Option betrachten.«

Da draußen läuft ein Monster frei herum, dachte Winnie Heller, das hast du gerade selbst gesagt. Wir haben keine Zeit für Optionen …

»Allerdings halte ich es für nicht sehr wahrscheinlich, dass die mangelnde Zeit der Grund war«, wagte sich Kolmar in diesem Moment völlig überraschend aus der Deckung.

Die klare persönliche Stellungnahme kam so unerwartet, dass sogar Hinnrichs erstaunt aufblickte. »Warum nicht?«, fragte er, dieses Mal ohne jede Ungeduld oder Ironie.

»Versetzen Sie sich doch mal in seine Lage«, sagte Kolmar. »Er ist mit der Frau zugange. Und plötzlich hört er etwas, mit dem er nicht gerechnet hat.«

»Ja und?«

»Dann kann er zwei Dinge tun.«

»Nämlich?«

»Entweder er lässt von der Frau ab und macht, dass er da rauskommt«, kam Winnie Heller dem Analytiker zuvor, indem sie einen Blick mit ihrem Vorgesetzten tauschte.

So weit waren wir nämlich auch schon …

»Oder aber er wählt den drastischen Weg und tötet den Kerl, der es wagt, ihn zu stören.«

»Was ihm rein theoretisch die Möglichkeit eröffnet hätte, sich in aller Ruhe weiter mit der Frau zu beschäftigen«, ergänzte Kolmar mit einem beifälligen Nicken.

»Aber das hat er nicht«, schloss Winnie Heller, die plötzlich verstand, worauf der Profiler hinauswollte.

»Richtig.«

»Warum nicht?«

»Vielleicht ist ihm die Lust vergangen«, schlug Bredeney vor. Doch Kolmar schüttelte nur den Kopf.

»Vielleicht war sein Interesse an Irina Portner nicht groß genug«, wagte Winnie Heller einen Gegenvorschlag, ohne zu wissen, wie sie diesen begründen sollte.

»Und wieso hat er sie dann überhaupt ausgesucht?«, widersprach Bredeney.

Kolmar machte eine lange Pause, bevor er sagte: »Vielleicht hat er das gar nicht.«

»Moment«, wandte Hinnrichs ein. »Wir haben sein Sperma.«

»Richtig«, nickte der Profiler. »Aber das bedeutet nichts weiter, als dass er Irina Portner vergewaltigt hat.«

»Hä?«, machte Bredeney.

»Also, jetzt komme ich wirklich nicht mehr mit«, stimmte Wieczorek ihm zu. »Soll das heißen, der Artist könnte Irina Portner vergewaltigt haben, obwohl er eigentlich gar kein Interesse an ihr hatte?«

»Diese letzte Tat weist ein paar interessante Besonderheiten auf«, wiederholte Kolmar anstelle einer Antwort. »Die verfrühte Rückkehr des Ehemanns ist ein Faktor, den Ihr Mann – so scheint es – nicht einkalkuliert hatte. Aber nach allem, was Sie inzwischen in Erfahrung gebracht haben, besteht zumindest die theoretische Möglichkeit, dass Portner nicht aus purem Zufall früher nach Hause kam, sondern ganz gezielt dorthin gerufen wurde. Die Frage ist, von wem …«

»Die Anruferin war eine Frau«, sagte Winnie Heller.

»Zumindest behauptet das die Barangestellte«, schränkte Kolmar ein.

Winnie merkte, wie sie rot wurde. Sie hasste es, bei einer

Ungenauigkeit ertappt zu werden. Und noch mehr hasste sie es, wenn ihr dergleichen vor der versammelten Mannschaft passierte. »Ich sehe keinen Grund, warum Cindy Felke in diesem Punkt lügen sollte«, versetzte sie trotzig.

Kolmar bedachte sie mit einem seiner Pfeilblicke. »Ich auch nicht«, sagte er dann, ohne dass seine Miene verriet, was er dachte.

»Könnte der Anruf nicht auch bedeuten, dass der Artist eine Komplizin hat?«, fragte Verhoeven.

Bredeney verzog das Gesicht. »Ein Vergewaltiger mit einer weiblichen Hilfskraft?«, rief er entsetzt. »Wie krank ist das denn?«

»Das ist gar nicht so weit hergeholt«, sprang der Analytiker des BKA Verhoeven bei. »In der Kriminalgeschichte findet man eine ganze Reihe von Serienvergewaltigern oder auch Serienmördern, die sich der Hilfe einer Komplizin bedienten. Meist, um das Misstrauen der Opfer zu zerstreuen. Ende der Neunziger, zum Beispiel, wurde im sibirischen Nowokusnezk ein Mann verhaftet, der zweiundzwanzig Straßenkinder ermordet hatte. Seine Mutter half ihm, indem sie sich von den ahnungslosen Jugendlichen die Einkaufstüten nach Hause tragen ließ und sie so in ihre Wohnung lockte. Nachdem ihr Sohn die Kinder getötet hatte, verarbeitete sie deren Fleisch zu Hackbällchen, die sie anschließend auf dem Wochenmarkt verkaufte.«

Bredeney sah aus, als fürchte er, auf den Arm genommen zu werden.

Doch Kolmar ließ keinen Zweifel daran, dass er meinte, was er sagte. »Im Prinzip sind alle Varianten vorstellbar«, ergänzte er. »Im Fall des Franzosen Dumollard beschränkte sich die Ehefrau darauf, die Kleider und Schmuckstücke der Frauen aufzutragen, die ihr Mann zuvor erst vergewaltigt und anschließend getötet hatte. Aber natürlich kommt es auch vor, dass sich ein Paar gemeinsam an seinen Opfern vergeht. Das

Ehepaar West aus Großbritannien ist so ein Fall. Die beiden quälten, missbrauchten und zerstückelten nachweislich zwölf Frauen und vergruben die Leichen im Garten ihres Hauses, darunter auch die gemeinsame Tochter. Die Sache hat Mitte der Neunziger ziemliches Aufsehen erregt, zumal die Ehefrau, Rosemary, bei den Taten entschieden mehr als nur die Rolle einer stillen Mitläuferin einnahm. Sie wurde unter anderem wegen Vergewaltigung eines dreizehnjährigen Mädchens sowie eines achtjährigen Jungen verurteilt.«

Hinnrichs wippte ungeduldig mit der Fußspitze. »Das war ja ein ganz netter Exkurs«, knurrte er. »Aber mal ernsthaft, Sie haben doch bislang keinerlei Hinweise darauf, dass der Artist nicht allein arbeitet, oder?«

»Nein«, räumte Kolmar ein. »Haben wir nicht.«

»Und was bedeutet das jetzt für uns?«, drängte Verhoeven. Auch ihm schien die Diskussion zunehmend auf die Nerven zu gehen. Seine Körpersprache zeigte deutliche Zeichen von Ungeduld, etwas, das Winnie Heller bislang nicht an ihm kannte.

»Meiner Ansicht nach sollten Sie, was die Vergewaltigung von Irina Portner angeht, zwei Möglichkeiten in Erwägung ziehen«, antwortete Kolmar, ohne sich auch nur im Mindesten aus dem Konzept bringen zu lassen. »Entweder Ihr Mann, der sich – nebenbei bemerkt – bislang nicht gerade durch schlechte Nerven ausgezeichnet hat, fühlte sich durch das unerwartete Auftauchen des Ehemannes tatsächlich so gestört, dass ihm die Lust vergangen ist. Wobei Sie sich dann jedoch fragen müssten, wer da gestern Abend im Canard angerufen hat und warum ...«

Winnie Heller horchte auf. »Oder?«

»Oder aber der Artist hat Irina Portner nur deshalb überfallen, weil er an deren Mann interessiert war.«

»Sie meinen, daran interessiert, ihn zu erschießen?«, schnappte Hinnrichs.

Der Profiler zuckte die Achseln. »Das ballistische Gutachten belegt, dass der Schütze mit dem Gesicht zur Tür auf dem Bett saß«, rief er den anderen ins Gedächtnis. »Dieser Umstand – gepaart mit dem Anruf im Canard – deutet für mich zweifelsfrei darauf hin, dass Portners Tod mit zum Plan gehörte.«

»Zu wessen Plan?«, fragte Verhoeven.

Doch wieder ging Kolmar nicht sofort auf ihn ein. »Es gibt rein theoretisch auch noch eine dritte Variante«, erklärte er mit einem leisen Lächeln. »Aber dafür werden Sie mich vermutlich vierteilen.«

Hinnrichs lächelte auch. »Lassen Sie's drauf ankommen.«

»Na schön.« Kolmar straffte die Schultern. »Rein theoretisch wäre es natürlich auch denkbar, dass der Artist gestern Abend nicht freiwillig in dieser Villa gewesen ist.«

Der letzte Satz legte sich wie ein Bann über die anwesenden Beamten. Von einem Augenblick auf den anderen war es totenstill im Raum.

Verhoeven fing sich als Erster. »Wollen Sie damit sagen, dass jemand den Artisten ...«, er suchte eine Weile nach dem passenden Wort, »... mit dieser jüngsten Vergewaltigung beauftragt haben könnte?«

Kolmar hielt seinem Blick stand. »Ich deute nur, was Sie mir an Fakten liefern«, verteidigte er sich.

»Und aus welchem Grund sollte sich der Artist für einen solchen Auftrag zur Verfügung stellen?«, rief Hinnrichs, den es nicht länger auf seinem Stuhl hielt.

»Vielleicht ist er erpresst worden. Von einem Mitwisser zum Beispiel.«

»Erpresst wozu?« Hinnrichs lehnte sich gegen die Fensterbank. »Irina Portner zu vergewaltigen oder ihren Mann zu erschießen?«

»Möglicherweise beides.«

»Aber das ist doch nicht logisch«, echauffierte sich Winnie

Heller. »Erpressung hin oder her, ein Mann wie der Artist wäre doch kaum so blöd, einen Auftragsmord zu begehen und anschließend bei der Ehefrau des Mordopfers sein Sperma zu hinterlassen, damit wir die Sache auch ja mit seiner Serie in Verbindung bringen.«

»Vielleicht doch«, antwortete Kolmar.

Verhoeven richtete sich auf. »Oder sein Auftrag bestand nur in der Vergewaltigung, und jemand anders hat Portner erschossen.«

Kolmar warf ihm einen anerkennenden Blick zu. »Das ist die Variante, die ich persönlich bevorzugen würde.«

»Jetzt mal hübsch der Reihe nach.« Hinnrichs sah aus, als würde er jeden Augenblick explodieren. »Irgendjemand, der von den Taten des Artisten weiß, ist sauer auf Portner.«

»Zum Beispiel«, nickte Kolmar.

Doch der Leiter des KK 11 wischte die vorsichtige Einschränkung mit einer entschiedenen Geste vom Tisch. »Der Betreffende nimmt Kontakt zu unserem Mann auf und erklärt ihm, dass er ihn auffliegen lässt, falls er sich nicht bereitfindet, bei den Portners einzusteigen und die Dame des Hauses zu vergewaltigen. Und dann wartet er irgendwo darauf, dass der Artist die Villa verlässt?«

»Das würde zu einer Information passen, die wir gerade erst erhalten haben«, erklärte Winnie Heller, während sie einen Blick mit ihrem Vorgesetzten tauschte. Dann berichtete sie in knappen Worten von dem Gespräch, das sie mit Matthias Juhl geführt hatte, und über den Fund, den die Kriminaltechniker im Garten der Portners gemacht hatten.

»Ein Fersenabdruck also.« Kolmar machte sich eine entsprechende Notiz. »Und Sie können ganz sicher ausschließen, dass er von den Portners stammt?«

»Von ihm kann er definitiv nicht sein«, entgegnete Winnie. »Mit ihr muss ich mich erst noch unterhalten.«

»Okay«, der Profiler legte seinen Stift beiseite. »Falls unsere

Theorie stimmt – und es ist, das möchte ich noch einmal ausdrücklich betonen, zum gegenwärtigen Zeitpunkt tatsächlich nicht mehr als eine Theorie –, falls diese unsere Theorie also stimmt, hat der Artist vermutlich erst aus den Medien von dem Mord an Jan Portner erfahren.«

Hinnrichs stieß sich von der Fensterbank ab. »Von einem Mord, wohlgemerkt, den man ihm anlasten wird, wenn man ihn irgendwann erwischt.«

»Das muss ihn aber doch eigentlich furchtbar wütend machen, oder?«, murmelte Winnie Heller.

Kolmar nickte. »Ihrem Mann geht es bei allem, was er tut, um Dominanz. Er will immer und überall Herr der Lage sein. Er spielt, und er will gewinnen. Sollten wir mit unserer Theorie von einem Erpresser richtigliegen, würde das bedeuten, dass ihn jemand zum hilflosen Werkzeug degradiert hat. Das ist etwas, was ein solcher Tätertyp auf gar keinen Fall dulden wird.«

Hinnrichs stieß sich vom Fenster ab. »Sie meinen, dass er sich den, der ihn erpresst hat, tüchtig zur Brust nehmen wird?«

Kolmar machte eine bedeutungsvolle Geste. »Falls er weiß, wer das ist …«

13 Winnie Heller hielt direkt vor Lübkes Gartentor.
Sie ließ die Fenster ihres Polos eine gute Handbreit offen und entnahm dem Kofferraum zwei prall gefüllte Einkaufstüten sowie einen Eimer voller Putzutensilien – Glasreiniger, Kühlschrankdesinfektionsmittel, dazu einen von diesen Schwämmen, die angeblich ganz ohne Schrubben alles zum Glänzen brachten, was eine glatte Oberfläche hatte. Und natürlich die extrateure Premium-Laminatpflege. Sie

schleppte ihre Schätze den ausgetretenen Plattenweg entlang zur Haustür und zerrte den Schlüssel aus der Tasche ihrer Capri-Jeans. Frei nach dem Grundsatz, dass selbst der beste Haarschnitt eine gewisse Zeit benötige, um in Form zu fallen, hatte sie sich die Büsche im Vorgarten bereits vor ein paar Tagen vorgenommen, und mit Ausnahme des alten Buchsbaums neben dem Briefkasten, der total verunglückt war, konnte sich das Ergebnis durchaus sehen lassen.

Aus dem Inneren der zum schnuckeligen kleinen Wohnhaus ausgebauten Laube schlug ihr stickige Wärme entgegen. Dass Lübke nach seiner sechswöchigen Kur ausgerechnet in diese drückende Schwüle zurückkehrte, die schon jedem Gesunden gehörig zu schaffen machte, gefiel ihr nicht. Sie seufzte und wuchtete ihre Tüten auf die Arbeitsplatte. Dann öffnete sie als Erstes sämtliche Fenster sowie die schmale Terrassentür, die von der Küche aus in den hinteren Teil des Gartens führte. Nachdem sie die verderblichen Lebensmittel verstaut hatte, streifte sie sich ein Paar Einweghandschuhe über und machte sich ans Werk.

In den vergangenen sechs Wochen hatte sie viel Zeit in diesem Haus verbracht, weit mehr, als nötig gewesen wäre, um nach dem Rechten zu sehen und Kowalski zu versorgen, Lübkes riesigen roten Kater, der im Grunde – ganz ähnlich wie sein Besitzer – wunderbar allein zurechtkam. Ganz zu schweigen davon, dass auch Marie Latour, eine ehemalige Prostituierte und gute Freundin Lübkes, angeboten hatte, sich um das Haus zu kümmern. Doch davon hatte Winnie Heller von Beginn an nichts wissen wollen. »Keine Umstände machen« und »sowieso auf dem Weg« waren Argumente gewesen, die sie Lübke und den Kollegen gegenüber angeführt hatte, auch wenn die Dinge im Grunde noch sehr viel einfacher lagen: Fakt war, dass sie sich hier einfach wohlfühlte. Und so hatte sie nach Dienstschluss oft noch lange in Lübkes ausladendem Fernsehsessel gesessen und sich irgendeine stumpfsinnige Talentshow angesehen. Oder im Garten hinter dem Haus eine eisgekühlte Cola genossen, während die Sonne hinter den Hügeln versank und die Grillen im hohen Gras ihr Nachtkonzert anstimmten. Sie hatte die Beine hochgelegt und die Scheinwerfer der Trucks über die entfernte Autobahn gleiten sehen, während der Wind von Zeit zu Zeit den aufregenden Geruch nach Benzin und weiter Welt an ihre Nase getragen hatte.

Sie verstand nichts vom Gärtnern, aber sie hatte Unkraut gezupft, die Gemüsebeete und Rabatten gegossen, und als ein paar von den Tomaten netzähnliche Braunverfärbungen aufgewiesen hatten, war sie in eine Buchhandlung gegangen und hatte einen Schädlingsratgeber gekauft. Das Ergebnis war, dass sämtliche Pflanzen Lübkes sechswöchige Abwesenheit überlebt hatten, ein Umstand, auf den Winnie Heller nicht ganz zu Unrecht ziemlich stolz war.

Und selbst jetzt, nach einem Tag wie diesem, vermittelte ihr Lübkes krummes kleines Haus ein Gefühl von Idylle und Geborgenheit. Während sie Armaturen und Oberflächen in Küche und Bad reinigte und anschließend das gesamte Haus feucht durchwischte, ließ sie die Gespräche, die sie an diesem Tag geführt hatte, noch einmal Revue passieren. Sie dachte an Irina Portner, wie sie in ihrem schmucklosen Krankenhauskittel auf dem äußersten Rand ihres Bettes hockte, die Arme schützend um den fragilen Körper geschlungen. Und an den Vergewaltiger, der möglicherweise jetzt, in diesem Augenblick, irgendwo in einem anderen Teil dieser Stadt saß und herauszufinden versuchte, wer ihn zu dieser jüngsten Tat erpresst haben mochte ...

»Wo, glauben Sie, würde er mit seiner Suche ansetzen?«, hatte Verhoeven gefragt, nachdem sie die Besprechung beendet hatten.

Und sie hatte nicht lange überlegen müssen: »Bei ihr.«

»Sie meinen, bei Irina Portner?«

»Genau. Wenn der Artist die Identität seines Erpressers tatsächlich nicht kennt, ist sie der einzige Hinweis, den er hat.«

»Was würden Sie an seiner Stelle tun?«

»Sie beobachten?«

Verhoeven hatte überlegt. »Das wird ihm nach allem, was geschehen ist, vermutlich zu heiß sein.«

»Stimmt«, hatte sie ihm recht geben müssen. »Er kann nicht riskieren, in der Nähe ihres Hauses gesehen zu werden. Zumindest nicht mehrfach.«

»Und das Restaurant?«, hatte Verhoeven vorgeschlagen. »An einem öffentlichen Ort wie einer Gaststätte ist es sehr viel einfacher, sich unauffällig zu bewegen, als in einer reinen Wohngegend wie der Danziger Straße.«

»Sie meinen, er geht dort essen und horcht die Kellner aus?«, hatte Hinnrichs gefragt, der hinter ihnen aus dem Besprechungsraum gekommen war und die letzten Sätze aufgeschnappt hatte.

»Das nicht. Aber vielleicht sieht er sich dort um.«

»Dann sollten wir jemanden dorthin abstellen«, hatte Hinnrichs geantwortet und dabei in seiner üblichen Art in die Hände geklatscht. »Irgendwen, der sich unter die Angestellten mischt und die Augen offen hält. Ich veranlasse das.«

Winnie Heller richtete sich auf und wischte sich Staub und Schweiß von der Stirn. Noch immer merkte sie nicht, dass sie kaum geschlafen hatte, aber ihr war klar, dass der tote Punkt kommen würde. Irgendwann, später an diesem Abend.

Hinnrichs hatte mit Nachdruck darauf bestanden, dass seine Beamten in allen Belangen auf den aktuellsten Stand gebracht wurden, und Wieczorek hatte versprochen, ihnen innerhalb der nächsten Stunden nicht nur die Protokolle der Befragungen aus Portners Umfeld zu schicken, sondern darüber hinaus auch das gesamte Material, das den Profilern von der Operativen Fallanalyse vorlag. Außerdem hatte Dr. Gutzkow die Laborbefunde und den ausführlichen Obduktionsbericht angekündigt.

Winnie seufzte, kippte ihr Putzwasser in den Ausguss und ging anschließend in den Garten hinaus, wo sie ein paar sonnenmüde Blumen zurechtschnitt und zu einem kleinen Strauß band (zweimal neu, weil ihr das Ergebnis zu gekünstelt vorkam). Als sie fertig war, stellte sie die Blumen in die rustikale Tonvase, die sie in Lübkes Vorratskammer entdeckt hatte, und trat einen Schritt zurück, um das Ergebnis zu begutachten.

Durch das geöffnete Wohnzimmerfenster hörte sie das Geräusch eines sich nähernden Autos, das langsamer wurde und schließlich stoppte.

Überrascht trat Winnie Heller an die Scheibe und entdeckte einen Wagen, der unmittelbar hinter ihrem Polo gehalten hatte. Er war hell, und erst auf den zweiten Blick erkannte sie, dass es sich um ein Taxi handelte.

Sie schob die Gardine zur Seite, und voller Schreck entdeckte sie Lübke auf dem Beifahrersitz. Er schien bereits bezahlt zu haben und war eben dabei, seine Brieftasche zu verstauen. Der Taxifahrer, ein drahtiger Inder, stieg aus, lief um den Wagen herum und wuchtete mit grimmiger Entschlossenheit einen riesigen schwarzen Koffer auf den brüchigen Asphalt des Gehwegs.

Lübke hob dankend die Hand. Er hatte abgenommen, sogar ziemlich viel. Das hellblaue Hemd klaffte über dem Bauch nicht länger auseinander, sondern fiel locker über seine ausgeblichenen Blue Jeans. Und auch der Teint des obersten Spurensicherers wirkte frisch und erholt.

»Warte!«, schrie Winnie Heller aus dem Fenster, als er sich anschickte, nach dem Koffer zu greifen. »Ich helfe dir!«

Sie stürmte aus der Tür und rannte über den Plattenweg zur Straße.

»Na, so was, Frau Heller.« Über Lübkes kantige Züge huschte ein Lächeln. »Schön, Sie zu sehen. Wie ist das werte Befinden?«

»Hör auf mit dem Blödsinn«, fuhr Winnie ihn an, indem sie ihm den Koffer zu entwinden suchte. Doch Lübke hielt ihn mit eisernem Griff. »Mit dieser Hitze hier ist nicht zu spaßen und …«

»Ich war in Grömitz, nicht am Nordpol«, fiel Lübke ihr ins Wort, ohne mit dem Koffer auch nur einen einzigen Millimeter nachzugeben. »Und bevor ich nicht mindestens tot bin, erlaube ich niemandem, meinen Kram zu schleppen. Erst recht keiner Frau, klar?«

Sie wusste, es war ein Scherz, aber sie fühlte umgehend einen Kloß in ihrer Kehle. »Von mir aus«, gab sie in barschem Ton zurück. »Wenn du dich unbedingt aus irgendeinem veralteten Rollenverständnis heraus umbringen willst, bitte sehr.«

Er lächelte nur und musterte sie dann von oben bis unten, als sähe er sie heute zum ersten Mal. »Wie geht es dir?«

»*Mir?*«

»Ja, dir.«

»Gut.«

»Fein.« Seine Augen waren von demselben strahlenden Blau wie die von Hans Albers. »Mir auch.«

Winnie blickte an ihm herunter und entspannte sich ein wenig. Es war nicht zu leugnen, dass ihm die Gewichtsreduktion stand, auch wenn sie sich an die eingefallenen Wangen erst würde gewöhnen müssen. »Okay«, sagte sie. »Und wieso bist du schon da?«

»Sie haben mich rausgeworfen.«

»Ernsthaft?«

Lachen. »Unsinn. Ich habe mit Bredeney telefoniert, und der meinte, dass ihr vielleicht Hilfe brauchen könnt.«

Sie sah ihn entsetzt an. »Du willst wieder arbeiten?«

»Na, klar doch.« Ihre Sorge schien ihn zu amüsieren. »Was hast du erwartet? Dass ich ab sofort nur noch in irgendeinem ergonomisch geformten Lehnstuhl rumhänge und auf meinen Tod warte?«

»Verdammt noch mal, es reicht«, fuhr sie ihn an. »Hör gefälligst auf, einen Witz daraus zu machen!«

»Woraus?«

»Leck mich, Lübke.« Sie nutzte einen Moment der Unaufmerksamkeit und riss den Koffer an sich.

Er runzelte die Stirn, aber er ließ sie gewähren. »Wirklich«, sagte er, als er hinter ihr in die frisch geputzte Diele trat. »Mir geht's gut.«

»Das freut mich.«

»Donnerwetter«, rief er, indem er sich anerkennend umsah. »Was hast du angestellt? Dieses Haus sieht aus wie neu.«

»Das ist alles noch gar nicht fertig«, fauchte sie, indem ihr nun auch wieder einfiel, dass sie verschwitzt und dreckig war und obendrein ihre älteste Jeans anhatte. »Aber du bist ja nicht in der Lage, dich an Absprachen zu halten.«

Lübke drängte sich an ihr vorbei in die Küche. »Scheiße, hab ich einen Kohldampf«, erklärte er, indem er eine Schublade aufriss und die Speisekarte eines italienischen Restaurants mit Lieferservice herauszog. »Was hältst du davon, wenn ich uns 'ne Pizza bestelle?«

»Schau mal in den Kühlschrank«, forderte sie ihn mit einem stolzen Lächeln auf. »Ich denke, das sollte erst mal eine Weile reichen.«

»Du hast eingekauft?« Er öffnete den Kühlschrank und schüttelte missbilligend den Kopf, als er die prall gefüllten Regale sah. Aber sie hatte trotzdem das Gefühl, dass er sich freute. »Und das jetzt, wo du bis über beide Ohren in einem Fall steckst.«

»Ach was, kein Problem.« Ich habe ja sowieso fast meine gesamte Freizeit hier verbracht, ergänzte sie in Gedanken.

»Putenaufschnitt«, las Lübke derweil von einer der Packungen ab. »Der extra fettarme ... Oh, und Magerquark!«

»Der schmeckt toll mit frischen Früchten«, erklärte Winnie unbeirrt. »Deine Himbeeren hinten an der Hecke tragen ganz phantastisch und …«

»Herrgott noch mal, Mädchen«, unterbrach Lübke sie erneut. »Du bist ja schlimmer als diese Furien in der Klinik. Ich meine, Herzkranzgefäße hin oder her, aber das Leben soll doch auch noch 'n bisschen Spaß machen, oder?«

»Ganz wie du willst.« Sie riss ihm die Packung mit dem Aufschnitt aus der Hand und fühlte, wie ihr die Tränen in die Augen schossen. »Dann nehme ich das hier wieder mit, und du bestellst dir eine Pizza. Am besten eine mit Salami und Schinken und extra Gorgonzola. Deine Zigarillos sind übrigens in dem kleinen Holzkästchen neben dem Fernseher, ganz wie immer. Und im Vorratsraum findest du bestimmt auch noch 'ne Pulle Malt, die du köpfen kannst. Ich wünsche dir einen guten Appetit!«

Sie wartete nicht auf seine Reaktion, sondern riss ihre Handtasche an sich und verließ das Haus.

14

»Du sollst dich bei dieser Gluthitze doch nicht so anstrengen.«

Silvie Verhoeven ließ den Schwamm sinken und wandte sich zu ihrem Mann um. »Es ist nach sieben, und ich reinige eine Arbeitsplatte«, entgegnete sie dezidiert. »Ich grabe nicht den Garten um.«

»Aber es sind noch immer an die dreißig Grad da draußen«, wandte Verhoeven ein. »Im Schatten wohlgemerkt.«

»Richtig«, nickte sie. »Eben darum bin ich hier drin.«

»Aber warum lässt du das denn nicht die Putzfrau übernehmen?« Verhoeven hatte eine engagiert, als er erfahren hatte, dass seine Frau wieder schwanger war. »Oder mich?«

»Du hast unregelmäßig Dienst, die Putzfrau kommt erst übermorgen, und das hier ist Erdbeermatsch«, entgegnete Silvie todernst.

»Ja, und?«

»Wenn wir den bis übermorgen dort lassen, wo er ist, lebt er.«

»Okay«, sagte Verhoeven, »gib her!«

Er versuchte, ihr den Schwamm zu entwinden, aber sie wehrte sich nach Kräften. »Verdammt noch mal, Hendrik, ich werde irre, wenn ich nur zu Hause rumsitze.«

»Aber der Arzt hat gesagt, dass du vorsichtig sein sollst.«

»Ja, *vorsichtig*«, versetzte sie. »Er hat mit keiner Silbe erwähnt, dass ich den ganzen Tag im Bett bleiben muss, so wie du es gern hättest.«

»Niemand verlangt, dass du den ganzen Tag im Bett bleibst«, entgegnete er ruhig. »Aber es war auch keine Rede davon, dass du tonnenweise Obst einkochen sollst, während alles fast umkommt vor Hitze.«

»Die Beeren verderben, wenn ich sie nicht jetzt verarbeite.«

»Dann lass sie doch in Gottes Namen verderben.«

»Das kann ich nicht.«

»Wieso nicht?«

»Das sind Lebensmittel, Hendrik.«

»Aber unser Kind gefährden, das kannst du.«

Sie starrte ihn an. Fassungslos über die Dimension, die ihr harmloses Wortgefecht mit einem Mal hatte. »Was tue ich?«

Das Läuten der Haustür entband Verhoeven von einer Antwort auf diese unbequeme Frage, und er nutzte seine Chance. »Ich gehe schon«, sagte er und beeilte sich, aus der Küche zu kommen.

»Das werden Rieß-Sempers sein«, rief seine Frau ihm nach, und er suchte in ihrer Stimme vergeblich nach Anzeichen unterdrückter Wut. »Sie waren mit Nina und Dominik im Schwimmbad.«

Etwas an der Art, wie sie das sagte, gab ihm zu denken, doch er konnte sich nicht erklären, was es war. Ein Anflug von schlechtem Gewissen vielleicht, auch wenn er keine Idee hatte, weswegen seine Frau ausgerechnet in einer Situation wie dieser ein schlechtes Gewissen hätte haben sollen. Im Gegenteil: Normalerweise ging sie ohne Zögern zum Angriff über, wenn sie das Gefühl hatte, dass er sie gängeln wollte.

Kaum dass er die Tür geöffnet hatte, sprang ihm seine knapp sechsjährige Tochter in die Arme. Ihr Haar war noch feucht und duftete nach Sonne und Chlor.

»Wir waren auch noch im Schwimmbad«, rief sie begeistert. »Aber da gibt es keine Muscheln. Nicht mal ganz kleine. Dafür haben wir Seegras gepflanzt, aber das kam immer wieder an die Oberfläche. Herr Semper sagt, das macht nichts, weil die Seekühe es sowieso abweiden, stimmt das?«

Verhoeven blickte an ihr vorbei zu einem altertümlichen VW Passat, der an der Straße vor der Einfahrt stand. Von dort aus kamen ihm Ninas Kindergartenfreund und dessen Vater entgegen.

»Darf Dominik heute bei uns übernachten?«, bettelte seine Tochter, als die beiden die Haustür erreicht hatten. »Wir wollen nämlich noch unsere Fischfarm machen und ...«

»Nicht heute«, fiel Verhoeven ihr ins Wort, indem er Adrian Rieß-Semper mit einem entschuldigenden Lächeln die Hand hinstreckte. »Tut mir leid, aber ich muss noch eine Menge Berichte lesen, und für meine Frau ist das alles im Augenblick ...«

»Selbstverständlich darf Dominik hierbleiben«, fiel ihm in diesem Moment Silvies Stimme buchstäblich in den Rücken. Also hatte sie doch nicht einfach aufgesteckt! »Das ist überhaupt kein Problem.«

Verhoeven warf ihr einen vernichtenden Blick zu, als ihm völlig überraschend Adrian Rieß-Semper zu Hilfe kam.

»Nein, nein, Ihr Mann hat vollkommen recht«, sagte er. »Diese beiden da können furchtbar anstrengend sein und ...«

»Ich bin schwanger, nicht tot«, erklärte Silvie in einem Ton, der wenig Raum für Widerspruch ließ. »Und glauben Sie mir, es bekommt mir ganz ausgezeichnet, wenn ich mich nicht ununterbrochen auf die Frage konzentriere, wann meine Fruchtblase endlich platzt.«

Verhoeven hielt die Luft an, während Adrian Rieß-Semper einen neuen Versuch startete, die Situation vielleicht doch noch zu retten. »Das ist wirklich sehr nett von Ihnen«, sagte er, »aber Dominik hat heute Abend noch was vor.«

»Was denn?«, fragte sein Sohn, dem dieser Umstand offenbar neu war, entsetzt.

»Er muss noch ein Bild malen«, erklärte Adrian Rieß-Semper, ohne auch nur mit einer Silbe auf ihn einzugehen. »Seine Patentante hat übermorgen Geburtstag, und meine Frau besteht darauf, dass er ihr irgendetwas Selbstgemachtes schenkt.«

»Mein Gott, das ist wirklich lächerlich, was ihr hier veranstaltet«, echauffierte sich Silvie wütend. »Aber bitte, wie ihr meint.«

Sie drehte sich auf dem Absatz um und verschwand im Haus.

»Jetzt ist sie sauer, was?«, bemerkte Dominik zum Leidwesen seines Vaters, dem die Sache mehr als unangenehm war.

»Tja«, seufzte Verhoeven. »Sieht ganz so aus ...«

»Und was machen Sie jetzt?«

»Gute Frage.«

»Vielleicht sollten Sie ...«

»Dominik!«, unterbrach Adrian Rieß-Semper seinen Sohn mit einer energischen Geste, die jedoch keinerlei Wirkung zu haben schien.

»Was'n?«, fragte der Junge empört.

Doch wie schon zuvor ignorierte sein Vater ihn einfach. »Wann ist es denn nun eigentlich so weit?«, fragte er stattdessen in dem lobenswerten Bemühen, diesem für alle Beteiligten eher unerfreulichen Gespräch eine andere Richtung zu geben.

»Der offizielle Geburtstermin ist nächsten Dienstag. Aber man weiß ja nie so genau, was noch passiert.«

Rieß-Semper nickte. »Wieder ein Mädchen?«

»Das wissen wir nicht«, entgegnete Verhoeven ein wenig zu hastig und erntete dafür ein verständnisloses Kopfschütteln seitens seiner Tochter sowie einen mitleidigen Seitenblick von Dominik.

Er hatte irgendwann ganz zu Beginn der Schwangerschaft in einem Anflug geistiger Umnachtung behauptet, dass er das Geschlecht des Kindes dieses Mal nicht vor dem Tag der Geburt wissen wolle. Leider war seine Frau ein Mensch, der solche Dinge wörtlich nahm, und was immer er seither auch anstellte, sie ließ sich nicht den geringsten Hinweis entlocken. Verhoeven war sicher, dass sie sich eher die Zunge abgebissen hätte, als sich auch nur mit einer Silbe zu verraten. Und irgendwann hatte er einfach aufgegeben. Aber die Sache nagte an ihm. Das ließ sich nicht verleugnen.

»Tatsächlich?« Adrian Rieß-Semper schob anerkennend die Unterlippe vor. »Also, *ich* würde eine solche Ungewissheit gar nicht aushalten.«

Ich auch nicht, dachte Verhoeven grimmig. Bloß nützt mir das nach meinem Fehlstart leider nichts mehr! Laut sagte er: »Meine Frau weiß natürlich Bescheid. Aber sie behält ihr Wissen für sich.«

»Aha ...« Rieß-Sempers Miene spiegelte blankes Unverständnis. »Nun, das klingt ja ... spannend.«

Ja, so könnte man das auch ausdrücken!, dachte Verhoeven.

»Ich will einen Bruder«, meldete sich Nina, die den Wortwechsel aufmerksam verfolgt hatte, zu Wort.

Rieß-Semper betrachtete sie interessiert. »Warum?«

Sie zuckte die Achseln. »Mädchen sind blöd.«

»Du bist auch ein Mädchen«, wandte Verhoeven ein.

Seine Tochter blickte an sich hinunter, als müsse sie sich erst explizit davon überzeugen, dass ihr Vater recht hatte. »Aber ich *spiele* nicht mit Mädchen«, erklärte sie dann, noch eine Spur kategorischer als zuvor.

Und Verhoeven konnte nicht umhin zu bemerken, dass sie in puncto Entschlossenheit ihrer Mutter in nichts nachstand. Er warf Dominik, der nun schon seit über drei Jahren unangefochten an der Spitze von Ninas Favoriten stand, einen kurzen Seitenblick zu und stellte mit einem triumphierenden Lächeln fest: »Dominik schon.«

»Das ist was anderes«, widersprach seine Tochter.

»Genau«, nickte Dominik, der die Sache gleichfalls nicht so einfach auf sich sitzenlassen wollte. »Das ist was anderes.«

Verhoeven sah ihn an. »Wieso?«

»Sie hat überhaupt keine Puppen«, antwortete der Junge in einem Ton, der nahelegte, dass Verhoeven auch selbst auf diese Begründung hätte kommen können.

»Winnie ist auch ein Mädchen«, entschloss sich Verhoeven, die Taktik zu ändern. Seine Kollegin stand bei seiner Tochter fast noch höher im Kurs als Dominik, und das, obwohl sie seiner Meinung nach nichts tat, was einem besonderen Eingehen auf Nina und ihre Bedürfnisse gleichgekommen wäre. Im Gegenteil: Eigentlich benahm sie sich genau wie immer, wenn sie zusammen waren. Außer vielleicht, dass sie mehr redete …

Verhoeven dachte an den Gartenteich, den er angelegt hatte, letzten Herbst. Und an die virtuosen Lügengeschichten, die seine Partnerin seiner Tochter in diesem Zusammenhang aufgetischt hatte.

Ha! Stopp! Augenblick!, echauffierte sich eine imaginäre Winnie Heller in seinem Kopf. *Wer war es denn, der als Erster diese ominöse Anti-Tretboot-Verordnung für Privatgärten aufs Tapet gebracht hat? Na?*

Verhoeven seufzte. Tja, die gute alte Anti-Tretboot-Verordnung ... Seine Tochter hatte damals gefragt, ob man in dem Teich, den er plante, auch Tretboot fahren könne, und Verhoeven – handwerklich komplett überfordert und obendrein sowieso schon gehörig unter Erwartungsdruck – hatte sich zu der ebenso plumpen wie unwahren Ausrede hinreißen lassen, dass das Tretbootfahren in Privatgärten per gesetzlicher Verordnung untersagt sei. Leider war seine Tochter weder dumm noch auf den Kopf gefallen und hatte seine Partnerin nach der besagten Verordnung gefragt. Und das Verhängnis hatte seinen Lauf genommen ...

Im Augenblick allerdings schien Nina durch seinen Einwand ernsthaft ins Grübeln geraten zu sein.

Winnie ist auch ein Mädchen ...

»Aber Winnie ist erwachsen«, sagte sie nach einer Weile, sichtlich verunsichert.

»Nicht von Geburt an«, widersprach Verhoeven.

Seine Tochter zog die Stirn kraus. »Aber sie war ganz bestimmt nicht blöd. Früher, meine ich.«

»Nein.« Verhoeven musste gegen seinen Willen lachen. »Blöd war sie ganz sicher nicht.«

Adrian Rieß-Semper griff nach der Hand seines Sohnes. »Wir müssen dann auch«, erklärte er taktvoll.

Verhoeven schenkte ihm ein dankbares Nicken, während Dominik mit angeekelter Miene seine Hand losmachte. »Es tut mir wirklich sehr leid, dass ich Sie nicht hereinbitten kann. Aber wie gesagt habe ich noch eine ganze Menge Arbeit vor mir. Ist fürchterlich viel los zurzeit.«

Dominiks Vater nickte. »Sind Sie etwa auch mit diesen Vergewaltigungen befasst?«

Verhoeven bejahte. »Seit neuestem.«

»Ich hab's vorhin im Radio gehört«, sagte Rieß-Semper. »Schlimme Sache. Meine Frau traut sich schon seit Wochen nicht mehr, die Terrassentür aufzulassen, wenn ich nicht da bin.« Seine Miene verriet nicht, ob er dafür Verständnis hatte.

»Ich habe ihr eine von diesen tragbaren Klimaanlagen fürs Schlafzimmer gekauft, damit sie nicht umkommt vor Hitze. Aber die Dinger fressen einen Strom, kann ich Ihnen sagen ...« Seine Augen blieben an Dominiks Blondhaar hängen, und erst jetzt schien ihm klar zu werden, dass das Thema Serienvergewaltigung für Kinderohren nicht besonders geeignet war. »Na, wie auch immer«, sagte er hastig. »Ich hoffe, Sie kriegen den Kerl.«

»Das werden wir«, entgegnete Verhoeven. »Früher oder später.«

»Sicher«, nickte Rieß-Semper. »Bis dann.«

»Ja, und vielen Dank fürs Schwimmengehen.«

»Keine Ursache.« Er winkte, ohne sich umzudrehen. »Und falls mal Not am Mann sein sollte«, rief er, als sie bereits beim Auto standen, »melden Sie sich einfach. Nina ist uns jederzeit willkommen.«

Verhoeven winkte auch. »Ja«, rief er. »Danke.«

15

Im Gegensatz zu Lübkes gemütlicher Laube verströmte ihr Apartment den Duft der Verlassenen, und die dreiunddreißig Quadratmeter im fünften Stock des altehrwürdigen Mietshauses kamen Winnie Heller an diesem Abend so fremd vor wie niemals zuvor.

In den vergangenen sechs Wochen hatte sie hier gelebt wie ein Hotelgast. Sie war spätabends nach Hause gekommen und unmittelbar nach dem Frühstück wieder gegangen. Und obwohl sie auch sonst nie mehr als die wenigen Stunden zwischen Feierabend und Dienstbeginn zu Hause verbrachte, hatte ihre Abwesenheit dieses Mal deutlich sichtbare Spuren hinterlassen, nicht nur, was die beiden völlig verdorrten Tomatenpflanzen am Geländer ihres Freisitzes betraf.

»Na, Jungs«, flüsterte sie, indem sie die Finger ihrer rechten Hand sanft gegen das Glas ihres Aquariums legte. »Kennt ihr mich denn überhaupt noch?«

Papageno, ihr Antennenharnischwels, kam aus seinem Lieblingsversteck unter der Mangrovenwurzel hervor, und fast schien es ihr, als wolle er sie trösten.

»Ist schon okay, mein Guter«, flüsterte sie. »Man kann die Menschen nicht zu ihrem Glück zwingen, nicht wahr? ... Was meinst du? ... Ja, ja, so einen alten Sturkopf wie Lübke änderst du nicht mehr. Keine Chance. Aber was schert's mich? Ich meine, mehr, als ihm die Sachen sozusagen hinterherzutragen, kann ich nicht, oder? Und wenn er das Zeug nicht isst, dann muss er eben sehen, wie er ... Was? ... Wie's mir dabei geht?« Sie setzte sich auf den Hocker, der dicht vor dem Becken stand. Verdammt gute Frage für einen Fisch! »Tja, wie geht's mir dabei?«, überlegte sie laut. »Ich denke, ganz gut eigentlich. Und warum auch nicht? Immerhin sind wir ja nicht mal zusammen oder so, Lübke und ich.«

Papageno verharrte dicht hinter der Scheibe.

»Du denkst, dass ich mir selbst in die Tasche lüge, was, mein Guter?« Winnie Heller seufzte und stand dann so heftig auf, dass der Hocker umkippte. »Na ja, was das betrifft, liegst du auf einer Linie mit Hinnrichs. Aber was soll's? Ist doch sowieso wieder was, auf das ich keinen Einfluss habe.«

Der Gedanke machte sie wütend.

Lenk dich ab, dachte sie. Tu irgendwas Sinnvolles!

Angesichts ihres Putzmarathons bei Lübke beschloss sie, die rattengroßen Staubmäuse in den Ecken geflissentlich zu ignorieren, und warf stattdessen ihr Laptop an. Und ihre Kollegen hatten tatsächlich Wort gehalten. Winnie Heller fand insgesamt fünf dienstliche E-Mails in ihrem Postfach, darunter den Obduktionsbericht und die Zeugenvernehmungen, die Wieczorek angekündigt hatte. Außerdem hatte Verhoeven ihr die schriftlichen Protokolle seiner Gespräche mit

Sarah Endecke und Tatiana Schwarz gemailt. In einem kurzen Begleitschreiben wies er darauf hin, dass beide Frauen ihren bereits gemachten Aussagen nichts Bemerkenswertes hatten hinzufügen können. Die Mail war vor ziemlich genau vier Minuten eingegangen, und sowohl Hinnrichs als auch Bredeney und Werneuchen hatten Kopien erhalten.

Winnie Heller schaltete die Kaffeemaschine ein, holte sich eine Packung Würstchen und ein Glas Senf aus dem Kühlschrank und setzte sich an den großen runden Tisch, an dem sie alle anfallenden Arbeiten, vom Zwiebelschneiden bis zum Briefeschreiben, erledigte. Sie öffnete nacheinander sämtliche Dateianhänge und überflog die Berichte, zuerst die Stimmen aus Portners Umfeld. Was sie las, passte durchaus in das Bild, das sie sich inzwischen von ihrem Mordopfer gemacht hatte.

Es musste immer alles nach seinem Kopf gehen. Dann war er zufrieden. Aber wenn jemand wagte, sich querzustellen, konnte er ziemlich unangenehm werden.

Winnie musste automatisch an Richard Havel denken, Portners Teilhaber, der sich so beharrlich geweigert hatte, seinem Compagnon die restlichen Anteile an dessen Restaurant zu verkaufen. Angeblich hatte Portner seinem ehemaligen Förderer gleich mehrfach Summen geboten, die weit über Wert lagen.

Doch Havel hatte jedes Mal abgelehnt ...

Warum eigentlich?

Sie schüttelte ratlos den Kopf und klickte eine andere Aussage an.

Seine Frau? Ach, na ja ... Wissen Sie, ich hatte manchmal den Eindruck, dass sie ziemlich unter ihm zu leiden hatte. Natürlich wurde er nie handgreiflich oder so. Zumindest habe ich nie etwas in dieser Richtung mitbekommen ... Aber er war sehr dominant, und eigentlich weiß man ja nie so genau, was sich zwischen zwei Menschen abspielt, wenn die Türen erst mal zu sind, nicht wahr?

Winnie Heller dachte an das Foto in Portners Schlafzimmer. Den Karibik-Schnappschuss, auf dem der Erfolgsgastronom so unbekümmert in die Kamera strahlte, während seine Frau alles tat, um überhaupt nicht da zu sein.

Ja, es stimmt, sie sah oft schlecht aus. So als ob sie Schmerzen hätte. Oder Kummer ...

Ein überaus weitläufiger Begriff, wie Winnie Heller fand. Sie tauchte das Ende ihres Würstchens in den Senf und las kauend weiter.

Schulden? *Nein.*

Ärger mit den Nachbarn? *Ach was. Man bekam sie ja im Grunde gar nicht mit. Nur ganz zu Anfang, als er das Haus gebaut hat, da gab es ein paar Proteste, wissen Sie. Aber das muss man verstehen. So ein Viertel hat ja auch einen ganz bestimmten Charakter, nicht wahr? Und wenn dann ein Baustil so gar nicht ins Bild passt ...*

Winnie seufzte und langte anschließend ein weiteres Mal in ihre Würstchenpackung. Jan Portner war nachweislich kerngesund gewesen. Seine Frau war es aller Wahrscheinlichkeit nach auch. Allerdings hatte die Ärztin, die sie nach der Tat versorgt hatte, in ihrem Bericht erwähnt, dass sich die junge Russin nicht bereitgefunden hatte, sich über die gynäkologische Untersuchung hinaus begutachten zu lassen. Sie hatte die Klinik bereits am Abend auf eigenen Wunsch hin verlassen.

Winnie Hellers Augen saugten sich an Dr. Gutzkows Obduktionsbericht fest. Blutbild unauffällig. Keine Drogen. Blutalkohol bei 0,4 Promille. Keine Hinweise auf volatile oder sonstige Anästhetika.

Und sonst?

Jan war wirklich ein verdammt guter Spieler, schnell und risikofreudig. Sie wissen schon, Serve and Volley in Reinkultur. Er suchte grundsätzlich die rasche Entscheidung. In allem. Und er war auch sehr ehrgeizig. Vor ein paar Jahren hat er mal drei

Spiele hintereinander verloren. Danach hat er mindestens zwei Jahre ausgesetzt.

Das heißt, er hat gar nicht mehr gespielt?

Nein, nicht einen Ball.

Winnie stand auf und goss sich einen Kaffee ein. Ein eigenes Restaurant. Die Mitgliedschaft in einem noblen Tennisclub. Ein Traumhaus mit Pool, stilistisch ebenso außergewöhnlich wie kalt. Waren das die Dinge, die Jan Portner ausgemacht hatten? Nur das? Auch das? War der erfolgreiche Gastronom gestern Abend tatsächlich ganz gezielt getötet worden? Oder spielte das alles, spielten Portners Persönlichkeit, seine Vorlieben und Charakterzüge am Ende doch überhaupt keine Rolle? War der Sternekoch tatsächlich einfach nur zur falschen Zeit am falschen Ort gewesen?

Winnie kehrte an den Tisch zurück und rief die Tatortfotos und Berichte über die bisherigen Vergewaltigungen auf.

Ich habe ihn nicht kommen hören.

Er stand auf einmal vor mir. Wie aus dem Nichts, verstehen Sie?

Ich habe geschlafen, als er meiner Mutter das angetan hat ...

Geräusche? *Nein.*

Ein Mann mit guten Nerven, zweifellos. Winnie musterte die Gesichter der Frauen, die dem Artisten bislang zum Opfer gefallen waren. Inzwischen war auch eine Aufnahme von Irina Portner dabei. Ein Studioporträt, nicht das Bild aus dem Schlafzimmer. Winnie fiel auf, dass die junge Russin auf diesem Foto selbstbewusster wirkte als auf dem anderen Bild oder in natura. Dennoch bestand zwischen ihr und den anderen Opfern ein deutlicher Unterschied in der Ausstrahlung. Sie wirkt eigentlich gar nicht so schwach, konstatierte Winnie, indem sie das Porträt aufmerksam studierte. Aber irgendwie ...

Wie sollte sie das ausdrücken?

Irgendwie weniger da als die anderen Frauen, abwesender.

Entrückter vielleicht. Aber vielleicht war das kein Wunder. Vielleicht war die junge Russin ja wirklich gar nicht vom Artisten selbst zum Opfer erkoren worden.

Vielleicht war sie einfach nur Mittel zum Zweck gewesen.

Die anderen allerdings ...

Winnie Heller kaute gedankenverloren auf ihrer Unterlippe. Die anderen mussten irgendetwas gemeinsam haben! Sie scrollte auf und ab, auf der Suche nach etwas, das die Frauengesichter einte. Doch sie wurde nicht fündig. Und dennoch: Aus irgendeinem Grund waren diese fünf Frauen dem Artisten aufgefallen. Sie hatten seine Aufmerksamkeit erregt, so unterschiedlich sie auch sein mochten. Die Frage war nur: Wodurch?

Winnie ließ die Maus los und wollte eben frischen Kaffee aufsetzen, als ihr Telefon zu klingeln begann. Sie schaute auf die Uhr, dann auf das Display.

Lübke!

Na, das war ja klar!

Sie verspürte keinerlei Lust, mit ihm zu reden, aber sie wusste auch, dass man Lübke nicht loswurde, wenn er sich etwas in den Kopf gesetzt hatte. Und unter den gegebenen Umständen konnte sie es sich nicht leisten, das Telefon auszuschalten, um ihre Ruhe zu haben. Ganz abgesehen davon, dass Lübke es auch durchaus brachte, persönlich bei ihr aufzulaufen und ihre Wohnung zu belagern, wenn sie nicht an den Apparat ging.

Alles schon da gewesen ...

»Ja?«, meldete sie sich ohne Freundlichkeit.

»Na, du ...« Er klang irgendwie kleinlaut. »Ich wollte mich eigentlich nur noch mal kurz melden und fragen, ob du gut nach Hause gekommen bist.«

Sie verdrehte die Augen. »Ja, bin ich.«

»Und ...« Husten. Dieses Mal jedoch eher aus Nervosität als aufgrund von innerer Verschlackung. »Hey, falls ich irgendwas gesagt oder getan haben sollte, das dich verletzt hat oder so ... Ich meine, ich wollte nicht ...«

Winnie starrte ihren staubigen Fußboden an, während der Leiter der Spurensicherung um Worte rang.

»Ist schon gut«, sagte sie, als ihr die Sache zu lange dauerte. »Es war wirklich dumm von mir, einfach so abzuhauen. Ich meine, was geht's mich an, was du tust?!«

Das betretene Schweigen am anderen Ende der Leitung nährte in ihr den Verdacht, dass sie irgendwas Falsches gesagt hatte, und sie überlegte, was es sein konnte. Kam jedoch zu keinem überzeugenden Ergebnis.

Aber warum, verdammt noch mal, sagte er jetzt nichts mehr?

»Du, ich habe noch viel Arbeit vor mir ...«

»Ich hab dieses Putzenzeug probiert«, fiel er ihr ins Wort, und sie ärgerte sich, dass er jetzt plötzlich so offensichtlich gut Wetter machte. »Schmeckt gar nicht so schlecht, wenn man es ein bisschen nachsalzt, und ...«

»Ich muss jetzt wirklich Schluss machen«, unterbrach sie ihn ihrerseits. »Okay?«

»Klar. Ich ...« Er schien nachzudenken. »Wie wär's, wenn wir morgen zusammen Mittag essen?«

»Nein, morgen geht bei mir nicht.«

»Es muss ja nicht unbedingt McDonald's sein ...«

»Darum geht's nicht, okay?« Sie dachte an Hinnrichs und sein Ultimatum und kam zu dem Schluss, dass er sie vermutlich nicht einmal um dieses Falls willen aus der Nummer rauslassen würde. »Ich habe einen Termin.«

»Oh ...« Das überraschte ihn offenbar. »Na, dann vielleicht ein andermal ...«

»Schlaf gut«, sagte sie und unterbrach die Verbindung, bevor er noch irgendetwas sagen konnte.

DREI

1

»Du-hu, Winnie ...«
»Ja?«

Verhoeven hatte seine Partnerin im Präsidium abgeholt, ein wenig kleinlaut gestanden, dass er Nina und deren Freund im Auto habe, und vorsichtig angefragt, ob es Winnie Heller etwas ausmachen würde, wenn sie die beiden auf dem Weg zu Irina Portner rasch im Kindergarten ablieferten. Winnie Heller hatte daraufhin versichert, dass das von ihrer Seite absolut in Ordnung gehe, woraufhin sie den Volvo ihres Vorgesetzten bestiegen hatten, um zuerst zum Kindergarten und anschließend zur Villa der Portners zu fahren.

Das gelegentliche Mitnehmen von Verhoevens Tochter hatte sich längst zu einem beliebten Spiel zwischen ihnen entwickelt, das in etwa so ging: Verhoeven fragte höflich, ob es seiner Kollegin recht sei, wenn sie auf dem Weg hierhin oder dorthin kurz am Kindergarten vorbeifuhren. Und Winnie Heller antwortete dann mit der neutralsten aller Mienen, dass ihr ein entsprechender Umweg nichts ausmache, woraufhin sich Verhoeven den Rest der Strecke in wortreichem Dank ausließ, der ihnen beiden mehr als unangenehm war. Aber gottlob verstand es Nina Verhoeven in aller Regel ganz ausgezeichnet, die förmliche Stimmung zwischen den beiden Polizisten mit ihrer Originalität aufzulockern.

So auch jetzt ...

»Bist du früher auch mal ein Mädchen gewesen?«
»Du meinst, vor meiner Geschlechtsumwandlung?«
»Vor was?«

Winnie Heller grinste, während Verhoeven neben ihr krebsrot anlief.

»Sie meint, ob Sie als Kind mit Puppen gespielt haben«, erklärte er hastig.

Na, da wäre ich ja jetzt nicht drauf gekommen!, dachte Winnie. Laut sagte sie: »Nein, ich habe nie mit Puppen gespielt. Um ehrlich zu sein, fand ich Puppen immer total bescheuert. Und um deine Frage zu beantworten«, wandte sie sich wieder an die Tochter ihres Bosses, die sich weit in ihrem Sitz nach vorn gelehnt hatte. »Tja, ich schätze, ich war auch kein besonders typisches Mädchen.«

Zu ihrer Überraschung schien sich Nina über dieses Bekenntnis zu freuen. »Womit hast du denn dann am liebsten gespielt?«

»Ich hatte einen Teddy namens Lutz«, erklärte Winnie. »Für den habe ich immer Seilbahnen und Höhlen und Pappkarton-Trucks und so was alles gebaut. Und natürlich hatte ich auch eine Eisenbahn.«

»Cool«, rief Dominik, der heute ein olivgrünes Baseballshirt anhatte, das seine pummelige Unsportlichkeit wirkungsvoll unterstrich. »So eine mit ICE?«

»Nein«, lachte Winnie. »Eher eine Westerneisenbahn mit einer Dampflok ohne Dampf.«

Verhoeven warf ihr einen prüfenden Seitenblick zu. Offenbar war eine Westernlok etwas, das er nicht so ohne weiteres mit seinem Bild von ihr in Einklang bringen konnte.

»Und hattest du auch Tiere?«, wollte derweil seine Tochter wissen. »Lebende, meine ich.«

Winnie Heller nickte beschämt.

»Was für welche?«

»Na ja ...« Das Thema war nicht gerade glücklich gewählt, ganz klar. Aber sie wollte die Tochter ihres Vorgesetzten auch nicht enttäuschen. »Ich hatte einen Molch«, entschloss sie sich zu einem Teilgeständnis.

Dominik zog seine Puttenstirn in eine Reihe von äußerst unwiderstehlichen Falten. »Einen was?«

»Molche sind Amphibien«, erklärte ihm Nina. »Das bedeutet, dass sie sowohl im Wasser als auch an Land leben.«

»O ja, allerdings«, bestätigte Winnie mit einem Anflug von Schuldbewusstsein. Sie hatte den Molch heimlich gekauft, nachdem sie monatelang für ein eigenes Haustier gespart hatte. Und in der Zoohandlung war er in einem gewöhnlichen Aquarium untergebracht gewesen. Also hatte sie ihn zu Hause einfach in einen leeren Kanister gesetzt und Leitungswasser hineingefüllt, eine Maßnahme, die das Tier bedauerlicherweise nicht allzu lange überlebt hatte. Wenn sie sich recht erinnerte, hatte es der Molch gerade einmal eine gute Woche bei ihr ausgehalten ...

Nina Verhoeven hingegen schien zu spüren, dass ihr das Thema nicht behagte, und ging eilig zu einem anderen Gesprächsstoff über. »Julia hat letztes Jahr eine kleine Schwester bekommen«, sagte sie mit angewiderter Miene.

»Wirklich?« Angesichts des anstehenden Nachwuchses bei ihrem Boss bemühte sich Winnie um eine möglichst neutrale Haltung zur Schwester. »Und wie ist die so?«

»Rosa«, antwortete Verhoevens Tochter verächtlich.

»*Ganz* rosa«, ergänzte Dominik.

Winnie unterdrückte mit Mühe ein Lächeln, während Verhoeven neben ihr nachsichtig den Kopf schüttelte. »Und wie äußert sich diese ... Rosaheit?«

»Sie hat einen dicken rosa Rock an, wenn sie Krach macht«, erklärte Nina ernsthaft.

»Der kratzt«, setzte Dominik hinzu.

»Musikgarten und Tüll«, nutzte Verhoeven eine Atempause der beiden für ein paar knappe Erläuterungen zu den Themenbereichen KRACH und ROCK. »Und da es sich um eine musische Frühbildungsmaßnahme handelt, bei der die Kinder nicht nur besungen werden, sondern auch kleine Bewegungsspiele machen, findet es Julias Mutter angebracht, dass ihre Tochter dabei ein Tutu trägt.«

»So eins wie beim Ballett?«

Verhoeven nickte nur.

»Kann die Kleine denn überhaupt schon laufen?«, fragte Winnie, indem sie eilig zurückrechnete.

Julia hat letztes Jahr eine kleine Schwester bekommen ...

»Michelle krabbelt und drischt mit den Fäusten auf Orff'sche Instrumente ein«, erklärte ihr Vorgesetzter.

»Und ihre Tasche ist auch rosa«, ergänzte seine Tochter.

»Und der Becher, aus dem sie trinkt, auch«, rief Dominik. »Und wenn sie Julia abholen, sitzt Michelle in einem rosa Wagen mit einer bunten Raupe dran. Die schnattert, wenn man dran zieht.«

»Klingt ja echt sympathisch«, befand Winnie amüsiert.

»Nein«, protestierte Nina, der die Ironie ihrer Bemerkung entgangen war. »Das klingt total doof.«

Dominik nickte beipflichtend. »Und wenn deine Schwester auch rosa wird«, fügte er, an Nina gewandt, hinzu, »dann geben wir sie gleich wieder zurück.«

Winnie Heller sah, wie Verhoeven neben ihr zusammenzuckte.

»Ach, sieh mal an, *wir* geben sie zurück, ja?«, fragte er, indem er den Kopf wandte und dem Kindergartenfreund seiner Tochter einen Blick zuwarf, der wohl tadelnd sein sollte, doch Dominik schien das nicht weiter ernst zu nehmen.

Im Gegenteil, er strahlte Verhoeven in missverstandener männlicher Kumpanei an. »Klar, ganz sofort.«

»Ich kriege aber einen Bruder und keine Schwester«, ereiferte sich derweil Nina. »Und der wird Fußballspieler. Und dann verdient er ganz viel Geld, und das gibt er uns dann, und dann kaufen wir ein Meer und bauen eine Stadt nur für Wale. Wo kein Schiff hinkommt. Und keine Menschen.«

»Wow«, sagte Winnie Heller. »Das ist aber … großzügig.«

»Sie hat diesen Greenpeace-Werbespot gesehen«, erklärte Verhoeven. »Sie wissen schon, den, wo Mario Adorf aus diesem Märchenbuch vorliest.«

Winnie Heller schenkte ihm ein verständnisloses Nicken.

»Und wenn mein Bruder noch mehr Geld verdient«, fuhr Nina voller Begeisterung fort, »dann bauen wir auch noch …«

»Ich fürchte, bevor er seine ersten Millionen mit Fußballspielen verdient, müssen wir ihn erst mal dazu kriegen, dass er läuft«, fiel Verhoeven ihr ins Wort. »Falls er überhaupt ein Er wird.«

»Ja, ja«, winkte seine Tochter ab. »Aber das geht schnell.«

»Na ja, schnell ...«

»*Ich* konnte schon laufen, als ich auf die Welt kam.«

»Ich schon vorher«, erklärte Dominik, bevor Verhoeven die Chance hatte, seine Tochter zu korrigieren.

»Ab wann nehmen sie ihn denn bei der Fußballweltmeisterschaft?«, wollte Nina wissen, und Winnie Heller registrierte vergnügt, wie erleichtert ihr Vorgesetzter war, dass sie in diesem Moment das Tor des Kindergartens erreichten.

»Jetzt aber ab mit euch«, rief er in den Fond des Wagens, nachdem die beiden seit einiger Zeit mit Nachdruck darauf bestanden, sich eigenständig aus ihren Kindersitzen zu befreien und auch sonst keine weitere Hilfe beim Aussteigen mehr zu benötigen.

»Wie geht es denn Ihrer Frau eigentlich bei dieser Affenhitze?«, fragte Winnie Heller, als die beiden im Inneren des Gebäudes verschwunden waren. »Kommt sie klar?«

»Sie würde sich eher die Zunge abbeißen, als zuzugeben, dass es anders ist«, antwortete Verhoeven, und Winnie Heller bemerkte einen Anflug von Aggression in seiner Stimme.

Er macht sich Sorgen, dachte sie, und seine Frau denkt gar nicht daran, darauf Rücksicht zu nehmen. Etwas, das sie spätestens seit gestern Abend nur allzu gut nachvollziehen konnte.

»Na ja, es kann ja eigentlich nicht mehr lange dauern«, unternahm sie einen ungelenken Versuch, ihn zu trösten. »Und Ihre Frau ist ja auch fit und so.«

»Sicher«, entgegnete Verhoeven zerstreut. »Das wird schon.«

Er bog an der nächsten Ampel ab, und nicht einmal zehn

Minuten später saßen sie in Iris Vermeulens Wohnzimmer. Vor der Terrassentür war die Markise voll ausgefahren. Dennoch war es in dem Raum kaum kühler als draußen.

»Ich hatte eigentlich nie Angst«, bekannte die Lehrerin, während sie ihren Besuchern eine Schale mit Gebäck entgegenhielt. Doch die beiden Kommissare lehnten dankend ab. »Und das, obwohl ich natürlich in der Zeitung von seinen Taten gelesen hatte. Aber irgendwie habe ich das nicht auf mich bezogen.« Sie lächelte. Eine seltsame Mischung aus Bitterkeit und Schuldbewusstsein. »Ich bin kein Typ, der viel allein unterwegs ist, und ich gehöre auch nicht dem an, was man vielleicht eine Risikogruppe nennen würde«, fuhr sie fort, und Winnie Heller hatte den unbestimmten Eindruck, dass Iris Vermeulen Angst vor diesem Gespräch hatte. Trotz der erstaunlich forschen Art, mit der sie auftrat. »Ich bewege mich nicht spätabends auf irgendwelchen abseitigen Wegen. Und ich habe auch keinen Beruf, in dem ich zu Zeiten unterwegs sein muss, in denen wenig los ist.« Sie sah von einem zum anderen. »Ich dachte, solche Dinge passieren anderen Leuten, verstehen Sie?«

Verhoeven nickte. So war das immer …

»Außerdem hat meine Tochter nur eine Etage über mir geschlafen.« Die Lehrerin schüttelte verständnislos den Kopf. »Ich war in meinem eigenen Haus, verstehen Sie? Dort, wo ich mich am sichersten fühle. In meinem eigenen Bett.« Ihre Stimme begann zu zittern, aber sie fing sich schnell. »Ich weiß noch, dass ich ausgerechnet an dem bewussten Abend überlegt habe, ob ich die Fenster im ersten Stock nicht lieber schließe. Aber es war so entsetzlich heiß. So stickig …«

Winnie Heller betrachtete das attraktive Gesicht ihres Gegenübers und überlegte, ob Iris Vermeulen sich je wieder sicher fühlen würde. Das, was eine absolute Selbstverständlichkeit für sie gewesen war, die Geborgenheit der eigenen vier Wände, hatte durch den brutalen Überfall des Artisten einen Knacks bekommen. Etwas, das schwerer wog als alle körperlichen Verletzungen.

Wer hat in meinem Bettchen geschlafen?

Sie nippte an dem Wasser, das Iris Vermeulen ihnen hingestellt hatte, und versuchte, den neuerlichen Gedanken an den überdimensionalen beweglichen Spiegel über dem Bett der Portners zu verdrängen. Aber es wollte ihr nicht gelingen.

Wer hat von meinem Tellerchen gegessen?

»Er ist im ersten Stock eingestiegen, nicht wahr?«, versuchte Verhoeven, das Gespräch, das ins Stocken geraten war, wieder in Gang zu bringen.

»Ja«, nickte die Lehrerin, dankbar, dass er ihr unter die Arme griff. »Im Arbeitszimmer meines Mannes. Das ist am Ende des Flurs. Direkt ...« Sie schluckte. »Direkt neben unserem Schlafzimmer.«

»Und Sie haben ihn nicht gehört?«

Iris Vermeulen schüttelte den Kopf. »Nein, wobei ich dazusagen muss, dass ich grundsätzlich nicht auf jedes Knacken und Knirschen reagiere.« Sie sah sich um, als könne sie sich mit einem Mal selbst nicht mehr trauen. »Dieses Haus ist ziemlich alt, und es wurde damals viel Holz verbaut, das natürlich arbeitet. Vor allem, wenn es draußen so heiß ist wie jetzt. Außerdem habe ich drei Kinder. Da lernen Sie mit der Zeit automatisch, nicht auf jeden Pieps zu reagieren. Meine beiden Söhne sind zwar schon aus dem Haus, aber ...« Ihre Hände krampften sich um ihre Teetasse, während sie tief einatmete. »Was ich sagen will, ist, dass ich an Geräusche im Haus gewöhnt bin. Ich bin oft mit den Kindern allein gewesen, und es ... Es alarmiert einen nicht gleich alles, verstehen Sie?«

»Durchaus«, sagte Verhoeven. »Das ist ganz normal.«

»Wenn die Kolleginnen in der Schule erzählten, dass sie nachts fast umkommen vor Hitze, weil sie Angst haben, die

Fenster aufzulassen, habe ich mich sogar im Stillen über sie lustig gemacht.« Sie biss sich auf die Lippen, fassungslos über ihre eigene Unbekümmertheit. Dann hob sie den Kopf und sah Verhoeven direkt in die Augen: »Seit dieser Nacht halte ich alles akribisch geschlossen, wissen Sie. Immer und überall. Mein Mann hat neue Schlösser anbringen lassen und zusätzlich eine Sicherheitskette. Und wir haben uns einen Hund angeschafft.« Ihr Kinn wies auf eine Decke in der Ecke neben dem Kamin, die ein Muster aus stilisierten Pfotenabdrücken zierte. »Aber ... solche Dinge passieren einem wahrscheinlich immer nur ein Mal im Leben.«

Verhoeven überlegte, ob er »Gott sei Dank« sagen sollte, aber er unterließ es. Stattdessen fragte er: »Sie arbeiten als Lehrerin am Johannes-Gymnasium, nicht wahr?«

Iris Vermeulen nickte nur.

»Welche Fächer?«

»Biologie und Deutsch.« Sie lächelte ihm zu. »An dem bewussten Abend habe ich eine Hausarbeit korrigiert. Ich habe einen Leistungskurs Biologie in der elften Klasse.« Über ihre Arbeit zu sprechen, schien sie zu beruhigen. »Evolutionsbedingte Verhaltensstrukturen innerhalb der Sozialverbände verschiedener Spezies. Es waren ein paar sehr erfreuliche Arbeiten dabei.« Sie versank in ein versonnenes Schweigen. Nach einer Weile sagte sie plötzlich: »Aber das ist nicht das, was Sie wissen wollten.«

Verhoeven hob entschuldigend die Schultern. »Es tut mir leid, aber ...«

»Sie müssen mir nichts erklären«, fiel die Lehrerin ihm ins Wort. »Ich mache denselben Fehler nie zweimal hintereinander.«

Er sah sie fragend an.

»Vor ein paar Wochen habe ich das, was in der Zeitung stand, nicht auf mich bezogen«, erklärte Iris Vermeulen, und Winnie Heller dachte, dass sie stark war. Sehr stark. »Ich dachte, wenn ein paar blöde Kühe nicht auf sich selbst aufpassen können, dann ist das doch nicht mein Problem.« Sie lehnte sich in ihrem Sessel zurück und holte tief Luft. »Heute weiß ich, dass es sehr wohl mein Problem sein könnte. Also bitte, fragen Sie, was immer Sie fragen müssen.«

Verhoeven nickte. »Was haben Sie als Erstes von ihm wahrgenommen?«

»Seinen Geruch.«

Winnie Heller sah hoch.

Dieser Scheißkerl hat nach gar nichts gerochen, widersprach eine imaginäre Merle Olsen in ihrem Kopf.

»Das heißt, es war eigentlich gar nicht *sein* Geruch, sondern höchstwahrscheinlich dieses Zeug«, korrigierte sich Iris Vermeulen in diesem Augenblick, als habe sie den imaginären Widerspruch gehört. »Sie wissen schon, mit dem er mich betäubt hat.«

Winnie nickte. Sie wussten, dass der Artist bei seinen Überfällen üblicherweise Isofluran benutzte, ein volatiles Anästhetikum, das eine stark hypnotische und muskelrelaxierende Wirkung besaß. Es hatte von Natur aus einen stechenden Geruch und wirkte reizend auf die oberen Atemwege. Aber warum hatte Merle Olsen eigentlich nichts davon erwähnt?

Dieser Scheißkerl hat nach gar nichts gerochen ...

»Und sonst?«

»Er war nicht allzu groß, denke ich«, entgegnete die Lehrerin. »Vielleicht eins achtzig. Und er hat blaue Augen.«

Verhoeven richtete sich auf. »Sie konnten seine Augen sehen?«

»Ja, kurz.«

»Glauben Sie, dass Sie diese Augen wiedererkennen würden?«

Iris Vermeulen überlegte eine Weile. »Ich denke schon«, entgegnete sie dann.

Noch etwas, das sie von Merle Olsen unterscheidet, dachte Winnie Heller. Im selben Moment erklang aus der Diele das Geräusch eines sich drehenden Schlüssels im Schloss.

»Das wird mein Mann sein«, sagte sie, und zu Winnies Überraschung klang die Feststellung eher besorgt als erfreut. »Er war mit dem Hund spazieren.«

Sie hörten das Scharren von Pfoten auf Laminat, und gleich darauf trat ein blonder Hüne ins Zimmer, der Verhoeven entfernt an den holländischen Thronfolger erinnerte. Auch wenn der Mann in der Tür bedeutend älter war als Willem-Alexander der Niederlande. Er blieb abrupt stehen, als er die beiden Kommissare entdeckte, und blickte fragend zu seiner Frau hinüber, während der junge Labrador freudig wedelnd auf sein Frauchen zustürmte.

»Die beiden sind von der Polizei, Schatz«, erklärte Iris Vermeulen.

Ihr Mann entspannte sich ein wenig. »Wegen dieser Sache von vorgestern?«

Sie bejahte. »Warum setzt du dich nicht zu uns?«

Gus Vermeulen kam der Aufforderung seiner Frau nur zögerlich nach. »Wie lange soll das noch so gehen?«, fragte er, und eigenartigerweise sah er Winnie Heller dabei an. »Wann unternehmen Sie endlich was gegen diesen Kerl?«

»Wir sind dabei«, antwortete Verhoeven für seine Kollegin. »Und ich versichere Ihnen, wir tun, was wir können.«

Der Ingenieur nickte. »Verzeihen Sie«, sagte er. »Ich wollte damit nicht sagen, dass Sie Ihren Job schlecht machen. Es ist nur ... Wenn man selbst von so was betroffen ist, kommt einem das alles so langwierig vor.«

»Schon gut«, beruhigte ihn Verhoeven. »Das verstehen wir durchaus.« Er lächelte Iris Vermeulen zu und stand auf. »Danke, dass Sie sich noch einmal bereitgefunden haben, mit uns über all das zu sprechen«, sagte er. »Und falls Ihnen noch irgendwas einfallen sollte ...«

»... melde ich mich natürlich sofort«, nickte sie, indem sie den beiden Kommissaren die Hand gab. »Verlassen Sie sich drauf.«

2

Damian Kender fuhr langsam die Danziger Straße hinunter und dachte an Täter, die an den Ort ihres Verbrechens zurückkehrten. Etwas, das er seit jeher als ausgesprochen dumm empfunden hatte.

Wozu zurückkehren?

Der Job war erledigt, das Rückgrat gebrochen, der Reiz dahin. Selbst die Stärksten unter ihnen brauchten eine Weile, bis sie sich wieder erholten.

Falls sie sich erholten ...

Welchen Grund also sollte es geben, an den Tatort zurückzukehren? Damian schüttelte den Kopf. Nach vorn zu blicken, und zwar ausschließlich nach vorn, war etwas, das er von seiner Großmutter gelernt hatte. Der Ehemann im Krieg geblieben? Der einzige Sohn bereits im Kindbett vom Fieber dahingerafft? Die alleinerziehende Tochter an einer seltenen Form von Lichtallergie erkrankt, blass vor sich hin vegetierend, bis sie es irgendwann, nach langer Leidenszeit, endlich fertigbringt, zu sterben? Und wenn schon! Das Leben muss weitergehen. Und es ging auch immer irgendwie weiter. Vorausgesetzt, man beherrschte die Kunst des Abhakens und hielt den Blick starr geradeaus gerichtet. Nach vorn.

Auf das, was noch kam ...

Damian merkte, wie sein Herz einen kleinen Sprung machte, als ihm bewusst wurde, dass er immer langsamer fuhr, je näher er dem Haus kam. Irina Portners Haus. Der Grund lag auf der Hand: Er wollte nicht zurückkehren. Aber er sah auch keine Alternative. Er wusste zu genau, dass sein Kopf nie wieder wirklich frei sein würde, wenn er nicht herausfand, wer da so viel über ihn wusste, dass er alles, aber auch wirklich alles gefährden konnte.

Wenn man einen so mächtigen Gegner hatte, nutzte einem die Kunst des Abhakens weniger als null. Dann musste man – im Gegenteil – nach Wegen suchen, diesen Gegner zu bezwingen. Und der einzige Weg, der Damian einfiel, führte nun einmal geradewegs zu Irina Portner.

Als Erstes musste er nachsehen, ob sie schon wieder zu Hause war. Oder noch immer im Krankenhaus. Er hatte sich nie darum geschert, was mit seinen Frauen geschah, hinterher. Wer sich um sie kümmerte. Wohin man sie brachte, zu welchem Arzt, in welches Krankenhaus. Und wie lange es dauerte, bis man sie wieder entließ.

All das hatte ihn bislang nicht die Bohne interessiert.

Die Frauen waren besiegt, erledigt, abgehakt.

Aus den Augen, aus dem Sinn ...

Jetzt allerdings, so viel immerhin war ihm klar, würde er sich mit all dem beschäftigen müssen. Und er fühlte eine unbändige Wut, wenn er darüber nachdachte, wie sehr dieser Kerl ihn veränderte. Welchen Einfluss er hatte, auf sein Leben. Sein Denken. Sein Verhalten. Dieser Unbekannte war in ihn eingedrungen wie ein Gift und hatte ihn zu etwas gemacht, das er nie hatte sein wollen: ein Täter, der an den Ort seines Verbrechens zurückkehrte.

Der Kampf war nicht vorbei. Ganz gleich, ob dieser andere sich je wieder melden würde oder nicht. Und das war es, was ihm vielleicht am meisten zu schaffen machte. Dass er diesen anderen nicht loswerden würde.

Nicht, solange er nicht wusste, mit wem er es zu tun hatte ...

Er zuckte, als sein Blick routinemäßig den Rückspiegel streifte. Vor lauter Nachdenken war ihm doch glatt entgangen, dass der Fahrer hinter ihm allmählich ungeduldig wurde, und wenn er weiter so schlich, würde er vermutlich gleich eine ganze Schlange von Fahrzeugen hinter sich herziehen. Da konnte er sich eigentlich auch gleich ein Schild ans Auto kleben: »Hey, aufgepasst, da draußen! Hier kommt jemand, der etwas zu verbergen hat!«

Wütend setzte er den Blinker und blieb am rechten Fahrbahnrand stehen. Zwar waren es nur noch ein paar hundert Meter bis zu Irina Portners Haus, aber ihm fiel in der Not nichts Besseres ein. Und dieser Kerl da hinter ihm wirkte tatsächlich ziemlich genervt.

Aber was tat er jetzt?

Mein Gott, dann fahr doch vorbei, du Arsch! Worauf wartest du denn?

Damian biss sich auf die Lippen. Irrsinnigerweise fiel ihm in dieser Situation schon wieder der dunkle Golf ein. Und das, obwohl das da hinter ihm eindeutig ein Volvo war. Dunkelblau und so bieder, dass es einem glatt die Schuhe auszog. Passend zum Wagen war der Fahrer ein blasser Beamtentyp, nicht hässlich, aber auch nichts Besonderes. Er hatte eine Frau neben sich sitzen. Und gerade sagte er irgendwas zu ihr.

Worauf wartest du, du Armleuchter? Auf besseres Wetter oder was?

Damian zog den Kopf zwischen die Schultern und funkelte wütend in den Rückspiegel.

Na, das sind mir die Liebsten! Erst drängeln wie blöde und dann mit dem Arsch nicht rumkommen. ... Ja, genau, ich halte hier, du Blödmann! Hast du irgendwas dagegen? Vielleicht besuche ich heute zum ersten Mal meine Flamme aus dem Internet und bin auf der Suche nach dem richtigen Haus. Vielleicht spinnt mein Navi. Vielleicht ... Ah, na endlich hat er's kapiert, der Arsch, ich schicke Blumen! ... Ja, Mann, hinter dir ist alles frei, also fahr einfach, okay? ... Na, phantastisch! ... Und tschüss, du Idiot!

Er sah dem Wagen nach, während er versuchte, seine Wut

unter Kontrolle zu bringen. Wieso, verdammt noch mal, lief in den letzten Tagen alles schief? Hatte sich denn die ganze Welt verabredet, ihm das Leben so schwer wie irgend möglich zu machen?!

Das Steuer vor ihm verschwamm zu einem matten schwarzen Klumpen, der im Takt des Blinkers zu pulsieren schien. Damian hörte das Surren des Motors, fühlte das Bremspedal unter seinem Fuß und dachte gerade, dass er sich nicht zu lange aufhalten durfte, als ein plötzliches Rot ihn aufmerken ließ. Bremslichter, die in einiger Entfernung aufleuchteten. Aber ... Hey, Augenblick, was war das? Was, in aller Welt, hatte dieser Kerl denn jetzt vor? Wieso fuhr er auf einmal so gottverdammt langsam?

Damian kniff die Augen zusammen und beobachtete, wie der Volvo unmittelbar neben einem anderen, am rechten Fahrbahnrand geparkten Auto zum Stehen kam. Ein Renault, kaffeebraun mit verdunkelter Heckscheibe. Das Fenster auf der Beifahrerseite des Volvos surrte herunter, und Damian erstarrte, als sich kurz darauf auch das Seitenfenster des Renaults öffnete und ein Mann mit akkuratem Kurzhaarschnitt den Kopf herausstreckte. Er wechselte ein paar Worte mit der Beifahrerin des Ungeduldigen, von der Damian nur hin und wieder ein Stück Profil erkennen konnte.

Scheiße, Scheiße, Scheiße! Wenn das keine Bullen sind!

Aber warum, um Himmels willen, sollten sie ...?

Damians Gedanken flatterten hin und her wie ein Schwarm aufgeschreckter Vögel, während der Kurzhaarschnitt den Kopf zurückwarf und lauthals loslachte. Offenbar ein Scherz unter Kollegen. Die Frage war nur, was diese Armleuchter hier wollten. Ob Irina Portner Polizeischutz angefordert hatte? Aber der Touran stand doch viel zu weit entfernt von ihrem Haus, als dass die Insassen alles, was dort vor sich ging, sicher im Blick haben konnten ...

Nein, verdammt! Das ist es nicht! Es ist etwas anderes!

Sie rechnen mit mir ...
Das hier ist eine Falle!
Aus irgendeinem Grund rechnen sie damit, dass ich genau das tue, was ich tue. Dass ich hierher zurückkehre. Damian starrte seine rechte Hand an, die sich schweißnass um den Schaltknüppel schloss. Dabei schwitzte er eigentlich nie.
Eigentlich ...
Sein Herz schlug Purzelbäume, während er überlegte, was er jetzt tun konnte. Wahrscheinlich hatten sie Kameras aufgestellt, die jedes Fahrzeug registrierten, das an Irina Portners Haus vorbeifuhr. Jeden Passanten. Jeden Spaziergänger. Jeden Kerl, der einfach nur seinen Hund Gassi führte. Einfach alles ...
Auch wenn er sich nie explizit darum gekümmert hatte, konnte er sich nicht vorstellen, dass sie das jedes Mal so gemacht hatten. Also hatten sie einen guten Grund. Aber welchen? Hatte dieser Scheißkerl, der ihn erpresste, ihm vielleicht doch eine Falle gestellt? Schnappte diese Falle nur später zu, als er vermutet hatte? Oder hatte einer ihrer Psychologen behauptet, dass er zurückkehren würde, und wagten sie nun einen Schuss ins Blaue?
Egal, dachte er, erst einmal muss ich hier weg!
Er sah nach dem Volvo, der just in diesem Moment weiterfuhr. Die Straße verlief in diesem Abschnitt leicht gekrümmt. Es waren noch etwa fünfzig Meter, dann würde der Wagen aus seinem Blickfeld verschwinden.
Okay. Dreißig ...
Zehn ...
Jetzt oder nie!
Damian warf einen Blick in den Rückspiegel und sah einen Mercedes, der zügig näher kam. Als er vorbei war, wendete er in der Einfahrt schräg gegenüber und ordnete sich anschließend unauffällig wieder in den Verkehr ein, wobei er die Straße hinter sich akribisch im Auge behielt. Der Gedanke,

wie knapp er einer Enttarnung entgangen war, trieb Wellen von Adrenalin durch seine Blutbahn.

Was jetzt? Wie weiter?

Seinen ursprünglichen Plan konnte er knicken. Das Portner-Haus war ab sofort Feindesland, so viel stand fest. Zumindest im Augenblick. Aber so knapp die Sache auch gewesen war: Sie hatte ihr Gutes. Er wusste jetzt um ihre Anwesenheit. Er wusste, dass sie ihm auflauerten. Er würde nicht in die Falle gehen, die sie ihm zu stellen versuchten. Und niemals, unter gar keinen Umständen, würden sie sein Auto noch einmal in dieser Straße zu Gesicht kriegen. In hundert verdammten Jahren nicht!

3 »Es tut mir furchtbar leid, aber ich muss Sie das fragen …«

Irina Portner sah ihre Besucher nicht an. Sie saß einfach nur da, auf ihrem sündhaft teuren Benz-Sofa, und starrte vor sich hin.

Winnie Heller, die im Stillen darauf gehofft hatte, dass die junge Witwe ihr irgendwie zu Hilfe kommen oder doch zumindest nicken würde, seufzte. »Ich weiß, es klingt pietätlos«, startete sie einen neuen Versuch, »aber ist Ihnen bekannt, ob Ihr Mann irgendwelche Damenbekanntschaften hatte?«

Damenbekanntschaften!, schalt sie sich, kaum dass der Satz heraus war. *Was für ein lächerlich altmodisches Wort! Warum sagst du nicht einfach Verhältnisse? Glaubst du denn im Ernst, dass Euphemismen irgendetwas besser machen?*

Doch zu ihrer Überraschung reagierte Irina Portner erstaunlich gelassen. »Ich denke schon«, antwortete sie ohne nennenswerte Regung.

Neben Winnie Heller zog Verhoeven die Stirn hoch. »Sie denken?«

»Jan war anständig genug, das alles von hier fernzuhalten.«

Das alles ...

Winnie Heller tauschte einen Blick mit ihrem Vorgesetzten. Und wieder fiel ihr die Wortwahl der Russin auf: »von hier«, nicht »von zu Hause« oder gar »von mir«.

»Oder vielleicht sollte ich besser sagen, mein verstorbener Mann legte großen Wert auf Diskretion«, korrigierte sich Irina Portner im selben Moment, als habe sie die Gedanken ihres Gegenübers gelesen.

Nicht einmal das »anständig« kann sie im Zusammenhang mit ihrem Mann stehenlassen, resümierte Winnie erstaunt. »Aber er hatte Affären?«

Irina Portner nickte. »Davon gehe ich aus.«

»Seit wann wissen Sie davon?«

»Nicht dass Sie mich missverstehen«, sagte die junge Russin anstelle einer Antwort. »Er trennte das natürlich. Seine Ehe und ... Na ja, das andere. Aber er machte sich auch nicht unbedingt die Mühe eines aufwendigen Versteckspiels.«

Winnie Heller überlegte, wie sie ihre nächste Frage am besten formulieren konnte.

Doch die junge Russin kam ihr zuvor: »Ich bin nicht dumm«, sagte sie, und seltsamerweise klang es weder bitter noch rechtfertigend. »Jan war ein gutaussehender und erfolgreicher Mann, der schon von Berufs wegen mit vielen ebenso gutaussehenden und erfolgreichen Frauen zusammentraf. Er war viel außer Haus, und wenn, dann war er längst nicht immer dort, wo er eigentlich sein sollte.«

Was für ein seltsamer Satz, dachte Winnie. Und doch verstand sie genau, was Irina Portner meinte.

»Natürlich gibt es viel Häme in solchen Fällen«, setzte diese im selben Moment mit einem leisen Achselzucken hinzu.

»Häme?«, mischte sich Verhoeven ein. »Aus welcher Richtung?«

Die junge Russin lächelte. »Manche Leute haben Mitleid und wollen einem die Augen öffnen«, antwortete sie vielsagend. »Anderen bereitet es Vergnügen, den Schmerz zu sehen, den ihre Bemerkungen auslösen. Oder ...« Sie lächelte still in sich hinein. »... den sie sich von diesen Bemerkungen erhofft haben.«

Winnie Heller betrachtete ihr Profil. Sie war sicher, dass Irina Portner den Betreffenden nicht den Triumph gegönnt hatte, sich ihre Wut und Enttäuschung anmerken zu lassen. So gesehen konnte man sie durchaus als starke Frau bezeichnen. Andererseits ... Winnie stutzte, als sich ein neuer Gedanke in ihrem Kopf manifestierte. Vielleicht hatte Irina Portner sich ja auch gar nicht zusammenreißen müssen. Vielleicht waren ihr die Affären ihres Mannes gleichgültig gewesen ... Sie dachte an die Berichte, die Wieczorek ihr gemailt hatte. *Sie soll sehr unter ihm gelitten haben. Natürlich hat er sie nicht geschlagen oder so. Zumindest haben wir nie etwas in dieser Richtung mitbekommen.*

»Hat Ihr Mann Sie misshandelt?«

»Jan?« Sie wollte Zeit gewinnen, ganz klar. »Wie kommen Sie denn auf so eine Idee?«

Winnie Heller antwortete nicht. Stattdessen stellte sie der jungen Russin noch einmal die Frage, auf die Irina Portner die Antwort bislang schuldig geblieben war: »Seit wann wussten Sie, dass Ihr Mann Ihnen nicht immer treu gewesen ist?«

Dieses Mal antwortete sie sofort: »Schon immer.«

»Sie meinen, Ihr Mann hat Sie vom Beginn Ihrer Ehe an betrogen?«

»Ich nehme es an, ja.«

»Haben Sie je an eine Scheidung gedacht?«

Sie sah hoch. Ganz kurz. Dann sagte sie schlicht: »Nein.«

Was sich im Nachhinein als äußerst weise Entscheidung erwiesen hat, dachte Winnie Heller, indem sie durch die hohen Fensterfronten zum Gästehaus der Portners mit seinem Riesenpool hinübersah. Immerhin bringt dir deine langmütige Gesinnung jetzt eine ganze Stange Geld ein. Aber das konntest du nicht wissen. Oder doch?

Irina Portner verstand ihren Blick offenbar richtig zu deuten. »Ich werde es verkaufen«, sagte sie, und Winnie hatte den Eindruck, als läge nun doch ein Hauch von Bitterkeit in ihrer Stimme.

Sie dachte an den Spiegel über dem Ehebett der Portners und fragte sich, welchen Preis die junge Frau auf der anderen Seite des Tisches gezahlt hatte für die finanzielle Sicherheit, die sie nun bekam. »Und dann?«, fragte sie.

»Was meinen Sie?«

»Wenn Sie das Haus verkauft haben. Wohin werden Sie gehen?«

Irina Portner schüttelte geistesabwesend den Kopf. »Darüber habe ich mir noch keine Gedanken gemacht.«

Oh doch, dachte Winnie, das hast du!

»Ist Ihnen bekannt, dass unsere Kollegen von der Spurensicherung in Ihrem Garten fündig geworden sind?«, kam Verhoeven derweil auf den eigentlichen Grund ihres Besuchs zu sprechen.

Große grüne Augen. »Nein.«

»Sie haben einen Schuhabdruck gefunden«, erklärte Verhoeven. »Ganz in der Nähe Ihres Pools.«

»Ach Gott, das hatte ich vollkommen vergessen …« Der Schreck weitete Irina Portners Pupillen und ließ ihre Augen von einer Sekunde zur anderen dunkler erscheinen. »Bevor dieser Kerl über mich hergefallen ist, dachte ich …«

»Ja?«

»Ich war auf der Terrasse, an dem Abend.« Sie zupfte wieder an ihrem Fingernagel. »Das habe ich Ihrer Kollegin ja schon erzählt. Und da habe ich ... Also, ich habe einen Moment lang gedacht, dass dort jemand steht.«

»Sie meinen, beim Gästehaus?«

Die junge Witwe bejahte. »Nicht dass ich jemanden gesehen hätte. Direkt gesehen, meine ich. Es sah aus, als ob es in einem der Fenster wäre, verstehen Sie?«

»Eine Reflexion vielleicht?«, schlug Verhoeven vor.

Nicken. »Genau.«

»Hatten Sie Angst?«

»Natürlich«, antwortete Irina Portner wie aus der Pistole geschossen.

Noch etwas, das sie von den anderen unterscheidet, dachte Winnie Heller bei sich. Sie fürchtet sich leicht. »Welche Schuhgröße haben Sie?«, wandte sie sich wieder an die junge Witwe.

»Neununddreißig.«

»Treiben Sie Sport?«

»Das habe ich Ihnen doch schon gesagt.« Jetzt klang sie mit einem Mal gereizt, ohne dass Winnie einen Grund dafür ausmachen konnte. »Ich schwimme zweimal die Woche.«

»Was ist mit Laufen?«

Die junge Russin runzelte die Stirn. »Sie meinen Jogging?«

Winnie Heller nickte.

»O nein.« Sie lachte. »Das ist nichts für mich.«

»Besitzen Sie oder besaß Ihr Mann Sportschuhe von Nike?«

Irina Portner überlegte einen Augenblick. »Ich glaube nicht. Das heißt, ich weiß nicht genau. Mein Mann vielleicht.«

Winnie wunderte sich ein wenig über diese Antwort. Sie selbst hätte zu jedem Zeitpunkt ihres Lebens genau sagen können, was für Schuhe sie gegenwärtig besaß. Mehr noch: Sie hätte sogar sagen können, was für Schuhe sie vor drei oder vier Jahren besessen hatte. Aber das mochte daran liegen, dass die Menge stets überschaubar gewesen war.

»Außer einer Reihe von Tennisschuhen und einem Paar

Joggingtreter haben die Kollegen nichts gefunden«, erklärte sie, an ihren Vorgesetzten gewandt. »Und die waren durch die Bank von Lacoste.«

Irina Portners Miene signalisierte Zustimmung. »Jan war ziemlich anspruchsvoll, was den Tragekomfort angeht. Und mit dieser Marke kam er gut klar.«

Winnie Heller sah sie an. »Sind Sie jemals zum Bergsteigen oder Klettern gegangen?«

»Ich?« Verständnislosigkeit. »Bergsteigen? Warum sollte ich?«

Verhoeven ignorierte die Rückfragen. »Was Ihre Beobachtung betrifft, geben wir den Kollegen von der Spurensicherung Bescheid«, erklärte er, indem er seiner Partnerin bedeutete aufzustehen. »Gut möglich, dass die Sie bitten werden, das Ganze noch einmal vor Ort nachzustellen.«

»Ich weiß nicht, ob ich das kann«, entgegnete Irina Portner. »Immerhin war ich mir schon an dem Abend nicht sicher und ...«

»Kein Problem«, sagte Verhoeven. »Versuchen Sie's einfach.«

4. »Wer immer Jan Portner erschossen hat, wollte wahrscheinlich verhindern, dass wir uns allzu genau mit ihm beschäftigen«, sagte Verhoeven, als sie wieder im Auto saßen.

»Nicht dumm«, nickte Winnie Heller. »Wenn seine Ermordung wie die Notwehr eines auf frischer Tat ertappten Geiselnehmers aussieht, bedeutet das zugleich, dass wir zu wissen glauben, wie die Sache gelaufen ist. Und das Ergebnis ist, dass wir nicht an ein persönliches Motiv glauben.«

Verhoeven nestelte am Regler der Klimaanlage. »Also werden wir Jan Portner durchleuchten. Mit wem er zu tun hatte. Wem er auf die Füße getreten ist. Wer einen Grund hatte, ihn aus dem Weg zu räumen.«

»Nach allem, was wir bislang wissen, seine Frau«, versetzte Winnie trocken.

»Aber so weit zu gehen, sich vergewaltigen zu lassen, um alibitechnisch aus dem Schneider zu sein …« Verhoeven schüttelte nachdenklich den Kopf. »Das wäre doch wohl eins zu viel, oder?«

»Vielleicht wollte sie nicht, dass das passiert«, schlug Winnie Heller vor. »Vielleicht ist die Sache irgendwie aus dem Ruder gelaufen, und sie hat die Kontrolle verloren.«

Verhoeven warf ihr einen raschen Seitenblick zu. »Sie trauen ihr nicht, oder?«

»Ich weiß nicht«, gab sie zu. »Bis jetzt kann ich sie noch nicht wirklich einschätzen.«

»Geht mir genauso.« Er lockerte seinen Gurt. »Was denken Sie, wie weit wir zurückgehen sollten?«

»Wegen eines möglichen Motivs?«

Er nickte.

»Keine Ahnung«, entgegnete sie. »Am besten so weit wie möglich, oder?«

»Tja«, sagte er. »Manche Dinge haben einen langen Atem. Hass zum Beispiel. Oder Rachsucht …«

Winnie Heller dachte an Merle Olsen. Und wenn es hundert Jahre dauert, überlegte sie, wenn sie dem Mann, der sie vergewaltigt hat, irgendwann gegenübersteht, wird sie ihn töten. Sie blinzelte in den wolkenlosen Himmel zwischen den Häuserzeilen und fragte sich, wann es endlich wieder einmal regnen würde. Doch noch war kein Ende der Hitze in Sicht. Im Gegenteil: Die Meteorologen übertrafen sich Tag für Tag mit immer neuen Superlativen: »Jahrhundertsommer«, »Mittelmeerfeeling am Mittelrhein«, »Tropen ganz nah« und so weiter und so fort.

Winnie Heller nestelte die Cola aus ihrer Handtasche, die sie sich am Morgen besorgt hatte. »Wollen Sie auch 'nen Schluck?« Sie hielt ihrem Vorgesetzten die geöffnete Dose unter die Nase. »Ist zwar ziemlich warm inzwischen, aber ich schätze, der Durst treibt's rein.«

Verhoeven sah kurz zu ihr herüber. Dann lächelte er. »Nein, danke.«

Tja, wahrscheinlich hatte er irgendwo eine Flasche Mineralwasser versteckt – das extra stille mit dem Extra-Gesundheitsmineralgemisch selbstverständlich! Winnie verdrehte die Augen. Dann leerte sie die Dose, ohne sie auch nur ein einziges Mal abzusetzen. Ihre Mutter hatte sie als Kind oft gerügt und behauptet, sie »trinke wie ein Mann«, doch das hatte Winnie eigentlich eher als Kompliment aufgefasst ...

Sie grinste.

Warst du früher auch mal ein Mädchen?

Im Präsidium hingegen wartete neuer Ärger auf sie. Genauer gesagt in Form einer Meute von Journalisten. Sie lauerten vor der Einfahrt und forderten nachdrücklich eine Stellungnahme zur jüngsten Entwicklung des Falls. Verhoeven wollte einfach an ihnen vorbeigehen, doch eine der Reporterinnen verstellte ihm kurzerhand den Weg. Sie war augenscheinlich noch jung, Anfang zwanzig vielleicht, und wirkte ehrgeizig. Der Typ, der immer und überall einen Kameramann und einen Schminkkoffer dabei und gleichzeitig Haare auf den strahlend weißen Zähnen und Stahlkappen an den Ellenbogen hatte.

»Sybille Nörthling, Rhein-Main-TV«, stellte sie sich vor, während sie Winnie Hellers Vorgesetztem ein blau-bekapptes Mikrofon unter die Nase hielt, »darf ich Ihnen ein paar Fragen stellen?«

»Nein«, entgegnete Verhoeven knapp. »Dafür haben wir unseren Pressesprecher.«

»Der es ganz ausgezeichnet versteht, mit einer Reihe von

wohlformulierten Worthülsen weniger als nichts zu sagen«, konterte die Reporterin.

»Tja«, sagte Verhoeven, dem die forsche Art der Journalistin missfiel, »Pech.«

»So würde ich das nicht sehen.« Sie schenkte ihm ein zuckersüßes Lächeln. »Sie wissen so gut wie ich, dass die Öffentlichkeit ein berechtigtes Interesse hat, mehr über ...«

»Hören Sie«, erwiderte Verhoeven, indem er sie sanft, aber bestimmt zur Seite schob. »Ich verstehe Ihr berechtigtes Interesse. Und ich verstehe auch, dass die Leute informiert werden wollen. Und genau das werden sie auch, sobald es etwas zu berichten gibt. Also warten Sie einfach auf die nächste Pressekonferenz und lassen Sie uns in der Zwischenzeit unseren Job machen, einverstanden?«

»Heller, nicht wahr?«, hörte Winnie in diesem Augenblick eine Stimme hinter sich, wobei sie sich zunächst nicht in der Lage sah, zu entscheiden, ob diese Stimme einem Mann oder einer Frau gehörte.

Sie drehte sich um und sah eine Frau, die gewissermaßen den Gegenentwurf zu Sybille Nörthling verkörperte. Sie war klein und sehnig. Eine von der Sorte, die Make-up für überflüssig und Mode per se für frauenfeindlich hielt und die es dennoch äußerst übel nahm, wenn man sie übersah.

»Sie waren unter den Geiseln, bei dieser Sache im letzten Frühjahr.« Es war eine reine Feststellung. Nicht etwa eine Frage.

Winnie blickte an der Frau hinunter. Sie trug Jeans, T-Shirt und trotz der Hitze knöchelhohe Armeestiefel. »Ja und?«

»Nichts und ...« Die Reporterin verzog keine Miene, als sie Winnie Heller eine ihrer sehnigen Hände entgegenstreckte. »Jo Ternes, freie Journalistin.«

»Jo?«, fragte Winnie, die nicht im Traum daran dachte, einer wildfremden Journalistin die Hand zu schütteln.

Die Reporterin verdrehte die Augen. »Ach du Scheiße, so was fragen mich sonst nur Männer.«

»Ich weiß eben gern, wen ich vor mir habe«, versetzte Winnie, während sie zugleich überlegte, wie sie sich am besten vom Acker machen konnte. Sie sah zu Verhoeven hinüber, doch der kämpfte nach wie vor mit Sybille Nörthling, die ihn hartnäckig bedrängte. »Und Jo ist für mich nicht ...«

»Gefällt Ihnen Josefine besser?«

Winnie lächelte. »Nicht unbedingt.«

»Na, sehen Sie. Vielleicht können wir dann jetzt zu den wirklich wichtigen Dingen des Lebens kommen ...«

»Sie meinen den Weltfrieden und die Prognose der Wirtschaftsweisen?«, stichelte Winnie, indem sie versuchte, sich quer durch die Wartenden hindurch Richtung Eingang vorzuarbeiten.

»Ich meine den Kerl, der in erschreckend kurzen Abständen lebenstüchtige und kluge Frauen in traumatisierte Opfer verwandelt«, rief Jo Ternes ihr nach. »Und der irgendwann eine von ihnen töten wird, wenn Sie ihn nicht stoppen.«

Winnie drehte den Kopf. »Er hat bereits getötet«, widersprach sie und hätte sich im selben Moment am liebsten geohrfeigt dafür, dass sie sich von einer Fremden, noch dazu von einer Reporterin, aus der Reserve locken ließ.

»Ich rede nicht von Notwehr.« Jo Ternes war schon wieder direkt hinter ihr. »Ich meine, das ist natürlich Pech für Portner, aber ...«

»Ganz richtig«, versetzte Winnie in bewusst neutralem Ton, doch der schien die Journalistin augenblicklich auf den Plan zu rufen.

»Ach du Scheiße«, entfuhr es ihr, nachdem sie Winnie Hellers Gesicht mit einem kurzen, prüfenden Blick bedacht hatte. »Das heißt, es hat bereits ein weiteres Opfer gegeben?«

»Wenn es so wäre, wüssten Sie das«, versetzte Winnie und wandte sich wieder ab.

Doch die Reporterin ließ sich nicht abschütteln. »Warten Sie ...« Sie umrundete Winnie mit ein paar schnellen Schritten und hielt sie am Arm fest. »Wenn es außer Portner keinen Toten gegeben hat, dann ... Hey, das mit Portner war gar keine Notwehr, oder?«

»Das habe ich weder gesagt noch gemeint.«

»Oh doch!« Die wachen blauen Augen fixierten sie so durchdringend, als habe ein Jäger ein Stück Wild ins Visier genommen. »Das haben Sie sehr wohl so gemeint!«

Winnie machte wütend ihren Arm los. »Ich lasse mir nichts in den Mund legen.«

»Quatschen Sie nicht«, unterbrach Jo Ternes sie. »Was war das mit Portner?«

Winnie Heller warf ihr einen finsteren Blick zu. Zugleich hätte sie sich selbst am liebsten geviertelt dafür, dass sie so unvorsichtig gewesen war. »Kein Kommentar«, sagte sie. Dann schob sie sich entschlossen durch die Menge und folgte ihrem Vorgesetzten ins Innere des Gebäudes.

»Alles klar?«, fragte Verhoeven, als sie im Aufzug standen.

»Nein, nicht so richtig.« Sie seufzte. »Ich fürchte, ich hab Mist gebaut.«

»Inwiefern?«

Kleinlaut berichtete sie ihrem Vorgesetzten von dem kurzen Wortwechsel mit der Reporterin. Und von dem Fauxpas, den sie begangen hatte.

»So was kann jedem passieren«, sagte Verhoeven. »Machen Sie sich keinen Kopf.«

Winnie Heller rupfte wütend ihre Tasche zurecht, deren Tragegurt sich verdreht hatte. »Aber wir haben doch noch gar nicht entschieden, wie viel wir davon öffentlich machen, und wenn wir jetzt ...«

»Dieser ganze verdammte Fall ist öffentlich«, gab Verhoeven achselzuckend zurück. Und zu ihrer Überraschung hatte sie tatsächlich das Gefühl, dass er ihr den Patzer nachsah. »Und meiner Ansicht nach ist das durchaus nicht nur von Nachteil.«

»Wieso?«

»Na ja«, antwortete er. »Diese ganze Panikmache bedeutet natürlich, dass wir einen Haufen falscher Hinweise und hysterischer Überreaktionen bekommen, die uns unter Umständen von dem ablenken, was wirklich wichtig ist. Andererseits brauchen wir auch endlich die Aufmerksamkeit der Leute.«

»Damit endlich mal jemand merkt, dass der Kerl da ist?«

Verhoeven nickte. »Fakt ist, dass der Artist die Frauen im Vorfeld der Tat beobachtet oder doch zumindest auf andere Weise durchleuchtet. Und Fakt ist auch, dass das bislang noch niemandem aufgefallen ist.«

Da hat er, verdammt noch mal, recht, dachte Winnie Heller, während sie sich Kolmars Einschätzung ins Gedächtnis rief: *Das ist einer der Punkte, die diesen Fall so überaus bemerkenswert machen ...*

»Trinken wir noch einen Kaffee, bevor wir die anderen informieren?«, riss Verhoevens Stimme sie aus ihren Gedanken.

Sie sah auf ihre Armbanduhr. »Tut mir leid, aber das werden Sie allein übernehmen müssen.« Sie zögerte. »Ich habe doch diesen Termin heute Nachmittag.«

Offenbar wusste er von nichts, denn er hob nur fragend die Augenbrauen.

»Hinnrichs«, knurrte sie. »Er besteht darauf, dass ich ausgerechnet jetzt mein angebliches Geiselnahmen-Trauma aufarbeite und mit der zuständigen Psychologin spreche. Ansonsten droht mir ab sofort Innendienst.«

»Oje.« Ihr Vorgesetzter zog mitfühlend die Stirn in Falten. »Das ist ja mal wieder ein klasse Timing.«

»Allerdings«, nickte sie. »Und leider sah Hinnrichs ganz und gar nicht so aus, als ob er in diesem Punkt mit sich reden ließe.« Sie warf ihm einen flehentlichen Blick zu. »Aber vielleicht könnten Sie ja versuchen, ob Sie da nicht ...«

Verhoeven lächelte. »Sie machen das schon.«

Na toll! Vielen Dank auch, du Arsch!

Winnie merkte, wie sich ihre Wangen mit Blut füllten, und das lag ausnahmsweise mal nicht an der Hitze. Wahrscheinlich hatten sich die beiden längst abgestimmt. Schließlich hielten diese Kerle doch immer zusammen, ganz egal, worum es ging!

»Sicher«, entgegnete sie kühl. »Dann also bis morgen.«

»Ja«, sagte Verhoeven. »Bis dann.«

5

Dr. Amanda Kerr war eine zurückhaltend attraktive Frau von Mitte vierzig mit einem glatten, ebenmäßigen Teint und interessanten gelbgrünen Augen hinter einer randlosen Brille.

»Wie geht es Ihnen?«, eröffnete sie das Gespräch, kaum dass Winnie Heller auf dem Stuhl (kein Sofa, immerhin!) ihr gegenüber Platz genommen hatte.

»Ganz gut, danke.«

»Was macht Ihr Job?«

Dass sie die Frage so leger formulierte, machte Winnie Heller automatisch misstrauisch. Sie kannte die Tricks dieser Leute nur zu gut. Vertrauen aufbauen. Das Opfer in Sicherheit wiegen. Und sich dabei klammheimlich irgendwelche Notizen machen, die sich anschließend gegen den Betreffenden verwenden ließen. Aber leider sah sie noch immer nicht die geringste Möglichkeit, um dieses Gespräch herumzukommen.

Also die Job-Frage ...

»Viel zu tun im Moment.«

»Ja?«

»Ja.«

Heuchlerin! Bestimmt notierte sie in Gedanken bereits, dass ihre Patientin unverkennbar unter Stress stehe.

Viel zu tun im Augenblick ...
»Woran arbeiten Sie gerade?«
»Sie haben doch bestimmt von der aktuellen Vergewaltigungsserie gehört.«
»Sicher.« Dr. Kerr öffnete eine Kladde, die vor ihr auf dem dunklen Holz des Schreibtischs lag, doch Winnies erstem Eindruck nach enthielt sie nichts als unbeschriebenes Papier. »Sind Sie mit der Sache befasst?«
»Seit neuestem. Ja.«
»Viel Material, hm?«
»Allerdings.«
»Und sonst?«
»Oh ...« Winnie Heller lachte, und es klang entsetzlich unecht. »Zu *und sonst* komme ich im Augenblick gar nicht.«
Die Psychologin nickte. »Das ist klar.«
Winnie sah auf ihre Armbanduhr und stöhnte. »Hören Sie, Sie sind bestimmt wahnsinnig kompetent auf Ihrem Gebiet und ...«
Ein amüsiertes Lächeln auf der anderen Seite des Schreibtischs.
»... und wahrscheinlich haben Sie vollkommen recht damit, dass ich mir selbst in die Tasche lüge, wenn ich mir einrede, mit allem, was das Leben so bringt, allein fertigzuwerden. Aber im Moment habe ich wirklich weder Zeit noch Lust, auf irgendwelchen alten Knochen herumzukauen, verstehen Sie das?«
»O ja, durchaus.«
Winnie hob irritiert den Kopf. Leute, die sich nicht wehrten, wenn sie unverschämt wurde, machten sie irgendwie nervös. »Ich meine, wir haben diesen Fall am Hals, und eigentlich habe ich schon ein schlechtes Gewissen, wenn ich mich mal für ein oder zwei Stunden aufs Ohr lege. Und wenn mein Boss mich nicht mit roher Gewalt dazu gezwungen hätte, wäre ich gar nicht hier. Zumindest nicht jetzt und ...« Sie

brach ab, in der Hoffnung, dass Dr. Kerr ihr irgendwie zu Hilfe kommen würde. Doch die Psychologin schwieg. »Wie auch immer«, schloss Winnie, als ihr die Stille zu unbequem wurde, »jedenfalls ist das hier nicht der richtige Zeitpunkt.«

Dr. Kerr sah sie aus klaren grünen Augen an. »Gibt es Ihrer Meinung nach denn so etwas wie einen richtigen Zeitpunkt?«

»Oh, na klar, ganz bestimmt gibt es den«, entgegnete Winnie Heller mit einer Mischung aus Erleichterung und Sarkasmus.

»Wann?«

»Na ja, zum Beispiel wenn dieser Fall, an dem wir gerade arbeiten, abgeschlossen ist.«

Das sicherte ihr zumindest erst mal eine Galgenfrist. Und die Formulierung »an dem wir gerade arbeiten« bewies Teamfähigkeit und eine gesunde Einschätzung des eigenen Wertes. Nicht zu viel, nicht zu wenig ...

Amanda Kerr nickte und wechselte dann völlig überraschend das Thema. »Wie geht es Frau Portner inzwischen?«

Winnie Heller hob die Brauen. »Sie sind mit dem Fall vertraut?«

»Ihre Kollegen vom K 12 haben mich vor kurzem um eine Stellungnahme gebeten.«

»Sie meinen, zum Täter?«

»Mit der Erstellung eines entsprechenden Profils ist ein Kollege von mir befasst«, wiegelte die Psychologin ab.

»Ich weiß«, antwortete Winnie Heller. »Wir hatten bereits gestern das Vergnügen.«

»Da haben Sie wirklich einen kompetenten Mann erwischt«, erklärte Dr. Kerr, und es klang durchaus aufrichtig. »Marc Kolmar ist ein ausgezeichneter Kenner der Materie, der die meiste Zeit des Jahres in den Staaten verbringt, wo er an mehreren Langzeitstudien mit zum Tode verurteilten Serientätern beteiligt ist. Bei dem, was ich zu der ganzen Sache beisteuern sollte, ging es mehr um eine allgemeine Einschätzung der kognitiven Verknüpfungen.«

»Und?« Winnie betrachtete sie mit neuem Interesse. »Zu welchem Ergebnis sind Sie gekommen?«

Doch Amanda Kerr dachte nicht im Traum daran, den Köder zu schlucken. »Sie haben Ihr Studium mit Bestnoten in Psychologie und Kriminologie abgeschlossen, nicht wahr?«, stellte sie fest und demonstrierte damit nicht nur, dass sie Überraschungseffekte liebte, sondern auch, dass sie Winnie Hellers Personalakte studiert hatte. Dass sie vorbereitet war auf dieses Gespräch, das sie miteinander führen mussten.

»Ja«, entgegnete Winnie knapp.

»Weil dieses Gebiet Sie interessiert hat, nehme ich an?«

»Keine Ahnung. Vielleicht hat es der Dozent auch einfach verstanden, die Sache gut zu verpacken.«

»Wen hatten Sie?«

»Liesenfeldt.«

»Guter Mann«, nickte die Psychologin, und trotz der Beiläufigkeit der Bemerkung schien sie ehrlich zu meinen, was sie sagte.

Trotzdem witterte Winnie Heller bei diesem Thema automatisch einen Hintergedanken. Dr. Liesenfeldts Kurse in Vernehmungstechnik, Kinesiologie und forensischer Psychologie waren nun einmal leider nicht die einzigen Erfahrungen, die sie auf diesem Gebiet hatte. Aber da der Zustand nach psychotherapeutischer Behandlung laut Merkblatt zur Polizeidiensttauglichkeit zu den sogenannten eventuellen Ausschlussgründen gehörte, hatte sie die vierzehnmonatige Therapie, derer sie sich nach dem Unfall ihrer Schwester hatte unterziehen müssen, bei ihrer Bewerbung geflissentlich verschwiegen. Entsprechend groß war ihre Angst, dass die Sache irgendwann doch noch herauskam und sie gegebenenfalls die Karriere kostete, auch wenn sie zugeben musste, dass diese Angst in der letzten Zeit ein wenig abgenommen hatte. Trotzdem machten sie Gespräche mit Psychologen, bei denen es nicht oder zumindest nicht ausschließlich um irgendeinen Fall ging, nach wie vor nervös.

»Und haben Sie schon eine Idee, nach welchen Kriterien der Täter seine Opfer auswählt?«, riss Dr. Kerrs Stimme sie unsanft aus ihren Gedanken, und Winnie Heller brauchte einen Moment, um zu verstehen, dass die Psychologin über den Artisten sprach. Über den Fall, an dem sie arbeitete.

»Das ist eins unserer Hauptprobleme«, entgegnete sie, froh, dass auf diese Weise Zeit verstrich, in der es nicht um sie ging. Um ihre Probleme. Um die Leichen in ihrem Keller. »Das Aussehen, die Biographien, die Lebensumstände der Frauen – all das passt einfach nicht zusammen.«

Dr. Kerr hob die Hand. »Das würde ich nicht so sehen.«

»Wie würden Sie es denn dann sehen?«

»Sie müssen sich klarmachen, dass selbst zutiefst pathologische Zustände eine innere Logik haben. Bloß dass diese innere Logik je nach Betrachter auf den ersten Blick erkennbar ist oder eben nicht.«

»Sie meinen, der Artist hat ein Konzept?«

»Natürlich hat er das«, nickte Dr. Kerr. »Wie willkürlich uns sein Tun auch erscheinen mag, von seinem Standpunkt aus ist es die logischste Sache der Welt. Die Wahl seiner Opfer ist in keiner Weise zufällig, auch wenn das auf Sie bislang noch so wirken mag. Aber irgendetwas verbindet all diese Frauen. Es gibt einen roten Faden. Und wenn Sie diesen roten Faden finden, finden Sie den Mann, den Sie suchen. Oder zumindest etwas, das Sie über kurz oder lang zu ihm führt.«

... *oder lang*, echote es hinter Winnie Hellers Stirn. Wie lange werden wir brauchen? Wie viele Frauen müssen noch bezahlen, bis wir wissen, was ihn antreibt?

»Warum merken seine Opfer nicht, dass er sie beobachtet?«, schnitt sie eine weitere Frage an, die sie nicht losließ.

»Entweder«, entgegnete die Psychologin, »er beobachtet sie gar nicht ...«

»Aber das muss er«, unterbrach Winnie Heller sie umgehend wieder. »Wie sollte er sonst an seine Informationen kommen?«

»Na ja, in Zeiten wie diesen ist es leichter denn je, einen Menschen aus einer gewissen Distanz heraus im Auge zu behalten ...«

»Einverstanden«, sagte Winnie. »Aber Google Earth verrät Ihnen noch lange nicht, zu welchen Zeiten der Ehemann für gewöhnlich außer Haus ist und welches Fenster die Sicherheitslücke innerhalb der Alarmanlage darstellt.«

»Das ist richtig«, räumte die Ärztin ein. »Andererseits stelle ich immer wieder mit einer gewissen Fassungslosigkeit fest, wie viel die Leute von sich preisgeben, wenn sie im Internet sind.« Sie rückte ihre Brille zurecht. »Dinge, die sie ihrem besten Freund nicht anvertrauen würden, verraten sie umso bereitwilliger einem Spiderman78 oder einer AngelbelleXY. Dass die Hemmschwellen in diesem Bereich so niedrig sind, liegt natürlich in erster Linie daran, dass das Netz den Menschen eine Anonymität vorgaukelt, die es – realistisch betrachtet – überhaupt nicht gibt. Trotzdem gehen fast alle wie selbstverständlich davon aus, dass sie Spiderman78 oder AngelbelleXY im wahren Leben niemals begegnen werden.«

»Das haben die Kollegen alles abgecheckt«, widersprach Winnie. »Tatiana Schwarz bewegt sich überhaupt nicht im Internet. Sie besitzt nicht einmal eine E-Mail-Adresse. Und alle anderen haben angegeben, von jeher äußerst vorsichtig gewesen zu sein.«

Dr. Kerrs Miene war belustigt. »Würde man zugeben, wenn es anders wäre?«, fragte sie.

Winnie Heller dachte an Irina Portner und den Schatten der Unsicherheit, der über das Gesicht der jungen Russin gehuscht war, als sie sie nach dem ungesicherten Fenster gefragt hatte. Sie war sich ziemlich sicher, dass Jan Portners Witwe sie zumindest in diesem Punkt belogen hatte. Aber sie hatte keine Idee, warum. »Sie haben eben von zwei denkbaren Erklärungen gesprochen«, kam sie zum Ausgangspunkt ihrer Diskussion zurück. »Dafür, dass die Frauen ihren Mann bis zur Tat nicht bemerken.«

»Richtig.« Dr. Kerrs Augen wandten sich ihr zu. »Die eine Möglichkeit ist wie gesagt, dass er es auf irgendeine Weise schafft, an die entsprechenden Informationen zu kommen, ohne sich den Frauen nähern zu müssen.«

»Und die andere?«

»Dass seine Tarnung derart perfekt ist, dass man ihn nicht wahrnimmt, obwohl er da ist.«

»Keine dieser Frauen?«, fragte Winnie Heller zweifelnd.

Dr. Kerrs Augen ruhten noch immer auf ihr. »Sie haben seine Opfer doch kennengelernt«, sagte sie anstelle einer Antwort. »Zumindest einige von ihnen.«

Winnie Heller hielt ihrem Blick stand. »Ja. Und?«

»Wie schätzen Sie sie ein?«

»In welcher Beziehung?«

»Als Persönlichkeit. Wie sind diese Frauen Ihrer Meinung nach gestrickt? Oder andersherum gefragt: Warum wählt Ihr Mann sie aus?«

»Keine Ahnung.«

Die Psychologin lächelte verschmitzt. »Doch, Sie haben eine Ahnung.«

»Dann wissen Sie mehr als ich.«

»Kommen Sie«, Dr. Kerrs Ton war mit einem Mal beinahe salopp, und Winnie überlegte, ob dieser unerwartete Schwenk Teil eines Spiels war, das die Psychologin mit ihr spielte, »Sie sind der Typ, der seine Hausaufgaben macht.«

»Wie kommen Sie auf die Idee?«, gab Winnie betont munter zurück. »Weil Sie meine Zeugnisse gesehen haben?«

»Nein.«

»Sondern?«

»Weil Sie es hassen, überrascht zu werden.«

Zack, das saß!

Winnie bedachte die Psychologin mit einem zuckersüßen Lächeln, das, so hoffte sie zumindest, ihren Ärger überspielte. »Stimmt«, gab sie zu. Diese Frau war gut, das ließ sich nicht bestreiten. Und sie verstand ihren Job. »Überrascht zu werden ist etwas, was mir nicht gerade angenehm ist.«

Dr. Kerr nickte nur. »Also?«

»Was also?«, gab Winnie zurück. Was sollte das alles? Was für Spielchen spielten sie hier gerade?

»Wie schätzen Sie die bisherigen Opfer ein?«

Winnie überlegte eine Weile. »Selbstbewusst.«

»Auf jeden Fall.«

»Und in gewisser Weise auch erfolgreich.« Sie zögerte und dachte an Tatiana Schwarz und das Restaurant, das sie und ihr alkoholkranker Mann hatten verkaufen müssen, weil es irgendwann einfach nicht mehr weitergegangen war. Zu viel Arbeit für einen allein, zu unzuverlässig der Partner. Das Angebot war nach und nach eingeschränkt, die Rechnungen nicht mehr bezahlt worden. Und irgendwann waren die Gäste ausgeblieben. Eine logische Konsequenz.

»Oh ja«, nickte Dr. Kerr auf der anderen Seite des Schreibtischs. »Auch hierin stimme ich mit Ihnen völlig überein. Jede dieser Frauen ist auf ihre ganz persönliche Weise absolut erfolgreich.«

»Obwohl sie zum Teil schon viel hinter sich haben, haben sie durch die Bank einen optimistischen Eindruck auf mich gemacht«, setzte Winnie Heller ermutigt hinzu.

Und wieder nickte die Psychologin. »Würden Sie eine von ihnen als übertrieben vorsichtig einstufen?«

»Ja, Irina Portner.«

»Eine Voraussetzung für ein selbstbewusstes Auftreten ist

das Gefühl, seinen Platz im Leben gefunden zu haben«, entgegnete Dr. Kerr. »Diese Sicherheit wiederum verleiht einem eine ganz bestimmte Ausstrahlung. Aber sie bedingt auch, dass man sich allzu leicht dem Trugschluss hingibt, übertriebene Vorsicht nicht länger nötig zu haben.«

»Ist das nicht ein bisschen sehr plakativ gedacht?«, fragte Winnie, auch wenn sie die Ansicht der Psychologin im Grunde teilte.

»Natürlich ist es das«, gab diese unumwunden zu. »Aber es ist eine unbestreitbare Tatsache, dass ein Mädchen, das aus instabilen Verhältnissen stammt, das Kind einer Prostituierten etwa oder eines gewalttätigen Vaters, ein Mensch also, der schon einmal in den Abgrund geblickt hat, nicht mit der gleichen Unbekümmertheit auf dem Drahtseil Rad schlagen wird wie jemand, dessen bisheriges Leben von Stabilität und Sicherheit geprägt war.« Sie lehnte sich zurück. »Das Fatale an Gewalttaten ist, dass, wer einmal mit im Boot sitzt, nicht mehr so ohne weiteres wieder aussteigen kann. Solange Sie im Sinne eigener Erfahrungen noch im Tal der Ahnungslosen wandeln, nehmen Sie Gewalt allenfalls als Schlagzeile in einer Zeitung oder in Form einer Nachrichtenmeldung wahr.« Sie zuckte die Achseln. »Je nach Charakter stimmt Sie dergleichen dann betroffen oder mitleidig. Aber wie immer Sie auch reagieren mögen: Das alles ist weit weg von dem, was Sie, was Ihr ganz persönliches Leben angeht. Ungefähr so weit wie die Kriegshandlungen in Kundus oder irgendein Selbstmordattentat in Pakistan oder Palästina.«

Winnie Heller dachte an Iris Vermeulen und nickte.

»Verstehen Sie mich nicht falsch«, fuhr Dr. Kerr fort, »als Normalbürger ist es meiner Meinung nach Ihr gutes Recht, die Dinge so zu sehen. Aus der Distanz heraus und mit allen Schutzmechanismen, mit denen die Natur uns freundlicherweise ausgestattet hat. Aber genauso wenig, wie Sie und ich diese Dinge über ein gewisses Maß hinaus persönlich nehmen können und sollen, sind Menschen, die dergleichen am eigenen Leib erlebt haben, in der Lage, das Geschehen wieder von sich selbst zu abstrahieren.«

»Sicher.« Winnie Heller kniff misstrauisch die Augen zusammen. Sprachen Sie tatsächlich noch immer über den Fall? Sie sah verstohlen auf die Uhr und stellte erleichtert fest, dass die vorgesehene Gesprächszeit schon fast abgelaufen war. »Lassen wir Irina Portner doch einfach mal außen vor«, beeilte sie sich, der Unterhaltung wieder eine eindeutigere Richtung zu geben. »Und nehmen wir an, das Kriterium, nach dem der Artist seine Opfer auswählt, hätte tatsächlich etwas mit der Stärke der Frauen zu tun. Mit ihrer Persönlichkeit ...«

»Ja?«

»Was dann?«

Die Psychologin verzog die Lippen zu einem sehr anziehenden Lächeln. »Dann müssen Sie sich als Nächstes fragen, wo beziehungsweise in welchem Zusammenhang Ihrem Mann die Stärke der betreffenden Frauen aufgefallen ist.«

Winnie Heller überlegte einen Augenblick. »Ich nehme an, er ist ihnen begegnet.«

»Okay.« Ein beifälliges Nicken, offenbar war auch sie dieser Meinung. »Wo?«

»Na ja, bislang haben wir da – wie Sie wissen – leider keinerlei Schnittmengen gefunden«, antwortete Winnie. »Und das, obwohl wir uns sämtliche Bereiche des täglichen Lebens vorgenommen haben. Wo die Frauen einkaufen, wo sie tanken, bei welchem Friseur sie sich die Haare machen lassen und so weiter und so fort. Aber abgesehen davon, dass sicherlich jede von ihnen schon mal im Kaufhof, am Bahnhof oder im Staatstheater war, haben wir keine Übereinstimmungen gefunden.« Sie seufzte. »Sie sind so verschieden, wie man nur sein kann.«

»Und doch haben sie etwas gemeinsam.« Dr. Kerr blickte

zum Fenster, wo hinter den geschlossenen Lamellen die Sonne trotz des Spätnachmittags mit ungebremster Wucht vom Himmel stach.

Winnie Heller sah sie an. »Was?«

Die Augen der Psychologin kehrten zu ihr zurück. »Das ist doch offensichtlich.«

»Ach ja?«

Dr. Kerr nickte. »Sicher«, entgegnete sie lapidar. »Ihren Vergewaltiger.«

6

»Daaaarling?«

Brenda Hartwig verdrehte die Augen. *Darling!* So nannte er sie immer, wenn er ein paar Tage drüben in den Staaten gewesen war, und ganz zu Anfang hatte sie noch gescherzt, er tue das nur, um zu verbergen, dass ihm die Umstellung von seiner New Yorker Geliebten auf seine deutsche Gespielin so schwerfiel. Doch nachdem Tom ihre Frotzelei erstaunlich empört von sich gewiesen hatte (vorher wäre sie nie ernsthaft auf den Gedanken gekommen, dass er sie betrog), reagierte sie geradezu allergisch auf die Anrede.

»Hey, Darling!«, hörte sie seine Stimme erneut, allerdings lauter als zuvor.

»Was ist?«, rief sie, indem sie ihren Putzlappen wütend in den Eimer vor sich warf. Da der hohe Herr schon von Haus aus extrem unordentlich war und es zudem geschafft hatte, in den wenigen Tagen seit seiner Rückkehr die gewissenhafte Grundreinigung, die sie während seiner Abwesenheit vorgenommen hatte, komplett zunichtezumachen, sah es dort buchstäblich aus wie bei Hempels unterm Sofa.

»Du, sag mal ...« Sein Gesicht erschien in der Tür zur Küche. Er hatte eine ganze Menge Farbe bekommen auf dieser

Reise. Offenbar war das Wetter in New York genauso gut gewesen wie hier.

»Ja?«

»Hast du in der Zwischenzeit mal den Wagen benutzt?«

»Was meinst du?«

»Während ich drüben in den Staaten war.«

Sie runzelte die Stirn, weil sie keine Ahnung hatte, worauf er hinauswollte. »Natürlich habe ich den Wagen benutzt«, versetzte sie. »Wie glaubst du, dass ich sonst zur Arbeit gekommen sein sollte?«

»Nein.« Er schüttelte ungeduldig den Kopf. »Ich meine nicht *deinen* Wagen. Ich meine den Mercedes.«

»Den Mercedes?« Sie sah hoch. »Wieso sollte ich den Mercedes benutzen?«

Deinen Schatz, dein Heiligtum, den Traum deiner schlaflosen Nächte, setzte sie in Gedanken hinzu, ich werde mich hüten!

»Keine Ahnung.« Er lehnte den Rücken gegen den Türrahmen und starrte nachdenklich vor sich hin.

Seine Züge waren bis auf die Augen, die immer irgendwie unbeteiligt wirkten, ausgesprochen attraktiv. Etwas, das Brenda von Anfang an fasziniert hatte. Allerdings hatte sie in letzter Zeit festgestellt, dass sich die Wirkung allmählich abnutzte. Aber das lag vielleicht auch daran, dass sie ihn mehr und mehr durchschaute. Die Art und Weise, wie er sie ausnutzte. Wie er sie zu lenken verstand, indem er ihr genau das sagte, was sie hören wollte, und dabei ungeniert seiner Wege ging, die ihn nicht selten in die Arme anderer Frauen führten.

Brenda drückte ärgerlich den Lappen aus und widmete sich dann mit Nachdruck dem Fliesenspiegel über dem Herd.

»Alles okay mit dir?«, fragte sie, als Tom nach einer ganzen Weile noch immer keine Anstalten machte, zu verschwinden. Nicht dass sein Befinden sie tatsächlich interessiert hätte.

Aber sie konnte es nun mal auf den Tod nicht ausstehen, wenn er in ihrer Nähe herumhing und sie beim Bügeln, Wäschelegen oder – wie jetzt – beim Küchenschrubben beobachtete.

»Ja, ja, alles bestens«, entgegnete er geistesabwesend. »Es ist nur ...«

»Was denn?«

Herrgott! Allmählich verlor sie wirklich die Geduld!

»Und du bist wirklich ganz sicher, dass du den Mercedes nicht vielleicht doch bewegt hast?«, hakte er anstelle einer Antwort noch einmal nach.

»Was soll dieser Blödsinn?«, fuhr sie ihn an. »Wieso fragst du mich so ein hirnrissiges Zeug? Hat dein Baby vielleicht irgendeinen Kratzer, für den du einen Schuldigen suchst, oder bist du bloß mit dem falschen Fuß aufgestanden?«

Seine Augen klärten sich, und er wirkte mit einem Mal verwundert. Vielleicht, weil sich eine seiner Theorien überholt hatte. Vielleicht auch, weil er instinktiv spürte, dass sie ihm und seinem Einfluss allmählich entglitt.

»Tut mir leid«, sagte er nur. Doch noch immer rührte er sich nicht von der Stelle.

»Verdammt noch mal, Tom, was ist los mit dir?«, fuhr sie ihn an. »Ist der Wagen beschädigt oder was?«

Er schüttelte den Kopf. »Diese ganze Sache ist wirklich seltsam«, murmelte er vor sich hin, mehr an sich selbst als an sie gewandt. »Aber das alles ist wahrscheinlich nur Einbildung, verstehst du?«

Er verharrte noch einige Sekunden regungslos unter der Tür. Dann drehte er sich plötzlich um und verschwand in der Diele.

»O nein«, rief sie ihm nach, und ihre Stimme war brüchig vor Zorn. »Ich verstehe kein Wort. Aber das ist dir ja egal, nicht wahr?«

Er kam zurück. Offensichtlich erstaunt über die Heftigkeit ihrer Reaktion. »Tut mir leid«, sagte er noch einmal, und jetzt klang er fast hilflos. »Ich wollte dich nicht ... Es war kein Vorwurf.«

»Okay«, entgegnete sie, indem sie seine stechend hellgrauen Augen fixierte, den einzigen Makel in seinem vollendet geformten Gesicht. »Was ist Einbildung? Und was, zum Teufel, ist dein Problem?«

»Das kann ich dir im Moment wirklich noch nicht sagen«, bekannte er. Und sie musste zugeben, dass sie ihn nie zuvor derart verwirrt gesehen hatte. »Ich glaube, ich muss erst darüber nachdenken ...«

7

»Mag sein, dass sie ihren Vergewaltiger gemeint haben«, stöhnte Winnie Heller mit einem ratlosen Kopfschütteln. »Aber mit der Tat als solcher gehen die Frauen vollkommen unterschiedlich um.«

»Beschreiben Sie mir, wie«, forderte Dr. Kerr sie auf.

Winnie Heller dachte nach. »Sarah Endecke würde am liebsten vergessen, was geschehen ist«, antwortete sie dann. »Tatiana Schwarz nimmt es als etwas, durch das man eben durchmuss. Wie eine Krebserkrankung oder den Konkurs der eigenen Firma«, setzte sie nach kurzem Überlegen hinzu.

»Natürlich«, nickte die Psychologin. »Die Verarbeitung eines traumatisierenden Ereignisses wird wie vieles andere stark von der eigenen Biographie geprägt.« Sie zuckte die Achseln. »Jemand wie Tatiana Schwarz ist daran gewöhnt, nach einem Schicksalsschlag die Ärmel hochzukrempeln und einfach weiterzumachen. Also tut sie genau das. Sarah Endecke hingegen hat gelernt, dass man mit Verdrängung weiter kommt als mit offensiver Auseinandersetzung.«

»Die meisten Sorgen bereitet mir in diesem Zusammenhang Merle Olsen«, hörte Winnie Heller sich sagen, bevor sie etwas dagegen unternehmen konnte. »Sie ist geradezu besessen von dem Mann, der sie vergewaltigt hat.«

»Besessen?« Die Psychologin zog die Augenbrauen hoch. »In welcher Weise?«

»Sie sammelt alle Informationen über ihn, die sie kriegen kann. Und sie bestürmt die anderen Opfer mit Fragen.«

»Nun ja«, Dr. Kerrs Augen blitzten kurz über dem Rand ihrer Brille auf, »Sie haben doch selbst eine Geiselhaft erlebt und ...«

Die abrupte Rückkehr zum eigentlichen Grund ihres Hierseins hebelte Winnie für einige Sekunden völlig aus. »Was hat das damit zu tun?«, fragte sie entgeistert.

»Ich habe die Berichte gelesen«, erklärte Dr. Kerr anstelle einer Antwort. »Eine Ihrer Mitgefangenen zeigte damals sehr deutliche Anzeichen für etwas, das ich durchaus in die Nähe eines Stockholm-Syndroms rücken würde, und ...«

»Ach so.« Darum ging es also! Nur darum ... Winnie hatte Mühe, ihre Erleichterung zu verbergen. »Nein, von so etwas habe ich nicht gesprochen. Es ist nicht *diese* Art von Besessenheit.«

Dr. Kerr verzog keine Miene. »Welche sonst?«

»Merle Olsen ist nicht fasziniert von ihm. Sie ist entschlossen, ihn zu töten.«

»Hat sie Ihnen das gesagt?«

»Nein.«

»Woran machen Sie diese Annahme dann fest?«

An ihrem Blick, dachte Winnie, aber sie hütete sich, diesen Gedanken laut auszusprechen. Stattdessen sagte sie: »Ihre Lebensgefährtin scheint auch sehr besorgt über ihr Verhalten zu sein.«

»Sie meinen, so wie Sie?«

Achten Sie auf Ihr verdammtes Mundwerk, Heller!

»Vergessen Sie's«, sagte Winnie, und zu ihrer größten Überraschung hakte die Psychologin nicht weiter nach.

»Was ist mit der Lehrerin?«, fragte sie stattdessen.

»Iris Vermeulen?« Winnie schob die Unterlippe vor, während sie sich die Sache durch den Kopf gehen ließ. »Die ist eigentlich die Coolste, würde ich sagen. Natürlich hat die Tat sie ziemlich mitgenommen, das will ich nicht sagen. Aber sie scheint trotz allem sehr gefasst damit umzugehen.«

»Weder in die eine noch in die andere Richtung extrem, meinen Sie?«

»Ja, ich glaube, das habe ich gemeint.«

»Haben Sie jemanden, mit dem Sie über solche Dinge reden können?«

Die Frage erwischte Winnie kalt. »Sie meinen, über den Fall?«, fragte sie, um Zeit zu gewinnen.

Amanda Kerr lächelte. »Ich meine, über Ihre Gedanken und Gefühle.«

»Klar.«

»Wen?«

Meine Fische, dachte Winnie. Sind verdammt gute Zuhörer, die Jungs. Und soooo diskret. Eine Eigenschaft, die nicht zu unterschätzen ist, wenn man solche Probleme hat, wie ich sie habe. Laut sagte sie: »Kollegen hauptsächlich.«

»Was ist mit Ihrem Partner?«

»Sie meinen Verhoeven?« Sie hatte Mühe, ihre Überraschung zu verbergen. Dabei war die Frage ja eigentlich nicht gerade abwegig. Immerhin arbeiteten sie jetzt schon fast zwei Jahre zusammen. »Na ja«, sagte sie eilig, als sie bemerkte, dass Dr. Kerr auf eine Antwort von ihr wartete, »wir tauschen uns natürlich aus. Aber ... so richtig eng sind wir eigentlich nicht.«

Eigentlich ...

Zu Winnie Hellers Überraschung ließ es die Psychologin auch dieses Mal bei der wenig aussagekräftigen Antwort bewenden. Sie sah nicht einmal auf, sondern schrieb irgendetwas auf den Gesprächsbogen vor sich. Als die Gegensprechanlage auf dem Schreitisch zu summen begann, fuhr Winnie erschrocken zusammen.

»Verzeihung, Frau Doktor, aber denken Sie an Ihren Termin?«, schepperte gleich darauf die Stimme von Dr. Kerrs Sekretärin aus dem Gerät, und Winnie Heller hätte sie am liebsten umarmt.

»Wir sind in etwa fünf Minuten fertig«, gab die Psychologin in durchaus nicht ungeduldigem Ton zurück.

»Aber ...«

Amanda Kerr drückte abermals auf die Sprechtaste. »Keine Sorge, ich werde nicht zu spät kommen, okay?«

»Okay, alles klar.«

Winnie Heller schenkte der Psychologin ein teilnahmsvolles Lächeln und griff nach ihrer Handtasche.

Doch Dr. Kerr ignorierte diese Geste des Aufbruchs. »Die Welt ist ein ziemlich seltsamer Ort«, bemerkte sie stattdessen anscheinend ohne jeden Zusammenhang. »Und die menschliche Wahrnehmung ist genauso seltsam. Lassen Sie fünf Menschen denselben ihnen fremden Raum beschreiben, und die Leute zeichnen Ihnen fünf völlig unterschiedliche Bilder. Dem einen fällt auf, dass eins von den Gemälden an der Wand ein paar zehntausend Euro wert und die Teekanne auf dem Tisch mindestens sechzig Jahre alt ist, während der andere Ihnen hinterher als Erstes erklärt, dass die Kamelie auf der Fensterbank dringend mal wieder gegossen werden müsste. Die Frau, die gerade ihr Baby verloren hat, wird das liegen gebliebene Stofftier bemerken, obwohl davon nicht viel mehr als eine Pfote unter einem der Sessel hervorlugt. Und wieder ein anderer erzählt Ihnen, dass der Raum auf ihn irgendwie düster gewirkt habe und er deshalb vermute, dass dort viel gestritten werde. Wenn Sie dieselbe Person hingegen nach der Farbe der Gardinen fragen, ernten Sie wahrscheinlich nicht mehr als ein verständnisloses Achselzucken.« Sie ordnete ein paar Schriftstücke, die neben ihrem Wasserglas lagen. »Unterm Strich hat natürlich jede einzelne dieser Personen recht, jede auf ihre ganz spezifische Weise.«

»Alle sehen ein mehr oder weniger großes Teilstück«, pflichtete Winnie ihr bei, indem sie ihre Handtasche wieder neben sich auf den Boden stellte. »Und wenn man Pech hat, erwähnt keiner dieser Leute das, was für uns wichtig wäre.«

»Unser aller Wahrnehmung ist geprägt von persönlichen Interessen und Erfahrungen auf der einen und unseren ganz individuellen Erwartungen auf der anderen Seite«, fuhr Dr. Kerr fort. Sie schien noch immer nicht die geringste Eile zu haben, auch wenn die fünf Minuten, von denen sie gesprochen hatte, längst verstrichen waren. »Wenn Sie die unbeteiligten Beobachter aus meinem Beispiel in eine Wohnung schicken und ihnen vorher erzählen, dass dort ein superreicher Geschäftsmann lebe, der Ärger mit der Mafia habe, dann werden sie sich dort grundlegend anders umschauen, als sie es täten, wenn sie mit einer anderen Vorgabe in die entsprechenden Räumlichkeiten geschickt würden. Was ich meine, ist: Wir alle suchen – bewusst oder unbewusst – immer instinktiv nach Bestätigung. Und je klarer das, was wir zu finden erwarten, definiert ist, desto eingeschränkter – oder besser: voreingenommener – ist unsere Wahrnehmung.«

»Na, klasse«, versetzte Winnie trocken. »Das heißt im Klartext, wir sind zu vernagelt, um den Kerl zu kriegen.«

Jetzt war es an der Psychologin, laut aufzulachen. »Oh nein«, rief sie fröhlich. »Das glaube ich nicht.«

»Sondern?«, fragte Winnie, doch Amanda Kerr kam nicht mehr dazu, ihr zu antworten, weil in diesem Augenblick ihre Sekretärin unter dem Türrahmen auftauchte. Sie war Profi genug, ihre Ungeduld nicht allzu deutlich zur Schau zu tragen, aber sie war offenbar auch entschlossen, sich jetzt nicht mehr zurückweisen zu lassen.

»Ich bin schon unterwegs«, rief Dr. Kerr, die die Körperhaltung ihrer Angestellten ähnlich zu deuten schien, und zog ei-

nen Aktendeckel aus dem Schrank hinter sich. Dann reichte sie Winnie Heller eine angesichts der Hitze erstaunlich kühle Hand. »Tut mir sehr leid, aber die Pflicht ruft.«
Oh, wie schade!
»Kein Problem.«
»Sie hören von mir.«
Im Vorbeigehen nahm Amanda Kerr ihrer Sekretärin noch rasch irgendein Formular aus der Hand. Dann war sie mit eiligen Schritten um die nächste Ecke verschwunden.

Während Winnie Heller langsam zu ihrem Auto zurückging, das gottlob im Schatten einer imposanten Kastanie gestanden hatte, ließ sie das Gespräch mit der Psychologin noch einmal Revue passieren. Sie hatte ein eigenartig indifferentes Gefühl, was das Ergebnis dieses Gesprächs betraf. Erleichtert einerseits. Aber auch skeptisch.

Sie hören von mir ...

Bedeutete das, dass es einen neuen Termin geben würde? Oder war sie raus aus der Nummer? Schon raus? Endgültig aus dem Schneider? Immerhin hatten sie ja geredet, Dr. Kerr und sie. Oder etwa nicht?

Winnie ließ sich auf den unangenehm warmen Fahrersitz fallen und öffnete als Erstes sämtliche Fenster. Sie hasste Zustände, in denen sie nicht wusste, woran sie war. Aber sie hatte in der Hektik des Aufbruchs auch nicht zu fragen gewagt, wie es nun weitergehen würde. *Ob* es weiterging. Aber das würde es vermutlich. Alles andere wäre einfach zu schön, um wahr zu sein.

Sie schnallte sich an und steckte den Schlüssel ins Zündschloss. Rückblickend hatte sie den Eindruck, dass sie über den Fall gesprochen hatten, und zwar ausschließlich über den Fall. Aber sie war keineswegs sicher ...

8 »Was, um Himmels willen, soll *das* denn?«, rief Verhoeven entsetzt. Er hatte sich stapelweise Arbeit mit nach Hause genommen, Aktenmaterial, Berichte, Analysen. Und eigentlich hatte er nur mal kurz nach seiner Tochter sehen wollen, nachdem er seine Frau schlafend auf der Couch vorgefunden hatte.

Jetzt allerdings stand er bis zu den Fußgelenken im Wasser und blickte fassungslos auf zwei völlig durchnässte Kinder hinunter. Leider befanden sich diese besagten Kinder weder am Gartenteich noch im Planschbecken auf der Terrasse, sondern im Keller seines Hauses. Genauer gesagt in jenem an und für sich wohlgepflegten Raum, in dem die Waschmaschine und der Trockner standen.

Nina, die sehr genau wusste, wann sie sich vor ihrem Vater in Acht nehmen musste, murmelte irgendetwas Unzusammenhängendes, das Verhoeven nicht verstand, während Dominik Rieß-Semper mit verdächtig roten Wangen unter sich schaute und versuchte, gar nicht anwesend zu sein.

»Ich warte«, sagte Verhoeven, nur mühsam beherrscht.

»Wir ...«

»Ja?«

»Vorräte sind wichtig«, entschied sich seine Tochter, den Kampf aufzunehmen. Und an der glühenden Empörung in ihren Augen konnte Verhoeven ablesen, dass sie sich sehr wohl etwas Sinnvolles dabei gedacht hatte, den Keller zu fluten ...

»Stimmt«, räumte er ein. »Aber was hat das mit diesem Chaos hier zu tun?«

»Es hat seit Wochen nicht geregnet, oder?«, gab sie trotzig zurück, und aus irgendeinem völlig irrationalen Grund musste Verhoeven dabei an Winnie Heller denken.

»Ja. Und?«

»Und was, wenn es nie wieder regnet?«

»Das wird nicht passieren.«

»Vielleicht doch«, kam Dominik seiner Freundin zu Hilfe.

»Meine Mama sagt, dass der ganze Planet austrocknet, wenn ich zu oft bade.«

Verhoeven konnte nicht umhin, zu lächeln. Das war ja mal wieder typisch! Einerseits konnten sich Theophila und Adrian Rieß-Semper fürchterlich darüber aufregen, wenn die Betreuerinnen der Tagesstätte in Gegenwart der Kinder unvorsichtigerweise einmal über einen Selbstmordanschlag in Afghanistan oder ein politisches Attentat sprachen. Auf der anderen Seite hielten sie es offenbar für angebracht, ihren Sohn mit Hilfe von Beispielen zu erziehen, wie sie martialischer kaum sein konnten.

Der ganze Planet trocknet aus, wenn ich zu oft bade ...

Verhoeven schüttelte den Kopf. Den Anspruch, Rohstoffe nicht zu verschwenden, in allen Ehren, aber das ...

»Siehst du«, sagte in diesem Moment seine Tochter, die seine Mimik analysiert hatte und Morgenluft witterte. »Wenn es nämlich tatsächlich nie wieder regnet, haben wir jetzt genug Wasser zum Trinken. Und wir könnten sogar noch ein paar Fische retten. Und Frösche. Und Kröten und ...«

»Was ist mit dem Teich in unserem Garten?«, argumentierte Verhoeven. »Das ist auch ein Vorrat.«

»Aber der verdampft doch, wenn es nicht regnet«, versetzte seine durchaus nicht dumme Tochter.

Sie wissen aber auch wirklich gar nichts, ergänzte Dominiks Blick.

»Na schön«, sagte Verhoeven, indem er in die Knie ging und unter Wasser nach dem Abfluss im Boden tastete. »Jetzt beenden wir erst mal diese Überschwemmung und ...«

»Nicht!«, protestierte Nina. »Weißt du, wie schwer es war, den dicht zu kriegen?«

»Furchtbar schwer«, nickte Dominik.

Oje! Verhoeven zog die Hand zurück. *Möchte ich das überhaupt wissen?*

»Und wie genau habt ihr das angestellt?«, fragte er, weil er aus langer, schmerzvoller Erfahrung wusste, dass sich unangenehme Wahrheiten nicht einfach in Luft auflösten, sosehr man es sich vielleicht auch wünschen mochte ...

Die beiden Kinder tauschten einen Blick und entschieden sich dann instinktsicher erst einmal dafür, die Aussage zu verweigern.

Doch Verhoeven war finster entschlossen, Licht in das Dunkel zu bringen. »Pfui Teufel«, rief er, als seine Finger endlich das Gitter über dem Abfluss zu fassen kriegten. »Was, um Himmels willen, ist das denn?«

»Silikon«, flüsterte Dominik kleinlaut, nachdem er sich erneut per Blick mit seiner Freundin verständigt hatte.

»Und woher wisst ihr, was Silikon ist?«

»Von Tante Isabelle«, strahlte Nina stolz.

»Augenblick!« Verhoeven schüttelte den Kopf. »Wer, um alles in der Welt, ist Tante Isabelle?«

»Hä?«, machte Nina, die nun ihrerseits verwirrt war.

»Erstens heißt es *wie bitte*, und zweitens ist es keine Antwort auf meine Frage.«

»Aber du kennst Tante Isabelle«, protestierte seine Tochter.

»Sie hat doch Ihren Teich gebaut«, ergänzte Dominik mit einem geradezu mephistophelischen Grinsen.

Den Teich? Verhoeven zog die Stirn kraus. Gut, okay, noch einmal: Er verfügte von Haus aus nicht gerade über überwältigende handwerkliche Fähigkeiten und hatte sich mit der Anlage seines Gartenteichs zunächst ein wenig schwergetan. Zugegeben. Aber nachdem ihm seine Kollegen unter die Arme gegriffen hatten ... Verhoeven stutzte. Ach du liebe Zeit, na klar!

Er begann laut zu lachen. »Ihr meint Frau Dr. Gutzkow«, rief er, mehr an sich selbst als an die Kinder gewandt.

»Wir meinen Tante Isabelle«, entgegnete Nina würdevoll.

»Sicher doch.« Verhoeven biss sich auf die Lippen. Aber wie hätte man auch auf eine solche Idee kommen sollen? Der

Name Isabelle passte wirklich so überhaupt nicht zu Potemkin Gutzkow und ...

»Tante Isabelle hat zwei Schäferhunde und kann ganz tolle Sachen bauen«, erklärte unterdessen seine Tochter.

»Ja«, nickte Dominik. »Und sie kann einen Sattel machen. Für Pferde. Und Zaumzeug. Das muss ganz gut anliegen, weil es dem Pferd sonst wehtut.«

»Ach, wirklich?« Na, sieh doch mal einer an! Verhoeven fuhr sich mit der nassen Hand durch die Haare. Da arbeitete man seit Jahren mit jemandem zusammen und hatte doch keine Ahnung, was dieser Jemand in seiner Freizeit so ...

»Hendrik?«

Er drehte sich um und entdeckte seine Frau in der Tür.

»Was, um Himmels willen, treibt ihr da?«

Ihr?!

»Wir legen Wasservorräte an«, bezog ihn seine Tochter bereitwillig in die Bescherung mit ein, vielleicht, weil sie sich davon eine Strafmilderung versprach.

»Habt ihr den Verstand verloren?« Silvie stemmte die Hand gegen den Türrahmen. »Seht euch mal die Waschmaschine an! Das rostet doch alles und ...«

»Ich war schon dabei, der Sache ein Ende zu machen«, beeilte sich Verhoeven, den ungünstigen Eindruck zu korrigieren.

»Aber das geht nicht!«, rief Nina.

»Oh doch, glaub mir, das geht«, versetzte ihre Mutter, indem sie ihre Slipper von den Füßen schleuderte und barfuß quer durch den Raum watete. »Wir befreien jetzt diesen Abfluss von was auch immer ihn verschließt ...«

»Silikon«, krähte Dominik, bevor Verhoeven Gelegenheit hatte, sein schonenderes »Tja, das könnte möglicherweise schwierig werden ...« anzubringen.

»Silikon?«, wiederholte Silvie entgeistert, woraufhin ihre Tochter triumphierend eine leere Spritzkartusche hochhielt.

»Da kommt kein Wasser mehr durch«, verkündete Dominik stolz. »Machen Sie sich keine Sorgen.«

»Okay«, änderte Silvie mit der Flexibilität der erfahrenen Mutter die Taktik. »Dann rufen wir jetzt einen Klempner, ziehen euch trockene Sachen an, fahren Dominik nach Hause und gehen zu Bett.«

Verhoeven überlegte gerade, ob es pädagogisch nicht vielleicht angebracht wäre, an dieser Stelle noch etwas wie einen Tadel loszulassen, als seine Tochter unvermittelt in Tränen ausbrach.

»Was ist los?«, fragte Silvie ohne jede Sentimentalität.

»Aber wenn wir das Wasser nicht lassen dürfen, wachsen sie nicht.«

»Was wächst nicht?«

Nina steckte ihren zierlichen Arm in die schmutzig graue Brühe unter sich und hob ein paar knapp handtellergroße Muscheln heraus. Verhoeven erinnerte sich dunkel, dass diese sonst auf der Fensterbank in Ninas Zimmer lagen, seit sie sie von einem Kurzurlaub mit ihren Großeltern mitgebracht hatte.

»Diese Muscheln sind nur noch Muschel*schalen* und obendrein seit mindestens acht Monaten tot, was im Klartext heißt, dass sie ganz bestimmt nicht mehr wachsen werden«, schmetterte Silvie das Argument ihrer Tochter mit der ihr eigenen unumwundenen Direktheit ab. »Ob du sie nun ins Wasser legst oder nicht.«

Nina sah auf ihre Hand hinunter und betrachtete die Muscheln mit neuem Interesse.

»Und wenn ich euch beide noch ein einziges Mal allein im Keller erwische, verkaufe ich euch an die Heilsarmee, verlasst euch drauf.«

Zu Verhoevens Überraschung quittierten die beiden Kinder diese Ankündigung mit einem durchaus vergnügten Kichern. Folglich waren sie entweder trotz ihres jungen Alters durchaus in der Lage, gewisse Dinge richtig einzuordnen. Oder aber sie waren entsprechend abgehärtet ...

Meine Mama sagt, dass der ganze Planet austrocknet, wenn ich zu oft bade ...

»Fernsehen ist natürlich für die nächsten fünf Tage gestrichen«, fuhr Silvie fort, indem sie ihre Tochter und deren Kavalier am Handgelenk packte, aus dem Wasser fischte und hinter sich die Treppe hochzog. »Dasselbe gilt für Kekse, Bonbons, Eiscreme und Schokoriegel«, fügte sie, an Dominik gewandt, hinzu. »Und wenn ich auch nur den geringsten Protest höre, verlängert sich die Strafe um jeweils einen weiteren Tag pro Versuch. Haben wir uns verstanden?«

Die Antwort bestand zu Verhoevens Erstaunen keineswegs aus lautstarkem Protest, sondern aus einem ziemlich kleinlauten Nicken.

Wenig später waren alle drei aus seinem Blickfeld verschwunden.

Verhoeven hob eine der Muscheln auf und ertappte sich bei dem Gedanken, dass die Erziehung von Kindern vielleicht doch nicht ganz zu Unrecht über Jahrhunderte hinweg Frauensache gewesen war ...

9

»So, das reicht jetzt, ein für alle Mal!«

Gus Vermeulen riss seiner Frau das Telefon aus der Hand und drückte wütend auf den Knopf mit dem roten Hörer.

Iris Vermeulen sah ihn an, sagte aber nichts. Erst als ihr Mann sich anschickte, seinerseits zu telefonieren, griff sie ein. »Was tust du?«

»Ich rufe die Polizei.«

»Weswegen?«

»Weil diese Frau dich einfach nicht in Ruhe lässt.«

»Aber das kannst du doch nicht tun«, wandte sie ein.

»Wieso nicht?«, fuhr er auf. »Es gibt Gesetze gegen solche Belästigungen. Und überhaupt: Ich frage mich, woher sie diese Nummer hat.«

Als Lehrerin war Iris Vermeulen bereits vor langer Zeit zu einer Geheimnummer übergegangen. Die Erfahrung hatte sie gelehrt, dass man sonst einfach nicht zur Ruhe kam, auch wenn sie noch immer nicht verstand, wie wildfremde Eltern überhaupt auf die Idee kamen, dass es okay war, die Lehrerin ihrer Kinder zu jeder erdenklichen Tages- oder Nachtzeit anzurufen, um über irgendwelche Beurteilungen, Noten oder eine bevorstehende Klassenfahrt zu diskutieren. »Sie weiß fast alles über den Fall«, entgegnete sie, als sie sah, dass ihr Mann auf eine Reaktion von ihr wartete. »Warum nicht auch unsere Privatnummer?«

»Diese Frau ist vollkommen verrückt«, echauffierte sich Gus. »Und was das Allerschlimmste ist: Sie respektiert keinerlei Grenzen.«

»Es ist ihre Art, mit alldem umzugehen«, startete Iris Vermeulen einen neuen Versuch, Merle Olsen zu verteidigen.

»Sie kann damit umgehen, wie sie will«, versetzte Gus, »solange sie dabei keinem Menschen, den ich liebe, zu nahe tritt.«

»Ich kann mich schon selbst zur Wehr setzen.«

»O ja, das hat man gesehen«, gab er zurück. Als ihm klar wurde, was er da gerade gesagt hatte, wurde er blass. »O Gott«, stammelte er. »Das habe ich nicht so ... Ich meine ... Bitte, verzeih mir.«

»Schon gut.« Sie versuchte ein Lächeln. »Aber vergiss nicht, dass Merle Olsen ein Opfer ist, keine ...«

»Ja, genau wie du«, unterbrach Gus sie. »Bloß dass du nicht hingehst und andere Leute mit blöden Fragen terrorisierst.«

»Sie wollte doch nur wissen, was ich von der jüngsten Entwicklung halte ...«

»Und was hat sie davon, das zu wissen?«, schnappte er, doch Iris Vermeulen sah die Ratlosigkeit in seinem Blick. Ratlosigkeit und eine dumpfe, hilflose Wut.

»Vielleicht hat sie niemanden, mit dem sie über solche Dinge sprechen kann«, sagte sie sanft.

»O doch, das hat sie. Sie hat eine Lebensgefährtin.«

»Vielleicht ...« Sie biss sich auf die Lippen.

»Was?«

»Vielleicht ist das Thema zu heikel, um es ausgerechnet mit ihrer Partnerin zu besprechen«, entschied Iris Vermeulen sich, ihren Gedanken nun doch auszusprechen. »Vielleicht haben die beiden Probleme deswegen. Oder ihre Freundin hat eine andere Art, damit umzugehen.«

»Selbst wenn dem so wäre ...«, Gus Vermeulen rieb sich die Stirn, bis sie sich rötete, »... wäre das alles nicht dein Problem. Es genügt doch wohl, dass dich deine Schüler für jeden Mist in Anspruch nehmen, oder? Da solltest du dich nicht auch noch für das Seelenheil irgendeiner Irren verantwortlich fühlen.«

Iris Vermeulen lächelte, auch wenn ihr eigentlich eher nach Heulen zumute war. Obwohl die körperlichen Verletzungen, die sie in der Nacht des Überfalls davongetragen hatte, noch immer nicht vollständig verheilt waren und die Albträume sie vermutlich bis ans Ende ihrer Tage verfolgen würden, hatte sie das Gefühl, dass ihr Mann weitaus schlechter mit der Sache fertigwurde als sie selbst. Er war von Berufs wegen seit jeher viel unterwegs gewesen und hatte ihr und den Kindern gegenüber deswegen ein notorisch schlechtes Gewissen gehabt. Aber die Vorwürfe, die er sich seit der Tat machte, hatten mittlerweile ein Ausmaß erreicht, das ihr ernsthafte Sorgen bereitete. Wenn Gus freihatte, bekam sie ihn kaum noch dazu, das Haus zu verlassen, und wenn er doch einmal wegmusste, rief er sie alle halbe Stunde an. Sie betrachtete sein helles, vertrautes Gesicht und ertappte sich bei dem Gedanken, dass sie auf Dauer vermutlich nicht ohne professionelle Hilfe auskommen würden.

»Bitte«, sagte sie, indem sie ihrem Mann sanft, aber bestimmt das Telefon aus der Hand nahm, »lass es gut sein, ja? Ich verspreche dir, dass ich nicht mehr mit ihr rede, und ...«

»Aber sie wird dich niemals in Ruhe lassen«, fiel er ihr ins Wort. »Sie ist total besessen von diesem Kerl.«

Das war allerdings ein Eindruck, den sie teilte. »Daran änderst du nichts, indem du sie anzeigst«, wandte sie dennoch ein.

»O doch«, beharrte er trotzig. »Dann haben wir wenigstens eine Handhabe gegen diese Frau. Wir könnten ihr per Gerichtsbeschluss untersagen lassen, sich weiter an dich heranzumachen. Und wenn das nichts nützt, habe ich keine Skrupel, dafür zu sorgen, dass sie eingesperrt wird.«

»Solche Beschlüsse zu erwirken dauert ewig«, widersprach sie, weil sie wusste, dass Sachargumente mehr helfen würden, als wenn sie länger an sein Mitleid appellierte. »Ganz abgesehen davon, dass man im Voraus nie weiß, was für einen Richter man bekommt. Gut möglich, dass wir einen erwischen, der die ganze Sache als Bagatelle oder posttraumatische Belastungsreaktion oder was auch immer abtut.« Sie seufzte. »Es ist nicht gesagt, dass wir mit so was überhaupt Erfolg hätten.«

Er dachte nach, das Gesicht umwölkt vor Sorge. »Aber ich finde trotzdem, dass wir die Polizei darüber in Kenntnis setzen sollten, dass sie uns nicht in Ruhe lässt«, sagte er schließlich. »Die Art und Weise, wie diese Frau sich in alles einmischt, ist doch geradezu gefährlich.«

Iris Vermeulen wollte widersprechen, doch das neuerliche Klingeln des Telefons schnitt ihr das Wort ab. Sie sah auf das Display hinunter.

»Ist sie das etwa schon wieder?«, schäumte ihr Mann.

»Nein«, entgegnete sie. »Es ist eine andere Nummer. Irgendein Handy.«

»Vielleicht ist sie es doch.« Gus griff nach dem Telefon. »Lass mich!«

»Herrgott noch mal, Gus, ich bin durchaus in der Lage, das hier …« Sie hielt erschrocken inne, als sie sah, dass ihm Tränen in den Augen standen.

»Bitte …«, flüsterte er.

Sie seufzte und reichte ihm den Apparat.

»Vermeulen … Ja? … Worum geht es denn bitte?« Er hörte zu, und sie sah, wie sehr er sich darum bemühte, seine Emotionen wieder in den Griff zu bekommen. »Woher haben Sie diese Nummer?«

Wer ist das?, fragte sie stumm, doch er wedelte nur ärgerlich mit der Hand.

»Scheren Sie sich zum Teufel«, schrie er in den Hörer. »Und wenn Sie es wagen sollten, meine Frau oder irgendein anderes Mitglied meiner Familie zu belästigen oder sich ihr auch nur zu nähern, sorge ich dafür, dass Sie in Ihrem Job kein Bein mehr auf die Erde kriegen. Nie wieder, haben Sie mich verstanden?«

Er wartete nicht auf eine Reaktion, sondern unterbrach die Verbindung und riss auch gleich den Stecker der Basisstation aus der Buchse.

»Was war das denn?«, fragte Iris Vermeulen erschüttert.

»Das? Ach, irgendeine blöde Journalistin.« Er schleuderte das tote Mobilteil des Telefons auf den Tisch und vergrub den Kopf in den Händen. »Ich dachte immer, dass man geschützt wird, wenn man so was erlebt hat«, hörte sie ihn gleich darauf schluchzen. »Stattdessen fallen sie von allen Seiten über einen her. Aber ich schwöre dir, das lasse ich nicht auf uns sitzen. Das wird Konsequenzen haben. Ich werde mich über diese Parasiten beschweren. Und zwar an oberster Stelle.« Seine Stimme verebbte. Zurück blieb ein leises Wimmern, das Iris Vermeulen wie eine eiskalte Nadel mitten ins Herz traf.

»Schon gut«, flüsterte sie, indem sie ihrem schluchzenden Mann zärtlich über die Haare strich. »Wir schaffen das. Ich verspreche es dir. Es wird alles wieder gut ...«

10 In der Nacht saß Damian Kender wieder vor dem Haus der Frau, der seine ursprüngliche Aufmerksamkeit gegolten hatte, an diesem Abend auch wieder in seinem eigenen Auto. Er hatte sich erhofft, dass es ihn beruhigen würde, ihre Fenster anzusehen, die herabgelassenen Rollläden zu betrachten, ihre Nähe zu fühlen. Er wollte das Gefühl spüren, wieder irgendetwas selbst in der Hand zu haben. Sein eigener Herr zu sein. Kein willfähriges Werkzeug irgendeines Idioten, der glaubte, mit ihm Spielchen spielen zu können ...

Doch das Haus, ihr Haus, ihre Nähe, hatte viel von seinem Reiz eingebüßt. Mehr noch, an diesem Abend machte es ihn beinahe nervös. Es wirkte anders als sonst. Wachsamer. Wehrhafter fast. So als ob die Frau, die darin wohnte, aus irgendeinem Grund Verdacht geschöpft hätte und auf der Hut war ...

Die Straße hingegen war genauso dunkel und still wie in den Nächten zuvor. Trotzdem ertappte sich Damian wiederholt dabei, wie er nach dem Golf Ausschau hielt. Aus irgendeinem unerfindlichen Grund beunruhigte ihn der Wagen noch immer, ohne dass er hätte sagen können, warum. Trotzdem: Wann immer ein fernes Licht im Rück- oder Seitenspiegel auftauchte, zogen sich sämtliche Muskeln in seinem Körper zusammen. Doch die einzigen Fahrzeuge, die an ihm vorbeifuhren, waren ein knallroter Porsche 911 und ein dunkelblauer Audi.

Auf der Herfahrt war er am Canard vorbeigefahren und hatte überrascht festgestellt, dass der Restaurantbetrieb trotz des gewaltsamen Todes des Geschäftsführers weiterging.

Nach dem Erlebnis vom Vormittag hatte er nicht zu halten gewagt, aber der Laden hatte ziemlich voll ausgesehen ...

Klar! Die Leute waren neugierig, und in einem Restaurant, dessen Besitzer gerade eines gewaltsamen Todes gestorben war, aß es sich doch gleich noch mal so spannend. Etwas, das Damian in seiner augenblicklichen Situation nicht unlieb war. Wenn die Polizei tatsächlich alles aufzeichnete, würden sie eine ganze Menge Material auszuwerten haben. Das verschaffte ihm eine gewisse Deckung. Und die brauchte er auch. Schließlich musste er irgendwie an die nötigen Informationen kommen. Er nickte und lehnte sich zurück. Der Sitz war noch erwärmt von der Hitze des Tages, und er genoss das Gefühl. Sosehr ihn die unerwartete Polizeipräsenz an der Villa der Portners auch geschockt hatte – inzwischen war er finster entschlossen, den Kampf aufzunehmen. Gut, er hatte jetzt einen Gegner mehr. Aber das bedeutete nichts anderes, als dass er doppelt vorsichtig sein musste.

Er hatte hin und her überlegt und beschlossen, dass der Erfolg – oder Misserfolg – seiner Pläne entscheidend von einer gründlichen Vorbereitung abhängen würde. Dann hatte er durchaus eine reelle Chance. Und eine reelle Chance war letztendlich alles, was er brauchte!

Seine Augen suchten das Fenster im ersten Stock, in dem ihre Tochter schlief. Der einzige Raum, in dem die Rollläden nicht heruntergelassen waren. Ein Umstand, der mit großer Wahrscheinlichkeit auf dem Mist des Mädchens gewachsen war. Damian wischte eine Fliege weg, die sich auf seinen Arm gesetzt hatte. Ja, dachte er, aus irgendeinem Grund hat die Kleine ihre Mutter dazu gebracht, ihr diese Ausnahme zuzugestehen. Er hielt Ricarda Benson bei aller offensichtlichen Liebe zu ihrem Kind durchaus nicht für inkonsequent. Und wenn sie erst einmal etwas für richtig befunden hatte, würde sie nicht so ohne weiteres wieder davon abrücken. Es sei denn ... Er überlegte. Es sei denn, man kam ihr mit einem überzeugenden Argument. Vielleicht litt ihre Tochter unter Platzangst. Oder sie war krank.

Das Gefühl, nicht genau Bescheid zu wissen, machte ihn wahnsinnig. Er hatte einfach nicht genug Zeit im Augenblick!

Um sich zu beruhigen, schloss er für einen kurzen Moment die Augen und versuchte der Wärme nachzuspüren, die aus dem Polster des Fahrersitzes drang und in seinen Rücken kroch. Der Geruch von Benzin und Cockpitspray der Duftnote »Tropical Coconut« wich dem Aroma frischen Zitronenkuchens.

Gütiger Gott, Damian ... Hast du mich erschreckt!
»Wirklich? Das tut mir leid!«

In ihre Wangen kehrt allmählich etwas Farbe zurück, auch wenn sie sich noch immer nicht recht erklären kann, wo er so plötzlich hergekommen ist. Wie er ins Haus gelangt ist. Und warum sie ihn nicht gehört hat.

»Suchst du Florentine?« Die Frage ist rein rhetorisch, deshalb wartet sie erst gar nicht auf seine Antwort, sondern redet einfach weiter: »Sie müsste eigentlich noch drüben an der Halfpipe sein«, verrät sie ihm eifrig, was er längst weiß. »Weißt du, wo das ist?« Und als er noch immer nicht antwortet, setzt sie eilig hinzu: »Die Straße runter bis zur Ecke. Wenn du dann nach links gehst, siehst du es eigentlich schon fast. Gegenüber von dem Haus mit dem großen Wintergarten.«

Dass er noch immer keinen Ton sagt, irritiert sie sichtlich. Er kann zusehen, wie sich ihr wacher Verstand um eine Erklärung bemüht, wie sie ihre eigenen Worte Revue passieren lässt und nichts findet, das missverständlich gewesen sein könnte. Und dann, von einer Sekunde auf die andere, zieht sie den richtigen Schluss: »Aber du willst gar nicht zu Flo, oder?«
»Nein.«

Das hat sie sich bereits selbst gesagt, aber so viel Direktheit hat sie von einem Neunzehnjährigen dennoch nicht erwartet.

»Möchtest du …« Jetzt ringt sie mit sich, mit ihrem Bedürfnis, ihn so schnell wie möglich loszuwerden. Mit ihrem Instinkt, der sie zu warnen versucht. Aber sie hat das mit seiner Mutter gehört, und sie ist nicht konsequent genug, die Geschichte komplett außer Acht zu lassen. Oh, nicht dass sie Mitleid mit ihm hätte. So weit geht die Sache nun auch wieder nicht. Aber sie verschafft ihm trotzdem einen Bonus bei ihr. »Kann ich vielleicht irgendwas für dich tun?«, fragt sie so routiniert, dass er ihr am liebsten seine geballte Faust mitten ins Gesicht gehämmert hätte.

»Nein.«

Warum, zum Teufel, verschwindest du dann nicht endlich aus meinem Haus?, denkt sie.

Die Frage brennt ihm aus ihren meergrünen Augen heraus an wie ein unausgesprochener Vorwurf.

Sie hat längst entschieden, dass sie ihn nicht leiden kann. Und es stört sie maßlos, dass ihre Tochter eine solche Schwäche für ihn hat. Diese Schwäche ist der einzige Grund dafür, dass sie ihm nicht längst die Tür gewiesen hat. Etwas, das er sehr gut verstehen kann. Sie arbeitet viel. Sie ist ehrgeizig. Und sie liebt ihren Job. Weit mehr, als sie ihre Tochter liebt, für die sie sich, wenn überhaupt, nur am Rande Zeit nimmt, in den spärlichen Nischen, die ihr Job ihr übriglässt. Die Folge ist ein chronisch schlechtes Gewissen. Dass Florentine ein ungewolltes Kind ist, das Karolin Reding für den Rest ihres Lebens an einen Mann erinnern wird, den sie schon vor neunzehn Jahren am liebsten so schnell und so restlos wie nur irgend möglich vergessen hätte, macht die Sache nicht unbedingt besser. Ebenso wenig wie die Tatsache, dass die süße kleine Flo Mamas turmhohen Ansprüchen so gar nicht genügen will mit ihrer Bequemlichkeit und der naiven Eindimensionalität, die sie von ihrem Vater geerbt hat. Wenn sie ehrlich wäre, würde sie zugeben, dass ihre Tochter ihr nahezu jede Sekunde, die sie miteinander verbringen, auf die

Nerven geht. Aber so fühlt man nun einmal nicht als Mutter. Basta.

Also darf sich Flo-Schatz so ziemlich alles erlauben.

Glücklich soll sie sein, gut soll es ihr gehen, damit ihre Mutter etwas hat, womit sie ihre Schuldgefühle zum Schweigen bringen kann.

Im Grunde exakt derselbe Mechanismus wie bei ihm zu Hause.

Nur aus anderen Gründen ...

»Damian?«

»Ja?«

»Was lächelst du?«

»Lächle ich?«

Seine Einsilbigkeit bringt sie fast um den Verstand. Zugleich spürt sie die Gefahr, die von ihm ausgeht, immer deutlicher. Auch wenn sie die Bedrohung erfolgreich verdrängt. Sie ist keine, die sich Angst zugesteht. Eins der Dinge, die ihn an ihr faszinieren. Trotz ihrer unverkennbaren Intelligenz diese maßlose Dummheit, zu glauben, dass ihr nichts geschehen kann. Doch sosehr sie auch um Verdrängung bemüht ist, sie kann nicht verhindern, dass sie eine diffuse Verstörung empfindet. Ein Gefühl, das sie sich partout nicht erklären kann. Und aus diesem Grund wird sie jetzt alle Hebel in Bewegung setzen, ihn so schnell wie möglich loszuwerden.

»Da fällt mir ein ...«

Wie gesagt ...

»... dass Flo ihre Strickjacke vergessen hat.« Ihr Blick huscht über das Sofa in seinem Rücken, und sie hat Glück: Ihre phantasielose Tochter lässt ihre Sachen tatsächlich immer auf die gleiche Weise herumliegen.

Gottlob!

»Würdest du ihr die bitte mitnehmen?« Ihre warme Stimme ist beschwingt vor Erleichterung, dass sie einen derart guten Vorwand gefunden hat, und sie ist so mit sich beschäftigt, dass sie sich nicht einmal mehr die Mühe macht, es zu verbergen. »Wenn die Sonne weg ist, wird es ja doch noch ziemlich kühl.«

Die Strickjacke, ein buntes Teil mit Knöpfen in Blütenform, schwebt an ihrem ausgestreckten Arm zwischen ihnen, und für einen flüchtigen Augenblick scheint die Zeit stillzustehen. Doch als ihre Augen die seinen treffen, gefriert ihre Miene von einer Sekunde zur anderen zu Eis, und instinktiv versucht sie noch, die Jacke zurückzuziehen.

Aber er ist schneller.

Er hält das Kleidungsstück behutsam wie ein Baby, und seine Hand streicht langsam, fast zärtlich über den weichen Stoff. »Machen Sie sich keine Sorgen«, flüstert er, während Karolin Reding in wachsender Verzweiflung versucht, aus der Falle, die sie sich selbst gestellt hat, herauszukommen. »Ich sorge dafür, dass Flo ihre Jacke bekommt.«

VIER

1

»Ach du Scheiße, das ist doch jetzt nicht dein Ernst, oder?«

Jo Ternes schob die Hände in die Taschen ihrer Blue Jeans, während sich Luca Fischer, leitender Redakteur für Lokales beim *Wiesbadener Kurier*, wieder in die Lektüre des Entwurfs vertiefte, den sie ihm vorgelegt hatte.

Von Zeit zu Zeit entfuhr ihm ein weiteres, offenbar tiefehrlich empfundenes »Scheiße«, bevor er mit den Worten »Echt krass« endete.

Jo nickte zufrieden. Luca zeigte genau die Reaktion, die sie erwartet hatte. Und jetzt würde er gleich darauf hinweisen, dass sie mit ihrem Bericht über Jan Portners bewegte Vergangenheit gegen sämtliche Anstandsregeln verstieß ...

Er sah hoch. »Das ist ziemlich pietätlos, findest du nicht?«

»Nein«, konterte sie. »Es ist einfach nur die Wahrheit.«

Das interessierte Luca – wenn überhaupt – freilich nur im Hinblick auf etwaige Klagen wegen Verletzung von Persönlichkeitsrechten. Jo konnte sehen, dass er Blut geleckt hatte. Allerdings würde er zuerst noch eine Weile mit ihr spielen, so waren nun mal die Regeln. Auch wenn sie das alles einfach nur zum Kotzen fand. Sie schenkte Luca ein schicksalsergebenes Lächeln und wartete dann geduldig darauf, dass er von selbst aus der Deckung kam. Luca Fischer war kein Typ, den man drängen durfte. Und sie wollte ein bestimmtes Ergebnis erzielen. Folglich hieß das Gebot der Stunde tatsächlich: Geduld.

Sie schob ihren Kaugummi auf die andere Seite und betrachtete die verstaubten Schwarz-Weiß-Fotos an der Wand. Laurel und Hardy in allen Variationen, was bei einem absolut humorlosen Mann wie Luca eigentlich ein Widerspruch in sich war.

Komm schon, Luca-Baby, ich hab nicht mein ganzes Leben lang Zeit!

Jo verlagerte ihr Gewicht von einem Fuß auf den anderen.

Abgesehen davon, dass sie ihren Job aufrichtig liebte, saß ihr Vermieter ihr auch schon wieder ziemlich lange wegen der Miete im Nacken. Und außerdem wollte sie unbedingt so schnell wie möglich in den Jemen, um für das Buch über Frauenrechtsverletzungen in der islamischen Welt zu recherchieren, das sie seit einer halben Ewigkeit plante. Und als feste Freie hatte sie leider keinen Verleger im Rücken, der ihr das Geld für eine solche Reise vorstreckte ...

»Man wird dir das als posthume Demontage auslegen«, verkündete Luca, während er den Ausdruck sinken ließ und auf seinem völlig zugemüllten Schreibtisch nach einem Kugelschreiber suchte.

»Ich demontiere niemanden«, antwortete Jo. »Ich werfe lediglich die Frage auf, ob jemand automatisch zum Heiligen mutieren muss, wenn er eines gewaltsamen Todes stirbt. Und in Jan Portners Fall finde ich diese Frage auch absolut berechtigt.«

»So werden unsere Leser das aber nicht sehen«, knurrte Luca.

Sie hob die Schultern. »Das interessiert mich nicht.«

»Du hast nicht den geringsten Beweis dafür, dass irgendjemand Jan Portner gezielt erschossen hat.«

»Ich behaupte auch nicht, dass er gezielt erschossen wurde.«

»Aber du behauptest, dass einige Leute einen verdammt guten Grund gehabt hätten, es zu tun.«

»Na und? Das stimmt doch.«

Er runzelte die Stirn und verbiss sich wieder in den Artikel. »Wer ist die Frau, die du hier zitierst?«

Jo reckte den Hals, um zu sehen, auf welche Textstelle sein Zeigefinger tippte. »Sie arbeitet in der Bar seines Restaurants.«

»Und sie behauptet, dass er von dort fortgelockt wurde an dem bewussten Abend?«

Sie nickte. »Abgefahren, oder?«

Luca sagte nichts, sondern las schweigend weiter. Zeile für Zeile, alles noch einmal. Er war von jeher vorsichtig gewesen. Vorsichtig und absolut skrupellos ...

»Willst du das hier ...«, er tippte wieder auf den Ausdruck vor sich, »nicht erst mal der Polizei vorlegen?«

»Wieso sollte ich?«

Sein schön geschwungener Mund verzog sich zu einem Grinsen.

Und Jo witterte ihre Chance. »Wenn sie ihren Job verstehen, kommen sie von selbst drauf«, beeilte sie sich, das Eisen zu schmieden, solange es heiß war. »Schließlich verrate ich in meinem Artikel keine Staatsgeheimnisse.«

Lucas Grinsen vertiefte sich.

Kein Zweifel, sie war auf dem richtigen Weg. Am Horizont tauchte bereits das Flugticket nach Sanaa auf. »Also, was ist nun?«, fragte sie in locker-flockigem Ton. »Willst du die Story oder nicht?«

Seine Reaktion bestand in einem nachdenklichen Senken des Kopfes.

Komm schon, Luca, du hast dir die Sache jetzt lange genug angesehen! Also tu gefälligst nicht so, als stünde da irgendwas, das du noch nicht kennst ...

»Na schön«, erklärte Jo, während sie ihm den Ausdruck direkt unter seinen smarten Augen wegfischte. »Deine Entscheidung.«

Sie ging zur Tür und hörte seine angestrengten Atemzüge in ihrem Rücken.

»Hey, Jo ...«

Na also, wer sagt's denn?

»Ja?«

»Warte.«

»Was ist denn noch?« Die Absätze ihrer Cowboystiefel quietschten, als sie sich zu ihm umdrehte. »Du hast ziemlich klargemacht, dass du ...«

»Ich habe nicht gesagt, dass ich die Story nicht machen will«, fiel er ihr ins Wort.

Na, da wärst du ja auch schön blöd, mein Bester!

»Tut mir echt leid, aber ich muss jetzt wirklich los.« Sie wandte sich wieder zur Tür.

»Okay«, er zupfte an seiner Unterlippe. »Wir zahlen dir tausend.«

Sie lachte laut und herzlich. »Bis dann, Luca!«

»Schon gut, schon gut«, stöhnte er. »Ich mach dir einen Vorschlag: Du lässt das«, seine Hand wies auf den Artikel, »hier, und ich rufe dich in einer Stunde an, einverstanden?«

»Nei-hein.« Das Spiel war zu Ende. Sie hatte gewonnen. Wozu noch unnötig Zeit verschwenden?

»Du bist ein Fleckfieber, Jo Ternes.«

Sie drehte sich zu ihm um und schenkte ihm ein siegesbewusstes Lächeln. »Ja«, sagte sie. »Ich weiß.«

2

Damian Kender mochte Ampeln. Dieser Augenblick des unfreiwilligen Stillstands, des erzwungenen Innehaltens, hatte beinahe etwas Meditatives, fand er. Zugleich liebte er die Nähe, die sich an Ampeln zwangsläufig ergab und die in einer solchen Situation kaum jemand persönlich nahm. Im Gegenteil: Die Leute verhielten sich vor einer roten Ampel grundsätzlich wie eine Horde paralysierter Lemminge. Fast so, als blockiere das Rot nicht nur den Verkehrsfluss, sondern auch ihren Verstand, ihre Instinkte. Sie standen da, als habe irgendwer sie einfach ausgeknipst, bis das ersehnte Grün den unausgesprochenen Bann wieder löste und sie sich und ihre Gedanken wieder in Bewegung setzen konnten.

Natürlich gab es selbst hier Ausnahmen, Leute, die die Gegenwart so vieler Fremder nicht ertrugen. Die nervös wurden, sobald man sie zum Stillstand zwang. Menschen, die glaubten, keine Zeit zu haben.

Ausscherer.

Provokateure ...

Das Mädchen da vorn ist so ein Beispiel. Die mit den pechschwarz gefärbten Haaren, die beständig von einem Fuß auf den anderen tritt, während ihr Blick vor Herausforderung nur so trieft. Aber das ist eigentlich bloß ihre ganz persönliche Art, mit ihrer elementaren Unsicherheit fertigzuwerden. Das Tattoo auf ihrer Schulter ist billig und sieht eher wie ein schwarzblaues Ekzem aus. Dafür ist in dem winzigen Rucksack auf ihrem Rücken nicht mal Platz für eine Sonnenbrille. Damians Augen saugten sich an ihrem Hinterkopf fest. Schon wieder eine Gewichtsverlagerung, gepaart mit einem entnervten Blick hinauf in den stumpfen Hitzehimmel. Jetzt wird sie gleich nach links sehen. Dann kurz nach rechts, und dann – darauf verwettet er seinen Arsch – wird sie einfach losgehen.

Die ältere Dame rechts von dem Mädchen ist zu gestresst, um zu meckern, aber die andere da drüben, Typ alleinstehende Deutschlehrerin, die wird unter Garantie hinter ihr her schimpfen, dass so ein Verhalten unverantwortlich sei, noch dazu, wo Kinder in der Nähe sind, die sich dergleichen abschauen könnten.

Damian lächelte und wandte sich einer jungen Mutter zu, die schräg links von ihm stand, ein Balg an der Hand, das andere im Buggy vor sich. Aus ihrem Pferdeschwanz hat sich eine Strähne gelöst und kitzelt sie an der Stirn, doch sie hat im Moment keine Hand frei, weil sie sich außer um die Kinder auch noch um einen Gesprächspartner oder eine Gesprächspartnerin am Handy kümmern muss. Das nervt sie. Genau wie ihre Kinder sie nerven. Die Kleine an ihrer Hand himmelt sie in einem fort an und erzählt dabei irgendetwas, dem niemand Beachtung schenkt, am allerwenigsten ihre

Mutter. Trotzdem spricht das Mädchen immer weiter. Seine Stimme ist sonor und fröhlich, eine starke kleine Persönlichkeit, die sich so schnell nicht unterkriegen lässt. Ein richtiger kleiner Sonnenschein. Ihr Bruder hingegen nörgelt und greint ohne Pause und katscht zwischendurch lustlos an dem sabbertriefenden Stück Brötchen herum, das seine Mutter ihm in die Hand gedrückt hat, um wenigstens mal für ein paar Sekunden Ruhe vor ihm zu haben. Jetzt beendet sie ihr Telefonat ohne Gruß und starrt die beiden Einkaufstaschen an, die sie hinten an den Buggy gehängt hat. An ihrem entgeisterten Gesicht kann Damian ablesen, dass sie irgendwas Wichtiges vergessen hat und sich für dieses Versäumnis am liebsten in der Luft zerreißen würde. Da sie selbst vergleichsweise anspruchslos aussieht, tippt er darauf, dass das Vergessene ihren Mann betrifft. Seine Augen wandern zum Ringfinger ihrer rechten Hand, an dem ein Trauring steckt. Klar. Sie ist klug. Ohne Hochzeit kein Nachwuchs. Inzwischen freilich bereut sie beides. Und zwar gründlich. Das mit der Hochzeit wird sie irgendwann ändern, das verrät ihm der Ansatz von Trotz, der in den hellen Augen liegt, während sie noch immer die Einkaufstüten anstarrt. Drei, vier Jahre wird sie sich noch einreden, es sei besser für die Kinder, wenn sie ihre Ehe aufrechterhält. Dann ein, zwei weitere Jahre, in denen sie sich Rat holt und Vorbereitungen trifft, um bei der Scheidung, die ihr Unterbewusstsein längst beschlossen hat, nicht vollends über den Tisch gezogen zu werden. In dieser Zeit wird ihr Mann bereits das erste Kind mit ihrer Nachfolgerin zeugen. Er gehört nicht zu der Sorte, die bereit ist, B zu sagen, nur weil er irgendwann einmal A gesagt hat, und deshalb wird die Sache vergleichsweise unangenehm für sie werden. Um den Jungen im Buggy wird ihr Ex mit allen Mitteln kämpfen, seine Tochter hingegen bereitwillig abschreiben, weil ihm ihre Intelligenz und ihr Durchblick entschieden zu unbequem sind. Seine Frau hingegen wird alles daransetzen, die vermeintliche Benachteiligung auszugleichen, und ihren Sohn hintanstellen, wo immer sie kann. Dieser wird sich in der Folge mehr und mehr seinem Vater zuwenden, weil der ihn an den Wochenenden mit auf die Cartbahn oder in den Kletterpark nimmt und gewissenhaft auch noch die harmloseste Erziehungsregel seiner Ex aufdeckt und untergräbt.

Der Junge soll kein Fast Food essen?
Prima, dann gehen wir zu McDonald's!
Um acht ins Bett?
Fein, also darf der Kleine bei Papa bis Mitternacht Boxen gucken, Klitschko gegen irgendwen. Hauptsache, laut und blutig.

Dabei lernt er dann auch gleich etwas lieben, was seine Mutter schon immer als vollkommen sinn- und hirnlose Gewaltorgie empfunden hat. Und damit Mama sich auch so richtig freut, gibt's zum nächsten Christfest ein Paar Kinderboxhandschuhe samt Gutschein für ein Jahr Unterweisung beim Spitzentrainer, was Mama selbstredend nie erlauben wird, womit sie dann, oh Wunder, wieder mal die sprichwörtliche Arschkarte gezogen hätte. Denn das mit dem Boxtraining wird Sohnemann ihr nach all den anderen Zurückstellungen nie verzeihen. Er wird sich sechs, sieben Jahre lang ärgern und dann mit sechzehn in einen angesagten Street Fighting Club eintreten, wo man ihm so lange die Fresse poliert, bis er in der Schule auch wirklich nichts mehr auf die Reihe bringt, obwohl er eigentlich ziemlich helle ist. Damians Augen lösten sich von den verschmierten Händen des Jungen. Das Ergebnis würde sein, dass sich jeder Einzelne von ihnen bestätigt sah, so falsch sie in Wahrheit auch lagen.

»Verzeihung, aber das sollten Sie wirklich nicht tun«, fauchte im selben Augenblick die Deutschlehrerin schräg vor ihm. »Hier stehen immerhin auch Kinder. Und die meinen dann, dass sie das auch dürfen.«

Das tätowierte Mädchen wendet den Kopf. »Ey, ich hab's eilig, okay?«

»Das spielt keine Rolle.« Frau Oberlehrerin bis zur Zehe. »Sie leben nämlich leider nicht allein auf diesem Planeten und ...«

Die Schwarzhaarige hebt den Mittelfinger, ohne sich noch einmal umzudrehen, und bringt ihre Angreiferin mit dieser Geste von einem Moment auf den anderen zum Schweigen. Trotzdem kann Damian selbst auf die Entfernung sehen, dass sie Stress hat. Sie ist nämlich längst nicht so abgebrüht, wie sie die Welt glauben machen will. Davon zeugt schon allein die Neurodermitis, die er durch die Armlöcher ihres T-Shirts sieht.

»Passen Sie bloß auf!«, legt die Lehrerin nach ein paar Schrecksekunden nun doch noch nach, und dabei blickt sie sich so beifallheischend um, dass einem glatt das Kotzen kommen könnte. Aber nicht einmal von der jungen Mutter mit dem Kinderwagen erhält sie irgendeine Unterstützung.

Das wiederum nimmt Frau Oberlehrerin persönlich: Der Blick, den sie der armen Frau zuwirft, könnte Panzerglas zerschneiden. Schließlich hat sie sich nicht zuletzt für deren Scheißgören so ins Zeug gelegt. Aber so sind sie, die modernen Zeiten. Wenn du ein Gutmensch bist, kriegst du am Ende doch nur einen Tritt in den Arsch ...

Zwei Jungen, vielleicht fünfzehn oder sechzehn, sehen sich an und beginnen zu kichern, weil sich die Luft um sie herum mit einem Mal so aufgeladen anfühlt.

Die Lehrerin stößt ein verächtliches Schnauben aus und wühlt in ihrem Handsack (als Tasche ist das Ding wirklich nicht mehr zu bezeichnen!), als ein elektrischer Impuls sie und alle anderen erlöst und die Ampel auf Grün springen lässt.

Die Menge setzt sich in Bewegung.

Alles erwacht aus seiner Lethargie.

Der Strom der Wartenden geriet wieder in Fluss, und während er sich im Windschatten der Lehrerin unauffällig weitertreiben ließ, dankte Damian Kender dem ermordeten Jan Portner im Stillen einmal mehr dafür, dass er seinen Nobelfresstempel ausgerechnet an eine belebte Kreuzung wie diese gesetzt hatte.

3

Sie hatten Tausende Fahrzeugdaten überprüft. Hunderte von Passanten, Restaurantbesucher, Schaulustige gefilmt, analysiert und wieder verworfen. Doch bislang waren sie nicht fündig geworden. Es gab keine Auffälligkeiten. Und nicht die geringste Spur des Mannes, den die Zeitungen den »Artisten« nannten.

»Noch länger kann ich das wirklich nicht rechtfertigen«, knurrte Hinnrichs am Morgen bei der Einsatzbesprechung und verkündete im selben Atemzug, dass die Überwachung der Portner'schen Villa und des Canard noch am Nachmittag eingestellt werde. »Niemandem gegenüber.«

Verhoeven sah seine Kollegin an und nickte. Natürlich waren sie enttäuscht. Aber ihnen war auch klar, dass Maßnahmen von einem derart großen Umfang immer auch einer engen zeitlichen Begrenzung unterlagen. Schon jetzt, das wusste jeder im KK 11, würde Hinnrichs große Probleme haben, die ergebnislose Überwachung seinen Vorgesetzten gegenüber zu vertreten.

»Vielleicht hat unser Mann irgendwie Wind von der Sache bekommen«, mutmaßte Bredeney über seiner Kaffeetasse. »Oder wir irren uns.«

»Das glaube ich nicht«, widersprach ihm Winnie Heller.

»Sondern?«

Sie zuckte die Schultern. »Der Artist ist unbestreitbar ein

Meister der Tarnung. Vielleicht war er da, und wir haben ihn einfach übersehen.«

»Leider läuft uns allmählich die Zeit davon. Die letzte Vergewaltigung ist jetzt sechs Tage her. Das bedeutet, dass er bald wieder zuschlagen wird.«

»Falls er unter den gegebenen Umständen seinen üblichen Rhythmus beibehält.« Winnie Heller wedelte sich mit einem Schriftstück ein wenig Frischluft zu. »Vielleicht hat er unter den gegebenen Umständen ja auch beschlossen, erst mal mit dem Mann abzurechnen, der ihn erpresst hat.«

Hinnrichs' Kopf ruckte hoch. »*Falls* ihn überhaupt jemand erpresst hat.«

Verhoeven wühlte in den Kopien auf seinem Schreibtisch. Bündelweise Informationen. Obwohl sie nur zum Schlafen nach Hause gingen, war es ihnen noch immer nicht gelungen, sich einen Überblick über das Material zu verschaffen, das die Kollegen unermüdlich heranschleppten. Geschäftlich schien im Canard zumindest auf den ersten Blick alles in Ordnung zu sein. Jan Portner hatte vor einiger Zeit erfolglos versucht, seinem Kompagnon auch noch die letzten Anteile an dem gemeinsam geführten Nobelrestaurant abzukaufen, zu einem sehr guten Preis wohlgemerkt, doch Havel hatte den Verkauf immer vehement abgelehnt. Die beiden Geschäftspartner waren über diesen Punkt offenbar mehr als einmal ernsthaft in Streit geraten. Und ja, eine oder zwei dieser Auseinandersetzungen seien lautstark und hart an der Grenze zu Handgreiflichkeiten ausgetragen worden. Aber einander deswegen gleich umbringen? Das konnte sich keiner der Zeugen, mit denen Verhoeven und seine Kollegin gesprochen hatten, vorstellen.

Was das Liebesleben des ermordeten Gastronomen anging, hatten die Ermittler drei Frauen aufgetan, die einräumten, eine Affäre mit Portner gehabt zu haben. Eine gab an, die Sache habe sich bereits vor einiger Zeit erledigt. Die anderen beiden berichteten von gelegentlichen Treffen bei sich zu Hause oder in einem Hotelzimmer. Allerdings habe man beiderseitig keinerlei feste Absichten verfolgt, sondern lediglich seinen Spaß haben wollen. Bredeney und Werneuchen hatten die angegebenen Hotels überprüft und auch die finanzielle Lage der betreffenden Frauen, aber sie hatten nichts gefunden, was deren Angaben widerlegt oder gar ein Motiv für den Mord an Jan Portner geliefert hätte. Trotzdem hatten sie Sprachproben aller drei Damen genommen und die Bänder Cindy Felke vorgespielt. Doch die junge Barangestellte berief sich nach wie vor darauf, dass der Anruf, der Jan Portner in den Tod gelockt hatte, zu einer Zeit eingegangen sei, zu der in der Bar nun mal absoluter Hochbetrieb herrsche – inklusive des entsprechenden Geräuschpegels.

»Das heißt, sie übernimmt die Garantie für gar nichts«, fasste Hinnrichs mit einem entnervten Stöhnen zusammen.

»So ist es«, murrte Verhoeven.

Und dann brachte Werneuchen den Artikel, der erst vor wenigen Stunden erschienen war. Er befand sich an exponierter Stelle auf der ersten Seite des Lokalteils und war überschrieben mit: DER HEILIGENSCHEIN DES VERBRECHENS.

»Was soll diese Scheiße?!« Hinnrichs sprang beinahe vom Stuhl vor Wut. »Wie kann es sein, dass meine Beamten über so was nicht im Vorfeld informiert sind?«

Verhoeven verwies in seiner üblichen ruhigen Art auf das Übermaß an Material, das sie zu bearbeiten hatten, und auch darauf, dass die Schreiberin für ihre Behauptungen nicht den geringsten Beweis liefere. Doch der Leiter des KK 11 wischte den Verteidigungsversuch seines Kommissars mit einer herrischen Geste vom Tisch.

»Eine Ehefrau, die Selbstmord begeht, weil sie es mit dem kochenden Scheißkerl an ihrer Seite nicht mehr aushält, und eine namentlich nicht genannte Krankenschwester, die Irina

Portner während einer Routine-OP betreut hat und behauptet, ihre Patientin habe – Zitat – vollkommen verschreckt und eingeschüchtert gewirkt, sobald ihr Mann auf der Bildfläche erschienen sei ... Denken Sie nicht, dass das Fakten sind, die im Hinblick auf ein mögliches Mordmotiv auch für Sie interessant wären?«

Verhoeven war klug genug, die Frage nicht zu beantworten, und Hinnrichs schimpfte einfach weiter.

»Ha, es kommt noch besser!«, rief er und hieb dabei mit dem Zeigefinger der rechten Hand wie wild auf die Zeitung ein. »Hören Sie sich das mal an! Ich zitiere: ›Im Gegensatz zur breiten Öffentlichkeit, die die unbequeme Wahrheit – wie so oft in solchen Fällen – nur allzu bereitwillig auf dem Altar des Mitleids opfern wird, müssen sich die ermittelnden Beamten nun fragen, ob sie es tatsächlich mit dem smarten Gutmenschen zu tun hatten, zu dem Jan Portner seit seinem gewaltsamen Tod allenthalben hochstilisiert wird.‹« Hinnrichs schleuderte die Zeitung von sich und sah Verhoeven an. »Checken Sie diesen Mist im Hinblick auf seinen Wahrheitsgehalt. Und ich rate Ihnen, finden Sie irgendwen, den ich wegen dieser Sache zusammenscheißen kann. Sonst, das gebe ich Ihnen schriftlich, wird die nächste Zeit für Sie beide alles andere als angenehm werden.«

Er fischte die zerknickte Zeitung aus der Ecke hinter dem Schreibtisch, knallte sie in die Mitte des Tisches und rauschte von dannen.

»Der Artikel ist mit JT unterzeichnet«, brummte Bredeney, als die Tür hinter ihm ins Schloss gefallen war.

»Verdammt«, entfuhr es Winnie. »Das ist bestimmt diese blöde Kuh, von der ich Ihnen erzählt habe.« Sie warf Verhoeven einen schuldbewussten Blick zu. »Sie wissen schon, die, der ich aus Versehen ...«

»Machen Sie sich keinen Kopf«, unterbrach er sie, bevor die Kollegen auf Winnie Hellers Selbstanklagen anspringen konnten. »Damit werden wir schon fertig. Und wer weiß, vielleicht gibt uns diese Sache sogar neue Impulse.«

»Das mit dem Selbstmord von Portners erster Ehefrau hatten wir im Übrigen auch schon raus«, bemerkte Bredeney, der Hinnrichs' indirekten Vorwurf nicht so einfach auf sich sitzenlassen wollte. »Aber das ist über zwanzig Jahre her.«

Manche Dinge haben einen langen Atem, dachte Winnie Heller wie schon zuvor. Laut sagte sie: »Weiß man, warum sich die Frau das Leben genommen hat?«

Doch Bredeney schüttelte den Kopf. »Zumindest auf den ersten Blick stand die Sache in keinem erkennbaren Bezug zu ihrer Ehe. Sonst hätten wir das längst …«

»Ich möchte trotzdem alles sehen, was ihr dazu habt«, unterbrach ihn Verhoeven. »Und findet raus, wer diese Krankenschwester ist, die in dem Artikel zitiert wird.«

»Das muss irgendwer aus der Paulinen-Klinik sein«, sagte Bredeney, um unter Beweis zu stellen, dass er seine Hausaufgaben sehr wohl gemacht hatte. »Irina Portner ist dort erst vor ein paar Wochen stationär behandelt worden.«

Verhoeven sah hoch. »Irgendwelche Hinweise darauf, dass ihr Mann sie misshandelt haben könnte?«

»Nein«, antwortete Werneuchen. »Es war nicht so eine Art von Krankenhausaufenthalt. Nur ein Routineeingriff.«

»Sie hatte eine Ausschabung«, ergänzte Bredeney mit der Vehemenz des Beinahe-Pensionärs, der finster entschlossen war, sich selbst von einem Mann wie Burkhard Hinnrichs nichts mehr ans Zeug flicken zu lassen.

»Trotzdem«, entgegnete Verhoeven. »Kümmert euch um die Sache.« Er überlegte einen Moment. »Auch wenn der Kerl vielleicht nicht körperlich zugelangt hat, scheint er doch irgendetwas an sich gehabt zu haben, das den Frauen an seiner Seite ernste Probleme bereitet hat.« Er nahm die Zeitung zur Hand. »Ich habe nie etwas Konkretes mitbekommen««, zitierte er die genannte Krankenschwester, »»aber ich hatte den

Eindruck, dass es Schwierigkeiten zwischen den beiden gab. Er besuchte sie täglich, trotzdem wirkte seine Frau auf mich vollkommen eingeschüchtert, beinahe verschreckt, sobald er auftauchte. Sie entspannte sich erst, wenn er wieder weg war.'«

»Für diese arme Krankenschwester wird das unter Garantie ein Nachspiel haben«, brummte Bredeney. »Ich kann mir beim besten Willen nicht vorstellen, dass sie wollte, dass das zitiert wird.«

»Bestimmt nicht«, stimmte Verhoeven ihm zu. »Wahrscheinlich hat sie gedacht, sie plaudern einfach nur ein bisschen. Diese Jo Ternes gehört mit Sicherheit zu den Journalisten, die es ganz ausgezeichnet verstehen, ihren Gesprächspartnern Dinge zu entlocken, die diese eigentlich gar nicht preisgeben wollen.«

Allerdings, dachte Winnie Heller bitter.

»Wie auch immer, wir graben uns da noch mal rein«, versprach Bredeney.

»Und wir beide«, Verhoeven sah sich nach seiner Partnerin um, »übernehmen heute Nachmittag wie geplant die Beerdigung?«

Sie nickte, auch wenn sie die Frage nicht recht verstand. Immerhin warteten sie seit Tagen auf diese Gelegenheit. »Klar«, sagte sie. »Nachdem heute früh nun auch noch so überaus passend dieser Artikel erschienen ist, wird die Stimmung bestimmt bombig.«

Verhoeven lächelte matt. »Tja«, sagte er. »Ich schätze, da haben Sie recht.«

»Nehmt's mit Humor, Leute«, scherzte Bredeney. »Begräbnisse sind immer ein Spaß, und was gibt's Gemütlicheres als einen Haufen Grabreden, die so vor Lügen triefen, dass niemand weiß, wo er hinschauen soll?«

4

»Hast du das hier gelesen?«

Mein Gott, dachte Kira Schönenberg, ich bin kaum zur Tür rein, und schon geht das wieder los. Kann sie nicht wenigstens warten, bis ich mir die Schuhe ausgezogen habe?

Doch kaum dass sich der Gedanke manifestiert hatte, packte sie auch schon wieder das schlechte Gewissen.

Merle schien es zu spüren. »Alles klar?«, fragte sie.

»Sicher. Was steht denn da?«

»Ich habe dir doch von dieser Journalistin erzählt, die mich angerufen hat«, sagte ihre Freundin anstelle einer Antwort.

»Welche?«

Die Frage war durchaus berechtigt, denn seit dem Mord kamen sie einfach nicht zur Ruhe. Andauernd riefen irgendwelche wildfremden Reporter an und fragten wegen eines Interviews an. Etwas, das Kira rasend wütend machte.

»Eine von den Freien.« Merle schwenkte die Zeitung, die sie in der Hand hielt. »Ihr Name ist Jo Ternes.«

Kira zuckte die Achseln. »Sagt mir nichts.«

»Die ganze Sache war auch ein bisschen merkwürdig.«

Kira Schönenberg streifte sich die Sandaletten von den Füßen und streckte seufzend die Zehen aus. »Inwiefern merkwürdig?«

»Diese Frau wollte eigentlich gar nichts über die Vergewaltigung als solche wissen. Sondern nur, ob ich Jan Portner gekannt habe. Und ob ich vor der Tat irgendwann einmal Kontakt zu dessen Frau hatte.«

»Und was hast du ihr gesagt?«

»Ich habe sie gefragt, warum sie das wissen will. Und da hat sie so eine komische Andeutung gemacht.«

Kira zog die Stirn kraus. »Eine Andeutung? In welche Richtung?«

»Ich erinnere mich nicht an den genauen Wortlaut, aber im Kern lief es darauf hinaus, dass einige Leute bestimmt nicht allzu traurig seien, dass Portner tot ist.«

»Das trifft vermutlich auf fast alle Mordopfer zu«, stöhnte Kira. »Bloß dass die wenigsten Leute die Courage haben, zuzugeben, dass jemand, der Opfer einer Gewalttat geworden ist, eigentlich ein Arschloch war.«

»Seltsam, dass du das sagst.« Merle lehnte sich gegen den Türrahmen.

»Wieso?«

»Weil diese Jo Ternes in ihrem Artikel hier fast haargenau das Gleiche schreibt.«

Kein Zweifel, jetzt war Kiras Neugier geweckt. »Zeig mal her«, sagte sie und griff nach der Zeitung, die ihre Partnerin noch immer in der Hand hielt.

»Aber da war auch noch was anderes.« Merle Olsens Blick heftete sich gedankenverloren auf das Telefon, das auf dem Schuhschrank hinter Kira lag. »Sie hat sich ganz komisch ausgedrückt. Fast so, als ob sie glauben würde, dass Portners Tod kein Zufall, sondern eine gezielte Aktion war.«

Kira ging in die Küche hinüber und setzte sich an den Tisch, während Merle einfach weiterredete. Zwar war sie von Haus aus eher introvertiert, etwas, das Kira in ihrer Kennenlernphase fast um den Verstand gebracht hatte, aber seit sie zusammen waren, sprach sie erstaunlich viel über sich selbst. Wie sie etwas sah, empfand, einschätzte, was sie plante, warum sie etwas tat oder unterließ. Wenn Kira in den Jahren ihres Zusammenlebens etwas gelernt hatte, dann, dass Merle keine Frau war, die sich mit Halbheiten zufriedengab. Und wenn sie ihr Leben mit jemandem teilte, beschränkte sich dieses Teilen nicht auf Tisch und Bett, sondern umfasste auch Gedanken, Gefühle, Eindrücke und Erlebnisse. Das war ihre ureigenste Art von Vertrauen und im Grunde eine große Ehre, und doch war gerade dieses Vertrauen dazu angetan, Kiras schlechtes Gewissen noch zu verstärken. Im Grunde schämte sie sich, weil sie sich bislang nicht so weit aus der Deckung gewagt hatte. Weil sie sich nach wie vor eine Reserve zurückbehielt. Auch wenn sie das Gefühl hatte, dass sie dazu immer weniger imstande war.

Etwas, das sie zutiefst verunsicherte.

Irgendwann einmal, in einer Zeit, die ihr wie aus einem anderen Leben vorkam, hatte sie auch daran geglaubt, dass man seine Mitmenschen kennen konnte. Dass es möglich war, ihnen bis ins tiefste Innere ihrer Persönlichkeit zu schauen. In die Seele. Aber dann hatte das Leben sie eines Besseren belehrt. Und wenn sie heute einen neuen Kollegen bekam und ihn nett fand, hielt sie es trotzdem für möglich, eines Tages herauszufinden, dass er trank, seine Frau schlug oder die Kinder missbrauchte. Kiras Erfahrung nach waren die wenigsten Menschen das, was sie zu sein schienen. Mehr noch: Die meisten waren nicht einmal das, was sie selbst zu sein glaubten ...

Sie verdrängte die unbequemen Gedanken und widmete sich dem Artikel. *Der Heiligenschein des Verbrechens.* Eine bitterböse Abrechnung mit dem ermordeten Gastronomen und der Doppelmoral der Gesellschaft.

»Verfluchte Scheiße, nicht wahr?«, seufzte Merle auf der anderen Seite des Tisches. »Nach dieser Sache wird es bestimmt noch schwieriger werden, mit ihr zu sprechen.«

Kira spürte, wie sie blass wurde. »Mit wem?«

»Mit Irina Portner«, antwortete Merle, als sei das die selbstverständlichste Sache der Welt. »Dieser Artikel wird fürchterlich Wellen schlagen, und wahrscheinlich schottet sie sich schon jetzt total ab.«

»Woran sie recht tut«, versetzte Kira.

»Ja, schon ...« Merle sah nicht überzeugt aus. Ihre Finger spielten mit dem Verschluss des Tetrapacks Milch, mit dessen Hilfe sie ihren Kaffee genießbar gemacht hatte. Sie kochte ihn grundsätzlich so stark, dass der Löffel darin stand. Angeblich ein Erbe ihrer schwedischen Mutter. »Aber ich hätte sie trotzdem längst anrufen sollen.«

Das geht auf meine Kappe, dachte Kira, die mit Engelszungen auf ihre Partnerin eingeredet hatte, Irina Portner wenigstens bis zum Begräbnis ihres Mannes in Ruhe zu lassen. Sie sah hoch und bemerkte, dass Merle tatsächlich verärgert aussah. Ein Umstand, der sie umgehend wieder in jene Verteidigungsstellung brachte, die sie im Grunde seit Wochen nicht verlassen hatte.

»Weshalb hättest du sie anrufen sollen?«, gab sie in unnötig scharfem Ton zurück. »Kannst du diese Frauen nicht endlich in Ruhe lassen?«

»Diese Frauen?«, fuhr Merle auf. »Was genau meinst du mit *diese Frauen*?«

»Herrgott, jetzt zieh dich doch nicht an einer Formulierung hoch.«

»*Diese Frauen*, wie du sie nennst, haben dasselbe erlebt wie ich.«

»Möglich.«

»Wieso möglich?«, echauffierte sich Merle.

Kira sah sie an und fühlte auf einmal eine tiefe Müdigkeit. Wieder und wieder die gleichen fruchtlosen Auseinandersetzungen. Wann hörte das endlich auf? »Selbst wenn das Erlebnis des Überfalls bei euch allen absolut identisch gewesen wäre, was nicht der Fall ist«, antwortete sie mit erzwungener Ruhe, »dann hieße das noch lange nicht, dass ihr etwas gemeinsam habt, du und die anderen Opfer.«

»Doch«, widersprach ihre Freundin. »Wir haben was gemeinsam.«

»Ach ja? Und was?«

»Unseren Vergewaltiger.«

Das Wort ließ Kira noch immer leise zusammenzucken, auch wenn sie sich als Ärztin im Lauf der Jahre durchaus ein dickes Fell zugelegt hatte. Aber so war das nun mal. Nahezu alles war anders, sobald es einen selbst betraf. Das fing beim Krebs an und hörte bei Vergewaltigung auf ...

»Ich spreche von Wahrnehmung«, sagte sie. »Du weißt so gut wie ich, dass zwei Patienten mit exakt demselben Befund ein völlig unterschiedliches Befinden aufweisen können. Schon allein deshalb, weil sich ihr individuelles Schmerzempfinden unterscheidet. Das trifft auf Zweibeiner genauso zu wie auf Vierbeiner«, setzte sie hinzu.

Merle schüttelte den Kopf. »Vergewaltigung ist keine Krankheit.«

»Aber ein traumatisches Erlebnis.« Kira fühlte, wie die Wut nun doch die Oberhand gewann. Auch wenn sie sich noch so sehr vorgenommen hatte, Verständnis zu haben. Verständnis und Geduld. »Und ein Trauma ist derselben individuellen Prägung unterworfen wie das Schmerzempfinden oder das Gedächtnis.«

»Ich verstehe nicht, warum du dich so vehement dagegen sträubst, dass ich mich damit auseinandersetze«, schwenkte Merle um, weil sie merkte, dass sie anders nicht weiterkam.

»Ich sträube mich nicht dagegen, dass du dich auseinandersetzt. Aber ich möchte nicht, dass man dir wehtut.«

Merles Reaktion erschöpfte sich in einer knappen, wegwerfenden Geste.

»Und außerdem ...«

»Was?«

Kira zögerte. »Außerdem hast du meiner Meinung nach kein Recht, anderen Menschen deine Art der Verarbeitung aufzudrängen.«

Ihre Freundin wurde rot. »Aber das tue ich gar nicht.«

»O doch«, hielt Kira ihr entgegen. »Genau das tust du. Und wenn du nicht endlich aufhörst, dich in Leben einzumischen, die dich nichts angehen, landest du noch vor Gericht.«

»Das wird keine von ihnen machen.« Wieder schüttelte sie heftig den Kopf. Offenbar war sie tatsächlich überzeugt von dem, was sie sagte. »Vielleicht ärgert sich die eine oder andere über mich. Okay. Aber letztendlich sitzen wir alle in einem Boot.«

Kira sah sie eindringlich an. »Also, Gus Vermeulen macht auf mich einen ziemlich entschlossenen Eindruck.«

»Ach, der ...«

»Ja, der.« Sie stemmte ihre Fäuste auf die Tischplatte und lehnte sich vor. »Herrgott, noch mal, Merle, versteh das doch endlich. Dieser Mann wird dich anzeigen, wenn du seine Frau nicht in Ruhe lässt. Das hat er jetzt schon mehrfach angekündigt, und ich glaube ihm aufs Wort, dass es ihm absolut ernst ist damit. Und bei Sarah Endecke klang die Sache neulich nicht viel anders.«

»Von mir aus«, versetzte Merle trotzig. »Und wenn schon! Mit diesen Quellen bin ich sowieso durch. Sollen sie ihren gottverdammten Frieden haben.«

Quellen ...

Kira überlegte, ob ihrer Freundin überhaupt bewusst war, wie abfällig und herzlos ihre Worte klangen. Zugleich spürte sie einmal mehr, was sich in den vergangenen Wochen bereits angekündigt hatte: dass ihre Partnerin sich mehr und mehr in eine Idee verrannte. Das ist nicht mehr gesund, dachte Kira mit einem flauen Gefühl in der Magengegend. Oder war es die Herzregion?

So genau konnte sie das im Augenblick nicht sagen ...

»Das heißt, du lässt ab von den anderen?«, fragte sie, um das Gefühl von Schwäche zu überspielen, das sich in ihr ausdehnte.

»Ja, ja«, murmelte Merle geistesabwesend. Erstaunlicherweise schien sie mit den Gedanken bereits wieder ganz woanders zu sein. »Weißt du, dieser Artikel hat mich gehörig zum Nachdenken gebracht«, erklärte sie nach einer Weile. »Man sagt doch gemeinhin, dass organisierte Serientäter wie der Artist die Berichterstattung über ihre Taten sehr genau verfolgen.«

»Und wenn schon.« Kira, die sich zwischenzeitlich wieder in den Artikel vertieft hatte, hob überrascht den Kopf. »Was hat das mit dir zu tun? ... Mit uns?«, korrigierte sie sich hastig, um ihrer Partnerin nicht sofort wieder eine Angriffsfläche zu bieten.

»Verstehst du denn nicht?« Merles Wangen glühten. »Heute Nachmittag ist Jan Portners Begräbnis.«

»Ja und?«

»Und *er* könnte dort sein!«

Kira hatte das Gefühl, dass ihr der Boden unter den Füßen wegsackte. »Du willst da hin?«, fragte sie ungläubig.

»Das ist *die* Chance für mich.«

»Eine Chance? Worauf?«

»Ihn zu erkennen.«

»Wie willst du ihn denn erkennen?« Ihre Stimme war wie gelähmt. »Du hast doch so gut wie gar nichts von ihm gesehen.«

»Darüber mache ich mir keine Sorgen«, beharrte Merle. »Ich bin sicher, dass ich ihn trotzdem erkennen würde. Dass es irgendwas gibt, das mir sagt: Das da drüben, das ist er. Das ist der Scheißkerl, der mir das angetan hat.« Ihr Ton wurde scharf, und Kira machte innerlich sofort einen Schritt rückwärts, auch wenn sie wusste, dass die Schärfe nicht ihr galt.

»Das ist Irrsinn!«, sagte sie.

»Möglich«, räumte Merle ein. »Aber wir werden trotzdem hingehen.«

Kira starrte sie an. »Wir?«

In Merles erschien ein gefährliches Funkeln. »Entschuldige, aber ich erwarte von meiner Partnerin, dass sie mich begleitet, wenn ich sie brauche.«

»Was du brauchst, ist Ruhe und eine gute Therapie.«

»Eins nach dem anderen.«

»Nein!« Kira schob entschlossen den Artikel von sich. »Ich habe viel Verständnis, aber da mache ich nicht mit.«

Merle sah zu ihr hoch. Trotzig, fast wild. »Ich würde dir raten, dir das noch mal zu überlegen.«

Obwohl Kira es hasste, wenn man ihr drohte, versuchte sie, gelassen zu klingen. »Und was ist, wenn ich mich weigere?«, fragte sie so neutral, als verlese sie die Nachrichten.

Die Augen ihrer Partnerin schlugen Funken. Eine äußerst explosive Mischung aus Enttäuschung und Angriffslust. »Willst du das wirklich wissen?«

Und auf einmal war die Angst da. Ein eisiges, elementares Gefühl, das umgehend alle Bedenken – ihrer offensichtlichen Berechtigung zum Trotz – in den Hintergrund drängte und nur noch einen einzigen Gedanken zuließ: *Ich darf sie nicht verlieren. Das ertrage ich einfach nicht ...*

»Na schön«, setzte Merle an, die das Schweigen ihrer Freundin missdeutet hatte. »Wenn du es nicht tust, werde ...«

»Lass gut sein«, fiel Kira ihr ins Wort. »Ich komme ja mit.«

Woher der plötzliche Sinneswandel?, las sie in den Augen ihrer Partnerin, doch Merle sprach den Gedanken nicht aus. Ihre Irritation allerdings war offensichtlich.

Normalerweise neigte keine von ihnen dazu, eine Auseinandersetzung kampflos aufzugeben. Im Gegenteil: Sie hatten ihre Meinungsverschiedenheiten von Beginn an mit großer Vehemenz und ebenso großer Leidenschaft ausgetragen, was in erster Linie der Tatsache zuzuschreiben war, dass sie beide überaus starke und eigenständige Persönlichkeiten waren.

»Wann genau müssen wir dort sein?«, fragte Kira, bevor ihre Lebensgefährtin vielleicht doch noch nachhaken konnte.

»Ich möchte rechtzeitig genug ...«

»Sag mir einfach, wann«, fiel Kira ihr abermals in die Rede.

»Die Beerdigung ist um halb vier.«

Kira sah auf die Uhr. »Gut«, sagte sie. »Gib mir zehn Minuten zum Umziehen. Dann können wir los.«

5. Winnie Heller konnte Friedhöfe nicht ausstehen.

Und bei Hitze fand sie sie noch unerträglicher als sonst. Entsprechend gut war ihre Laune, als sie den Wiesbadener Südfriedhof durch das imposante Hauptportal betrat. Sie war früh dran und für ihre Pünktlichkeit mit einem Parkplatz unweit des Eingangs belohnt worden. Zwar stand ihr Polo dort in der prallen Sonne, doch zumindest konnte sie sich mit dem Wissen trösten, nach der Veranstaltung nicht allzu weit laufen zu müssen. So nannte sie Jan Portners Begräbnis nämlich im Stillen: eine Veranstaltung, und insgeheim war sie sicher, dass sie mit dieser pietätlosen Bezeichnung nicht allzu weit danebenliegen würde.

Sie standen deswegen bereits seit Tagen in engem Kontakt mit Irina Portner. Es würden um die zweihundert Personen anwesend sein, wahrscheinlich sogar deutlich mehr. In Winnie Hellers Handtasche steckte eine Liste mit Namen – Familie, Freunde, Kollegen, Nachbarn und alle, die der jungen Witwe sonst noch eingefallen waren. Dazu kamen die Offiziellen, die sich angekündigt hatten. Bürgermeister, Politiker, Gastronomen. Sie hatten die Liste durchgearbeitet und sich – wo immer möglich – Fotos besorgt, um Gesichter schneller einordnen zu können. Ohnehin lag die Hauptschwierigkeit darin, unauffällig zu bleiben. Da war es hilfreich, wenn man den einen oder anderen von vornherein ausschließen konnte.

Die meisten der Nachbarn hatten sie im Zuge der Ermittlungen bereits persönlich kennengelernt. Dasselbe galt für Portners Gespielinnen und sein Personal. Erfreulicherweise hing im Canard nach amerikanischem Vorbild eine sogenannte »Mitarbeiter-Tafel«, an der sie sich hatten orientieren können, eine Art Stammbaum mit den Konterfeis sämtlicher Angestellten – von der Putzfrau bis zum Küchenchef.

Schwierigkeiten bereitete ihnen hingegen ausgerechnet Jan Portners Verwandtschaft, was in der Hauptsache daran lag, dass der Erfolgsgastronom ganz offenbar keinen gesteigerten Wert auf familiäre Bande gelegt und den Kontakt entsprechend sporadisch gehalten hatte. Es gab einen Bruder, der mit seiner Familie aus Kiel anreisen würde, und eine Reihe von Cousins und Cousinen, deren Namen Irina Portner dem privaten Adressbuch ihres verstorbenen Mannes entnommen hatte. Den meisten dieser Leute war sie nie begegnet, und es war eher unwahrscheinlich, dass sie zur Trauerfeier eines Mannes erscheinen würden, der es nicht einmal für nötig gehalten hatte, sie zu seiner Hochzeit einzuladen. Aber man konnte nie wissen. Winnie Heller nickte grimmig. Die Leute taten andauernd Dinge, die man nicht von ihnen erwartete ...

Überhaupt würde die ganze Sache verdammt unübersichtlich werden!

Wenn *ich* anstelle des Artisten wäre, würde ich herkommen, dachte Winnie, und sie fühlte, wie der Gedanke eine Welle von Adrenalin durch ihre Adern jagte. Die Gefahr ist vergleichsweise gering. Und wenn tatsächlich nur halb so viele Menschen erscheinen, wie nach der ganzen Berichterstattung über den Fall zu erwarten ist, wird ihm das eine gute Deckung bieten.

Hinnrichs hatte für diesen besonderen Nachmittag noch einmal ein Großaufgebot an Einsatzkräften mobilisiert. Zivile Beobachtungswagen waren rings um das Friedhofsgelände verteilt, um im Fall der Fälle einen raschen Zugriff zu garantieren. Dazu gab es zwei verdeckt arbeitende Einsatzteams, die Verhoeven und sie vor Ort unterstützen sollten, und einen als Fotojournalisten getarnten Kollegen von der Abteilung für verdeckte Ermittlungen, der unauffällig im Bild festhalten sollte, was am Grab des ermordeten Gastronomen vor sich ging.

Winnie Heller hatte sich trotz der Hitze einen schwarzen Hosenanzug zugemutet, den dazugehörigen Langarmblazer allerdings nur locker um die Schultern gelegt. Außerdem hatte sie ein kleines Blumengebinde besorgt, das sie auf den Sarg werfen wollte und das ihr, wie sie hoffte, einen Anstrich von Authentizität verleihen würde.

Ein Blick auf die Uhr verriet ihr, dass die verbleibende Zeit locker ausreichte, um wieder einmal nach dem Grab ihrer Schwester zu sehen. Also wandte sie sich nach links und folgte einem der Hauptwege, der sie in einen der elegantesten Teile des Friedhofs führte.

Während der Asphalt unter ihren Sohlen in roten Schotter überging, dachte Winnie an den Schnee, der gelegen hatte, als Elli vor knapp zwei Jahren zu Grabe getragen worden war. Ein feiner weißer Schleier, der alles zu dämpfen schien. Sogar den Schmerz. Doch die Linderung war nur von kurzer Dauer gewesen. Und dann war der Schmerz mit desto größerer Heftigkeit über sie hereingebrochen ...

Sie fingerte den Schlüssel für ihre Gießkanne aus der Tasche und dachte, dass es eigentlich furchtbar armselig war, dass man sogar auf Friedhöfen alles anketten musste, was auch nur den geringsten Wert hatte. Und während sie die Kanne von dem rostigen Kettenschloss befreite, musste sie überdies feststellen, dass ein Stück des grünen Plastiks herausgebrochen war. Wahrscheinlich keine Absicht, eher Nachlässigkeit eines der anderen Besucher.

Winnie seufzte, füllte die Kanne bis zum Rand und machte sich dann auf den Weg zum Grab ihrer Schwester. Was Ellis letzte Ruhestätte betraf, hatten sich ihre Eltern wahrlich nicht lumpen lassen. Bereits das Verschwinden ihrer jüngeren Tochter in einem sündhaft teuren Privatpflegeheim hatten sich Franz und Gisela Heller einiges kosten lassen. Und nun zierte ein monumentaler weißer Marmorstein Ellis Grab. In der linken oberen Ecke hatten ihre Eltern ein paar Takte Schubert eingravieren lassen. Und einen Text. Den Beginn von Wanderers Nachtlied.

Über allen Gipfeln ist Ruh ...

Winnie schüttelte angewidert den Kopf, doch als sie um die Ecke bog, schrak sie jäh zusammen.

Dort, an Ellis Grab, stand jemand!

Sie sah eine gebückte Gestalt und eine Hand, die sich an dem weißen Marmor festhielt. Und erst mit ein paar Sekunden Verzögerung wurde ihr klar, *wer* es da wagte, am Grab ihrer Schwester zu stehen, das sie, wann immer sie bislang hier gewesen war, stets ruhig und verlassen gefunden hatte.

»Was, in drei Teufels Namen, machst du denn hier?«, fauchte sie, kaum dass ihre Mutter sich zu ihr umgedreht hatte.

Unter Gisela Hellers linkem Auge zuckte ein Muskel. »Das ist Ellis Grab«, antwortete sie, als erkläre diese Tatsache irgendetwas.

»Allerdings«, entgegnete Winnie, indem sie sich brüsk abwandte und den Weg zurückstapfte, den sie soeben gekommen war.

»Gehst du?«, bohrte sich die Stimme ihrer Mutter in ihren Rücken.

»Ja«, rief Winnie, ohne sich zu ihr umzudrehen.

»Weil ich da bin?« Gisela Hellers Stimme zitterte leicht. Sie kannte die Antwort auf diese Frage, so viel war klar.

Aber Winnie antwortete trotzdem. Sie konnte diese wunderbare Gelegenheit, ihrer Mutter wehzutun, einfach nicht auslassen. »Genau«, sagte sie, indem sie sich nun doch wieder umdrehte. »Weil du da bist.«

»Aber ...«

»Ich komme ein anderes Mal wieder.«

»Winifred, bitte ...«

Der weinerliche Tonfall brachte Winnie umgehend auf hundertachtzig. »Was willst du von mir?«, rief sie ohne Rücksicht auf die Stille des Ortes.

»Wir haben uns jetzt schon fast zwei Jahre nicht gesehen.«

»Stimmt. Und?«

»Und ich hätte gern gewusst, wie es dir geht.«

»Es geht mir bestens«, antwortete Winnie, überrascht, dass sie zum ersten Mal seit langer Zeit tatsächlich so empfand. Allerdings schenkte sie sich die obligatorische Gegenfrage. Dass es ihrer Mutter nicht besonders ging, war ziemlich offensichtlich. Sie war alt geworden in diesen Monaten, in denen sie einander nicht gesehen hatten. Ihr Gesicht hatte eine Reihe tiefer Falten und wirkte wie verdorrt.

»Du hast meine Briefe nie beantwortet«, sagte sie jetzt.

»Richtig.«

»Aber ... du hast sie doch bekommen, oder?«

»Was soll das?«, fuhr Winnie sie an. Sie hatte die Briefe, von denen ihre Mutter sprach, drei an der Zahl, unmittelbar nach Erhalt ungelesen in den Müll geworfen. Und sie hatte sich neue Nummern für Handy und Festnetz besorgt. Gleich nachdem Elli gestorben war. Zehn oder elf Mal hatte ihre Mutter auch im Präsidium angerufen, aber Winnie hatte sich verleugnen lassen. Jedes einzelne Mal. Wenn das kein deutliches Zeichen war, dann wusste sie auch nicht! Sie überlegte kurz und kehrte dann mit entschlossenen Schritten zum Grab ihrer Schwester zurück. Ihre Mutter wollte Ärger? Okay, den konnte sie kriegen! »Was willst du hier?«, wiederholte sie ihre Frage von eben in provokantem Ton.

»Ich komme oft her.«

»Ach, wirklich?« Winnie bedachte sie mit einem verächtlichen Lächeln. »Seit wann?«

Doch ihre Mutter ließ sich nicht provozieren. »Seit ein paar Wochen«, antwortete sie, und ihre Stimme klang genauso müde, wie sie aussah.

Winnie dachte nicht im Traum daran, ihre Mutter nach dem Grund zu fragen, aber ihr war klar, dass es einen Anlass geben musste. Man änderte eine eingefahrene Verhaltensweise nicht so ohne weiteres, und ihre Eltern hatten sich bereits vor langer Zeit dafür entschieden, die Erinnerung an ihre jüngere Tochter aus ihrem Leben zu tilgen. Sie hatten ihre Besuche an Ellis Krankenbett auf ein Minimum beschränkt, und abgesehen von dem protzigen Grabstein und einem Dauerauftrag bei einer eingesessenen Gärtnerei hatte Winnie nie auch nur den leisesten Hinweis darauf gefunden, dass sie sich um das Grab ihrer Schwester kümmerten.

Ihre Augen hefteten sich an das ausgetrocknete Gesicht ihrer Mutter.

Weshalb hielt sie es auf einmal für nötig, herzukommen?

Was war geschehen, dass sich die Verdrängung nicht länger aufrechterhalten ließ?

»Ich bin sofort weg«, erklärte Gisela Heller in diesem Augenblick. »Ich gieße nur noch rasch die Blumen. Sie vertrocknen sonst.«

Der letzte Satz war nur so dahergesagt, aber in Winnies empfindlichen Ohren klang das Ganze wie ein Vorwurf. Sie sah ihre Mutter an und fühlte eine elementare Wut in sich aufsteigen. Wut und den Wunsch, ihrer Mutter eine schallende Ohrfeige zu geben, um sie anschließend ein für alle Mal stehen zu lassen.

Gisela Heller schien ihre Verärgerung zu spüren und hob abwehrend die Hände. »Bei dieser Hitze kommt man mit dem Gießen einfach nicht nach«, stammelte sie hilflos. »Und wie's scheint, hattest du ja dieselbe Idee ...«

»Lass gut sein«, unterbrach Winnie sie, indem sie ihre Kanne nahm und sich mit einer entschlossenen Bewegung an ihrer Mutter vorbeidrängte. »Ich erledige das schon.« Und mit einem bitteren Unterton setzte sie hinzu: »Ganz wie immer.«

Während sie Immergrün und Efeu wässerte, hoffte sie, dass ihre Mutter jetzt gehen würde. Doch Gisela Heller blieb, wo sie war.

Dabei war sie eine zutiefst feige Person, die jeder noch so harmlosen Auseinandersetzung konsequent aus dem Weg ging. Normalerweise. Irritiert zog Winnie die Stirn kraus. Ihre Mutter war feige und so harmoniesüchtig, dass sie es noch nicht einmal gewagt hatte, ihrem betrunkenen Mann die Schlüssel zu seinem Mercedes SLK aus der Hand zu nehmen, aus lauter Angst vor einer Unstimmigkeit.

Winnie pustete sich eine Haarsträhne aus der Stirn und rupfte dann wütend ein Unkraut aus dem ausgetrockneten Boden.

Sie wusste, es gab nicht den geringsten Grund, sich ein schlechtes Gewissen zu machen. Immerhin war *sie* diejenige gewesen, die sieben Jahre lang Woche für Woche an Ellis Krankenbett gesessen hatte, in dem verzweifelten Bemühen, ihre Schwester irgendwie in die Welt der Lebenden zurückzulocken. Seltsamerweise erfüllte sie die bloße Anwesenheit ihrer Mutter trotzdem augenblicklich mit dem Gefühl, sich eines gravierenden Versäumnisses schuldig gemacht zu haben.

Und es stimmte ja auch, dass sie in letzter Zeit immer seltener den Weg auf den Friedhof gefunden hatte ...

Zu viel los im Job, zu erschöpft, zu ... Tja, dachte Winnie, was denn eigentlich?

Wenn du behauptest, für etwas keine Zeit zu haben, bedeutet das nichts anderes, als dass du was Besseres vorhast, hatte ein kluger Mann einmal treffend formuliert. Und tatsächlich: In den letzten Monaten kreiste ihr Leben mehr und mehr um andere Dinge. Um die Gegenwart. Und vielleicht sogar ein bisschen um die Zukunft. Winnie Heller riss eine abgestorbene Efeuranke aus und schielte nach ihrer Mutter. Tja, seit neuestem hockst du nach Feierabend lieber in einer verwaisten Laube und dilettierst an Lübkes Gemüsebeeten herum, statt dich um das Grab deiner Schwester zu kümmern, nicht wahr?, dachte sie bitter. Diesen Job überlässt du neuerdings lieber einer Frau, die damit einzig und allein ihr schlechtes Gewissen beruhigen will ...

Sie schleuderte die Ranke zu Boden und verteilte den Rest Wasser aus ihrer Kanne rings um den Stein.

»Wie läuft's denn so mit deiner Arbeit?«, flüsterte die brüchig gewordene Stimme ihrer Mutter in ihrem Rücken.

»Gut.«

»Hast du nette Kollegen?«

Winnie konnte nicht umhin, angesichts dieser Frage entnervt die Augen zu verdrehen. Ein Gespräch wie dieses hatten ihre Mutter und sie nicht mehr geführt, seit sie neunzehn war. Warum jetzt wieder damit anfangen?!

»Wie gesagt«, entgegnete sie knapp, »es ist alles bestens.«

»Ich habe von dieser Sache in der Bank gelesen ...« Gisela Heller räusperte sich. »Von der Auszeichnung, die du bekommen hast.«

»Ich habe einen Menschen erschossen«, fiel Winnie ihr ins Wort, während in der nassen Erde vor ihr für einen flüchtigen Augenblick Dr. Kerrs Gesicht aufblitzte. »Das ist bestimmt nichts, worauf man stolz sein könnte.«

»Aber in der Zeitung stand ...«

»Die Zeitungen drucken eine ganze Menge Müll«, versetzte Winnie barsch. »Das siehst du doch schon an eurer Todesanzeige für meine Schwester.« Sie konnte nicht anders, sie musste ihr das unter die Nase reiben.

Tief bewegt nehmen wir Abschied von unserer innig geliebten Tochter ...

Was für eine Farce!

Gisela Heller biss sich auf die Lippen, während ihre Augen irgendwo auf Höhe von Winnies Taille hängenblieben. Und erst jetzt schien sie zu bemerken, dass ihre Tochter von Kopf bis Fuß in Schwarz gekleidet war. »Ist irgendetwas passiert?«, fragte sie mit einer Mischung aus Schreck und Verwunderung.

Winnie schüttelte den Kopf.

»Aber dieser Hosenanzug ...«

»... ist dienstlich.«

»Aha.« Ihre Mutter nickte, obwohl sie kein Wort verstand.

»Und im Übrigen muss ich jetzt auch los.« Winnie hob das Blumenbukett auf, das sie zum Gießen abgelegt hatte, und schob trotzig das Kinn vor. »Ich wollte nur mal rasch nach dem Rechten sehen.«

»Mach's gut«, rief ihre Mutter ihr nach.

Doch Winnie verzichtete darauf, sich noch einmal zu ihr umzudrehen, sondern ging einfach davon.

6

Die Nähe der Toten hatte etwas Elektrisierendes. Aber das mochte auch daran liegen, dass die Gesamtsituation ihn herausforderte. Heute, das spürte er genau, würde die Sache überhaupt erst richtig losgehen.

Er rechnete mit einem Großaufgebot an Polizisten. Dazu Presse, aber das war ihm egal. Von ihm aus konnten sie in Scharen erscheinen! Er hatte ein paar vorsichtige Kreise um Irina Portners Haus gezogen. Einmal zu Fuß und zweimal im Auto einer Kollegin, die nicht mal im Traum ahnte, wozu er ihren Wagen missbrauchte. Dazu die vorsichtigen Recherchen rund um das Canard. Alles äußerst heikel und dabei so unergiebig, wie man sich nur vorstellen konnte. Und dann, auf einmal, hatte ihm ein guter Geist diesen Artikel in die Hände gespielt! Jemand, der ihm das, was er sonst nur unter größten Risiken herausgebracht hätte, sozusagen frei Haus lieferte!

Damian rückte am Gurt der Canon, die ihm vor der Brust baumelte. Die dazugehörige Kameratasche hatte er lässig über der Schulter. Trotz der brütenden Hitze trug er eine dunkle Perücke, was ihm nichts ausmachte. Etwas, das sich unter den gegenwärtigen Bedingungen als wahrer Segen erwies. Über die Perücke hinaus hatte er auch die Härchen an seinen Oberarmen dunkel gefärbt. Eine Tönung, die sich mit ein wenig Mühe innerhalb von einer Stunde wieder vollständig auswaschen ließ, damit sich die Kollegen im Zoo nicht wunderten. Tamponagen zwischen Oberkiefer und Lippen verfremdeten seine Mundpartie gerade so stark, dass das Ergebnis nicht künstlich wirkte, und die dunklen Kontaktlinsen machten – zusammen mit der Saharabräune, die zum Glück noch immer vorhielt – einen südländisch-attraktiven Typen aus ihm. Auf Sonnenbrille und Kappe hatte er hingegen bewusst verzichtet, um nicht verkleidet auszusehen, in solchen Dingen war weniger definitiv mehr. Außerdem war seine Aufmachung schon Verkleidung genug. Das verwaschene dunkelblaue Poloshirt, das er zu seinen schwarzen Jeans trug, suggerierte Außenstehenden, dass sie einen Fotografen vor sich hatten, der einfach nur seinen Job tat und selbst bei einem Anlass wie dem heutigen nur bedingt Zugeständnisse an die herrschenden Konventionen zu machen bereit war.

Wenn du erreichen willst, dass man dich nicht wahrnimmt, versuch auf keinen Fall, nicht da zu sein. Gib lieber vor, etwas zu sein, das du nicht bist!

Den genauen Ort des Begräbnisses hatte er dem Plan der Friedhofsverwaltung entnommen, und er war bereits gestern hier gewesen, um sich ein Bild von der Umgebung und den strategisch günstigsten Plätzen zu machen. Auf eine Feier in der Kapelle hatte die Witwe, vielleicht sogar auf Geheiß der Polizei, offenbar verzichtet. Also war vor einer guten halben Stunde der Wagen des mit der Beisetzung beauftragten Bestattungsunternehmens direkt durch das Haupttor gerollt. Die Grube, die Jan Portners Sarg aufnehmen sollte, war schon gestern mit grünem Kunstrasen ausgekleidet worden, daneben stand seit knapp zwei Stunden auch die obligatorische Schale mit Erde sowie ein Halter für den Blumenschmuck. Vermutlich würden sie dort den Kranz der Witwe aufhängen. Mitsamt der dazugehörigen Schleife, die Liebe und Trauer heuchelte, wo aller Wahrscheinlichkeit nach pure Erleichterung war …

O ja, nach allem, was er inzwischen wusste, konnte Irina Portner heilfroh sein, dass ihr Mann sich auf diese Weise davongemacht hatte!

Damian hob die Kamera ans Auge und blickte durch den Sucher zum Haupteingang des Friedhofs, von wo aus sich gerade die ersten Trauergäste auf den Weg herüber machten. Während er ihre Gesichter betrachtete, schmolzen die Geräusche in seiner unmittelbaren Umgebung nach und nach auf das verheißungsvolle Knistern eines Lagerfeuers zusammen. Er roch trockenes Gras. Rauch. Reste von Grillfleisch.

Ein Mai, fast so heiß wie dieser Sommer ...

Und genauso trocken ...

»Weißt du schon, was du mal machen willst?« Der Schein der Flammen lässt Flos Gesicht seltsam unscharf erscheinen.

»Du meinst später, nach der Schule?«

Sie nickt.

»Nein, keine Ahnung.«

Eine glatte Lüge, denn natürlich weiß er, was er machen will. Er ist keiner, der irgendetwas dem Zufall überließe. Aber er weiß auch, dass er nichts als Unverständnis ernten würde, wenn er von seinen Plänen erzählte. Übrigens nicht nur von ihr. Also behält er für sich, was er vorhat.

Seine Mutter besteht mit allem Nachdruck, zu dem sie noch fähig ist, darauf, dass er Abitur macht. Und wie immer hat er keinen Weg gefunden, ihr das abzuschlagen. Das bringt ihn fast um den Verstand, und mehr als einmal hat er mit dem Gedanken gespielt, einfach Schluss zu machen. Loszugehen, immer weiter, bis er umfällt. Aber er ist geblieben und zur Schule gegangen, und inzwischen kann er sich mit dem Wissen trösten, dass er nur noch ein paar Wochen durchhalten muss, bis es überstanden ist. Bis man ihm endlich das Zeugnis überreicht, seine Fahrkarte in die Freiheit.

Im Juni wird das sein. Und im August beginnt er seine Friseurlehre. Dagegen kann seine Mutter nichts haben. Immerhin hat er ihrem Wunsch entsprochen. Und seine Noten sind erstaunlich gut. Fast zu schade, um nur Friseur zu werden. Den Salon, der seine Ausbildung übernimmt, hat er bereits ausgesucht. Die Chefin ist eine ordinäre, aber herzensgute Blondine, der er erfolgreich weisgemacht hat, stockschwul zu sein und keine Ahnung zu haben, wo er mit sich hin soll. Das Ergebnis ist eine Mischung aus Mitleid und mütterlicher Fürsorge, die ihn bequem über die kommenden drei Jahre tragen wird. Und diese Jahre sind nötig, um das nächste Etappenziel anzugehen: Maskenbildnerei. Tarnung in jeder Form hat ihn schon immer fasziniert. Vorzugeben, etwas zu sein, was man nicht ist.

Harmlos, zum Beispiel …

»Aber du studierst doch, oder?«, reißt Flos magere Mädchenstimme ihn abrupt aus seinen Gedanken, und am liebsten würde er ihr einfach den Mund zuhalten.

»Vielleicht«, antwortet er ausweichend.

»Ich schätze, ich auch.«

»Aha.«

Ihre Augen betteln förmlich darum, dass er nachfragt. Dass er sich interessiert für sie und ihre Pläne. Als er keine Anstalten macht, nippt sie frustriert an dem Bier, das zweite heute, das sie sich gönnt, weil in der Schule jetzt nicht mehr allzu viel gefordert wird und ihre Mutter deswegen ein Auge zudrückt.

Er zuckt leise zusammen, als Karolin Redings Bild vor ihm aufblitzt, mitten in der Glut des herunterbrennenden Feuers. Eine Frau, groß und stark. Wie eine Figur aus einer griechischen Tragödie. Medea oder Klytämnestra.

»Ich hab schon mal an Jura gedacht, aber Mama meint, dass ich mir darunter was völlig Falsches vorstelle«, erklärt derweil Flo, ohne zu ahnen, welche Freude sie ihm mit der Erwähnung seines Schwarms macht.

Er sieht sie an. Wenn sie auch nur die leiseste Ahnung hätte, wie reizlos sie ist gegen die Frau, die sie zur Welt gebracht hat!

»Damian?«

»Ja?«

»Was lächelst du?«

»Lächele ich?«

»Oh ja!« Sie grinst ziemlich blöd. Das Bier lässt ihre Wangen glühen. Ihr Gesicht sieht aus, als habe sie vor kurzem zwei kräftige Ohrfeigen bekommen.

»Tja, dann habe ich wohl an etwas Schönes gedacht ...«

»Woran denn?«, fragt sie und rutscht kokett ein Stück näher. Eine Strähne ihres Haars streift sein Gesicht.

»Komm schon, verrat mir, woran du gedacht hast!«

»Glaub mir«, flüstert er in ihr samtenes Ohr, während die Flammen vor ihnen im aufkommenden Wind Funken schlagen. »Das möchtest du nicht wissen.«

7

Er ist hier. Ich kann ihn spüren ...

Winnie Heller fühlte, wie der Gedanke ihren Herzschlag beschleunigte. Sie hatte gewartet, bis sich die ersten Trauergäste auf den Weg zum Grab gemacht hatten, und sich ihnen dann unauffällig angeschlossen. Jan Portner war evangelisch gewesen, jedoch bereits vor Jahren aus der Kirche ausgetreten, weshalb man auf eine kirchliche Zeremonie von vornherein verzichtet hatte. Stattdessen war der mit Rosen und weißen Lilien geschmückte Sarg direkt neben der Grube aufgebahrt worden. Den Leichenwagen, der ihn gebracht hatte, hatte man diskret in einiger Entfernung platziert, der Fahrer lehnte mit tief in die Stirn gezogener Mütze an der Beifahrertür.

Winnie Hellers Augen streiften sein Gesicht und verglichen

es mit dem dümmlich lächelnden Passfoto. Noch eins aus der Zeit vor der biometrischen Ernsthaftigkeit. Sogar daran hatten sie gedacht. Sich das Personal des Bestattungsunternehmens im Vorfeld anzusehen. Trotzdem hatte sie das unbequeme Gefühl, nicht gut genug vorbereitet zu sein.

Ihre Finger zupften nervös an den Stielen ihres kleinen Buketts, das bereits die Köpfe hängen ließ. Die Grabstätte, die Irina Portner für ihren Mann ausgesucht hatte, war der von Elli nicht unähnlich, wie Winnie mit leisem Befremden feststellte. Allerdings reichte der Schatten der Bäume ringsum nicht bis an die Grube, und so schwankte die vielköpfige Trauergemeinde vor Hitze.

Es war noch schlimmer gekommen, als sie erwartet hatten. Winnie schätzte, dass sich rund dreihundertfünfzig Personen in der mit unverminderter Wucht knallenden Nachmittagssonne versammelt hatten, um dem ermordeten Gastronomen die letzte Ehre zu erweisen, wobei rund die Hälfte der Anwesenden wahrscheinlich aus purer Sensationsgier gekommen war. In diesem Punkt war die hessische Landeshauptstadt ein Dorf mit zweihundertsiebzigtausend Einwohnern …

Winnie Heller stieß einen leisen Seufzer aus und sah zu Irina Portner hinüber. Die Witwe trug ein züchtiges schwarzes Etuikleid und hatte ihre Augen hinter einer riesigen Sonnenbrille verborgen. Obwohl sie umringt war von Menschen, wirkte sie so mutterseelenallein, als befände sie sich mitten in der Wüste. Ihre Lippen verrieten Anspannung, die Hände krampften sich um die schmale Handtasche, die sie sich schützend vor den Körper hielt. Natürlich war sie sich der Blicke bewusst, die an ihrem Gesicht klebten wie ein Schwarm Wespen an einem Plunderteilchen. Aber sie tat ihr Möglichstes, um die Aufmerksamkeit, die ihr gegen ihren Willen zuteilwurde, zu ignorieren.

Verhoeven stand nur wenige Meter rechts von ihr und blickte stur geradeaus. Vielleicht dachte er an seinen verstorbenen Mentor, Karl Grovius. Vielleicht war er auch einfach nur konzentriert.

Es gab verschiedene Reden. Offenbar unvermeidlich bei solchen Anlässen. Gerade sprach der Vorsitzende irgendeines Gastronomenverbandes, dessen Gesicht Winnie Heller trotz ihrer akribischen Vorarbeit vollkommen unbekannt war. Wie so viele andere Gesichter. Etwas, das sie mit flirrender Nervosität erfüllte. Dass Verhoeven und sie so weit auseinander standen, war hingegen Absicht. Zum einen verschaffte ihnen eine größere räumliche Entfernung auch einen größeren Blickwinkel. Zum anderen war es eine unbestreitbare Tatsache, dass die Leute eine Einzelperson weitaus schlechter zuordnen konnten, als wenn man in exakt derselben Zweierkonstellation auflief wie bei einer vorangegangenen Gelegenheit. Und ihnen war durchaus daran gelegen, dass man sie nicht auf den ersten Blick als das Ermittlerteam identifizierte, das sie waren.

Um auch wirklich alles zu vermeiden, das irgendwie Aufmerksamkeit erregen konnte, hatten sie zudem auf jedwede Verkabelung verzichtet.

»Wenn ich den Artisten sehe, und Sie stehen zu weit weg«, hatte Winnie Heller bei der Einsatzbesprechung am Morgen gescherzt, »dann tippe ich mir einfach gegen die Stirn, okay?«

»Sie meinen wie beim Militär?«

»Nein, wie wenn man jemandem einen Vogel zeigt.«

Verhoeven hatte gelacht. »Dann nehme ich das also nicht persönlich, ja?«

Und Bredeney, der irgendwann ohne äußeren Anlass einfach angefangen hatte, sie zu duzen, hatte ihr auf die Schulter geklopft und gesagt: »Hey, da hast du endlich den Freibrief, auf den du gewartet hast, Süße. Ich an deiner Stelle würde ihn nutzen.«

Winnie Heller taxierte einen Mann, der sich in den Schatten der Bäume zurückgezogen hatte, und fragte sich, ob er etwas zu verbergen hatte oder ob ihm einfach nur die Sonne zu viel war. Er trug keine Kopfbedeckung und ein helles Hemd zu schwarzen Stoffhosen. Sie beschloss, ihn im Auge zu behalten, während sich der Vertreter des Gastronomenverbandes nach wie vor in wohlgestalteten Worthülsen erging.

Die Gesichter seiner Zuhörer wirkten angestrengt. Einige der anwesenden Damen trugen Hut, eine besonders modemutige sogar einen mit Schleier. Sie war sicherlich Mitte sechzig und wirkte mit dem schwarzen Tüll vor ihrem Gesicht wie ein in die Jahre gekommener Filmstar. Winnie Hellers Augen wanderten weiter, und sie bestaunte Couture-Outfits jedweder Couleur. Direkt vor ihr stand ein schwarzes Kostüm mit einem Rock, der gerade so den Hintern seiner Trägerin bedeckte. Zu dem gewagten Stück hatte die Frau mit Rücksicht auf den Anlass schwarze Netzstrümpfe gewählt, die eher auf den Straßenstrich als zu einem Begräbnis gepasst hätten. Ihre Sonnenbrille zierten die diamantenbesetzten Initialen des italienischen Designerduos Dolce und Gabbana, und Winnie ertappte sich bei dem Gedanken, dass Stil keine Frage des Geldes war.

Zu dem, was sie im Stillen »Portners Bekanntenkreis« nannte, gesellten sich eine Reihe von Offiziellen, der Bürgermeister, sein Stellvertreter sowie eine Handvoll Pressevertreter, unter ihnen auch der Kollege von der Abteilung für verdeckte Ermittlung, der unauffällig herumwanderte und praktisch ohne Unterlass Fotos schoss. Außerdem entdeckte Winnie Sybille Nörthling, heute mal nicht in Begleitung eines Kamerateams, dafür jedoch mit grimmiger Entschlossenheit im Blick. Unwillkürlich sah Winnie sich auch nach Jo Ternes um, konnte sie jedoch nirgends entdecken. Stattdessen blieb ihr Blick an Merle Olsens Gesicht hängen. Die Tierärztin war mit ihrer Lebensgefährtin gekommen, die ihre Augen – genau wie Irina Portner – hinter einer tiefdunklen Sonnenbrille verbarg und von Kopf bis Fuß sorgenvolle Unwilligkeit ausstrahlte. Winnie überlegte, wie sie selbst reagieren würde, wenn ein Mensch, der ihr nahestand, zunächst Opfer einer solchen Gewalttat würde und sich anschließend in die Jagd nach dem Täter verbiss. Und merkwürdigerweise kam sie zu dem Schluss, dass sie ähnlich empfinden würde wie Kira Schönenberg. Auch wenn sie Merle Olsens Wunsch nach Vergeltung – oder zumindest nach Aufklärung – durchaus nachvollziehen konnte.

Als habe sie ihren Blick erspürt, sah Merle Olsen in diesem Moment zu ihr herüber.

In ihren Augen las Winnie Wachsamkeit und eine beinahe fiebrige Entschlossenheit. Hoch aufgerichtet und kerzengerade stand sie da – fast wie eine antike Rachegöttin.

Sie wird nicht eher ruhen, bis wir ihn haben, dachte Winnie mit einem Anflug von Beklemmung, und wenn wir nicht aufpassen, bringt sie am ersten Verhandlungstag eine Waffe mit in den Gerichtssaal und knallt ihn einfach über den Haufen. Sie ist genau der Typ dafür …

Winnie schluckte und sah wieder Irina Portner an. Die junge Witwe schien nicht mehr ganz so verkrampft wie noch vor wenigen Minuten. Sie hatte sogar ihre Sonnenbrille abgenommen und sie in den Ausschnitt ihres Kostüms geschoben. Winnie dachte an die Reflexion, die die junge Russin gesehen haben wollte, dort, wo Juhl und seine Leute den Abdruck einer Ferse in einer der Rabatten gefunden hatten.

Was, wenn Irina Portner an diesem Abend tatsächlich den Erpresser ihres Vergewaltigers gesehen hatte? Den mutmaßlichen Mörder ihres Mannes?

Oder war am Ende doch alles ganz anders?

Um sie herum wurden die Trauernden allmählich unruhig. Kein Zweifel, die Leute stießen an ihre Grenzen. Zu heiß, zu lange, zu anstrengend. Vielleicht dachte der eine oder andere auch an den Swimmingpool, an dem er jetzt liegen könnte. Und das kühle Bier, das er sich genehmigen würde, wenn das hier endlich vorbei war, er der Pflicht, dem guten Ton Genüge getan hätte. Winnies Finger spielten mit den Stängeln ihres Buketts, während ihre Augen über die Gesichter der Umstehenden glitten. Trotz ihrer vermeintlichen Konzentration auf die Rede des Obergastronomen achtete sie auf jedes Detail. Wer sich umsah. Wer zuhörte. Wer nicht. Wessen Langeweile nur vorgetäuscht war ...

Nach wie vor war sie sicher, dass der Mann, den sie suchten, hier war. Irgendwo, ganz in ihrer Nähe, verborgen in der Masse der Trauernden.

Es ist seine große Chance, demjenigen, der ihn erpresst hat, auf die Spur zu kommen, dachte sie. Vielleicht die einzige, die er hat. Nie wieder wird er alle Menschen, die in Jan Portners Leben eine Rolle gespielt haben, so auf dem Silbertablett präsentiert bekommen. So dicht beieinander. So gut zu beobachten ...

Ihre Augen kehrten zu Irina Portner zurück, die in die entgegengesetzte Richtung blickte und irgendetwas entdeckt zu haben schien. Die Haltung der jungen Russin veränderte sich, und die kurze Irritation in ihren Augen wich einem Ausdruck von Erkennen. Einen Moment lang sah sie erfreut aus, fast so, als wolle sie grüßend die Hand heben. Doch die erwartete Reaktion schien auszubleiben, denn die freudige Überraschung verwandelte sich unter Winnie Hellers Augen in Verunsicherung. Und dann weiter in blanke Verständnislosigkeit. Winnie reckte den Kopf, um zu sehen, wen oder was die junge Witwe angeschaut hatte, doch im selben Moment registrierte sie irgendwo links von sich etwas, das sofort ihre gesamte Aufmerksamkeit absorbierte ...

Was war das? Eine Person?

Eine Bewegung?

Winnie hielt atemlos inne. Nein, etwas anderes! Etwas, das sich nicht fassen ließ und das trotzdem tief in ihr augenblicklich sämtliche Alarmglocken zum Schrillen brachte.

Während die Muskeln in ihrem Nacken hart wurden, tasteten sich ihre Augen vorsichtig nach links. Sie glitten über die wabernde Masse der Trauernden, streiften Gesichter, verwarfen sie wieder und wandten sich neuen Gesichtern zu. Neuen Profilen. Dann plötzlich ein Hut. Nicht der mit dem Schleier, sondern ein anderer, schlichterer. Ein Frauenkopf, der sich senkt. Dahinter ein anderes Gesicht. Ganz kurz nur. Wie ein Spotlight. Ein Mann. Dunkles Haar. Vor der Brust eine Kamera. Ein flüchtiges Stirnrunzeln, so als ob er etwas beobachtete, das er nicht verstand ...Winnie Heller hielt den Atem an. Die ebenfalls dunklen Augen des Mannes waren auf etwas gerichtet, das sich irgendwo rechts von ihr befinden musste, gegenüber, auf der anderen Seite der Grube. Im selben Moment richtete sich der Hut wieder auf, und das Gesicht war verschwunden. Winnie stellte sich auf die Zehenspitzen und versuchte, die ungefähre Richtung auszumachen, in die der Mann geschaut hatte. Dabei blieb ihr Blick an Merle Olsen hängen.

Aber konnte das möglich sein?

Wenn das dort drüben unser Mann ist, versuchte sie die Sache mit Logik anzugehen, dann kennt er Merle Olsen. Schließlich hat er sie erst vor kurzem vergewaltigt. Aber er ist offenbar überrascht, sie hier zu sehen. Er hat nicht erwartet, dass sie kommt. Deshalb das Stirnrunzeln. Deshalb die Irritation.

Aber er ist es!
Er muss es sein ...

Ihr Kopf ruckte zurück, doch der Mann mit der Kamera wurde noch immer von der Hutträgerin verdeckt. Schnell sah sie wieder zu Verhoeven hinüber und versuchte, seinen Blick zu erhaschen, doch ihr Vorgesetzter bemerkte sie nicht.

Na gut, dann eben allein!

Um nicht noch unnötig Aufmerksamkeit zu erregen, senkte sie den Kopf und schob sich langsam Richtung Hauptweg, dorthin, wo sie sich besser bewegen konnte. Freier. Schwarze Schultern glitten bereitwillig zur Seite. Vielleicht dachten die

Leute, dass sie die Hitze nicht mehr aushielt. Dass sie Schatten suchte und umfallen würde, wenn man sie nicht vorbeiließ. Rings um sie brandete ein kurzes, gleichgültiges Lachen der Trauergemeinde auf. Der Vorsitzende des Gastronomenverbandes hatte seine Rede mit einer Anekdote beendet. Vereinzelt applaudierte jemand. Etwas, das Winnie bei einem Anlass wie diesem als vollkommen irrwitzig empfand.

Sie wich einer korpulenten Schaulustigen aus und kämpfte sich weiter voran. Noch etwa dreißig Meter bis zu der Stelle, an der der Kerl mit der Kamera stand.

Falls er noch dort stand ...

Winnie blieb kurz stehen und reckte den Hals, während die Leute um sie herum jetzt ebenfalls in Bewegung gerieten. Die ersten Trauergäste reihten sich ein, um am offenen Grab vorbeizudefilieren. Vielleicht auch, um der Witwe ein paar tröstliche Worte ins Ohr zu flüstern, die wie ein unsicheres Kind neben einer Schale mit Erde stand. Rechts hinter ihr entdeckte Winnie ihren Vorgesetzten, der unablässig um sich blickte und überaus beunruhigt wirkte. Offenbar war ihm inzwischen bewusst geworden, dass er seine Kollegin aus den Augen verloren hatte. Allerdings wagte Winnie nicht, etwas zu tun, das ihn auf sie aufmerksam machte. Je länger sie ihr Inkognito zu wahren verstand, desto größer waren ihre Chancen, so nahe wie möglich an den Verdächtigen heranzukommen.

Aber wo, zur Hölle, steckte dieser Kerl?

Müsste sie ihn nicht eigentlich längst sehen können?

So bereitwillig die Leute ihr bislang Platz gemacht hatten, so stur schienen sie ihr jetzt den Weg versperren zu wollen. Einige der Entgegenkommenden versuchten, ihr vermeintliches Vorfahrtsrecht mit finsteren Blicken und sturem Vorwärtsgang durchzusetzen. Winnie Heller flüsterte »Entschuldigung«, und als das nichts half, drängte sie sich mitten durch eine Gruppe von Frauen, die sich angeregt unterhielten und ihr dabei formvollendet die Sicht nahmen. Ein spitzer Absatz bohrte sich in ihren Fuß, als sie eine der Frauen entschlossen zur Seite schob, doch das ignorierte sie einfach. Winnie roch Parfum, mindestens drei verschiedene Düfte, einer schwerer als der andere.

Das macht diese verdammte Hitze, dachte sie, indem sie einen Anflug von Schwindel wegzublinzeln versuchte. Sie macht alles schwer wie Blei, Gerüche genauso wie Beine.

Aber egal! Einfach weiter!

Dort drüben war die Stelle, wo der Verdächtige gestanden hatte.

Und da war auch die Frau mit dem Hut!

Doch hinter ihr ...

Winnies Blicke jagten umher. Nein, keine Kamera. Kein Typ mit dunklen Haaren.

Er hat dich gerochen. Und dann ist er abgehauen!

Sein Instinkt hat ihn vor dir gewarnt ...

Automatisch suchten ihre Augen weiter links, dort, wo der asphaltierte Hauptweg auf einen anderen, schotterbedeckten traf. Etwa fünfzig Meter weiter ragte eine Wand aus hohen Hecken in den verwaschenen Sommerhimmel. Winnie kniff die Augen zusammen. Sie hatte die Pläne der Friedhofsverwaltung, die Werneuchen verteilt hatte, genauestens studiert. Ganz abgesehen davon, dass sie sowieso oft hier war und sich entsprechend gut auskannte. Sie wusste, dass gleich hinter diesen Hecken ein anderer, ebenfalls asphaltierter Weg verlief. Von diesem Weg zweigten verschiedene andere ab. Ein Stück weiter nördlich führten ein paar Treppenstufen hinauf zu den Soldatengräbern. Auf das »Feld der Ehre«, oder wie man das nannte. Von dort gelangte man zwischen zwei Reihen riesiger Koniferen hindurch direkt zum Haupteingang. Kurstädtische Großzügigkeit, die jede Menge Möglichkeiten bot, unbemerkt zu entkommen.

Winnie Heller beschleunigte ihre Schritte.

Im Grunde gab es für den Mann, hinter dem sie her war, erst mal nur zwei Optionen. Es sei denn, dass er ... Sie stutzte.

Halt! Da! Unter den Bäumen! Das war der Kerl!

Er hatte sich bereits knapp zweihundert Meter von ihr entfernt. Und just in diesem Augenblick drehte er den Kopf und sah zu ihr herüber.

Also hatte er den Braten tatsächlich gerochen!

Er wusste, dass sie Polizistin war. Und er wusste auch, dass sie ihn jagte.

Okay, fein. Dann konnten sie ja auch mit diesem albernen Versteckspiel aufhören!

Sie schleuderte ihre Jacke von sich und rannte los. Im Laufen sah sie, wie sich der Mann, den sie verfolgte, seitwärts in die Büsche schlug. Dann war er aus ihrem Blickfeld verschwunden. Winnie wandte sich nach rechts, einem der Nebenwege zu. Ein paar hundert Meter, dann rannte auch sie querfeldein zwischen den Gräbern hindurch. Trotz des Ernstes der Lage ertappte sie sich dabei, wie sie bemüht war, keine Pflanzen zu zertreten oder Lichter umzustoßen. Doch es gelang ihr nicht immer.

Das brennende Sonnenlicht wich muffigem Schatten, kaum kühler, aber mit deutlich anderen Gerüchen behaftet. Trockenes Laub, Erde, gegossenes Moos. Ein paar dürre Äste rissen an Winnies nackten Armen, als sie sich mitten durch eine Buschgruppe schlug, um ein wenig Boden gutzumachen. Auf der anderen Seite befand sich ein hübsch angelegtes Rondell. Von dort führten sternförmig angeordnete Wege in alle erdenklichen Himmelsrichtungen. Winnie Heller dachte unwillkürlich an den Spruch, dass viele Wege nach Rom führen, und entschied sich kurzerhand für Osten. Da das Überraschungsmoment sowieso beim Teufel war, konnte sie genauso gut ihr Handy benutzen.

Während der Spurt ihre Muskeln brennen ließ, zerrte sie

das Gerät aus der Hosentasche und drückte die 3, Verhoevens Kurzwahl.

Er war sofort am Apparat. »Wo sind Sie? Was ist los?«

»Verfolge Verdächtigen«, antwortete sie, völlig außer Puste. »Der Mann bewegt sich in östlicher Richtung. Vermutlich auf den Haupteingang zu.«

»Beschreibung?«

»Ein Mann. Dunkel. Etwa eins achtzig und ...« Winnie hielt inne, als sie plötzlich Schritte hinter sich hörte. Jemand, der rannte. Überrascht wandte sie sich um. Vermutete völlig irrational ihren Vorgesetzten. Doch es war Jo Ternes, die ihr folgte.

»Hauen Sie bloß ab!«, fauchte sie die Reporterin an, ohne ihr Lauftempo nennenswert zu drosseln. »Sie behindern einen Polizeieinsatz!«

Doch Jo Ternes dachte gar nicht daran, der Aufforderung Folge zu leisten. »Mir kommen gleich die Tränen«, keuchte sie.

»Ich mein's ernst!«, schrie Winnie, während sie das Handy kurzzeitig sinken ließ. »Machen Sie, dass Sie wegkommen, oder ich sorge dafür, dass Sie Ärger kriegen. Und ich meine richtig Ärger.«

Eine Androhung, die bei der hartgesottenen Journalistin erwartungsgemäß nicht den geringsten Eindruck hinterließ ...

»Das ist er, oder?«, pfiff ihre atemlose Stimme in Winnies Ohr. »Dieser Kerl da vorn ist der Artist.«

Winnie antwortete nicht. Der Verdächtige war gerade wieder einmal für ein paar flüchtige Sekunden zu sehen gewesen, und sie hatte den Eindruck, dass sich der Abstand zwischen ihnen noch vergrößert hatte.

Sie zog das Tempo an. Ihre Muskeln rebellierten mit jeder Faser gegen die ungewohnte Belastung, doch noch hielt sie durch.

»Ist er das?«, beharrte Jo Ternes in ihrem Rücken. Offenbar dachte sie nicht im Traum daran, sich abschütteln zu lassen.

»Haben Sie nicht gehört, was ich gesagt habe?«, rief Winnie, während sie das Handy wieder ans Ohr hob. »Sie sollen sich zum Teufel scheren!«

»... los bei Ihnen, verdammt noch mal?«, drang Verhoevens aufgeregte Stimme aus dem Gerät.

»Alles klar, ich bin okay«, rief sie.

»Wer ist da bei Ihnen?«

»Diese Reporterin, Jo. Aber ich werde mit ihr fertig.«

Ihr Vorgesetzter sagte nichts.

»Wir sind jetzt etwa auf Höhe der Kriegsgräber«, keuchte Winnie. »Die aus dem Ersten Weltkrieg, glaub ich. Und ich habe auch noch immer sporadisch Sichtkontakt zu unserem Mann.«

»Gut«, antwortete Verhoeven. »Bleiben Sie dran. Ich sorge dafür, dass Sie Verstärkung bekommen.«

Winnie schluckte trocken. »Es wäre toll, wenn Sie sich beeilen könnten. Dieser Kerl ist verdammt schnell.«

»Alles klar, halten Sie durch.«

Sicher doch!

Sie ließ das Handy sinken und rannte weiter. Ihr Atem wollte ihr kaum noch gehorchen, und in ihrer Seite stach es, als bohre jemand einen glühenden Dolch in ihre Flanke. Trotzdem rannte sie weiter. Mehr noch: Sie versuchte, schneller zu werden, aber es mangelte ihr schlicht und einfach an Kondition. Ihre verbissenen Bemühungen reichten gerade aus, um nicht langsamer zu werden. Und seltsamerweise musste sie auch in dieser Situation schon wieder an Lübke denken. An sein Hemd, das nicht länger über dem Bauch spannte. An die frische Farbe seiner Wangen.

Sie schlug nach einer Wespe, die ihren Weg kreuzte, und hatte kurzzeitig das Gefühl, sich vor lauter Anstrengung übergeben zu müssen. In ihren Lungen pochte und brannte es wie wild. Die ausgelaugte Luft dieses glühenden Sommertags bot einfach nicht genügend Sauerstoff, um einen Spurt, wie sie ihn gerade absolvierte, lange durchhalten zu können. Trotzdem wollte sie nicht aufgeben. Irgendwann musste von irgendwo her jemand auftauchen, der ihr half. Eins von Hinnrichs' Teams. Kollegen. Bestimmt hatte Verhoeven die Informationen, mit denen sie ihn versorgt hatte, längst weitergegeben. Sie musste nur noch eine klitzekleine Weile durchhalten. Nur noch ein paar Meter ...

Sie hob den Kopf und sah, wie der Mann, den sie verfolgte, hinter einem der riesigen, akkurat zurechtgestutzten Lebensbäume verschwand, die wie zwei Reihen stummer Wächter die beiden großzügigen Parallelwege zum Hauptportal flankierten. Schnurgerade vor ihnen lagen Trauerhalle und Krematorium, doch der Artist schien nicht länger zum Haupteingang, sondern nach Norden zu wollen, wo ein breiter Weg, den die Kollegen und sie bei der Einsatzbesprechung seines Verlaufs wegen scherzhaft »Broadway« getauft hatten, den Friedhof in einer langen Diagonalen bis zur Ecke Kriemhildstraße durchschnitt.

Wahrscheinlich wird er diesen Weg als grobe Orientierung nehmen und sich irgendwann nach rechts über die Mauer machen, dachte Winnie, wobei ihr schlagartig bewusst wurde, dass sie bereits seit geraumer Zeit keine Schritte mehr hinter sich hörte. Sie drosselte das Tempo und blickte sich nach Jo Ternes um, doch die Reporterin war nicht mehr zu sehen. Offenbar hatte sie beschlossen, ab sofort wieder ihrer eigenen Wege zu gehen.

Egal, dachte Winnie, während ihre Augen das Weggeflecht vor sich systematisch durchkämmten. Leider war die Uhrzeit nicht gerade günstig. Es war jetzt kurz nach halb fünf, was bedeutete, dass die ersten Angehörigen auftauchten, um Blumen zu gießen und Vasen aufzufüllen. Die Hitze der letzten Wochen bedingte, dass sich die Leute intensiver um die Gräber ihrer Verstorbenen kümmern mussten. Zumindest, wenn sie verhindern wollten, dass diese sich in trostlose Wüstenlandschaften verwandelten. Und die meisten Leute fuhren gleich auf dem Weg von der Arbeit am Friedhof vorbei. Das Ergebnis war, dass die Wege belebter waren als sonst.

Winnie sah sich nach dem Dunkelhaarigen um, doch sie konnte ihn nirgends entdecken, auch wenn sie keine Erklärung dafür hatte, wohin er so schnell verschwunden sein sollte. In einiger Entfernung sah sie zwei ältere Damen. Eine Frau mit Kinderwagen und Gießkanne in einem der Seitenwege. Dahinter einen Mann, blond, mit einem Blumenstrauß in der Hand. Und eine alte Dame, leicht gebrechlich, die trotz der brütenden Hitze eine langärmlige Strickjacke trug. Hoffentlich nimmt unser Mann keine Geisel, dachte Winnie mit einem Anflug von Beklemmung. Wenn er das Gefühl hat, hier nicht wegzukommen, konnte das durchaus eine Kurzschlussreaktion zur Folge haben!

»Haben Sie hier zufällig einen dunkelhaarigen Mann gesehen?«, fragte sie, indem sie auf die Frau mit dem Kind zurannte. »Er ist ungefähr einen Meter achtzig groß und hat eine dunkle Kameratasche dabei.«

Verständnislosigkeit.

Winnie spähte an ihr vorbei, wo in einiger Entfernung eine alte Dame vor einem rötlichen Marmorstein kniete und mit einer Handbürste Moos oder andere Verunreinigungen herunterschrubbte. Sonst konnte sie nichts entdecken.

Wo war er so schnell hin?

Hatte sie sich am Ende doch für die falsche Richtung entschieden?

Das hier bringt nichts, entschied sie, indem sie die Frau kurzerhand stehenließ und auf den Hauptweg zurückkehrte. Als sie wieder bei den Kriegsgräbern war, sah sie Jo Ternes. Die Journalistin kam aus Richtung des Hauptausgangs und grinste, als sie Winnie Heller entdeckte.

»Was sollte das da eben?«, fuhr Winnie sie an.

Doch Jo Ternes dachte gar nicht daran, sich beeindrucken

zu lassen, und ging ohne viel Federlesens zum Angriff über. »Sie haben ihn verloren, nicht wahr?«

»Keine Sorge«, versetzte Winnie Heller wütend. Ihr Atem hatte sich noch immer nicht restlos beruhigt. »Wir kriegen ihn schon noch.«

»Ja doch, sicher. Das sieht man ja.« Die Reporterin ließ ihre Blicke mit aufreizender Langsamkeit an ihr herunterwandern.

Trotzdem hatte Winnie Heller das Gefühl, dass hinter der selbstbewussten Fassade an diesem Nachmittag noch etwas anderes schlummerte. Etwas, das möglicherweise einem schlechten Gewissen entsprang.

»Haben Sie zufällig irgendwas gesehen, das uns weiterhelfen könnte?«, fragte sie geradeheraus.

»Wenn's so wäre, würde ich Ihnen das doch wohl sagen müssen, oder?«, konterte Jo.

Doch Winnie war nicht ganz sicher, ob sie einfach frech war oder vielleicht auch von etwas anderem ablenken wollte. »Ganz recht«, antwortete sie. »Falls Sie etwas gesehen hätten, müssten Sie uns das sagen.«

»Und, sage ich was?« Die Reporterin trat noch einen Schritt näher. Kein Zweifel, sie war entschlossen, in die Offensive zu gehen.

»Machen Sie keine Dummheiten«, versetzte Winnie, ohne auf ihre Provokation einzugehen. Auch sie lernte aus Fehlern. Und noch einmal würde sie der gewieften Reporterin bestimmt nicht auf den Leim gehen. »Sie wissen so gut wie ich, was passiert, wenn Sie etwas zurückhalten, das …«

»Sehe ich aus, als ob ich dazu neige, Dummheiten zu machen?«, fiel Jo ihr ins Wort, und Winnie Heller konnte sich nur mit äußerster Mühe zurückhalten, die rhetorische Frage zu bejahen.

Stattdessen sagte sie: »Okay, lassen wir das. Also, was haben Sie gesehen?«

»Nichts.«

»Verarschen kann ich mich alleine.«

Jo Ternes grinste. »Okay«, ahmte sie Winnies Tonfall nach, und Winnie hätte ihr in ihrer Frustration am liebsten eine Ohrfeige verpasst. Doch sie hielt sich zurück. »Ich bin nicht sicher, ob er's wirklich war. Aber wenn, fährt er einen schwarzen Wagen.«

Winnie hob die Brauen. »Das heißt, Sie waren an der Straße?«

Doch Jo Ternes antwortete nicht.

»Konnten Sie den Typ des Wagens erkennen?«

Die Journalistin dachte nach. »Ich war weit weg, aber es sah nach einem Geländewagen aus. Ein Mercedes vielleicht.«

Sie weiß mehr, dachte Winnie. Laut sagte sie: »Und wieso kommen Sie auf die Idee, dass das unser Mann war?«

»Der Typ, der eingestiegen ist, sah aus wie der Kerl, den Sie verfolgt haben.«

»Und gefahren ist er …«

»… nach Norden, Richtung Mainzer Straße«, antwortete Jo Ternes, und Winnie hegte den Verdacht, dass ihre plötzliche Beflissenheit einzig und allein das Ziel verfolgte, baldmöglichst aus der Nummer raus zu sein und wieder ihrer Wege gehen zu können.

»Irgendwelche Besonderheiten am Fahrzeug?«

»Nein.«

Sie lügt, resümierte Winnie. Trotzdem beschloss sie, der Reporterin noch eine weitere Frage zu stellen. »Was ist mit dem Verdächtigen selbst? Konnten Sie den erkennen?«

»Nicht besser als Sie.«

»Das heißt im Klartext …?«

Sie zuckte übertrieben gleichgültig mit den Achseln. »Männlich. Etwa eins achtzig groß. Dunkler Typ. Sportlich. Durchtrainiert.« Ihr Blick bekam auf einmal wieder etwas Herausforderndes. »Hilft Ihnen das weiter?«

Winnie Heller konnte sich die Antwort sparen, weil in diesem Augenblick ihr Handy zu klingeln begann.

»Wo sind Sie?«, wollte Verhoeven wissen.

»Auf dem Weg zu Ihnen, falls Sie noch immer sind, wo Sie eben waren.«

»Annähernd.«

Sie lächelte und beschleunigte ihren Schritt.

Kurz darauf sah sie ihn. Er kam ihr zusammen mit Merle Olsen von Portners Grab her entgegen. In einiger Entfernung folgte Kira Schönenberg, die beunruhigt aussah.

»War *er* das?«, wollte die Tierärztin schon von weitem wissen.

Verhoeven drehte sich zu ihr um. »Ich habe Ihnen doch gesagt, dass Sie sich zurückhalten sollen«, fuhr er sie in ungewohnt scharfem Ton an, bevor seine Kollegin etwas entgegnen konnte. Offenbar belästigte sie ihn schon länger.

»Ich will doch nur wissen, was hier läuft«, protestierte sie.

Ihre Freundin trat eilig hinter sie. »Lass diese Leute hier ihre Arbeit tun, ja?«, sagte sie sanft.

Doch Merle Olsen blieb stehen und sah Winnie Heller an. Beschwörend beinahe. So als ob sie sagen wollte: *Tun Sie etwas. Informieren Sie mich. Ich habe ein Recht darauf, zu wissen, was mit dem Kerl ist, der mir das angetan hat.*

Ein paar quälend lange Sekunden standen sie einander so gegenüber. Bewegungslos. Wie eingefroren. Die eine fordernd. Die andere mit ihrer Enttäuschung und ihrem Mitleid ringend. Dann ging Verhoeven dazwischen.

Er nahm seine Kollegin kurzerhand am Arm und führte sie ein Stück weg.

»Also?«, fragte er, als sie außer Hörweite waren. »Haben Sie irgendwas herausbekommen, das uns weiterhilft?«

»Nicht wirklich«, antwortete sie, während die Frustration in ihr allmählich wieder die Oberhand gewann. »Aber ich glaube, diese Journalistin weiß etwas.«

Verhoeven nickte. »Ich habe gesehen, wie sie Ihnen nachgelaufen ist.«

»Wir haben uns unterwegs getrennt«, erklärte Winnie. »Oder besser: Sie hat sich irgendwann in die Büsche geschlagen und eine andere Richtung gewählt, nachdem sie mir eine ganze Weile an den Fersen geklebt hat.« Sie hustete trocken. Die Anstrengung der vergangenen Minuten lag noch immer wie Kleister auf ihren Bronchien. »Ich denke, dass sie mehr Glück hatte als ich, aber beweisen kann ich's nicht.«

»Haben Sie mit ihr gesprochen?«

»Ja.«

»Und?«

»Sie sagt, es könnte sein, dass unser Mann einen schwarzen Geländewagen fährt. Vielleicht einen Mercedes.«

Verhoeven biss sich auf die Unterlippe. »Das bedeutet, sie hat ihn wegfahren sehen?«

»Fragen Sie sie das am besten selbst«, entgegnete Winnie. »Ich fürchte, ich habe nicht den besten Draht zu ihr.«

Er lächelte. »Wo ist sie?«

Winnie Heller drehte sich um. »Gerade eben war sie noch hinter mir. Da hinten, bei dem Ahorn.«

Verhoeven folgte ihrem Blick. »Da ist niemand«, konstatierte er, während er sein Handy aus der Tasche zog. »Aber das macht nichts. Bredeney soll in der Redaktion anrufen und sich ihre Nummer geben lassen. Und dann rücken wir der Dame auf den Pelz.«

»Ich glaube nicht, dass das was bringt«, seufzte Winnie, während er telefonierte. »So eine wie die lässt sich nichts entlocken, wenn sie nicht will.«

»Vermutlich haben Sie recht. Aber es kann trotzdem nicht schaden, wenn wir sie uns noch einmal vorknöpfen. Mit dem Mercedes-Geländewagen allein können wir jedenfalls nicht viel anfangen. Zumindest nicht, solange wir noch nicht einmal die grobe Richtung wissen, in der wir suchen müssen.«

Winnie nickte. Während ihr Boss telefonierte, sah sie sich noch einmal nach Portners Grab um. Auf einem Parallelweg kamen ihnen Menschen entgegen. Ein paar von ihnen hatten mitbekommen, dass es einen Zwischenfall gegeben hatte. Auf ihren Gesichtern lag Neugier und Angst.

»Wodurch sind Sie eigentlich auf unseren Mann aufmerksam geworden?«, fragte Verhoeven, nachdem er sein Gespräch beendet hatte.

»Ich weiß nicht genau«, sagte sie. »Ich glaube, es war eher ein Instinkt als etwas konkret Fassbares.«

»Das spielt ja auch eigentlich keine Rolle«, sagte er. »Jedenfalls haben Sie ganz offensichtlich richtiggelegen.«

»Und was nützt uns das?« Winnie Heller kickte frustriert einen kleinen Stein zur Seite. »Er war von jeher vorsichtig. Und nach dieser Sache heute Nachmittag wird er unter Garantie kein Risiko mehr eingehen.«

»Vielleicht nicht, was Portner betrifft«, räumte Verhoeven ein. »Aber Sie dürfen nicht vergessen, dass er auch ein Besessener ist, dessen abnorme Gefühlsregungen sich in immer kürzeren Abständen ein Ventil suchen.«

8

Etwa eine halbe Stunde später saß Winnie Heller im McDonald's Drive-in an der Mainzer Straße und versuchte, die wenig erbauliche Aussicht auf eine weiße Betonwand und den Parkplatz irgendeines Schuh-Outlets zu ignorieren, während sie eine herrlich kühle Cola genoss und mit ihrem McWrap Classic Beef rang, der alles unternahm, um nicht in ihrem Mund zu landen. Erstaunlicherweise schienen die Leute in dieser Stadt trotz der Hitze Hunger zu haben. Am Drive-in-Schalter standen die Wagen an.

Durch ihr Fenster beobachtete Winnie einen Taxifahrer

mit Schirmmütze, der aussah, als würde er schlafen. Die vertane Chance von eben wurmte sie noch immer. Auch wenn sie trotz allem das Gefühl hatte, ein klitzekleines Stück weiter zu sein. Die Gewissheit, dass sie sich nicht täuschten, dass der Mann, den sie suchten, tatsächlich gekommen war, hatte etwas Beruhigendes. Auch wenn sie nicht wusste, wie sie jetzt weitermachen sollten.

Wenn sie gegessen hatte, würde sie ins Präsidium fahren und sich noch einmal die Bänder vorknöpfen, die ihre Kollegen von der Personenüberwachung rund um die Villa der Portners und im Canard aufgezeichnet hatten. Vielleicht war der Artist ja doch dort gewesen.

Vielleicht erkannte sie ihn irgendwie wieder, jetzt, da sie ihn von Angesicht zu Angesicht gesehen hatte.

Dunkler Typ. Dunkle Haare.

Winnie runzelte die Stirn. Und wenn nicht?, dachte sie. Was, wenn er sich verkleidet hatte? Nicht offensichtlich verkleidet natürlich. Aber so, dass er zum Beispiel nur eine Perücke abzunehmen brauchte, um sein Aussehen so zu verändern, dass man ihn nicht mehr zuordnen konnte. Würde das nicht erklären, warum er sich so plötzlich in Luft aufgelöst hatte?

Sie dachte an das Geflecht der Wege. Und an den blonden Mann mit dem Blumenstrauß hinter der jungen Mutter, die sie angesprochen hatte. Von wo war der eigentlich gekommen? Und hätte sie ihn nicht bereits vorher sehen müssen? Sie versuchte, sich die örtlichen Gegebenheiten ins Gedächtnis zu rufen. Wenn sie die ganze Sache recht bedachte, war der Blonde buchstäblich aus dem Nichts aufgetaucht ...

Das Klingeln ihres Handys unterbrach ihre Überlegungen.

»Ist ja gut, ist ja gut«, sagte sie, nachdem sie gesehen hatte, dass der Anruf aus dem Präsidium kam. »Ich bin praktisch schon auf dem Weg zu euch.«

»Darum geht's nicht«, entgegnete Werneuchen, und seine

Stimme klang, als habe er ein Lächeln auf den Lippen. »Ich habe hier die Nummer, die euch interessiert.«

Euch?

Das hieß dann wohl Verhoeven und sie ...

»Du weißt schon, die Nummer von dieser Reporterin, Jo Ternes«, erklärte Werneuchen. »Aber Verhoeven meldet sich grad nicht, und da dachte ich ...«

Winnie Heller schenkte dem leeren Stuhl gegenüber ein grimmiges Nicken. Klar! Der Einsatz war vorbei. Da musste sich der hohe Herr erst mal um die heilige Familie kümmern. Sie rammte den Strohhalm, den die Kohlensäure aufgetrieben hatte, wieder in ihren Cola-Becher zurück und nahm einen kräftigen Zug. Wahrscheinlich belästigte er gerade in diesem Moment seine Frau schon wieder mit Verhaltensmaßregeln zum Thema Schonung vor der Niederkunft. Und das, obwohl Silvie Verhoeven doch bereits hinlänglich bewiesen hatte, dass sie dergleichen allein zustande brachte ...

»Ist schon gut«, unterbrach sie ihren Kollegen, der sich noch immer in wortreichen Erklärungen erging. Wahrscheinlich, damit sie nicht das Gefühl hatte, dass alles an ihr hängenblieb. »Gib mir die Nummer ruhig durch. Ich werd gleich mal mein Glück versuchen.«

»Das hab ich schon getan«, erklärte Werneuchen. »Leider geht sie nicht dran.«

»Wo hast du's denn probiert?«

»Bei ihr zu Hause und auf dem Handy.«

»Okay«, sagte Winnie, »aber gib mir die Nummern trotzdem.«

Werneuchen diktierte ihr beide. »Was mich wirklich wundert, ist, dass sie nicht an ihr Handy geht«, fügte er hinzu. »Diese freien Journalisten leben doch eigentlich davon, immer und überall erreichbar zu sein.«

»Tja ...« Winnie wischte den letzten Rest Ketchup mit einer Handvoll Pommes auf und schob sie sich in den Mund.

»Ach, übrigens war Lübke vorhin hier ...«

Sie horchte auf. »Du meinst, bei euch im Präsidium?«

»Ja, er wollte nur mal kurz hallo sagen.«

»Sag nur, er arbeitet schon wieder.«

»Keine Ahnung«, räumte Werneuchen ein. »Angezogen war er wie immer. Aber er sah richtig erholt aus.«

»Ja, nicht wahr?«, sagte Winnie mit einem Anflug von Stolz. »Ich glaube, die See hat ihm gutgetan.«

»Aber den absoluten Oberhammer finde ich, dass er nicht mehr raucht.«

Sie riss die Augen auf. »Tut er nicht?«

»Wohl nicht«, antwortete Werneuchen, den die Heftigkeit ihrer Reaktion ein wenig ins Schlingern zu bringen schien. »Uns hat er erzählt, dass sie's ihm in der Klinik abgewöhnt haben und dass er der Meinung ist, er könnte jetzt genauso gut dabei bleiben, wo's nun mal so ist, wie es ist ... Oder so ähnlich.«

Winnie lächelte. Das klang tatsächlich nach Lübke! »Ich muss jetzt Schluss machen«, sagte sie eilig. »Wir sehen uns ja gleich noch.«

»Okay, bis gleich.«

Sie legte das Handy neben ihr abgegessenes Tablett, wischte sich die Hände an einem Stapel Papierservietten ab und sah wieder aus dem Fenster. Gerade verschwand der schlafende Taxifahrer endgültig aus ihrem Blickfeld, und ein Passat mit einer munteren Familie an Bord rückte nach. Die Frau auf dem Beifahrersitz verrenkte sich beinahe den Kopf in dem Bemühen, ihre beiden Töchter im Fond zur Ruhe zu bringen, die laut Aufkleber auf der Heckscheibe »Leonie« und »Fenja« hießen. Amüsiert verfolgte Winnie, wie das linke der beiden weißgekleideten Mädchen seiner brüllenden Schwester zunächst mit einem geschickten Griff einen völlig zermanschten Schokoriegel entwand und diesen anschließend gewissenhaft an sich herunter schmierte, was ihre Mutter mit zunehmend resignierten Gesten zu verhindern suchte – freilich ohne jeglichen Erfolg.

Der junge Vater neben ihr verdrehte entnervt die Augen, und Winnie Heller schenkte ihm ein mitleidiges Lächeln, während sie sich einmal mehr darüber wunderte, wie viel und wie bereitwillig die Menschen etwas über sich selbst verrieten. Wenn man nur allein die Aufkleber auf diesem Auto betrachtete, wusste man schon, wie die Kinder hießen, dass sie Milumil-Folgemilch genossen hatten oder noch genossen, dass die Familie christlich orientiert war, einen Beagle ihr Eigen nannte und irgendwann vor vermutlich nicht allzu langer Zeit im Frankfurter Zoo gewesen war. Winnies Augen blieben an jenem Sticker hängen, der am weitesten rechts klebte, und eine flüchtige Assoziation zuckte durch ihren Kopf.

Ein Zoo. Tiere. Reptilien.

Und ein Vergewaltiger, von dem seine Opfer nichts bemerkten, bis er direkt vor ihnen stand. Kurzum jemand, der vollständig mit seiner Umwelt verschmolz.

Wie ein Chamäleon ...

Sie stutzte, als mitten in dieser Gedankenkette urplötzlich ein Satz aufblitzte. Etwas, das Kira Schönenberg erwähnt hatte.

Merle ist Reptilienspezialistin.

Ich habe kurz vor der Tat einen Kollegen vertreten, manifestierte sich wie zur Bestätigung Merle Olsens angenehme Stimme hinter Winnies Stirn. *Er betreut die Großtiere und Exoten im Frankfurter Zoo. Es gab dort einen Notfall mit einem Nashornleguan. Diese Tiere sind leider sehr selten geworden, aber in Frankfurt gelingt ihnen bereits seit über zwanzig Jahren die Nachzucht.*

Die Nachzucht ...

In Frankfurt ...

Winnies Augen suchten wieder den Kofferraum des Passats.

Nashornleguane.

Der Frankfurter Zoo.

Ein Chamäleon ...

Die Wahl seiner Opfer ist in keiner Weise zufällig, auch wenn das auf Sie bislang noch so wirken mag, flüsterte eine imaginäre Amanda Kerr ihr zu. *Irgendetwas verbindet all diese Frauen. Es gibt einen roten Faden. Und wenn Sie diesen roten Faden finden, finden Sie den Mann, den sie suchen. Oder zumindest etwas, das Sie über kurz oder lang zu ihm führt.*

Winnie tastete blind nach ihrer Tasche und zog die Liste mit den Adressen der Zeugen heraus, die sie im Zuge dieser Ermittlungen befragt hatten.

Ich habe einen Leistungskurs Biologie in der elften Klasse.

An dem bewussten Abend habe ich eine Hausarbeit korrigiert. Evolutionsbedingte Verhaltensstrukturen innerhalb von Sozialverbänden verschiedener Spezies.

Es waren ein paar sehr erfreuliche Arbeiten dabei ...

»Darfe nehme?«, fragte im selben Moment eine Stimme hinter Winnie Heller.

»Bitte?«

»Fertig seie?« Die junge Asiatin zeigte freundlich lächelnd auf das rote Plastiktablett mit ihren Abfällen.

»Oh ja, klar«, nickte Winnie, indem sie der Angestellten das Tablett anreichte.

Dann wartete sie, bis die Frau außer Hörweite war, bevor sie sich abermals die Liste vornahm und die Nummer von Iris Vermeulen in die Tastatur ihres Handys tippte.

9 Eine halbe Stunde später war sie im Präsidium.

»Ich glaube, ich habe das Bindeglied gefunden«, rief sie aufgeregt, kaum dass sie durch die Tür des Besprechungszimmers war, wo Hinnrichs, Verhoeven, Werneuchen und Dr. Gutzkow bereits Platz genommen hatten.

Verhoeven sah hoch. »Sie meinen, das Bindeglied zwischen den Opfern?«

Sie nickte.

»Nämlich?«

»Es ist der Frankfurter Zoo.« Sie ließ sich auf einen Stuhl fallen und streckte ihre hitzemüden Beine von sich.

Werneuchen schob ihr einen Becher Kaffee und ein Glas Wasser hin.

»Iris Vermeulen war kurz vor ihrer Vergewaltigung mit einem Leistungskurs dort. Einen ganzen Tag lang. Und Merle Olsen hat zwei Wochen vor der Tat dort einen Tierarztkollegen vertreten. Aber das ist noch nicht alles. Jetzt haltet euch fest: Sarah Endecke, unser erstes Opfer, hat ebendort den fünfzigsten Geburtstag eines befreundeten Unternehmers gefeiert.«

»Im Zoo?«, fragte Bredeney entgeistert.

»Na klar«, nickte Werneuchen. »Die Leute von heute lieben es, an außergewöhnlichen Orten zu feiern.«

»Und in unserem speziellen Fall fand die Feier eben im Exotarium des Frankfurter Zoos statt«, ergänzte.

Bredeney verzog angeekelt das Gesicht. »Was denn ... Zwischen all diesen widerlichen Krabbelviechern?«

Winnie lachte. »Na ja, bei solchen Events sind natürlich dieselben Scheiben und Zäune zwischen dir und den Bestien wie sonst auch. Bloß dass die Feiernden das betreffende Gebäude für sich allein haben. Kostet übrigens zwischen tausendzweihundert und tausendachthundert Euro, der Spaß. Nur für die Räumlichkeiten, wohlgemerkt.«

Doch Bredeney schien noch immer nicht überzeugt zu sein. »Und was bringt einem das?«, fragte er. »Ich meine, außer Mehlwürmern im Essen und einem modrigen Gestank in der Nase?«

Winnie Heller zuckte die Achseln. »Ein besonderes Ambiente.«

»Manche Leute stehen auf so was«, nickte Hinnrichs. »Sie können heutzutage ja auch am Nordpol heiraten. Oder unter Wasser. Oder Sie feiern Ihren Fünfzigsten ganz gemütlich im Leichenschauhaus.«

»Gott bewahre!«, stöhnte Dr. Gutzkow. »Wenn Se mich fragen, haben wir schon mit die Toten jenuch Ärger. Da brauchen wir bestimmt nich ooch noch irgendwelche schrulligen Brautpaare bei uns im Sektionssaal.«

»Dass jemand bei Ihnen *heiraten* möchte, habe ich tatsächlich noch nie gehört«, warf Werneuchen mit einem amüsierten Augenzwinkern ein. »Aber so ein Neunzigster von der Erbtante zwischen all diesen Zinksärgen ... Das hätte doch was, oder?«

»Ich hab ja schon immer gewusst, dass du nicht so harmlos bist, wie du tust«, knurrte Bredeney.

»Nur zu, meine Herrn.« Dr. Gutzkow lachte wieder ihr lautes Männerlachen. »Immer raus mit den Monströsitäten.«

»Nach meinen Informationen wollte der Freund von Frau Endecke ursprünglich den sogenannten Katzendschungel mieten«, bemühte sich Winnie Heller indessen, das Gespräch wieder in ernsthaftere Bahnen zu lenken. »Das ist das Gebäude, in dem die Tiger und Löwen untergebracht sind. Aber es war an dem betreffenden Abend schon anderweitig vergeben. Und da sind sie eben ins Exotarium ausgewichen.«

»Na schön, also Frau Endecke hat kurz vor der Tat im Frankfurter Zoo Geburtstag gefeiert«, resümierte Hinnrichs. »Merle Olsen hatte beruflich dort zu tun, und Iris Vermeulen ist mit ihrer Klasse dort gewesen. So weit, so gut. Aber was ist mit Tatiana Schwarz? Und Edyta Bary?«

»Na jaaaaa«, antwortete Winnie kleinlaut. »Ich fürchte, das ist der Haken an meiner Theorie. Ich meine, Edyta Bary kann ich ja leider im Augenblick nicht fragen. Aber es ist gut möglich, dass auch sie Verbindungen zum Zoo hat.«

»Möglich?«, schnaubte Hinnrichs. »Ach, kommen Sie, Heller. Von möglich haben wir gar nichts, und das wissen Sie!«

»Aber ...«, setzte sie an.

Doch Hinnrichs fiel ihr sofort wieder ins Wort. »Tatiana Schwarz können Sie sehr wohl fragen«, fuhr er sie an. »Und ich müsste mich sehr in Ihnen täuschen, wenn Sie's nicht längst getan hätten.«

Winnie merkte, wie sie rot wurde. Aber sie nickte.

»Und?«

»Sie war schon mal da.«

»Sie meinen, im Frankfurter Zoo?«

»Ja.«

»Wann?«

Nun ja, das war leider genau der Punkt ...

»Sie schätzt, zuletzt vor drei oder vier Jahren.«

»Ha!«, machte Hinnrichs.

»Das ist trotzdem ein interessanter Ansatzpunkt«, kam Verhoeven seiner Partnerin überraschend zu Hilfe. »Ich finde, es könnte sehr wohl etwas zu bedeuten haben, dass drei unserer fünf Opfer in den letzten Monaten dort gewesen sind. Und zwar jeweils gleich für längere Zeit.«

Winnie schenkte ihm ein dankbares Lächeln. Manchmal war der Kerl tatsächlich für irgendwas zu gebrauchen! »Die Feier von Frau Endecke dauerte mehrere Stunden«, griff sie sein Argument auf. »Iris Vermeulen war, wie gesagt, einen ganzen Tag dort. Und Merle Olsens Vertretungseinsätze haben ebenfalls ein paar Stunden in Anspruch genommen.«

»Apropos«, fiel Hinnrichs ihr ins Wort. »Hat sich diese Frau jetzt endlich mal beruhigt, oder belästigt sie ihre Leidensgenossinnen noch immer?«

Sie belästigt *uns*, las Winnie Heller im Blick ihres Vorgesetzten, und vom Prinzip her musste sie Verhoeven sogar recht geben. Trotzdem hatte sie augenblicklich das Bedürfnis, Merle Olsen in Schutz zu nehmen. Vielleicht, weil sie den dringenden Wunsch, Licht in das Dunkel des eigenen Schicksals zu bringen, so gut nachvollziehen konnte. Laut sagte sie: »Sie meint es nicht böse. Sie sucht einfach nur nach einem Weg, damit fertigzuwerden.«

Hinnrichs bedachte sie mit einem langen, forschenden Blick.

»Aber ich bin sicher, dass Ihre Lebensgefährtin sie in Zukunft davon abhalten wird, noch mehr Staub in dieser Richtung aufzuwirbeln«, setzte Winnie eilig hinzu. »Sie scheint sehr vernünftig zu sein.«

»Na schön.« Hinnrichs beugte sich vor und justierte seinen Kugelschreiber. Er war ein Mensch, der – vor allem in Stresssituationen – dazu neigte, die Dinge um sich herum zurechtzurücken. Und egal, wie ordentlich ein Tisch war, er fand immer ein Dokument, das falsch lag, oder eine Kaffeetasse, deren Henkel in die falsche Richtung zeigte. »Und was haben Sie im Hinblick auf diese Zoo-Theorie jetzt vor?«

Winnie Heller tauschte einen Blick mit ihrem Vorgesetzten. »Ich denke, wir sollten uns dort mal ein wenig umsehen.«

Hinnrichs sah auf die Uhr. »Um diese Zeit werden Sie da niemanden mehr antreffen.«

Verhoeven nahm die Wasserflasche, die neben seinem Stuhl stand. »Dann eben morgen«, sagte er.

»Ja«, sagte Winnie. »Morgen.«

10 Jo Ternes landete mit den Füßen zuerst auf einer frisch gemähten Wiese und klopfte sich ein paar trockene Blätter vom T-Shirt. Dann schlug sie den breiten Rundweg ein, der quer durch den Zoo führte. Es war das reinste Kinderspiel gewesen, auf das Gelände zu gelangen. Die Mauern waren alt und Jo an weitaus widrigere Bedingungen gewöhnt. Ganz abgesehen davon, dass sie im Zuge von Recherchen schon mal ein halbes Jahr im Trainingslager einer palästinensischen Untergrundorganisation verbracht hatte und wusste, wie man sich Zutritt verschaffte.

Es war ein Schuss in Blaue, ganz klar. Aber sie verfügte von Haus aus über gute Instinkte. Auf diese Instinkte hatte sie sich immer verlassen können, zwischen den zerfetzten Häuserzeilen in Kundus genauso wie im Garten jener illegalen jüdischen Siedlung im Westjordanland, in dem sie gerade eine Familie von drei Generationen interviewt hatte, als die Rebellen in den Hügeln gegenüber ihre umgerüstete Katjuscha-Rakete abgefeuert hatten. Damals hatte Jo es einzig und allein ihrem untrüglichen Gespür für Gefahr zu verdanken gehabt, dass sie neben ihrem Leihwagen anstatt unter den Bäumen gestanden hatte, als das Geschoss eingeschlagen war. In dem Garten, den sie nur Sekunden zuvor verlassen hatte, war niemand mit dem Leben davongekommen. Nicht zuletzt deshalb hatte die Story ihr eine Menge Geld eingebracht. Interviews mit Toten waren immer eine Bank. Und wenn dann auch noch Kinder auf dem Band zu sehen waren, die mit leuchtenden Augen über das nächste Fest sprachen, das sie feiern würden, obwohl sie zu diesem Zeitpunkt nur noch wenige Minuten zu leben hatten, war das in ihrem Job fast so etwas wie ein Jackpot. Und auch dieses Mal, das spürte sie, war eine ganze Menge für sie drin.

Vorausgesetzt, dass sie alles richtig machte ...

Sie lächelte, als in der Dämmerung zu ihrer Rechten irgendetwas zu schreien anfing. Es klang nach einem Vogel, ein Reiher vielleicht oder ein Flamingo. Exotische Geräusche wie diese mitten in einer derart naturfernen Umgebung, wie sie Frankfurt am Main zweifellos verkörperte, hatten etwas so brüllend Irreales, dass es fast zum Lachen war, auch wenn die

Geräusche durchaus zu der bleiernen Hitze passten, die noch immer wie eine unsichtbare Käseglocke über der Millionenmetropole schwebte.

Wie viel im Leben doch von günstigen Zufällen abhing!

Jo sah kurz über ihre Schulter und wandte sich dann nach rechts. Vorhin auf dem Friedhof hatte sie nach etwas ganz anderem gesucht als nach dem, was sie schließlich gefunden hatte. Sie war zu Jan Portners Begräbnis gegangen, weil sie sich dort einen Hinweis auf dessen Mörder erhofft hatte, einen verräterischen Blick, eine Nervosität oder eine Zufriedenheit, die nicht zum Anlass passte. Irgendetwas in dieser Richtung. Aber als Journalistin musste man nehmen, was man kriegen konnte. Und das, was sie bekommen hatte, konnte sich durchaus sehen lassen!

Die einzige Frage war, ob es hielt, was es versprach ...

Vor ihr tauchte der Katzendschungel auf, ein ausladendes, relativ neues Gebäude, das vier verschiedene Arten südasiatischer Raubkatzen beherbergte. Rechter Hand verlief eine Mauer parallel zum Rundweg, in die bodentiefe Glaseinsätze eingelassen waren. Obwohl sie bereits zum zweiten Mal an diesem Tag hier war und um die Sichtfenster wusste, schrak Jo unwillkürlich zusammen, als dicht neben ihr urplötzlich ein lautloser Körperschatten vorbeiglitt. Sie sah ein Paar reflektierender Augen, erstaunlich groß und etwa auf Höhe ihrer Schulter. Dann war der Sumatratiger bereits wieder im Dunkel des Freigeheges verschwunden. Zurück blieben ein leises Rascheln von trockenem Laub und der typische Raubtiergeruch, der in der zähen Luft schwebte wie eine unausgesprochene Warnung.

Wenn diese Scheibe nicht wäre ...

Wenn das hier ein fairer Kampf wäre ...

Überrascht stellte Jo fest, dass sie trotz der Hitze leise fröstelte.

Schnell ging sie weiter. Sie hatte keine Ahnung, ob die

Tierhäuser auch außerhalb der Öffnungszeiten zugänglich waren, doch die Glastür, die den Eingang zum Raubtierhaus markierte, glitt bereitwillig zur Seite, kaum dass der Sensor sie erfasst hatte.

Auf den Gängen brannte um diese Zeit nur die Notbeleuchtung. Dazu kam das Licht, das vom Himmel fiel. Milchige Halbmondhelligkeit. Genug, um sich zurechtzufinden. Aber das war auch schon alles. Jo roch Rindenmulch und Moschus und dachte wieder an das Begräbnis, das sie auf die Spur des Artisten gebracht hatte. Und an die Verfolgungsjagd, an deren Ende sie mit einem schönen Stück Beute nach Hause gegangen war. Ganz im Gegensatz zu den beiden Kommissaren, die freilich einfach nur Pech gehabt hatten – das musste man ihnen der Fairness halber zugestehen.

Jo blieb kurz stehen und spähte in das gläserne Dunkel links von sich, ohne irgendetwas erkennen zu können.

Irgendwie mochte sie die Heller. Sofern sie sich überhaupt so etwas wie persönliche Sympathien zugestand. Doch ihre Zuneigung zu Winnie Heller ging entschieden nicht so weit, dass sie ihre Story aufs Spiel gesetzt hätte. Vielleicht würde sie ihr einen kleinen Tipp geben, wenn es so weit war, wenn sie selbst ihre Schäfchen im Trockenen hatte. Aber ganz bestimmt keine Sekunde früher! Schließlich war das Spiel, das sie spielten, durchaus fair. Alle hatten die gleichen Chancen. Jeder konnte die Informationen, die in der Luft lagen, auswerten und seine Schlüsse daraus ziehen. Natürlich war es reiner Zufall gewesen, dass sie sich heute Nachmittag für die richtige Richtung entschieden hatte und die Heller für die falsche. Aber dafür hatte sie ihr ja den Hinweis mit dem Wagen gegeben. Als Ausgleich sozusagen. Dass es kein schwarzer Mercedes-Geländewagen, sondern ein Hyundai Tucson gewesen war, fiel ihrer Ansicht nach in die Kategorie »zu vernachlässigen«. So etwas konnte man – zumal auf die Entfernung – durchaus schon mal verwechseln. Und dass sie im Sucher ihrer Kamera noch weit mehr gesehen hatte als einen Fahrzeugtyp, war definitiv ihre Sache. Zwar war sie nicht schnell genug gewesen, um das Gesicht des Artisten zu erkennen. Aber sie hatte seinen Hinterkopf gesehen. Blond, nicht dunkel. Und an der Heckscheibe ... Jo lächelte zufrieden. An der Heckscheibe hatte ihr persönlicher Hauptgewinn geklebt: rund, etwas mehr als handtellergroß, mit schwarzer Schrift: 150 JAHRE ZOOLOGISCHER GARTEN FRANKFURT AM MAIN.

Wow, hatte sie gedacht, das ist doch mal was!

Falls das Auto dem Artisten gehörte, war der Aufkleber zweifellos ein 1-a-Hinweis. Und falls nicht, war er immerhin eine Spur. Und in Kombination mit Wagentyp und Teilen des Kennzeichens ...

Jo blieb kurz stehen und lauschte. Dann verließ sie das Katzenhaus durch den Ausgang an der Rückseite.

Noch eine Kurve ...

Nachdem sie die Heller abgefrühstückt hatte, war sie in ihren Wagen gestiegen und nach Frankfurt gefahren, wo sie seit viereinhalb Jahren ein schäbiges kleines Apartment bewohnte. Aber sie war nicht nach Hause gefahren, sondern auf direktem Weg zum Zoologischen Garten. Zu diesem Zeitpunkt hatte noch ganz normaler Betrieb geherrscht. Jo hatte ein Ticket gekauft und war losgezogen. Zuerst hatte sie sich ganz konkret nach dem Hyundai erkundigen wollen, doch irgendetwas hatte sie davon abgehalten. Und so hatte sie den Mann an der Kasse lediglich gefragt, wo die Angestellten des Zoos ihre Autos parkten. Er hatte sie zwar ein bisschen komisch angesehen, aber sie war kein Typ, dem man misstraute, etwas, das sie immer wieder mit Verwundern feststellte.

Also hatte er ihr den Weg zur Tiefgarage beschrieben.

Sie hatte nicht erwartet, den Hyundai dort zu finden. Vielmehr hatte sie gehofft, auf irgendwen zu treffen, den sie nach dem Wagen fragen konnte. Und zu diesem Zweck hatte sie sich eine nette kleine – und vor allem glaubhafte – Geschichte zurechtgelegt. Dass sie den Wagen versehentlich gerammt habe und aus lauter Angst erst einmal weitergefahren sei. Aber die Sache lasse sie nicht los, und nun wolle sie sich mit dem Besitzer in Verbindung setzen, um ihm den Schaden zu ersetzen, falls es einen gebe, und so weiter und so fort.

Und dann hatte sie ihn entdeckt!

In einer Parktasche, nur ein paar Meter hinter der Schranke ...

»Entschuldigen Sie bitte«, hatte sie gefragt, als kurz darauf ein junges Mädchen in der typischen Kleidung eines Tierpflegers erschienen und auf einen klapprigen grünen Mini zugegangen war.

»Ja? Kann ich Ihnen helfen?«

»Vielleicht ...«

Ein hilfsbereites Zögern.

»Wissen Sie zufällig, wem dieses Auto dort drüben gehört? Der schwarze Hyundai.«

Das Mädchen hatte nicht lange überlegen müssen. »Na klar, der gehört Fred. Fred Kaczynski.«

Wenn eine Frau fragte, noch dazu eine, die gerade mal eins fünfundsechzig groß war, brauchte man vermutlich nicht allzu misstrauisch zu sein ...

»Und wo finde ich den?«

»Fred?« Das Mädchen hatte auf die Uhr gesehen. »Tja, wenn Sie Glück haben, erwischen Sie ihn vielleicht noch in seinem Revier.«

»Und das ist ...?«

»Ach so, ja, entschuldigen Sie. Das Affenhaus. Direkt hinter den Nashörnern.«

»Wann hat Fred denn normalerweise Feierabend?«

Idiotischerweise hatte die Angesprochene gleich noch einmal auf ihre Uhr geschaut. »Eigentlich jetzt.«

Jo hatte sich bedankt und entschieden, in der Tiefgarage zu

warten. Sie kannte sich mit Tieren nicht besonders gut aus, aber sie hielt es durchaus für möglich, dass Fred länger machte, wo er doch unterwegs gewesen war an diesem Nachmittag. Vielleicht war etwas liegengeblieben, das er noch aufarbeiten musste.

Um sich die Wartezeit zu verkürzen, gab Jo seinen Namen in die verschiedenen Suchmaschinen ihres iPhones ein und fand Fred Kaczynski sowohl bei Wer-kennt-Wen als auch bei Twitter. Die Fotos, die kurze Zeit später auf Jos Display erschienen, zeigten einen übergewichtigen Mann von etwa Mitte fünfzig. Braune Augen unter buschigen Brauen, wulstige Lippen. Und offenbar lächelte er, wo er ging und stand.

Superfred. Geschieden. Vielseitig interessiert ...

Das ist nicht der Mann, hinter dem wir alle her sind, hatte Jo gedacht, während sie im Vorbeisurfen zur Kenntnis genommen hatte, dass Fred ein glühender Fan des SV Wehen Wiesbaden zu sein schien, in drei verschiedenen Karnevalsvereinen aktiv war und zum Ausgleich – oh Schreck! – regelmäßig Kurse in Aquarellmalerei belegte.

Und im Herbst brechen wir auch dieses Jahr wieder zu einer Kreativwoche in die Toskana auf, hatte er vor etwas mehr als zwei Wochen auf der Homepage seines Vereins gepostet. *Das wird wieder absolut genial. Vor allem, wenn Bodo seinen berühmten Speckauflauf macht. Die künstlerischen Ergebnisse des letzten Jahres könnt ihr übrigens auf der Homepage der Farbflecken e.V. bestaunen.*

Es folgte ein Link auf die Adresse.

Jo hatte müde gelächelt und das iPhone wieder eingesteckt.

Und dann hatte sie ihn gesehen!

»Hallo, Fred.«

Die schlurfenden Schritte hatten überrascht innegehalten. »Ja?«

Vor dem Hintergrund der Informationen, auf die sie gestoßen war, hatte Jo davon abgesehen, ihre Geschichte von dem möglicherweise gerammten Auto zu wiederholen. Dieser Fred war ein Mann, für den sein Auto weit mehr als sein Auto war. Und wenn sie da auch nur andeutete, dass sie dem armen Ding ein Leids getan hatte ...

»Tut mir leid, dass ich dich einfach so anquatsche ...« Ein Du an der richtigen Stelle kam bei dieser Sorte Mann immer gut. »Aber ich bin eine Freundin von Monika.«

Monika???

Er kannte keine Monika, ganz klar.

»Toskana«, hatte sie gesagt und ganz bewusst eine Welt von Bedeutung in das harmlose kleine Wort gelegt.

»Jaaaa, na klar ...« Sein Wulstgesicht hatte sich erfreut aufgehellt. »Jetzt weiß ich.«

Den Teufel weißt du! Aber gut so!

»Wir sind vorhin die Rhönstraße runtergefahren, weißt du, und die Moni sagt plötzlich so zu mir, du, guck mal, das da hinten ist doch tatsächlich der Wagen von Fred, Fred Kaczynski. Und sie hupt natürlich wie blöd, aber du reagierst nicht.«

»Konnt' ich auch nicht.« Jetzt grinste er von Ohr zu Ohr. Keine Frage, er war zutiefst geschmeichelt. Selbst wenn besagte Monika ihm so unbekannt war wie der Leuchtturmwärter auf Spiekeroog.

»Wieso nicht?«

»Weil ich's gar nicht gewesen bin.«

Bingo!

Dann stellen wir uns mal ganz dumm ...

»Nicht? Aber das ist doch dein Wagen, oder? Ich meine, der schicke Hyundai da, echt geiles Gerät ...«

»Klar, das ist meiner. Aber heut Nachmittag hat ihn wer anders gefahren.« Ein zahnlückiges Lächeln. »Ich hab ihn nämlich ausgeliehen.«

»Ach, komm schon.« Sie war ein Stück näher an ihn herangetreten und hatte ihn kumpelhaft in die Seite gebufft. »Wem leihst *du* denn deinen Wagen? Ich meine, das Schätzchen ist doch viel zu schade, um von irgendeinem Idioten verheizt zu werden.«

Was das anging, hatte er ihr selbstverständlich zugestimmt. Aber der Kollege, dem er den Wagen geliehen habe, sei absolut vertrauenswürdig. Außerdem sei so was auch nicht ganz zu verhindern, immerhin laufe das Fahrzeug gewissermaßen als Dienstwagen – mit allen entsprechenden Vorteilen. Und wenn dann mal wieder einer zum Flughafen müsse, irgendeine blöde Transportbox abholen ... Na ja, in den Kofferräumen der meisten Kollegen sei nun mal nicht so komfortabel viel Platz wie in dem Hyundai. Schon gar nicht in so 'nem Popelauto wie dem Nissan von Damian Kender ...

»Ist das der Kollege, der sich den Wagen heute Nachmittag ausgeliehen hat?«, hatte Jo vorsichtshalber noch einmal nachgehakt. Dieser Fred war nicht der Hellste und dazu ausschließlich mit sich selbst beschäftigt. Da konnte man es ruhig riskieren, sich noch einmal Gewissheit zu verschaffen, ohne fürchten zu müssen, dass ihn die Fragerei auf den Plan rief.

Und Fred hatte genickt. Genau, das sei der Mann. Absolut vertrauenswürdig, wie gesagt. Bloß vielleicht 'n bisschen verschlossen.

Sie hatten sich verabschiedet, und Jo hatte einen anderen Zooangestellten gefragt, wo sie Damian Kender finden könne.

Schon von weitem war sie sofort sicher gewesen, dass sie denselben Mann vor sich hatte, der am Nachmittag im Sucher ihrer Kamera aufgetaucht war.

Sie hatte ihn eine Weile beobachtet, jedoch beschlossen, zunächst nicht in die Offensive zu gehen. Sie brauchte mehr Informationen. Und natürlich brauchte sie auch einen Beweis.

Die Tatsache, dass Kender an diesem Nachmittag mit dem Wagen seines Kollegen im Cargo-Bereich des Frankfurter Flughafens gewesen war, um eine klimatisierte Spezialbox von einem Händler aus den USA abzuholen, reichte im Traum nicht aus, um ihm irgendwas ans Zeug zu flicken, selbst wenn sich tatsächlich irgendwer erinnerte, den Hyundai auch in der Nähe des Wiesbadener Südfriedhofs gesehen zu haben.

Und der Rest würde ohnehin verdammt schwer zu beweisen sein ...

Die einzige Möglichkeit war, Damian Kender im Auge zu behalten. Und zwar Tag und Nacht. Wenn er der Artist war, würde Jo ihn auf diese Weise zwangsläufig bei irgendetwas beobachten, das ihn verriet – früher oder später. Und sie war ein Mensch, der schon von Berufs wegen über ein großes Maß an Geduld verfügte. Sie hatte kein Problem damit, auf ihre Chance zu warten, vorausgesetzt, dass das zu erwartende Ergebnis der Mühe lohnte.

Als der Zoo seine Pforten geschlossen hatte, war sie zusammen mit den anderen Besuchern gegangen. Sie hatte sich in der Nähe der Tiefgaragenausfahrt postiert und gewartet, dass Damian Kenders dunkelgrauer Nissan auftauchte. Doch Stunde um Stunde war verstrichen, ohne dass er erschienen wäre.

Jo hatte in ihrem Wagen gesessen, mit wild knurrendem Magen und stetig zunehmendem Durst, sie hatte ihr iPhone befragt, doch im Gegensatz zu den diversen Hinterlassenschaften des mitteilungsfreudigen Fred verriet das Internet rein gar nichts über Kender. Nicht einmal seine Adresse.

Das Einzige, was Jo herausbekommen hatte, war die Tatsache, dass er Reviertierpfleger im Exotarium war. Also eine verantwortungsvolle Position. Vielleicht hatte es ja tatsächlich einen Notfall gegeben, der Kender zum Bleiben zwang. Oder aber er war längst fort. Vielleicht hatte er sein Auto an diesem Abend stehen lassen und die U-Bahn genommen. Die Leute taten die unmöglichsten Dinge, und erfahrungsgemäß war nichts wirklich berechenbar.

Irgendwann – es war längst dämmrig geworden – hatte Jo

genug vom schnöden Herumsitzen gehabt und war über die Mauer auf das Zoogelände zurückgeklettert, um zu sehen, was mit Kender war.

Und jetzt tauchte hinter der Kurve der Eingang des Exotariums vor ihr auf.

Das Gebäude wirkte dunkel. So als ob dort nur die Notbeleuchtung brannte.

Er ist tatsächlich weg, dachte Jo mit einer Mischung aus Ärger und Erleichterung. Und wenn ich richtig Pech habe, überfällt er gerade jetzt, in diesem Augenblick, sein nächstes Opfer. Etwas, bei dem ich Zeuge gewesen wäre und aus dem ich die Story des Jahrhunderts hätte machen können, wenn ich mich nicht so gottverdammt dämlich angestellt hätte ...

Trotz des wenig ermutigenden Funzellichts im Inneren des Gebäudes drückte Jo gegen die gläserne Eingangstür. Doch die Tür gab nicht nach.

Sie legte beide Hände an die Scheibe, um besser sehen zu können, doch alles, was sie erkannte, war das verwaist wirkende Zuhause der Pinguine links des Eingangs, das sie bei ihrem ersten Besuch vor ein paar Stunden flüchtig zur Kenntnis genommen hatte. Die Abendhitze pochte rings um sie wie das Herz eines Riesen, und Jo ließ frustriert die Hände sinken.

Was nun? Wo lag der Fehler? Was, zur Hölle, hatte sie falsch gemacht?

Wo war der Schritt, den sie allen anderen, insbesondere der Polizei, voraus war? Wo war ihr Vorsprung?

Während sie noch überlegte, registrierte sie auf einmal ein zweites Gesicht in der spiegelnden Glasscheibe vor sich. Es schwebte ein Stück über ihrem, ein fleischfarbenes Dreieck, überglänzt von demselben lichten Blondhaar, das sie vorhin im Sucher ihrer Kamera gesehen hatte.

Kender!

Jos Kopf ruckte herum.

Sie sah ein Lächeln. Ebenso kalt wie messerscharf.
»Guten Abend, Frau Ternes«, flüsterte er.
Und Jo rannte los.

11 Es war spät geworden. Aber irgendwie konnte sich keiner von ihnen aufraffen, nach Hause zu gehen. Also saßen sie im Besprechungsraum und gingen noch einmal jedes Detail der vergangenen Stunden durch.

Winnie Heller hatte die Bänder der Überwachungsteams angefordert, aber noch kein Material erhalten. Als ihr Handy zu klingeln begann, dachte sie zuerst, dass nun endlich eine Rückmeldung erfolgte. Doch die Nummer, die das Display anzeigte, gehörte nicht zum Präsidium.

Mehr noch: Die Ziffernfolge jagte ihr augenblicklich einen Stromstoß durch den Körper, denn sie hatte diese Zahlen in den letzten Stunden so oft gewählt, dass sie sie sofort wiedererkannte.

Jo Ternes!

»Ja?«, meldete sie sich ein wenig atemlos.

»Helfen Sie mir!«

Verdammt, das klang ernst!

»Wo sind Sie?«, fragte Winnie, während ihre Lippen stumm den Namen formten: *Die Reporterin! Jo Ternes!*

Sofort hoben sich die Köpfe ihrer Kollegen.

»Können Sie mich hören?«, rief sie, weil Jo Ternes ihr noch immer nicht geantwortet hatte. »Sagen Sie mir, wo Sie sind. Und was los ist!«

»Ich ...« Die Reporterin klang, als ob sie rannte. Trotzdem flüsterte sie. Offenbar fürchtete sie, dass jemand auf sie aufmerksam wurde. Etwas, das Winnie Hellers Unbehagen noch verstärkte. »Warten Sie kurz«, sagte sie jetzt, »ich muss erst ...«

Dann brach die Stimme ab.

Winnie hörte einen Aufprall und ein leises Knirschen, bevor sich am anderen Ende der Leitung eine knisternde, zutiefst unheimliche Stille breitmachte.

Was ist los?, fragten Verhoevens Augen.

Und auch Hinnrichs' Körper war bis in die letzte Faser gespannt. *Was, um Himmels willen, geht da vor?*

Winnie bedeutete ihnen, sich ruhig zu verhalten, und lauschte angestrengt in die Stille. Sie hatte den vagen Eindruck, als ob da Schritte wären. Schritte, die sich hastig entfernten. So als ob jemand davonliefe. »Hallo?«, rief sie, wohl wissend, dass sie vermutlich keine Antwort erhalten würde. »Frau Ternes?«

Sie hielt erschrocken inne, als das Knistern am anderen Ende der Leitung unvermittelt von etwas anderem abgelöst wurde. Sie hörte keine Atemzüge, aber dennoch war sie überzeugt, dass da plötzlich jemand war. Jemand, der das Mobiltelefon an sich genommen hatte und es nun langsam ans Ohr hob.

Nein, nicht jemand!
ER!

Winnie versuchte, so leise wie möglich zu sein, weil sie mit einem Mal das dringende Gefühl hatte, dass er lauschte. Dass er herauszufinden versuchte, ob eine Verbindung bestand. Und zu wem ...

Mit der freien Hand bedeutete sie ihren Kollegen abermals, keinen Laut von sich zu geben. Und auch sie selbst wagte kaum zu atmen.

Sekundenlang verharrten sie und ihr unbekannter Gesprächspartner in diesem angespannt-aufgeladenen Schweigen. Lauernd. Taxierend. Dann riss die Stille abrupt, und Winnie hörte einen langgezogenen Ton, der anzeigte, dass die Funkverbindung zu Jo Ternes' Handy nicht länger bestand.

Und sie zögerte keine Sekunde.

Sie wählte die Nummer der Zentrale, nannte ihren Namen und ihre Dienstnummer und ließ sich mit der entsprechenden Abteilung verbinden. »Hören Sie«, rief sie, nachdem sie ihre Dienstnummer wiederholt hatte. »Das hier ist ein Notfall. Sie müssen sofort folgendes Handy für mich orten.« Während sie dem Spezialisten am anderen Ende der Leitung Jo Ternes' Mobilfunknummer durchsagte, fuchtelte Hinnrichs vor ihren Augen wild durch die Luft, um anzudeuten, dass sie dergleichen ruhig ihm hätte überlassen können. Doch Winnie ließ sich nicht beirren. »Es besteht Grund zu der Annahme, dass sich die Besitzerin dieses Handys in akuter Lebensgefahr befindet, und ...«

»Das betreffende Mobiltelefon ist gegenwärtig ausgeschaltet«, unterbrach sie der Techniker, der offenbar schnell gehandelt hatte.

Das war kein gutes Zeichen!

»Was ist mit dem Akku?«, fragte Winnie. »Solange der im Gerät steckt, kann man doch meines Wissens ...«

»Sicher, aber das dauert«, fiel ihr Gesprächspartner ihr abermals ins Wort.

»Wie lange?«

»Keine Ahnung. Wir tun unser Bestes, okay?«

»Ja, verdammt.« Winnie lehnte sich zurück und fuhr sich unsanft durch die Haare. »Beeilen Sie sich. Bitte!«

»Ich rufe Sie an, sobald ich was habe.«

»Alles klar.« Sie seufzte schicksalsergeben und beendete das Gespräch.

»Was geht da vor?«, fragte Hinnrichs.

»Ich glaube, Jo Ternes steckt in ernsten Schwierigkeiten«, antwortete Winnie.

»Also hat sie tatsächlich mehr gesehen, als sie zugegeben hat«, folgerte Verhoeven mit unterdrücktem Ärger.

Winnie nickte. »Scheint so.«

»Und jetzt?«

»Versuchen Sie's bei ihr zu Hause«, rief Hinnrichs Werneuchen zu.

Dieser tippte ein paar Befehle in seinen Computer und starrte auf die Informationen, die der Bildschirm gleich darauf anzeigte. »Sie wohnt in Frankfurt. Im Stadtteil Bockenheim.« Er gab die Adresse bei Google Earth ein. »Nummer 156 ist ein Hochhaus«, berichtete er, nachdem er das Satellitenbild vor sich hatte. »Sechzehn Parteien pro Eingang. Eins von fünf identischen Gebäuden in dieser Gegend.«

Das passte! Winnie Heller biss sich auf die Lippen. Diese Jo Ternes war der Typ, der mehr oder weniger aus dem Koffer lebte und der es ganz und gar nicht einsah, mehr als unbedingt nötig für eine Mietwohnung zu bezahlen, die er ohnehin nur alle Jubeljahre mal zu Gesicht bekam.

»Schicken Sie sofort ein Team hin«, entschied Hinnrichs. »Wenn sie nicht öffnet, sollen die Kollegen die Tür aufbrechen.«

»Ich glaube nicht, dass sie zu Hause war oder noch ist«, sagte Winnie Heller mit skeptischem Blick auf den Bildschirm ihres Kollegen.

»Ich auch nicht«, stimmte Verhoeven ihr zu. »Aber vielleicht finden wir dort irgendeinen Hinweis darauf, wo sie hingegangen sein könnte.«

»In der Redaktion jedenfalls hat sie sich nach dieser Sache auf dem Friedhof noch nicht wieder blicken lassen«, erklärte Werneuchen.

»Natürlich nicht.« Winnie Heller schnaubte verächtlich. »Diese Frau ist die klassische Einzelkämpferin. Sie redet grundsätzlich nicht über das, was sie denkt oder tut, und sie weiht niemanden in ihre Pläne ein. Und wenn sie irgendwann aus der Deckung kommt, dann mit einem Ergebnis, das sie bereits so gründlich in alle Richtungen abgeklopft hat, dass es wasserdicht ist.«

»Sie ist gut«, nickte Verhoeven.

»Allerdings.« In Winnies Gesicht fochten Ärger und Sorge einen erbitterten Kampf aus. »Darum hätte ich sie gar nicht erst gehen lassen dürfen«, murmelte sie leise vor sich hin. »Ich wusste ja, dass sie etwas zurückhält.«

»Sie hätten keinerlei Handhabe gehabt, sie festzuhalten«, widersprach Verhoeven, und auch Hinnrichs hob abwehrend die Hände.

»Jo Ternes ist keine Frau, die sich aufhalten lässt«, sagte er. »Auf dieser Eigenschaft beruht ihr beruflicher Erfolg. Egal, wie hoch das Risiko ist, sie geht es ein.«

Winnie sah aus dem Fenster, vor dem die Schwärze eines völlig überhitzten Sommerabends wie ein nasser Vorhang klebte. »Tja«, sagte sie, »dann können wir nur hoffen, dass sie sich dieses Mal nicht verrechnet hat.«

12

Jos Körper vibrierte vor Erregung und Angst. Flirrende Spannung, Adrenalin pur.

Mit Kenders Schritten im Nacken hatte sie es für eine gute Idee gehalten, sich ins nächste Gebäude zu flüchten, und das war das nach dem Gründer des Zoos benannte Grzimek-Haus, in dem die nachtaktiven Tiere untergebracht waren. Aber inzwischen war sie nicht mehr sicher, ob sie nicht besser einfach weitergelaufen wäre. Zwar war von Kender nichts mehr zu sehen oder zu hören, aber Jo war viel zu erfahren, um dem Frieden so ohne weiteres zu trauen. Nachdem sie die Tür aufgestoßen hatte, war sie einfach drauflosgerannt, tiefer und tiefer in das verwinkelte Gebäude hinein. Der Weg, der die Besucher an den sorgfältig angelegten Gehegen vorbeiführte, verlief abschüssig, was im Inneren eines Gebäudes überaus desorientierend wirkte.

Der Boden war mit einem gummiartigen schwarzen Noppenbelag ausgelegt, und Jo hatte Mühe, mit ihren Turnschuhen nicht allzu viel Lärm zu machen.

In den Gängen brannte ein unwirkliches blaues Licht. Jo drückte sich in die Ecke hinter einem Mauervorsprung und versuchte mit aller Macht, ihren bebenden Körper unter Kontrolle zu bringen. Sie hörte ihren eigenen pfeifenden Atem, fühlte den Schweiß, der an ihrem Nacken herunterlief, und lauschte in das bläuliche Dämmerlicht, das sie umgab. Zugleich ärgerte sie sich einmal mehr über sich selbst. Dass sie so dumm gewesen war, das iPhone bereits im Laufen zu benutzen. Dass sie nicht einfach gewartet hatte, auf eine bessere Gelegenheit. Auf einen Moment, der geeigneter war.

Was jetzt?, hämmerte es hinter ihrer Stirn. *Was, verdammt noch mal, soll ich jetzt tun?*

Zum Eingang zurückzukehren wagte sie nicht. Aber hier stehen zu bleiben schien ihr auch keine besonders gute Idee zu sein.

Während sie fieberhaft überlegte, war ihr auf einmal, als höre sie ein entferntes Knirschen, das in ihren alarmierten Ohren unnatürlich laut widerhallte.

Er ist da!!!
Hier im Haus!
Er ist mir gefolgt. Und gleich werde ich seine Schritte hören. Schritte, die unaufhaltsam näher kommen ...

Der Weg war breit und verwinkelt, und bislang hatte Jo keine Abzweigungen bemerkt. Das bedeutete, dass sie sich in einer Art Röhre befand – mit zwei Enden. Also hatte sie eine Chance, vorausgesetzt, sie fand rechtzeitig genug heraus, von welchem Ende Kender sich ihr näherte ...

Ihre Gedanken stockten abrupt, als es hoch über ihrem Kopf knackte und das Licht ausging. Von einer Sekunde zur anderen war es stockfinster.

Das Dunkel war so kompakt, dass Jo die Veränderung sogar körperlich spüren konnte. Wie einen samtenen Vorhang, der sie einschloss. Sie tastete nach der Wand in ihrem Rücken und schob sich vorsichtig weiter.

Was hat er vor?

Er kennt sich hier aus, versuchte sie die Situation zu analysieren, während sie Schritt für Schritt weiterglitt. Das bedeutet, dass er irgendwo warten wird, wo ich nicht mit ihm rechne. Wahrscheinlich in der Nähe des Ausgangs. Aber er kann nicht an beiden Ausgängen zugleich sein. Jo presste die Zähne aufeinander, bis sie den Druck sogar im Ohr spürte. Wenn ich an seiner Stelle wäre, würde ich den verbleibenden Ausgang abschließen, dachte sie, damit mein Opfer nicht entwischen kann. Zuvor würde ich das Licht ausschalten, damit mein Opfer die Orientierung verliert und ich Zeit gewinne. Und dann würde ich zum anderen Ausgang gehen und mich systematisch voranarbeiten, bis ich habe, was ich will.

Ja, dachte Jo, er wird mich einpferchen, zwischen all diesen Tieren, die mich lauernd umzingeln und für die die Dunkelheit eine selbstverständliche Lebensgrundlage ist ...

Sie schluckte und versuchte mit aller Gewalt, die elementaren Urängste zu bändigen, die eine derart kompakte Finsternis selbst in einer kampferprobten Frau wie ihr auszulösen vermochte.

Glaub mir, Schätzchen, die Tiere sind im Moment dein kleinstes Problem ...

Ihre Hand schob sich tastend weiter. Logisch bleiben. Cool.

Es waren höchstens drei Minuten vergangen, seit sie vor der verschlossenen Tür des Exotariums gestanden hatte, auch wenn diese drei Minuten ihr wie eine kleine Ewigkeit vorkamen. Zugleich bedeuteten sie, dass Kender noch nicht überall gewesen sein konnte, nicht an beiden Ausgängen. Und jetzt gerade hatte er ganz offensichtlich die Notbeleuchtung ausgeschaltet. Vermutlich sogar die gesamte Stromversorgung lahmgelegt.

Oder?

Jo stutzte. Vielleicht auch nicht, dachte sie. Bestimmt gibt es hier irgendein automatisches Sicherheitssystem, das Alarm schlägt, wenn die Stromversorgung des Gebäudes zusammenbricht. Immerhin lebten hier höchst seltene Tierarten. Und die brauchten Wärme, Sauerstoff, Speziallicht und was sonst noch alles. Dinge, die samt und sonders über Strom liefen. Sie nickte, um sich selbst Mut zu machen. Die Menschen veranstalteten in der Regel weitaus mehr Aufwand, um irgendeine aussterbende Tierart zu erhalten, als sie für ihresgleichen zu tun bereit waren. Folglich gab es bestimmt irgendein Notstromaggregat, das sich helfend zuschaltete, sobald das Gebäude länger als zwei Minuten ohne Versorgung war...

Oder fünf ...
Oder zehn ...

Jo blieb abermals stehen und lauschte auf Geräusche. Das Summen von Pumpen oder Belüftungssystemen. Doch alles, was sie hörte, war der flatternde Flügelschlag der Fledermäuse hinter dem Glas gegenüber. Zumindest glaubte sie, dass es Fledermäuse waren.

Trotzdem hat er erst mal damit zu tun, es hier dunkel zu machen, meldete sich die beruhigende Stimme ihres Verstandes. *Da kann er unmöglich schon alles abgeschlossen haben. Und selbst wenn: Verschlossene Türen lassen sich öffnen! Außerdem verfügt ein Gebäude wie dieses unter Garantie über jede Menge Räumlichkeiten hinter den Kulissen. Jede Wette, dass sich jenseits dieser Wände Gänge befinden, die zu den einzelnen Gehegen führen. Versorgungsschächte. Fluchtwege ...*

Jo atmete tief durch. Natürlich war Kender auch hier im Vorteil, weil er sich auskannte. Aber wenn sie es klug anstellte, konnten sie ohne weiteres bis morgen früh hier Verstecken spielen, sie und die Bestie. Und irgendwann würde irgendjemand zum Dienst erscheinen. Und vielleicht gelang es ihr in der Zwischenzeit ja sogar, ein Telefon zu finden. Oder einen

Computer, von dem aus sie einen Hilferuf absetzen konnte. Sie musste einfach durchhalten und verhindern, dass Kender sie noch einmal überraschte. Denn eins hatte sie in ihrem Job wirklich gelernt: Wenn du feuern willst, musst du aus der Deckung kommen!

Alles, was sie tun musste, war, gewappnet sein.

Sie straffte sich.

Geh einfach weiter!

Er ist allein. So wie du. Selbst wenn das hier eine Treibjagd sein soll, denk daran: Es gibt keine Jagdhelfer. Keine Komplizen. Nur ihn und dich.

Also geh! Es ist die einzige Chance, die du hast …

13

Er hatte sie beinahe gehabt, aber die Frau war stark und wendig. Und so hatte er nur ihren Ärmel zu fassen bekommen. Ein paar flüchtige Sekunden lang. Dann war sie ihm wieder entglitten.

Aber wenigstens hatte sie ihr iPhone eingebüßt!

Es war ihr hingefallen, als sie sich ruckartig losgerissen hatte, und er hatte sofort gewusst, dass er erst einmal von ihr ablassen musste. Heutzutage ortete ein Fachmann so ein Ding in null Komma nichts, und er konnte es sich nicht leisten, dass sie mit diesem Ort in Verbindung gebracht wurde. Mit seinem Revier …

Seine Fingerknöchel hatten geknackt, als er fest auf den Aus-Schalter gedrückt hatte. Dann hatte er das Gerät gegen die nächste Mauer geworfen, voller Wut, dass sie die Dreistigkeit besessen hatte, zu telefonieren, während sie vor ihm flüchtete. Das iPhone war auf den Boden geklatscht und noch ein paar Meter weit geschlittert, und inzwischen war ihm auch klar, dass er es so schnell wie möglich holen und vernichten musste. Wenn es ihr nämlich tatsächlich gelungen war, jemanden auf ihre Lage aufmerksam zu machen, wenn also die Polizei im Spiel war, bestand durchaus die Möglichkeit, dass sie über den Akku herfanden!

Er verschloss den Sicherungskasten und nahm das Nachtsichtgerät aus der Hülle, die es schützte.

Auf den Monitoren, die Gänge und Gehege überwachten, hatte er ihren Weg verfolgt. Er wusste, wo sie sich im Augenblick aufhielt. Und an ihren Bewegungen hatte er ablesen können, dass sie vorhatte, sich in Richtung Ausgang durchzuschlagen. Wahrscheinlich hatte sie es bis vor ein paar Sekunden auch für eine gute Idee gehalten, sich in ein Gebäude geflüchtet zu haben. Aber diesen Zahn hatte er ihr definitiv gezogen! So, wie er sie einschätzte, war sie sich durchaus darüber im Klaren, dass die Sache gewissermaßen fünfzig zu fünfzig stand. Es gab einen Eingang. Es gab einen Ausgang. Und wenn sie die richtige Tür wählte, würde sie davonkommen. Vielleicht rechnete sie sogar damit, dass er eine oder gar beide Türen verschloss, und stellte sich auf ein längeres Katzund-Maus-Spiel ein. Doch leider, leider, leider hatte er keine Zeit, die Herausforderung anzunehmen. Irgendwo da draußen tickte nämlich eine Zeitbombe in Form eines ziemlich verschrammten iPhones ...

Tja, Schätzchen, Pech gehabt!

Er stieß sich vom Türrahmen ab und machte sich auf ihre Fährte.

Mit Hilfe des Nachtsichtgeräts bewegte er sich lautlos und schnell. Hinter den Glasscheiben links huschten Tierschatten. Zwergaguti. Tamarin. Rechts die rennende Figur auf den Notausgangsschildern. Der Anblick der Uhr, hinter der die Instruktionen des Erpressers gesteckt hatten, machte ihn noch immer wütend. Doch er hielt sich nicht auf. Neben ihm stimmte einer der Nachaffen urplötzlich das für diese Spezies typische mächtige Gebrüll an. Die Lufttaschen in der Kehle des Tieres füllten sich, und nach und nach fielen die Artgenossen ein. Das kam ihm entgegen, weil es seine Schritte in einem Kokon aus Lärm verbarg.

Und dann auf einmal sah er sie vor sich!

Sie hielt sich dicht an der Wand und wirkte – zumindest rein äußerlich – noch immer cool, fast unerschrocken. Als Frau war sie so reizvoll wie ein Käsebrötchen. Aber ihr Blick hatte ihm sofort gefallen. Schon vorhin, als sie zum ersten Mal in sein Revier gekommen war. Bei Tageslicht. Im Hellen ...

Sie hatte nicht bemerkt, dass er sie bemerkt hatte, obwohl sie wirklich über gute Instinkte verfügte. Ihm gefiel auch die Entschlossenheit, mit der sie der Welt und ihren Gefahren entgegensah. Auf dass ja niemand wage, sich ihr in den Weg zu stellen.

Er ging langsamer, während sein Blick mit gnadenloser Penetranz an ihrem Rücken klebte. Fast so, als sei dort ein imaginäres Fadenkreuz aufgemalt. Sie ging geduckt wie ein Guerillakämpfer und achtete trotz des Krachs penibel darauf, die Füße abzurollen und regelmäßig die Seite zu wechseln, auch wenn das bedeutete, dass sie den Schutz der Wände verlassen musste.

Vernünftig angezogen war sie auch. Schwarze Jeans. T-Shirt. Flache Schuhe. Die Uniform einer erfahrenen Jägerin. Er zoomte sich näher an sie heran, sah die gespannten Muskelstränge in ihrem Nacken wie greifbar vor sich, und fast hatte er das Gefühl, dass er sie riechen konnte. Schweiß, von weit süßerem Aroma, als einer Frau wie ihr lieb war.

O ja, sie roch feminin, trotz ihrer ansonsten eher herben Ausstrahlung.

Der Zoom glitt tiefer, an ihrem T-Shirt hinunter, das schwer an ihrem schweißnassen Körper klebte. Ihr Atem bebte, aber sie hatte ihn weitestgehend unter Kontrolle, und Damian konnte nicht umhin, ihr räumliches Vorstellungsvermögen zu bewundern. Obwohl er sicher war, dass sie diesen Ort – wenn überhaupt – vor heute Abend nur flüchtig gekannt hatte, bewegte sie sich, als kenne sie sich hier aus.

Aber das war natürlich nur Show. Stacheln oder Federn, die sich aufrichten, um ihren Träger größer erscheinen zu lassen.

Mächtiger ...

Dieses bemitleidenswerte Wesen dort vor ihm kannte sich nicht aus.

Mehr noch: Es war vollkommen orientierungslos.

Aber sie gestattete sich nicht, darüber nachzudenken, was das für sie bedeutete. Sie ging einfach weiter. Einfach geradeaus. Sie war finster entschlossen, den Kampf aufzunehmen.

Du bist echt gut, Baby. Aber leider habe ich keine Zeit, mich noch länger mit dir zu vergnügen ...

Er hörte auf zu atmen und beschleunigte seinen Schritt.

Und als ob sie ihn instinktiv fühlte, drehte Jo Ternes sich in diesem Moment um und sah ihm, ohne es zu ahnen, direkt in die Augen.

FÜNF

1

»Rechtfertigt denn nicht Jos telefonischer Hilferuf allein schon die Durchsuchung ihrer Wohnung?«, fragte Winnie Heller, die es keine Sekunde länger an ihrem Schreibtisch aushielt.

Verhoeven, der gerade von einer kurzen Unterredung mit dem Leiter des KK 11 zurückkehrte, zuckte bedauernd die Achseln. »Hinnrichs meint nein.«

»Dann soll er einen von seinen hochheiligen Golffreunden anrufen«, versetzte Winnie Heller ärgerlich. »Da ist doch bestimmt der eine oder andere Richter dabei, der seinen Hintern mal kurz aus dem Bett schwingen und uns einen netten kleinen Durchsuchungsbefehl ausstellen könnte, oder?«

»Er ist ja dran, okay?«

»Nein.« Sie stieß sich von der Fensterbank ab und baute sich mit funkelndem Blick vor ihrem Vorgesetzten auf. »Das ist nicht okay. Das kostet uns viel zu viel Zeit. Und wenn Jo Ternes richtig Pech hat, kostet es sie vielleicht sogar das Leben.«

»Eine Frau in ihrem Job kann ganz gut auf sich selbst aufpassen«, wandte Verhoeven ohne rechte Überzeugung ein.

»Das, was ich gehört habe, klang anders«, versetzte Winnie. »Und wenn die hohen Herren nicht endlich mal in die Hufe kommen, werde ich ...«

Das Läuten von Verhoevens Telefon unterbrach ihre Wutrede.

»Die Sache ist geritzt«, verkündete ihr Vorgesetzter gleich darauf. »Wir haben die Erlaubnis, uns in Jo Ternes' Apartment umzusehen.«

Winnie klatschte triumphierend in die Hände. »Na, dann los!«

Sie nahmen Verhoevens Auto. Als sie in Frankfurt-Bockenheim ankamen, war ein Team von Spezialisten bereits vor Ort. Sie hatten die Order, kein Aufsehen zu machen. Es gab keine Streifenwagen vor der Tür und auch sonst keinen Hinweis auf Polizeipräsenz. Und da der zuständige Hausmeister ihnen im Angesicht der richterlichen Anordnung, die Hinnrichs erwirkt hatte, ohne Murren den Schlüssel zu Jo Ternes' Apartment ausgehändigt hatte, gab es noch nicht einmal Kratzspuren an der billigen Sperrholztür, die das private Reich der Reporterin von dem wenig erbaulichen Hausflur trennte.

Die Einrichtung war genauso spartanisch, wie Winnie Heller erwartet hatte, und mit leisem Schaudern stellte sie fest, dass sich Umfang und Ausstattung des Apartments nicht wesentlich von ihrem eigenen Zuhause unterschieden. Etwas, das sie bislang ganz sicher nicht gestört hätte.

Aber seit diesen sechs Wochen in Lübkes Laube ...

Sie verdrängte den Gedanken an Blumenbeete und Hängematte und gesellte sich zu ihrem Vorgesetzten, der bereits mit einem Mitglied der Spezialeinheit sprach.

»Haben Sie schon irgendwas Interessantes für uns?«, fragte sie.

»Was genau verstehen Sie unter interessant?«

»Etwas, das mit dem Verschwinden der Frau zusammenhängen könnte«, erwiderte Winnie.

»Ich verschaffe mir gerade einen ersten Überblick über die Dateien auf ihrem Laptop«, meldete sich ein Kollege des Angesprochenen zu Wort, der sich in die Ecke vor dem Balkon zurückgezogen hatte. »Und das hier könnte vielleicht was sein.«

Verhoeven und seine Kollegin traten zu ihm, und das Erste, was sie sahen, war eine Todesanzeige. *Infolge eines schrecklichen Unglücksfalls verstarb am 19. Mai 1987 meine über alles geliebte Ehefrau Anna Portner, geb. Laux, im Alter von nur 26 Jahren. Anstelle eventuell zugedachter Blumengrüße bitte ich um eine Spende für die Kinderkrebsstation der Mainzer Uniklinik, Kontonummer ...*

Unterschrieben war die Anzeige schlicht mit »*In tiefer Trauer, Jan Portner*«.

»Das ist ein Teil des Materials, das Jo Ternes für ihren Artikel über Portner verwendet hat«, erklärte der Beamte, während Verhoeven und seine Partnerin lasen. »Leider scheint sie ein sehr eigenes System gehabt zu haben, was die Ablage betrifft.«

»Und das heißt?«, fragte Verhoeven.

»Dass wir uns alles mühsam zusammensuchen müssen«, entgegnete der Beamte achselzuckend.

»Ist das Portners erste Frau?«, fragte Winnie Heller mit Blick auf die Todesanzeige, obwohl ihr der Name der Verstorbenen bereits in einem von Bredeneys Berichten untergekommen war.

Der Kollege am Laptop nickte. »Und sehen Sie mal hier.«

Die Todesanzeige wich einem Foto. Es zeigte eine schöne junge Frau mit braunen Augen und filigranen Gesichtszügen.

»Anna Laux?«, fragte Winnie.

Ihr Gesprächspartner bejahte. »Wenn ich die Notizen richtig deute, hat Jo Anfang der Woche Kontakt zu Anna Laux' Vater aufgenommen. Sie scheint ziemlich akribisch zu sein, was das angeht.« Seine Finger tippten ein paar Befehle, und gleich darauf erschien auf dem Bildschirm eine Art Gesprächsnotiz, die die Reporterin angefertigt hatte. Das Blatt war stichpunktartig aufgebaut und umfasste Bemerkungen wie: »L. hatte keinerlei Kontakt mehr zu A. seit deren Heirat mit P.« Oder auch: »Freundin von A. sagt, P. habe A. psych. misshandelt.«

»Das passt zu dem, was Bredeney und Werneuchen herausgefunden haben«, murmelte Verhoeven, ohne den Blick vom Bildschirm zu wenden.

Winnie Heller nickte. »Aber was sollte es mit Jos Verschwinden zu tun haben?«

»Vielleicht gar nichts«, antwortete ihr Vorgesetzter gedankenverloren. »Vielleicht aber auch sehr viel.«

Na toll!, dachte Winnie. Was für eine hilfreiche Antwort!

»Wir brauchen so schnell wie möglich Zugriff auf alle Dateien, die in Verbindung mit Jos Artikel stehen könnten«, sagte sie zu dem Kollegen am Laptop.

»Natürlich«, entgegnete dieser knapp. Dann wandte er sich wieder seiner Arbeit zu.

»Und wir?«, fragte Winnie.

»Sehen uns um«, antwortete Verhoeven. »Und wenn wir Glück haben, schneit Jo Ternes irgendwann einfach zur Tür rein und beschwert sich ganz fürchterlich über dieses unser Eindringen in ihre Privatsphäre.«

»Schön wär's«, sagte Winnie, obwohl sie an diese Möglichkeit ebenso wenig glaubte wie ihr Vorgesetzter.

2

»Der Zoo?«

»Ja, genau.« Winnie Heller nippte an der Cola, die Merle Olsen ihr hingestellt hatte.

Sie hatten Jos Apartment durchsucht, ein Team dort gelassen und sich für Business as usual entschieden, nachdem die Nacht ihnen keine weiteren Ergebnisse gebracht hatte. Winnie war nach Hause gefahren, hatte geduscht und ihre verschwitzten Kleider gegen ein paar frische getauscht, und nach einem kargen Frühstück hatte sie den Entschluss gefasst, bei Merle Olsen vorbeizufahren, bevor Verhoeven und sie sich in einer knappen Stunde im Frankfurter Zoo treffen würden. Wenn sie ehrlich war, beruhte diese Entscheidung vor allem auf dem Mitleid, das sie der Tierärztin gegenüber empfand. Der Blick, den Merle Olsen ihr zugeworfen hatte, gestern auf dem Friedhof, hatte sie tief getroffen, weil sie das, was dahintersteckte, nur allzu gut nachvollziehen konnte. Merle Olsens Enttäuschung darüber, dass man sie nicht in die aktuellen

Geschehnisse einbezog. Dass sie nichts anderes tun konnte, als darauf zu vertrauen, dass die Polizei den Mann, der ihr Gewalt angetan hatte, schnappte. Dass Leute wie Winnie Heller ihre Arbeit taten ...

Tja, dachte Winnie, wir tun unser Bestes. Aber spätestens seit Jo Ternes' Verschwinden war sich nicht mehr sicher, ob das genug war.

Durch die geöffnete Terrassentür wehte zum ersten Mal seit Wochen ein leises Lüftchen herein. Doch der Windhauch brachte nicht die ersehnte Abkühlung. Im Gegenteil: Man hatte eher das Gefühl, als halte einem irgendwer einen Fön vors Gesicht.

»Versuchen Sie sich bitte noch einmal genau an die Zeit Ihrer Vertretung im Zoo zu erinnern«, wandte sie sich wieder an ihre Gesprächspartnerin, die an diesem Morgen außergewöhnlich blass war. »An etwas, das Ihnen in diesem Zusammenhang vielleicht aufgefallen ist, zum Beispiel.«

Merle Olsen legte die Stirn in tiefe Furchen, während sie nachdachte.

»Kannten Sie die Leute, mit denen Sie dort zu tun hatten?«, versuchte Winnie Heller, ihr auf die Sprünge zu helfen.

»Die wenigsten von ihnen.«

»Sonst irgendetwas, das Ihnen vielleicht bemerkenswert vorkam?«

Doch auch dieses Mal antwortete die Tierärztin nicht sofort, sondern schien tief in Gedanken versunken. »Das ist seltsam«, murmelte sie nach einer Weile.

»Was?«

Merle Olsen schüttelte den Kopf.

»Bitte«, flehte Winnie. »Sagen Sie mir einfach, was Sie denken, okay? Auch wenn es Ihnen irgendwie ... Na ja, unausgegoren vorkommt.«

»Da war dieses Auto, wissen Sie.« Und wieder Kopfschütteln. »Verdammt, wieso hatte ich das einfach vergessen?«

»Was für ein Auto?« Winnie ließ den schwarzen Geländewagen mit Absicht außen vor, um Merle Olsen nicht schon von vornherein in eine bestimmte Richtung zu drängen.

»Oh, ich weiß gar nicht, was es für ein Auto gewesen ist.« Merle Olsen lachte. Und doch hatte Winnie eher den Eindruck, dass sie wütend war. »Aber darum geht es eigentlich auch nicht. Es war nur ... Ich bin während dieser Vertretung mit jemandem aneinandergerasselt, verstehen Sie?«

Winnie Heller horchte auf. »Sie meinen, im Zoo?«

Merle Olsen nickte. »Es ging bloß um irgendeine Bagatelle. Ich weiß nicht mal mehr, um was. Aber sie hielt es trotzdem für angebracht, meiner Einschätzung zu widersprechen.« In ihrem Blick lag Unverständnis. »Wissen Sie, diese Zooangestellten, die tagtäglich mit den Tieren zu tun haben, glauben immer, dass sie alles besser wissen, weil sie gewissermaßen an der Quelle sitzen. Und oft haben sie auch gar nicht so unrecht damit. Aber was die rein fachlichen Dinge angeht, insbesondere medizinische Indikationen, an denen es nichts zu rütteln gibt, muss ich natürlich gegenhalten. Dann gibt schnell mal ein Wort das andere, und in diesem speziellen Fall sind wir uns – zugegeben – ziemlich in die Haare geraten.«

»Aber es war eine Frau, mit der Sie gestritten haben?«, hakte Winnie Heller vorsichtshalber noch einmal nach.

»Ja, eine von den Pflegerinnen«, nickte Merle Olsen. »Ich erinnere mich nicht mal an ihren Namen. Aber es ging um einen jungen Löwen, das weiß ich noch.«

Trotzdem musste Winnie Heller automatisch an den Anruf im Canard denken, der Jan Portner in die Falle gelockt hatte. An die Frauenstimmte, die Cindy Felke gehört haben wollte. Falls die Barangestellte sich nicht irrte, hatte Jan Portners Mörder eine Komplizin gehabt. Oder hatten sie es gar mit einer Mörderin zu tun?

Sie griff nach ihrer Handtasche und zerrte das erweiterte Organigramm des Zoos heraus, das Werneuchen besorgt hatte. Eine daumendicke Broschüre mit flexiblem Einband, hübsch gestaltet und zum Glück auch auf dem neuesten Stand. »In diesem Prospekt finden Sie Gruppenfotos mit sämtlichen Angestellten«, erklärte sie, indem sie der Tierärztin das Heft über den Tisch reichte. »Würden Sie sich diese Fotos bitte ansehen und mir sagen, um welche der Pflegerinnen es sich gehandelt hat?«

Merle Olsen beugte sich über die Aufnahmen. »Die da!«, entgegnete sie, nachdem sie die Fotos eine Weile betrachtet hatte. »Sie trägt die Haare jetzt anders. Aber sie war es, ganz eindeutig.«

Unter dem Foto stand: ANITA MEYER, seit 2001.

»Und wie hängt diese Auseinandersetzung, die Sie mit Frau Meyer hatten, mit dem Wagen zusammen, von dem Sie sprachen?«, versuchte Winnie, die Informationen in eine sinnvolle Relation zu bringen.

»Wahrscheinlich in gar keinem.« Merle Olsen strich sich eine verirrte Haarsträhne hinters Ohr. »Der Punkt war, dass ein paar Tage nach diesem Streit ein Wagen vom Zoo vor meiner Praxis geparkt hat. Und Kira nahm an, dass diese Frau bei mir wäre, um sich bei mir zu entschuldigen.« Sie schaute hoch und musste unwillkürlich schmunzeln, als sie Winnie Hellers Gesichtsausdruck sah. »Sie verstehen kein Wort, oder?«

Winnie lächelte. »Stimmt.«

»Okay, dann versuch ich's anders.« Merle Olsen lächelte auch. »Ich hatte Kira natürlich von diesem Streit erzählt, Sie wissen schon, so wie man sich eben aufregt, wenn man Feierabend hat und den Tag Revue passieren lässt. Und ein paar Tage später kam Kira bei mir in der Praxis vorbei, um mich zum Mittagessen abzuholen, und das Erste, was sie mich fragte, als sie zur Tür reinkam, war, ob diese Pflegerin sich bei mir entschuldigt hätte.« Ihre Finger spielten gedankenverloren mit der Broschüre, die noch immer vor ihr auf dem Tisch lag.

»Ich hatte erst gar keine Ahnung, wovon sie spricht. Aber dann sagte sie, dass ein Auto vom Zoo vor der Tür stünde.«

Winnie fing an zu begreifen. »Und weil Ihre Freundin dieses Auto gesehen hatte, glaubte sie, es sei diese Tierpflegerin?«

»Genau.« Sie nickte wieder ihr energisches Nicken. »Die Straße, in der meine Praxis liegt, hat so gut wie keinen Durchgangsverkehr, wissen Sie? Wer dort parkt, ist ein Anwohner oder ein Patient beziehungsweise ein Besucher.«

»Aber es ist niemand vom Zoo bei Ihnen gewesen?«

»Nein.« Die Tierärztin schüttelte den Kopf. »Weder an dem bewussten Mittag noch sonst irgendwann.«

»Und trotzdem stand ein Auto vom Zoo vor Ihrer Praxis?«

»Ja, was das anging, muss Kira ganz sicher gewesen sein. Ich meine …« Sie zögerte. »Ich glaube kaum, dass einer von uns beiden sonst überhaupt noch mal an diese Sache gedacht hätte. Den Streit, meine ich.«

»Woher wusste Ihre Freundin, dass der Wagen zum Zoo gehörte?«, fragte Winnie Heller interessiert.

»Keine Ahnung. Ich glaube, er hatte irgendeine Aufschrift.«

»Sie glauben?«

»Wir haben nicht explizit darüber gesprochen. Irgendwann später sah Kira dann noch mal aus dem Fenster und sagte: Seltsam, aber er steht immer noch da. Das war's dann allerdings auch. Immerhin war es … Ich meine, es war doch nicht wichtig, verstehen Sie?«

»Sicher«, nickte Winnie. »Trotzdem würde ich gern noch einmal selbst mit Ihrer Freundin sprechen und sie danach fragen.«

»Klar, tun Sie das. Ich kann Ihnen gern ihre Nummer geben, wenn Sie möchten.«

Winnie Heller nickte. »Das wäre toll.«

Merle Olsen stand auf und nahm einen Zettel vom Schreibtisch. Dabei warf sie einen Blick auf die Uhr, die über dem Sofa hing. Ein hübsches Stück, sicher uralt, mit kupfernen

Zahlen. »Ich habe Ihnen hier Kiras Dienst- und zusätzlich auch ihre Handynummer aufgeschrieben«, erklärte sie, als sie zu ihrer Besucherin zurückkehrte. »Aber leider kann ich Ihnen nicht versprechen, dass Sie sie erreichen. Wenn sie Dienst hat, lässt sie ihr Handy meistens ausgeschaltet.«

»Ich versuch's einfach so lange, bis ich sie erwische«, entgegnete Winnie und steckte den Zettel ein.

Dann machte sie sich auf den Weg nach Frankfurt. Auf der Fahrt rief Bredeney an und teilte ihr mit, dass man Jo Ternes' Handy gefunden hatte.

»Es war ausgeschaltet und lag in einem Müllcontainer, ganz in der Nähe ihrer Wohnung«, schloss der Veteran des KK 11.

»Scheiße«, fluchte Winnie Heller wenig damenhaft.

»Das muss noch nicht bedeuten, dass ihr was zugestoßen ist«, sagte Bredeney.

»Klar«, fuhr sie ihn an. »Ihr hat das Design nicht mehr zugesagt, und da hat sie das Ding weggeschmissen, um sich gleich heute früh ein neues zu kaufen.« Sie fuhr sich mit der freien Hand durch die Haare. »Verdammt, ich hätte diese blöde Kuh festnageln sollen. Gleich auf dem Friedhof.«

»Hör auf, dir Vorwürfe zu machen«, schepperte Bredeneys Stimme aus dem Lautsprecher der Freisprecheinrichtung. »Eine Frau wie die Ternes tut grundsätzlich das, was sie will. Und zwar nur das.«

Winnie lächelte matt. »Netter Versuch.«

»Es ist die Wahrheit, und das weißt du«, versetzte Bredeney ohne hörbare Regung. Dann legte er einfach auf.

Winnie erreichte den Zoo eine Viertelstunde vor der vereinbarten Zeit. Während sie auf ihren Vorgesetzten wartete, versuchte sie, Kira Schönenberg zu erreichen, doch das Handy klingelte ziellos ins Leere. Winnie überlegte, der Ärztin eine SMS mit der Bitte um Rückruf zu schreiben, verwarf den Gedanken aber zunächst wieder. Trotzdem ließ das, was Merle Olsen erzählt hatte, sie nicht los.

Ein Auto vom Zoo ...

Eine Frauenstimme ...

Ein Vergewaltiger, der sich im Vorfeld seiner Taten intensiv mit den zukünftigen Opfern beschäftigte. Der ihre Gewohnheiten studierte. Das Umfeld erkundete. Wer wann wo anzutreffen war, allein oder auch nicht.

Das Klingeln ihres Handys riss sie aus ihren Überlegungen.

»Bei deinem Boss ist immerzu besetzt«, meldete sich abermals Bredeney.

»Aha.«

Zunächst eine kurze, neugierige Pause. Dann die unverblümte Frage: »Ist vielleicht irgendwas mit dem Baby?«

Winnie Heller verdrehte die Augen. »Woher soll ich das wissen?«

Sie sah ihn vor sich, wie er abwehrend die Hände hob. »Hätte ja sein können, dass er bei dir ist.«

»Noch nicht, aber wir sind verabredet.« Sie sah auf die Uhr. »Und eigentlich müsste er seit fünf Minuten hier sein.«

»Na ja«, entgegnete Bredeney, der spürte, dass ihr nicht nach Plaudern war, »wie auch immer. Ich habe jedenfalls noch mehr Neuigkeiten für euch.«

»Über Jo Ternes?«

»Nein, da hat sich leider immer noch nichts getan. Aber ich habe gerade mit Jan Portners zweiter Frau telefoniert. Du weißt schon, die, die in Hamburg lebt.«

»Und?«

»Sie hat ein bisschen rumgedruckst, aber im Grunde bestätigt sie genau das, was Jo Ternes in ihrem Artikel geschrieben hat.«

»Dass Portner ein Schwein war?«

Bredeney lachte. »Ich liebe diese unverblümte Art.«

»Hat sie irgendwas Konkretes erzählt?«

»Oh, er hat sie nie verprügelt, falls du an so was denkst«,

antwortete Bredeney. »Auf eine so banale Weise hat sich der feine Herr Chefkoch die Hände nicht schmutzig gemacht. Aber sie sagte wörtlich, dass sie nach der Scheidung Jahre gebraucht habe, bis sie es gewagt hat, sich wieder um einen Job zu bewerben.«

»Du meinst, Portner hat seinen Frauen den Schneid abgekauft?«

»So könnte man das wohl nennen.«

»Und wusste die Frau auch irgendwas über ihre Vorgängerin zu sagen? Über diese Anna Laux?« Irgendwie ließen sie Jo Ternes' Notizen, was das betraf, nicht los. *Freundin von A. sagt, P. habe A. psych. misshandelt …*

»Nur das, was Portner ihr erzählt hat.«

»Und das wäre?«

»Dass seine erste Frau eine labile, überdrehte und obendrein drogensüchtige Schnepfe war, die irgendwann vor lauter Paranoia die Nerven verloren und von einer Brücke gesprungen ist.«

Winnie Heller verscheuchte eine Fliege, die um ihren Kopf surrte, während vor ihrem inneren Auge wieder die Todesanzeige erschien, die die Kollegen auf Jo Ternes' Laptop entdeckt hatten. »Stimmt das mit den Drogen?«, fragte sie.

»Jein«, entgegnete Bredeney. »Nach allem, was wir wissen, hat Anna Laux irgendwann nach ihrer Heirat damit begonnen, mehr oder weniger regelmäßig Beruhigungsmittel zu schlucken. Lorazepam hauptsächlich, das war damals gerade groß in Mode. Erstmals verschrieben wurde ihr das Zeug übrigens ganz offiziell von ihrem Hausarzt wegen angeblicher Depressionen. Und als diese Schiene ausgereizt war und er ihr das Zeug nicht mehr so ohne weiteres verordnen wollte, hat sie es sich wohl selbst besorgt. Was ihr unter den gegebenen Umständen nicht allzu schwergefallen sein dürfte.«

»Wieso?«

»Na ja, immerhin hat sie Medizin studiert.«

»Ach, wirklich?« Winnie Heller zog überrascht die Augenbrauen hoch. »Hat sie das Studium abgeschlossen?«

»Nein, sie hat aufgehört, kurz ...«

»... kurz nachdem sie Portner geheiratet hat«, ergänzte Winnie grimmig. »Warum wundert mich das jetzt nicht?«

»Weil der Kerl ein Kontrollfreak war«, beantwortete Bredeney ihre eigentlich rhetorisch gemeinte Frage. »Er scheint es schon immer gehasst zu haben, wenn die Frauen an seiner Seite ein eigenes Leben führten.«

Er achtete auf das, was seins war, stimmte eine imaginäre Irina Portner ihm zu. *Es ging ihm darum, dass niemand unbemerkt sein Revier betreten kann ...*

Winnie Hellers Augen folgten einer Gruppe Kinder, vielleicht eine Schulklasse. Irgendetwas an diesen neuen Informationen gab ihr zu denken. Sie wusste genau, etwas daran war wichtig, aber es wollte ihr nicht gelingen, die Verknüpfung herzustellen.

»Hey, bist du noch dran?«, fragte Bredeney.

»Ja, ja, alles klar«, antwortete sie hastig.

»Bist du sicher?«

»Ich habe nur gerade an etwas gedacht.« Sie rieb sich die Stirn, während sich immer neue Stimmen in ihrem Kopf manifestierten.

Herr Portner hatte gern alles unter Kontrolle.

Mein verstorbener Mann legte großen Wert auf Diskretion ...

Für mich klang es immer ein bisschen streng, wenn er über sie sprach. Fast so, als ob sie ihm irgendwie peinlich wäre.

Die Anruferin? Na ja, sie zögerte kurz und sagte dann: Portner, guten Abend. Ich hätte gern meinen Mann gesprochen ...

Als sich unvermittelt eine Hand auf ihre Schulter legte, fuhr Winnie Heller erschrocken zusammen.

»Tut mir leid, dass ich zu spät bin«, flüsterte Verhoeven, weil er wohl annahm, dass sie ihrem Gesprächspartner am Telefon zuhörte.

Winnie Heller machte eine wegwerfende Geste. »War was mit Ihrer Frau?«

Er schüttelte den Kopf. »Bloß Stau.«

»Hast du gehört?«, wandte Winnie sich wieder an Bredeney. »Er ist da, und mit dem Baby ist alles in Ordnung.«

»Außer, dass es offenbar keine Lust hat, zu erscheinen«, stellte der Veteran des KK 11 in seiner typischen staubtrockenen Art fest, doch Winnie hütete sich, die Bemerkung an ihren Vorgesetzten weiterzugeben. Stattdessen fragte sie: »Hast du sonst noch irgendwas für uns, bevor wir uns in die Höhle des Löwen wagen?«

»Du kriegst den Hals nie voll, oder?«

»Du kennst mich doch.«

»Allerdings.«

War das etwa Anerkennung, was sie da hörte? Winnie Heller grinste und drückte auf die Taste mit dem roten Hörer. Dann wandte sie sich ihrem Vorgesetzten zu, der auch an diesem Morgen trotz der Hitze wieder ein Jackett zu seinen Blue Jeans trug. Etwas, das ihr bestenfalls ein mitleidiges Lächeln entlockte. »Wollen wir?«, fragte sie, indem sie mit dem Kinn zum Eingang des Zoos wies, wo eine ziemlich verzweifelte Lehrerin gerade versuchte, Ordnung in das Chaos ihrer Klasse zu bringen.

Verhoeven nickte. »Auch wenn wir hier vermutlich die sprichwörtliche Nadel im Heuhaufen suchen.«

Winnie Heller zog ihren Dienstausweis aus der Tasche und hielt ihn dem Mann am Kassenhäuschen unter die Nase, der das Dokument mit überraschtem Blick und einer einladenden Handbewegung quittierte. »Abwarten«, sagte sie.

3 Damian Kender sah zur Tür. Er hatte gerade wieder einmal Kristin Dobler, die nervigste Praktikantin seit Menschengedenken, aus seinem Reich, der Aufzuchtstation, vertrieben. Aber er wusste auch, dass die Ruhe, die mit ihrem Verschwinden eingekehrt war, nicht von langer Dauer sein würde. Ganz egal, wie oft er diese nervige Kuh rausschmiss, sie kam immer wieder zurück. Angeblich, weil sie lernen wollte. Aber das glaubte er ihr nicht. Tatsächlich hatte er während der ganzen Zeit, die er hier arbeitete, noch nie eine derart beschränkte Praktikantin erlebt. Schlimmer noch: Kristin Dobler war sogar so dumm, dass sie mit Freiräumen nichts anzufangen verstand. Leider war sie sich ihrer Beschränktheit auch bewusst und tat alles, um den schlechten Eindruck, den ihre Begriffsstutzigkeit machte, durch Fleiß zu korrigieren. Die Folge war, dass sie immer und überall auftauchte, um ihm über die Schulter zu schauen.

Etwas, das Damian hasste wie die Pest ...

Seine Zähne knirschten vor unterdrückter Wut, während irgendwo in weiter Ferne ein Telefon zu klingeln begann. Dabei gab es in diesem Gebäude eigentlich nur die hauseigenen Mobiltelefone, und die klingelten anders. Er hielt erstaunt inne, und die hellgrüne Wand vor ihm verschwamm, während der Klingelton in seinem Ohr die Farbe wechselte, von einem lichten synthetischen Dreiklang hin zum typisch blechernen Ton seiner Jugend.

Zu dem Ton gesellten sich die Schritte seiner Oma, die um einiges schneller waren als sonst. Immerhin war es nach Mitternacht. Und um eine solche Uhrzeit bedeutete das Klingeln eines Telefons definitiv nichts Gutes!

Damian fühlt kühlen Stein in seinem Rücken, als er sich an der Küchenwand heruntergleiten lässt, direkt unter die Durchreiche zum Wohnzimmer, die nie ganz geschlossen ist. Neben ihm atmet die Spüle noch immer die Sauberkeit, die seine Oma vor ein paar Stunden hinterlassen hat. Wie jeden

Abend. Erst kommt die Pflicht, dann ein wenig Schlaf, natürlich einäugig, damit sich auch ja niemand unbemerkt davonstehlen kann.

Nicht einmal der Tod käme unbemerkt ins Haus, denkt er und riskiert dann eilig einen Blick über den Rand.

Nebenan, im Wohnzimmer, hat seine Oma unterdessen den Hörer abgehoben. Er sieht ihren Rücken, schlaffes Fleisch über kalkarmen Knochen, die Folge einer Kindheit in sogenannten schlechten Zeiten.

Ihr Ton ist unwillig. Angst hingegen hat sie sich vor langer Zeit abgewöhnt. »Ja?« Pause. Dann: »Ach Sie, ja, ich weiß.«

Er weiß auch ...

Und wartet.

»Ja, der ist da, selbstverständlich. Aber warum ...?« Wieder Pause. Dann ein deutlich weicheres: »Ich verstehe ... Ja, sicher, Augenblick, bitte.«

Bevor sie den Hörer abgelegt hat, ist er schon in der Diele. Schnell ein paar Schritte rückwärts, dann kommt sie auch schon um die Ecke.

Aber sie ist nicht die Einzige, die einen leichten Schlaf hat.

»Was ist los?«, fragt seine Mutter, indem sie sich schützend die Hand über die Augen hält. Sie nehmen überhaupt nur noch Birnen mit zwanzig Watt. Aber selbst die sind ihr zu hell.

»Nichts«, entgegnet seine Oma, und ihr Ton ist kompromisslos wie immer. Irgendeiner muss den Laden ja schließlich am Laufen halten. »Leg dich wieder hin.«

Das »Aber« bleibt seiner Mutter buchstäblich im Halse stecken, doch sie weicht nicht zurück, so wie sonst. Und das, obwohl ihre Kräfte in den letzten Wochen sichtbar abgenommen haben.

»Eine von Damians Freundinnen ist nicht nach Hause gekommen«, entscheidet seine Oma sich kurzerhand dafür, die

Sache durch Offenheit abzukürzen. »Und ihre Mutter will wissen, ob sie vielleicht hier ist.«

»Hier?« Nora Kender dreht sich zu ihrem Sohn um. »Damian?«

»Nein, Mama«, sagt er, und ihre Erleichterung ist trotz der Mehrdeutigkeit seiner Antwort buchstäblich mit Händen zu greifen.

»Geh wieder ins Bett, Nora«, brennt sich die Stimme der Oma in seinen Rücken, und er weiß, dass er mit ihr deutlich mehr Mühe haben wird als mit seiner Mutter, die grundsätzlich alles glaubt, was zu dem passt, was sie sich so vorstellt. Und auch jetzt nickt sie, ein sechsunddreißigjähriges Kleinkind.

Dann stolpert sie zurück in das grabesdüstere Zimmer neben der Gästetoilette, das klein, quadratisch und hässlich ist, ihr aber wenigstens das Treppensteigen erspart, das ihr jeden Tag mehr Mühe bereitet.

Zurück bleiben sie beide, seine Oma und er.

Und die Stimme am Telefon ...

»Nun, Damian?«, fragt Oma, und ihren Blick wird er im Leben nie wieder vergessen.

»Wir waren alle zusammen an der Halfpipe, skaten, und anschließend haben wir noch ein Feuer gemacht und Würstchen gegrillt.« Er zuckt die Achseln. »Florentine hatte ein bisschen was getrunken, aber nicht allzu viel. Und irgendwann habe ich sie dann weggehen sehen. Keine Ahnung, wo sie hinwollte.«

Ihre Augen mustern ihn trüb, aber das täuscht. Eine Alterserscheinung, nichts anderes. Hinter der milchigen Iris verbirgt sich ein messerscharfer Verstand. »Seit wann bist du zurück?«

Die Antwort kennt sie genau.

Nicht mal der Tod käme unbemerkt ins Haus ...

»Halb elf, elf, schätze ich.«

Sie nickt. »Du musst besser aufpassen«, erklärt sie streng, bevor sie sich umdreht und ihn einfach stehen lässt. Ihr Ton ist blankgewienert von allen Emotionen. Dafür jedoch hart wie Kruppstahl.

»Inwiefern?«, hört er sich fragen, aller Gefahr, die von ihr ausgeht, zum Trotz.

Ihr Kopf fährt herum, und dieses Mal trifft ihn ihr Blick mit schneidender Schärfe. »Ich hatte noch gar nicht erwähnt, um wen es geht.«

Eine simple Feststellung. Aber das, was dahintersteckt, ist elementar und absolut charakteristisch für die Art und Weise, wie sie über ihn denkt.

Wie kann man nur so dumm sein?

»Es kommt nicht wieder vor«, sagt er, und sie wissen beide, dass er seine Blödheit meint, und zwar nur seine Blödheit.

Sie nickt noch einmal, schließlich ist sie Realistin, und schlurft dann mit hängenden Schultern zurück ins Wohnzimmer.

Zum Telefon ...

Das Erste, was sie sagt, als sie den Hörer wieder ans Ohr gehoben hat, ist: »Es tut mir leid ...«

4 »Komisch, dass Sie das fragen ...«

Winnie Heller betrachtete das Hemd des Mannes, das über dem Bauch spannte, genau wie Lübkes Hemden früher. Er schien nett zu sein, auch wenn er ihr vom Typ her überhaupt nicht lag mit seiner jovial-selbstgefälligen Art.

Verhoeven und sie hatten sich ein wenig umgeschaut und mit ein paar Angestellten gesprochen. Anita Meyer, die Pflegerin, die im Zuge von Merle Olsens Vertretungseinsätzen mit der Tierärztin in Streit geraten war, hatte die Auseinandersetzung bestätigt, aber durchaus glaubhaft versichert, dass die Sache für sie damit auch erledigt gewesen sei. Und nein, sie habe danach keinen weiteren Kontakt mehr zu Merle Olsen gehabt. Weder persönlich noch am Telefon. Zwischendurch hatte Winnie Heller Kira Schönenberg erreicht, die eine Weile überlegen musste, sich dann jedoch erinnerte, dass es sich bei dem Wagen, der ihr vor der Praxis ihrer Freundin aufgefallen war, um einen Geländewagen gehandelt habe. *Eine asiatische Marke, ich glaube, ein Hyundai.* Ziemlich neu, schwarz und mit einem Logo des Frankfurter Zoos an der Heckscheibe.

Und nun standen Winnie Heller und ihr Vorgesetzter also in der Tiefgarage neben einem pechschwarzen Hyundai Tucson, und neben ihnen stand der Mann, der gewissermaßen das Nutzungsrecht an dem gesuchten Fahrzeug innehatte und der bereits rein äußerlich das genaue Gegenteil dessen verkörperte, was sie suchten ...

»Wieso finden Sie das komisch?«

»Na, weil sich plötzlich alle Welt für mein Auto interessiert.«

Winnie Heller tauschte einen Blick mit Verhoeven. »Wer, außer uns, hat sich denn sonst noch für den Wagen interessiert?«, fragte sie alarmiert.

»Na, zum Beispiel diese Freundin von der Moni, gestern Abend.«

Freundin? Welche ...

»Welche Moni?«

»Ach ...« Eigenartigerweise schien ihr Gesprächspartner bei diesem Thema ein wenig nervös zu werden. »Is 'ne Bekannte von mir.«

»Und der Nachname?«

Er zuckte die Achseln. »Is 'ne flüchtige Bekannte.«

Na schön, dann anders!

»Können Sie die Frau beschreiben?«

Ein verständnisloser Blick. »Welche jetzt?«

Winnie sah, wie ihr Vorgesetzter entnervt die Augen verdrehte. »Die Frau, die sich gestern Abend nach diesem Auto hier«, sie legte dem Hyundai freundschaftlich eine Hand auf die Kühlerhaube, »erkundigt hat.«

»Ach so.« Nun klang ihr Zeuge fast erleichtert. »Tja, das war so 'ne Drahtige, Kleine, wissen Sie?«

»Blaue Augen und kurze dunkelblonde Haare?«

»Ja, genau.«

Verhoevens Lippen formten den Namen *Jo Ternes*, und Winnie nickte. »Bitte erzählen Sie uns von diesem Gespräch«, forderte er Fred Kaczynski auf.

Während dieser bereitwillig von seiner Begegnung mit der Reporterin berichtete, kam Winnie Heller unvermittelt ein Widerspruch in den Sinn, der ihr schon eine ganze Weile im Kopf herumspukte, ohne dass sie ihn hätte fassen können. Zuerst war sie sich nicht einmal sicher, was die plötzliche Assoziation auslöste, aber dann trug eine Brise einen Hauch von Fred Kaczynskis Aftershave zu ihr herüber, und sie hörte wie aus dem Nichts Iris Vermeulens Stimme.

Verhoeven hatte gefragt, was sie als Erstes von ihrem Vergewaltiger wahrgenommen habe. Und die Lehrerin hatte geantwortet: »Seinen Geruch.«

Dieser Scheißkerl hat nach gar nichts gerochen, protestierte eine imaginäre Merle Olsen, und Winnie erinnerte sich plötzlich, dass Iris Vermeulen sich tatsächlich sehr schnell korrigiert hatte, was das betraf. *Das heißt, es war eigentlich gar nicht sein Geruch, sondern dieses Zeug. Sie wissen schon, mit dem er mich betäubt hat ...*

Sie bedeutete ihrem Vorgesetzten mit einer knappen Geste, dass sie telefonieren müsse, und suchte sich eine ruhige Ecke. Dann wählte sie die Nummer des Gerichtsmedizinischen Instituts.

»Gutzkow«, meldete sich gleich darauf die Pathologin ihres Vertrauens.

»Ich bin's, Winnie.«

»Hallo.«

»Ich hab da eine Frage ...«

»Klar, Kindchen, tun Sie sich keinen Zwang an.«

Diese Frau wird mich nie ernst nehmen, dachte Winnie. Laut sagte sie: »Dieses Zeug, mit dem der Artist seine Opfer betäubt ...«

»Ja?«

»Im Bericht steht, dass es sich dabei um Isofluran handelt ...«

Dr. Gutzkow schnaubte beifällig. »Ein volatiles Anästhetikum mit einer sehr zuverlässigen hypnotischen Wirkung, wie gesagt.«

»Das Zeug riecht ziemlich stark, nicht wahr?«

»Stark und stechend«, bestätigte die Pathologin.

Winnie Heller nickte. »Ich habe gelesen, dass Isofluran wegen seiner schleimhautreizenden Eigenschaften in der Humanmedizin schon seit längerem keine Rolle mehr spielt, stimmt das?«

»Das ist korrekt«, knurrte Dr. Gutzkow. »Wenn man ein volatiles Anästhetikum verwenden will, ist heute in aller Regel Sevofluran das Mittel der Wahl, weil es einen angenehm milden Geruch hat und die Atemwege nicht unnötig reizt. Man kann es sogar bei Kindern problemlos anwenden.«

»Und in der Tiermedizin?«, folgte Winnie einer spontanen Eingebung.

»Da sieht's anders aus«, erklärte die Pathologin. »Soweit ich informiert bin, ist Isofluran dort sogar das einzige zugelassene Mittel.«

Winnie Heller riss die Augen auf.

»Aber wenn Sie wollen, kläre ich das noch mal ab.«

»Oh ja, tun Sie das bitte«, rief Winnie und legte auf.

Kein Zweifel, der Kreis zog sich enger. Da war das schwarze Auto mit dem Zoo-Logo, da war die Tierärztin, die auf Reptilien spezialisiert war, da war ein Betäubungsmittel, das in der Humanmedizin keine Anwendung mehr fand, dafür jedoch in der Tierheilkunde absolut gängig zu sein schien. Winnie Heller rieb sich die Stirn. Aber was war in diesem verdammten Fall eigentlich Ursache und was Wirkung? Während sie nachdachte, wurde der graue Beton der Tiefgarage unter ihrem Blick zu einer Fassade, und erst mit ein paar Sekunden Verzögerung registrierte sie, dass es Jan Portners Villa war, die da vor ihrem inneren Auge erstand. Jener seelenlose Kasten, der mit der neuesten Sicherheitstechnik ausgerüstet war, weil Jan Portner es nicht ertragen hatte, wenn irgendjemand unbemerkt sein Revier betrat. Aber das System hatte eine Schwachstelle, und irgendjemand hatte dem Artisten – oder auch Jan Portners Mörder – freiwillig oder unfreiwillig von dieser Sicherheitslücke erzählt ...

Winnie Heller dachte an den Schatten, der über das Gesicht der Russin gehuscht war, als sie sie danach gefragt hatte.

Haben Sie irgendwem erzählt, wie die Alarmanlage Ihres Hauses funktioniert?

Natürlich nicht, hatte die junge Russin geantwortet. Warum sollte ich über so was sprechen?

Vielleicht, weil du dir nichts dabei gedacht hast, dachte Winnie. Vielleicht hast du der betreffenden Person vertraut. Vielleicht wärst du nie im Traum auf die Idee gekommen, dass diese Person damit irgendetwas anfangen könnte. Der Möglichkeiten waren viele. Aber der Anruf, der Jan Portner in den Tod gelockt hatte, war von einer Frau gekommen ...

Winnie biss sich auf die Lippen, als eine plötzliche Erinnerung ihr buchstäblich den Atem raubte. Der Friedhof. Portners Begräbnis. Und am offenen Grab seine Witwe, die irgendjemanden erblickt, mit dem sie nicht gerechnet hat. Ihr Gesicht spiegelt freudiges Erkennen, sie schickt sich sogar an, grüßend die Hand zu heben. Doch dann verändert sich der Ausdruck auf ihrem Gesicht, und die Freude weicht einer elementaren Irritation.

Winnie zog ihr Handy wieder aus der Tasche und wählte Bredeneys Nummer. »Sag mal, habt ihr inzwischen rausgefunden, wer diese Krankenschwester ist, die in Jo Ternes' Artikel zitiert wird?«, fragte sie, als der Kollege sich meldete. »Du weißt schon, die, die behauptet hat, die Portner habe total eingeschüchtert gewirkt, sobald ihr Mann auf der Bildfläche erschienen sei.«

»Tjaaaaa, das ist wieder so eine Sache für sich«, antwortete der Veteran des KK 11, und seine Stimme troff vor unterdrücktem Ärger. »Wir haben uns auf der Station umgehört, auf der die Portner gelegen hat, aber du weißt doch, wie das ist, wenn einer vorschnell aus dem Nähkästchen geplaudert hat. Sobald man die Leute auf irgendwas festnageln will, ist es keiner gewesen.«

»Jo Ternes würde uns natürlich sagen können, um wen es sich handelt«, sagte Winnie mehr an sich selbst als an ihren Kollegen gewandt. »Nur leider können wir sie im Moment nicht danach fragen.«

»Aber was versprichst du dir eigentlich davon, dich mit der betreffenden Krankenschwester zu unterhalten?«, fragte Bredeney.

»Ich weiß nicht genau«, gab sie zu. »Aber ich bin auf der Suche nach jemandem, dem sich Irina Portner anvertraut haben könnte. Jemand, der gewusst haben könnte, wo die Schwachstelle im Sicherheitssystem der Villa liegt.«

»Vielleicht eine Freundin?«, schlug Bredeney vor.

Ich habe keine Freunde, widersprach Irina Portner in Winnie Hellers Kopf.

Und genau das ist der interessante Punkt, dachte Winnie.

Du hast keine Freunde. Und doch hast du irgendjemandem erzählt, dass das Fenster vor der Gästetoilette als einziges im gesamten Haus nicht gesichert ist ...

»Warum fragst du nicht einfach die Portner selbst, wem sie von der Alarmanlage erzählt hat?«, wollte indessen Bredeney wissen.

»Weil sie es mir nicht verraten wird.«

»Warum nicht?«

Winnie Heller überlegte einen Augenblick. »Weil sie denkt, dass sie schlecht dabei aussieht. Und vermutlich auch, weil sie davon ausgeht, dass wir ihr eine gewisse Mitschuld zuschieben werden, wenn sie zugibt, derart unvorsichtig gewesen zu sein.«

Bredeney gab ein zustimmendes Grunzen von sich. »Und was ist mit Jos Laptop?«, schlug er vor. »Das Ding ist zwar noch immer nicht vollständig ausgewertet, aber vielleicht können die Kollegen ja gezielt nach entsprechendem Datenmaterial suchen.«

Winnie dachte an die knappen Abkürzungen in Jo Ternes' Notizen: *A. sagt, dass B. davon ausgeht ...*

»Einen Versuch ist es allemal wert«, sagte sie wenig hoffnungsvoll. »Bitte kümmer dich drum, ja?«

»Mach ich«, versprach Bredeney.

Winnie drückte auf den Hörer mit der roten Taste und gesellte sich wieder zu ihrem Vorgesetzten, der das Gespräch mit Kaczynski soeben beendet hatte. Auf seiner hohen Stirn stand der Schweiß, und sie fragte sich im Stillen, wann er endlich sein Jackett ablegen würde.

»Ich habe unserem Zeugen ein Foto gezeigt, und er hat Jo Ternes eindeutig identifiziert«, erklärte er, indem er sie ein Stück beiseite zog.

»Also hat sie gestern Nachmittag aller Wahrscheinlichkeit nach diesen Wagen dort«, Winnie wies mit dem Kinn auf den Hyundai, »am Wiesbadener Südfriedhof gesehen.«

»Anzunehmen«, stimmte Verhoeven ihr zu. »Vermutlich hat das Zoo-Logo sie auf die richtige Spur gebracht.«

»Und mir erzählt diese dämliche Kuh was von einem Mercedes«, echauffierte sich Winnie Heller.

»Das war ganz und gar nicht ungeschickt von ihr«, widersprach ihr Vorgesetzter. »Sie wusste genau, dass Sie ihr nicht abnehmen, gar nichts gesehen zu haben. Also nennt sie die richtige Farbe, aber ein falsches Fabrikat. Und zwar eins, das man zumindest auf eine große Distanz durchaus mit dem Hyundai verwechseln könnte.«

»Sie hat also den Hyundai samt Logo am Südfriedhof beobachtet«, resümierte Winnie. »Und wahrscheinlich hat sie sogar gesehen, wie der Mann, den wir verfolgt haben, eingestiegen und abgefahren ist. Aber ...« Sie runzelte die Stirn. »Wie passt dieser Fred da rein? Ich meine, das ist definitiv nicht der Kerl, dem ich nachgelaufen bin.«

»Das ist richtig«, lächelte Verhoeven. »Und obendrein auch zu erklären.«

»Und wie?«, fragte Winnie.

»Fred Kaczynski hat den Hyundai gestern Nachmittag verliehen.«

»Verliehen? An wen?«

»An einen Kollegen, der eine Sendung aus den USA vom Frankfurter Flughafen abholen sollte. So was kommt nach Freds Angaben mehrmals die Woche vor, immerhin handelt es sich bei dem Fahrzeug gewissermaßen um einen Dienstwagen, der vom Arbeitgeber getragen wird.«

Winnie Heller sah ihren Vorgesetzten voller Spannung an. »Und dieser Kollege, dem er den Wagen regelmäßig leiht, heißt ...?«

»Kender.« Verhoeven blickte auf den Notizblock in seiner Hand hinunter. »Damian Kender.«

Sie zog die Stirn kraus. »Damian?«

Verhoeven nickte.

»Seltsamer Name.«

»Der Vater war Amerikaner. Er hat seine deutsche Ehefrau sitzenlassen, nachdem er bei einem seiner Besuche in der Heimat jemand anderen kennengelernt hatte. Damals war der gemeinsame Sohn gerade mal sieben Monate alt.« Verhoeven zuckte mit den Achseln. »Das ist zumindest die Version, die Fred erzählt«, fügte er einschränkend hinzu.

»Dann sollten wir uns diesen Kender wohl mal ansehen, oder?«

»Allerdings.«

»Haben Sie eine Ahnung, wo wir ihn finden?«

»Er arbeitet als Tierpfleger im Exotarium.«

Winnie Heller sah ihren Vorgesetzten an. »Dort hat Sarah Endecke mit ihrem Bekannten Geburtstag gefeiert und Merle Olsen einen Nashornleguan behandelt.«

»Ich weiß«, sagte Verhoeven.

»Und Isofluran, das Anästhetikum, mit dem der Artist die Frauen betäubt, findet heutzutage nur noch in der Tiermedizin Anwendung.«

Da ihm diese Information neu war, zog Verhoeven die Augenbrauen hoch. »Mir ist da auf der Herfahrt übrigens noch etwas eingefallen«, verkündete er nach einem Moment des Nachdenkens. »Bislang haben wir doch nur bei drei von fünf Opfern eine eindeutige Verbindung zum Zoo nachweisen können, nicht wahr?«

Winnie Heller nickte. »Iris Vermeulen, Sarah Endecke und Merle Olsen.« Sie zuckte die Achseln. »Tatiana Schwarz war zwar, wie gesagt, auch schon mal hier, allerdings lange vor der Tat.«

»Aber sie arbeitet in Frankfurt, nicht wahr?«

»Ja, sie hat einen Job in einem Bioladen am Hauptbahnhof.«

»Und Fred Kaczynski hat mir erzählt, dass Damian Kender, obwohl er einen Wagen besitzt, oft S-Bahn fährt.«

»Genau wie Frau Schwarz«, rief Winnie, die erkannte, worauf ihr Vorgesetzter hinauswollte.

»So ist es.«

»Dann könnten sie sich also im Zug begegnet sein.«

»Im Zug oder am Bahnhof«, stimmte Verhoeven ihr zu.

Winnie Heller sah wieder zu dem Hyundai hinüber. »Also, für mich sieht das nach einer verdammt heißen Spur aus.«

»Langsam«, entgegnete Verhoeven, und allein für dieses eine Wort hätte Winnie ihren Vorgesetzten schon wieder an die Decke klatschen können. »Denken Sie, dass Sie Kender wiedererkennen würden, wenn er unser Mann vom Friedhof wäre?«

Sie nickte. »Ich glaube schon.«

»Und er Sie?«

Winnie dachte an den Augenblick, in dem sich der Mann zu ihr umgedreht hatte. An ihre Blicke, die sich für einen flüchtigen Moment gekreuzt hatten. »Keine Ahnung«, musste sie widerwillig einräumen, auch wenn ihr klar war, welche Konsequenzen dieses Eingeständnis haben würde. »Möglich wär's.«

»Gut«, entschied Verhoeven. »Dann sehe ich mir den Burschen jetzt erst mal allein an und versuche, ein Foto von ihm zu machen.« Er hielt sein Handy hoch. »Und falls er es ist, kümmern wir uns um Verstärkung, bevor wir ihn uns zur Brust nehmen.«

»Mein Gott, was bin ich doch für ein Idiot!«, rief Winnie Heller in diesem Augenblick inbrünstig.

Verhoeven lachte. »Wieso?«

»Ich habe doch dieses Organigramm mit den Fotos von allen Zoomitarbeitern dabei.« Sie zog die Broschüre, die sie zuvor bereits Merle Olsen gezeigt hatte, aus der Handtasche. »Es gibt zwölf Reviere«, erklärte sie, während sie eifrig blätterte. »Und jedes dieser zwölf Reviere hat seine eigene Seite … Warten Sie, hier ist es: EXOTARIUM.« Ihre Augen überflogen das Gruppenfoto und anschließend die unter dem Bild aufgeführten Namen. »Scheiße, aber Kender ist offenbar nicht dabei«, resümierte sie, als sie sicher war.

»Vielleicht hatte er Urlaub oder war krank, als die Aufnahmen gemacht wurden«, mutmaßte Verhoeven. »Oder aber, er ist noch nicht lange genug hier beschäftigt.«

Vielleicht hasst er es auch einfach nur, fotografiert zu werden, dachte Winnie. Vielleicht ist er von Haus aus vorsichtig. Laut sagte sie: »Dann werden Sie wohl doch von Ihrer Handykamera Gebrauch machen müssen.«

»Tja«, entgegnete ihr Vorgesetzter. »Sieht so aus.«

»Viel Glück!«, rief sie ihm hinterher, als er schon fast um die Ecke war.

Verhoeven drehte sich nicht um, sondern hielt nur triumphierend das Handy hoch, und Winnie Heller dachte, dass er vermutlich akribisch darauf achten würde, dass das Foto des potenziellen Serienvergewaltigers, das er schießen würde, nicht in den Ordner mit den Bildern seiner Familie rutschte ...

5. *Du musst besser aufpassen!*
Damian Kender hielt sich die Ohren zu, doch die Stimme seiner Großmutter wollte einfach nicht verstummen. Einzig das Bild, das vor seinem inneren Auge stand, passte nicht dazu. Es war ein Knopf. Eine Blume.

Da fällt mir ein, dass Flo ihre Strickjacke vergessen hat ...

Flo hat immer alles vergessen, dachte er. Ganz im Gegensatz zu ihrer Mutter.

Er schloss die Augen und sah sich selbst im Schatten einer alten Platane stehen. Auf der anderen Straßenseite sind die Rollläden ganz heruntergelassen. Einzig oben, im Badezimmer, brennt noch Licht hinter den schmutzigen Jalousien.

Er kann das Wasser hören, das über Florentine Redings nackten Körper rinnt, seit zwanzig Minuten. Mindestens. Ihre Mutter sitzt vor der verschlossenen Badezimmertür und fleht sie an, mit ihr zu reden. Ihr von Angesicht zu Angesicht zu erzählen, was sie im Grunde längst weiß und doch nicht wahrhaben will.

Aber Florentine will nichts erzählen.

Florentine will vergessen. Ganz wie immer ...

Bitte, Schatz, du musst mit mir kommen. Wir müssen zur Polizei.

Da wird Flo-Schatz nicht mitmachen, denkt er. Das schlechte Gewissen eines Mädchens, das seinen Vergewaltiger bis zur Tat eigentlich »unheimlich süß« fand, ist ein starker Verbündeter für den Täter. Und das schlechte Gewissen einer Mutter, die kein Interesse an ihrem eigenen Kind hat, ist ein noch stärkerer ...

Er weiß genau, er hat nichts zu befürchten. Deshalb, und nur deshalb, kann er hier in aller Seelenruhe unter der Platane stehen.

Am Horizont dämmert derweil ein neuer Morgen herauf. Das Tintenschwarz des Himmels ist über den Hügeln bereits deutlich aufgehellt. Spätestens in einer halben Stunde werden die ersten Vögel zu singen beginnen. Eigentlich eine schöne Tageszeit, denkt er und genießt die Ruhe, die nur von einem leisen Blätterrauschen hier und da unterbrochen wird. Irgendein weit zurückliegendes Gewitter, dessen Nachwehen eine leise Brise über den Rheingau treiben.

Du musst besser aufpassen!

Damian Kender erschrak, als die gläserne Futterschale für die Makifrösche in seinen Händen mit einem leisen Knirschen zersprang. Er fluchte leise vor sich hin, während er sein Blut wegwischte und anschließend die Glassplitter in den Eimer für die gebrauchten Spritzbestecke entsorgte. Warum, in aller Welt, meldete sich seine Großmutter an diesem Vormittag so penetrant zu Wort? Sie sprach doch auch sonst nie zu ihm. Was veranlasste sie zu diesen Warnungen?

Jo Ternes konnte ihm keinen Ärger mehr machen, definitiv nicht.

Und Florentine hatte doch bereits vor vielen Jahren vergessen ...

Bedeutet Damian nicht so viel wie der Mächtige?

Er dachte an Karolin Redings Lachen, stark und unbeugsam. Und an den Morgen, an dem er von ihrem Tod erfahren hatte. Noch während seiner Ausbildung war das gewesen. Sie hatte ihn Tags zuvor aufgesucht, so wie viele Male vorher. Ihn heimzusuchen war zu einer Art Lebensaufgabe für sie geworden, nachdem die behandelnden Ärzte ihre Tochter in die geschlossene Abteilung einer Psychiatrischen Klinik eingewiesen hatten, weil Florentine in den Monaten nach der Tat nicht nur ihren Vergewaltiger, sondern darüber hinaus auch mehr und mehr sich selbst vergessen hatte. Stets hatte sie ein Foto ihrer Tochter bei sich, das sie ihm unter die Nase hielt wie eine sichtbar gewordene Anklage.

Nur bei diesem ihrem letzten Besuch, das war ihm sofort aufgefallen, hatte sie das Foto in ihrer Handtasche gelassen. Da hatte sie ihre Entscheidung, sich ein paar Stunden später vor einen heranrasenden Güterzug zu werfen, vermutlich längst getroffen.

Dass sie diesen Weg wählte, hätte er trotzdem nie für möglich gehalten. Immerhin war ihre Tochter zwar ein Wrack, aber noch am Leben, was bedeutete, dass Karolin Redings Freitod im Grunde einem »Sich-aus-der-Verantwortung-Ziehen« gleichkam. Auch wenn der horrende Erlös aus dem Verkauf des Verlages ihrer verwirrten Tochter lebenslang beste Unterbringung und Behandlung garantierte.

Beim Abschied hatten sie einander lange in die Augen gesehen. Und zum ersten und einzigen Mal in seinem Leben hatte Damian so etwas wie Angst empfunden. Da war etwas in

Karolin Redings Blick gewesen, etwas, das er nicht beschreiben konnte. Fast so, als wolle sie sich aus irgendeinem Grund jedes Detail seines Gesichts einprägen, damit sie ihn auch ja wiedererkannte, wenn's drauf ankam ...

Du entkommst mir nicht, Damian. Ganz egal, was passiert.
Irgendwann wirst du bezahlen für das, was du uns angetan hast.

»Sieh mich an«, hatte sie gesagt, »ich bin bereit, meinen Teil der Verantwortung zu tragen, falls man in diesem Zusammenhang überhaupt von Verantwortung sprechen kann. Aber was ist mit dir? Wirst auch du bezahlen, wenn es so weit ist?«

Damians Hände schlossen sich fester um den Eimer. Der Zeigefinger seiner rechten Hand blutete noch immer.

Du musst besser aufpassen!
Wie kann man nur so blöd sein?!

Er wickelte ein Taschentuch um seine Hand und trat aus der Tür.

Am Fuß der Treppe lag ein verlorener Haarreif, rosa, mit kleinen weißen Margeriten darauf.

Ansonsten war wenig los heute. Zu heiß. Zu stickig. Die Leute hatten allmählich die Nase voll vom Sommer, so viel war klar. Damian sah nach oben, wo das Wasser der Kaimane noch mehr als sonst nach Kloake stank, und dachte an die Frau, die er gejagt hatte, heute Nacht. An den Geruch ihrer Angst. An die unbeugsame Stärke in ihrem Blick. Fast wie bei Karolin Reding, auch wenn die beiden vom Typ her völlig verschieden waren. Aber Jo Ternes konnte ihm nicht mehr gefährlich werden.

Oder?

Seine Augen wanderten die Treppe hinunter. Zwei alte Damen, die eine mit Stock. Dazu ein junger Vater mit drei Kindern, von denen mindestens eins nicht sein eigenes ist. Ein Stück weiter rechts der Rücken eines Mannes, groß und schlank, jedoch alles in allem eher unsportlich. Er trägt trotz der Affenhitze ein Jackett über dem Arm und blickt nachdenklich über das Geländer der Zisterne. Aber das ist es nicht ...

Es ist etwas anderes! Damian spürte, wie sich seine Muskeln verhärteten. Ja, verdammt, er kannte dieses Profil! Gesichtszüge, Silhouetten, Gerüche waren Dinge, die sich ihm nahezu automatisch einprägten. Schon damals, während seiner Friseurlehre, hatte er jede noch so unscheinbare Kundin sofort zuordnen können. Kaum dass die betreffende Frau über die Schwelle getreten war, hatte er gewusst, wie das Mischverhältnis ihrer Farbe lautete, welche Zeitschriften sie bevorzugte und ob man leicht mit ihr ins Gespräch kam oder nicht. Diese Fähigkeit hatte ihm einen ganzen Haufen Trinkgeld eingetragen, weil es den Leuten immer schmeichelte, wenn man sich an sie erinnerte. Und das Profil von dem Kerl da unten hatte er definitiv schon mal irgendwo gesehen!

Und zwar ...

Ja, und zwar im Zusammenhang mit den Entwicklungen der letzten Wochen!

Damian fühlte, wie es in seinen zerschnittenen Fingerspitzen zu kribbeln begann.

Das bedeutete eindeutig nichts Gutes, auch wenn der Mann wirklich alles tat, um wie ein gewöhnlicher Zoobesucher auszusehen.

Aber mich verkaufst du nicht für dumm, mein Freund!

Er trat eilig einen Schritt zurück, als er sah, dass der Mann sich anschickte, die Treppe heraufzukommen. Und endlich fiel ihm nun auch ein, wo er ihn hinstecken sollte.

Der Volvo-Fahrer!

Mister Ungeduld ...

Die Wut beschleunigte seinen Herzschlag, während sein Gehirn fieberhaft nach dem Fehler suchte, den er gemacht hatte. Gemacht haben *musste*. Das hier war kein dummer Zufall. Die Polizei hatte Irina Portner observiert. Sie waren auf dem Friedhof gewesen. Und nun tauchten sie hier auf. In seinem Revier. Und die alles entscheidende Frage war: Warum?

Du hast nicht gut genug aufgepasst, spottete die Stimme seiner Oma hinter seiner Stirn. *Ich hatte noch gar nicht erwähnt, um wen es geht ...*

Damians Augen fixierten die kleinen Aquarien in der Wand gegenüber, während er sich langsam rückwärts bewegte. »Die Unsichtbaren« stand dort über dem Becken mit den Indischen Glasbarschen. Daneben waren passenderweise die Saisonfische untergebracht, überschrieben mit »Und sie leben nur einen Sommer ...«

Seine Hand fand den Griff der Tür, die zum Glück noch immer halb offen stand, sodass er keine Zeit mit dem Schlüssel verlor. Lautlos glitt er hinter das Glas und zog dann mit einer entschiedenen Bewegung die Tür hinter sich zu.

Nur wenige Sekunden später hatte das Plätschern der Pumpen das Geräusch seiner Schritte verschlungen.

6 Das Restaurant Sombrero befand sich am Rand des Zoogeländes, ganz in der Nähe des Eingangs Rhönstraße, ein Souterrain-Lokal, durch dessen übermannshoch angesetzte Fenster man die Beine vorbeieilender Passanten betrachten konnte. Die Wände über den halbhohen Vertäfelungen waren voll mit pseudomexikanischer Deko und obendrein orange gestrichen, was Winnie Hellers ohnehin nicht gerade entspanntes Nervenkostüm einer zusätzlichen Belastungsprobe unterwarf – zumal sich die Farbe auch bei den Servietten und der Schürze der Bedienung wiederfand.

Winnie wischte sich entnervt die Haare aus der Stirn, während sie mit wachsender Sorge über die Frage nachdachte, warum Verhoeven so gottverdammt lange brauchte, um ein einziges Foto zu schießen. Die Bedienung kam ein-, zweimal an ihrem Tisch vorbei, ohne Winnie Heller auch nur eines Blickes zu würdigen, was diese nicht persönlich nahm. Die hier und da aufblitzende Freundlichkeit der jungen Frau war ihr offenbar längst nicht so in Fleisch und Blut übergegangen, dass sie sich längere Zeit durchhalten ließ. Und so wechselten Phasen offensichtlicher Patzigkeit mit halbherzigen Lächelversuchen.

Um sich die Zeit zu verkürzen, beschloss Winnie, ihre Handtasche aufzuräumen. Dabei fiel ihr der Zettel in die Hände, auf den Merle Olsen die Telefonnummern geschrieben hatte, unter denen ihre Freundin zu erreichen war. *Handy privat*, hatte die Tierärztin neben die obere der beiden Zahlenreihen geschrieben. Darunter stand: *dienstl.: Paulinen-Klinik ...*

Winnie Hellers Finger zupften gedankenverloren an der Ecke des quadratischen Papiers.

Die Paulinen-Klinik ...

Irina Portner ist dort erst vor ein paar Wochen stationär behandelt worden, erinnerte sie ein imaginärer Bredeney.

Eine Krankenschwester, die aus dem Nähkästchen plauderte ...

Die Lebensgefährtin eines Vergewaltigungsopfers, die im selben Krankenhaus arbeitete ...

Und ein toter Gastronom, dessen Frau sich dort nur wenige Wochen vor der Tat einer Routineoperation unterzogen hatte ...

Winnie Heller schob ihre leere Kaffeetasse von sich, während immer neue Gedankenfetzen in ihrem Kopf aufblitzten.

Ein Krankenhaus ...

Starke Beruhigungsmittel ...

Volatile Anästhetika ...

Und eine Medizinstudentin, die sich das Leben nimmt,

weil sie es mit dem Mann an ihrer Seite ebenso wenig aushält wie die beiden Frauen, die ihr folgen werden ...

Völlig irrational musste Winnie auch jetzt wieder an den Spiegel über Jan Portners Ehebett denken. An seinen Kontrollwahn. An die Angst in den Augen seiner Witwe. *Manche Dinge haben einen langen Atem*, hörte sie wie aus dem Nichts Verhoevens sonore Stimme sagen. *Hass zum Beispiel. Oder Rachsucht.*

Rachsucht ...

Winnie merkte, wie sie wieder zu schwitzen anfing, obwohl die Temperatur in diesem Lokal dank einer lauten, aber effektiven Klimaanlage bei angenehmen einundzwanzig Grad lag. Jemand, der sich an Jan Portner rächen will und der – warum auch immer – die Identität jenes Mannes kennt, den die Medien nur den Artisten nennen ...

Irgendjemand, der von den Taten weiß, ist sauer auf Portner, gab ein imaginärer Hinnrichs ihr recht. *Der Betreffende nimmt Kontakt zu unserem Mann auf und erklärt ihm, dass er ihn auffliegen lässt, falls er sich nicht bereitfindet, bei den Portners einzusteigen und die Dame des Hauses zu vergewaltigen. Und dann wartet er irgendwo in einem Versteck darauf, dass der Artist die Villa verlässt ...*

Nein, nicht irgendwo, dachte Winnie Heller. Am Pool der Portners! Der Abdruck, den Juhls Leute gefunden haben, hätte von der Größe her genauso gut von einer Frau stammen können. Von einer Frau, die im Schatten des Gästehauses darauf gewartet hatte, dass der Artist sein Teufelswerk vollendete. Dass Irina Portner außer Gefecht gesetzt war. Dass sie freie Bahn hatte. Und als es so weit ist ... Winnie wischte sich die schweißnassen Hände an ihrer Jeans trocken. Als es so weit ist, ruft die betreffende Frau im Canard an.

Sie war überrascht, stimmte Cindy Felke ihr zu. *Sie hat einen Moment gezögert. So als ob sie mit jemand anderem gerechnet hätte und erst überlegen müsste, was sie sagen soll ...*

Aber die Unbekannte reagiert schnell. Sie gibt sich als Jan Portners Frau aus, und es gelingt ihr tatsächlich, Cindy Felke zu täuschen. Aber was war mit Portner selbst? Winnie Heller runzelte irritiert die Stirn. Der hatte doch unter Garantie sofort gehört, dass es sich bei der Anruferin nicht um seine Frau handelte.

Also war es jemand, den er kannte, schloss sie. Sonst hätte er der Aufforderung dieser Frau niemals so bereitwillig Folge geleistet und wäre nach Hause gefahren ...

Vielleicht hatte Jan Portner der betreffenden Frau vertraut.

Oder sie gar nicht erst für voll genommen.

Das würde zu ihm passen, dachte Winnie mit einem Anflug von Bitterkeit.

»Woll'n Sie noch was?«, fragte in diesem Augenblick die unmotivierte Kellnerin mit einem wenig überzeugenden Lächeln auf den strichdünnen Lippen.

»Eine Cola«, nickte Winnie.

»Normal oder Light?«

»Zero.«

»Zero ha'm wa nich.«

»Dann light.«

Die Antwort der Bedienung bestand aus einem genuschelten »Hm«, doch Winnie Heller stand im Augenblick nicht der Sinn danach, sich über ihre Unfreundlichkeit zu ärgern. Angenommen, die unbekannte Frau, die in Portners Restaurant angerufen hat, wollte sich an ihm rächen, griff sie ihre Theorie wieder auf, dann bedeutet das zugleich, dass diese Frau auch ein Motiv für den Mord an Portner hat. Etwas, auf das die Polizei stoßen könnte, wenn sie danach sucht. Es sei denn ... Winnie nickte stumm vor sich hin. Es sei denn, die ganze Sache sieht so eindeutig nach Notwehr aus, dass von vornherein darauf verzichtet wird, nach einem Motiv zu suchen. Und genau aus diesem Grund brauchte unsere Unbekannte die Mithilfe des Artisten, so wenig freiwillig sie auch gewesen sein mag!

Aber woher hat sie gewusst, wer er ist?, widersprach ihr Verstand. Um seine Identität zu enthüllen, hätte sie doch zumindest über ein gewisses Maß an Hintergrundwissen verfügen müssen. Das wenige, was der breiten Öffentlichkeit über die Vergewaltigungsserie bekannt war, hätte niemals ausgereicht, um die richtigen Schlüsse zu ziehen. Selbst dann nicht, wenn unsere Unbekannte obendrein auch noch Glück gehabt hätte ... Oder?

Wissen Sie was, Heller?, knurrte Jakob Fox, ihr alter Ausbilder, hinter ihrer Stirn. *Sie können Ihre Arbeit tun. Sie können akribisch sein und alles bedenken, und trotzdem kommen Sie keinen Schritt weiter. Das sind die Fälle, die Sie irgendwann entnervt ad acta legen, und – glauben Sie mir, Heller – es werden im Verlauf Ihrer Karriere verdammt viele Fälle sein, von denen Sie sich auf diese Weise verabschieden. Aber manchmal kommt Kommissar Zufall ins Spiel. Irgendwas, auf das Sie keinen Einfluss haben und das Ihnen, vielleicht lange nachdem Sie mental mit der Sache durch sind, das alles entscheidende Puzzleteilchen in die Hände spielt ... So was nennt man dann Glück!*

Was also, überlegte Winnie, wenn der Person, die die Identität des Artisten aufgedeckt hat, tatsächlich der Zufall in die Hände gespielt hätte?

Sie nickte der Bedienung zu, die ihre Cola brachte, als sich unvermittelt ein neuer Gedanke manifestierte: Hatten sie sich nicht immer wieder an der Tatsache gestoßen, dass der Artist akribisch gut über das persönliche Umfeld seiner Opfer informiert war, andererseits jedoch niemand im Vorfeld der Taten irgendeine Auffälligkeit bemerkt zu haben schien?

Aber vielleicht stimmt das gar nicht, spann Winnie den Gedankengang weiter. Vielleicht ist er doch aufgefallen. Unserer Unbekannten, zum Beispiel, die ihr Wissen lediglich für sich behielt, weil es ihr nützlich schien ...

Der Punkt war, dass ein paar Tage nach diesem Streit ein Wagen vom Zoo vor meiner Praxis geparkt hat, flüsterte Merle Olsen in ihrem Kopf.

Winnie trank einen Schluck von ihrer Cola. Merle Olsen, die Frau, die jede noch so kleine Information sammelt, die sie über ihren Vergewaltiger bekommen kann. Die trotz Gegenwind mit Vehemenz darauf besteht, die anderen Opfer über die Tathergänge zu befragen. Die unbedingt wissen will, wann, wo, wem irgendetwas aufgefallen ist. Und die dennoch aus dem, was sie hört, nicht die richtigen Schlüsse zieht.

Sie nicht, resümierte Winnie. Aber vielleicht ihre Freundin ...

Irgendwann sah Kira dann noch mal aus dem Fenster und sagte: Seltsam, aber er steht immer noch da. Aber das war's dann auch. Immerhin war es ... Ich meine, es war doch nicht wichtig, verstehen Sie?

O doch, dachte Winnie, wenn meine Theorie stimmt, war es sogar sehr wichtig. Und als die Kollegen nach der Tat gefragt haben, ob Merle Olsen jemanden bemerkt habe, der sie in den letzten Wochen oder Tagen beobachtet haben könnte, ist Kira Schönenberg der schwarze Hyundai mit dem Zoo-Logo eingefallen ...

Sie griff zum Telefon und rief im Präsidium an.

Dieses Mal meldete sich Werneuchen.

Winnie berichtete ihm in knappen Worten von ihrem Gespräch mit Merle Olsen, dem Hyundai, den Jo Ternes aller Wahrscheinlichkeit am Südfriedhof gesehen hatte, und von Damian Kender, von dem Verhoeven hoffentlich gerade ein Foto schoss. »Aber ich versuche jetzt erst mal, mir Klarheit über ein paar zeitliche Abläufe zu verschaffen«, erklärte sie, als sie geendet hatte.

»Sicher, worum geht's?«

»Kannst du mir sagen, wann genau Irina Portner in der Paulinen-Klinik gelegen hat?«

Werneuchen sah nach. »Sie ist dort auf den Tag genau heute vor fünf Wochen entlassen worden.«

»Also noch vor Merle Olsens Vergewaltigung«, resümierte Winnie. »Richtig?«

»Richtig.«

»Aber *nach* dem Überfall auf Iris Vermeulen?« Winnie hörte das Klappern einer Computertastatur.

»Genau«, bestätigte Werneuchen kurz darauf. »Iris Vermeulen wurde in der Woche vergewaltigt, in der Irina Portner im Krankenhaus lag. Und zwar drei Tage vor deren Entlassung.«

»Okay.« Winnie Heller vergrub die Stirn in der freien Hand, während ihre Gedanken wild durcheinandersprangen. »Kannst du rausfinden, wann und wo die erste Frau Portner, also Anna Laux, Medizin studiert hat?«

»Das kann ich dir sogar aus dem Stegreif sagen«, erklärte Werneuchen stolz. »Wir haben nämlich endlich die Daten von Jos Laptop vorliegen, und die hat ihre Hausaufgaben wirklich gemacht.«

»Das glaube ich unbesehen«, entgegnete Winnie, während für einen kurzen Moment das schlechte Gewissen wieder Raum griff. Und die Angst, Jo nicht lebend zu finden.

»Anna Laux hat in Tübingen studiert und ihr Studium zwei Semester vor dem Abschluss abgebrochen«, erklärte unterdessen Werneuchen, »was von ihren Kommilitonen kaum jemand fassen konnte. Sie war nämlich eine der Besten ihres Jahrgangs.«

»Bis sie Portner kennengelernt hat«, schloss Winnie.

»Tja, damit hatte keiner gerechnet«, pflichtete Werneuchen ihr bei. »Zumal Anna bis dato von Kerlen nicht allzu viel wissen wollte.«

»Was?« Winnie Heller richtete sich so abrupt auf, dass die Bedienung erschrocken den Kopf wandte.

»Anna Laux galt allenthalben als lesbisch«, antwortete

Werneuchen. »Umso geschockter reagierten die Leute natürlich auf die Affenliebe, mit der sie plötzlich an Portner hing.« Er räusperte sich. »Der scheint übrigens damals schon herzlich wenig Sympathien gewonnen zu haben«, ergänzte er dann. »Obwohl er als junger Kerl zugegebenermaßen überaus attraktiv gewesen ist.«

Nicht nur als junger Kerl, dachte Winnie mit einer leisen Gänsehaut. »Tust du mir einen Gefallen?«

»Sicher doch.«

»Könntest du für mich in der Paulinen-Klinik anrufen und dich in der Verwaltung nach einer Internistin namens Kira Schönenberg erkundigen?«

»Klar. Was genau interessiert dich?«

»Wann und wo sie studiert hat«, antwortete Winnie Heller.

»Dachte ich's mir doch.« Ein Lächeln färbte seine Stimme eine Nuance dunkler. »Bleib mal dran, okay?«

»Ja«, entgegnete Winnie. Und mit einem angesichts des strahlenden Sonnenscheins draußen seltsam irreal anmutenden Gefühl banger Unruhe setzte sie hinzu: »Sei so gut und beeil dich, ja?«

7

»Herr Kender?« Kristin hatte ihr dümmliches Lächeln gelächelt. »Jaaaaa, der müsste aber eigentlich da sein ...«
Er kann ihre Stimme bis in sein Versteck hören, obwohl das technisch eigentlich gar nicht möglich ist. Aber das Adrenalin in seinen Adern schärft seine Sinne. Er weiß, jetzt gilt es. Das ist der Moment der Entscheidung. Er oder der Kerl dort drüben, der sich nach langem Überlegen entschlossen hat, ausgerechnet Kirsten anzuquatschen, die unfähigste Praktikantin seit Menschengedenken.

Jetzt gehen sie gerade die Treppe hinauf, Seite an Seite,

und gleich werden sie an der Tür zur Aufzuchtstation stehen bleiben. Kristin wird eine Weile überlegen, ob sie es sich leisten kann, ihren Schlüssel zu benutzen, ohne um Erlaubnis zu fragen, und dann wird ihr Mr. Volvo seinen Dienstausweis unter die Nase halten. Der Typ ist durchaus nicht dumm. Er hat eine ganze Weile versucht, die Sache mit Unauffälligkeit anzugehen, aber inzwischen ist ihm klar, dass irgendwas nicht stimmen kann. Also setzt er seine Prioritäten neu ...

Damian schob den Kopf ein paar Zentimeter weiter um die Ecke, um besser sehen zu können. Ihm war klar, dass ihm jetzt nicht mehr viel Zeit blieb. Aber das machte nichts. Es war im Grunde dasselbe wie mit dem Brötchenholen. Entweder man schaffte das, was man zu tun hatte, in der vorgegebenen Zeit, oder man verdiente es nicht, zu gewinnen.

Damians Augen scannten den Rücken seines Kontrahenten.

Das gesamte Auftreten dieses Kerls forderte förmlich dazu heraus, ihn zu unterschätzen. Dabei war er ganz und gar nicht ohne. Was das betraf, war sich Damian inzwischen sehr sicher. Rein äußerlich gab er den netten Mann von nebenan, und wahrscheinlich pisste er im normalen Leben auch tatsächlich niemandem unnötig ans Bein. Aber das tat er mehr, um nicht ständig in unnötige Kleinkriege verwickelt zu werden, die nur Kraft kosteten und niemandem irgendwas brachten. Dieser Kerl dort war viel zu klug, um sich und seine Ideale in nutzlosen Grabenkämpfen zu verschleißen. Und er brauchte dergleichen auch nicht für sein Ego – wie so viele andere. Aber wenn's irgendwann mal wirklich drauf ankam, konnte er unter Garantie sehr, sehr unangenehm werden. Damian nickte. Ein menschlicher Steinfisch, gewissermaßen.

Auf jeden Fall ein Lauerjäger ...

Mr. Volvos Nackenmuskeln sind gespannt, und sein hellblaues Hemd klebt am Rücken, weil die Schwüle ihn schwitzen lässt. Warum er ein Sakko über dem Arm trägt, ist Damian nach wie vor schleierhaft, vielleicht verbirgt sich darunter ja etwas, das nicht jeder sehen soll. Oder aber Mr. Volvo ist ganz einfach einer von diesen Überkorrekten, die selbst bei Tropenhitze nie ohne Jackett aus dem Haus gehen.

Ja, dachte Damian, das würde passen!

Kristin ist es endlich gelungen, die Tür zu öffnen, und sie lässt ihm den Vortritt, devot, wie sie ist. Bevor sich die beiden allerdings allzu genau da drin umsehen, wird er sie erst mal ein bisschen beschäftigen. Sich selbst einen Spielraum verschaffen. Denn – darauf verwettet er seinen Arsch – selbst wenn Mr. Volvo im Augenblick noch allein ist, ist es nur eine Frage der Zeit, bis es hier von Bullen nur so wimmelt.

Wenn er nur wüsste, womit er sich verraten hat ...

Vielleicht, denkt er, hat es mit dem Nachttierhaus zu tun, mit dem Zettel, dem Auftrag.

Ich weiß, was Sie getan haben. Stichtag ist morgen Abend, Punkt 23:00 Uhr. Achten Sie darauf, dass Sie alles so machen, wie Sie es immer tun. Und dann verschwinden Sie ...

Worauf du dich verlassen kannst, denkt er und tritt aus der Tür, die den Versorgungsgang hinter den Terrarien vom öffentlichen Teil des Gebäudes trennt.

Er steigt ein paar Stufen hinauf, öffnet einen anderen Zugang und genießt die abgestanden-trockene Hitze, die ihn einhüllt wie ein Kokon, kaum dass er die Tür hinter sich geschlossen hat. Um ihn herum ist das Surren der Technik, doch alle anderen Geräusche scheinen wie abgeschnitten. Lediglich wenn man ganz genau hinhört, kann man hier und da ein leises Knacken wahrnehmen, das aus den improvisierten Wüstenlandschaften dringt, die sich links von ihm aufreihen, Mikrokosmen voller Leben und Erfindungsreichtum. Es ist das Knacken von Chitin, das wohl beste Outdoor-Material überhaupt, entworfen für die wahren Regenten auf diesem Planeten.

Sein Blick streift Feuchtschaben, Stabschrecken, Kakerlaken, während das Adrenalin in seinen Adern seine Sinne immer mehr schärft. Ein flüchtiges Rascheln unter trockenen Blättern. Das Platzen einer Puppe, ein leises, kaum wahrnehmbares Plopp, dann junge, knirschende Beine, die sich durch die verbleibenden Reste wühlen, ans künstliche Licht, das vom Deckel des Terrariums herunterbrennt.

Damian lächelt. »Willkommen im Chaos«, flüstert er. Doch stehen bleibt er vor einem anderen Terrarium ...

Das, was er sich dort vorgenommen hat, ist in wenigen Sekunden getan. Auch weil er hier buchstäblich aus dem Vollen schöpfen kann. Sie kleben überall. An den trockenen Ästen, auf den Steinen, dem grobsandigen Boden. Damian Kender beugt sich ein Stück vor und taucht seine Hand mit dem Köcher tief hinein. Das Fangnetz fährt mitten durch sie hindurch, schwarzschillernd ringeln sich die kompakten Körper übereinander. Bilden blauschwarze Klumpen mit flirrenden Rändern. Er hört ein leises Zischen, wann immer mehrere von ihnen ineinanderrasseln. Das Klopfen von Panzern aufeinander. Wie lebende Knackfrösche. Aus einem quillen gelb die Innereien.

Die Tierchen sind ganz offenbar in Aufruhr.

Gut so!

Damian Kender schließt die Abdeckung, kehrt zur Tür zurück und sondiert sorgfältig die Lage, bevor er sich zurück wagt, aus den Kulissen zurück auf die Szene, dorthin, wo man ihn sehen kann. Geschickt verbirgt er den Köcher hinter seinem Rücken und wartet auf einen günstigen Augenblick, ohne die Tür aus den Augen zu lassen, hinter der Mr. Volvo die dumme Kirsten noch immer wie nebenbei über Herrn Kenders Gewohnheiten ausfragt.

Dann geht er in die Knie, lässt die Riesentausendfüßler auf den Boden oberhalb der Treppe gleiten und zieht sich so schnell wie möglich wieder zurück in die gluckernde Welt hinter dem Glas.

Ein aufmerksamer Betrachter hätte vielleicht den fleischfarbenen Fleck seines Gesichts hinter dem Wasserflirren bemerken können, das einen feinen, türkisfarbenen Schatten auf die Tür zur Aufzuchtstation wirft. Doch als die entsetzten Schreie aus dem Obergeschoss den Volvo fahrenden Bullen nur wenige Augenblicke später aus eben dieser Tür stürmen lassen, hat der keine Gelegenheit, auf solche Details zu achten. Genau genommen hat er sich nicht einmal die Zeit zugestanden, sein Jackett mitzunehmen …

8 Winnie Heller riss das Handy ans Ohr, kaum dass es zu klingeln begonnen hatte. »Ja …?«

»Hallo. Spreche ich mit Frau Heller?«

Eine Frau? Überrascht ließ Winnie das Gerät sinken und warf einen Blick auf das Display. Doch die Nummer, die dort angezeigt war, sagte ihr gar nichts. »Und Sie sind …?«

»Amanda Kerr.«

Na toll! Ausgerechnet … »Oh, hi. Nett, dass Sie anrufen.«

Die Psychologin klang, als würde sie lächeln. »Ich störe Sie gerade bei irgendwas Wichtigem, oder?«

»Nein … Das heißt, im Grunde bin ich … Das heißt …« Verdammt, Winnie, reiß dich zusammen! »Eigentlich ja.«

»Ich mach's kurz.«

»Ja?«

»Wie Sie wissen, ist in Fällen wie dem Ihren von der diensthabenden Behörde eigentlich eine Mindestanzahl von Gesprächen vorgesehen.«

Eigentlich …

Winnie Heller rieb sich die Stirn. Duftete das etwa nach Morgenluft? »Möglich«, antwortete sie ausweichend, während sie im Stillen bereits weiterdachte. Wenn Dr. Kerr nur einen neuen Termin hätte machen wollen, dann hätte sie doch auch einfach ihre Sekretärin anrufen lassen können, oder nicht?

»Wie gesagt, das Prozedere ist üblicherweise ein anderes«, fuhr die Psychologin in diesem Augenblick fort. »Aber da ich inzwischen Ihre Einstellung kenne, wollte ich auch nicht einfach so einen neuen Termin mit Ihnen vereinbaren ...«

Stopp! Moment mal! Winnie runzelte argwöhnisch die Stirn. »Meine Einstellung wozu?«, fragte sie.

»Sehen Sie, ich könnte jetzt hingehen und es uns beiden leicht machen, indem ich einfach ein Formular ausfülle, stimmt's?«

»Stimmt.« Winnie seufzte. »Und warum habe ich das Gefühl, dass Sie genau das nicht tun werden?«

Ein belustigtes Kichern. »Haben Sie das?«

»Na schön«, stöhnte Winnie, der nicht der Sinn nach Spielchen stand. »Wie oft?«

»Wie oft was?«

»Wie oft muss ich noch bei Ihnen aufschlagen, um diesen Wisch zu bekommen, den mein Boss haben will?«

Jetzt lachte Dr. Kerr aus voller Kehle. »Heißt das, Sie sind bereit, die vorgeschriebene Anzahl von Gesprächen mit mir zu führen?«

Winnie Heller antwortete mit einer Gegenfrage: »Hab ich irgendeine Wahl?«

Die Psychologin schwieg einen Augenblick. Dann erklärte sie, nun wieder völlig ernst: »Ich kann Ihnen nur das sagen, was meine Seite betrifft. Und die sieht so aus, dass ich während unseres Gesprächs den Eindruck gewonnen habe, dass Sie mit der Erfahrung, die Sie machen mussten, durchaus gut zurechtkommen. Sogar bemerkenswert gut, wenn man Ihr Alter bedenkt«, fügte sie nach kurzem Überlegen hinzu.

Winnie glaubte, ihren Ohren nicht zu trauen.

»In meinen Augen sind Sie eine ehrgeizige, lebenstüchtige junge Beamtin mit einer gesunden Einstellung zur Sache und guten Instinkten«, schloss Amanda Kerr, »und genau das werde ich Ihrem Vorgesetzten auch berichten.«

»Danke«, entgegnete Winnie mechanisch. Das war so ziemlich das Letzte, was sie erwartet hatte!

»Keine Ursache.« Es klang durchaus glaubhaft, wie die Psychologin das sagte. »Und wenn Sie irgendwann doch mal das Gefühl haben, dass Ihnen etwas auf der Seele liegt, scheuen Sie sich bitte nicht, mich anzurufen.«

Winnie schüttelte ungläubig den Kopf. »Okay«, sagte sie. Und dann noch einmal: »Danke.«

»Dann will ich Sie nicht weiter stören«, versetzte Dr. Kerr unsentimental. »Viel Erfolg weiterhin und alles Gute.«

Und bevor Winnie Heller sich ein drittes Mal bedanken konnte, hatte sie die Verbindung auch schon unterbrochen.

Winnie nahm das Handy vom Ohr und starrte fassungslos auf das Display hinunter. »GESPRÄCHSDAUER: 2,32 Min.« stand dort, dann erlosch auch diese Anzeige und hinterließ einen dunklen Monitor.

Konnte es tatsächlich möglich sein, dass irgendetwas in ihrem Leben mal ohne Komplikationen verlief? Sie lehnte sich zurück und ertappte sich dabei, nach einem Pferdefuß zu suchen. Nach irgendeinem Hinweis auf eine Falle, die man ihr gestellt hatte. Einem Trick.

Vielleicht bin ich doch verkorkster, als ich mir eingestehe, überlegte sie, während ihre Augen ziellos über die pseudoaztekischen Dekorationen an der gegenüberliegenden Wand glitten. Doch das war im Moment ihr geringstes Problem. Während sie darauf wartete, dass sich Werneuchen endlich mit den gewünschten Informationen zurückmeldete, kehrten ihre Gedanken zu Kira Schönenberg zurück. Was, wenn Merle Olsens Lebensgefährtin Jan Portner tatsächlich von früher her gekannt hätte? Was, wenn sie damals gar ihre Freundin an ihn verloren hatte? Eine Freundin, die sie nicht nur sitzenließ, sondern Portners wegen obendrein auch eine vielversprechende Karriere wegwarf, um sich nur wenige Jahre später das Leben zu nehmen?

Winnie zupfte nachdenklich an ihrer Unterlippe. Jan Portner hatte längere Zeit im Ausland verbracht und mehrfach den Wohnort gewechselt. Was, wenn er und Kira Schönenberg einander nur durch einen dummen Zufall wieder über den Weg gelaufen waren? Weil Portners aktuelle Frau für ein paar Tage ins Krankenhaus gemusst hatte ...

»Winnie?«, drang in diesem Augenblick Werneuchens Stimme aus dem Handy.

»Ja?«

»Du hattest recht: Kira Schönenberg hat auch in Tübingen studiert. Und zwar exakt zur selben Zeit wie Anna Laux.«

Obwohl sie auf diese Neuigkeit im Grunde schon vorbereitet gewesen war, nahm die plötzliche Gewissheit Winnie für einen Moment den Atem.

»Ich habe mich auch nach ihrer Station erkundigt«, fuhr Werneuchen unterdessen fort, »und erfahren, dass Frau Schönenberg auf der Inneren arbeitet. Irina Portner hingegen hat auf der Gynäkologie gelegen.«

»Das muss nichts besagen«, wischte Winnie den vorsichtigen Einwand mit einer knappen Geste vom Tisch. »Portner und sie können einander trotzdem begegnet sein. Vielleicht hat sie ihn in der Eingangshalle oder auf dem Flur gesehen, als er seine Frau besucht hat. Immerhin wissen wir von den Schwestern auf der Station, dass er während ihres Aufenthalts jeden Tag dort war.«

Herr Portner hatte gern alles unter Kontrolle ...

»Stimmt«, räumte Werneuchen ein. »Und passen würde es allemal.«

Es würde *alles* passen, resümierte Winnie, während sie mit der freien Hand eine Reihe von imaginären Kreisen auf die Tischplatte zeichnete. Kiras offensichtliche Verärgerung, als ich Merle Olsen danach gefragt habe, ob sie schon mal mit einem Mann liiert gewesen sei. Und auf der anderen Seite ihre Bereitschaft zu helfen. Ja, dachte Winnie, sie hat mir sehr wertvolle Informationen zugespielt, wo immer sie konnte, ohne sich verdächtig zu machen. Sie hat ihre Lebensgefährtin an die Vertretung im Zoo erinnert, die Merle Olsen vermutlich von sich aus erst gar nicht erwähnt hätte. Und als sie heute Morgen mitgekriegt hat, dass wir uns tatsächlich mit dem Zoo beschäftigen, hat sie rasch noch einmal nachgelegt: *Ja, ich erinnere mich an den Wagen. Er parkte nur ein paar Schritte vom Eingang zu Merles Praxis entfernt auf der anderen Straßenseite. Es war ein Geländewagen. Eine asiatische Marke, ich glaube, ein Hyundai ...*

»Aber wie sollte das alles in der Praxis abgelaufen sein?«, riss Werneuchens Stimme sie aus ihren Überlegungen. »Ich meine, Portner mag Kira Schönenberg vor zwanzig Jahren ziemlich ans Bein gepinkelt haben. Gut und schön. Aber seinen Tod zu beschließen, bloß weil sie ihn nach zwanzig Jahren auf dem Flur eines Krankenhauses wiedertrifft ...«

»So einfach wird es nicht gewesen sein«, widersprach Winnie. »Das sind im Augenblick natürlich alles nur Vermutungen, aber ich würde darauf tippen, dass sie ihn wiedererkannte und sich daraufhin zunächst mal erkundigt hat, was er in dieser Klinik tut.«

»Woraufhin ihre Kollegen ihr erzählt haben, dass er seine Frau besucht.«

»Nicht nur das.« Winnie nippte an ihrer Cola. »Wenn ich mich nicht irre, ist es in etwa so gewesen: Kira fragt die Kollegen auf der Gynäkologie nach Irina Portner und erfährt denselben Klatsch, den Jo Ternes in ihrem Artikel zitiert hat. Du weißt schon, dass die Portner total eingeschüchtert wirke, sobald er auftaucht, und so weiter und so fort. Das wiederum erinnert Kira fatal an die Entwicklung, die ihre Freundin damals genommen hat, und sie beginnt, sich näher mit Irina Portner zu beschäftigen.«

»Du meinst, sie holt Erkundigungen über Portners aktuelles Leben ein?«

Winnie schüttelte den Kopf. »Ich würde eher annehmen, dass sie ganz gezielt das Gespräch mit Frau Portner gesucht und im Zuge dieser Unterhaltungen nach und nach auch deren Vertrauen gewonnen hat.«

»Okay, da sitzen also zwei Frauen und tauschen sich über die bösen Männer aus«, resümierte Werneuchen mit Skepsis in der Stimme. »Und irgendwann in einem dieser Gespräche sagt die Portner plötzlich: Ach, übrigens, und wenn du mal bei uns einbrechen willst, dann nimm das Toilettenfenster im zweiten Stock?«

»So nun auch nicht«, sagte Winnie mit einem leisen Lächeln. »Aber die beiden haben sich mit Sicherheit auch über Portners Charakter unterhalten. Darüber, dass er stets und um jeden Preis verhindern will, dass jemand sein Revier betritt.« Ihr Blick blieb an einer pseudoaztekischen Maske hängen. »In diesem Zusammenhang könnte Irina Portner auch die Alarmanlage erwähnt haben. Und Kira Schönenberg hat daraufhin so beiläufig wie möglich das Terrain sondiert.«

»Hm«, machte Werneuchen, der noch immer nicht restlos überzeugt war. »Aber wie kommen wir von dort zu Merle Olsens Vergewaltigung?«

»Zufall«, entgegnete Winnie Heller lapidar. »Vielleicht hatte Kira Schönenberg irgendwas anderes mit Portner vor. Vielleicht hatte sie auch gar nichts vor. Aber dann will es der Zufall, dass ihre Lebensgefährtin Opfer eines Serienvergewaltigers wird.« Sie überlegte kurz. »Das war für Kira mit Sicherheit ein Schock, denn sie hängt meiner Einschätzung nach sehr an ihrer aktuellen Freundin. Aber Merle verrennt sich mehr und mehr in die Jagd nach dem Täter, sie kauen die Sache immer wieder durch, und so erfährt Kira ohne eigenes Zutun mehr über den Vergewaltiger, als ihr vielleicht sogar lieb ist.«

»Moment«, unterbrach sie Werneuchen. »Was sollte sie denn über ihn erfahren haben? Wir wussten doch selbst nichts.«

»Das ist nicht ganz richtig«, korrigierte ihn Winnie. »Wir wussten, zu welcher Tageszeit er üblicherweise zuschlägt. Wie er ins Haus kommt. Womit der die Frauen außer Gefecht setzt. Und ... das Allerwichtigste: Wir wussten, dass er seine Opfer vor der Tat beobachtet.« Sie dachte an das Gespräch, das sie mit Dr. Kerr geführt hatte. *Wie würden Sie diese Frauen beschreiben?* Und: *Würden Sie eine von ihnen als übertrieben vorsichtig einstufen?* »Bei allen Frauen, die der Artist sich bislang ausgesucht hat, handelt es sich um extrem starke Persönlichkeiten. Sie sind sich aus den unterschiedlichsten Gründen ihrer selbst sehr sicher. Entweder weil ihnen noch nicht viel Schlimmes widerfahren ist. Oder, im Gegenteil, weil sie schon so viel durchgemacht haben, dass sie denken, viel schlimmer kann es gar nicht kommen. Aber worauf auch immer diese Selbstsicherheit gründet: Die Kehrseite ist, dass die betreffenden Frauen sich dem Trugschluss hingeben, übertriebene Vorsicht nicht nötig zu haben.«

»Allmählich verstehe ich, worauf du hinauswillst«, sagte Werneuchen. »Die Kollegen von K 12 haben alle Opfer explizit nach Auffälligkeiten im Vorfeld der Tat gefragt, und trotzdem hat sich Merle Olsen selbst rückblickend nichts dabei gedacht, dass kurz vor der Vergewaltigung ein schwarzer Geländewagen vor ihrer Praxis gestanden hat, der dort nicht hingehört.«

»Wohl aber ihre Freundin«, ergänzte Winnie. »Und vielleicht hat Kira sogar mehr gesehen, als sie zugibt.«

»Angenommen, sie hätte diesen Hinweis aus eigenem Antrieb weiterverfolgt und wäre auf den Bezug zum Zoo beziehungsweise auf diesen Kender gestoßen«, spann Werneuchen den Faden weiter. »Und weiter angenommen, sie hätte tatsächlich einen Beweis dafür gefunden, dass er der gesuchte

Serienvergewaltiger ist ... Warum, um alles in der Welt, hat sie den Mann dann nicht angezeigt?«

»Ich fürchte, das ist alles hochkompliziert«, stöhnte Winnie. »Erstens wissen wir nicht, ob es tatsächlich so gewesen ist. Und falls ja, kennen wir Kira Schönenbergs Persönlichkeit nicht. Vielleicht denkt sie, die Vergewaltigung ist sowieso nicht rückgängig zu machen, ganz egal, ob der Täter nun in Haft sitzt oder nicht. Wieso ihn nicht dazu benutzen, sich ungestraft an einem Mann zu rächen, der eine andere Art von Dreck am Stecken hat?«

»Das wäre aber eine höchst fragwürdige Form von Moral.«

»Sicher«, gab Winnie ihm recht. »Immerhin musste Kira davon ausgehen, dass der Artist immer weiter macht, wenn sie ihr Wissen nicht nutzt und ihn anzeigt ...«

Der Gedanke ließ sie beide in nachdenkliches Schweigen verfallen.

»Wir brauchen ihre Schuhgröße«, sagte Winnie nach einer Weile.

»Und Einsicht in ihren Dienstplan«, ergänzte Werneuchen.

»Angeblich hatte sie Nachtdienst, als Portner erschossen wurde«, erinnerte sich Winnie plötzlich.

»Ich überprüfe das«, versprach Werneuchen. »Und auch, ob sie gegebenenfalls trotzdem weg konnte.«

»Check bitte auch ihre Handyverbindungen. Wenn sie im Canard angerufen hat, hat sie das vermutlich nicht von einem der Krankenhausapparate aus getan.«

Werneuchen gab einen zustimmenden Laut von sich.

»Ich muss Schluss machen«, erklärte Winnie, als sie die eiligen Schritte ihres Vorgesetzten in ihrem Rücken hörte. »Gib mir Bescheid, sobald du mehr weißt.«

Dann drehte sie sich zu Verhoeven um, doch die Frage, die sie stellen wollte, blieb ihr buchstäblich im Halse stecken. Seine Miene war todernst.

»Ich glaube, er hat den Braten gerochen.«

»Wie das?«

»Keine Ahnung, aber ich habe ihn gar nicht erst zu Gesicht gekriegt.«

Winnie wartete darauf, dass er mehr sagte, aber er zog erst mal sein Handy aus der Tasche und warf sein Jackett auf den freien Stuhl neben ihr.

»Ich habe Verstärkung angefordert«, erklärte er, während seine Finger bereits eine neue Nummer tippten. »Wir müssen uns hier alles ganz genau ansehen. Außerdem habe ich auch veranlasst, dass ein Team zu seiner Wohnung geschickt wird.«

»Aber …«

»Augenblick!« Er hob die Hand, um ihr zu signalisieren, dass er einen Gesprächspartner am anderen Ende der Leitung hatte. Dann nannte er seinen Namen und seine Dienststelle und erklärte anschließend in einem Tonfall, der dazu angetan war, jedweden Widerspruch im Keim zu ersticken: »Wir brauchen so schnell wie möglich Einsicht in die Personalakte eines Ihrer Mitarbeiter. Es handelt sich um einen Tierpfleger mit Zuständigkeit für Exotarium und Nachttierhaus. Der Name ist Kender. Damian Kender.« Er hörte eine Weile schweigend zu, bevor sich seine Züge allmählich ein wenig entspannten. »Gut«, sagte er. »Wir kommen rüber.«

9 War es nicht einfach unfassbar, wie das Leben so spielte? Damian Kender betrat das Zoo-Gesellschaftshaus durch einen selten benutzten und deshalb meist verschlossenen Seiteneingang und lenkte seine Schritte zielsicher auf eine kleine Treppe zu, die ihn auf einen Gang im Hochparterre führte. Er war im Schutz der ausbrechenden Panik noch einmal kurz zurückgehuscht, in die Aufzuchtstation, um ein paar Sachen zu retten. Kleinigkeiten, die zurückzulassen ihm aus irgend-

welchen Gründen, die er sich selbst nicht erklären konnte, schwergefallen wäre. Seine Tasse, zum Beispiel. Die mit dem Chamäleon, die die Kollegen ihm geschenkt hatten. An der hing er irgendwie. Und Mr. Volvos Jackett hatte so einladend auf einem Hocker gelegen ...

Er blieb stehen und zog das Foto, das er erbeutet hatte, aus der Brusttasche seines Hemdes.

Sieh an, sieh an, sieh an!
Wenn das kein bemerkenswertes Zusammentreffen war ...
Die Apothekerin und ihre wildgelockte Tochter mit dem wachen Blick!

Apothekerinnen nannte er Frauen, die trotz einer ausgeprägten Beobachtungsgabe und guter Instinkte am liebsten schnelle Einordnungen vornahmen. Schublade auf, Eindruck rein, Schublade zu. Er lächelte, während seine Augen von Silvie Verhoevens markanten Zügen hinunter zum aufgewecktfröhlichen Gesicht ihrer Tochter glitten. Hatte er das nicht gleich gesagt, schon damals, als er ihr zum ersten Mal begegnet war? Dass sie bei aller Eigenständigkeit keine Frau war, die ihre Kinder allein großzog, sondern höchstwahrscheinlich einen Mann hatte, der beruflich sehr angespannt war – so sehr, dass er alles Häusliche liebend gern ihr überließ ...

In seiner Lehrzeit als Friseur hatte er eine Kundin gehabt, die mit einem Kriminalbeamten verheiratet war. Noch dazu mit einem, für den sein Job mehr als nur ein Job war. Diese Kundin hatte eine ähnlich fatalistische Selbstständigkeit ausgestrahlt wie die Frau, die Damian jetzt aus dem harmlosen Schnappschuss heraus anlächelte. Auch sie war daran gewöhnt gewesen, ihr Leben um die Dienstzeiten ihres Mannes herum zu organisieren, ohne dabei nennenswert auf seine Mithilfe bauen zu können.

Damian nickte stumm vor sich hin. Nach Hause zu fahren hatte keinen Zweck mehr, so viel immerhin war ihm klar. Aber das machte nichts. Er war noch nie ein Mensch gewesen, der sich irgendwas vormachte. Er hatte immer gewusst, dass dieser Tag kommen würde. Und alles, was auch nur den geringsten Wert für ihn hatte, steckte in einem Schließfach am Bahnhof. Er vergaß nie, nach Dienstschluss dorthin zu fahren, um Geld nachzuwerfen. Und er hatte das Schließfach in den vergangenen Wochen darüber hinaus mehrmals gewechselt. Niemand würde ihn je zweimal zur gleichen Zeit am gleichen Ort antreffen. Vorhersehbar zu sein war einfach nur dumm.

Er nahm einen Schlüssel aus der Tasche und öffnete eine Tür zur Rechten. Dahinter lag ein Lagerraum, der seit Jahren nicht benutzt wurde. Mehr noch, er wurde nicht einmal mehr gereinigt. In den Regalen lag der Staub fingerdick. Damian ging in die Knie und zog seinen Notfallkoffer aus dem Versteck. Bargeld. Kreditkarten. Und die Waffe, die sein Vater in der Wohnung seiner Mutter zurückgelassen hatte, als er zu einem Besuch in die Staaten aufgebrochen und nicht mehr zurückgekehrt war. Damian verachtete seinen Vater, und doch hatte Jack Waldo Billington seinem Sohn zwei sehr nützliche Dinge hinterlassen: eine 45er und obendrein einen Namen, von dem kaum jemand wusste. Damian lächelte, als er den Koffer öffnete und seine Pflegerkleidung gegen ein unauffälliges City-Outfit tauschte. Er würde etwa eine Stunde brauchen, um die Sachen vom Bahnhof zu holen und sich ein anderes Auto zu besorgen. Den Nissan hatte er abgeschrieben. Es war sowieso viel sicherer, U-Bahn zu fahren, auch wenn alle Welt das Gegenteil behauptete.

Damian schob die Waffe in den Bund seiner Jeans, steckte Bargeld und Kreditkarten ein und zuletzt den Ausweis, den er – genau wie die 45er – seinem untreuen Vater verdankte. Damian Stephen Billington. Geboren am 27. Mai 1974 in Eltville am Rhein, Deutschland. Bürger der Vereinigten Staaten von Amerika, in die er noch nie im Leben einen Fuß gesetzt hatte und vermutlich auch nie im Leben setzen würde. Aber das schlechte Gewissen eines Menschen war nun einmal ein starker Verbündeter. Das traf auf eine Verlegerpersönlichkeit wie Karolin Reding ebenso zu wie auf einen US Lieutenant, der Frau und Kind sitzenließ, um in seiner alten Heimat noch einmal ganz von vorn anzufangen, ohne Sprachbarriere und ohne Altlasten im Gepäck.

Sieh mich an, ich bin bereit, meinen Teil der Verantwortung zu tragen, falls man in diesem Zusammenhang überhaupt von Verantwortung sprechen kann. Aber was ist mit dir, Damian?

Wirst auch du bezahlen, wenn es so weit ist?

Er wischte den Gedanken beiseite und schob den Hartschalenkoffer in sein Versteck zurück.

Vorhin, auf dem Weg hierher, hatte er Mr. Volvo noch einmal von weitem gesehen. Da war er in Begleitung der kleinen Pummeligen gewesen, die ihm gestern auf dem Friedhof so dicht auf den Fersen gewesen war. Nebenbei bemerkt eine von den ganz Gefährlichen. Einerseits auf eine beinahe vernachlässigte Weise unscheinbar, dabei aber blitzgescheit und obendrein trotz ihrer jungen Jahre bereits ganz schön gebeutelt. Er wäre jede Wette eingegangen, dass man in ihrer Vergangenheit ein großes und dunkles Geheimnis finden konnte. Und wahrscheinlich auch ein traumatisches Erlebnis. Das verriet ihm schon allein die Aggressivität, die sie auszustrahlen versuchte, damit auch ja keiner auf die Idee kam, sie anzugreifen. Dabei war sie in Wahrheit ein echtes Seelchen.

Aber egal. Auf solche Details kam es nicht mehr an. Fakt war, dass sie ihn aus irgendeinem Grund am Arsch hatten. Und dass es jetzt einzig und allein darum ging, mit heiler Haut aus der Sache herauszukommen.

Er sah auf die Uhr.

Die Linienmaschine nach Khartum war bereits fort. Die nächste ging morgen am späten Vormittag. Rund zwanzig Stunden, die er gewissermaßen zur freien Verfügung hatte.

Seine Hand tastete nach dem Foto, das auch nach dem Umziehen wieder ordentlich in seiner Brusttasche steckte.

Zwanzig Stunden, in denen er sich die Zeit vertreiben musste.

Und ein Ort, der vermutlich der letzte Ort auf diesem Planeten war, an dem sie nach ihm suchen würden ...

10

»Kenders Mutter ist gestorben, als Damian noch in der Lehre war«, erklärte Jürgen Wieczorek, dessen Leute in aller Eile Erkundigungen eingezogen hatten. Verhoeven hatte das K 12 ganz bewusst eingebunden, jetzt, da endlich Bewegung in den Fall gekommen war. Immerhin hatte die Vorarbeit der Kollegen ihnen die Arbeit entscheidend erleichtert. »Er hat Friseur gelernt und anschließend an der Frankfurter Oper eine Ausbildung zum Maskenbildner gemacht. Die Mutter war schon lange leidend. Sie hatte eine seltene Krankheit, die mit einer übergroßen Lichtempfindlichkeit einherging.«

Winnie Heller nickte. Sie hatte Damian Kender anhand des Fotos in seiner Personalakte als den Mann identifiziert, den sie auf dem Friedhof verfolgt hatte. Hinnrichs hatte daraufhin einen Haftbefehl gegen ihn erwirkt, doch Kender war nach wie vor flüchtig. Ein Team aus Spezialisten durchkämmte mit Spürhunden das gesamte Zoogelände, das eigens zu diesem Zweck evakuiert worden war. Auch damit Kender keine Chance hatte, Geiseln zu nehmen, falls er sich tatsächlich noch in der Nähe befand. Gerade sprach Verhoeven noch einmal mit Kenders Kollegen aus dem Exotarium.

Winnie Heller blinzelte in den unangenehm weißen Himmel hinauf, der zum ersten Mal seit Wochen tatsächlich nach Gewitter aussah. In die Hitze hatte sich in den letzten Stunden deutlich mehr Feuchtigkeit gemischt, was die Sache nicht gerade erträglicher machte. »Haben Sie auch etwas gefunden, was Kender in Zusammenhang mit sexuellen Übergriffen bringt?«, wandte sie sich wieder an Wieczorek. »Irgendwelche Anzeigen wegen Belästigung oder dergleichen?«

»Negativ«, entgegnete dieser. »Aber ich habe da vielleicht was anderes.«

»Was denn?«, drängte Winnie.

»Die Mutter einer ehemaligen Klassenkameradin von Kender hat sich das Leben genommen, wenige Monate nachdem Kenders Mutter gestorben war.«

»Weiß man, weswegen?«

»Tja, so ganz verstanden hat das damals wohl niemand«, antwortete Wieczorek. »Aber die einhellige Meinung ging dahin, dass es mit dem Schicksal ihrer Tochter zusammenhing.«

Winnie Heller horchte auf. »Was war denn mit ihr?«

»Florentine Reding wurde kurz vor dem Abitur plötzlich krank und bald darauf in eine geschlossene Anstalt eingewiesen. Und nach allem, was wir bislang wissen, lebt sie immer noch dort.«

»Wie lange ist das her?«, fragte Winnie, indem sie eilig zurückrechnete.

»Etwas mehr als sechzehn Jahre.«

»Das ist eine verdammt lange Zeit.« Winnie fuhr sich mit der freien Hand durch die Haare. Ihr eigener Klinikaufenthalt hatte vierzehn Monate gedauert und war ihr wie eine Ewigkeit vorgekommen. »Was genau fehlt der Frau denn?«, fragte sie.

»Scheiße, Sie wissen doch, wie das mit Krankenakten und Persönlichkeitsrechten aussieht«, versetzte Wieczorek, offenbar verärgert darüber, dass er noch keine Klarheit hatte. »Solange Sie keinen eindeutigen Bezug zu einer Straftat nachweisen können, wird Ihnen da niemand irgendeine Auskunft erteilen. Und Ärzte können verdammt hartnäckig sein, das sage ich Ihnen aus Erfahrung.« Er ließ ein entnervtes Stöhnen hören. »Trotzdem ist alles, was wir haben, ein bisschen Klatsch.«

»Und der lautet?«

»Dass Florentine ein unbeschwertes, fröhliches junges Mädchen gewesen ist. Nicht überdurchschnittlich begabt, aber offen und herzlich. Bis sie sich dann von einem Tag auf den anderen plötzlich in sich selbst zurückzog.«

»Vielleicht, weil ihr jemand Gewalt angetan hat?«

»Ja, vielleicht.«

Unserer Erfahrung nach begehen solche Täter ihre ersten Delikte nicht selten in ihrem engeren persönlichen Umfeld, um den Radius dann langsam, aber sicher auszuweiten, stimmte ein imaginärer Marc Kolmar ihr zu. *Ich gehe davon aus, dass das damalige Opfer den Übergriff überlebt und sich bewusst dafür entschieden hat, seinen Vergewaltiger nicht anzuzeigen …*

Winnie Heller biss sich auf die Lippen. »Vielleicht ist das der Beginn der Serie, nach dem wir gesucht haben.«

Wieczorek gab ein unwilliges Knurren von sich. »Möglich.«

»Und sonst?«

»Sein Apartment sieht aus wie eine Wartehalle«, antwortete der Kollege von der Abteilung für Sexualdelikte. »Und die Nachbarn haben ihn so gut wie nie zu Gesicht bekommen. Der Kerl, der unter ihm wohnt, behauptet, dass Kender viel unterwegs ist, vor allem nachts. Aber er hat angenommen, dass er im Schichtdienst arbeitet, und sich nichts dabei gedacht.«

»Und er hat auch keine Trophäen, Mappen mit Zeitungsartikeln oder Ähnliches in seiner Wohnung?«, scherzte Winnie müde.

»Nein, gar nichts. Dieser Mann besitzt nicht mal Fotos. Er hat keine Bilder an den Wänden, keine Haustiere, keine persönliche Note. Nur einen Großbildfernseher und haufenweise Bücher übers Theater und über Reptilien und ihre Lebensräume.«

»Wieso ist Kender eigentlich Tierpfleger geworden, wenn er ursprünglich Maskenbildnerei gelernt hat?«, fragte Winnie.

»Weil er beim Theater rausgeflogen ist und keinen neuen Job gefunden hat.«

»Wissen Sie den Grund für den Rausschmiss?«

»Das Übliche. Ein neuer Intendant, der seine eigenen Leute mitbringt und die alten rauskelt, wenn er sie nicht anders dazu kriegt, ihren Platz zu räumen.«

»Ich dachte, so was betrifft nur Sänger und Schauspieler«, sagte Winnie.

»In diesem Fall war es Kender wohl gar nicht so unlieb, dass er gehen konnte«, entgegnete der Kollege vom K 12. »Er hatte sich angeblich schon längere Zeit intensiv mit der Biologie von Reptilien und Insekten beschäftigt und nichts dagegen, sein Hobby zum Beruf zu machen.« Wieczorek zögerte kurz, bevor er hinzufügte: »Muss fast so 'ne Art Besessenheit bei ihm sein, nach allem, was man so hört. Seine Theaterkollegen von damals behaupten jedenfalls, dass er selbst während der Arbeitszeit Schlangen und Geckos und so was Ähnliches seziert habe. Was indirekt wiederum einen Bezug zu Florentine Reding herstellen würde.«

Winnie Heller schüttelte verständnislos den Kopf. »Wie das?«

»Na ja ...« Wieczorek druckste eine Weile herum. Offenbar war es ihm peinlich, etwas, das er selbst für unausgegoren hielt, an eine Kollegin weiterzugeben. Noch dazu an eine, die nicht zu seiner Abteilung gehörte. »Es hat vielleicht nichts zu bedeuten«, sagte er schließlich mit hörbarem Widerwillen, »aber Karoline Reding, Sie wissen schon, die Mutter des Mädchens, die Selbstmord begangen hat ...«

»Ja?«

»Der von ihr gegründete Verlag hieß Chamäleon-Verlag ...«

11 »Nougat schmeckt *immer*«, verkündete Dominik Rieß-Semper im Brustton der Überzeugung und widersprach damit Silvie Verhoevens eher pädagogisch als sachlich begründeter These, nach der die anhaltende Hitze den Genuss gewisser Nahrungsmittel schmälere, wenn nicht gar verbiete.

»Mag sein«, entgegnete sie. »Aber trotzdem kaufen wir heute keine Nougatherzen.«

»Warum nicht? Die Strafe ist doch rum.«

»Weil das Nougat geschmolzen sein wird, bevor wir draußen sind, und weil ihr dann wieder ausseht wie die kleinen Ferkel.«

»Macht nichts«, versicherte ihr der Freund ihrer Tochter mit charmant-raffiniertem Engelslächeln.

»Oh doch, glaub mir«, widersprach Silvie mit einem flüchtigen Seitenblick auf das hellblaue T-Shirt des Jungen, das entschieden neu aussah. »Deiner Mutter wird es sehr wohl etwas machen.«

»Dann essen wir das Zeug eben gleich hier«, schlug Dominik eilig einen neuen Weg ein, weil er sah, dass er auf dem alten nicht weiterkam.

»Genau«, nickte Nina, die ebenfalls Appetit auf Nougatherzen hatte.

Silvie Verhoeven schüttelte den Kopf. »Das geht nicht.«

»Und wieso?«

»Weil wir das Zeug, wie du es nennst, zuerst bezahlen müssen.«

»Na und?« Dominik stemmte die Fäuste in seine nicht vorhandene Taille. »Wo is'n das Problem?«

»Hast du Geld mit?«, konterte Silvie.

»Nee, aber Sie.«

»Ich kann aber keine leere Packung Nougatherzen bezahlen.«

»Warum nicht?«

Gütiger Gott, dachte Silvie, während ihre Bequemlichkeit

zunehmend energisch zum Kauf riet. »Weil niemand Geld für etwas ausgibt, das nicht mehr da ist«, antwortete derweil ihr erzieherischer Eigenanspruch.

»Aber das Nougat ist doch da. Bloß eben bei uns im Bauch.« Dominiks Augen blieben an ihrem weitgeschnittenen Schwangerschafts-T-Shirt hängen, und Silvie wartete fast darauf, dass er das Baby in seine Argumentation einbezog.

»Wie wär's mit einem Eis?«, schlug sie vor, bevor die Sache eine Richtung einschlug, der sie noch weniger entgegenzusetzen hatte.

Einem Kampf auszuweichen bedeutet nichts anderes, als ihn zu verlieren, spottete ihre zumindest gedanklich allgegenwärtige Schwester, die neben einer erfolgreichen Karriere als Ärztin auch mit vier Kindern spielend fertigwurde (zumindest behauptete sie das).

»Ich will aber kein Eis«, murrte Nina.

»Es heißt: Ich möchte.«

»Hä?«

»Nina!« Silvie stöhnte, nicht nur, weil das Baby in ihrem Bauch ihr gerade einen kräftigen Tritt verpasst hatte.

»Was denn?«

»Würdest du dich bitte zivil ausdrücken?«

»Was bedeutet das, zivil?«

»Es heißt: wie bitte!«

»Hä?«

Nur noch drei oder vier Tage, versuchte Silvie, sich selbst Mut zuzusprechen. Lediglich drei- oder viermal vierundzwanzig Stunden, in denen wir die Erziehung vernachlässigen und unserem inneren Schweinehund nachgeben. Das kann doch wohl kaum einen Schaden fürs Leben anrichten, oder?

Einmal nachgeben heißt im Ergebnis, dass du im Anschluss daran mindestens ein halbes Jahr absoluter Konsequenz investieren musst, um das wieder auszumerzen, frohlockte ihre imaginäre Schwester. *Willst du das?*

Nein, dachte Silvie, das will ich nicht.

Es heißt nicht ich will, *sondern* ich möchte, bemühte Madeleine genüsslich einen jener ebenso platten wie wahren Sätze, der sie beide ihr ganzes Kinderleben lang begleitet hatte.

Halt die Klappe!, dachte Silvie.

»Mama?«

»Ja?«

»Bist du sauer?«

»Nein.«

»Sie sehen aber ziemlich sauer aus«, befand Dominik mit kritischem Blick.

»Danke. Sehr nett von dir.«

»Hä? Wieso nett?«

Silvie atmete tief durch. »Okay, ich mach euch einen Vorschlag ...«

Die Antwort bestand aus einem zweistimmigen, erwartungsvollen »Jaaaaa?«.

So lernen sie vor allem, dass es sich lohnt, mit dir zu handeln, kicherte Madeleine.

»Ihr legt jetzt diese Nougatherzen wieder zurück ins Regal, und dafür mache ich euch frische Waffeln, wenn wir zu Hause sind.«

Nina kniff die Augen zusammen. »Mit heißen Kirschen?«

»Wenn du magst.«

»Und mit Nutella?«, fragte Dominik, indem er ein entsprechendes Glas aus Silvies Einkaufswagen fischte und hochhielt.

»Du bist allergisch gegen Haselnüsse«, widersprach Silvie.

Das schien ihn zumindest zum Nachdenken zu bringen. Doch der Anflug von Vernunft währte nicht lange: »Macht nichts«, befand er nach kurzem Überlegen.

»Ich wette, deinen Eltern wird es sehr wohl etwas machen, wenn sie dich in der Notaufnahme besuchen und ...«

»Wo?«

Du hast es hier mit Kindern zu tun. Silvie konnte ihre Schwester förmlich hören. *Kleinen, knapp sechsjährigen Kindern. Da sind so drastische Beispiele nicht dazu angetan, um die Entwicklung von Verständnis ...*

»Vergiss es«, murmelte sie schuldbewusst.

»Wieso?«, wollte Nina wissen. »Ich weiß, was eine Notaufnahme ist.«

Silvie zog überrascht die Augenbrauen hoch. »Wirklich? Woher?«

Doch ihre Tochter ließ die Frage nach dem »Woher« zunächst unbeantwortet. Stattdessen erging sie sich bereits in Erklärungen. »Das ist, wenn du als Forscher im Regenwald plötzlich von einem Tiger angegriffen wirst, obwohl du eigentlich nur die Berggorillas fotografieren willst. Und dann läufst du natürlich weg, aber aus Versehen vergisst du, die Kamera auszumachen. Und dann hast du lauter falsche Büsche und Himmelsstücke und Wackeltiger auf dem Film. Und das nennt man dann Notaufnahmen. Nicht wahr, Mama?«

»So ähnlich«, entgegnete Silvie zerstreut. Genau genommen war sie gedanklich noch immer bei dem vorausgegangenen Problem.

Allergien und Nougatpralinen ...

Nougat ...

»Es ist gut, dass wir darüber gesprochen haben«, sagte sie, indem sie die Schultern straffte und Dominik mit einer entschlossenen Bewegung die Nougatherzen wegnahm.

»Worüber?«

»Über deine Allergien. Nougat ist nämlich auch aus Haselnüssen.«

»Gar nicht«, rief der Junge empört.

»Oh doch. Also entscheidet euch jetzt entweder für Eis oder für Waffeln mit Kirschen.«

»Ich will Waffeln«, sagte Nina, die verstand, dass weitere Diskussionen zwecklos waren.

»Ich will Waffeln, Kirschen, Eis und Nougat«, setzte Dominik trotzig hinzu.

»Alles klar«, entgegnete Silvie und warf die Pralinen ins oberste Fach des Regals, damit sie an der Kasse keine bösen Überraschungen erlebte. »Und jetzt kommt, wir sind spät dran.«

»Aber du hast versprochen, dass wir noch bei den Comicheften gucken dürfen«, protestierte Nina.

»Na schön.« Das hier war definitiv kein Tag für Pädagogik! Dafür war er zu heiß, zu schwanger und viel zu anstrengend. »Dann geht schon mal vor, und ich hole noch rasch die Tiefkühlsachen, okay?«

»Jaaaaaa«, rief Nina und stürmte davon, dicht gefolgt von ihrem kleinen Kavalier.

Silvie stöhnte und warf einen Blick auf die Einkaufsliste, die sie zwischenzeitlich in ihre Handtasche gesteckt hatte. Sie hatte sich diese nützliche kleine Gedächtnisstütze über Jahre hinweg konsequent versagt, mit dem Argument, dass Nachlässigkeit der Anfang vom Ende sei. Doch inzwischen hatte sie es einfach satt, sich wegen irgendeiner blöden Kleinigkeit, die sie vergessen hatte, noch einmal ins Auto zu setzen oder – alternativ – das Geschimpfe ihrer Lieben zu ertragen. Deshalb hing nun eine Liste am Kühlschrank, in die sie alles eintrug, was ihr im Lauf der Woche so einfiel. Doch sehr zu ihrem Leidwesen war sie nicht die Einzige, die die Liste benutzte. Ihre Tochter pflegte mit der ihr eigenen Hartnäckigkeit Woche für Woche den heißersehnten »Hund« auf ihre Einkaufsliste zu setzen – wahlweise in Form von vier krakeligen, aber korrekten Buchstaben oder einer Zeichnung. Und annähernd ebenso oft fand Silvie sich im Supermarkt wieder, bemüht, irgendeiner Hieroglyphe ihres Mannes ein Lebens- oder Körperpflegemittel zuzuordnen.

Doch heute hatte sie Glück.

Keine Rasiercreme DeepOc. oder TKPizz.4Käs., die sie

mitbringen sollte, sondern nur der übliche Wahnsinn. *Brokkoli, Schnittlauch, Rahmspinat und Frühlingsrollen ohne Fleisch*, ging sie ihre eigenen, gut lesbaren Punkte noch einmal durch.

Na dann!

Als sie den Wagen um die Ecke in den Gang mit den Tiefkühlprodukten schob, fiel ihr ein Mann auf, der vor dem Regal mit der H-Milch stand. Als sie an ihm vorbeiging, wandte er kurz den Kopf, und sie hatte den flüchtigen Eindruck, ihn schon einmal gesehen zu haben. Allerdings wollte ihr nicht einfallen, wo und in welchem Zusammenhang.

Kurz danach, als sie eine der riesigen Tiefkühltruhen öffnete und die Zutatenliste einer Packung mit »Mexikanischem Mischgemüse« überflog, blickte sie noch einmal in seine Richtung. Doch der Mann war bereits irgendwo zwischen den Regalen verschwunden. Er hatte sich nicht noch einmal nach ihr umgeschaut, das hätte sie bemerkt. Und sie hätte auch nicht sagen können, dass er sich in irgendeiner Weise auffällig benommen hätte.

Trotzdem ließ sie der Gedanke an ihn nicht los, bis sie im Auto saß.

12 Verhoeven steckte sein Handy ein und schenkte seiner Partnerin ein entschuldigendes Lächeln. »Ich habe zu Hause nur kurz aufs Band gesprochen, dass wir heute wahrscheinlich durchmachen müssen«, erklärte er, ohne dass sie ihn gefragt hätte.

Sie nickte nur und lockerte den Kragen ihres Poloshirts. Diese Waschküchenschwüle wurde immer unerträglicher, und selbst der fönwarme Wind schien inzwischen wieder aufgegeben zu haben. Zwischen den Zoomauern stand die Luft wie eine Wand aus Moschus, trockenem Gras und Exkrementen.

Verhoeven wischte sich flüchtig über die Stirn. »Wenn ich nur wüsste, wodurch ich ihn auf den Plan gerufen habe.«

»Instinkt vielleicht«, entgegnete sie mit einem Achselzucken.

»Ich weiß nicht ...«

»Wir müssen davon ausgehen, dass er durch die Sache mit Jo bereits alarmiert war«, versuchte Winnie Heller, seine Selbstzweifel wenigstens ein bisschen zu zerstreuen. »Immerhin ist es ihr gestern Abend gelungen, mich von hier aus anzurufen. Das hat er mitbekommen. Und vielleicht hat er befürchtet, dass es ihr auch gelungen ist, uns einen entsprechenden Hinweis zu geben.«

Verhoeven schien nicht überzeugt, aber er ging auch nicht weiter darauf ein. Stattdessen fragte er: »Wo, zum Teufel, kann er ihre Leiche gelassen haben?«

Lübke, der darauf bestanden hatte, die Sache selbst zu übernehmen, hatte sich als Erstes Damian Kenders Nissan vorgeknöpft und ihn auf Blut- und Faserspuren der verschwundenen Journalistin durchsucht – ohne Ergebnis. Und auch die Durchsuchung des Geländes hatte bislang nicht die gewünschten Ergebnisse gebracht.

»In seinem Wagen transportiert hat er sie jedenfalls nicht«, resümierte Winnie Heller. »Und Freds Hyundai ist, was das betrifft, ebenfalls sauber. Das hat Lübke gerade durchgegeben.«

»Aber dann müsste sie doch eigentlich noch hier sein, oder?«

Winnie Heller verzog das Gesicht. »Die Frage ist, wo.« Sie stutzte. »Ich meine, ich will doch nicht hoffen, dass er sie zerhackt und den Löwen zum Fraß vorgeworfen hat, oder ... Hey, was ist?«

Ihr Vorgesetzter war mitten auf dem Weg stehen geblieben

und starrte gedankenverloren auf den brüchigen Asphalt zu seinen Füßen.

»Mir ist nur gerade etwas eingefallen«, murmelte er.

»Und was?«

Er sah hoch. »Unsere Waschküche.«

Winnie Heller lächelte. »Muss ich das jetzt verstehen?«

»Nein.« Verhoeven lächelte auch. »Aber kommen Sie mit, ich will mir etwas ansehen.«

Sie folgte ihm, zurück zum Exotarium.

»Da hinten ist es«, sagte Verhoeven und stürmte auf das Geländer um das Fenster zu, das Einblick in die Zisterne des Gebäudes gewährte. »Sehen Sie?«

»Ich sehe Wasser«, antwortete Winnie unsicher. »Ziemlich viel Wasser, um genau zu sein. Und ein paar verdammt große Muscheln. Und ...«

»Genau das ist es«, fiel Verhoeven ihr ins Wort, bevor er grimmig seine knapp sechsjährige Tochter zitierte: »*Vorräte sind wichtig. Aber wenn wir das Wasser nicht lassen dürfen, wachsen sie nicht.*«

Winnie Heller schüttelte den Kopf. »Tut mir leid, aber ich fürchte, das ist mir einfach zu hoch.«

»Es bedeutet zwei Dinge«, erklärte Verhoeven. »Erstens, dass meine Frau tut, was sie will. Und zweitens, dass da unten ein Raum ist, den wir uns noch nicht angesehen haben.«

13 Jo hatte nicht die geringste Vorstellung, wie viel Zeit inzwischen vergangen war. Genau genommen hatte sie nicht einmal eine Vorstellung davon, wie es ihr ging. Wie schwer verletzt sie war. Ob sie eine Chance hatte.

Irgendwann war sie einfach aufgewacht, und danach hatte es eine ganze Weile gedauert, bis in ihr Bewusstsein gedrungen war, dass sie sich nicht bewegen konnte. Mehr noch: dass sie ihren Körper nicht einmal mehr *spürte*. Von Zeit zu Zeit hatte sie ein entferntes Kribbeln wahrgenommen. So als seien ihr vor einer schieren Ewigkeit Arme und Beine eingeschlafen. Doch das Gefühl hatte sich jedes Mal wieder verflüchtigt, bevor sie wirklich etwas damit anfangen konnte.

Sie hatte lange gebraucht, bis sie zu schreien gewagt hatte, und anschließend genauso lange, um ihre erfolglosen Versuche wieder aufzugeben. Inzwischen war sie nicht einmal sicher, ob sie noch eine Stimme hatte. Oder lebte ...

Sie dachte an einen Artikel, den sie gelesen hatte, irgendwann in einem Hotelzimmer. Ein Bericht über Menschen und ihre Nahtod-Erfahrungen. Kein Thema eigentlich, das sie interessierte. Sie war kein gläubiger Mensch, sondern – im Gegenteil – zutiefst davon überzeugt, dass der Tod den Tod bedeutete. Und zwar ausschließlich den Tod. Den Ausfall sämtlicher Körperfunktionen einschließlich des sogenannten Bewusstseins – wenn man Pech hatte, in eben dieser Reihenfolge. Was danach kam, war ihr von jeher so schnuppe gewesen wie die Anzahl der Nudeln in einer ihrer Vorratsdosen. Trotzdem hatte sie den Artikel damals gelesen.

Und nun dachte sie bereits seit Stunden an eben diesen Artikel, wieder und wieder. An das Licht, das die befragten Nahtod-Kandidaten unabhängig von ihrem sozialen und kulturellen Hintergrund erstaunlich einhellig geschildert hatten und das angeblich die Schwelle zu etwas ganz Neuem markiere. Etwas, das Jo damals nur müde belächelt hatte und vermutlich noch immer müde belächeln würde, wenn sie sich in einer anderen Lage befände.

Seltsamerweise dachte Jo auch an den Comedian, der gescherzt hatte, dieses Licht sei womöglich Gottes letzter Scherz, ein gigantischer Fliegenfänger, auf den die sterbenden Seelen zutaumelten wie ein Schwarm Motten auf eine Laterne, um dann endlich und ein für alle Mal zu verglühen ...

Trotzdem hielt allein die Tatsache, dass sie sich in völliger Dunkelheit befand, die Hoffnung in ihr am Leben. Kein Licht = kein Tod. Kein Tod = kein Grund zum Aufgeben. Eine ganz einfache Rechnung.

Eigentlich verdammt jämmerlich für die kompromisslose Realistin, die sie zeit ihres Lebens gewesen war!

Ihre Augenlider, die zugleich das Einzige waren, was sie bewegen konnte, begannen zu flattern, während sich ihre Ohren hilfesuchend an die zweite Konstante klammerten, die diese seltsame Umgebung kennzeichnete, in die sie geraten war: das Geräusch von Wasser.

Sie hatte dieses Geräusch genau analysiert, ohne aus dieser Analyse auch nur die geringsten Erkenntnisse ableiten zu können: Das Wasser, das sie hörte, floss nicht. Es entströmte keinem Wasserhahn, beschrieb keine Wellenbewegungen, sondern war einfach nur da. So wie sie selbst ...

Wenn dieses verdammte Wasser einfach nur da wäre, könntest du es nicht hören, widersprach ihr Verstand. *Schall entsteht nur dort, wo eine Schwingung auf einen Widerstand trifft. Elementarphysik.*

Wenn das hier ein Schwimmbad wäre, würde es anders riechen, versuchte Jo wie so viele Male zuvor dem vermutlich letzten Geheimnis ihrer Karriere auf die Spur zu kommen. Ich würde eine andere Art von Luft atmen. Ein anderes Gefühl haben. Aber was ...

Sie stutzte, als ihre Ohren unvermittelt ein anderes Geräusch registrierten. Etwas, das mit dem Wasser nur bedingt zu tun hatte.

Ein Quietschen wie von einer schweren Tür.

Dann Stiefel auf hartem Untergrund.

Wasser, das wegspritzt, als die Stiefel sich ihren Weg bahnen. Auf sie zu. Und ...

Jo hatte das Gefühl, ihr Herzschlag setze aus. Ja, und Stimmen!

Ein Mann. Jung.

»Sie hatten recht, hier ist etwas!«

Gleich darauf nahmen Jos geschärfte Sinne ein Knirschen war. Ein Funkgerät. Und eine Antwort.

»Ja, soweit ich sehen kann, handelt es sich um eine Transportbox. Recht groß.«

Knacken. Antwort.

»Alles klar. Ich warte.«

Jo holte tief Luft und schrie. Und dieses Mal erzielte sie auch ein Ergebnis. Der Mann, den sie hörte, geriet hörbar in Aufregung.

»Ich kann sie hören! Verdammt noch mal, sie ist hier!«

Zugleich neue Schritte. Wasser, das von einer ganzen Reihe von Menschen durchpflügt wurde. Menschen, die rannten.

Jo hörte ihr eigenes Stöhnen, als zwei Beamte der Sondereinheit die Kiste, in der sie gefangen war, auf die Seite drehten und öffneten. Die Dunkelheit wich einem strahlenden Licht, das blau und unruhig flackerte wie der Widerschein eines Fernsehers. Und dann, nachdem sich ihre Augen an die Helligkeit gewöhnt hatten, sah Jo auch ein Gesicht.

Während helfende Hände sie vorsichtig befreiten und ihr geschundener Körper vor neu erwachendem Schmerz wild rebellierte, verzog sie die Lippen zu einem Lächeln, das angesichts der Situation reichlich schief geriet. »Heller, nicht wahr?«

Das Gesicht lächelte auch. »Hallo, Jo, schön, Sie zu sehen.«

14 Merle Olsen befestigte den Saugnapf für die Halterung des Navigationssystems an der Windschutzscheibe ihres BMWs und schaltete das Gerät ein. Während sie entnervt darauf wartete, dass die Begrüßungsmaske endlich verschwand, kam ihr der Gedanke, dass Irina Portner möglicherweise gar nicht zu Hause war. Vielleicht war sie gleich nach dem Begräbnis verreist, geflohen vor den Gerüchten, die seit dem Artikel über sie und ihren Mann im Umlauf waren. Oder vor ihren Erinnerungen. Vor dem Haus, in dem sie zum Opfer geworden war und in dem sie sich nicht länger sicher fühlte.

Es mag seltsam klingen, dachte Merle bei sich, aber ich fühle mich zu Hause nach wie vor wohl ...

Das allein ist doch schon der Beweis dafür, dass du anders tickst als andere Menschen, meldete sich eine unbequeme kleine Stimme in ihrem Kopf. *Es zeigt, dass Kira recht hat. Dass du völlig danebenliegst. Vielleicht solltest du tatsächlich endlich Ruhe geben. Deine irrwitzige Jagd auf diesen Scheißkerl abbrechen und mit der Aufarbeitung beginnen.*

Sie ließ den Kopf gegen die harte Kopfstütze sinken. Seit dem Begräbnis kämpfte sie nun mit sich und ihrem Selbstverständnis, und so sicher sie bislang gewesen war in dem, was sie tat, so groß waren auf einmal ihre Zweifel. Mehr noch, sie hatte beinahe das Gefühl, dass sie drauf und dran war, sich und andere unglücklich zu machen. Das Letzte, was sie wollte ...

Trotzdem hatte sie beschlossen, noch dieses eine Gespräch zu führen. Sie hatte bei ihrer Jagd nach Informationen bereits so vielen Menschen auf die Füße getreten, dass es auf dieses eine Mal mehr oder weniger nicht ankam. Und sosehr sie mittlerweile zweifelte, sie wollte sich eines schönen Tages auch nicht vorwerfen müssen, etwas Entscheidendes versäumt zu haben. *Das sind die Dinge, die letzten Endes am allerwenigsten zu ertragen sind*, hatte ihre Oma in Schweden immer gesagt. *Nicht das, was du getan hast, sondern das, was du versäumt hast zu tun.*

Merle massierte sich die Schläfen, hinter denen trotz einer großzügig bemessenen Dosis Schmerzmittel seit dem frühen

Morgen ein hartnäckiger Kopfschmerz schwebte. Die Begrüßungsmaske des Navis war unterdessen einem Aktionsfenster gewichen, und sie wählte den Befehl »Navigieren zu«. Kurz darauf forderte der Computer sie zur Angabe einer Adresse auf, und Merle tippte mit dem Zeigefinger der rechten Hand das Wort »WIESBADEN« in die digitale Tastatur. Doch zu ihrer größten Überraschung erschien kein weiteres Leerfeld für den Straßennamen auf dem Monitor, sondern der Computer schlug ihr von sich aus »DANZIGER STRASSE« vor. Jene Adresse, die sie sich auf einen Zettel notiert hatte und zu der sie gerade auf dem Weg war. Mit zittrigem Finger berührte Merle den Button »WEITER«, und in der Auswahlmaske erschien – ebenfalls in Form eines Vorschlags – die Hausnummer der Portner'schen Villa.

Fassungslos ließ sie die Hand sinken.

Was sollte das denn?!

Was, in aller Welt, hatte Kira mit Irina Portner zu schaffen?

Merles Toyota verfügte zwar über ein eigenes, fest integriertes Navigationssystem, doch das funktionierte bereits seit geraumer Zeit nicht mehr richtig. Aus diesem Grund hatte sie beschlossen, sich das Gerät ihrer Lebensgefährtin zu borgen. Da Kira in aller Regel nur zur Arbeit und wieder zurück fuhr und somit auf eine Orientierungshilfe per Satellit zumindest im Alltag problemlos verzichten konnte, bewahrte sie ihr Navi in einer Schublade des Küchenschranks auf, damit es keinen Schaden durch die große Hitze nahm oder Anreiz bot, den Wagen aufzubrechen.

Aber warum hatte Kira Irina Portners Adresse in ihr Navi eingegeben? Was konnte sie von Jan Portners Witwe gewollt haben, noch dazu, wo sie andererseits alles darangesetzt hatte, ihrer Partnerin das Gespräch mit der jungen Russin auszureden?

Merle strich sich die Haare aus der Stirn, während Irina

Portners Adresse vor ihren Augen zu flimmern begann. Das alles ergab nicht den geringsten Sinn!

Und doch würde sie irgendwie herausfinden müssen, was es damit auf sich hatte ...

Sie sah auf die Uhr und beschloss, ihren ursprünglichen Plan zu ändern. In einer halben Stunde endete Kiras Dienst. Also würde sie zunächst zur Paulinen-Klinik fahren!

Sie schaltete das Navi aus und schob den Schlüssel ins Zündschloss, doch aus irgendeinem Grund hatte sie ein schlechtes Gefühl. Deshalb zögerte sie lange, bevor sie sich endlich dazu durchringen konnte, den Wagen zu starten und loszufahren.

15 Der Krankenwagen, der Jo Ternes in die Frankfurter Universitätsklinik bringen sollte, war eben durch einen der Seiteneingänge gerollt, als Winnie Hellers Handy abermals zu klingeln begann. Verhoeven telefonierte ebenfalls, und nach allem, was Winnie mitbekommen hatte, einzig und allein zu dem Zweck, seiner Frau Vorwürfe zu machen. Sie hatte keine Ahnung, worum es ging, doch bei aller Freude über Jos Befreiung hatte sie sehr wohl die Wut registriert, die in ihm loderte, seit er auf die Idee mit der Zisterne gekommen war. Eine Wut, wie sie sie kaum je an ihm gesehen hatte.

»Du warst mit den Kindern heimlich im Zoo, nicht wahr?«, hatte er gefragt, kaum dass seine Frau an den Apparat gegangen war.

Und Winnie Heller hatte gedacht, dass es wahrlich schlimmere Vorwürfe gab, die man sich in einer Ehe machen konnte. Immerhin konnte niemand davon ausgehen, dass ein harmloser Zoobesuch ihn zugleich in die Nähe eines gefährlichen

Psychopathen brachte. Doch seit der Erfahrung mit Lübke wusste sie, was die Sorge um einen anderen Menschen in einem selbst auszulösen vermochte. Da war es letztlich egal, ob es um eine Scheibe Putenschinken oder um einen heimlichen Zoobesuch ging.

Sie schenkte dem Rücken ihres Vorgesetzten ein durchaus verständnisvolles Lächeln und hob das Handy ans Ohr.

»Kira Schönenberg hatte in der Nacht, in der Portner erschossen wurde, nachweislich keinen Dienst«, verkündete Werneuchen, der die Zeit genutzt hatte, ein paar Erkundigungen einzuziehen. »Sie hätte an dem betreffenden Abend Nachtdienst gehabt, hat aber zwei Tage vorher kurzfristig mit einer Kollegin getauscht.«

»Mit welcher Begründung?«

»Sie hat gesagt, dass sie einen wichtigen Termin habe, der ihre Freundin betrifft«, antwortete Werneuchen, der von Haus aus sehr gründlich war. »Und da die Kollegen von Merle Olsens Vergewaltigung wissen, hat niemand Genaueres wissen wollen.«

»Ich verstehe«, sagte Winnie, während sie sich innerlich mit der Frage herumschlug, wie es Merle Olsen gehen würde, wenn sie erfuhr, dass ihre Freundin darauf verzichtet hatte, ihren Vergewaltiger anzuzeigen, um ihn für einen persönlichen Rachefeldzug missbrauchen zu können, bei dem es noch dazu um eine ehemalige Geliebte ging ...

»Ich habe auch Kira Schönenbergs Mobilfunkanbieter kontaktiert«, fuhr Werneuchen fort, »und nach einigem Hin und Her tatsächlich ihre Einzelverbindungsnachweise einsehen können.«

»Und?«

»Sie hat an dem bewussten Abend nur zwei Anrufe getätigt«, antwortete der Kollege. »Und zwar um einundzwanzig Uhr vierundzwanzig und um zweiundzwanzig Uhr siebenunddreißig.«

Winnie Heller hielt den Atem an.

»Der erste Anruf ging zu ihr nach Hause. Der zweite ...«

»Lass mich raten.«

»Wenn's dir Spaß macht ...«

»Der zweite Anruf ging ins Canard.«

»Bingo.« Er lachte. »Aber ich habe in diesem Zusammenhang noch etwas anderes, das dich interessieren dürfte.«

»Ist denn schon Weihnachten?«, scherzte Winnie.

»Tja, so bin ich eben. Wenn ich Geschenke verteile, dann knausere ich nicht.« Anschließend wurde Werneuchen schlagartig wieder ernst: »Nachdem ich den Anruf in Portners Restaurant nachweisen konnte, habe ich mir die Tage vor der Tat vorgenommen. Und dabei bin ich auf eine Nummer gestoßen, die Kira Schönenberg niemals zuvor und auch danach nicht wieder angerufen hat. Eine Festnetznummer in Wiesbaden.«

»Kender?«

Sie hörte förmlich, wie er nickte. »Ja, Kender. Das Gespräch dauerte exakt zweiundvierzig Sekunden und fand ziemlich genau sechsunddreißig Stunden vor dem Mord an Jan Portner statt. Außerdem hat Kira Schönenberg Schuhgröße einundvierzig.«

Winnie rieb sich die erhitzte Stirn. »Reicht das für eine Durchsuchung ihrer Wohnung?«

»Hat Hinnrichs bereits veranlasst«, antwortete Werneuchen. »Sollten wir dabei ein Paar Laufschuhe Marke Lunarglide finden, wird Haftbefehl ausgestellt.«

Winnie Heller zögerte kurz. Dann fragte sie: »Könnt ihr warten, bis ich dort bin?« Zum Teufel mit ihrem schlechten Gewissen, aber wenigstens das war sie Merle Olsen schuldig!

Werneuchen war erstaunt. »Kannst du denn weg aus dem Zoo?«

»Kender ist längst über alle Berge«, entgegnete Winnie trotzig. »Da sehe ich nicht ein, warum ich mich nicht mal für eine Stunde loseisen sollte.« Immerhin kann Verhoeven ja auch einen Ehekrach vom Zaun brechen, ergänzte sie grimmig.

»Gut, dann gebe ich den Kollegen Bescheid. Bleib mal dran ...«

Winnie hörte ein Knacken. Wenige Sekunden später meldete sich Werneuchen zurück »Das geht klar«, sagte er. »Sie sind sowieso noch nicht drin.«

»Warum nicht?«

»Kira Schönenberg hat Dienst, und ihre Freundin scheint nicht da zu sein.«

Winnie Heller sah auf ihre Armbanduhr. »Dann fahre ich jetzt in diese Klinik und rede mit ihr.«

»Wie du meinst.«

»Die Kollegen sollen mich auf dem Laufenden halten, was die Durchsuchung angeht.«

»Klar doch«, versprach Werneuchen. »Ich melde mich, sobald sie drin sind.«

16

»Hallo, Merle!«, rief Inka Rieder, eine der beiden leitenden Stationsschwestern. »Wie geht's dir?«

Das ist eine verdammt gute Frage, dachte Merle. Laut sagte sie: »Prima, danke«, und der aufgeräumte Klang ihrer Stimme erschreckte sie selbst.

»Sie ist noch beim CT«, erklärte Inka derweil ungefragt und meinte Kira. »Willst du einen Kaffee, während du wartest?«

»Gern.« Merle setzte sich auf einen der Stühle, die an der Wand des Ganges aufgereiht waren, und dachte an die Patienten, die hier für gewöhnlich saßen und darauf warteten, zu einer Untersuchung gerufen zu werden. Oder zur Chemotherapie, denn die Station verfügte auch über eine onkologische Tagesklinik. Um diese Uhrzeit waren die Sessel, in denen die Patienten schliefen oder lasen, während das Gift, das ihnen das Leben retten sollte, langsam in ihre Adern sickerte, allerdings verwaist. Stattdessen war der Putztrupp zugange. Wie gut es uns eigentlich geht, dachte Merle, nur leider vergessen wir das immer wieder.

Irgendwo in weiter Ferne erklang ein Donnergrollen. Das langersehnte Gewitter, das angekündigt worden war.

»So, hier kommt er«, verkündete Inka, die mit zwei Bechern heranschlappte. »Nicht sehr heiß, aber dafür umso stärker.«

Lächelnd nahm Merle eine der Tassen entgegen, auf der das Logo eines Pharmakonzerns prangte. »Danke dir.«

»Oh, das war reiner Eigennutz.« Inka nippte genüsslich an ihrem Becher. »Auf diese Weise kann ich mich der Verantwortung entziehen und meinen geschundenen Füßen eine kurze Rast gönnen.« Sie seufzte und streckte die Beine von sich. »Gott, bin ich froh, wenn dieser Tag rum ist.«

»Was macht dein Mann?«, fragte Merle, um nicht unhöflich zu sein.

»Wir lassen uns scheiden.«

»Ernsthaft?«

Inka nickte und lachte, als sie Merles verdutztes Gesicht sah. »Kein Grund zum Bemitleiden«, erklärte sie ohne jede Bitterkeit. »Es lief schon eine ganze Weile nicht mehr gut. Mit dem einzigen Unterschied, dass ich jetzt eben die Konsequenzen gezogen habe.« Sie zuckte die Achseln. »Das ist alles.«

Merle starrte sie an. Sie hatte Inkas Mann ab und an mal bei einer Feier oder einem anderen offiziellen Anlass getroffen und durchaus den Eindruck gehabt, dass die Beziehung der beiden in Ordnung war. Aber was hieß das schon?

Das ist alles ...

»Tut mir leid«, stammelte sie.

»Mir nicht«, sagte Inka.

Sie wandten beide gleichzeitig den Kopf, als sich von links eilige Schritte näherten. »Was machst du denn hier?«, fragte Kira Schönenberg entgeistert, als sie Merle entdeckte.

»Na, das ist ja eine Begrüßung!«, spottete Inka. »Willst du nicht wenigstens erst mal guten Tag sagen?«

Doch Kira reagierte in keiner Weise auf die gutgemeinte Frotzelei. Im Gegenteil: Merle glaubte fast, eine leise Angst in ihren Augen zu erkennen. Etwas, das das ungute Gefühl, das sie hatte, noch verstärkte.

»Ist was passiert?«

»Ich weiß nicht«, antwortete Merle und erschrak, als ihr klar wurde, was sie da gerade gesagt hatte.

»Na, dann lasse ich euch mal allein«, sagte Inka und stand hastig auf. Doch bevor sie gehen konnte, wurden aus Richtung des Eingangs neue Schritte laut.

»Suchen Sie jemanden?«, erkundigte sich Inka hilfsbereit.

Noch ehe Winnie Heller antworten konnte, erklärte Kira bereits: »Das geht in Ordnung. Sie ist Polizistin.«

Und Merle fragte: »Haben Sie Neuigkeiten für uns?«

»Das«, entgegnete Winnie Heller ausweichend, »würde ich gern mit Ihnen beiden unter vier Augen besprechen.«

17

Silvie Verhoeven schaltete das Licht aus, ließ sich in einen Sessel fallen und streckte seufzend die Beine von sich. Die Luft, die durch die geöffnete Terrassentür ins Wohnzimmer ihres Hauses drang, war schwer wie Blei, aber sie roch zum ersten Mal seit Wochen nach Regen.

Immerhin ...

Silvie verscheuchte eine der zahllosen Fliegen, die überall herumsurrten. Ich sollte endlich dieses Fliegengitter anbringen, das Hendrik besorgt hat, dachte sie, während das Dämmerlicht des Wohnzimmers allmählich an Konturen gewann. Sonst fangen diese verdammten Biester noch an, hier drin zu brüten ...

Insekten brüten nicht, belehrte sie eine imaginäre Nina, und Silvie musste unwillkürlich lächeln.

Als das Telefon läutete, lächelte sie noch immer.

»Hallo, Madeleine«, begrüßte sie gleich darauf ihre Schwester. »Wie geht's dir?«

»Dasselbe wollte ich dich fragen.«

Silvie zog das rechte Bein an, soweit es eben ging, und massierte ihren Knöchel, der furchtbar juckte. Wahrscheinlich war eine der Fliegen eine Mücke und hatte sie erwischt. »Abgesehen davon, dass mich die Moskitos jagen, geht's mir blendend, danke.«

»Und was macht die kleine Julienne?«

Madeleine hatte bereits vor Monaten beschlossen, dass ihre Schwester wieder ein Mädchen erwartete. Und hilfsbereit, wie sie war, hatte sie diesem auch gleich einen Namen verpasst. Noch dazu einen, den Silvie einfach nur scheußlich fand. Doch wenn Madeleine Leonidis sich etwas in den Kopf gesetzt hatte, war es vollkommen zwecklos, sie davon abbringen zu wollen. Vermutlich würde nicht einmal die Geburt eines Sohnes das zustande bringen ...

»Mit dem Baby ist alles bestens, danke.«

»Wirklich, ich verstehe nicht, wie du das sagen kannst.«

Silvie ließ von ihrem Knöchel ab und lehnte sich entnervt zurück. »Wieso nicht? Ich werde doch wohl wissen, wie es meinem Kind geht.«

Sie sagte ganz bewusst: Kind, nicht: Tochter.

»Aber du bist längst überfällig.«

Na ja, längst ...

»Einen Tag nach dem errechneten Geburtstermin halte ich durchaus für vertretbar.«

»Also, *meine* kamen alle mindestens zwei Wochen zu früh«, versetzte Madeleine.

Weil du noch nie auf irgendetwas warten konntest, dachte Silvie. Das fängt beim Christkind an und hört bei Babys auf. Laut sagte sie: »Versteh mich nicht falsch. Ich wäre durchaus dafür, wenn die Sache jetzt langsam mal ein Ende hätte. Schon allein dieser Hitze wegen. Aber es bringt auch bestimmt nichts, wenn ich mich vor lauter Ungeduld verrückt mache, oder?«

»Natürlich nicht«, lenkte ihre Schwester ganz entgegen ihrer Gewohnheit ein. »Aber sobald du das Gefühl hast, dass es losgeht …«

»… rufe ich dich selbstverständlich an«, versicherte Silvie. Eine glatte Lüge, wie sie unumwunden zugeben musste. Allerdings auch eine angebrachte. Ihre Schwester war der letzte Mensch, den sie bei der Geburt eines Kindes oder bei einem sonstigen medizinischen Eingriff zugegen wissen wollte, auch wenn sie zweifellos eine hervorragende Ärztin war. Aber Ärzte in der Familie waren ein Thema für sich, wie Silvie aus langer, leidvoller Erfahrung mit ihrem Vater wusste, einem ebenso renommierten wie erfolgreichen Zahnarzt. So verständnisvoll sie andernorts auch sein mochten, so kategorisch sprachen Ärzte ihren Angehörigen alles ab, was irgendwie nach Selbstbestimmung oder auch nur nach einer eigenen Meinung roch: »Du hast Schmerzen? … Da??? … Das kann gar nicht sein! Da sind nicht mal Nerven!«

»Es tut aber weh.«

»Unsinn, du stellst dich nur an.«

Silvie richtete den Blick auf die Lampe an der Decke, die sich langsam im Dämmerlicht des Raums manifestierte, und wartete darauf, dass ihre Schwester etwas sagte. Doch das Warten schien auf Gegenseitigkeit zu beruhen.

»Bist du noch dran?«, erkundigte sich Madeleine nach einer Weile folgerichtig.

»Klar. Ich hab nur nachgedacht.«
»Worüber?«
»Dass ich bald wieder zum Zahnarzt muss.«
»Sag nur, du bist nicht mehr bei Papa?«, rief Madeleine entsetzt.
»Doch, doch. Schon.«
»Warum sagst du dann *zum Zahnarzt?*«
»Weil ich, ehrlich gestanden, nicht viel Väterliches an ihm entdecken kann, wenn ich bei ihm auf dem Stuhl sitze.«

Das schien ihre Schwester zu überzeugen, denn sie gab einen Laut von sich, der wohl Zustimmung signalisieren sollte.
»Und bei euch?«, fragte Silvie, der Gesundheitsthemen in ihrer momentanen Situation entschieden zu unbequem waren.
»So weit ganz gut.«

Oje ...

Das würde zweifellos eine längere Angelegenheit werden!
»Bis auf die Tatsache, dass Costas seit neuestem ...«
»Warte mal«, fiel Silvie ihrer Schwester ins Wort, als ihr eine Veränderung an der gegenüberliegenden Wand auffiel. Eine flüchtige Bewegung, als ob etwas für einen kurzen Moment das spärliche Licht verdunkelt hatte, das durch die Terrassentür fiel.

»Was ist?«
»Ich weiß nicht«, antwortete Silvie, wobei sie sich erstaunt dabei ertappte, zu flüstern. »Ich rufe dich gleich zurück, ja?«
»Aber ...«
»Bis gleich.«

Sie unterbrach die Verbindung und lauschte, doch sie konnte nichts hören. Trotzdem empfand sie auf einmal eine diffuse Angst. Die sommerliche Stille des Hauses hatte von einem Augenblick auf den anderen etwas Lauerndes, ohne dass Silvie etwas fand, woran sie ihre Beklemmung festmachen konnte.

Eigenartigerweise fiel ihr ausgerechnet jetzt der Kerl aus

dem Supermarkt ein. Der, der bei den Regalen gestanden und sich flüchtig zu ihr umgedreht hatte. Ihr war vollkommen klar, wie absurd der Gedanke war. Trotzdem jagte er ihr augenblicklich eine Welle von Angst durch den Körper.

Mach die Tür zu! Scheiß auf die Hitze! Immerhin streift irgendwo dort draußen noch immer ein Vergewaltiger herum. Ein Jäger ...

Hendrik nannte ihn so. Jäger, oder auch: Bestie.

»Gib acht auf dich«, mahnte er jeden Morgen, bevor er zur Arbeit fuhr. »Vor allem pass auf, dass nach Einbruch der Dunkelheit kein Fenster offen steht, hörst du? Jedenfalls nicht mehr als auf Kipp, versprochen?«

Sie versprach es ihm jeden Tag aufs Neue, um ihr Versprechen jeden Tag aufs Neue wieder zu brechen. Und üblicherweise hatte sie nicht einmal ein schlechtes Gewissen dabei. Hendrik war einfach überängstlich in allem, was seine Familie betraf, da halfen weder gutes Zureden noch Argumente. Also wog sie ihn in der Sicherheit, die er brauchte, und machte ihr eigenes Ding. Und wie richtig sie mit dieser Strategie lag, hatte sein Anruf vorhin doch mal wieder eindrucksvoll bewiesen!

Aber ...

Silvie hielt erschrocken inne. Ja, verdammt, jetzt fiel ihr auch wieder ein, wo sie den Kerl aus dem Supermarkt schon einmal gesehen hatte!

Sie richtete sich langsam auf und versuchte zu verstehen, was gerade in ihrem Kopf vorging. Hendrik hatte sie angerufen und ihr Vorwürfe gemacht, dass sie mit den Kindern im Zoo gewesen war, ohne ihm etwas davon zu sagen. Seine Tirade war über sie hereingebrochen wie ein Platzregen, und sie hatte automatisch angenommen, dass es um die Schwangerschaft ging. Eine von seinen überbesorgten Verhaltensmaßregeln. *Das Kind nicht gefährden. Sich schonen. Möglichst nicht aus dem Haus gehen. Vor allem nicht, wenn es so heiß ist.* Alles gut und schön. Aber woher hatte er überhaupt davon gewusst? Wodurch war er anderthalb Wochen nach diesem Zoobesuch darauf gekommen, dass sie dort gewesen war? Und was spielte das im Nachhinein überhaupt noch für eine Rolle? Die Zeit, die seither ins Land gegangen war, hatte doch längst den Beweis erbracht, dass die Aktion das ungeborene Kind nicht gefährdet hatte. Also warum, in aller Welt, hatte sich Hendrik derart über die Sache aufgeregt?

Silvie starrte die Terrassentür an, während ihr Verstand versuchte, eins und eins zusammenzuzählen.

Hendrik hatte auch gesagt, dass er später komme, weil der Fall vor einer entscheidenden Wendung stehe. Der »Fall« war der Vergewaltiger, die Bestie, und …

Sie kam nicht dazu, den Gedanken zu Ende zu denken, denn auf der Wand gegenüber erschien in diesem Augenblick ein Schatten. Und dieses Mal hatte er unverkennbar die Silhouette eines Menschen.

18

»Madeleine?«

»Ja, verdammt«, drang ihre Stimme aus dem Lautsprecher der Freisprechanlage. »Irgendetwas stimmt da nicht.« Wenn sie aufgeregt war, klang sie genau wie Silvie. Etwas, das beiden nicht gefallen würde, wenn sie darum wüssten.

»Was meinst du?«, fragte Verhoeven alarmiert. Er befand sich auf dem Weg ins Präsidium. Noch immer keine Spur von Kender, dafür hatte die Staatsanwaltschaft Haftbefehl gegen Kira Schönenberg ausgestellt. Wegen vorsätzlichen Mordes an Jan Portner. Er hatte die Durchsuchung der Wohnung überwacht und Winnie Heller Bescheid gegeben, nachdem das Durchsuchungsteam fündig geworden war. Merle Olsen hatte kein Wort gesagt, als der Anruf gekommen war.

»Silvie.« Ihr Ton war atemlos. »Wir haben telefoniert, und irgendwann hat sie mich abgewürgt.«

Was ich durchaus verstehen kann, dachte Verhoeven.

»Sie hat gesagt, sie riefe mich gleich zurück«, fuhr seine Schwägerin indessen mit ungebremster Energie fort. »Aber das hat sie nicht getan.«

Verhoeven hatte das Gefühl, in einen Eimer mit eiskaltem Wasser getaucht zu werden. »Was?«, stieß er hervor. So nervig Madeleine auch sein konnte, seine Frau war von Natur aus kein Typ, der Versprechungen machte, die er nicht einhielt. Das heißt, bis auf Dinge wie Zoobesuche und übermäßige Anstrengungen während der Schwangerschaft und ...

»Verdammt noch mal, Hendrik, vielleicht ist was mit dem Baby«, riss die Stimme seiner Schwägerin ihn aus seinen Gedanken.

»Hast du denn noch mal versucht, sie zu erreichen?«

»Natürlich.«

»Und?«

»Sie meldet sich nicht.« Madeleine hatte hörbar Mühe, ruhig zu bleiben. »Und immerhin müsste Nina doch auch da sein, oder? Und wenn ein Telefon so lange ins Leere klingelt ... Ich meine, selbst wenn sie einen tiefen Schlaf hat ...« Sie ließ den Satz offen, und aus ihrem Schweigen klang nackte Angst.

»Ich fahre hin und sehe nach«, sagte Verhoeven und riss nach einem kurzen Blick in den Rückspiegel das Lenkrad herum. Über die Hügel auf der anderen Rheinseite zuckte ein Blitz.

»Aber ...«

»Ich rufe dich an, sobald ich mehr weiß, okay?«

»Ja«, antwortete seine Schwägerin mitten in den Donner, der das sonst so liebliche Rheintal erzittern ließ. »Okay.«

19

Winnie Heller kippte einen längst erkalteten Kaffee in sich hinein und stellte zu ihrer eigenen Überraschung fest, dass sie fror. Zum ersten Mal seit Wochen. Sie griff in den kleinen Schrank in der Ecke hinter ihrem Schreibtisch und zog eine Strickjacke hervor, die sie für alle Fälle dort aufbewahrte. Dann setzte sie sich wieder auf ihren Stuhl.

Kira Schönenberg hatte gestanden. Die Erpressung. Und den Mord an Portner. Es war ein schnörkelloses, eigenartig gehetztes Bekenntnis gewesen, immer wieder unterbrochen von der Frage nach ihrer Lebensgefährtin.

Winnie Heller griff wieder nach der Tasse. Nie würde sie den Ausdruck in Merle Olsens Augen vergessen, als sie die Wahrheit durchschaut hatte, und sie vermutete, dass es Kira ebenso ging. Eine Erinnerung, um die sie die geständige Mörderin nicht beneidete. Sekundenlang hatte die Tierärztin die Frau, mit der sie sechs Jahre lang ihr Leben geteilt hatte, angestarrt. Dann war sie aufgestanden und hatte den Raum verlassen. Sie hatte nicht um Erlaubnis gefragt. Sie hatte nicht verraten, wo sie hinwollte. Sie war einfach gegangen. Vorbei an den Schwestern der Nachtschicht, die neugierig auf dem Gang gewartet und erst bei Merles Erscheinen diskret die Blicke gesenkt hatten. Noch ahnte niemand Genaueres. Und doch spürten alle, dass es etwas Gravierendes gewesen sein musste, was sich eben in dem schmucklosen Arztzimmer mit der Nummer 067II abgespielt hatte.

Nach der Festnahme hatte Winnie Heller ein paarmal versucht, Merle Olsen zu erreichen. Doch sie hatte keinen Erfolg gehabt. Zu Hause war sie nicht aufgetaucht, und auf ihrem Handy meldete sich nur die Mailbox.

Dafür hatte sie eine andere, noch dazu erfreuliche Nachricht erhalten: Edyta Bary war aus dem Koma erwacht. Zwar waren die Ärzte, wie immer in solchen Fällen, noch sehr zögerlich mit Prognosen, doch das, was sie sagten, klang nicht mehr ganz so hoffnungslos. Angeblich hatte die gebürtige Polin sogar nach ihrem Sohn gefragt.

Tja, dachte Winnie, Licht und Schatten.

Ihr war klar, dass Kira Schönenberg viel zu intelligent war, um sich irgendetwas vormachen zu können. Sie würde mit der Schuld, die sie auf sich geladen hatte, leben müssen. Sie hätte Kender stoppen können und hatte es nicht getan. So gesehen trug sie bereits eine Mitschuld an Edyta Barys Schicksal. Aber sie hatte noch mehr getan. Sie hatte Irina Portners Vergewaltigung veranlasst. Den Überfall auf eine Frau, die der Serienvergewaltiger anders vermutlich niemals auch nur bemerkt hätte …

Noch so ein Gespräch, das ich führen muss, dachte Winnie mit einem diffusen Unbehagen. Sie schloss die Augen, bis sie Schritte hörte, die direkt vor ihrem Schreibtisch stoppten.

»Alles klar bei Ihnen?«

Hinnrichs …

»Ja, ja«, antwortete sie mit einem entschuldigenden Lächeln.

Und warum sitzen Sie dann hier allein im Dunkeln?, konnte sie im Geist bereits seine nächste Frage hören, doch der Leiter des KK 11 sagte nur: »Nach so einem Tag muss man erst mal durchschnaufen, was?«

Winnie ertappte sich bei einem Gefühl von Argwohn, doch die aufrichtige Teilnahme im Blick ihres Bosses zerstreute ihre Bedenken umgehend. Also sagte sie nur: »Ja, ich schätze, das muss man.«

»Hm«, machte er, schon halb aus der Tür. Doch dann drehte er sich noch einmal um: »Gute Arbeit, Heller.«

Das »Danke« blieb ihr vor lauter Überraschung im Hals stecken. Dafür schob Lübke grinsend den Kopf um die Ecke. Sie hatte den Eindruck, dass er zu ihr wollte, aber sie war sich nicht sicher.

»Scheiße, war das ein Lob oder was?«

Sie lächelte und zuckte die Achseln.

»Tja, das Leben ist doch immer wieder für 'ne Überraschung gut, was, Mädchen?«, kicherte der oberste Spurensicherer, indem er sich schwer auf einen der Stühle fallen ließ.

»Scheint so.«

»Und sonst?«

»Viel zu tun.«

»Weiß ich doch, weiß ich.« Er öffnete den obersten Knopf seines Hemdes, und wieder dachte Winnie, dass er gut aussah.

»Wie ich höre, rauchst du nicht mehr.«

»Scheiße, ja.« Ein geradezu diabolisches Grinsen, das ihn beinahe wie Jack Nicholson aussehen ließ. »Macht echt keinen Spaß mehr, seit sie sich immer neue Schikanen ausdenken, wie sie uns arme Raucher quälen können. Hast du gewusst, dass man in New York jetzt nicht mal mehr im Park rauchen darf?«

Winnie musste gegen ihren Willen schmunzeln. Versuchte er hier gerade, sein Gesicht nicht zu verlieren? »Nein«, gab sie zu. »Das wusste ich noch nicht.«

»Is nur 'ne Frage der Zeit, bis das auch hier rüberschwappt«, kaute Lübke sichtlich verlegen weiter auf dem alten Knochen herum. »Und da ich kein Mensch bin, der sich gern zwingen lässt, dachte ich, da kann ich genauso gut jetzt aufhören. Damit sie mich damit dann nicht mehr ärgern können.«

»Wie klug von dir.«

»Verarschen kann ich mich alleine«, knurrte er, doch sie bemerkte das Blitzen in seinen Augen. »Was ist, kannst du 'ne Stunde hier weg?«

Sie schüttelte den Kopf. »Wir sind mit Kira Schönenberg noch immer nicht durch«, erklärte sie. »Ich brauchte nur mal 'ne kleine Auszeit.«

»Als wenn ich's geahnt hätte«, brummte er und griff in die

Tüte, die er mitgebracht hatte. »Ich wusste bis gestern nicht, dass Luigi inzwischen auch einen Mitnehm-Service unterhält«, erklärte er, während er Plastikschalen, Plastikbesteck und stapelweise Servietten ans Tageslicht beförderte. »Also, was darf's sein? Der knackige Sommersalat mit Shrimps und Oliven oder der mit dem dreifach ungesättigten Omega-Drei-Super-Vitamin-Dressing?«

Winnie Heller lachte. »Ich habe keine Zeit zum Essen.«

»O doch«, gab er zurück. »Wenn's um die Gesundheit geht, hat man immer Zeit zu haben. Sagt 'ne Freundin von mir, 'n verdammt vorlautes junges Ding …«

»Na schön«, sagte Winnie. »Dann gib mir den mit dem Schinken.«

»Das ist geräucherte Putenbrust«, triumphierte Lübke. »Die hat angeblich nur 0,6 Prozent Fett gegenüber …«

»Hör bloß auf«, quiekte Winnie. »Du verdirbst mir noch den Appetit!«

20

Silvie Verhoeven presste eine Hand auf den Mund ihrer Tochter. Selbst durch die Dunkelheit des Kinderzimmers sah sie das Entsetzen in Ninas Augen. Entsetzen und Protest.

Sei still, Liebes, okay?, baten Silvies Augen. *Ich lasse dich los, aber du musst mir versprechen, dass du ganz leise bist. Kannst du das?*

Ihre Tochter nickte. Starr vor Schreck. Aber auch verständig.

Silvie lockerte den Griff etwas, und als sie sicher war, dass sie einander richtig verstanden hatten, nahm sie die Hand ganz fort.

Erst jetzt wurde ihr bewusst, dass ihr Handeln nicht unbedingt klug gewesen war. Aber sie hatte zu ihrem Kind gewollt. Nur zu ihrem Kind.

Nun freilich stellte sie sich die Frage, wie sie Nina schützen sollte. In diesem Zimmer, in dem es nicht einmal ein Telefon gab. Das Handy lag zwei Türen weiter im Schlafzimmer. Aber sie hatte keine Ahnung, ob sie eine Chance hatten, bis dorthin zu kommen.

Ein neuerlicher Donner riss die Stille des Hauses in Stücke.

Neben ihr fuhr Nina erschrocken zusammen.

Vor einer halben Ewigkeit war das Telefon im Wohnzimmer verstummt. Es hatte zu klingeln begonnen, im selben Moment, in dem Silvie durch das Wohnzimmer in die Diele und die Treppe in den ersten Stock hinaufgehuscht war. Ihr Mann hatte sie schon oft dafür aufgezogen, dass sie grundsätzlich nur wenig Licht machte und lieber ein paar Kerzen anzündete, als jeden Winkel des Hauses elektrisch auszuleuchten. Er behauptete gar, ihre Abneigung gegen Neonlicht liege in ihrer Eitelkeit begründet, doch in Wahrheit genoss sie es einfach, von Zeit zu Zeit im Dunkeln zu sitzen. Die Farbe des Nachthimmels zu betrachten. Und die Sterne.

Deshalb war auch die Diele dunkel gewesen, als sie den Schatten des Fremden auf der Terrasse bemerkt hatte. Deshalb – und nur deshalb – bestand zumindest die vage Möglichkeit, dass er sie nicht bemerkt hatte ...

Sie lauschte angestrengt in die Dunkelheit.

Was ist los, Mama?, fragten Ninas Augen. *Was ist denn passiert?*

Sei ruhig, gab sie stumm zurück. *Es wird alles gut.*

Sie gab ihrer Tochter mit einer Geste zu verstehen, dass sie ihr folgen sollte, und schlich zur Tür. Erst als sie bereits neben dem Bettchen ihres Kindes gekniet hatte, war ihr bewusst geworden, dass man die Tür zu Ninas Zimmer nicht abschließen konnte. Sie selbst hatte den Schlüssel entfernt, nachdem ihre Tochter und Dominik sich aller Verbote zum Trotz ein paarmal dort eingesperrt hatten. Also hatten sie jetzt nur zwei Alternativen: Entweder sie versteckten sich in einem der anderen Räume. Oder sie versuchten, irgendwie nach draußen zu gelangen.

Von ihrem Schlafzimmer aus war es möglich, auf das Garagendach zu springen. Ein paar Kratzer vielleicht, das sollte bei Nina alles sein. Und bei ihr selbst ...

Sie zuckte zusammen, als eine Welle von Schmerz durch ihren Bauch schoss.

Bleib bloß, wo du bist, dachte sie und meinte ihr ungeborenes Kind. Nur noch ein paar Stunden, okay? *Bitte!*

Nina, die spürte, dass sie Schmerzen hatte, legte ihr zaghaft-ängstlich eine Hand auf den Arm.

Schon gut, mein Schatz. Komm einfach mit ...

Noch drei Schritte zur Tür.

Dahinter der Flur. Am Ende des Flurs die Galerie. Und davor das rettende Schlafzimmer. Handy oder Garagendach. Zwei Möglichkeiten, die sie nutzen konnte. Zwei Chancen ...

Ihre Finger bekamen die Klinke zu fassen. Sie hatte die Tür hinter sich geschlossen, vorhin. Eben. Eigentlich vollkommen sinnlos ...

Sinnlos und irrational ...

Vorsichtig! Und vor allem leise!

Sie schob den Kopf um die Ecke, erstaunt, wie dunkel es dort draußen war. Im selben Moment tauchte ein neuer Blitz den Flur für Sekundenbruchteile in beißende Helligkeit.

Alles in Ordnung, niemand da ...

Schnell, baten ihre Augen. *Beeil dich.*

Zugleich verstärkte sich das Ziehen in ihrem Rücken. Ihr Becken fühlte sich an, als würde es von innen gesprengt.

Nicht jetzt, verdammt noch mal. Nicht ausgerechnet in dieser Situation!

Mit äußerster Selbstüberwindung erreichte sie die Schlafzimmertür.

Den stechenden Geruch des Isoflurans registrierte sie erst, als sie die Tür bereits halb geöffnet hatte. Doch da war es bereits zu spät.

21

Verhoevens Unbehagen verwandelte sich von einer Sekunde zur anderen in blanke Angst, als er sein Zuhause in völliger Dunkelheit fand.

Er ließ den Wagen vor dem Grundstück der Nachbarn stehen und pirschte sich hinter der Garage vorbei in den Garten. *Wir gehen davon aus, dass er von der Straße aus die Einfahrt hoch und von da aus hinter der Garage lang ist,* plapperte Jürgen Wieczorek in seinem Kopf, während Verhoeven darauf wartete, dass der Wind wieder auffrischte und das Geräusch seiner Schritte verschluckte. Das Gewitter schien inzwischen von überall her zu kommen. Phasen wild auffrischenden Windes wechselten mit Augenblicken vollkommener Stille.

Auch die Rückfront des Hauses war stockfinster.

Aber ...

Ja, verdammt, die Terrassentür!

Verhoeven vergaß alle Vorsicht und spurtete geduckt auf das pechschwarze Rechteck zu. Im Laufen riss er seine Dienstwaffe aus dem Bund seiner Hose, wohin er sie vor wenigen Minuten gesteckt hatte.

Das Wohnzimmer empfing ihn mit drückender Stickigkeit. Er hörte das Ticken der Uhr, die Silvie so liebte. Sah das Blinken des Telefons auf dem niedrigen Couchtisch. Ein rotes Flackern, das den sorgenvollen Anruf seiner Schwägerin dokumentierte.

Er wartete, bis sich seine Augen an die Dunkelheit gewöhnt

hatten, und trat dann in die finstere Diele. Wenn sie nicht hier unten ist, ist sie bei unserem Kind, dachte er, während seine Füße die ersten Stufen in Angriff nahmen. Niemals würde sie Nina in einer solchen Situation allein lassen.

Er stutzte, als seine Augen etwas Helles auf einer der Stufen registrierten. Verhoeven bückte sich danach und stellte fest, dass es ein unbenutztes Papiertaschentuch war. Silvie litt unter Heuschnupfen und steckte sich oft Reservetaschentücher in den Bund ihrer Leggins oder Shorts, wenn sie zu Hause war und keine Tasche hatte. Und wenn sie in Eile gewesen war...

Wenn sie diese Treppe hinauf*gerannt* wäre ...

Ein gedämpftes Geräusch über ihm ließ ihn aufhorchen.

Etwas, das wie ein unterdrückter Schrei klang. Der Schrei eines Kindes.

Und Verhoeven zögerte nicht.

Er entsicherte die Waffe und stürmte die verbleibenden Stufen hinauf.

22

Damian Kender hielt Silvie Verhoeven die Waffe genau an die Schläfe.

Verhoeven sah sofort, dass er sie betäubt haben musste, denn sie hing in seinen Armen wie ein nasser Sack. Er bedeutete Nina, die sich schluchzend an sein Bein klammerte, dass sie weglaufen solle, doch sie rührte sich nicht von der Stelle.

»Sieh an, Mister Ungeduld.«

Er hatte eine angenehme Stimme. Erstaunlicherweise ...

»Lassen Sie sie los.«

»Ich denke nicht daran.«

»Ich zähle bis drei ...« Verhoeven nahm die Waffe hoch. »Eins ...«

»Machen Sie sich nicht lächerlich.« Jetzt lächelte er. »Sie werden nicht das Leben Ihrer Frau riskieren, um einen Vergewaltiger zu schnappen.«

»Wie kommen Sie darauf, dass ich dazu irgendein Leben riskieren muss?«

»Netter Versuch. Aber Ihr Geruch verrät Sie.« Er schnüffelte in die stickige Luft wie ein Tier. »Ich kann Ihre Angst bis hierher riechen. Und das, obwohl hier noch alles nach Isofluran duftet.«

»Sie irren sich.«

»Nein.« Es klang sehr sicher. »Ich irre mich nicht.«

Obwohl sie betäubt war, stöhnte Silvie in diesem Augenblick leise auf. Ihr Körper schien Schmerzen zu haben. Zumindest sah es so aus.

»Lassen Sie sie los, dann versichere ich Ihnen ...«

»O nein«, entgegnete Kender mit dieser unheimlichen Ruhe, die Verhoeven beinahe um den Verstand brachte. »*Ich* versichere Ihnen etwas. Nämlich dass ich kein Mörder bin.« Sein Blick wurde eindringlich. »Ich habe niemanden getötet, verstehen Sie das? Bislang nicht.«

»Ich weiß«, hörte Verhoeven sich sagen, bevor er etwas dagegen tun konnte.

»Die Frage ist nur, ob ich als Mörder ...« Er unterbrach sich und bedachte den Bauch seiner Geisel mit einem spöttischen Blick, »... Verzeihung, als Doppelmörder in den Knast gehe oder als Vergewaltiger gesucht werde.«

Verhoeven sagte nichts. Dafür war ihm die Botschaft, die hinter der Bemerkung steckte, viel zu klar.

Ich habe niemanden getötet. Bislang nicht ...

Eine neuerliche Wehe schien den Körper seiner Frau zu durchlaufen, und dieses Mal öffnete Silvie die Augen. »Hendrik?«

Verhoeven sah Kender an. »Hauen Sie ab.«

»Sieh an, der treusorgende Gatte und Familienvater.« Sein

Teint war gebräunt und trocken. Eigentlich ein sympathisches Gesicht. »Ich möchte, dass Sie die Waffe hinter sich in den Flur werfen.«

»Das kann ich nicht tun. Und das wissen Sie.«

Er zögerte. »Das heißt, ich habe nur Ihr Wort?«

Ihr Wort ...

Verhoeven schluckte.

»Sie werden lachen, aber das genügt mir«, sagte Kender, bevor er widersprechen konnte. Gleichzeitig stieß er seine Geisel so grob von sich, dass ihr Körper dumpf auf den Boden schlug.

»Mama«, schrie Nina entsetzt und wollte auf ihre wimmernde Mutter zustürzen.

Verhoeven hielt sie zurück. Er riss sie hinter seinen Rücken und legte auf Kender an, doch dieser war bereits aus dem Fenster. Und dann tat er etwas, von dem er wusste, dass es richtig war, auch wenn er es sich vermutlich nie verzeihen würde: Er griff zum Telefon und rief einen Krankenwagen.

Erst danach informierte er seine Kollegen ...

EPILOG

August

Sein Körper fällt schwer in den kochend heißen Sand, der ihn aufnimmt wie einen lange vermissten Freund. Er streckt die Beine von sich und genießt die Hitze, die sich in die Poren des Stoffs brennt.

Die Weite vor ihm wabert. Gleißendes Licht über den endlosen Dünen.

Weiter hinten ein gekrümmter Horizont, jene Linie, die man nie erreichen wird, die einem davonläuft, wenn man mit offenen Armen auf sie zurennt, fast so, als habe sie Angst vor der Begegnung.

Seine Hände graben sich in den siedenden Sand ringsum, er kann fühlen, wie die Hitze die feinen Nervenenden der Fingerkuppen trifft, wie sie ihm die Tränen aus den Augen schießen lässt, doch er gibt nicht nach. Noch nicht.

Es ist so weit, wenn es so weit ist, und keine Sekunde früher – das Einzige, was er von seiner Mutter gelernt hat.

Sind Sie sicher, dass Sie nicht lieber im November …?

Auf eine Reisezeit, denkt er, kommt es jetzt nicht mehr an.

Zum ersten Mal also per Schiff statt im Flieger. Im gestohlenen Auto bis Genua, dann die Fähre. Dann wieder Auto. Kein Mietwagen dieses Mal, sondern ein gebrauchter aus Tunis. Optik wie vom Schrottplatz, aber ein gut gepflegter VW-Motor unter der Haube, der ihn sicher über die staubigen Pisten südwärts trägt. Zuletzt nur noch Offroad.

Ist halt Qualität, ein Auto fürs Leben. Fürs *Über*leben sogar.

Oder auch für die Fahrt in den Tod – wer weiß das so genau?

Auf seiner hutlosen Stirn brennt die Sonne mit tausend Nadelstichen, als er sich mühsam hochstemmt. Weiche Knie, aber den Blick stur geradeaus, in die konturlose Weite gerichtet. Dieses Mal werden ihm die Kollegen nicht sagen, wie braun er geworden ist. Wenn sie jetzt über ihn sprechen, wird es nicht länger um Farben gehen. Aber das macht nichts. Sie sind ihm ohnehin schon fast abhandengekommen, aus den Augen, aus dem Sinn. Sagt man nicht so? Ihre Gesichter sind nicht viel mehr als ein paar indifferente Flecken auf der Leinwand seiner Erinnerung.

Nicht jede Erfahrung ist dazu angetan, einen Akzent zu setzen.

Das tun nur wenige, auserwählte.

Ein heißer Wind streift sein Gesicht. Wie ein Atemzug. Eine Aufforderung.

Komm. Geh mir entgegen. Geh einfach los.

Eines Tages, das weiß er, wird er es tun.

Wann das sein wird?

Keine Ahnung.

Vielleicht heute.

Vielleicht morgen.

Geh ruhig, Schatz. Hab ein bisschen Spaß, ja?

Er lächelt. Weit draußen tuckert der Ausflugsdampfer vorbei. Oder doch nicht? Er kneift die Augen zusammen. Nein, kein Boot. Nur Sand. Sand und ein toter Käfer zu seinen Füßen. Bald werden andere kommen und den Kadaver wegtragen. Das, was die Glut von ihm übrig gelassen hat. Der Sommerhimmel über ihm surrt wie ein Schwarm hungriger Insekten, er lauert darauf, dass ein weiterer Toter die sandige Weite füllt.

Er schüttelt den Kopf, und als das nicht hilft, ruft er laut: »Lasst mich in Ruhe!«

Unter seinen Sohlen pocht derweil die Wüstenglut mit ungehemmter Wucht. Aber das täuscht. Noch drei, vielleicht vier Stunden, dann wird die Sonne hinter den Dünen versinken, und es wird von einer Minute auf die andere eiskalt werden. So heiß der spröde, ausgelaugte Boden auch sein mag, so schnell wird er auskühlen. Er wird die aufgestaute Energie an das Weltall abgeben wie ein Luftballon, in den man eine Stricknadel gestochen hat. Und dann wird es plötzlich still sein.

Er wüsste gern, wo er selbst dann sein wird.

Sein Blick fällt wieder auf den toten Käfer, dessen Kadaver noch immer unberührt in der sengenden Sonne liegt. Fast so, als ob sie ihn mieden.

Erstaunlich, denkt er, an einem Ort, an dem Nahrung so knapp ist.

Wirklich sonderbar ...

Dann geht er los. Einen Schritt vor den anderen. Hinter dem Hügel dort steht sein Wagen. Der Schrotthaufen mit dem deutschen Qualitätsmotor und den elektrischen Fensterhebern, von denen nur noch zwei funktionieren. Vorn rechts und hinten links.

Eigentlich ein Witz, das Leben. Oder?

Susanne Goga im dtv

Kommissar Leo Wechsler ermittelt im
Berlin der zwanziger Jahre

Leo Berlin
Kriminalroman
ISBN 978-3-423-21390-5

1922. Wer hat den Wunderheiler mit dem Jade-Buddha erschlagen? Berlin wird von einer Reihe von Morden erschüttert. Ein Fall für Leo Wechsler.

»Ein außergewöhnlicher historischer Kriminalroman. Spannend, authentisch, wunderbar erzählt – eine Zeitreise erster Klasse.« *Rebecca Gablé*

Tod in Blau
Kriminalroman · dtv premium
ISBN 978-3-423-24577-7

Berlin 1922. Ein Künstler wird ermordet. Eine erste Spur führt zur rechtsextremen Asgard-Gesellschaft. Und Leo Wechsler fragt sich, welche Rolle die avantgardistische Tänzerin Thea Pabst bei all dem spielt …

»Spannend von der ersten bis zur letzten Seite, ein klasse Krimi über die Zwanziger, die so golden nicht waren.« *Neue Presse*

Die Tote von Charlottenburg
Kriminalroman
ISBN 978-3-423-21381-3

1923. Eine engagierte Ärztin und Frauenrechtlerin wird tot aufgefunden. Ihr Neffe will nicht an einen natürlichen Tod glauben. Und in der Tat hatte sich die Ärztin zu Lebzeiten viele Feinde gemacht … Der dritte Fall für den Berliner Kommissar Leo Wechsler.

Bitte besuchen Sie uns im Internet: www.dtv.de